Perry Rhodan
AUTORENBIBLIOTHEK

PERRY RHODAN

AUTORENBIBLIOTHEK

HANS KNEIFEL

Die Höhlen der Zukunft
Im Zentrum des Feuersturms
Palast der Legenden
Die Pflanzenkaiserin

Verlagsunion Erich Pabel-Arthur Moewig KG, 76437 Rastatt

Die PERRY RHODAN-Autorenbibliothek erscheint in der
Verlagsunion Erich Pabel-Arthur Moewig KG, Rastatt
Band 61

Titelillustration: Goodwin/UTOPROP
ISBN 3-8118-7119-6

1.

1860: BEAUVALLON

Eine Spätfrühlingswolke, die der Auvergnasse aus Nordost über die Sonne schob, warf ihren Schatten über das Tal. Plötzlich war es, als lege sich eine düstere Stimmung auch über uns. Amoustrellas graugoldene Augen funkelten, aber ihr Blick prüfte mich, als sie Kaffee in meine große Tasse nachgoß. Wir saßen im Schatten des Baumes, dessen Schößling ich damals mit Chephyrine zusammen gepflanzt hatte.

„Gerngesehene Gäste. Nichts anderes sind wir in Beauvallon“, sagte ich und schmeckte das Aroma des „Weines der Denker“, wie Monsieur Talleyrand das Getränk zu nennen beliebte. „Nur die Einrichtung des Castellets erinnert noch an vergangene Zeiten. Nicht mehr lange.“

Amoustrella goß normannischen Calvados in große, dünnwandige Gläser. „Was erwartest du Atlan? Wir sind in der zweiten Hälfte des neunzehnten Jahrhunderts.“

„Guilelmon und Madeleine-Agnés: tot. Joelle de Corny ist verschollen. Sie wäre auch schon um die Fünfundsiebzig. Michelle und René-Laurent mit seiner Gitarre sind verschwunden, und im Schlößchen stapelt der Bürgermeister seine Akten.“

„Auch von meiner Familie gibt es nur noch fadendünne Spuren“, sagte Amou.

„Wir geben – bis auf die Transmitterhöhle – Le Castellet, Le Sagittaire – endgültig auf. Ab jetzt sind wir fremd hier, trotz einiger Pfund Dokumente.“

„Auch mich haben recht melancholische Gedanken überfallen.“

Amou blinzelte über den Rand des Glases. Ihr schwarzes Haar war ganz kurz geschnitten und umgab ihren schönen Kopf wie eine schwarze Kappe mit barocken Schnörkeln an den Schläfen.

„Beauvallon", sagte ich, während wir aßen und tranken, „ist reich und selbständig geworden. Gut; die Schönheit blieb, die Leute haben gelernt und weitergebaut. Unsere Bedeutung kennen sie nur aus dem Gemeindebuch und dem Kirchenregister. Wir wirkten recht unglaubwürdig als späte Nachkommen derer von Beauvallon und Fraconnard."

Den eigentlichen Abschied hatten wir schon vollzogen, als wir in der Unterseekuppel die große Menge an Veränderungen mitangesehen hatten, von denen der gesamte Planet förmlich vibrierte. Die Idyllen leerer Landstriche wurden von Jahr zu Jahr fadenscheiniger. Zwar hatte uns niemand Schwierigkeiten gemacht, zwar hatte die Gemeinde den Erbschaftsvertrag erfüllt und weder die oberen Räume Le Sagittaires noch Cephyrines Häuschen verwahrlosen lassen, aber ich trug keinerlei Verantwortung mehr. Für niemanden und nichts in Beauvallon.

„Es bleibt bei unseren anderen Plänen?"

„Ja, Geliebte." Ich spülte das frische Croissant mit einem gewaltigen Schluck Kaffee hinunter. „Allein schon deshalb, weil sich Australien inzwischen selbst parlamentarisch regiert und ich fürchten muß, daß sie unser Samurai-Dörfchen entdecken."

Wieder einmal (nach rund zwei vollen Jahrhunderten bewußt erlebter Jahre voller Abenteuer und fruchtloser prometheischer Anstrengungen!) fühlte ich tief in mir eine kalte Furcht, eine aufkeimende Panik. Zukunftsangst? Ich wußte es nicht genau, noch nicht.

„Die Barbaren werden erwachsen, ohne dich, Fürst der Jahrzehnte!"

„Nur scheinbar." Ich hob das Glas und schmeckte am Calvados. „Du weißt, daß selbst im fernen Amerika ein Bürgerkrieg droht."

„Sie werden nie aufhören, sich die Schädel zu spalten und ihr eigenes Land zu verwüsten."

Auch unter dem Einfluß Nonfarmales von Sarpedon im Meer von Karkar, wisperte der Extrasinn.

Noch immer lebte dieser Bastard. Ich lehnte mich zurück und legte die Stiefel auf den Granitwürfel. So vieles hatte sich so schnell verändert: Mode, Sitten und Wissenschaft. Sie benutzten Maschinen, die den Planeten zu beschmutzen anfingen. Das Erbe vieler Denkanstöße; Mechanismen, die ich aus der Höhle der Zukunft hervorgeschleppt und zwischen ausgesuchten Personen verteilt hatte. Obwohl unzählige Kriege ebenso viele Tote hinterließen, wuchs die Anzahl landhungriger Menschen. Mehr als viereinhalb Jahrzehnte lagen hinter Napoleons Rückzug aus Moskau.

„Aber wir beide, Amou, werden auf schmalen Straßen durch die herrliche Landschaft des südlichen Frankreichs reiten, viele Menschen sprechen, gut essen und besser trinken, in kühlen Betten vor Kaminfeuern schlafen und Vergangenes mit Gegenwärtigem verknüpfen."

Sie strahlte mich an.

„Das hast du schön gesagt, Atlan. Und Darcy Boog wacht über unsere Sicherheit, nicht wahr?"

„Genauso, wie es ausgemacht ist."

Wir beendeten das mittägliche Frühstück. Boog in der Gestalt des „schweigsamen Weißhaarigen" räumte den Tisch ab. Dann sattelte er die Pferde, und während wir die Umgebung im langsamen Trab erlebten, entfernten die emsigen Subroboter die wichtigen Einbauten aus Le Sagittaire und hauptsächlich solche Leitungen und Schaltungen, die dem übereifrigen Forscher Grund geben würden, an den Besuch von Außerirdischen zu glauben.

1859: NACH DEM ERWACHEN

Mehr und mehr Parlamente regierten statt den Herrschern und Königen, Fürsten und Diktatoren. Die Ausbildung der Kinder und Jugendlichen in Schulen hatte stellenweise einen beträchtlichen Standard erreicht. Fast sechzigtausend Menschenleben löschte 1815 ein Ausbruch des Vulkans Sumbavva aus; viele Millionen dunkelhäutiger Sklaven wurden gekauft und verkauft und erlitten meist ein Schicksal, dessen Grausamkeit mit Worten kaum zu beschreiben war. Es gab: Wetterkarten, nicht-euklidische Geometrie, Kartoffeln als Volksnahrungsmittel, Zucker aus Rüben, zahlreiche Verfassungen und etwas, das sich „Dialektischer Materialismus" nannte, Arbeitsverbote für Kinder unter neun Jahren, die Begriffe: Sexualität (ab 1820), Dinosaurus (ab 1837), womit jene Schreckechsen gemeint waren, auf denen sich gemeinhin Nahith Nonfarmale zu zeigen pflegte, und endlich hatte man überall begriffen, was die Ursache von Pestepedemien war.

Riancor zeigte uns, während wir langsam zu geistigen und körperlichen Kräften kamen, die vielen Beobachtungen der Spionsonden und die Analysen der Großrechner. Meist spielte er Beethovens Klavierkonzerte dazu oder gar dessen Symphonien. Nützliche, verblüffende und aberwitzige Erfindungen konnten wir beobachten: Dampfschiffe zwischen Amerika und Europa, Drais' Laufrad, Paraffinkerzen, Elektromotoren und den entzifferten Stein von Rosette. (Ich hätte Champollion unschwer dabei helfen können.) Man vermaß Indien, erfand Schwefelzündhölzer, Kunstleder, Indigo-Anilin, baute die erste „eiserne Bahn", produzierte Stahl, stellte Aluminium her, hob in Frankreich die Zensur der Presse auf, fand den magnetischen Südpol und den Zellkern, asphaltierte in Paris etliche Straßen, ein Revolver (Colt) erwies sich als nützliches Gerät zum schnellen Töten, während der Komet, von Halley trefflich berechnet, zusätzliche Furcht verbreitete.

„Man beginnt die wirkliche Entfernung zu Fixsternen zu messen", erklärte der Roboter. „Und es gibt Daguerres Methode, Dinge und Menschen abzubilden, ohne sie malen zu müssen."

„Dafür haben sie Hinterlader-Zündnadelgewehre, Briefmarken und genormte Schraubengewinde", sagte ich und riskierte das erste Glas Rotwein.

Telegraphenlinien übermittelten geradezu rasend schnell viele Informationen. Der Planet Neptun wurde entdeckt, die Nähmaschine erfunden, Chlorophorm-Narkose und Nitroglyzerin-Sprengstoff, ein Tauchboot, der Regenschirm, Injektionsspritze, Kugellager, die Bleibatterie, und bei der Durchmusterung des nördlichen Sternenhimmels wurden 324 192 Sterne gezählt.

„Fast so viele“, meinte Riancor, „wie überlebende Ureinwohner in Nordamerika.“

Was hättest du erwartet? Der Logiksektor fand nach dem langen Schlaf seine Sprache wieder.

Amoustrella und ich begannen zu begreifen, daß es mehr statt weniger Probleme gab, mehr Bewohner des Planeten, und daß jene archaische Phase wohl wirklich – wenigstens vordergründig – vorbei war. Inzwischen hätte nicht einmal die Arkon-Flotte eine gerechte Weltordnung schaffen können, ohne ein Gemetzel heraufzubeschwören.

Nahith Nonfarmale besuchte uns oft. Er fühlte sich wohl, aber kaum hatte ihn Riancor entdeckt, verschwand er wieder oder war unsichtbar geworden. Es wäre besser gewesen, wenn ich ihn kaltblütig ermordet hätte, als es noch leichter möglich war.

1860: GRASSE IN SÜDFRANKREICH

Der Vent du Midi brachte in weichen, warmen Wirbeln Gerüche mit sich. Rosen und Jasmin, Thymian und Lavendel, Mimosen, Rosmarin und Bitterorangen, Veilchen und einen Geruch, den wir von Australien her kannten. Wir aßen geräucherte Truite und Omble Chevalier und tranken kühlen weißen Wein. Auf dem Tisch standen die Flacons aus Porzellan, Gold und Silber, in denen zwei verschiedene Duftwässer, Rêve de Grasse, lautlos miteinander konkurrierten. Beides, Gefäße und „Traum von Grasse“, stellten unnachahmliche Kostbarkeiten dar, Erzeugnisse der Familie Fragonard.

„Es war ein romantischer Ritt, Liebster“, sagte Amoustrella. Die Sonne des frühen Sommers hatte unsere Haut gebräunt, und die hundert Schattierungen von Grün, der Geruch des Meeres und die stillen Straßen, auf denen wir gekommen waren, schwächten meine Unruhe, verdrängten sie aber nicht völlig. Für mich war es der kurze Abschnitt einer Reise in die Vergangenheit gewesen.

Seit 1782 stellten die Fragonards Parfüms her. Einer der Söhne wurde zu einem berühmten Barockmaler; wir hatten vor einer Stunde sein Gemälde in der Kathedrale angesehen und kletterten durch saubere, schmale Gäßchen hügelauf und -ab, kauften weiche Handschuhe und bestellten Essen für die nächsten Mahlzeiten. Wir nahmen nur vom Feinsten. In einem Monat würden wir in anderen Teilen der Welt hart arbeiten müssen, und hier taten wir so, als wären wir verwöhnte Reisende.

„Unser nächstes Ziel, Atlan?“ Amou drehte nachdenklich an den Parfümgefäßen. „Das Meer?“

Wir aßen von herrlichem Geschirr aus dem Limousin; schnelle Ritte von Aigues Mortes durch die Camargue lagen hinter uns, die Hügel, die einen Teil der Provence kennzeichneten, die breiten, guten Straßen und die Pinienwälder. Wir waren auf dem Weg zurück zum Meer, über Montauroux, den Ronflon entlang, nach Le Muy, und von dort nach Grimaud und zum Uferdörfchen, das ebenfalls Beauvallon hieß. Unsichtbar schwebte der wohlausgerüstete Gleiter hinter uns, und Ricos Spionkugeln begleiteten und schützten die drei Reiter.

„Ja, Amou.“ Ich dachte an Australien und Yodoyas Inselchen. „In die Nähe eines Örtchens, das einst Port Soleil hieß, jetzt verfallen ist und nur noch ein Zeichen für allerlei Vergängliches.“

Sie nickte. Wir beendeten unser langes Essen mit hauchdünnen Crêpes. Bei Kerzenschein, vor dem lodernden Feuer eines Kamins, liebten wir uns, während vor dem offenen Fenster ein Vogel zwitscherte.

1859: VOR DEM AUFSTIEG

Zwischen stinkenden Fellen war dünnes Gold zu Goldsalz gelöst worden, das jetzt in einer Wanne aufgeschwemmt war. Daneben stand ein tönerner Krug, den mir ein Partherschamane geschenkt hatte. Im Krug steckte, durch Erdpech isoliert, ein kupferner Zylinder, darin stak, ebenfalls isoliert, ein Eisenstab, von einer dicken Bleischicht umgeben. Rico schüttete konzentrierten Saft aus Zitronen in den Krug und sagte:

„Ich könnte auch frischen Traubensaft oder Weinessig dazu nehmen."

„Und was soll dieser Versuch?"

„Eine Spielerei", sagte der Roboter. „Mir war langweilig geworden."

Bald floß der Strom. Arkonidische Meßgeräte zeigten die Spannung und die Stärke an. In der Wanne hing ein silbernes Schmuckstück aus Ctesiphon, einer parthischen Hauptstadt. Ich wartete, bis Riancor sagte:

„Es dauert rund zwei Stunden. Dann wird das Schmuckstück, eine Brustplatte für Häuptlingsfavoritinnen, dauerhaft vergoldet sein."

Amoustrella schlief inmitten einer Illusionslandschaft. Über Europa lag tiefe Winternacht, die Zeit, in der die Hunde der Hekate hechelnd umherschweiften. Riancor und ich unterhielten uns, und er steuerte die Maschinen und die Bildschirmspeicher, die zu jeder Bemerkung, jeder Frage und Überlegung die Bilder lieferten.

„Abgesehen von den arkonidischen Notsilos verfügen wir über eine Reihe funktionierender Stützpunkte. *Erstens:* Le Sagittaire, beziehungsweise Beauvallon. Wir sollten uns daraus zurückziehen, denn unsere Rolle ist nicht mehr länger durchzuhalten."

„Einverstanden. Nach einem letzten Besuch entscheide ich."

Die Chronik des Dorfes hatte ich verinnerlicht, die letzten fünfzig Jahre bestätigten unsere Absicht. Leidenschaftslos sprach der Roboter weiter.

„Zweitens: Bald wird der erste Siedler in Australien gegen die Schutzkuppel unseres Dörfchens stoßen. Auch von dort müssen wir uns zurückziehen."

„Einverstanden. Nach einem letzten Besuch. Räume alles weg, räume auf, lasse ‚unser' Häuschen noch eine Weile eingeschaltet. Die LARSAF müssen wir evakuieren."

„Drittens: Auf Yodoyas Inselchen?"

„Das ist vorläufig das beste Versteck", sagte ich. „*Viertens:* Der Turm über dem Flußtal des Lechs?"

Wieder überschwemmte eine Bilderflut die Grenzen meiner Aufnahmefähigkeit. Der Turm war in vorzüglicher Tarnung, mittlerweile bis zur Unkenntlichkeit versteckt und überwachsen und immer noch völlig einsam und unentdeckt.

„Die richtige Operationsbasis für den Dauerkrieg gegen Nonfarmale."

„Auch einverstanden", sagte ich. „Rüstet den Turm mit den Resten von Beauvallon und dem Samuraidörfchen aus, wenn es soweit ist."

„Aye, aye, Sir."

Zu den Klängen der „Eroica" betrachteten wir weitere Schilderungen der jüngsten Vergangenheit.

„*Fünftens:* Es dürfte nicht einfach sein, in den Katakomben von Arcanjuiz zu rematerialisieren und mitten im Städtchen, das längst einen anderen Namen hat, zu erscheinen."

„Diese Möglichkeit bleibt uns noch immer", sagte der Roboter. „Einfacher dürfte es, *sechstens,* in Carundel Mill sein. Im Obergeschoß bist du stets willkommen."

Natürlich würden wir weitere Verstecke einrichten können. Es gab unzählige Möglichkeiten. Wir hatten uns nicht einmal darum bemüht, zusätzliche unbekannte Winkel zu suchen.

Ich lehnte mich zurück und löschte alle Bilder von den Panoramaschirmen.

„Kann ich noch ein Glas Wein trinken, ohne die Reanimation zu sabotieren?"

„Selbstverständlich, Gebieter", sagte Riancor. „Boog ist schon unterwegs."

Meine Wiederherstellung schien weit fortgeschritten zu sein. Ich fühlte mich stark, und der Pokal hatte eine bemerkenswerte Größe. Ich nahm einen langen Schluck und bereitete mich auf Nonfarmale vor.

Seit ich ihn mit Feuer und Kanonendonner bekämpft hatte, schien er sein Vorgehen geändert zu haben. Die holografischen Schirme zeigten in chronologischer Reihenfolge, was Riancor aufgefangen hatte.

Sein Gesicht war schmal geworden, sah knochig aus, aber die Haut war frisch und gebräunt. Er hatte sich regeneriert. Ich wußte, warum ich nach Wein verlangt hatte. Die insgesamt siebenunddreißig Auftritte Nonfarmales setzten selbst mir zu.

Riancor sagte, bevor mich das Entsetzen völlig in den Bann geschlagen hatte:

„Ich habe vieles sehen können, wahrscheinlich ebensoviel nicht gesehen, ihn stets zu verfolgen versucht, aber seit dem letzten Zusammenstoß mit dir ist er sehr vorsichtig geworden. Er zeigt sich entweder, wie du sehen wirst, in menschlicher Gestalt oder Maske, oder nur kurz als irgendeine Spukgestalt. Seit eurem Kampf vergingen sieben Jahre bis zum ersten Auftauchen."

Differenz zweier unterschiedlicher Zeitgefüge, sagte der Logiksektor.

Bilder, Geräusche, Bewegungen und Bedeutungen ergaben immer wieder eine rasend schnelle, bedeutungsvolle und schauerliche Aktion. Nahith Nonfarmale, der Emotiosauger, arrogant und von einer unglaublichen Eleganz aller seiner Handlungen, verschmolz mit seinen Rollen.

Eine Arena in Spanien.

Tausende schrien, als Nonfarmale in der Uniform eines Toreros den Stier bis zum Wahnsinn reizte, folterte, mit ihm spielte, an den Banderillas riß, die Menge in kochende Ekstase hineintrieb. Der dritte *toro bravo* an diesem Nachmittag. Mächtige schwarze Tiere mit nadelscharfen Hornspitzen, stinkend, keuchend, gereizt wie . . . mir fehlten die Worte. Nonfarmale bewegte sich entweder gar nicht oder derart gut, daß ihn das rasende Tier immer wieder verfehlte.

Schließlich, nach einem scheinbar endlosen Ballett der Qualen, fixierte er den Kampfstier vor sich, hob den Degen und schleuderte die rote Capa von sich. Er traf das

Tier zwischen den Schulterblättern, und als er den Tod spürte, war es, als ob die stählerne Klinge eine Leitung wäre, durch die er alle psychischen Emanationen der riesigen Menschenmenge in sich hineinsog und Kraft speicherte für eine Million Jahre.

Während die Maultiere den Kadaver hinausschleiften, während es Kissen, Geldscheine, Münzen und Beutel voll Geld hagelte, verließ er die Arena, als beendete er einen erfrischenden Waldspaziergang.

Eine Reiterattacke, irgendwo.

Blut tropfte aus dem Maul des Tieres und aus den aufgerissenen Wunden, die von messerscharfen Sporen stammten. Schweiß kochte auf dem Fell des breitbrüstigen schwarzen Hengstes. Säbel fuhren zischend durch die Luft, Lanzen stachen hierhin und dorthin; aus langläufigen Reiterpistolen zuckten Feuerzungen. Im silbernen Panzer über schwarzem Küraß ritt Nonfarmale auf die verschanzte Batterie zu, deren Feldschlangen ununterbrochen feuerten. Rauch, Qualm, Pulvergase und kreischende Schrapnelle zerfetzten, erstickten und blendeten andere Kavalleristen: ihn nicht.

Er tötete mit seiner Pistole, zertrümmerte die Schädel der Männer um die Geschütze mit dem Kolben der Waffe, sprang über heiße Geschützrohre, schlitzte Hälse auf und ritt andere Männer nieder. Lanzenspitzen schlug er mit der Hand zur Seite, und während rings um ihn Männer wimmerten und schrien, lachte er, hieb um sich, tötete und zwang das von Schmerzen gepeinigte Tier zu Leistungen, die niemand glaubte, selbst wenn er sie sah.. Als die Geschützstellung genommen war und sich der Raum hinter den Verschanzungen in eine breite Zone aus Verwundeten, Sterbenden und Toten verwandelt hatte, riß Nonfarmale das geschundene Tier auf die Hinterhand, ließ es mit wirbelnden Vorderhufen steigen. Er sprang aus dem Sattel, bevor das Tier röchelnd verendete.

Er verschwand mitten im Gegenangriff der Türken.

Ein Sklavenmarkt, irgendwo in afrikanischer Wüstengegend.

Es war eine riesige Zitadelle. Spanisch, portugiesisch oder im Besitz hellhäutiger Araber.

Etwa eintausend junge Neger und Negerinnen, angekettet oder so lethargisch, daß eine Fesselung sich erübrigte, lagen und saßen im Sand zwischen schwarzen, aufragenden Mauern.

Händler im Burnus spazierten zwischen den Sklaven umher und prüften sie, als würden sie Schafe oder Ziegen kaufen. Mitten unter den Händlern bewegte sich Nonfarmale, und wer ihn anblickte, erschrak. Seine dünne stählerne Gerte pfiff durch die Luft und traf, und er sortierte wohl auch Sklaven und Sklavinnen für sich selbst aus. Sein Sinn für Schönheit war untrüglich, aber um ihn herum herrschte eine Aura der Bösartigkeit.

Schweigende Männer packten die bedauernswerten Geschöpfe und brachten sie weg.

Eine lange Folge kaleidoskopischer Bilder folgte. Grausamkeit reihte sich an Grausamkeit. Ähnlich wie ich bewegte sich der Psychovampir durch die Jahre und sprang zwischen den wichtigsten Punkten des Planeten hin und her. Seine Auftritte waren kurz, aber ich konnte keinen davon vergessen.

Nach etwa vier Stunden endete die einzigartige Darbietung.

Wortlos hielt ich zum viertenmal den Pokal nach rechts. Boog füllte nach.

„Grausamkeiten kenne ich. Aber das ist zuviel. Es ist ..." Meine Stimme versagte, und ich schwieg weiter, selbst nachdem ich den Pokal geleert hatte. Riancor brachte mich in mein Bett, und ich schlief siebzehneinhalb Stunden lang und tief und ohne Träume, was mich noch lange erstaunte.

„Er besuchte, wenn ich statistische Berechnungen anführen darf", sagte Riancor später, „diesen Planeten nicht häufiger als zuvor. Augenscheinlich habe ich die schlimmsten Sequenzen beobachten müssen."

„Freund Riancor, Robot meiner Einsamkeit", sagte ich. „Selbst wenn ich resigniert haben sollte, was die verfluchten und geliebten Barbaren betrifft, selbst wenn ES mich nicht zwingt, selbst wenn ich meine Verpflichtung als Paladin der Menschheit oder dergleichen ohne rechten Schwung betreibe – solche Kreaturen wie Nonfarmale müssen ausgerottet werden. Ich sage jetzt und hier: Ich werde ihn verfolgen und bekämpfen, bis einer von uns tot ist.

Mag sein, daß das Schicksal mich daran hindert. Aber ich versuche es. Mit allen Waffen, allen Tricks, allen Möglichkeiten, die wir haben. Du wirst mir helfen, Rico oder Riancor. Verstanden?“

Riancor sah noch immer so aus wie der jüngere Bruder eines im Pulverrauch ergrauten Gascogners. Durch grüne Augen betrachtete er mich; ich bot schwerlich ein Bild arkonidischer Kraft und Herrlichkeit.

„Es mag sein, daß dieser Nonfarmale dich besiegt. Was dann, Arkonide?“

„Ich weiß es nicht. Wir müssen lange nachdenken, rechnen und planen. Und ich versuche, mutig, aber vorsichtig, Nonfarmale zu töten. Wenn möglich, hier, auf dieser Welt. Wir können uns viel Zeit nehmen, und notfalls konstruierst du eine ganze Armee von sprücheklopfenden Boogs.“

Ich holte tief Luft, gab Boog den leeren Pokal und schloß:

„Es wird nicht mehr lange dauern, und dann macht sich diese Rasse auf den Weg zu den Sternen. Zumindest auf den Weg zu dem verdammten Mond. Oder zu den Planeten. Dann endet meine Zeit als Hüter der Menschheit. Bis zu diesem Punkt sollten wir den Menschenschinder vernichtet haben.“

Riancor sagte, scheinbar völlig ungerührt:

„Darauf würde ich keine Wette riskieren, Atlan. Wir haben es schon so oft versucht. Erfolglos meist. Du befiehlst, was ich tue. Shakespeares ‚Hunde des Krieges‘ sind los.“

„Und ich bin der Anführer des geifernden Rudels“, murmelte ich. „Es ist genug Zeit. Wenn du mich und Amoustrella im Golf östlich von Grimaud, bei Beauvallon unter den Pinien abholst, fangen wir an. D'accord?“

„D'accord, Gebieter."

Es ist, sagte ich mir erschöpft, ein Zustand eingetreten, der mich zu überfordern droht. Ich brauchte Zeit, Ruhe und eine neutrale Umgebung, um lange und ungestört über alles nachdenken zu können. Auch deswegen wagte ich mich aus den Höhlen der Vergangenheit hervor und ritt mit Amoustrella bis zum Golf, bis zum Pinienwald, zum winzigen Strand und in die gleißende Ruhe eines mittelmeerischen Frühsommers.

2.

1860: LES TROIS PONTS

Das Zelt stand unter den harzigen Nadelbüscheln der größten Pinie, vom Fluß Le Giscle roch es wohlig modrig herüber. Bis zu der Brandung hatten wir hundertzwanzig Schritte zu gehen. Reines Seewasser und Sonnenglut hatten mein Haar weiß, Amous Haar – in dem sich einzelne graue Fäden abzuzeichnen begannen – dunkelgrau werden lassen. Wir befanden uns in völliger Einsamkeit; nach Grimaud ritten wir zwei Stunden, wenn wir unter Menschen sein wollten.

Nacht. Mediterrane Schwärze voller strahlender Sterne über uns. Der zweite Tag im Juli; erst jetzt wich die stechende Hitze. Bis vor einer Viertelstunde hatte uns Nebel umgeben, so dicht, daß man Dachpfannen darauf hätte verlegen können. Die Klimaanlage summte, und ein Schutzfeld umgab uns wie eine Mauer. Zweitausend Schritt im Radius gab es außer uns keine lebende Seele. Die Lampen der Fischerboote, die im Golf von Saint-Tropez trieben, bildeten im zurückweichenden Dunst riesige Lichtkreise.

„Schon seit sechs Wochen, Geliebter, warte ich auf einen solchen Abend, auf die Ruhe einer solchen Nacht", sagte Amoustrella. „Endlich erkenne ich meinen ruhigen, überlegenen Atlan wieder. Bisher warst du wie ein ...", sie fand den richtigen Vergleich, „unflügger Vogel. Weich, verletzlich und zitternd."

„Ich? Weich und zitternd? Du hast wieder in den falschen Büchern geblättert", sagte ich mit breitem Grinsen. „Schieferäugige Sphinx meiner alpträumenden Nächte: Du bist mindestens beschwipst, wenn nicht gar trunken."

Ihre schlanken Finger spielten mit dem Zellschwingungsaktivator.

„Ich bin trunken, weil du endlich zu wissen scheinst, was zu tun ist. Ich liebe es, wenn du im Traum sprichst. Dann erfahre ich endlich, daß du dir Sorgen um deine Witwe machst, wenn dich Nonfarmale tötet."

Ich drehte den Kopf und starrte fassungslos in ihre Augen.

„Im Schatten des Verhängnisses", sagte ich leise, „so oder ganz ähnlich ist es. Du besitzest eine Form wortloser Klugheit, die mich verblüfft."

Amou nickte, senkte den Kopf und umarmte mich.

„Atlan. Ich weiß, daß du Schwätzer haßt. Aber jetzt geht es um das personifizierte Grauen. Ich verstehe, wenn du zögerst, nachdenkst, abwartest, literarische Vergleiche herbeiziehst. Ich wundere mich schon, daß du nicht Homer oder mesopotamische Priester zitierst."

„Jeder, der mich kennt", murmelte ich, „wundert sich, früher oder später."

„Selbst du, Herzog der Leidenschaften."

„Selbst ich. Du hast alle Berichte und Bilder gesehen. Diese Welt steht an einem Schnittpunkt. Vielleicht ich auch. Ich habe Nonfarmale etwa ein halbes Dutzend Male angegriffen. Stets entkam er. Er ist ebensowenig wie ich unbesiegbar. Aber kein denkendes Wesen kann dulden, daß er auf dieser Welt und wahrscheinlich auf einigen anderen Welten unbestraft seine Grausamkeiten betreiben kann."

„Wie willst du das ändern?"

„Ich muß ihn von seinen Jenseitswelten abschneiden, seine sonstigen Möglichkeiten einschränken, und dann hetze ich ihn kreuz und quer über diesen Planeten, bis zum bitteren Ende."

Ihre Hände blieben kühl, ihre Lippen waren heiß, als wir uns küßten. Nach einer Weile flüsterte sie:

„Du wirst tun, was du tun mußt. Du bist ein Mann von einem anderen Stern . . .“

„Planeten“, berichtigte ich. „So ist es. Doch wie auch immer. Was willst du damit sagen?“

„Mann aus der anderen Welt. Du tust mehr als jeder Herrscher, von dem ich gehört oder gelesen habe. Warum ist es so hart für dich, wenn du nicht sofort absolut erfolgreich bist? Bist du schöner als der Große Alexander? Dynamischer als Napoleon? Ein besserer Seemann als Admiral Nelson? Wenn du es mit dem Bürgermeister von Beauvallon zu tun hast, und das hattest du, dann bist du hundertmal klüger als er.

Aber ein Gegner wie Nonfarmale ist nicht mit dem gewohnten Maßstab zu messen. Selbst du hast es schwer. Und es spricht für dich, daß du zauderst. Und wenn es einhundertelf Jahre dauert: Du wirst siegen, obwohl er besser kämpft als du.“

Ich griff verblüfft nach dem Weinbecher.

„Erstens: Wie kommst du auf einhundertelf Jahre? Und warum kämpft er besser als ich?“

„Weil“, Amou nahm den Becher aus meinen Fingern und trank ihn halb leer, „er keine Skrupel kennt. Er kennt keine Moral, kein Gesetz, keine Regeln. Denke so wie er, und du wirst einen leichteren Kampf haben.“

Nach einer ziemlich langen Zeit, in der weder Amou noch ich den verhaßten Namen erwähnten, richtete ich mich wieder auf und murmelte:

„Ich hasse kluge Frauen, weil sie mir die eigene Unzulänglichkeit drastisch vor Augen führen. Da ich dich aber nicht hasse, muß ich dir widerwillig sagen, daß du völlig recht hast.“

Der Nebel war gewichen. Die Lichter der Fischer verschwanden nach links. Der Becher war leer, und wir gingen Hand in Hand zum Wasser. Schließlich murmelte ich:

„Du hast recht, Amou. Ich kann ihn nur mit meinen

Mitteln bekämpfen, aber ich werde ihn mit seinen Mitteln besiegen."

Ich dachte an die Gefährtinnen, die kurze Strecken eines planetarischen Lebens an meiner Seite gegangen waren. Von allen schien Amoustrella Gramont die klügste zu sein. Ich packte sie, rannte ins Wasser hinein und ließ sie erst los, als ich unter meinen Sohlen keinen Grund mehr spürte.

3.

1860: AUSTRALIEN

Noch hatte diese Küstenzone keinen offiziellen Namen. Wir nannten sie, da außer den von uns gepflanzten und kultivierten Bäumen nur wenige Waldstreifen existierten, „Landschaft ohne Bäume" oder: Nullarbor-Ebene. Unser Reservat lag, zog man zwischen Perth im Westen und Newcastle im Osten eine Gerade, ziemlich exakt in der Mitte der Distanz.

„Unglaublich", sagte Riancor. „Die Pflanzen besiegen jede Art von Bauwerken. Und das, obwohl die robotischen Gärtner emsig waren."

„In ein paar Jahren ist hier nichts mehr von unserer Anwesenheit zu sehen", antwortete ich. „Sehen wir uns um."

Ebenso wie in Beauvallon hatten die Roboter angefangen, die wertvollsten Teile der Anlagen zu demontieren. Hier konnten sie ungehindert arbeiten, in Le Sagittaire mußten sie nachts und weitestgehend geräuschlos vorgehen. Ich nahm die Hand Amoustrellas und zog sie über den schmalen Weg, über die Brücke und unter das Vordach.

„Ich werde traurig sein, Liebster, wenn es das Haus nicht mehr gibt."

Ich stieß die Tür auf. Kühle Luft schlug uns entgegen. Die Maschinen hatten, wie gewohnt, perfekte Ordnung geschaffen.

„Es wird lange dauern, bis man jedes Stück der Küste

Australiens kennt. Wir können uns auch in entsprechender Maskierung hier aufhalten", sagte ich. „Dieses eine Haus lassen wir stehen. Daß es aus einer anderen Kultur stammt, weiß bald niemand mehr."

Es gab keinen Grund zu irgendwelcher Hast. Wir verstauten unser weniges Gepäck, aktivierten ein Dutzend verschiedener Kommunikationsgeräte und gingen durch die glühende Hitze des späten Vormittags langsam hinüber zum Hangar. Jeder Eukalyptusbaum, den wir am Rand der baumlosen Wüste gepflanzt hatten, war mittlerweile riesengroß gewachsen, wie auch die anderen Gewächse, die sich nach West und Ost erstreckten. Immerhin konnten wir im Schatten spazieren.

Riancor hatte die Torflügel des Hangars geöffnet. Funkelnd und leuchtend stand die LARSAF ZWEI-DREI auf ihrem grazilen Fahrgestell auf dem glatten Boden. Im Hintergrund der niedrigen Halle bauten Riancor und fünf kleine Maschinen Teile der Pulte ab und wickelten Spezialkabel auf.

„Der Transmitter auf Yodoyas Insel ist aktiviert. Dort warten einige Roboter und bauen ein Schutzzelt für das Raumschiff. Du könntest ohne Zeitaufwand schnell wieder hier sein."

„Ohne mich wirst du, bitte, nicht fliegen", sagte Amou. Ich nickte; dagegen war nichts zu sagen.

„Zunächst muß ich mit dem Gerät wieder vertraut werden", sagte ich und wartete darauf, daß die Eintrittsleiter ausfuhr und herunterklappte. „Bereite den Start für morgen früh vor, Riancor."

„Verstanden."

Während ich in die Steuerkabine kletterte und unzählige Schalter betätigte, dachte ich daran, daß die LARSAF zwar durch eine Reihe von Maßnahmen hervorragend gesichert und geschützt war, aber kaum Waffen trug. Kaum saß ich im Pilotensitz, sagte der Logiksektor:

Rechnest du mit einem Raumkampf gegen Nonfarmale?

Ich rechne mit allen möglichen Gefahren während eines Raumfluges, dachte ich. Vielleicht muß ich tatsächlich Nonfarmale oder andere vom Raumschiff aus bekämpfen.

Die unerledigten Probleme schienen sich vor mir aufzutürmen wie eine riesige Sanddüne. Während ich die Systeme des Schiffchens prüfte, dachte ich an das vorauszusehende nächste Auftauchen des Psychovampirs, an einen Raumflug nach Arkon, mit Amou zusammen, an eine vernünftige Verteilung unserer Schlupfwinkel und daran, daß die Barbaren tatsächlich die wissenschaftlichen Grundlagen hervorbrachten, die ein erstes Schrittchen auf dem Weg zu den Sternen, zumindest zu einer Art Raumflug darstellten.

Auf einem der Monitoren war Riancor zu sehen. Ich sagte zufrieden:

„Ich habe nichts anderes erwartet. Das Schiff scheint startbereit zu sein. Du solltest einmal nachrechnen und planen, ob wir einige brauchbare Waffen an Bord installieren können."

„Im wesentlichen ist es eine Frage der verfügbaren Energie", lautete die Antwort.

Bisher war es sinnlos gewesen, mich zu wecken, weil die Aufenthalte des Seelensaugers zu kurz waren. Riancor hatte eine hohe Wahrscheinlichkeit für den nächsten Besuch ausgerechnet. Wann? Das hing von allerlei Zufällen ab, auf die nicht einmal er Einfluß ausüben konnte. Bereitete sich irgendwo ein neuer Krieg vor? Ständig gab es Kämpfe und Kriege. Ich würde also wieder einmal auf Nahith Nonfarmale warten. Und ich war sicher, daß er mir nicht wieder den Gefallen tun würde, auf einem Saurier zu reiten oder einer ähnlichen Bestie. Ich desaktivierte die Steuerung wieder und verließ das Schiff.

„Ohne diesen technischen Kram kann ich den kurzen Flug wohl riskieren?" sagte ich zu Riancor. Soeben beförderte der Transmitter zwei Container zurück in die Tiefseestation, wo Boog sie in Empfang nahm.

„Du wirst mit mir verbunden sein", sagte er. „Wie gewohnt."

„Gut so."

Amoustrella saß, die Arme um die Knie gelegt, auf einem der Felsvorsprünge und betrachtete schweigend die Landschaft zwischen Wüste und Meer. Überall dort, wo unsere Wasserversorgung endete, hörte auch die Vegetation auf, saftiges Grün zu zeigen. Ein paar jener grauen Beuteltiere sprangen in kühnen Sätzen von einer Wasserstelle zurück in den Schatten.

„Eines Tages", sagte ich und deutete in die Richtung des Hangars, „werden Eingeborene diese eckige Höhle entdecken, ihre Zeichnungen in die Wände ritzen und den Hangar zu einem Tempel der Traumzeit machen. Gehen wir?"

„Seltsam. Le Sagittaire vermisse ich nicht. Dieses Stück Land werde ich sehr vermissen."

„Ein Haus bleibt stehen. Wenn wir wollen, sind wir ohne großen Aufwand wieder hier", sagte ich. „Die unterirdische Wasserversorgung ist so gut versteckt, daß wir sie nicht abzubauen brauchen."

Sie reichte mir ihre Hand, ich zog sie in die Höhe, und wir tauchten wieder in den grünen Schatten, in eine Zone, in der sich nach und nach jede Tierart eingestellt hatte, die es in weitem Umkreis gab. Blüten verströmten betäubende Gerüche. Insekten summten, Vögel zwitscherten und kreischten.

Das Meer tief unter uns zeigte das riesige Muster der Wellen. In großen Abständen tauchten schäumende Dreiecke auf und verschwanden wieder, und das Sonnenlicht lag wie ein riesiges Band aus Platin über dem tiefen Blau. Fast lautlos schwebte die LARSAF nach Westnordwest. Monsunwolken türmten sich auf, und manchmal huschten riesige Schatten über die Wasserfläche.

„Wir haben so viel Zeit, wie Nonfarmale dir läßt? Richtig?" fragte Amou. Sie steckte, wie ich, in einem leichten Schutzanzug mit den üblichen Überlebenseinrichtungen.

„So ist es. Wenn ich diese herrliche Welt sehe und daran denke, auf welche Weise sie von Nonfarmale beschmutzt wird, dann weiß ich, wie Haß schmeckt, Amou."

Wir durchflogen eine Wolke, und sekundenlang verschwand die Schönheit von den Bildschirmen und vor den Luken.

„Atlan, den sie Al-Montakem nennen, den Rächer", sagte Amou, ohne zu lächeln. „Seit ich deinen ersten Kampf halbwegs miterlebt habe, zittere ich. Und ich zermartere meinen Kopf. Mir fällt nichts ein, Liebster."

„Mir auch nicht. Jeder Kampf ist schwer oder gar aussichtslos, wenn sich zwei gleichwertige Kämpfer gegenüberstehen. Ich glaube, ich muß seinen Rückweg abschneiden und ihn dann hier nach meinen Regeln angreifen und töten."

„Ich denke, Riancor versucht bereits, eine kluge Maschine für diesen Zweck zu bauen?"

„Ja. Seit Jahrzehnten. Aber wenn es darauf ankommt, zeigt sich bestimmt wieder eine neue Überraschung, auf die keiner von uns vorbereitet ist."

„Verständlich, denn er rechnet damit, daß sich hier der gleichwertige Feind aufhält und auf ihn wartet."

„So ist es. Daß ich so lange nicht zurückschlug, wird ihn in falsche Sicherheit wiegen. Das hoffe ich wenigstens."

Wir passierten eine sonnendurchströmte Schlucht zwischen zwei Wolken. Schatten schoben sich heran, ein Regenguß rauschte über uns herunter, dann stießen wir wieder in grelles Licht. Unter uns zeigte sich ein riesiger Schwarm weißer Wolken, und ihre dunklen Schatten sprenkelten das Gewirr von Inseln. Zwischen den Korallenriffen bildeten dünne Ströme jener winzigen Lebewesen, die den Fischen als Nahrung dienten, bizarre Wirbel. Sie boten zum tiefblauen Ozean einen Kontrast, der zu der lautlosen Schönheit dieses Teiles der Welt beitrug. Schweigend starrten wir hinunter und bewunderten die ständig wechselnden Bilder.

„Da sind die Inseln", sagte ich. „Bevor ich auf Yodoya-Island lande, fliege ich noch einen kleinen Abstecher."

„Verstanden", sagte Riancor. „Sämtliche Werte sind einwandfrei. Fast hundert Prozent."

„Das höre ich gern.“

Ich schob den Geschwindigkeitsregler vor, lächelte Amoustrella zu und zog die Spitze des Raumschiffs hoch. In einem Viertelkreis rasten wir senkrecht nach oben, die Geschwindigkeit nahm zu, an den Flügeln zerrte kurz die Luft, als ich schneller wurde als der Schall. Vor uns begann der Himmel seine Farbe zu verändern, und die bleiche Mondsichel wurde schärfer, und als die ersten Sterne aufstrahlten, verwandelte sich auch die Farbe des Mondes mit den scharfen Schatten der Krater. Ich flog geradeaus, belastete den Antrieb mit Höchstwerten und kontrollierte sorgfältig die Anzeigen. Dann erst erlaubte ich mir, das Raumschiff in einer Weise zu steuern, wie es einem Gerät in der Schwerelosigkeit möglich war. Hoch über der Krümmung der Erde beschleunigte ich, bremste, schaltete den Antrieb auf Leerlauf und wieder auf hohe Leistung, benutzte sämtliche nicht-atmosphärischen Steuermechanismen und simulierte, so gut es möglich war, einen längeren Raumflug. Alle Geräte arbeiteten so wie in einem Kugelschiff der Arkonflotte.

„Obwohl ich immer wieder erlebe, daß offensichtlich bis zur letzten Niete an Bord alles so zuverlässig arbeitet, wie es sich ein Techniker nur erträumen kann“, sagte ich, als ich die Geschwindigkeit abgebremst und die Nase der LARSAF wieder auf den blauweißen Planeten gerichtet hatte, „fürchte ich mich vor einem Flug in meine Heimat. Nichts ist für mich wichtiger als dieser Flug. Ich habe das Gefühl, ich würde einen Selbstmordversuch machen.“

Amoustrella blickte mich prüfend an.

„Ob das Schiff einen langen Flug aushält, kann ich nicht beurteilen.“ Sie legte ihre Hand auf meinen Unterarm. „Wenn ich daran denke, daß ich älter werde, du dich aber nicht veränderst, jedenfalls nicht dein Körper, dann habe ich ein ähnliches Gefühl.“

Der Extrasinn verzichtete auf einen Einwand.

„Niemand im Universum kann dieses Problem lösen, Amou.“

„Niemand.“ Ihr Lächeln wurde schmerzlich, in sich gekehrt. „Nur der Tod.“

Ich wußte nichts zu antworten. Schweigend führte ich die Handgriffe durch, die uns wieder auf den richtigen Kurs brachten. Ich zog über dem Inselgewirr einige riesige Spiralen, ging langsam tiefer und folgte schließlich, als wir uns sattgesehen hatten, dem klaren Peilimpuls. Minuten später senkte sich die LARSAF wie ein riesiger Vogel Rock neben den Palmen herunter und sank eine Handbreit tief in den Sand, als ich die Antigravelemente abschaltete. Wir kletterten ins Freie, und die Triebwerke kühlten mit scharfem Knacken ab.

Ich warf, ehe ich den Transmitter benutzte, einen letzten Blick auf die LARSAF. Zwischen den Bäumen war das Fahrgestell im Boden verankert. Eine halbkugelige Konstruktion, in der leichter Überdruck herrschte, bedeckte das Schiff. Das Material war mit naturgetreuen Wiedergaben von Pflanzen bemalt, ein Schutzfeld flimmerte kaum merklich. Aus fünfzig Metern Entfernungen sah man das Zelt nur dann, wenn man wußte, daß es da war. Amoustrellas Finger tasteten nach meiner Hand.

„Komm“, sagte sie leise. „Genießen wir die letzten Tage dort, wo wir uns zum erstenmal geliebt haben.“

„Das ist zweifellos der beste Vorschlag, der seit sieben Tagen gemacht worden ist.“

Lachend gingen wir durch den Transmitter und hatten plötzlich der Zeit einige Sonnenstunden abgetrotzt. Die Hitze trieb uns ins kühle Haus, während Riancor mit seinen Maschinen weiter arbeitete. Ich zog mich um, schlüpfte in einen hauchdünnen Kimono und rief im Halbdunkel des Arbeitsraums die Informationen ab, die von einem Dutzend Spionsonden gesammelt worden waren.

Eine Stunde später wußte ich, daß Nonfarmale sich nicht gezeigt hatte. Noch nicht. Er würde kommen, und auf diesen Augenblick bereitete ich mich vor.

Auch jetzt, als wir über den feuchten Sand gingen und sich die Sohlen der Sandalen tief eindrückten, fühlte ich mich beobachtet. Muscheln brachen knirschend unter unseren Schritten. Die riesigen Wirbel der Brandung, die über das Riff fegte, leuchteten in den roten Strahlen der untergehenden Sonne.

„Ich habe eine Reihe von Beobachtungen gesehen, die Riancor im Reich der Mitte, in China, über längere Zeiträume hinweg gemacht hat." Wir blieben stehen und blinzelten in die Sonne. „Ein seltsames Volk, das sich nicht scheut, seine Foltermeister zu Künstlern zu erziehen. Die Engländer kaufen, mit teurem Gold und Silber, mehr als siebenundzwanzig Millionen Pfund Tee von den Chinesen. Sie verkaufen, so rechnete Riancor zusammen, rund fünfundvierzigtausend Kisten Opium, ein mörderisches Rauschgift, an die Chinesen. Dieses Gift bezahlen die Chinesen wieder mit silbernen Taels."

„Das halbe Land muß inzwischen süchtig geworden sein!"

Amoustrella flüsterte es erschrocken. Ich nickte; Einzelheiten der Folterungen, Verfolgungen, Morde und Vergewaltigungen, die unsere Sonden aufgenommen hatten, wollte ich ihr ersparen. Ich glaubte, Nonfarmales Handschrift erkennen zu können. Er schien förmlich in menschlichem Leid zu waten.

„Kaiser Daoguang sah ein, daß die Geldentwertung und die Bestechlichkeit der Menschen, die mit dem Opium handelten, groteske Höhen erreichten. Er setzte den Gouverneur von Kanton ein, die Sucht sollte er austilgen. Zweitausend Händler wurden eingekerkert, viele hingerichtet. Dann wurde Lin Zexu auch mit den ausländischen Händlern fertig; er beschlagnahmte mehr als vierzigtausend Opiumpfeifen, beschlagnahmte tausendfünfzig Kisten Opium, stellte die Europäer unter Hausarrest und erhielt nach sechs Wochen Blockade den Rest der Kisten, fast zweiundzwanzigtausend. Im Juni achtzehnneununddreißig wurden mehr als zweihundert Tonnen in Gräben zerstampft, mit Salz und Zitronensaft aufgelöst und in einen Fluß geschwemmt. Daraufhin zogen die Engländer mit sechzehn Kriegsschiffen und viertausend Soldaten in den Opiumkrieg, hielten den Verkehr auf den Flüssen durch Blockaden auf. Nach vielen Kämpfen zahlte der Kaiser endlich mehr als zwanzig Millionen

Silberdollar als Strafe. In Europa erfuhren nur wenige die wahren Gründe für die vielen Gemetzel.

Peking wurde für Ausländer zugänglich, was an sich auch für die Chinesen ein Vorteil war. Aber beide Seiten verübten unzählige Greuel, mehr die Ausländer, weil sie besser bewaffnet waren. In China ist das Leben für unzählige Menschen unerträglich geworden."

Amou hörte schweigend zu. Wir hatten uns in den warmen Sand gesetzt; die auslaufenden Wellen sprudelten den Sand unter den Sohlen weg.

„Du denkst daran, daß Nonfarmale seine Hand im Spiel hat?"

Ich klaubte Muschelschalen zusammen und legte sie zu Mustern aus.

„Es liegt nahe, nicht wahr? In diesem Streit, der einer Nation wie England mehr als unwürdig ist, droht noch viel zugrunde zu gehen. Menschen, Ideen und Kunstwerke. Und die Chinesen sind Folterer und Schinder von hohen Graden. Das konnten sie allerdings ohne den Ratschlag unseres Freundes."

Nach einigen Atemzügen sprach ich leise weiter.

„Das Sterben der Tausend Tode dauert monatelang. Der Gefolterte muß sein eigenes Fleisch essen, und man tut ihm alles an, was du dir hoffentlich nicht vorstellen kannst. Ein paar solcher Unglücklicher, und Nahith schlürft ihr Leiden wie du und ich den Champagner."

Sie lehnte sich schwer gegen mich, dann sagte sie:

„Ich glaube, du mußt wirklich gegen ihn kämpfen."

„Aber wir haben nicht den geringsten Beweis, daß er sich dort im Reich der Mitte aufhält."

„Er wird sich zeigen – und ihr findet ihn."

Die Hitze ließ fast schlagartig nach, als die Sonne zu einem Viertel hinter dem Horizont verschwunden war. Wir zogen die wenigen Kleidungsstücke aus und wateten Hand in Hand, der Brandung entgegen. Das Wasser war angenehm warm und vertrieb die Gedanken an Tod und Folter.

Als die Roboter anfingen, Teile der umliegenden Häuser zu demontieren und in einen Container zu schichten, dachten wir zum zweitenmal daran, Australien zu verlassen und auch die hochtechnische Einrichtung meines Arbeitszimmers nach Yodoyas Insel zu schaffen. Der Hangar war ausgeschlachtet; schon jetzt bedeckte dicker Staub, vermischt mit welken Blättern, Samen und Gräsern, den Boden. Zwischen einigen Ritzen wucherten Pflanzen.

Riancor befand sich in der Kuppel, nachdem der Turm am Lech ausgerüstet worden war. Boog bediente uns und beaufsichtigte die Roboter. Eine gewisse Wehmut hatte uns befallen, aber sämtliche Spürgeräte suchten unaufhörlich nach den bekannten Impulsen oder nach einem Bild Nonfarmales.

Daß Ereignisse, in der Vergangenheit längst begraben, ihre eigenen Gesetze hatten, wußte ich. Wie erstaunlich die Zufälle sein konnten, fand ich erst sehr viel später heraus.

4.

1860: KYOTO

In der Regierungszeit des Shôguns Jyemochi, der dem Jyesada folgte, entdeckte ein Samurai unter den Hinterlassenschaften seiner Ahnen ein kleines Lackkästchen. Es war luftdicht verschlossen, denn als er es mit dem Schwert öffnete, zischte Luft ins Innere.

Langsam hob er mit spitzen Fingern den Inhalt heraus. Eine Locke, etwas Erde, mehrere Pfeilspitzen aus einem Metall, das – wie er später nachprüfte – unzerstörbar war, einige Scheiben reines Gold sowie einige Bilder, die mit einer unglaublichen Meisterschaft hergestellt waren, obwohl sie nicht größer als seine Hand waren. Tagelang untersuchte er sie mit einer Glaslinse, die ihm ein russischer Kapitän geschenkt hatte, als er auf dessen Schiff gewesen war.

„Sie müssen furchtlos gewesen sein, diese Samurai“,

murmelte er und begann zu ahnen, daß seine Augen einzigartige, wunderbare Dinge sahen.

Da gab es eine Ebene, riesengroß, bis an die Grenzen des Himmels, über die Samurai ritten, mitten unter ihnen ein Riese, der ein schrecklicher Kämpfer sein mußte. Vögel oder fliegende Dämonen, wie er sie niemals in seinen Träumen gesehen hatte, waren in der Luft und stürzten sich auf die Reiter.

Samurai und Ninjas saßen um ein Lagerfeuer. Sie trugen Waffen, deren Form und Bedeutung dem jungen Samurai sehr vertraut waren, aber sowohl die Waffen, viele Ausrüstungsteile und die Rüstungen strahlten etwas Fremdartiges, Unbegreifliches aus. Die Männer hatten einen Kampf hinter sich, denn sie trugen die Spuren und Wunden eines schnellen, gefahrvollen Rittes; zwei von ihnen, die er auf einem anderen Bild gesehen hatte, fehlten.

Nicht nur die Bilder zeigten rätselhafte Männer und ein fremdes Land, über dem das Licht einer anderen Sonne zu liegen schien, sondern auch die dünnen, harten Platten versteckten ein Geheimnis. Das Bild befand sich nicht direkt auf dem unbekannten Material, sondern schien in wechselnder Entfernung davor zu schweben; legte er einen Finger darauf, veränderte es sich, als würde es leben.

Immer wieder entdeckte er neue, erstaunliche Einzelheiten, und je mehr er sich mit den Gewächsen, Tieren, den Männern und der Landschaft beschäftigte, desto sicherer wurde er.

Auch das Dorf in der grünen Landschaft und vor der Brandung eines südlichen Meeres sah aus wie eines, das am Strand von Kyoto hätte stehen können. Aber auch hier war so vieles anders: die Sonne, die riesigen Bäume, die Abbildungen von Tieren, von denen weder er noch sonst jemand etwas wußte, das alles zeigte ihm, daß eine Handvoll Männer von seiner Insel zusammen mit einem oder zwei fremden, riesigen Herren in einem unbekannten Land gekämpft hatten.

Erst nach zehn Tagen wagte Yamazaki, die zusammengehefteten und mit dünnem, lackiertem Karton geschützten Seiten anzusehen. Schon die ersten Zeilen – er las die getuschten Schriftzeichen dort, wo der Text in den Büchern der weißen Fremden endete – sagten ihm, daß er einen Bericht seines Urahns vor sich hatte, aus den Regierungsjahren des Hunde-Shôgun.

Wunderbare Dinge waren geschehen – damals.

Der Bericht paßte zu den Bildern, die keinerlei Ähnlichkeit mit den Malereien der Großen Pinselmeister oder derer des Holzschnitts hatten.

Yamazaki las weiter, dachte nach, verglich und konnte sich nicht losreißen von der Geschichte, die sein Ahne hier aufgeschrieben hatte.

Kamakura Yamazaki wußte plötzlich, daß er einem bedeutungsvollen Geheimnis auf der Spur war. Die Höhle der Vergangenheit hatte sich einen Spaltbreit geöffnet. Grelles Sonnenlicht fiel hinein und enthüllte Dinge, Geschehnisse und Fremdartigkeit.

Am 18. Juni, am Tag von Waterloo, am Fest des heiligen Felicius, aber fünfundvierzig Jahre nach Napoleons letzter Niederlage, riß mich der Summer aus dem Schlaf. Ich sprang aus dem Bett und bedeutete Amoustrella, weiterzuschlafen, dann stob ich durchs Zimmer, über den Korridor und in den Arbeitsraum. Durch das Rauschen der Brandung und den Wind, der in den Baumkronen fauchte, hörte ich Signale und leises Stimmengewirr aus den Lautsprechern der Monitoren.

Fast alle Geräte waren entweder von Boog oder von Riancor, per Fernsteuerung, eingeschaltet worden.

„Nonfarmale!“ rief ich. Amir Darcy Boog stand, eine riesige Hibiskusblüte im Haar, starr im Hintergrund des dunklen Raumes. Ich warf mich in den knarrenden Sessel aus Rohrgeflecht. Meine Augen glitten über die Bilder, meine Blicke hefteten sich auf die Meßlinien und aufglimmenden Impulse der Ortungsschirme.

Riancors Stimme:

„Ein Strukturriß, Atlan. Über dem menschenleeren Nordamerika. Nahith Nonfarmale kommt.“

Tatsächlich fühlte ich, während ich den Gürtel des Morgenmantels knotete und auf den Bildschirmen Karten, Höhenfotos und Gitternetze erschienen, eine makabre Erleichterung. Seit den ersten Tagen in Beauvallon schüttelte mich innere Unruhe. Jetzt wich sie; kalte Anspannung trat an ihre Stelle. Ich sagte Boog, er solle eine große Tasse Kaffee holen, und versenkte mich in den Anblick der Bilder.

„Nördlich der Stadt Quebec, in der gleichnamigen Provinz", erläuterte Riancor. „Die Strukturöffnung bewegt sich."

„Erkannt", sagte ich und faßte in Gedanken zusammen, was ich über diesen Teil der Welt wußte. Daß zwischen den nördlichen und südlichen Staaten Amerikas angeblich wegen der angestrebten Sklavenbefreiung ein kalter Krieg herrschte, wußte ich. Präsident Abraham Lincoln war der wichtigste Mann in dieser Auseinandersetzung. Was bahnte sich weit im Norden von Washington an?

Das stechendste Signal bewegte sich, als ob es einen festen Standort suchen würde. Es zuckte nach Süden, wanderte nach Westen und kam schließlich südwestlich des riesigen, vielverzweigten und mäandernden Flusses zur Ruhe.

„Die weißen Amerikaner", Rinacors Erklärung kam, obwohl ich ihn nicht darum gebeten hatte, augenblicklich, „nennen ihn Mississippi."

Von anderen Standorten jagten bereits zwei Spionsonden in Höchstgeschwindigkeit in diese Richtung. Das Signal tanzte und irrlichterte noch eine Weile über der Landschaft. Riancor hatte ein Foto eingespiegelt, und ich erkannte die grünen Hügel am ersten rechten Nebenfluß dieses Stromes, der sich in den Golf zwischen den beiden Landmassen ergoß.

Der Punkt strahlte auf und erlosch.

Ich betrachtete eine Reihe arbeitender Anzeigeninstrumente. Nonfarmale schien einen Weg gefunden zu haben, auch den Endpunkt der Tore in seine Nichtwelten unsichtbar machen zu können.

Aber wir maßen das Vorhandensein der Energie an. Die Öffnung blieb.

„Was nun?“ fragte ich.

Amou brachte Kaffee und schottischen Whiskey. Sie setzte sich neben mich und sah zu, wie ich und Riancor versuchten, über das Netzwerk der Geräte mehr von Nonfarmales Absichten zu erfahren. Dort im nördlichen Amerika war heller Tag, aber es würde zwölf Stunden dauern, bis die Sonden das Gebiet erreichen konnten. Und was konnte ich tun, wenn wir ihn wieder verloren?

„Nun versuchen wir alles, was wir können“, entgegnete der Robot. „Wahrscheinlich hält sich der Erfolg in den bekannten Grenzen.“

Es gelang uns, das Signal positronisch zu verstärken. Es hielt sich, nach unseren Messungen, in zweitausend Metern Höhe irgendwo über dem rechten Ufer des Flusses auf. Die Landschaft ging dort in eine Ebene über, im Westen stiegen Hügel und Berge an, und sie schien überaus reich zu sein.

„Zwölf Stunden warten?“ Amou füllte ein Glas. Ich stürzte den süßen, kalten Kaffee hinunter und sagte:

„Nein. Es wäre sinnlos, denn wir sehen nichts. Aber wir können wahrscheinlich feststellen, ob er an dieser Stelle unsere Welt betreten hat und bleibt. Er bleibt, solange sein unsichtbares Tor geöffnet ist.“

Entweder schürt Nonfarmale den sogenannten Sezessionskrieg der Amerikaner. Oder er sieht zu, wie die sogenannten Rothäute ausgerottet werden wie ihre Büffel. Oder er verschleiert ganz einfach sein wirkliches Ziel, landet dort und spaziert einfach über den Planeten.

„Sinnlos, ratlos . . .“ Ich hob das Glas und wartete darauf, daß etwas geschah, das ich verwenden konnte. Neue Reisen, andere Namen, bessere Masken und vernichtende Waffen. In diesen Bereichen dachte ich und zuckte zusammen, als das Rohrgeflecht unter den Fellen knarrte. Amou hatte sich auf die rechte Lehne gesetzt.

„Er läßt sich Zeit“, sagte sie. Ihr Haar bedeckte inzwischen wieder die Ohren und berührte den unvergleichlichen Nacken. „Wenn ich alles zusammenzähle, was ich gesehen und aus euren Erzählungen herausgehört habe, dann kennt er dich nicht. Er weiß nur, daß auf dieser Welt jemand auf ihn wartet."

„Er wird mich in dem Augenblick erkennen, in dem ich ihn töte", sagte ich. „Sonst ist der Zustand durchaus von uns gewollt. So wenig, wie wir wissen, wann und wo er auftaucht, soll er ahnen, daß er verfolgt wird."

Ich saß vor einem Halbrund verschieden großer Bildschirme, die meist die inneren Deckel von Truhen darstellten. Fünf Schirme waren abgeschaltet, weil im Beobachtungsgebiet tiefste Nacht herrschte. Zwei zeigten die Eindrücke während des rasenden Fluges, und die anderen lieferten die Wiedergabe aus anderen Teilen Europas und der Welt: schöne und heitere, grauenhafte oder bestürzende, interessante und voyeurhafte Bilder. Ich prüfte den Wert der Aufnahmen, schaltete die Sonden auf die Speicher der Kuppel und konzentrierte mich wieder auf das Land der Mississippiquellen.

Eine Stunde verging in quälender Langsamkeit, eine zweite. Ich griff nach dem breiten Armband und führte die notwendigen Schaltungen aus.

„Boog?"

„Der Mann aus der Nimmerwelt läßt uns warten", sagte der Robot.

„Wir gehen zum Strand. Nachher sind wir im Schlafraum. Wenn Riancor mich braucht, rufst du mich."

Er nickte. „Verstanden, Sir."

Ich leerte das Glas und zog Amou mit mir. Wir traten hinaus in die Nacht über dem Inselchen. Zwischen den starrenden Sternen zogen Meteoriten ihre aufblitzenden Bahnen. Wir schwiegen lange, dann sagte Amou leise:

„Wir werden ihn suchen und finden. Dann kannst du ihn mit dem gesamten Waffenarsenal jagen und vernichten. Es kann an jeder Stelle der Welt sein. Es wird in China, in Amerika und an anderen Stellen Krieg geben. Dort ist er zu finden."

„Inzwischen kennt er die Welt so gut wie ich."

Sie schüttelte den Kopf.

„Er kennt sie nur dort, wo Menschen leiden und

sterben. Du und Riancor; ihr seid die wirklichen Herrscher der Zeit und der Dinge. Aber er wird ein Gegner sein, der schwer zu besiegen ist."

Ich seufzte und blickte auf die silbrigen Wellen hinaus.

„Das ist sicher. Ich wünschte, es wäre vorbei."

Besaß er einen Zellaktivator? War er unsterblich? Oder zog er sich in ein Zeitgefüge zurück, in dem er jeden Bewohner dieser Welt sozusagen überholte? Lag er, während wir ihn suchten, in einem Stasisfeld? Wie auch immer: Er war langlebig und besaß Möglichkeiten, sich von furchtbaren Verletzungen zu erholen.

Schließlich packte uns die Müdigkeit, und wir gingen nach einem kurzen Bad in der Lagune wieder zu Bett. Mehr als neun Stunden später trafen die ersten Bilder ein.

„Ich bin ein erfolgloser Patrouillengänger", sagte Boog, als ich den Arbeitsraum betrat. „Ich habe nichts zu melden. Aber Rico war erfolgreich."

„Ich überspiele", sagte Riancor. „Nonfarmale bereitet sich auf einen längeren Aufenthalt vor."

„Schlecht für die Welt, gut für die Jagd", sagte ich und lehnte mich zurück. „Zeige die Bilder."

Es war altes Indianerland, fruchtbar und einsam, von wenigen Bisonherden durchwandert, hügelig und nach Westen zu bergig. Über der Szene schwebten drei monströse Adler, zweifellos Geschöpfe aus einer der Jenseitswelten des Psychovampirs. Aber jeder Eingeborene, der seinen Kopf hob, erkannte die Vögel des Großen Manitou, eines der wichtigsten Symbole des Glaubens.

„Ein gerissener Bastard", sagte ich leise, fast anerkennend. „Gibt es eine Möglichkeit, Riancor, die Strukturschleuse oder wie immer wir das Loch zwischen Welten nennen wollen, ein für allemal zu vernichten?"

„Die Positroniken berechnen wieder dieses Problem, seit wir die Meßdaten haben."

„Wann haben wir die Ergebnisse?"

„Nicht vor morgen. Es ist sehr schwierig. Möglicherweise brauche ich deine Hilfe, die Maschinen brauchen deine Kenntnisse."

„Verstanden. Näher heran, größer und schärfer, Rinacor."

Nahith Nonfarmale hatte unsere Welt in einer Anzahl von Kugeln betreten. Die größte lag zwischen Felsblökken knapp unterhalb des Gipfels des einzigen Berges in diesem Gebiet, der diese Bezeichnung verdiente. Die Indianer hatten dem Berg, wie Riancor als schriftliche Erklärung einblendete, einen poetischen Namen gegeben. Vater-der-Sonnen-Wolke. Aus etwa sieben anderen, kleineren Kugeln waren Hilfskräfte herausgeklettert. Ich sah Menschen, die wie hellhäutige Araber wirkten, wie hochgewachsene Afrikaner und zierliche Bewohner der nördlichen Mittelmeerküsten. Etwa drei Dutzend, junge Frauen und Männer. Sie schienen genau zu wissen, was sie zu tun hatten.

Einige stemmten mit schier unglaublicher Kraft Steine und schichteten sie zu kühn geschwungenen Mauern zusammen. Andere trieben mit Geräten, die meinen Desintegratoren ähnelten, Stollen und Höhlen ins Gestein. Die ersten Wolken bräunlicher Gase und zerstäubten Felsens vermischten sich mit Morgennebeln.

Sechs Kugeln schwebten im Halbkreis um den Felsen, der wie ein Schiffsbug über dem vorwiegend flachen Land in die Höhe wuchs. Ein kleines Kommando arbeitete unterhalb der anderen Gruppen und glättete die Außenseite der steil abfallenden Felsen. Steine, Splitter und kleine Geröllawinen polterten in die Tiefe.

„Sie wollen den Felsen unbesteigbar machen", brummte ich. „Und dieser Nonfarmale – er weiß genau, daß Berggipfel für die Anhänger von Naturreligionen heilige Stätten sind."

Kleinere und größere Terrassen entstanden. Tiefer im brüchigen Fels weiteten sich Höhlen und Rampen oder Treppen. Wie ein Puma sprang Nonfarmale zwischen den Arbeitern hin und her und schien sich um jede Kleinigkeit zu kümmern. Als eine klare Bildfolge erschien, speicherte ich sie und wiederholte sie mehrmals. Ich studierte meinen Gegner.

Er war älter geworden, hagerer und voller Falten. Sein

Haar war blauschwarz; vermutlich gefärbt, es reichte bis zum Nacken. Mit der scharfrückigen Nase und dem breiten, schmallippigen Mund wirkte er, als sei er in diesem Land geboren worden. Jene Stellen seiner Haut, die nicht von hauchdünnen, fransenbesetzten Lederkleidern bedeckt waren, schienen hervorragend regeneriert zu sein. Ich sah weder die Spuren von Verbrennungen noch andere Narben. Er bewegte sich völlig ungehindert und fühlte sich sicher. Hin und wieder lachte er.

Ich sah an seinem Körper keine Waffen, aber allerlei Armbänder, Oberarmringe, einen überbreiten Gürtel voller Taschen, Schnallen und bunte Säume aus Stickerei, die aus indianischen Elementen zusammengefügt war.

Er bereitet sich darauf vor, länger in diesem Indianerland zu bleiben, sagte zusammenfassend der Logiksektor.

„So sehe ich es auch."

Die geschichteten Mauern wurden mit Hochenergiestrahlern verformt. Der Stein verflüssigte sich, die Oberflächen wurden glatt, und alle Kanten verschwanden. Aus den schwebenden Kugeln trugen die Helfer ein unüberschaubares Sammelsurium von Rollen, Ballen, Truhen und Packen in die Höhlen.

Mit einer Mannschaft von rund vierzig Wesen, die augenscheinlich von der Erde stammten, richtete sich Nonfarmale hier ein. Die gesamte Szenerie schien entspannt, fast heiter, trotz der angestrengten Arbeit. Nach erstaunlich kurzer Zeit waren die Felsen glatt und fingen in der Vormittagssonne zu glänzen an. Feuchtigkeit aus den treibenden Nebelwolken schlug sich hier und dort nieder, die heißen Felspartien dampften und zischten.

Eine Sonde glitt unsichtbar und langsam zurück nach Osten. Das oberste Drittel des Berges wurde in seiner Gesamtheit gezeigt. Ich zuckte zusammen. Durch geringfügige Veränderungen der Außenseite, durch wenige „Anbauten" und einen Teil der höhlenartigen Öffnungen und Simse war ein Gesicht entstanden, ein schmaler Schädel, und abermals spielten Formen, Schatten und Licht zusammen: Je nach Stand der Sonne veränderte sich der Ausdruck dieses Gesichtes. Nonfarmale bewies abermals seine phantasievolle Raffinesse.

Man brauchte nur ein wenig Vorstellungsvermögen. Das Gesicht war alles andere als scharf und deutlich; wenn jemand in diesen Formen eine Zufälligkeit sehen wollte, sah er *nicht* die Charakteristika Nonfarmales, die Falten um die Mundwinkel, das eckige Kinn, das Haar und so etwas wie ein Stirnband über tiefen Augenhöhlen.

Aber ein Indianer, der an Donnergötter, die Kraft von Fetischen und viele Tabus glaubte, an die Seele, die in jedem Ding der Natur wohnte, würde nur wenige Minuten lang zum Vater-der-Sonnen-Wolke hinaufschauen und erkennen, daß ein höheres Wesen ihn beobachtete.

„Ich werde deine Felsenhöhle aus dem Berg sprengen", sagte ich voll kaltem Zorn.

Die Kugeln, die Nahith und seine Arbeiter befördert hatten, waren zwar schöner als die Bestien, auf denen er normalerweise ritt, aber sie fielen sicherlich in jedem Teil der Welt auf.

Die erste Kugel schien leer zu sein. Sie löste sich aus der Reihe der anderen Transportgeräte. Ich wußte nicht, ob jemand an Bord war. Riancor meldete sich fast augenblicklich.

„Die Transportkugel fliegt auf die Stelle des distanzlosen Schrittes zu."

„Unternimm alles, um die Messungen sicher zu machen", sagte ich. „Die Bilder sehe ich selbst sehr deutlich."

Die Kugel schwirrte davon, und da sie auf die Sonnenscheibe zuglitt, blendeten die Linsen der Sonden ab. Ich konnte nicht erkennen, wie jenes fliegende Behältnis verschwand, dessen Durchmesser etwa zwölf Meter betrug. Die glasglatte Hülle schimmerte in mattem Grün, jede Kugel hatte eine andere Färbung. Die größte, aus der Nonfarmale kam, hatte sich in der letzten Stunde von einem strahlenden Weiß in stumpfes Schwarz gefärbt. Es gab keinerlei sichtbare Luken, Antriebselemente oder Steuereinrichtungen. Die Öffnungen schlossen sich, als bestünde die Kugel aus stabilisierter Energie.

Auch eine zweite Kugel, diesmal schwach blau, war ausgeräumt. Zwanzig Frauen und Männer hatten die Laderäume geleert. Nonfarmale stand auf einer Kanzel, hinter einem knapp brusthohen Steinwall, und als ob er dieses Land hiermit feierlich in Besitz genommen hätte, so ruhig und selbstsicher ließ er seine Blicke umhergehen.

Die Riesenadler kreisten noch immer; sie waren weit in die Umgebung hinausgeflogen, bis zu den Sümpfen an den Ufern des Mississippi und zu den kargen Bergplateaus, aber ihre Kreise führten sie immer wieder zurück zu dem Berg, dessen Spitze geformt worden war wie ein grimmiges Gesicht, dessen Ausdruck unmerklich langsam wechselte.

Die Sonnenwärme löste die letzten Nebel auf. Die nächste leere Kugel raste auf das Tagesgestirn zu.

Ich wartete weiter und beobachtete den Mann von der Insel Sarpedon.

Als die Sonne über dem Vorfeld von Vater-der-Sonnen-Wolke ihren höchsten Stand erreicht hatte, war auch die letzte der kleineren Kugeln verschwunden. Die große schwarze Kugel verringerte ihr Volumen und sank nach einem kurzen spiraligen Flug auf eine Felskanzel herunter, die genau vor Nonfarmales rechtem Auge im Steingesicht gerundet, wie der Übergang zum Wangenknochen, vorsprang. Jetzt änderte sich der Gesichtsausdruck des steinernen Antlitzes. Es blickte kalt und herrscherlich über die Ebene. Die fallenden Schatten verstärkten die arrogante Wirkung.

Ich hatte nicht gehört, daß Amoustrella den Raum betreten und sich lange umgesehen hatte. Erst als ich ihre Stimme neben mir hörte, tauchte ich aus einer dunklen Flut von Gedanken auf.

„Du denkst darüber nach, welche Maske du oder wir wählen müssen?“

„Auch darüber“, sagte ich und rückte zur Seite. „Zunächst stellt sich die Frage, wie lange der Schinder dieses Mal bleiben und die Menschheit tyrannisieren will."

„Also scheint er an den Vorkommnissen in China und an der Revolte in Indien nicht schuld zu sein?" fragte sie vorsichtig.

„So scheint's", brummte ich. „Einen Teil seiner theatralischen Auftritte inszeniert Nahith nicht für die naturgläubigen Eingeborenen. Er befindet sich weit weg von jeder Ansammlung weniger abergläubischer Weißer oder Abkömmlingen aus Kulturen, die er bisher heimgesucht hat und daher gut kennt. Bestimmt inszeniert er es nicht für mich, Atlan, den Arkoniden."

Ihre Finger streichelten meinen Nacken und beruhigten ein wenig meine flatternden Nerven.

Es fiel mir schwer, angesichts dieser Kreatur ruhig zu bleiben. Zu viel war geschehen. Die Anzahl von Planetariern, die er auf seinem – nicht existierenden – Gewissen hatte, war Legion. Gleichzeitig wußte ich, wie schwer es sein würde, ihn zu bekämpfen und auch noch zu besiegen.

Amiralis Thornerose! In diesem Augenblick packte mich ein Anfall von nackter Angst.

Bevor ich einen klaren Gedanken fassen und meine Angst richtig artikulieren konnte, meldete sich, ungewohnt sachlich, das Extrahirn:

Sorge dafür, Arkonide, daß er nicht auch Amoustrella Gramont töten kann. Verstecke sie am tiefsten Punkt des Ozeans.

Ich erstarrte, schluckte irgendwelche törichten Bemerkungen herunter und sehnte mich nach einem Punkt weit außerhalb des Larsaf-Systems. Dann nahm ich mich zusammen, zwang mich zur Ruhe und sagte:

„Ja. Was immer in den nächsten Tagen, Wochen, Monaten oder Jahren passiert, Amou: Du wirst nicht an meiner Seite sein. Und – es ist sinnlos und absolut vergeblich, wenn du versuchen würdest, mich umzustimmen. Haben wir uns verstanden, meine Geliebte?"

Ihre graugoldenen Augen funkelten, dann wurden sie dunkel. Sie schwieg. Es war ein langer Moment einer lautlosen Spannung, in der sie versuchte zu begreifen.

„Ja“, sagte sie nach einer kleinen Ewigkeit. „Ich verstehe. Ich tue, was du willst.“

Ich küßte ihre Fingerspitzen und murmelte, während ich versuchte, die Stärkungen der ARK SUMMIA und die vage Philosophie der Dagor-Schule einzubeziehen:

„Es ist ganz einfach so, Amou, daß ich zu zittern anfange, wenn ich daran denke . . .“

„Ich will leben“, sagte sie einfach und legte den Zeigefinger auf meine Lippen. „Ich kann dich trösten und lieben, aber ich kann dir beim Kampf nicht helfen. Leider. Aber so ist es. Zieh deine Rüstung an, steige in den Sattel und reite los, Atlan von Arkonsteyn.“

Ich grinste. „Was sonst sollte ich tun?“

Sie drückte mir einen abenteuerlichen Humpen in die Hand. Ich roch den Obstbrand aus Beauvallon. Ich nahm einen Schluck, spürte ihren Arm um meine Schulter und fuhr fort, schweigend die Bilder anzustarren, die Riancors Spionsonden übermittelten.

Riancor plapperte, als sähe er uns nicht und begriffe nicht meine Skrupel und Überlegungen.

„Ich schlage vor, daß Boog und Amoustrella entweder in den Lechturm oder in die Tiefseestation zurückkehren. Du, Gebieter, und ich, wir legen die Masken von Eingeborenen an. Wir errichten versteckte Transmitterstationen, rüsten Gleiter aus, beobachten alles sehr genau und sehr lange, und wenn Nonfarmale nicht bald verschwindet, bekämpfen wir ihn, wieder einmal, auf dieser Welt.“

Ich sagte kurz:

„Bereite es vor.“

„Ich fange damit sofort an.“

„Ich brauche Bilder der Umgebung.“

„Verstanden“, sagte Riancor und lenkte die Sonden aus der Höhe des Berggesichts in einer sich weitenden Spirale über das Land.

Schweigend und gebannt studierten wir die langsam vorbeigleitende Landschaft mit allen ihren Einzelheiten.

Rotwild und spärlich verteilte Koniferen an den Hängen, Biber in den fettgrünen Sümpfen, Erdhörnchen und kreisende Adler; nicht nur die drei Bestien unseres Feindes. Wolkenschatten huschten über die jungen Pflanzen an den Ufern und über die Kronen uralter Bäume. Lederne Zelte und falbe Rauchsäulen zeigten kleine Lager der nomadisierenden Indianer, deren Familien den Bisons folgten. Vögel, Fische und Bären, und hin und wieder eine Straße, die nicht viel mehr war als ein breiter, weißer Pfad, der sich durch das Gelände schlängelte. Hin und wieder ein Kanu, das von braun-rötlichen Männern auf dem Wasser eines Nebenflusses gerudert wurde. Aus Tausenden solcher Beobachtungen fügten die positronischen Geräte eine Karte mit Gitternetz und Entfernungsangaben zusammen, die ihresgleichen suchte.

Nonfarmale?

Er war verschwunden. Jetzt kam er wieder aus einem Stollen hervor, setzte sich am Rand eines schwindelnden Abgrundes auf die Mauerkante und schien zu überlegen. Drei Stunden nach dem höchsten Sonnenstand herrschte auf dieser Seite des Berges der Schatten. Wir konnten nicht einen Eingeborenen entdecken, der seine Blicke in die Richtung des manipulierten Berggipfels richtete.

„Wann brichst du auf?“ fragte Amou.

„Wenn er“, ich deutete auf die Reihe der Bildschirme, „noch länger bleibt, in einigen Tagen.“

„Von der Kuppel oder aus dem Turm über dem bayrischen Fluß?“

„Wahrscheinlich aus dem Lechturm.“

„Dort hast du deine Waffenarsenale und die Gleiter versteckt“, sagte Amoustrella und konnte ihre Augen nicht von den Bildern losreißen.

Die Hilfskräfte Nonfarmales waren mit der Innenausstattung des Höhlensystems beschäftigt. Hin und wieder sog der Wind, der um den Berggipfel orgelte, dünne Rauch- oder Staubfäden aus dem Inneren.

„Er bleibt zweifellos länger“, erklärte Riancor. „Er brachte viele Helfer mit, richtet das Leben für sie und sich ein, und was er hier will, ist nicht auszurechnen.“

„Krieg in Amerika?“ fragte ich.

„Vielleicht erfahren wir mehr, wenn eine unserer Spionsonden unzerstört zurückkommt."

Er hatte also Sonden in die Jenseitswelt geschickt. Soviel war sicher: Wenn eine davon durchkam, würde sie gespeichert haben, was ihre Linsen aufgefangen hatten. Überdies ließ sich der Ablauf zweier verschiedener Zeiten errechnen; ich war sicher, daß Nonfarmale stets in solchen Nebenwelten lebte, in denen die Zeit schneller verging als auf der Erde.

„Abwarten", sagte ich und begann zu ahnen, daß Nonfarmales Auftritt der Anfang einer längeren Tragödie sein würde. Wenn er sich hier einnistete, entgegen seiner Gewohnheit, würde in einem bestimmten Teil des Planeten das Chaos nicht lange auf sich warten lassen.

Er saß, zufrieden grinsend, auf der Brüstung, baumelte mit seinen langen Beinen und sah träumend-nachdenklich in die Landschaft, die sich nach Osten hin vor ihm ausbreitete. In der Ferne schimmerte das breite Band des Flußlaufes zwischen den bewaldeten Ufern.

Ich blickte in das schmale, energische Gesicht, das gleichzeitig so menschlich und abenteuerlich fremd wirkte.

Das Lächeln, das in Nonfarmales Gesicht eingefroren war, wirkte auf mich überaus grausam. Und ebenso selbstsicher.

Wir blieben zwei Tage auf Yodoyas Insel und warteten. Die Sonden blieben verschwunden, und Nonfarmale schwebte in seiner größenveränderlichen Kugel in der Nacht und an dunklen Abenden aus dem Felsennest hinaus und immer weiter in die Umgebung hinaus.

Boog benutzte den Transmitter und fing in den Stockwerken des Lechturms zu arbeiten an. Er rüstete die Gleiter aus und prüfte die Bewaffnung und die Einbauten. Die Sonden befanden sich noch immer in Nonfarmales Nebenwelt; vermutlich waren die aufwendig hergestellten Spezialinstrumente verloren.

„Auch für ihn ist dieses Land noch fremd", sagte ich, nachdem wir drei Tage lang zugesehen hatten, wie er das

Umland erkundete und Abstecher zu den nächstgelegenen Städten und Ansiedlungen flog.

„Nicht mehr lange“, sagte Amou. „Er wird sich dort ebenso perfekt zurechtfinden wie in anderen Teilen der Welt.“

„Vielleicht besser als wir, wenn es um Schrecken und Vernichtung geht.“

Wir packten traurig unsere wichtigsten Habseligkeiten und verließen Meer, Sonne und Sand. Es war uns, als brächten wir die Wärme und die gleißende Helligkeit auch ins Voralpenland, denn über dem Lechtal spannte sich ein blauer Himmel, der von einem schneeweißen Gewitterturm geteilt wurde.

Während wir uns einrichteten, trafen die Subroboter mit dem technischen Gerät ein. Boog arbeitete an den Gleitern, und Riancor verließ die Fernsteuerung der Sonden, auf die wir so lange gewartet hatten. Er hatte bereits angefangen, sein Aussehen der neuen Maske anzugleichen.

„Seit drei Tagen sind die Sonden verschwunden“, sagte er. „Ich befürchte, sie sind verloren.“

„Das wäre schlimm, aber nicht verwunderlich“, antwortete ich. „Ich kenne die Schwierigkeiten dieser Sonden.“

Sie waren einwandfrei zu steuern, solange sie sich in unserem Einflußbereich befanden. Hatten sie einmal das Tor passiert und den distanzlosen Schritt ausgeführt, verhielten sie sich nicht anders als vorsichtig manövrierende und zielsuchende Roboter.

Sie waren programmiert worden, möglichst viele optische und akustische Eindrücke aufzunehmen, sich den Flugweg zu merken und denselben Weg zurückzusteuern. Ich wollte nicht riskieren, selbst vorzustoßen und mich in Nahiths Reich umzusehen; wahrscheinlich blieb mir nichts anderes übrig. Wir verbrachten rund zwei Tage damit, uns einzuschalten, vorzubereiten und auf die verdammten Sonden zu warten.

Am achten Tag – Nonfarmale schien sich bis jetzt noch nicht in das Leben der Menschen eingemischt zu haben –

riß uns der Summer aus einem Nachmittagsschlaf. Auf den Bildschirmen blinkte ein Signal . . . es war nur eine Sonde durchgekommen. Mit seiner „neuen“ Stimme versuchte Riancor uns zu beruhigen:

„Ich steuere die Sonde zum Turm. Die gespeicherten Informationen kannst du in drei Minuten abrufen.“

„Bleibe in der Kuppel“, antwortete ich. „Nonfarmale muß weiter beobachtet werden, und vielleicht kommen die anderen Sonden doch noch zurück.“

„Denkbar. Die Sonde ist auf dem Rückweg.“

Nach einigen Minuten fing der kleine Roboter zu senden an. Amou, Boog und ich saßen im abgedunkelten Raum und blickten schweigend und konzentriert auf die seltsamen Bilder. Die Gesamtdauer der Aufzeichnungen würde rund neunzig Minuten betragen, und wenn die Sonde keine langen Wege zurückgelegt hatte, dann betrug das Verhältnis der unterschiedlich ablaufenden Zeit etwa eins zu hundertzwölf.

Die diffuse Energie des kurzen Tunnels zog sich an den Rändern des Bildes zurück und löste sich auf. Auf der rechten Seite dehnte sich, scheinbar bis zur Unendlichkeit, eine kraterübersäte, von Rissen und Narben übersäte, senkrechte Fläche; erst jetzt orientierte sich die Robotosonde neu und drehte sich entlang der Geradeaus-Achse um neunzig Grad. Die Kraterlandschaft lag jetzt „unter“ der Aufnahmeoptik.

Es war, als ob ein Raumschiff in mittlerer Geschwindigkeit sich über die luftleere, halbdunkle Oberfläche eines ausgebrannten Planeten oder eines atmosphärelosen Mondes bewegte, etwa in tausend Metern Höhe. Den Hintergrund bildete ein unklarer Sternenhimmel, in dem die Gestirne wie trübe, gelbliche Leuchtkörper hingen.

Einer dieser Punkte war heller. Auf dieses Ziel steuerte die Sonde zu.

„Nonfarmales Welten sind seltsamer geworden von Mal zu Mal“, brummte ich. „Vielleicht erfahre ich einmal, wie er sie gefunden hat.“

„Ich habe noch nicht ein einziges Bild gesehen, das eine

schöne Welt geschildert hätte." Amou war der gleichen Meinung.

Während sich die Sonde dem auffällig leuchtenden Punkt näherte, betrachteten wir die leblose Oberfläche einer toten Welt. Es gab keinerlei Spuren einer wie auch immer gearteten Besiedlung. Kein Licht, kein Grün, kein Wasser, nicht einmal die Schleier irgendwelcher Wolken oder Nebel. Scharfkantige Felsen wuchsen aus den Schutthalden, und die Kraterwände wölbten sich wie die erstarrten Kämme von Brandungswellen.

Als die Sonde wieder auf normale Aufzeichnungsfrequenz umschaltete, hatte sie sich dem leuchtenden Punkt beachtlich weit genähert.

Ein Mond, stellte der Logigsektor fest.

Der Mond eines seltsamen Universums. Die verschwommenen Sterne boten sich in einem purpurschwarzen Himmel jetzt weitaus klarer dar. Geradeaus schwebte ein kugelförmiger Himmelskörper, der von einem Punkt im Rücken der Sonne ausgeleuchtet wurde. Überraschend schnell erreichte die Sonde eine Position, die uns bessere Bilder zeigte.

„Nun ist klar", meinte Amir Darcy Boog, „warum er nicht wieder auf einem Saurier reitet."

„Immerhin hat er drei riesige Adler bei sich", sagte ich und erkannte auf den ersten Vergrößerungen tatsächlich Bilder einer „normalen", Landschaft; einer Oberfläche des Mondes, die mehr wie ein verwilderter Park aussah als alles andere.

Dieser Mond war, wenn ich die Größenrelationen richtig einschätzte und die Meßeinrichtungen der Sonde nicht trogen, von der Oberfläche der verwüsteten Welt keine fünfundzwanzigtausend Meter entfernt!

Künstliche, zumindest manipulierte Welten! meinte der Extrasinn.

Die Sonde schwang sich steil in die Höhe und nahm Kurs auf den Mittelpunkt der Kugel. Der Mond war nicht groß; die Messungen sagten aus, daß sein Durchmesser tausend Kilometer nicht überschritt. Empfindlichere Meßinstrumente befanden sich nicht in den Sonden.

„Eine erstaunliche Landschaft."

Es war eine Miniaturwelt unter einer dichten Lufthülle. Ich entdeckte voller Staunen zwei winzige Polkappen, Eis und Schnee auf hohen Bergen, Flüsse, die durch grünes Land mäanderten, und nach und nach jede andere Oberflächenansicht. Für mich war es kaum vorstellbar, daß Nahith Nonfarmale diesen Kleinplaneten selbst erbaut oder kultiviert hatte.

Unsere Sonde raste in einem Pol-zu-Pol-Orbit um den Planeten. Aus einem der gelblichen stellaren Feuer war eine winzige, aber kräftig strahlende Sonne geworden, als die Sonde den Bereich der Riesenwelt verlassen hatte. Hin und wieder richteten sich die Linsen auf die gigantische Welt, deren Satellit der Mond war. In den Ausschnitten, die wir sehen konnten, waren keine Grenzen zu erkennen: die kraterübersäte Oberfläche hätte auch eine riesige Ebene sein können oder eine flache Scheibe.

„Nonfarmale hat offensichtlich die schroffe Einsamkeit seiner sonstigen Heimstätten satt", sagte ich nach einer Weile. „Seine Lordschaft wohnen ausgesprochen idyllisch."

In den Wäldern, in der Luft und auf den freien Flächen konnten wir hin und wieder Tiere entdecken. Sie schienen auf den ersten Blick der Fauna unseres Planeten zu entstammen; jedenfalls war die Ähnlichkeit beträchtlich. Aber auch auf dieser kleinen Welt sahen die Spionaugen keine Anzeichen von Zivilisation. Nonfarmale versteckte sich also unter einer Tarnung, und er brauchte weder einen Raumhafen noch Straßen, die breiter waren als Fußpfade.

„Jedenfalls erstickt er nicht im Verkehrsgewühl einer Großstadt, er und seine Kreaturen", sagte Boog. „Der Bau seiner Luftschlösser ist billig, denke ich, aber es wird teuer, sie zu zerstören."

„Vermutlich."

Die Sonde hatte den größten Teil ihres Programms erfüllt. Wir besaßen Ansichten von fast jedem Teil der Oberfläche. Nun tauchte die Sonde in die Lufthülle ab, schlug einen Spiralkurs ein und näherte sich den Gewächsen und den Gewässern bis auf dreihundert Meter. Schweigend saßen wir da und versuchten herauszufinden, an welcher Stelle sich Nonfarmale versteckt hatte. Schließlich, als die Zeit schon weit fortgeschritten war, half uns ein Zufall.

Eine jener Kugeln, die Menschen und Baumaterial transportiert hatte, kehrte zurück. Sie steuerte direkt auf die Äquatorlinie des Mondes zu. Folgte einer Hügelkette und kreiste zweimal über einem kleinen See, dessen weißer Sandstrand und die gepflegte Umgebung uns bereits vorher aufgefallen waren. Der Sand war ohne verräterische Spuren. Die Sonde, die den fliegenden Gegenstand identifiziert hatte, folgte in geringer Entfernung. Außerhalb des Sichtfelds ihrer Linsen erfolgte eine grelle, blendende Explosion. Sie war lautlos; ich hörte nichts aus dem Lautsprecher meiner Geräte.

„Wahrscheinlich wurde eine unserer Sonden zerstört", sagte Riancor. „Ich habe keine andere Erklärung."

Die Kugel näherte sich dem dunkelblauen Spiegel. Dann schwebte die Kugel auf eine Felsformation zu, und als unsere Sonde tiefer herunterglitt, der Kugel folgte, sahen wir, daß über dem Sandstrand eine bewachsene Felsplatte schräg aus dem Boden wuchs und eine Art vorspringendes Dach bildete. Darunter hatte jemand ein Bauwerk aus sieben Terrassen errichtet, mit vielen Fenstern, Balkonen, bewachsenen Fronten und großen Trögen, in denen Pflanzen wucherten. Die Kugel schwebte durch ein riesiges Tor ins Innere des Bauwerks, und lautlos schloß sich das Tor wie eine Irisblende.

Ein Warnlicht blinkte im übermittelten Bild. Der Impuls, der unserer Sonde sagte, daß die Aufnahmekapazität in zwölf Sekunden erschöpft sein würde. Der Roboter führte einen Schwenk durch, schaltete auf unterschiedliche Beobachtungsspektren und nahm die Vorderfront des Gebäudes genau in der Zeit auf, in der sich der Mond ins helle Licht seiner winzigen Sonne drehte. Dann trat die Sonde den Rückweg an, und da wir alle diese Aufnahmen gesehen hatten und sie, sobald in einigen Stunden die Sonde eingetroffen war, auch nach anderen optischen Gesichtspunkten und Teilbereichen auswerten konnten, war es sicher, daß sie den Rückweg überstanden hatte.

Ich lehnte mich zurück und sagte mit einem zufriedenen Aufatmen:

„Nun kennen wir Nonfarmales Versteck. Vermutlich ist das kein Vorteil. Es muß uns gelingen, seinen Rückweg abzuschneiden."

Ich hatte fast zwei Monate Zeit gehabt, darüber nachzudenken, ob ich Nahith Nonfarmale in einer seiner Welten oder hier bekämpfen würde. Mein Entschluß stand fest. Er sollte auf jener Welt sterben, in der er das meiste Leid unter die Geschöpfe gebracht hatte.

Hier, auf Larsaf drei, Terra, der Erde.

Während die Sonde hierher raste, besprachen wir die nächsten Einzelheiten. Riancor hatte einige Truhen mit Kleidung und allen wichtigen Ausrüstungsgegenständen geschickt, und wir verwandelten uns langsam in die Personen unserer neuen Rolle.

Rico nannte sich aus einer Anzahl guter Gründe – so hatte er es errechnet, und das glaubte auch ich – „Chief Thousand Flashes". Amou brauchte ihren Namen nicht zu wechseln. Sie blieb, was sie war: Angehörige einer französischen Familie, und ich ließ Papiere, Urkunden und alles andere fälschen und präparieren: *Ancor Stuart,* ein Engländer, der mit Holz, Fellen und Gewehren handelte. Ich hob eine Schatulle hoch, die voller Golddollar war, zusätzlich natürlich die entsprechenden Scheidemünzen.

„Wo wohnen wir?" fragte Amoustrella. „In ledernen Zelten?"

Ich grinste.

„Was Nonfarmale recht ist, bleibt uns billig. Aber es wird sich irgendwo ein schmuckes Häuschen finden. Du, schönste Graugoldäugige, wartest bitte hier und läßt dich von Boog unterhalten. Du kommst durch den Transmitter nach, wenn ich es für richtig halte."

Amou richtete sich auf, und mit funklenden Augen begann sie:

„Aber, ich ..."

Ich schnitt ihre Antwort mit einer Handbewegung ab, die ihr zeigte, daß ich keine Scherze mehr zulassen wollte. Es ging um Leben und Tod.

„Du wirst dich, bitte, daran halten, was wir in den langen Nächten in Australien und auf Yodoyas Insel abgesprochen haben. Ich habe schon zuviel damit zu tun, auf mich selbst aufzupassen. Wenn es gefahrlos wird – eine Stunde später sind wir wieder zusammen."

Sie hielt meinen Blick, in dem Sturheit und Verzweiflung gleichgroß waren, drei Atemzüge lang aus. Dann sagte Amou:

„Ja. Du hast recht, Liebster."

„Ausnahmsweise", sagte ich. „Nicht einmal Nonfarmale hat es übertrieben eilig. Er ahnt, daß er an einem, sagen wir, politischen Schnittpunkt angelangt ist, denn sonst wäre er nicht dort. Ich weiß in einem halben Monat mehr darüber."

„In achtundvierzig Stunden kannst du starten, Atlan", sagte Boog.

5.

1860: MINNESOTA, WASHINGTON

Als Präsident der Vereinigten Staaten von Amerika bewarb sich ein hagerer, graugesichtiger Mann namens Abraham Lincoln, der ein Gegner der Sklaverei war; die Nordstaaten besaßen Fabriken und Maschinen, die Südstaaten den fragwürdigen Vorteil einer billigen Sklavenwirtschaft. Wenn ein Krieg drohte, das erfuhr ich bald, dann nicht allein aus moralischen Gründen. Es war ein unentwirrbares Geflecht aus gegenseitigen Anschuldigungen, angeblichen oder wirklichen wirtschaftlichen Vorteilen und dem Neid auf reiche Besitztümer – kurz: ein typischer Streit der Barbaren, in der ein Leben so wenig galt wie eine Revolverkugel.

Zunächst startete ich mit dem vollbeladenen Gleiter, programmierte das Ziel und aktivierte den Deflektorschirm. Zwei Tage später, nach zwei Landungen und Zwischenaufenthalten, in denen ich weitere Informationen einholte, erreichte ich den Oberlauf des Mississippi. Natürlich bewegte ich mich im Schutz des Deflektorfelds.

Unentwegt dachte ich an Nonfarmales Sternenheim; und je mehr ich mich Nonfarmales Höhlen im Vater-der-Sonnen-Wolke-Berg näherte, desto häufiger sprach ich mit Riancor.

„Hast du die genauen Messungen?“ fragte ich. „Für die Strukturschleuse?“

„Sie werden immer genauer, Atlan. Beziehungsweise Ancor Stuart.“

„Ist es denkbar oder wahrscheinlich, daß du eine Möglichkeit findest, ihm den Rückweg zu versperren?“

„Es wird ununterbrochen gerechnet. Wir brauchen eine gewaltige Menge Energie dazu.“

„Braucht er weniger Energie? Ist er besser als wir?“

„Ich fürchte, so verhält es sich, Ancor.“

Bisher hatte ich noch nicht einen einzigen Schuß abgegeben. Der Kampf blieb subtil; ich belauerte Nonfarmale, und er bereitete sein nächstes Schlachtfeld vor. Ich spielte mit dem Gedanken, zwei Dutzend Raketen in die Höhlen zu jagen und den Berggipfel abzuschmelzen, aber er würde sich mit wuchtigen Schutzschirmen sichern und besaß mehr Schlupflöcher, als ich ahnte.

„Gibt es eine Wahrscheinlichkeit dafür, daß wir ihm den Rückweg ein für allemal abschneiden?“ fragte ich.

„Zweifellos. Aber wir müssen lange zielen und genau treffen.“

„Wohin, Riancor?“

„Das weiß ich nicht.“

Nach tagelanger Suche fand ich ein halbverstecktes Farmhaus. Es lag an einem Postkutschenweg, hatte genügend Wasser, und ich mietete es für ein Jahrzehnt von der Witwe eines Mannes, den die Indianer getötet hatten. Noch während ich mich mit der wenig vertrauten Umgebung zu befreunden versuchte, kamen die Subrobots durch den Transmitter und fingen an, das Haus in eine Wohnstätte zu verwandeln. Blickte ich nach Südwest, sah ich zwangsläufig den Berggipfel. Ständig kreisten drei Adler in seiner Nähe.

Als Boog eintraf und die Arbeiten überwachte, kletterte ich in den leergeräumten Gleiter, legte meine getarnten Waffen zurecht und startete nach Südwest; dorthin, wo ich im Morgengrauen die Rauchsäulen gesehen hatte. Über mir kreisten keine Adler, aber unsichtbar hing eine Spionsonde in der Luft. Das Haus wurde von zwei robotischen Hunden, zwei positronischen Eulen und anderem Kleingetier geschützt.

Die Sonne schob sich hinter mir durch den Dunst, der zwischen den Lichtungen und über dem Moor hing. Es war geisterhaft ruhig. Nur der Fahrtwind summte in meinen Ohren und rüttelte an meinem Indianerhaar. Noch verstand ich nur ein paar Brocken desjenigen Dialekts, den die zugewanderten Santee-Sioux sprachen. Dreimal schneller als ein Pferd im Galopp jagte ich über das menschenleere Land, wich wenigen Felsen und einzeln stehenden Bäumen aus. Ich konnte mich darauf verlassen, daß die Roboter in weitem Umkreis des Hauses den Boden pflügten, eggten und frisch einsäten und die Saat unter Wasser setzten. Der Versuch des Farmers, aus diesem Boden Korn oder Besseres zu ernten, war von Anfang an eine schlechte Idee gewesen.

Jetzt roch ich den kalten Rauch zwischen den Tannen, Fichten, Felsen und dem Gras, durch das eine kleine Herde Bisons sich eine schmale Gasse fraß. Hinter einer Barriere aus dunkelgrünen Büschen sah ich die Spitze einiger Zelte.

Ich zog die Maschine höher, umkreiste den kleinen, unregelmäßigen Talkessel und hatte den Geruch des Todes in meiner Nase.

Nonfarmale! flüsterte der Logiksektor.

Es war eines jener grausigen Bilder, die ich seit Jahrtausenden immer wieder gesehen hatte.

Neun Pferde, vier davon gesattelt und gezäumt, standen mit hängenden Köpfen an der Quelle und tranken. Sie sahen jämmerlich aus. Auf dem Fell der Tiere war Blut im Staub versickert. Drei Kadaver lagen zwischen den Lederzelten. Die Hunde fraßen und zerrten an einem jungen Schecken. Überall waren die Spuren von kleinen Feuern. An mehreren Stellen, etwa jeweils einen Bogenschuß voneinander entfernt, lagen die vier toten Jäger oder Rinderhirten, das wußte ich. Etwa drei Dutzend Indianer, vom Säugling bis zum weißhaarigen Greis, lagen in allen denkbaren Stellungen innerhalb und außerhalb des Lagers. Als ich den Gleiter, noch immer unsichtbar, zwischen drei riesigen Nadelbäumen ins Halbdunkel bugsierte, hörte ich durch das leiser werdende Summen des Antriebs das Stöhnen und Wimmern. Mit einem Satz, den revolverähnlichen Strahler in der Hand, war ich draußen und näherte mich dem Mittelpunkt. Vor Stunden hatte hier ein großes Feuer gelodert; jetzt war es nur noch ein schwelender Aschehaufen.

„Was immer hier passierte", murmelte ich, während ich die Gestalten untersuchte, „sie waren gründlich."

Die Weißen hatten zuerst ihre Feuerwaffen benutzt, dann die Messer. Es sah aus, als ob die Männer in einem Rausch gehandelt hätten. Die Frauen waren verstümmelt. Die männlichen Indianer hatten sich mit Messer, Kriegsbeilen und Lanzen gewehrt. Ich fand einen etwa vierzigjährigen Mann, der besinnungslos und verletzt war. Ich schleppte ihn zum Gleiter und legte ihn auf die Decken der Ladefläche. Drei kleine Kinder im Rest eines verbrannten Zeltes: tot. Hinter dem Zelt stöhnte jemand. Ich rannte hin und fand ein junges Mädchen – etwa vierzehn oder sechzehn – mit einer schauerlichen Kopfwunde.

Sie wird überleben. Fordere einen Medorobot an, sagte drängend der Logiksektor.

Ich schleppte das halbnackte Mädchen, das nach ranzigem Fett stank, zum Gleiter, schaltete mein Armband ein und beorderte einen Medorobot per Transmitter zum Haus und einen von Ricos tüchtigen Maschinen hierher. Ich aktivierte die Peilung. Ich fand nur noch vier Überlebende:

Zwei hübsche junge Mädchen an der Grenze zur Frau, einen etwa zwanzigjährigen Mann und eine Frau, die einst sehr schön gewesen sein mußte. Das rauhe Leben hatte sie ebenso gezeichnet wie die vielen Verwundungen. Sie war am schwersten verletzt, und ich dachte nicht lange nach, als ich ihr den Zellaktivator zwischen die Brüste schob.

In das Mikrophon des Armbands, das aussah wie ein besonders sorgfältig gearbeiteter Sehnenschutz eines Bogenschützen, sagte ich im Befehlston:

„Amou! Wenn du mich hörst – komme sofort. Ich brauche eine Krankenpflegerin. Bringe dein Gepäck mit, und den übrigen Kram. Du weißt schon. Nahith fand seine ersten Opfer."

Ich durchsuchte, noch ehe sie mehr als einen Satz antworten konnte, den traurigen Rest des Lagers. Da gab es nichts mehr, das sich zu bergen lohnte. Ich packte das Zaumzeug der Pferde, band eines am Sattel oder an einer Seilschlinge um den Hals des anderen fest und hatte schließlich alle Tiere aneinander festgezäumt. Als der Robot heranschwebte, knotete ich den ersten Lederzügel an den Haltegriff und sagte der Maschine, sie sollte auf meine Spuren, unsichtbar, die Tiere zum Haus bringen.

Der bizarre Arbeitsrobot blinkte „Verstanden" und summte zornig auf, als sich die Pferde weigerten.

Ich klatschte meine Handfläche auf die Kruppen, stieß einen zischenden und trillernden Laut aus, und tatsächlich setzten sich die Tiere in Bewegung.

Ich lief zurück zum Gleiter.

Hinter mir lagen nur noch Tote. Ihre Waffen und, soweit in der Eile zu finden, ihre wichtigsten Besitztümer, hatte ich an mich genommen. Ich ließ die Maschine in die Höhe steigen und schwebte mit den sechs Überlebenden zurück zum Haus.

Riancors Augen hatten alles gesehen. Boog stand in der umgebauten Scheune und hatte sechs leichte Betten auseinandergeklappt. Blinkend schwebte der Medorobot im Hintergrund, neben einigen vergessenen Heubüscheln und altersschwachen Wagenrädern.

„Hierher. Eine Person nach der anderen."

Amoustrella rannte durch den Verbindungsgang zwischen Wohnhaus und Scheune. Sie strahlte mich an und half mir und dem Robot. Wir breiteten saubere Leinentücher über die Bahren, zogen die Kleidungsstücke von den Körpern, und der Robot startete sein Programm. Er versenkte die Indianer in Tiefschlaf, reinigte die Wunden und stellte die Diagnosen. Die Hochdruckspritzen fauchten mehrmals auf, und bis auf lederne Bänder, Beutelchen und andere undefinierbare Teile trugen wir die Kleidungsstücke zum gemauerten Kamin, und zwar mit spitzen Fingern.

Der Medorobot summte: „Keine tödlichen Verwundungen. Sie werden überleben, wenn das Programm alle Eventualitäten berücksichtigen konnte. Rückschläge sind wahrscheinlich."

„Zunächst werden wir wieder einmal viel heißes Wasser und Seife brauchen", bemerkte Amou. Sie deutete auf die ungepflegten Körper, die sich nicht regten, sondern tief schliefen und regelmäßig atmeten. „Weißt du, wie es passiert ist?"

Ich wusch meine Hände und schüttelte den Kopf.

„Nein. Wir werden es erfahren, wenn sie aufwachen. Sorgst du für Essen und alle anderen Bedürfnisse von unseren Gästen und von uns? Ich kümmere mich um die vierbeinigen Fortbewegungsmittel."

„Nimm Boog mit. Ich komme allein zurecht."

„Recht so."

Ich lief hinaus. Der Robot zerrte die Pferde hinter sich her, bog mit ihnen von der Straße ab und dirigierte die unwilligen Tiere in die Richtung auf die bogenförmige, teichähnliche Schleife des Baches. Ich war vor ihnen dort, sattelte die Tiere ab und nahm ihnen die Zügel und Trensen ab. Fast alle Tiere waren jung, kräftig und sahen aus, als würden sie gut zu reiten sein. Sie trabten zum Wasser, keines keilte aus oder versuchte zu beißen. Drei starke, scheckige Hengste waren darunter; Indianerpferde.

Sie konnten innerhalb der Schutzkuppel genügend

Wasser und Futter finden. Ich dirigierte die Roboter und stellte schließlich das truhengroße Gerät, gut getarnt, in die Mitte der Grasfläche auf, abseits von der riesigen, jungen Vegetatitonszone.

Ich wandte mich an Boog und befahl:

„Frage Rico . . . oder tausend Blitze, er hat Spezialfutter. Dann fange eines der Pferde nach dem anderen ein, gib ihnen das Zeug zu fressen, und wenn sie nach dir treten, gib ihnen einen Hieb auf die Nüstern. Sie sind genauso verwahrlost wie ihre Reiter es waren."

„Ich beeile mich zu gehorchen, Mister Stuart", gab er zurück. Ich ging zum Haus und bemerkte, daß Amou im Kamin Stoff, Leder und etliche unbeschreibliche Dinge verbrannte. Es stank wie im Gerberviertel von Alexandria.

Ich schloß die Tür, öffnete die großen Fenster aus Spezialglas und sagte:

„Die Wirklichkeit hat uns wieder einmal eingeholt. Ich sah den Rauch eines Feuers. das nicht hätte brennen sollen. Dort, woher ich komme, liegen etwa dreißig Leichen."

„Willst du sie begraben?" fragte sie. Seit sie hier war, wirkte der große Raum unter dem flammenfest ausgebauten und abgedichteten Dach viel wohnlicher. Wieder schüttelte ich den Kopf.

„Nonfarmale würde Verdacht schöpfen. Nein. Leider."

Ihr Nicken bewies, daß sie einverstanden war.

Noch immer arbeiteten die Roboter mit weitgehend unverdächtigem Material, um Haus, Scheune, Brunnen und Terrassen für unsere Zwecke und Bedürfnisse zu verändern. In anderen Häusern war der Aufwand größer gewesen. Amou stapelte Pakete, Dosen, Gläser und Säckchen voller Vorräte in einen breiten, offenen Schrank. Sie sagte nach einer Weile:

„Die Schwierigkeiten mit deinen sechs Findlingen fangen an, wenn sie aufwachen."

„Du, ich und Boog – wir werden es schaffen. Ich denke, die Sprache ist das Zweitwichtigste."

„Willst du wieder deine unhörbaren, wispernden Stimmen anwenden?“

„Ja. Und zwar so bald wie möglich.“

Ich sprach mit *Tausend Blitzen* und orderte eine Anlage zur Anwendung von Hypnoschulung. Als wir nach einer hastigen Mahlzeit in die winterfest umgebaute Scheune hinübergingen, waren Boog und der Medorobot noch immer damit beschäftigt, die regungslosen Körper mit unbarmherziger Gründlichkeit zu reinigen. Ich hängte den Zellschwingungsaktivator wieder zwischen die Säume meines dünnen Wildlederhemds.

„Sie werden vierundzwanzig Stunden lang schlafen“, versicherte Boog. „Bis dahin haben wir die Kleidungsstücke kopiert und hergeschafft.“

„Und genügend Nahrungsmittel“, sagte ich. „Nehmt die Sättel mit. Zwei von ihnen brauchen wir; gesäubert, erneuert, repariert und mit Einbauten versehen.“

„Verstanden, Vater der Mildtätigkeit.“

Nach und nach verschwanden die Maschinen. Zuletzt, als es keine Probleme mehr gab, benutzte auch der Medorobot wieder die Transmitterstrecke. Ich weihte Amou in die Besonderheiten der Umgebung ein und versorgte mit ihr zusammen die Sioux-Indianer. Die Einflüsterungen und suggestiv übermittelten Verhaltensweisen der einfachen Hypnoschulungen beseitigten zwei Probleme: das der Sprache, die wir auch per Hypnotechnik lernten, und die des Mißtrauens. Zuerst erholten sich die ältere Frau und der Greis.

Duftendes Laub und Drei-Adler-Schreien.

Ich wartete und beobachtete sie. Die kleine Tür neben dem Scheunentor stand weit offen.

Sie standen auf, schauten sich lange an und bemerkten die veränderte Umgebung. Sie waren nackt, fanden Kleidungsstücke und zogen sie an, während sie versuchten, einander zu erklären, was geschehen war. Ich stellte fest, daß Duftendes Laub sich schneller zurechtfand als der alte Mann. Sie erschrak nicht einmal vor dem großen Spiegel, fühlte ihre saubere, glatte Haut, erfuhr in vielen winzigen Schritten, daß sie lebte und in einem anderen Leben, einer anderen Umgebung wieder aufgewacht war.

„Ein großer Zauber hat uns gerettet, Drei-Adler-Schreien“, sagte sie. „Und diese hier schlafen und leben. Wo sind wir?“

Der Greis war noch damit beschäftigt, seine Adlerklauen und Federn und Bänder zusammenzusuchen. Er hatte begriffen, daß er im hölzernen Wigwam der Weißen Männer lange geschlafen und einen bösen Traum beendet hatte. Er zuckte mit den Schultern und ging in die Sonne hinaus. Schließlich sagte er mit dünner, aber klarer Stimme:

„Wir waren tot. Jetzt leben wir. Wir sind in Manitous üppigen Jagdgründen.“

Wir beobachteten die Indianer durch die Fenster. Stunden später hatten sie von den Vorräten gegessen; Braten, Fladenbrot und ein Gericht aus Gemüse und Pilzen. Gegen Mittag versammelten sie sich an dem trogförmigen Brunnen, blickten sich ratlos um und schauten zu den Pferden hinüber, die friedlich weideten.

„Hast du meine Wunden verbunden, Drei-Adler-Schreien?“ fragte der junge Mann und hielt die Arme in die Höhe. Jeder von ihnen trug Verbände, Pflaster und Pseudogewebe.

„Ich war es nicht, Stiller Donner.“

Die jungen Mädchen klammerten sich aneinander. Aber sie hatten dem Beispiel der Älteren gehorcht und sich die fremden Kleidungsstücke angezogen. Sie waren ebenso verwirrt wie die Älteren. Ich nickte Amou zu, öffnete die Tür und ging bis zum Rand der Terrasse aus geschliffenen Bohlen. Ich hob die Hand und sagte nachdrücklich:

„Weiße Männer haben euren Stamm überfallen.“ Ich war noch nicht völlig sicher in der fremden Sprache. „Sie sind tot. Eure Leute haben sie getötet. Von eurem Stamm lebt niemand mehr. Ich bin Antal Ancor Stuart, den sie Viele-Leben-Krieger nennen. Ich habe euch gefunden und geheilt. Ihr tragt meine Geschenke. Wenn ihr kräftig genug seid, nehmt eure Pferde, reitet zum Lager und begrabt die Toten. Dann kommt zurück, und wir sprechen über alles."

Der alte Mann hob die Hand und antwortete.

„Du bist nicht einer aus vielen Stämmen? Aber du bist kein Weißer Mann. Ich bin Drei-Adler-Schreien."

„Ich bin kein Sioux. Ich komme aus einem Land hinter dem Sonnenaufgang. Ich spreche die Sprache der Weißen. Ich bin keiner von ihnen. Ich wohne in diesem Haus; Sioux, sagte man, haben den Weißen getötet. Ich will nicht, daß noch mehr getötet werden."

„Wir leben, du lebst. Du hast uns viele Geschenke gegeben. Was willst du, Fremder Viele-Leben-Krieger?"

„Nicht viel. Von euch lernen, wie die Dinge hier sind. Denn vieles ändert sich, seit Vater-der-Sonnen-Wolke ein böses Angesicht zeigt."

Ich deutete auf den Berggipfel, der jetzt in der Glast des Mittags zu zittern schien.

Eigentümliche Handbewegungen begleiteten die Worte von Drei-Adler-Schreien. Ich zeigte in die Richtung des zerstörten Lagers, auf die Pferdekoppel und auf Sättel, Decken und Zaumzeug, die auf einem langen Tisch im Schatten des Vordaches lagen.

„Ihr seid sechs. Holt aus dem Lager, was ihr brauchen könnt, und dann bleibt, bis alle Wunden geheilt sind, bei mir. Wir werden zusammen jagen und ich schlage die Trommel beim Totentanz. Meine Squaw, Schwarzes Feuer, hilft euch und mir."

Ich drehte mich herum und ging ins kühle Haus. Die Überlebenden des Massakers brauchten einige Zeit, bis sich die scheinbaren Erfahrungen der Hypnobeeinflussung mit dem eigenen, verwirrten Bewußtsein vermischt hatten. Schweigend hoben die Indianer die Decken und das Zaumzeug auf, fingen ihre Pferde ein, und schon begann die Schulung zu wirken: Auch die Frauen, die selten oder nie auf Pferderücken saßen, schwangen sich auf die bunten Decken und folgten Drei-Adler-Schreien und dem jungen Mann, der Silent Thunder hieß.

„Ich kenne dich gut genug", sagte Amou nach einigen

Minuten. Die Indianer waren zwischen den Baumstämmen verschwunden. „Sicher brauchst du diese Leute."

Ich hob die Schultern.

„Wir brauchen zusätzliche Augen und Ohren und solche Leute, die hier zu Hause sind und sich richtig bewegen. Die sechs werden nicht in der Lage sein, für mich gegen Nahith zu kämpfen. Aber wir werden viele Eingeborene in einem großen Gebiet zu Freunden haben."

„Ich hoffe, du hast recht", antwortete Schwarzes Feuer.

„Nonfarmale bewegt sich unsichtbar oder ist möglicherweise in einem anderen Teil des Landes", sagte ich. „Immerhin haben wir ein wenig Gesellschaft. Du wirst lernen können, wie man mit den Fingernägeln und mit scharfen Steinen eine Bisonhaut bearbeitet."

„Mitunter ist dein Witz etwas gallig, Liebster."

„Ich werde dir heute abend erzählen aus welchen Gründen."

Die Spionsonde zeigte uns, womit die Sioux die Stunden bis Sonnenuntergang, die halbe Nacht und den darauffolgenden Tag verbrachten. Sie zerlegten die intakten Zelte, stellten fünf Schleppdreiecke her, die man Travois nannte, banden ihren Besitz auf den Tragegurten fest, bauten in die Bäume leichte Gestelle und schnürten die Leichen zwischen den Zweigen fest. Sie versuchten, die Leichen, den Rest des Besitzes und alles andere, was die Toten gebrauchten, der Natur und den Göttern zurückzugeben.

Im Kamin schwelten riesige Kloben, in den Porzellankrügen fiel leise knisternd der Schaum des schwarzen schottischen Bieres zusammen. Rechts an der Tränke wieherte ein Pferd; die Nacht war erfüllt von den vielen kleinen Geräuschen unzähliger Tiere. Über uns saß die künstliche Eule und klappte ihre riesigen Augen auf und zu.

„Es ist nicht leicht zu erklären." Ich hob den Krug, drückte meine Schultern gegen den Schaukelstuhl und blickte Amou an. „Ich verstehe es selbst nicht genau. Die Energie, die Nahith Nonfarmale gestattet, zwischen den Welten hin und her zu springen, wird durch Gedanken kontrolliert und geformt."

Amoustrella überlegte lange. Noch länger und weitaus häufiger hatte ich mit „Tausend Blitze" gesprochen, und der wiederum hatte Speicher und Rechner benutzt. War es so, dann brauchte ich mich nicht zu wundern, daß der Beschuß von Nonfarmales Dimensionskorridoren nichts ausrichtete.

„Durch Nahiths Gedanken?" fragte Amou.

Wir saßen auf der großen Terrasse, unter dem Dach, im Schutz einiger unsichtbarer Schutzschirme. Sämtliche Fenster und die breite Tür waren weit geöffnet, die Insekten wimmelten vor den Energievorhängen. Der Berggipfel blieb dunkel, und ich erwiderte nachdenklich:

„Wahrscheinlich durch seine Gedanken. Aber es kann natürlich auch ein anderes Wesen, bewußt oder unbewußt, die Energie steuern. Eine Fähigkeit, die fast jenseits des Verstehens ist, eine übersinnliche Technik, fast ein Wunder, denn ebenso gut könnte ich durch gedankliche Einwirkung einen Schalter kippen oder den Fluß von Elektronen und Positronen in einer Leitung unterbrechen. Nonfarmale kann's."

Die Konsequenzen waren weitreichend. Wir konnten kämpfen und angreifen, mit welcher Energiemenge auch immer. Amou sagte:

„Dann hülfe ein Schlag auf Nahiths Kopf?"

„Mit Sicherheit weitaus mehr als Beschuß aus Thermostrahlern", sagte ich leise und nahm einen Schluck Bier. „Wir können suchen, messen und dokumentieren, aber wir können das Tor nicht schließen oder zerstören. Ebensowenig wie wir verhindern können, daß er ständig neue Welten findet und durch ein Parallelweltall springt wie eine Schachfigur."

„Also doch ein kräftiger Schlag auf den Kopf."

„So ist es."

Das Land zwischen den Bergen und dem Fluß war voller Wild, das Wasser der Bäche voller Fische. Hinter den Hügeln schob sich eine weiße Mondsichel zwischen die Sterne.

„Weißt du schon, wie du ihn angreifen kannst?" fragte Amoustrella abwartend.

„Nein. Ich denke ständig nach und beobachte ihn. Auf keinen Fall werde ich Stiller Donner oder Drei-Adler-Schreien zu Kämpfern gegen den Psychovampir ausbilden."

„Das habe ich auch nicht gedacht."

Ein schwerer und ein leichter Gleiter, entsprechend gepanzert und ausgerüstet, standen startbereit unter dem verstärkten Dach der Scheune. Die Wände und die dünnen Metallgitter unter den Dachsparren waren für die Kristallfeld-Verstärkung ausgerüstet. Die Truhen im Wohnraum enthielten, wie immer, die vielen Bildschirme. Es war denkbar, daß Nonfarmale in diesem unscheinbaren Haus die ungewöhnlichen Energien ortete, aber ich glaubte nicht daran.

„Es wird nicht lange dauern", sagte Amou und holte einen neuen Krug Bier, „bis er wieder zuschlägt. Diesmal wird er nicht nur einen kleinen Siouxstamm ausrotten lassen."

„Er will einen Krieg, der das ganze Land erfaßt", sagte ich und beobachtete glühende Augenpaare. Jagende Vögel geisterten durch die Finsternis.

„Tausend Blitze wacht mit mehreren Spionsonden über diesem Gebiet", sagte ich leise.

„Unsere Sicherheitsvorkehrungen sind auf einen mächtigen Feind abgestimmt."

Amou goß unsere Becher noch einmal voll. Im Kamin knackten Scheite, und der Nachtwind trieb den schwachen Geruch des Rauches in Bodennähe und unter das Dach. „Und wieder haben wir nichts anderes zu tun als zu warten."

„Hier, in Sichtweite seiner Höhle, wird das Warten verdammt spannend werden", versicherte ich ihr.

Am nächsten Tag holte ich die beiden gescheckten Hengste von der Koppel, striegelte, sattelte und zäumte sie auf und führte sie zur Terrasse. Die Tiere sahen, von

Robotern gepflegt, mit Kraftfutter gestärkt, mit glänzendem Fell und geputzten Hufen, hervorragend aus. Amou kam aus dem Haus, trug die Waffen und ihre Satteltaschen.

„Jagd?“ fragte sie. „Oder ein Vorstoß zu Nonfarmale?“

„Vielleicht beides“, sagte ich und verstaute Proviant, Wasser, Waffen und Decken an den Sätteln. Die Maschinen hatten sie leichter gemacht, überholt und einige Einbauten versteckt.

Wir stellten die weichen Stiefel in die Steigbügel, packten die Sattelhörner und trabten an. Mit der ungewohnten Trense hatten wir nach kurzer Zeit keine Schwierigkeiten. Die ausgeruhten Tiere fielen in einen Kantergalopp, wir verließen den Weg und ritten eine Anhöhe hinauf. Zwischen harzduftenden Fichten zogen wir die Zügel an.

„Unsere Freunde“, meinte ich. „Ich habe es nicht anders erwartet. Ich bin fast sicher, daß sie zwischen Bach und See ihr Lager aufschlagen.“

Sie schienen, aus der Richtung des vernichteten Lagers kommend, direkt auf dem Weg zu einem neuen, noch unberührten Lagerplatz zu sein. Ich wendete mein Pferd, kitzelte es mit den Sporen und galoppierte den Gegenhang hinunter, durch das hohe Gras und durch Mückenschwärme.

Im gestreckten Galopp folgte Amou. Jedes Pferd der Indianer zerrte ein Travois hinter sich her. Zwei Hunde begleiteten den Zug. Ich zügelte mein Pferd zwischen Drei-Adler-Schreien und Duftendes Laub, der älteren Frau.

„Ihr werdet in unserer Nähe bleiben?“ fragte ich und wies in die Richtung auf eine breite Landzunge, die sich am spitzen Ende einer riesigen, undurchdringlichen Waldzone befand, die sich bis zur unendlichen nördlichen Weite des Landes erstreckte.

„Wir haben lange getrauert“, sagte Duftendes Laub. „Eine innere Stimme sprach. Wir schnitten uns nicht mit Messern, schnitten nicht das Haar, aber wir werden lange trauern, weil die Seelen weggegangen sind.“

„Euer neues Lager wird gut werden", sagte Amou, die ihre Blicke tief in die Gesichter der Indianer gebohrt hatte. „Wir jagen. Wenn wir gute Beute machen, brate ich für euch, und von euch will ich lernen, wie Bisonfelle dünn und weich werden wie das Haar von Wolkenblume."

„Wir haben Essen von dir gegessen?" fragte Silent Thunder verwundert. „In dem Haus neben dem Haus?"

„Schwarzes Feuer kocht besser als jede andere Frau", sagte ich. „Bach und See sind voller Fische. Wird es heute regnen, Duftendes Laub?"

Die Frau schüttelte den Kopf. Die beiden jungen Mädchen starrten uns schweigend an. Es würden in wenigen Jahren, wenn das Nomadenleben ihnen Gelegenheit dazu gab, hübsche junge Frauen werden.

„Ich führe jetzt die Gruppe", sagte Drei-Adler-Schreien. „Alter Häuptling ist bei seinen Ahnen. Kommt. Wir werden reden und essen."

Ich lachte, die Indianer zogen mit ihren schwerbeladenen Gespannen weiter. Wir folgten zuerst der Straße, dann einem Pfad, schließlich einer breiten Lichtung, die weit in die nordwestlichen Wälder führte. Als das Gelände sumpfig zu werden begann, im fahlen Schatten der dicken Mittagswolken, knoteten wir die Zügel an ein langes Seil und ließen die Pferde an einem Wasserloch zurück. Wir schulterten die Gewehre und drangen in einen Wald ein, dessen Bäume in großen Abständen standen. Während wir so leise wie möglich uns einen Weg suchten, versuchten wir zu sehen, ob es hier jagdbares Wild gab. Auf einem Hügelkamm schnürte ein Wolf vorbei; wir sahen ihn nur zwei Herzschläge lang. Squirrels rasten die Stämme hinauf und hinunter, eine Herde Bisons äste friedlich, Kleinwild raschelte in den Büschen, und unzählige Vögel jagten nach Insekten. Ab und zu erhaschte ich einen Blick auf einen Adler, aber es konnte auch ein wirkliches Tier sein, nicht eine der höllischen Bestien des Seelensaugers.

„Kennst du die verschiedenen Beeren und Pilze?" fragte Amou und zeigte auf die Menge von Ranken und winzigen Früchten unter den Bäumen. Ich schüttelte den Kopf.

„Von den Indianern werden wir alles lernen", meinte ich leise. „Dort."

Ein Rudel Rehe oder Gazellen war aus der Deckung herausgetreten. Ich hob das langläufige Gewehr und wartete, bis Amou den Lauf an einem Ast angelegt hatte.

„Die beiden jungen Böcke, auf beiden Seiten", flüsterte ich.

Fast gleichzeitig drückten wir ab. Zwei dünne Energielinien zuckten fast lautlos hinüber, die Tiere zuckten, sprangen zur Seite und brachen zusammen.

Der Rest des Rudels stob in raschen Fluchten davon. Wir holten die Pferde, ritten zur Beute und weideten sie rasch aus. Das Fleisch würde für acht Menschen drei Tage lang reichen, dachte ich, als ich die Läufe der Tiere zusammenband und über die Sättel hängte.

„Schon zurück?" fragte ich. Amou deutete nach Südwest, in die Richtung der sinkenden Sonne.

„Reiten wir einen großen Bogen zurück zum Haus."

„Einverstanden."

Wir ritten los, die Pferde galoppierten oder gingen kraftvoll und gehorsam im leichten Trab. Wir ritten durch einen Teil des Santee-Sioux-Gebiets, betrachteten die Landschaft, sahen die Quellen und die Weideflächen der Bisons, in der Ferne auch eine Ansammlung von Tipis, und in einigen Findlingen konnten wir Ritzzeichnungen entdecken, die uralt schienen. Runen und stilisierte Menschen, Kreise mit Kreuzen darinnen, Symbole der Vier Winde und Vier schöpferischen Mächte. An den Wasserläufen sahen wir Otter, Waschbären und einen Damm, der von Bibern stammen mußte.

Am frühen Abend versorgte ich die Pferde, während Amou sich um den Braten kümmerte, ihn in Stücke schnitt und in einer Kräutersoße und sauren Wein einlegte. Eichelhäher kicherten in den Baumkronen, und im Westen waren die Wolken, die Gewitter versprachen, höher aufgetürmt.

Letztes Sonnenlicht machte aus dem Berggipfel einen

drohenden Schattenriß und umgab ihn inmitten der Wölkchen und vor der gewalttätigen Kulisse der Wetterwolken mit Lichtpfeilen. Überirdische Mächte offenbarten sich im Glauben der schriftunkundigen Nomaden in Visionen, die vom anderen Leben sprachen und von der Nähe zu jedem Bestandteil der Natur, von der die Menschen abhingen.

Denke daran, daß du es mit Angehörigen einer Rasse zu tun hast, die von den Neusiedlern dezimiert worden sind, mahnte der Logiksektor.

„Ich werde sie lehren, sich dagegen zu wehren", brummte ich verdrießlich, klatschte dem Schecken die Hand auf das nasse Fell und ging in die Scheune. Dort suchte ich die Geschenke zusammen, die ich für heute abend brauchte.

Wir tranken einen starken Kaffee und Calvados, dann ein Bier. Ich wußte, daß Alkohol für die Indianer ein Desaster bedeutete, außerdem waren andere Dinge viel wichtiger. Zwei Stunden später schob ich eine Energiezelle in eine kleine Lampe, warf mir den schweren Sack über die Schulter und nahm Amous Hand.

Bis zum Lager waren es nur fünfhundert Schritt auf einem feuchten Wildpfad. Fünf Tipis, aus den Resten der anderen Spitzzelte, standen in einem Dreiviertelkreis. Im Zentrum brannte in einem Steinring ein Feuer, an dem ein eiserner Kessel hing; ein Teil der Weißen-Zivilisation.

Duftendes Laub stand auf, lächelte knapp und zeigte auf zwei einfache Stühle aus Holz und Weidengeflecht.

„Willkommen", sagte sie. Wir begrüßten uns, indem wir die Handgelenke des anderen packten und unsere Wangen aneinander legten. Jeder kam an die Reihe, dann zog Amou Fladenbrot, kalten, gespickten Braten, eine Wurst aus Beauvallon, drei Gefäße voller Fruchtsaft und kleine Süßigkeiten aus Südfrankreich hervor und verteilte sie.

Ich musterte die tausend Falten im braunen Gesicht von Drei-Adler-Schreien. Das kunstvolle Feuer aus trockenem Holz brannte mit langen, spitzen Flammen und wenig Rauch. Tausende von Mücken und Motten verbrannten. Sieben Bisons, die junge Frau, legte die Geschenke auf feuchte Blätter und in feine Flechtkörbchen.

„Jeder kann ein Messer brauchen", sagte ich, „die Schneide wird nie stumpf, rostet nie, man kann sägen damit."

Ich verteilte große und kleine Messer, deren Griffe aus geriffeltem Kunstmaterial bestanden. Die Klingen funkelten im Widerschein der Flammen. Das letzte Messer packte ich an der Spitze, holte aus und warf es in die Richtung des nächsten Baumstamms. Es bohrte sich mit dumpfem Schlag in die Rinde.

„Das sind kostbare Geschenke, Viele-Leben-Krieger", sagte Stiller Donner. „Ich habe nichts, das ich zurückschenken kann."

Ich legte ein wenig gönnerhaft meine Hand auf seine Schulter und sagte:

„Du sollst, wie jeder hier, zu uns kommen und deine Wunden ausheilen lassen. Morgen früh: du, Drei-Adler-Schreien und Duftendes Laub."

„Wir kommen", sagte Duftendes Laub und zeigte ihre verschmutzten Verbände.

Wir setzten uns, und Amou merkte, daß das beste Geschenk ein unzerbrechliches, wasserdichtes Gefäß voller Salz war. Die jungen Mädchen bedienten uns. Alle nomadisierenden Gruppen dieses Planeten besaßen zwei einander widersprechende Eigenschaften: Wir erkannten, daß vom Wildleder über winzige Steinperlen bis hinauf zum Reh-, Hirsch- oder Bisonfell alles für die Bedürfnisse des täglichen Lebens verwendet wurde. Nichts war wertlos. Die Nomaden kannten jede eßbare Beere, jede Frucht, jeden Pilz, jede Nuß. Sie kannten auch die giftigen oder ungenießbaren Gewächse des Landes; Erfahrungen wurden mündlich weitergegeben oder selbst erlebt.

Andererseits war jeder Tag ein vierundzwanzigstündiger Kampf ums Überleben. Unablässige Arbeit blieb Voraussetzung dafür, daß die Mitglieder des Stammes oder der Großfamilie genug zu essen hatten, daß es wärmende Felle und getrocknetes Fleisch gab und daß die Kinder auch im nächsten Jahr eine Chance hatten, gesund aufzuwachsen.

Jedes „Geschenk“, das diese harte Arbeit erleichterte, war ein wertvolles Geschenk. Ich wußte dies aus vielen eigenen, schmerzvollen Erfahrungen, und deswegen verteilte ich Öl, Salz und Messer aus Arkonstahl.

„Ihr kommt“, sagte Amou und strahlte die Indianer mit ihrem schönsten Lächeln an, „und wir sehen, daß euer kleines Lager gut geworden ist.“

„Wenn wir genug Beute und Beeren finden, bleibt es das Winterlager“, antwortete Drei-Adler-Schreien bedächtig.

Ich hatte lange überlegt, ob ich gegenüber den Barbaren, denen die Weißen das Land weggenommen hatten, zu einem bestimmten Vorschlag berechtigt war – in den Augen der Ureinwohner. Trotz meiner Bedenken sagte ich:

„Dieses Stück Land nahm ein Weißer in Besitz. Jetzt wohne ich darauf. Schwarzes Feuer und ich, wir werden eines Tages dieses Land verlasssen und nicht zurückkommen.

»Ihr seid, gegenüber anderen Weißen, unter meinem Schutz, wenn ihr bleibt. Es ist Zeit nachzudenken; einen Sommer lang. Bleibt ihr, helfen wir euch und ihr uns. Wir wollen nicht mehr Land, wir bringen keine Herden hierher, und wir säen kein Korn. Sagt jetzt nichts – gute Gedanken brauchen viel Zeit.“

„Du sagst es, Viele-Leben-Krieger.“

Wir saßen bis weit nach Mitternacht um das Feuer. Zwischen den Fragen und Antworten waren lange Pausen. Die vier Indianer, die mit uns redeten, waren gewohnt, ihre Worte lange zu bedenken und abzuwägen. Amou und ich erkannten, welche Schwierigkeiten die bronzehäutigen Nomaden beschäftigten, und über uns erfuhren sie, daß wir aus einer Welt kamen, in der viele „wunderbare“ Dinge nichts anderes als Alltäglichkeiten waren. Knisternd brannte das Feuer herunter, und unsere Hände und Gesichter tauchten ein ins flackernde Rot der

Glut. Im Westen zuckte die flächige Helligkeit des Wetterleuchtens.

„Ihr kommt morgen zu uns“, sagte Amou und stand auf. „Und übermorgen ihr, nicht wahr?“

Sie zeigte auf Wolkenblume, Lachender Schatten und Sieben Bisons.

„Ich komme, ganz bestimmt“, sagte die junge Frau und lachte, zum erstenmal, seit ich sie kannte. „Seit ich lange geschlafen habe, im Haus, denke ich, daß ich jünger bin, kräftiger, daß ich mehr weiß.“

„Ich habe noch ein paar gute Ratschläge für dich, Freundin“, sagte Amou. Plötzlich rissen alle, die ich sah, die Augen auf, drehten die Köpfe, und dann zeigten sie furchtsam auf den Berggipfel.

Vater-der-Sonnen-Wolke erschien für Sekunden vor der flackernden Helligkeit als drohender Schatten. An wenigen Stellen der Spitze gab es verschwommenes Licht. Nonfarmales Gesichtszüge hoben sich undeutlich ab. Sehr viel deutlicher aber war eine grausilberne Kugel, die schwach zu glühen schien und vor dem Auge im Fels schwebte.

„Der Geist des Bergs“, ächzte Drei-Adler-Schreien und blieb nach einigen langen Schritten zwischen den Bäumen und seinem Tipi stehen.

Amou und ich schwiegen und starrten hinauf.

Unverändert schwebte der falsche Mond knapp unterhalb der Bergspitze. Der Durchmesser war angeschwollen und betrug, schätzungsweise, mehr als zwei Dutzend Meter, eher mehr. Irgend etwas ging dort oben vor. Die Indianer konnten ihr Entsetzen kaum verbergen. Sie mußten annehmen, ein Mond flöge über ihr Land, oder etwas, das nicht in ihr Bild der Welt paßte, geschah dort oben, einige Tagesreisen entfernt.

Langsam nahm das Leuchten der Kugel zu. Wieder breitete sich das flackernde Wetterleuchten über den westlichen Horizont aus, als sich der falsche Mond löste und langsam nach Osten driftete, etwa in unsere Richtung. Aber dann gewann die Kugel allmählich an Höhe, wurde schneller, und auch das Leuchten nahm ab.

Nonfarmale oder seine Leute fliegen zurück zum Seltsamen Satelliten, stellte der Logiksektor fest.

Die Kugel änderte ihre Richtung und steuerte dorthin, wo Riancor das Tor zur anderen Welt gemessen hatte. Sie verlor noch mehr von ihrer Leuchtkraft, schoß als fahles Gestirn zwischen den Sternen dahin und verschwand irgendwo in großer Höhe und im Südosten.

Ich schüttelte mich und drehte mich zu den anderen herum.

„Manche Dinge, die seltsam und wunderbar erscheinen", brachte ich hervor, „haben später eine natürliche Erklärung. Auch dieser dunkle Mond."

„Ein Mond kommt aus der Höhle des Berges", murmelte Duftendes Laub. „Ein Gesicht ist auf einem Berggipfel. Ein böser Sommer, Viele-Leben-Krieger."

Ich lächelte ihr zu.

„Wir sorgen dafür, daß es ein guter, warmer Sommer wird, ein satter Sommer und ein Herbst ohne Wunden und Tod. Morgen, bei uns?"

„Wir kommen."

Die Mädchen gähnten, als wir den Feuerkreis verließen und uns von den Alten verabschiedeten. Der Lichtkegel des Scheinwerfers geisterte vor uns auf dem Weg dahin, während wir so schnell wie möglich zu unserem Haus zurückgingen. Der Roboter bestätigte unsere Beobachtungen. Ob sich noch jemand in Nonfarmales Berghöhlen aufhielt, war nicht festzustellen; erst morgen konnte außerhalb der Schutzschirme eine Sonde klarere Beobachtungen anstellen.

Ich dachte an den Mond über dem verwüsteten Planeten, an die LARSAF, an Nonfarmale, die Gleiter, an Amou und die Überlebenden eines der vielen Massaker und schließlich sagte ich:

„Morgen fliege ich dorthin. Zu den Höhlen. Ob das klug ist, weiß ich nicht. Aber irgend etwas muß geschehen."

Amoustrella glitt barfuß über den Belag, den wir auf den Balken des Wohnraums und über der dicken Isolierschicht gespannt hatten. Er sah aus wie weiches Bisonfell, braun und schwarz marmoriert. Er schluckte viele

Geräusche und brannte nicht, wenn Funken aus dem Kamin sprangen.

„Ich glaube, Atlan, du solltest Tausend Blitze rufen. Es ist besser, wenn du nicht allein bist. Einverstanden?“

Der Roboter hatte mitgehört und antwortete:

„Gegen Mittag komme ich durch den Transmitter, in entsprechender Maske.“

Ich nickte seinem holografischen Abbild zu und unterbrach eine der Verbindungen mit der Tiefseekuppel.

Es gab einen wichtigen Grund für dieses Schauspiel. Ich kannte ihn nicht. Vielleicht fand ich ihn heraus, wenn ich in das steinerne Reich Nonfarmales eindrang. Ich ließ den rauchigen Geschmack des Bieres wirken, nahm noch einen Schluck und gähnte.

„Wir kommen, Nonfarmale“, sagte ich. „In zwanzig Stunden.“

Während Drei-Adler-Schreien, Duftendes Laub und Stiller Donner vom Medorobot mit gewohnter Gründlichkeit medizinisch versorgt, massiert, gepflegt und ihre Verbände durch Bioplast ersetzt wurden, flüsterten die Bänder der Hypnoschulung ihnen Erkenntnisse, neues Wissen und das Bewußtsein zu, in uns nichts anderes als harmlose, fremde Freunde zu sehen.

Ich hatte, während im Hintergrund der Scheune die drei Körper regungslos auf den Liegen ausgestreckt waren, den Gleiter zum Tor gesteuert. Als ich auf der geöffneten Ladefläche den Schutzanzug und andere Ausrüstungsteile sortierte und überprüfte, flammten die Schenkel des Transmitters auf.

„Der Nachtrabe, in dieser Umgebung, Tausend Blitze genannt, fliegt wieder durch die Schatten“, sagte er. „Ich sehe dich, Viele-Leben-Krieger.“

„Hast du diese Worte von Boog, dem Zitatenschänder?“ fragte ich grämlich.

„Ja. Und mein Aussehen habe ich von den Shoshonen am Windfluß in Wyoming, damit deine Schützlinge nicht zu sehr staunen.“

„Ich sehe dich, Tausend Blitze“, erwiderte ich. „Hast du wichtige Beobachtungen machen können?“

„Nichts, seit unserem letzten Gespräch.“

Also keine weiteren Erkenntnisse darüber, daß die Energie zwischen Nonfarmales Jenseitswelten und Larsaf Drei geistig geformt und kontrolliert wurde. Ich winkte ab und fragte:

„Die Sonden zeigen auch nichts, das uns weiterhelfen kann?“

Tausend Blitze gab mir die verpackten Geschosse und die Revolver der vier Weißen aus dem Indianerlager. Die Waffen waren überholt und in entscheidenden Punkten verbessert, die Patronen von den Maschinen hergestellt worden. Sie waren in ledernen Säcken, die aussahen, als hätten Indianer sie hergestellt.

„Wieviel?“

„Je zwölfmal zwölf Dutzend.“

„Das wird länger reichen als bis zum nächsten Sommer. Hoffentlich“, sagte ich und lud zwei Revolver. Die Trommeln drehten sich fast lautlos, und die dünnen Messinghülsen glänzten wie Gold. Aus großen dunklen Shoshonenaugen sah mir der Roboter zu, während er die Kopilotentür öffnete und die Geräte des Steuerpults aktivierte und testete. Amou arbeitete in der Küche und tat irgendwelche leckeren Dinge in Töpfe voller schwarzer und roter Beeren und dem eingelegten Fleisch der Rehböcke.

„Wie lange schlafen die Indianer noch?“

„Sie sind noch eine halbe Stunde unter den Hypnostrahlern“, sagte ich. „Starten wir?“

Da ich wußte, daß er mit den wichtigsten Kommunikationseinheiten und mit Boog in lautloser, aber ständiger Verbindung stand, ging ich kein Risiko ein. Ich schwang mich in den Sitz, die Türen schlossen sich, und noch während der Gleiter summend in die Höhe stieg, breitete sich das Deflektorfeld aus. Wir waren unsichtbar und gegen Energiebeschuß geschützt, als sich die Schnauze des Fluggeräts in den Sonnenschein schob, über den weißen Kies vor dem Haus und über die frisch bewachsene, grüne und flache Zone bis zum Gebüsch und zu den Bäumen und zwischen den Tannen im flachen Steigflug in die Richtung des Berges wies.

„Übernimm die Steuerung", sagte ich. „Nacheinander die drei Adler."

„Verstanden."

Ich prüfte ein zweitesmal die beiden schweren Waffen mit dem langen Lauf und betrachtete das Land unter uns, die Berghänge, die Oberflächen des Sees und der Wasserläufe, die scheinbar regungslos wie blaue Spiegel im Mittagslicht dalagen, die Tipis zwischen den Bäumen und die Grenze des schütteren Waldes an den Flanken von Vater-der-Sonnen-Wolke. Schräg über dem Gipfel änderte soeben der erste Adler seine Flugbahn und schwebte im aufsteigenden warmen Wind nach Westen.

„Schneller."

Tausend Blitze ließ die Maschine höher klettern, setzte die Geschwindigkeit herauf, und als wir zwei Drittel des Abstands bis zum Riesenvogel zurückgelegt hatten, tauchten weit vor uns die beiden anderen dunklen Punkte auf. Kein wirklicher Adler flog in einer solchen Höhe. Der Roboter manövrierte den Gleiter schräg hinter den Vogel, bremste und fragte:

„Richtig so, Atlan?"

„Näher heran."

Ich öffnete das Fenster, schaltete eine Strukturlücke in den Energieschirm und entspannte den Hahn der Waffe. Der Gleiter lag völlig ruhig, als wir neben dem Vogel flogen, und auch der mächtige Körper bewegte sich kaum. Nur die Enden der Schwingen und die Schwungfedern zitterten in den leichten Steuerbewegungen. Ich packte das Handgelenk der Rechten, zielte mit großer Sorgfalt und zog den Abzug durch. Eine krachende Detonation erschütterte das Innere des Gleiters, es stank nach Pulvergasen, und der Schädel des Adlers, aus acht Metern Entfernung getroffen, platzte auseinander. Das Tier überschlug sich in der Luft und trudelte, einen Schleier von Federn zurücklassend, abwärts.

Der Gleiter beschleunigte und jagte auf den nächsten

Adler zu, während der Fahrtwind den Geruch des verbrannten Pulvers aus der Kabine wirbelte.

„Ich hoffe, Nonfarmale denkt an einen Gewehrschuß, wenn er die Reste seiner fliegenden Wachhunde findet", sagte ich. „Kann sein, daß ich mehrere Treffer brauche."

„Ich verstehe, Viele-Leben-Krieger", sagte Riancor und steuerte die nächste Bestie an, die sich über einem See in einer engen Spirale in die Höhe schraubte.

Vielleicht spürte der Adler den Luftzug oder hörte etwas, als wir in seiner Nähe waren. Plötzlich drehte er den Kopf in unsere Richtung, schlug mit den Schwingen und hüllte uns in eine Wolke aus Staub, Milben und gräßlichem Gestank ein. Der Gleiter kippte, als Tausend Blitze ihn in die günstigste Schußposition und Nähe zu bringen versuchte. Ich stützte meine Unterarme auf, zielte und feuerte. Das schwere, eingekerbte Bleigeschoß traf den Hals des Tieres, und erst der nächste Schuß drang durch das Auge in den Schädel. In den Nachhall des Explosionsknalls mischte sich der mißtönende, abgerissene Schrei des Adlers, der mit zusammengepreßten Flügeln wie ein Stein zur Erde stürzte.

„Weiter. Der nächste", sagte ich, griff in den Lederbeutel und lud die Waffe nach.

Offensichtlich standen die Tiere untereinander nicht in Verbindung. Zwar zeigte der letzte Riesenadler deutliche Unruhe, äugte in unsere Richtung, aber er sah den Gleiter nicht und auch nicht die Feuerzunge und die Rauchwolke des Abschusses. Ich brauchte keinen zweiten Schuß; ich lüftete den Gleiter aus, während Tausend Blitze ihn in einer weiten Kurve zum Berg zurücksteuerte und nur einmal nach den schwarzen Gewitterwolken Ausschau hielt.

„Spätestens bei Sonnenuntergang gibt es tausend wirkliche Blitze", sagte er.

„Bis dahin sind wir unter einem wasserdichten Holzschindeldach."

Nach etwa zehn Minuten kreisten wir langsam um den Berggipfel. Auf der westlichen Seite konnte ich zwischen den Schründen, Rissen und überhängenden Felsbrocken nur einen einzigen Höhleneingang erkennen. Es war eine unregelmäßige Öffnung in der Größe einer gebräuchlichen Haustür.

„Soll der Gleiter vor dem Auge oder einer anderen Kanzel schweben?“ fragte der Robot, als wir außerhalb der fremden Schutzfelder, langsam und in gleicher Höhe mit der Nasenspitze des reichlich roh geformten Gesichts schwebten.

„Nein. Wir erledigen das mit den Flugaggregaten. Finde irgendein sicheres Sims oder einen Vorsprung.“

Langsam sank der Gleiter, die Längsseite am Kinn und am Hals, abwärts, etwa dreißig Meter. Der Wind gurgelte, heulte und orgelte durch Klippen und Vorsprünge, wirbelte um die Bergspitze und ließ die schwere Maschine schwanken, bevor sie über die Felsen schrammte und mit dumpfem Geräusch aufsetzte.

„Ich kann nur hoffen, daß Nonfarmale eine bestimmte Art von Schutzschirmen eingebaut hat. Wahrscheinlich gibt es hier oben keine Fallen, die durch Schranken ausgelöst werden“, sagte ich, schloß die Gurte und ließ das Dach des Gleiters zurückfahren.

„Bei der Sondenbeobachtung konnte ich nichts dergleichen sehen“, erwiderte Tausend Blitze. „Und hier, an Ort und Stelle, würde ich eine Schranke anmessen können.“

Ich grinste. „Ich habe nicht daran gedacht.“

Wir waren bereit. Der Robotkörper streckte sich, Sonnenlicht funkelte über die helleren Teile der Schutzanzüge, als ich hinter Tausend Blitze langsam und lautlos in die Höhe schwebte, den Hochenergiestrahler in der linken Hand, die Augen am geäderten, von winzigen Sprüngen gezeichneten Fels. Der Sog des Windes packte uns und schüttelte unsere Körper, aber wir kamen ohne größere Schwierigkeiten in die Höhe der Kanzel, die aus der Entfernung aussah wie der Tränensack des linken Auges des Emotiosaugers.

Die Handbewegung des Roboters ließ mich einhalten. Ich wartete, während Tausend Blitze Handbreit um Handbreit nach vorn schwebte und den linken Arm ausstreckte. Ebenso langsam drehte der Robot den Kopf, schien zu lauschen, bewegte sich weiter und packte die Brüstung der Kanzel.

„Keine Sperre bis hierher."

Ich folgte dem Roboter und blieb, wie er, auf dem breiten Sims stehen. Hinter meinem Rücken ging es, meist senkrecht, etwa tausend Meter abwärts. Der Luftzug ließ meinen Körper schwanken, und noch immer behutsam und voller Vorsicht näherte sich Tausend Blitze der schwarzen, ovalen Höhlung des Auges.

Ich wartete voller Spannung, bis die andere Gestalt etwa ein Dutzend Schritte in die Höhle hinein zurückgelegt hatte. Zunächst lag das Oval waagrecht, dann rückten die beiden Seitenwände näher heran, und ein fast kreisrunder Korridor entstand im Fels.

Riancor kam wieder in die Helligkeit zurück. Er verzog sein Indianergesicht zu einem breiten Grinsen.

„Keine Gefahr, Krieger. Komm."

Ich atmete durch und sprang vorsichtig auf den Boden der Kanzel, die so groß war wie ein Zimmer.

„Wenn sich jemand innerhalb der Höhlen befindet, muß er gut versteckt sein", sagte Tausend Blitze halblaut. „Ich kann nichts orten."

Die Höhlen sind leer, sagte der Logiksektor.

Trotzdem folgte ich dem Roboter mit größter Vorsicht und schaltete das Deflektorfeld schon nach einer Minute wieder ein. Wir kamen durch den zylindrischen Korridor, der nach links abknickte, bis vor ein metallisches Schott. Tausend Blitze hielt einen weiten Schritt davor an, prüfte, maß und legte schließlich seine flache Hand auf eine Kontaktplatte. Die Finger der Rechten deuteten in Brusthöhe in den Raum dahinter, als sich die Irisblende öffnete.

„Leer."

Wir drangen in ein Gewirr von halb offenen Räumen ein, die durch Treppen und Rampen miteinander verbunden waren. Die Höhlen wirkten so, wie ich sie von der riesigen Klippe unter dem gestreiften Firmament in Erinnerung hatte. Wir blieben stehen und sahen uns an.

Jetzt befanden wir uns in einem rechteckigen Schacht

von etwa dreißig Metern Kantenlänge. Er war schätzungsweise siebzig Meter hoch, und eine doppelte, wendeltreppenartige Rampe umlief ihn bis zu zwei Dritteln der Höhe. Vor uns lagen drei Ebenen. Ich bemerkte, wie Tausend Blitze sein Deflektorfeld einschaltete, und aktivierte die winzigen Funkgeräte. Er lief nahezu unhörbar nach rechts, ich bewegte mich nach links, und dann durchsuchten wir, so schnell es möglich war, die Räume.

Die Eindrücke wechselten rasend schnell. Mehr oder weniger waren Einrichtung und Stil so, wie ich sie erwartet und in Erinnerung hatte. Die Augen oder andere, kleinere Öffnungen brachten über Spiegelsysteme an vielen Stellen Tageslicht in die Räume; in nischenartigen Kanälen sahen wir Kabel, die durch einfache Verbindungen ineinander gesteckt waren. Außer mir schien es tatsächlich kein lebendes Wesen hier zu geben.

„Sie sind wohl alle ausgeflogen", wisperte die Stimme des Roboters neben meinem Ohr. Ich flüsterte:

„Was auf dem Mond passiert ist, muß wichtig sein. Oder sie holen Waffen, Helfer . . . was weiß ich."

Wir rannten etwa dreißig Minuten lang zwischen Pulten, Möbeln, Bildern und Bildschirmen hindurch, hetzten Rampen und Treppen aufwärts, sahen wuchtige Maschinenblöcke, kamen immer wieder in den Treppenschacht hinaus, rüttelten an Abzugsgittern, schauten überrascht in prunkvoll-barbarische Schlafräume hinein, in Bäder und andere Räume, die so aussahen, wie ich mir Nonfarmales Küche vorstellte, und schließlich, sehr viel weiter dem Scheitel des Riesenkopfes entgegen, fanden wir einige Beweise dafür, daß es sich um seine privaten Gemächer handelte.

„Krieger! Hierher. Der halbdunkle Raum, rechts von dir", hörte ich.

„Sofort."

Ich raste eine schmale Rampe in die Höhe, vorbei an einem Fries aus Sternenaufnahmen. Ich erkannte die seltsame Planetenoberfläche und viele Ansichten des

Seltsamen Satelliten wieder. Dann trug mich der Schwung in einen weiten Raum hinein, dessen Decke nicht weiter als drei Meter vom Boden entfernt war.

Sein Schalt- und Arbeitsraum, sagte der Extrasinn. *Bleibe unsichtbar.*

Auch Tausend Blitze konnte ich nicht sehen. Aber seine Stimme war überaus deutlich.

„Ich stehe mitten im Raum, vor den eingeschalteten Bildschirmen."

An den Wänden liefen Kabel und Rohre. Der Boden war mit einem Teppich belegt, der wie heller Sand wirkte. Aber ich hinterließ keine Spuren. Unter einer kreideweißen Lichtflut breitete sich ein riesiges Modell aus, das farbige, von Markierungen übersäte Relief eines halben Kontinents . . .

Ich prallte gegen Tausend Blitze, als ich hinter dem ersten Sessel stehenblieb und auf die Bildschirme starrte. Sie waren ebenso dreidimensional wie unsere Geräte.

„Verdammt!" sagte ich, als ich das dritte Bild einer genauen Musterung unterzogen hatte. „Es ist klar, daß er sofort zurückgeflogen ist."

Die Darstellungen auf den Bildschirmen bewegten sich nicht. Es handelte sich um gestochen scharfe Wiedergaben von Einzelbildern. Auf dem ersten Bild erkannte ich den überhängenden Felsen am See und die Terrassen des Gebäudes. Am Strand lag ein ballähnlicher Körper, der seltsam zerfetzt aussah.

Das nächste Bild war eine Vergrößerung dieses Gebiets. Eine von Nonfarmales versklavten Kreaturen hatte eine lange Spur im Sand zurückgelassen und stand neben der aufgerissenen, halb geschwärzten Metallkugel.

„Unsere Sonde", sagte Tausend Blitze.

„Eine kam zurück. Die andere wurde zerstört oder zerstörte sich selbst. Ich habe einen grellen Lichtschein gesehen und hielt die Erscheinung für einen Meteor oder einen anderen kosmischen Effekt. In seinem seltsamen Kosmos."

„Es ist die dritte."

„Kannst du sie – irgendwie – noch zerstören? Ich meine . . .“, fragte ich beklommen.

„Sieh das dritte Bild an.“

Ich war aufgeregt, weil ich schlagartig die Konsequenzen begriff. Einige waren unwesentlich, aber andere machten mir angst.

Das dritte Bild zeigte, nicht ganz in Originalgröße, die halbzerstörte Spionsonde. Sie lag auf einem Labortisch und war von starken Lampen angestrahlt. Wir konnten an drei Stellen das Innere sehen. Wichtige Teile waren bis zur Unkenntlichkeit zerschmolzen, verformt, verkohlt. Ich sagte zu Tausend Blitze:

„Nonfarmale kann seine Schlüsse ziehen. Er weiß, daß die Sonde durch seine Strukturöffnung kam. Also von der Erde. Wenn er nachdenkt, kennt er unseren technischen Standard.“

Der Roboter zögerte nicht lange.

„Nicht unbedingt. Das Ding kann auch aus seinem Kosmos stammen.“

„Den er besser kennt als jeder andere. Möglich, aber fast nicht zu glauben.“

„Wahrscheinlich suchen seine Truppen jetzt nach dem Besitzer der Sonde.“

„Hoffentlich.“ Tausend Blitze riskierte es erst recht nicht, das Deflektorfeld abzuschalten. „Das hält ihn auf, und wir haben genug Zeit.“

„Reden können wir nachher“, sagte ich. „Sehen wir uns weiter um. Du speicherst alle Bilder?“

„Jeden winzigen Impuls“, bestätigte der Hochleistungsrobot.

Mit wenigen Schritten war ich bei dem Relief. Es dauerte nur zwei Atemzüge, bis mein fotografisches Gedächtnis mich erkennen ließ, daß es sich um den nördlichen Teil des amerikanischen Doppelkontinents handelte. Einige Staaten waren farbig markiert; ich sah Flüsse, Berge, Straßen, Städte und eine Unmenge Schriftzeichen, die ich nicht lesen konnte. Wir würden alles später auswerten können. In diesen Minuten glaubte ich zu begreifen, daß Nonfarmale diese Welt in die nördlichen und südlichen Staaten geteilt und farbig markiert hatte. Ich wußte, was diese Landkarte bedeutete.

„Der Herr der Kriege“, sagte ich. „Er plant den Krieg, der angeblich für die Befreiung der Sklaven gedacht ist; und dafür, daß es genügend Sklaven gibt, hat er mit erlesener Grausamkeit gesorgt. Nicht er allein, ich weiß.“

Tausend Blitze sagte:

„Ich könnte es verstehen, wenn er Munition oder Kanonen verkaufen würde.“

„Der Spezialist für grausame Kriege kümmert sich nicht um derlei Kleinigkeiten.“

Wir hasteten weiter, und wenn mich jemand gesehen hätte, würde er selbst in meinem künstlich dauergebräunten Gesicht erkannt haben, daß mich Sorgen plagten. Eine Erkenntnis wurde von Minute zu Minute schärfer: Er war in der Lage, den Zugang zu den Nischen zu kontrollieren und zu manipulieren. Er konnte, wenn die Entfernung nicht zu groß war, die Emotionen und die Qualen eines sterbenden Bewußtseins, einer *anima,* aufsaugen. Was sollte ihn daran hindern, mich anzugreifen und festzustellen, daß ich immun gegen ihn war? Und daß Amoustrella keineswegs immun gegen den Sog eines Psychovampirs war, ebensowenig wie Amiralis Thornerose.

Während wir den letzten Raum, ein orientalisch-schwülstiges Schlafgemach mit direktem Ausblick nach Süden betraten, hörte ich mich sagen, heiser und gepreßt:

„Bei der geringsten Ahnung einer Gefahr schleppe ich Amou durch den Transmitter, zurück in die Kuppel. Oder du holst sie. Oder Boog betäubt sie und bringt sie weg. Verstanden?“

„Diesen Vorschlag hätte ich gemacht, wenn wir auf dem Rückflug gewesen wären“, sagte Tausend Blitze. „Das sollten wir in Betracht ziehen. Hier ist das Grauen, und dort draußen sind Licht und klare Gedanken für lebende Wesen.“

„Gut. Los. Zurück – in mäßiger Eile.“

Tausend Blitze speicherte die Bilder. Ich speicherte die Eindrücke des verdrehten, gefährlichen Verstandes dieses Wesens. Wir versuchten, möglichst auf anderen Wegen wieder abwärts zu gelangen, aber nicht immer schafften wir es. Ich war sicher, daß wir kaum einen einzigen Raum ausgelassen hatten, aber womöglich gab es durch Fels getarnte Türen in andere Räume. Es war wohltuend kühl, und die Luft roch gut und frisch. Ich zweifelte nicht daran, daß Nonfarmale seine persönliche Kugel nicht nur verkleinern, sondern auch unsichtbar machen konnte, und von seiner Rückkehr wollte ich nicht überrascht werden.

Schließlich fand ich auch die halb versteckte Blende des Auges. In der Eile des nächtlichen Aufbruchs hatte er vergessen, diese Sperre zu schließen. Nonfarmale fühlte sich sicher. Zu sicher? Oder stellte es eine Falle für einen Gegner dar, den er zu kennen glaubte, aber niemals richtig gesehen hatte?

Es war mir gleichgültig, als wir uns in die Sitze gleiten und von der Maschine in einem langsamen Sinkflug bis zu dem einsamen Haus, zur Scheune und rückwärts ins Halbdunkel bringen ließen, zurück in eine wohltuende, ruhige Sicherheit, die höchst fragwürdig geworden war.

Ich desaktivierte Tarnung und Schutzfelder und zog den Anzug aus. Summend sank der Gleiter auf den glattgefegten Boden. Auch Tausend Blitze wurde wieder zu einem bronzehäutigen Shoshonen.

„Ins Haus. Zu Amou", sagte ich und ging voraus, die Waffen und die Patronensäcke in den Händen.

Die drei Adler waren vom Himmel verschwunden. Spionsonden kreisten um den Berg. Eulen und andere Wesen mit Multifunktionsaugen suchten einen Teil des Himmels ab. Als ich zur Tür des Wohnraums hinausblickte, verschwand die Sonne hinter der Gewitterwand. Die Wolken hingen tief und waren schwarz wie meine Gedanken.

Ich warf das klirrende, schwere Zeug auf den Tisch, zog Amou an mich, küßte sie lange und murmelte:

„Ich bin in der verzweifelten Stimmung, unseren Alkoholvorrat zu vernichten. Ich tu's aber nicht. Ein

Humpen Bier genügt. Und dann führen wir ein langes Gespräch, Schwarzes Feuer."

Sie nickte und öffnete die Versiegelung des dünnen Metallbehälters. Amou war klug; sie kannte mich und würde alle Fragen stellen, und einige davon waren unbehaglich beim bloßen Gedanken daran.

Ich zog Stiefel und Jacke aus, lief zum Brunnen, wusch mich und trocknete mich ab, dann setzte ich mich in den Schaukelstuhl. Tausend Blitze rückte den Dolch und die übertrieben große Adlerfeder in seinem blauschwarzen Haar zurecht und lehnte an dem stämmigen Stützbalken des Daches. Er hielt ein fast leeres Glas Obstbrand aus Beauvallon in den Fingern und roch hingebungsvoll daran.

Amoustrella setzte sich auf eines der vielen schädellosen Bärenfelle, lehnte sich gegen die Schienbeine und Knie des Roboters und hob den Porzellankrug.

„Wir sind lebend und ohne Blessuren zurück", sagte ich. „Aber wir bringen einen Sack Fragen und Probleme zurück."

„Davon sind die meisten an deinem ausdruckslosen Halbindianergesicht abzulesen, Fürst der Jahrzehnte."

„Eines nach dem anderen", sagte ich. „Tausend Blitze! Wir schaffen es zu Pferd mühelos hin und zurück. Ich bringe den beiden Männern und meiner zweiten Lieblingssquaw die Revolver. Einen in Reserve, bleibt hier. Du siehst dir genau das Lager an und suchst in unseren verzweigten Speichern, was getan werden kann, um den Überlebenden das Leben, den Winter und überhaupt vieles zu erleichtern, ohne daß sie einen Kulturschock erleiden."

„Wohl gesprochen, weißer Bruder", sagte der Roboter. „Wärme gegen die Winterdämonen, und Mittel gegen faule Zähne."

„In dieser Art. Nimm die Sättel und hole die beiden Schecken, wenn du genügend Alkoholmoleküle eingesogen hast."

„Sofort."

Die Gewitterwolke war nicht kleiner geworden, hatte

sich wieder in der Mitte geteilt. Die Sonne brannte schwefelgelb über die Landschaft. Ich blinzelte und sah zu, wie Tausend Blitze davonlief. Das Bier schmeckte noch immer gut.

„Nonfarmale ist auf seinem Satelliten. Sie fanden dort eine halbzertsörte Sonde. Vielleicht bringt er diesen Fund, die drei toten und zerschmetterten Riesenadler, die Indianersiedlung und unsere Gegenwart in Verbindung. Du bist am meisten gefährdet, Liebste; du weißt, wie seine Opfer enden. Es kann sein, daß du blitzartig in die Kuppel verschwinden mußt."

Sie blies den Schaum vom Krug und nickte, ehe sie trank. Der Roboter fing den zweiten Hengst und zäumte ihn auf.

„Das verstehe ich nicht", sagte sie. „Schon bald?"

„Wenn er zuschlägt, dann bald. Ich weiß nicht, wie lange es dauert."

Ich berichtete von der Relieflandkarte und davon, was ich darüber dachte. Sie hörte schweigend zu. Tausend Blitze schwang sich in den Sattel und galoppierte an.

„Wir werden bald merken, was passiert. Ein Dutzend Warngeräte sind eingeschaltet", sagte ich. „Vor dem Gewitter kommt er nicht, um uns anzugreifen. Das sagt mir die Erfahrung als großer Jäger von Adlern."

Ich leerte den Krug, packte die Waffen und die Säcke und ging zum Rand der Terrasse. Wir hängten die schweren Pakete an die Sattelknäufe, ich saß auf, und dann stoben wir in einem halsbrecherischen Galopp hinüber zur Landzunge. Die Spannung löste sich plötzlich. Ich fühlte mich besser, und als ich einen langen, trillernden Schrei ausstieß, war ich sicher, daß unsere Freunde jeden anderen erwarteten, nur nicht mich und Tausend Blitze. Sie kannten ihn noch nicht, also preschte ich an ihm vorbei, duckte mich unter überhängenden Ästen und parierte den Hengst hart durch, als ich Drei-Adler-Schreien und Stiller Donner sah. Sie hielten ihre gespannten Bögen in den Händen, auf den Sehnen lagen Pfeile.

Ich hob den Arm, sprang auf den weichen Waldboden

und zog den Schecken hinter mir her. Auf meiner nackten Brust baumelte der lederumhüllte, verzierte Zellschwingungsaktivator, meine „Medizin".

„Wir haben die Adler getötet. Mit diesen Donnerrohren", sagte ich. In den Gesichtern der Männer zeichnete sich Erleichterung ab. „Ich und mein Freund vom Windfluß.

Er verläßt mich schon heute. Aber er wird wiederkommen mit kleinen Geschenken."

„Dein Freund ist willkommen", sagte der alte Mann. „Wir haben fernen Donner gehört."

Die Begrüßung war weitaus freundlicher als die letzte. Die Hypnoschulung hatte gewirkt. Ich verteilte die Waffen, zeigte die Patronen und versprach, nach dem Gewitter ihnen alles genau zu erklären. Stolz, aber kopfschüttelnd, betrachteten sie die Revolver und schoben sie schließlich in die Gürtel.

„Geht ins Haus", sagte Duftendes Laub. Ihre Haut war glatter, die Falten schienen weniger tief, und das Haar aller sechs Menschen glänzte und war geschnitten, locker und bläulich schwarz, bis auf die grauen Strähnen der beiden. Ein deutlicher Geruch nach Amous Seife ging von ihnen aus, und an Lederseilen trockneten aus Baumwolle gewebte, dichte Tücher, die in „uralten" indianischen Mustern bedruckt waren und lange Fransen hatten. Wolkenblume blickte Tausend Blitze an, der langsam das Lager umrundet hatte und jetzt zwischen den Tipis auf uns zukam, als sähe sie Manitou. Er blinzelte ihr zu.

„Geht ins Haus", wiederholte Duftendes Laub. „Der Herr der Wolken wird ein langes Gewitter niedergehen lassen."

„Wir reiten bald zurück", sagte ich. „Ihr sollt nicht jedem Weißen die Waffen zeigen. Sie gehörten jenen, die eure Leute getötet haben. Tausend Blitze hat sie verändert. Gebraucht sie nur, wenn ihr in tödlicher Gefahr seid."

„Wir versprechen es."

Sieben Bisons blickte immer wieder nach den schwarzen Wolken, während sie die Tücher einsammelte und einige lederne Klappen an den Zelten schloß und zuschnürte. Ich sah, daß die Indianer große Mengen trockenes Holz gestapelt hatten. In flachen Körben trockneten die Scheiben großer, brauner Pilze. Wolkenblume löste ihre Blicke und huschte ins Zelt.

„Sie wird von dir träumen, Tausend Blitze“, sagte ich lachend und klopfte den Hals des Schecken. „Wir sehen uns morgen wieder, wie versprochen. Habt ein Auge auf den Vater-der-Sonnen-Wolke.“

„Eines Tages werde ich dorthin gehen“, versicherte Drei-Adler-Schreien in selbstverständlichem Tonfall, „mich in eine Höhle setzen und herausfinden, was der Geist der Welt dort verbirgt.“

„Damit, mein Freund“, antwortete ich und stellte den Fuß in den Steigbügel, „solltest du dir lange Zeit lassen.“

Tausend Blitze sprang aus dem Stand auf den Pferderücken und wendete das Tier.

„Wenn ich euch besuche“, rief er, und ich zweifelte nicht daran, daß er einige Windfluß-Worte gebrauchte, „bringe ich feine Dinge aus Metall mit. Und eine Salbe gegen Mückenstiche.“

Wir hoben grüßend die Arme und galoppierten wieder zurück. Die Pferde fanden den Weg ohne unsere Hilfe, und sie schienen von selbst galoppieren zu wollen. Sie hatten zweifellos mehr Gewitter erlebt als ich in diesem Teil der Welt, also banden wir sie nicht fest. Aber wir hängten die langen Hölzer in die Schlingen; sperrten die Koppel ab. Die Tiere würden sich unter den Bäumen zusammendrängen. Halblaut sagte Tausend Blitze:

„Ich gehe zurück in die Schutzkuppel. Desaktiviere den Transmitter nicht, Atlan. Ich bereite die Informationen aus den Höhlen auf, stelle allerlei Dinge für die sechs Sioux zusammen, überwache Nonfarmale und rechne die Wahrscheinlichkeiten aus.“

„Das ist genau das, was ich anordnen wollte“, erwiderte ich und setzte mich in den hochlehnigen Stuhl. „Höchste Wachsamkeit, Rico. Postiere die eine oder andere Sonde um. In Washington, denke ich, wird über einen Krieg entschieden. Er liegt förmlich in der Luft."

„Verstanden. Lasse dein Armbandgerät und jedes andere aktiviert."

Er verabschiedete sich auf Shoshonenart von Amou, nickte mir auf ebensolche Weise zu und stolzierte ins Haus, von dort zur Scheune und in den Transmitter. Vorher schloß er noch krachend das Scheunentor.

Ich grinste und zog Amou auf meine Knie.

„Am Gewitter sterben wir nicht, an Langeweile auch nicht, und ich würde mich nicht wundern, wenn Amir Darcy Boog heute nacht als Schamane einen Regentanz dort auf dem Kies zelebrieren würde. Indes: die Lage wird ernster, Schwarzes Feuer."

„Das werde ich bestätigen oder nicht, wenn wir alles heute nacht gehörig besprochen haben werden. Das Essen ist fertig. Ich habe mich von Duftendes Laub beraten lassen."

„Ich trinke, im Gegensatz zu ihr, noch einen Krug dieses fabelhaften Bieres", sagte ich. „Aus dir wird noch eine tapfere Pioniersfrau. Auch eine Weise, die Maske auszufüllen."

„Solange ich nicht Kühe, Ziegen oder Schafe melken und Waschbären scheren muß . . ."

„Vielleicht mußt du einst Schwäne putzen."

„Wie?"

„Ein Scherz", sagte ich matt und betrachtete erneut die Ergebnisse der französisch-indianischen Küchenarbeit. Sie sahen ein wenig exotisch aus, schmeckten ausgezeichnet und würden leicht verdaulich sein. Als der Krug halb geleert war, flammte der erste Blitz auf, der Donner krachte, und der erste Windstoß warf das Fenster zu.

Eine Stunde später – wir hatten uns im strömenden Regen gewaschen und mit meinen Handtüchern, die goldfarbene Monogramme trugen, abgetrocknet – lagen wir auf kühlen Leinentüchern, halb zugedeckt mit einer dünnen Decke aus vielen farbigen Quadraten, blinzelten in die flackernde Kerze und hörten durch das weit geöffnete Fenster den schwächer werdenden Donner und den gleichtönig rauschenden Regen.

Wir sprachen leise, tauschten Vermutungen und halbe Gewißheiten aus, waren zärtlich und leidenschaftlich, und während die Kerzenflamme durch den roten Wein in den Pokalen einen seltsamen Farbhauch über unsere Körper warf, während das Gewitter sich im Kreis drehte und mit neuer Kraft wieder zurückkam, beschworen wir erneut das einmalige Maß des Vertrauens und der Vertrautheit, das wir seit so langer Zeit erreicht hatten. Ich dachte nicht an Nonfarmale. Aber es zerriß mir das Herz, wenn ich an Amoustrella dachte, an die Möglichkeit, daß sie verletzt werden oder sterben könnte.

Noch bevor die Pokale leer und die Blitze und der Donner fortgezogen waren, schliefen wir. Ich träumte von Australien. Am Morgen weckten uns zwitschernde Vögel und die robotische Eule, die mit dem Schnabel knappte und den Lidern klickte. Unsere Freunde kamen und brachten zwei gerupfte und ausgenommene Wild-Truthähne.

6.

1860: INDIANERSOMMER

Abraham Lincoln, Sohn eines Holzfällers, knapp fünfzigjährig, bewarb sich nach einer erfolglosen Kandidatur für den Senatssitz von Illinois schließlich als Präsidentschaftsanwärter, aufgestellt von den Republikanern. Seit 1807 war der Sklavenhandel offiziell verboten. Der Mann aus dem Norden war den reichen Südstaaten, die ein herrliches Leben für jeden Sklavenhalter auch weiterhin sichern wollten, mehr als nur ein Balken im Auge. Südcarolina, Mississippi, Florida, Alabama, Georgia, Louisiana, Texas – sie schätzten den Reichtum, den die billige Baumwolle ihnen brachte. Billig war sie und sollte es auch bleiben, denn die „Nigger" bekamen keinen Lohn. Allerdings verarbeiteten die Fabriken des Nordens jene Baumwolle, und würde das Prinzip der

Sklaverei ausgeweitet, würde der Süden das wirtschaftliche Übergewicht bekommen. Es spielten in diesem Eifersuchtsdrama zwischen den Ländern der angeblich „Vereinigten“ Staaten noch ein paar Dutzend andere Rivalitäten mit, darunter der Umstand, daß sich die Farmer mit den hübschen Sklavinnen vergnügten und Sklaven-Nachwuchs selbst zeugten, scheinheilig aber die Rassenfrage betonten und in der unterschiedlichen Färbung der Haut, der nichtvorhandenen Schulen für die Bildung und Ausbildung der Neger und der Chancenlosigkeit entscheidende Punkte sahen, um Neger als Halb- oder Untermenschen bezeichnen zu können. Es war eine typische barbarische Groteske; sie fürchteten sich auch vor der Wut der Geschundenen, nachdem sie jahrzehntelang gegen die Indianer blutige Kriege geführt und die Ureinwohner halbwegs ausgerottet hatten. Jeder Neger ein Gewehr: Das würde das Ende der Weißen und Rückfall in die frühe Eisenzeit bedeuten. Abe Lincoln jedenfalls erkannte die meisten Probleme und wollte die vielen Staaten vereinigt lassen. Ihm lag an der Einheit der jungen, riesigen und reichen Nation.

Ebenso wie Nonfarmale beschäftigte ich mich damit, Informationen einzuholen.

Tausend Blitze fertigte seine Analysen über Nonfarmales Stützpunkt im Berg an, erschien mit vielen mittelgroßen Truhen und Säcken voller Beilklingen, unzerreißbarer dünner und dicker Seile, mit Salben, Ölen, Stoffen, Folien und Feuerzeugen, simplen, aber funktionssicheren Geräten, die zweitausendmal eine Flamme abgaben und dann zerfielen, mit stählernen Pfeilspitzen, Lanzenspitzen, mit Kämmen, die von den Indianern selbst verziert und zu Bestandteilen ihrer Kultur gemacht werden konnten, und mit hundert anderen Kleinigkeiten, die das Leben des winzigen Stammes erleichterten.

Nonfarmale blieb verschwunden. Schon einen Monat lang war seine Höhle leer. Die Hypnoschulungen beseitigten die schlimmsten Faktoren des Natur-Aberglaubens, verbesserten die Sprachen, ermöglichten den

Indianern einen größeren und besseren Einblick in einen Teil der täglichen Phänomene – mehr nicht. Sie dienten nur dem leichteren Überleben und der Vermeidung sinnloser und schweißtreibender Arbeiten.

Die Tage des Sommers waren von Ruhe und Einsamkeit bestimmt. Hitze und Sonnenschein wechselten mit Gewittern ab, selten gab es Nebel oder verhangene Himmel. Stiller Donner und Drei-Adler-Schreien, vollständig geheilt und gesünder als je zuvor, ritten nach Westen, um Bisons zu jagen.

Wolkenblume und Lachender Schatten kamen häufiger zum Haus, um Amoustrella zu helfen. Auch sie lernten „unsere" – die englisch-amerikanische – Sprache und einige Verhaltensmuster und Werkzeuge der Weißen zu handhaben.

Am fünfzehnten Mai dieses Jahres war Lincoln als Kandidat nominiert worden.

Im gesamten Land herrschte das Fieber des Wahlkampfs. Nonfarmale reagierte nicht auf den Fund nahe seinem Wohnfelsen im Seltsamen Satelliten, und niemals wieder zeichnete sich das Gesicht im Berg nachts ab.

Aber die Beobachtungen, die Tausend Blitze überall im Land einholte, machten uns aufmerksam und nachdenklich.

Unablässig huschten die Bilder über die Schirme, und aufgeregte Stimmen sagten unglaubwürdige Dinge. Rede und Gegenrede sprachen von Einigkeit und vom Krieg. Und zwischen all den Delegierten und Vertretern und Stimmungsmachern entdeckten wir Leute, die aus Nonfarmales Truppe stammen konnten. Natürlich waren sie ebenso meisterhaft maskiert wie wir selbst.

„Da du gerade von Maskierung sprichst, Viele-Leben-Krieger", sagte Tausend Blitze, „wie willst du deinen Aufenthalt im Winter hier begründen? Gegenüber zufällig vorbeikommenden Weißen?"

Ich antwortete schulterzuckend:

„Ekel vor der Zivilisation oder dergleichen. Liebe zu Schneemassen."

Deine Lieblingsindianer sind jedenfalls sommer-,

herbst- und winterfest ausgerüstet, bemerkte der Logiksektor.

Wir waren es auch; es fehlten nur noch Fleischvorräte und gutes Mehl.

„Außerdem können wir in unserem Haus tun und lassen, was wir wollen", sagte Amou mit Entschiedenheit. „Ihr denkt also, Nonfarmale und seine Kreaturen sind unbemerkt von uns zurückgekommen und schüren den Krieg?"

Ich breitete die Arme aus und nickte.

„*Ich* bin überzeugt davon, ohne wirkliche Beweise zu haben. Was wir können, kann auch er. Um ihn zu stoppen, brauchten wir die Arkon-Flotte. Und wenn dieser Krieg wirklich ausbricht . . ."

„. . . mit höchster Wahrscheinlichkeit!" unterbrach mich Tausend Blitze.

„. . . dann wird er mit einer schwer vorstellbaren Grausamkeit geführt werden", sagte ich. „Andererseits – welcher Krieg in der langen Geschichte dieses geschundenen Planeten war grausamer als ein anderer? Wenn ich daran denke, was gerade im Reich der Mitte geschieht."

„Aber die Amerikaner meinen, sie wären eine freiheitliche, fortgeschrittene und keineswegs archaische Nation", bemerkte Tausend Blitze.

„Abwarten", sagte ich und trank den Beerensaft, den Amou dankenswerterweise mit einem der leichtverderblichen Obstbrände versetzt hatte. „Ich sage: Sie schaffen es auch."

„Zweifellos."

Jeden Tag ging die Sonne ein paar Fingerbreit weiter südwestlich unter; es war ein heißer, herrlicher Sommer, der sich nun dem Herbst entgegenneigte. Wir waren oft mit den Pferden unterwegs und ließen uns von Sieben Bisons führen. Nach einer langen Weile hatten sich die Indianer entschlossen, Amou und mich, besonders aber den falschen Shoshonen, als Freunde anzunehmen. Amou sorgte dafür, daß wir viel und oft zusammen lachten.

Wir stießen bis zum sumpfigen Ufer vor, knapp unterhalb der Mississippiquelle, übernachteten in Zelten, deren Material die Kuppelmaschinen hergestellt hatten, ernährten uns von Wild und Wasser und den Früchten des Landes, hielten Ausschau nach neuen Nonfarmale-Adlern, und stets war ich über das perlengestickte Funkarmband mit dem Roboter verbunden.

Im weiten Umkreis, zwischen den Küsten, zwischen Süd, West und Ost, gingen unzählige Dinge vor sich. Lautlos, flüsternd und dröhnend.

Sie hatten alle nur ein Ziel: eine Form der Auseinandersetzung, von der Nonfarmale saugte, trank, sich stärkte und viele Jahre in einer Jenseitswelt überlebte.

Jeden Abend betrachtete Kamakura Yamazaki die seltsamen Bilder. Sie waren für ihn inzwischen zu Symbolen einer Obsession geworden: Sie waren wie Fenster, durch die man aus dem eigenen Leben in eine sagenhafte Landschaft blickte, die ebenso wirklich wie die Wirklichkeit war: eine Höhle, aus der man die Zukunft sah. Mindestens hundertmal hatte er gelesen, was sein Urahne geschrieben hatte.

Er erledigte seine Geschäfte, packte und machte sich auf den langen Weg nach Kagoshima.

Dort stellte er, stets den Text der wunderbaren Berichte in seinen Gedanken, etwa tausend Fragen.

Er suchte die Söhne, Töchter oder Nachkommen eines Ninja, der den Namen Akizane geführt hatte.

Er fragte die Samurai der Großen Familien, er verbrachte unzählige Nächte in den Häusern, über deren Eingängen rote Papierlaternen hingen, er ruderte mit Fischern hinaus aufs Meer, er sah das Göttertor, von dem so oft geschrieben worden war, und schließlich war er verzweifelt, weil er mit seiner Suche nicht weiterkam.

Er wurde bekannt unter dem halb spöttisch gebrauchten Namen: der Kästchen-Samurai. Alle Funde und seine Münzen trug er in einem flachen, unterarmlangen Lackkästchen bei sich, und er trennte sich nicht einen Herzschlag lang davon. Schließlich fand er, nach abermals tausend Fragen und zahllosen Gängen durch die Stadt und die Felder, einen Mann, der knapp einen Kopf größer war als die anderen Männer dieses Alters.

„Warum suchst du mich?“ fragte der Mann.

Er gehörte zu einer Mannschaft, die Boote für Fischer und größere Schiffe baute.

„Ich suche vielleicht dich, Mann“, sagte Yamazaki halblaut und betrachtete die stämmige, muskelstarrende Gestalt. „Aber ganz sicher suche ich jemanden, der den trefflichen und überaus mutigen Ninja Akizane zu seinen Ahnen zählt.“

Der andere verneigte sich und führte die traditionelle Geste der Begrüßung aus.

„Ich bin ein Nachkomme dieses Mannes. Was willst du von mir?“

Yamazaki lächelte nicht, als er antwortete:

„Hat jener verehrenswürdige Ahne etwas hinterlassen? Bilder? Legenden oder einen Bericht?“

„Nein. Niemand weiß etwas. Aber er und seine Familie lebten lange und in großer Zufriedenheit.“

„Hier?“

„Ja. Dort drüben.“

Akizane deutete auf eine Gruppe von Häusern, die schräg über der kleinen Bootswerft zwischen Reisterrassen am Hang zu kleben schienen.

„Du trägst den Namen deines Ahnen?“

„Man gab ihn mir. Ich habe ihn nicht ausgesucht.“

Akizane lächelte. Der Nachfahre des Samurai sagte:

„Ich habe viele Dinge gefunden; ein Zufall. Niemand vermag zu glauben, was die Wahrheit ist. Ich habe fast ein Jahr lang über alles nachgedacht und etliche Männer gefragt, die klüger sind als du und ich. Wir müssen darüber sprechen.“

Der Urenkel des Ninja begriff in einer Anzahl winziger Schritte, daß sein Gegenüber alles andere tat als zu scherzen. Er war überzeugt, auf der Spur eines Geheimnisses oder einer kaum erklärbaren Geschichte zu sein. Die Männer starrten einander eine lange Zeit in die

Augen und musterten einander, dann sagte der Nachkomme jenes längst zu Asche gewordenen Ninja:

„Komm in mein Haus. Wir essen, trinken und schlafen. Vorher reden wir über alles."

Yamazaki nickte und sagte leise:

„Ich sehe in deinen Augen, daß du ein wenig mehr weißt, als du hier und jetzt und mir gegenüber sagen willst. Ich zeige dir die seltsamen Bilder, wir lesen, was man damals geschrieben hat, und dann reden wir über die Samurai, die beiden Riesen und Yodoya Mootori. Hast du Sake zu Hause?"

Der andere packte ihn am Arm und grinste breit:

„Hay. Genug Sake für eine Schlacht. Komm."

Die Männer gingen langsam durch die Felder und ins Haus von Akizane.

Akizane studierte lange die Bilder.

Yamazaki erklärte ihm, was die Bilder bedeuteten, zeigte ihm die beschriebenen Seiten, sprach mit ihm über die Geschichte, die sie erzählten. Sie aßen gut und tranken viel Sake, und je länger die Nacht wurde, desto deutlicher und farbiger wurden die Erlebnisse der längst Toten, und die Gestalten der drei Samuraifürsten gewannen übermenschliche Bedeutung.

Yamazaki las vor, zeigte auf den Bildern, was der Erzählung entsprach, redete von fernen Welten, und schließlich, als er seine Kostbarkeiten wieder in das Kästchen verpackte, waren sie beide hoffnungslos betrunken. Sie schliefen ein, wo sie eben noch gesessen hatten.

Sie schliefen bis Mittag.

Dann gingen sie in die Bottiche voll heißen Wassers und schwitzten den Alkohol aus. Dann sprachen sie über diese seltsame Geschichte.

Sie waren – ein paar Tage später – sicher, daß alles, was sie gelesen und gesehen hatten, aus den Höhlen der Vergangenheit ausgegraben worden war; Wahrheit, aber alt, ohne Bedeutung für die nächsten Tage und Monate.

„Aber", sagte Yamazaki, „mein Ahne schrieb, daß es diese kleine Insel des Yodoya Mootori gibt. Dort kommt der Fürst der Zeit, um nachzudenken und seine Zehen in die Brandung zu strecken."

„Sollen wir diese Insel suchen?"

„Würden wir wirklich suchen, würden wir sie finden – vielleicht an der Schwelle unseres Lebens."

„Aber unsere ‚Söhne' oder selbst die überaus nutzlosen ‚Töchter', vielleicht sollen wir ihnen befehlen, diese Insel zu finden."

Sie spürten noch den Geist des Reisschnapses in ihrem Verstand.

„Darüber reden wir in den nächsten Tagen. Stell dir vor: Der Fürst ist eines Tages da, und wir kämpfen an seiner Seite wie unsere Ahnen! Das wäre der schönste Abschluß des Lebens. Unsere Ahnen hätten dies gewollt."

Sie redeten noch eine Menge wildes Zeug, betranken sich mehrmals, hatten abenteuerliche Visionen, aber schließlich entwickelten sie einen Plan, der ebenso wagemutig wie durchführbar war.

Erst ihre Sohnessöhne würden ihn, wenn überhaupt, beenden oder wenigstens ausführen können. Und bis dahin würden noch unendlich viele Brandungswellen an die felsigen Küsten Japans schmettern.

Die Vision aber blieb.

FEUERHERBST UND BLIZZARDWINTER

„Woran denkst du, Geliebter?"

Ich ließ mir Zeit mit der Antwort. Ich befand mich in Gedanken in der Vergangenheit, der nahen Zukunft und der Gegenwart gleichzeitig. Die endlose Prozession von Menschen, Metaphern und Malaisen zog an mir vorbei: *atl,* die Kurzform von *nauatl* in der kuriosen Sprache der Azteken; *atl* bedeutete *Wasser, atl-atl* war gleich „im Wasser", in der Steigerungsform „unter Wasser". Spuren, die ich hinterließ und die späteren Forschern arge Verwirrung bescheren würden. Gleichzeitig bedeutete dieser Begriff die bogenförmige, oben gerundete Steinschleuder. Steine waren Meteoriten, Lichterscheinungen am Nacht- oder Tageshimmel waren Blitze. Atlan = der Blitzeschleuderer?

Man mußte schon ziemlich viel Kakteenschnaps, Bier oder Calvados in sich hineinschütten, um diese kühnen Gedankenbrücken beschreiten zu können.

„Ich denke nicht“, murmelte ich. „Irgend etwas denkt mich.“

Die Herbstnächte waren mitunter kalt. Der Kamin verströmte wohlige Wärme. Die nachgeahmte Petroleumlampe verbreitete verträgliche Helligkeit. Ein Sturm fauchte und gurgelte ums Haus.

„Das ist weniger erschöpfend. Küß mich“, sagte Amou. „Oder wartest du auf Nahith?“

„Mitnichten.“

Ich dachte an die Samurai mit ihrem selbstmörderischen Ehrenkodex, ihrer unreflektierten Über-Männlichkeit und ihrer kalten Würde des Sterbens. Ich dachte an das millionenfache Sterben, das ein unveränderliches Kennzeichen dieser herrlichen, abscheulichen Welt war. Stellte sich für einen Historiker die Vorgeschichte der Arkon-Planeten ebenso dar, wie der Sumpf aus Blut und Grausamkeit, den ich seit fast zehn Jahrtausenden in Bild und Ton und seit einem Vierteljahrtausend selbst, wach und betroffen, erlebt hatte?

Das wirst du niemals genau wissen, sagte das Extrahirn fast feierlich.

Ich kannte alles: Höhlenbären und onyxäugige Sphingen, Psyche, die vor Pan kniete und hinter der Amor zynisch lachte, die mächtigsten Herrscher und die schönsten Frauen, deren Moral eine Beleidigung für jede Hyäne war, ich kannte das Zarte ebenso wie das Tiefe, und für mich war seit einer kleinen Ewigkeit diese Welt eine grenzenlose Plattform, auf der tatsächlich alles möglich war, auf der aus Träumen Wirklichkeit wurde, auf der sich ein Atlan Gonozal ebenso tummelte wie ein Tamerlan oder ein Nonfarmale.

Ich stemmte mich hoch, stierte in das gelbliche Licht und packte den Becher.

„Ich war ein wenig abwesend“, murmelte ich. „Dieses Heulen: Wölfe oder Winde?“

Amous Finger vergruben sich in meinem Haar.

„Wind im Kamin, Viele-Leben-Krieger.“

„Ich habe nicht zuviel getrunken“, sagte ich. „Aber ich bin in einer Stimmung, die man als ‚ungut‘ bezeichnen könnte. Ich versuche, die Brandungswellen der Erinnerungen niederzudrücken. Es wird nicht gelingen.“

Sie flüsterte:

„Ich, unerfahrener und jünger als du, ich weiß es. Warum weißt du es nicht?“

Ich zuckte mit den Schultern und preßte mich an Amous Körper.

„Weil ich zuviel weiß, zu vieles kenne, und daher weiß, daß alles und gleichzeitig das Gegenteil davon richtig ist.“

Wärme, roter Wein, Amoustrella und die Einsamkeit, die uns schützend umgab – dies alles sollte mich beruhigen. Trotzdem zuckte mein Verstand, von Erinnerungen gepeitscht, hin und her.

Vor fünfunddreißig Jahren:

Louis Braille, der Arzt. Er schaute mich an, dachte nach, seine Finger glitten über das Papier, und ich hörte mich sagen:

„Monsieur; ein winziger Beitrag für jene, die in der Schwärze leben. Sechs mögliche Punkte. Eines Tages wird jedes wirklich wichtige Buch in diese Schrift übertragen sein; nach geringer Schulung und kurzer Zeit kann jeder Blinde alles lesen.“

(Es hatte zwei Stunden gedauert, bis Rico mit unseren Rechnern ein solches tastbares Alphabet entwickelt hatte.)

Braille schüttelte überwältigt den Kopf.

„Was wollen Sie dafür, Monsieur? Es ist mit Geld nicht zu bezahlen.“

Ich kam mir vor wie Merlin, Lancelot, Lohengrin und Amadis zugleich, als ich antwortete:

„Ich habe so vieles gesehen und so weniges gelesen. Ich freue mich, wenn diese Invention den Blinden hilft.

Das Augenlicht ist nicht zu ersetzen, aber sie werden schönere, farbige Bilder sehen, weil von den Fingerkuppen bis zum Begreifen Bilder entstehen, von deren Existenz jene, die einst schrieben, niemals wissen werden."

Monsieur Braille starrte mich noch immer an; er begriff langsam. Dann sagte er:

„Ja. Sie haben recht. Ich werde . . ."

Ich verschwand und fühlte mich halb elend, halb als Zahler einer uralten Schuld, deren Zinsen mich zu erdrücken versuchten. Gleichzeitig war ich einigermaßen sicher, eine Tat vollbracht zu haben, die den Barbaren irgendwie half.

Wir schliefen, aneinandergeschmiegt, während draußen der Herbst seine raschelnden Schritte weiter und weiter nach Westen richtete.

Von der Bisonjagd brachten die beiden Sioux drei Indianer mit; ebenfalls Überlebende einer überfallartigen Strafaktion des Weißen Mannes: zwei junge Frauen und einen etwa fünfundzwanzigjährigen Mann. Während um uns herum die Bäume sich golden, rot und lodernd färbten, schleppten sie neun Bisonfelle, große Mengen luftgetrockneten Fleisches und Gehörn, Knochen und Hufe ins Lager, das mittlerweile von Tausend Blitzen, Duftendes Laub, Sieben Bisons und den beiden jungen Mädchen in unserem Sinn, mit unseren Materialien, winterfest gemacht worden war.

Fröhlicher Frosch und Kleines Reh, die Mädchen, bezogen die neuen Zelte und bereiteten sich mit uns allen auf den Winter vor.

Sie waren scheu und zurückhaltend, und Duftendes Laub scheuchte sie in unsere Nähe, in den Wirkungskreis des Medorobots und der Hypnoschulung. Das Land ringsum überzog sich mit brennenden, lodernden Farben, und schon im heißen Mittag spürten wir die Kälte eines langen, weißen Winters.

Wo war Nahith Nonfarmale?

Wo befanden sich seine Psychosklaven?

Würde Abraham Lincoln seine Vorstellungen verwirklichen können?

Warum war Vater-der-Sonnen-Wolke nach wie vor leer?

Wann fing der Krieg zwischen Nordstaaten und Südstaaten an?

Wie überstanden wir den Winter?

„Im Gegensatz zu jedem anderen Lebewesen, Atlan, können wir den Winter auf Yodoyas Insel überleben“, sagte eines Nachts meine Freundin. Ich schnippte mit den Fingern.

„Oder in Australien“, sagte ich. „Genau das werden wir tun. Boog und Riancor rufen uns zurück, wenn es hier ernsthafte Probleme gibt.“

„Ja. Du hast recht. Wir können, wenn es uns zu heiß wird, uns hier im meterhohen Schnee abkühlen.“

„Tausend Blitze ruft, wenn Nonfarmale zu sehen ist.“

„Wir haben genügend Wachposten aufgestellt. Überall.“ Amou schüttelte ihren schmalen Kopf. „Es ist herrlich, so schnell zu reisen – wie im Traum, schnell wie ein Gedanke.“

Zwanzig Tage danach hinterließen wir tiefe Spuren im feuchten Sand von Yodoyas Insel. Ich betrachtete nachdenklich das Versteck der LARSAF und fragte mich, was ich mit dem Raumschiff anfangen sollte.

7.

1861: NORD-MINNESOTA

Am sechsten November des Vorjahres war Abraham Lincoln gewählt worden, und am vierten März erfolgte seine Inauguration. Die südlichen Staaten schlossen sich zu einer Gruppe zusammen, die sich „Konföderierte“ nannten. Unaufhörlich sammelten wir Informationen, und oft sah es aus, als ließe sich ein Krieg vermeiden. Es gab tausend verschiedene Meinungen und Deutungen; die Lage blieb verworren. Am dreizehnten April kamen wir wieder zurück in das Blockhaus im Norden Minnesotas. Im Schatten der Wände lagen die letzten Schneereste. Das Haus hatte den Winter bestens überstanden.

„Reiten wir zu unserem Stamm“, schlug Amoustrella vor, als wir die Pferde aus dem Stall trieben. „Vielleicht haben sie gesehen, was unseren künstlichen Augen entgangen ist.“

„Später“, sagte ich und bewunderte das helle, saftige Grün, das überall bis zum Waldrand wucherte. Unsere Farm verschwand fast hinter den Hecken und ragte aus einem Meer von Gräsern. Die drei Pferde sprangen übermütig umher. „Ich richte meinen Arbeitsraum ein und aktiviere die Geräte.“

„Nonfarmale hat jedenfalls seine großen Adler nicht ersetzt“, meinte Amoustrella. „Ich habe mit Tausend Blitze darüber gesprochen.“

„Ob es ein gutes Zeichen ist, weiß ich nicht.“

Die Deckel der Truhen klappten auf, die Bildschirme blinkten, langsam erstellten sich die Formen und Farben. Noch bevor der dreidimensionale Effekt aufgebaut worden war, meldete sich Tausend Blitze aus der Kuppel.

„Im Morgengrauen, gestern, wurde Fort Sumter, vor dem Hafen Charlestons, von den Konföderierten beschossen, noch ehe Lincolns Flotte, die Proviant bringen sollte, dort eintreffen konnte.“

„Amerikaner feuerten auf Amerikaner“, sagte ich. „Der Krieg hat also offiziell angefangen.“

„Nonfarmale befand sich unter den Mannschaften, die ihre Kanonen auf das Sternenbanner richteten“, sagte Riancor. „Kurz darauf verschwand er.“

„Verstanden. Ist er im Vater-der-Sonnen-Wolke?“ fragte ich.

„Es konnte nichts beobachtet werden.“

„Seltsam. Er scheint sich wieder einmal zwischen den potentiellen Opfern wohl zu fühlen. Beobachte weiter.“

„Ich tue nichts anderes. Wenigstens meistens.“

Ich nickte seinem Bild zu und hörte Amou hantieren; sie stapelte den mitgebrachten Proviant. Ich holte die Sättel, fing mit einiger Mühe die beiden Schecken ein und sattelte sie. Die Tiere waren aufgeregt, weil sie lange nicht geritten worden waren, und wir preschten im harten Galopp durch den aufgeweichten Boden bis hinüber zum Lager der Sioux.

Drei-Adler-Schreien, Stiller Donner und Viel Rauch hatten den Hufschlag und das Wiehern gehört. Sie kamen uns entgegen, hoben die Arme, lachten und zeigten uns, wie gut sie und die anderen den Winter überstanden hatten. Drei-Adler-Schreien hatte jetzt völlig graues Haar.

„Seid ihr gekommen, um mit uns zu jagen?“ fragte Stiller Donner. „Ist nicht die beste Zeit.“

Wir stiegen aus den Sätteln und gingen zusammen ins Lager. Die Mädchen und Frauen kamen aus allen Richtungen, um uns zu begrüßen.

„Es wird Krieg geben, einen schlimmen Krieg“, sagte ich. „Ein Krieg der Weißen Männer gegeneinander. Nord gegen Süd.“

„Kommen die Soldaten des Weißen Vaters hierher?“

„Ich denke, sie werden an anderen Stellen kämpfen“, sagte Amou. „Nicht hier im Norden.“

„Wißt ihr, wann sie kommen?“

„Wir sehen sie, und wir werden euch warnen“, sagte ich. „Dir geht es gut, Duftendes Laub?“

Die Frau nickte und lächelte. Wir blickten in zufriedene Gesichter. Das Lager, um einige Zelte größer geworden, war sauber und zeigte, daß die Nomaden sich wohl fühlten, die Hilfen der Hypnoschulung und die Materialien aus unseren Kuppelvorräten richtig verarbeitet hatten.

„Was habt ihr an der Spitze von Vater-der-Sonnen-Wolke gesehen?“ fragte ich.

Sieben Bisons antwortete:

„Es war kein Licht. Aber oft versteckte sich das Steingesicht hinter Wolken.“

„Es waren Wolken dort, aber an anderen Stellen nicht. Nur dort.“

Amou und ich blickten uns schweigend an.

„Aber sonst haben wir nichts gesehen, nichts Seltsames. Einmal rannten Wölfe um euer Haus und ums Lager“, sagte Kleines Reh, „aber ihr habt die Spuren auch gesehen.“

Ich nickte. Amou übergab den Mädchen ihre Geschenke und sagte ihnen, daß sie so oft zu uns kommen sollten, wie sie mochten; es werde immer ein wenig Arbeit geben, genug zu essen und viel Gelächter. Zwischen den Bäumen waren zahlreiche Felle an Holzgestellen zum Trocknen ausgespreizt. Der Waldboden roch feucht und modrig, und Fische huschten im glasklaren Wasser des Sees.

„Wir kommen. Ihr bleibt lange?“ Lachender Schatten war hübscher und fraulicher geworden. „Reitet ihr wieder mit uns, Schwarzes Feuer?“

„Wenn Zeit dafür ist, reiten wir. Auch Tausend Blitze wird uns wieder besuchen.“

„Er war siebenmal bei uns und brachte gute Dinge, schöne Geschenke“, erwiderte Tanzende Biene. „Wann kommt er?“

Ich zuckte mit den Schultern. Wir schwangen uns auf die Rücken der Pferde; die Tiere scharrten ungeduldig. Ein schneller Ritt brachte uns über die bekannten Pfade und am Seeufer entlang wieder zurück zum Haus. Nachdem ich die Sättel verstaut hatte, sagte ich:

„Wahrscheinlich hat Nonfarmale verschiedene Aktivitäten durch seinen künstlichen Rauch getarnt.“

„Er und seine Leute“, meinte Amou, „waren also hier, ohne daß wir es gesehen haben. Aber der Stamm und das Haus schienen niemanden interessiert zu haben.“

„Er hatte Wichtigeres zu tun“, sagte ich. „Wir können darauf warten, daß die nächsten Jahre unzählige Opfer und riesige Verwüstungen bringen werden. Es ist nur zu hoffen, daß wir hier unbelästigt bleiben.“

„Können wir Nonfarmale finden und vernichten?“ fragte Amou eine Stunde später, als ich sämtliche Beobachtungsgeräte eingehend kontrolliert und die Bilder nach gefahrdrohenden Einzelheiten durchsucht hatte.

„Vielleicht, wenn ich zu seinem Satelliten fliege und

ihn verwüste. Aber das ist auch ein fragwürdiger Versuch. Ich weiß es nicht. Jedenfalls besuche ich ihn in seiner Felshöhle."

Ich zeigte auf den Berg, dessen Spitze in der Nachmittagssonne dunkel und abweisend aus großen Augenhöhlen über das Land starrte.

Am gleichen Tag, an dem vor sechsundachtzig Jahren sich britische Truppen in Lexington mit amerikanischen Milizen beim Versuch, einige Waffenwerkstätten zu zerstören, ein Feuergefecht lieferten, am neunzehnten April also, riß mich mitten in der Nacht das schrille Signal des Roboters aus dem Schlaf. Der Nordamerikanische Unabhängigkeitskrieg hatte damals angefangen ...

Nackt und barfuß rannte ich in den Arbeitsraum. Ein Bildschirm zeigte Störungslinien, ein anderer Monitor Gesicht und Oberkörper von Tausend Blitzen.

„Nonfarmale", sagte er nur. „Sieh die Wiederholung der Aufnahmen, Atlan."

Natürlich erkannte ich die Szenerie auf den ersten Blick. Das Wäldchen und mitten zwischen den Bäumen, bis zur Unkenntlichkeit überwachsen und hinter Blättern, Blüten und Ranken versteckt, das letzte Haus der australischen Samuraisiedlung. Die Sequenz dauerte nur wenige Sekunden, dann schwenkte das Objektiv der Sonde, hob sich und zeigte eine graue Kugel, die im grellen Sonnenlicht schwebte. Fast augenblicklich bewegte sich die Kugel heran, hing schräg über dem Wald, und in der Wandung öffnete sich ein Loch, nicht größer als vier Handbreit im Durchmesser. Aus diesem Loch schob sich eine trichterförmige Mündung.

Drei rötliche Strahlen, im Sonnenlicht schwer zu sehen, fuhren zwischen den Baumkronen hindurch, trafen das Haus und verwandelten es binnen weniger Sekunden in einen Feuerball, aus dem brennende Trümmer wirbelten. Bäume standen in Flammen, ein Explosionspilz aus Flammen, Rauch und Sand stieg in die Höhe, und noch immer hagelte es Trümmer und brennende Fetzen. Die Kugel drehte ab, die Hülle schloß sich, und während Nonfarmales Schwebekugel in wahnsinniger Beschleunigung schräg in den Himmel raste, riß die letzte Explosion des Energiesystems die Trümmer auseinander, entwurzelte die brennenden Bäume und hinterließ einen tiefen Krater im roten Sandboden.

Das Bild hatte gezittert, also war auch die Sonde von den Druckwellen erreicht worden.

„Die Energiekuppel war glücklicherweise abgeschaltet worden", sagte Tausend Blitze. Ich verstand erst beim nochmaligen Nachdenken: hätte Nonfarmale erlebt, daß seine Energiestrahlen abgelenkt wurden, würde er einen weiteren Beweis gehabt haben, auf welch technischem Niveau sich sein Gegner befand.

„Er hat einen Stützpunkt gefunden", sagte Tausend Blitze. „Dort befand sich der von uns konstruierte Tunnel zur seltsamen Ebene."

„Das Raumschiff!" sagte ich aufgeregt.

„Die Wände des Verstecks sind kristallfeldintensiviert worden", lautete die Antwort. „Über dem Schiff liegt ein Schutzfeld, und ein zweites über dem Tarnzelt. Er müßte die Energie eines Schlachtschiffs aufwenden."

„Das hast du einbauen lassen, ohne daß ich es weiß", sagte ich und lehnte mich zurück. „Wann hat der Überfall stattgefunden?"

Der Roboter zögerte nicht.

„Vor zwölf Minuten."

Carundel Mill? Der Lechturm? Yodoyas Insel? Beauvallon war außer Gefahr; es gab keine anmeßbaren Energien, seit der Transmitter desaktiviert worden war. Und die einsame Farm von Antal Stuart? Ich hörte Tausend Blitze sagen:

„Ich habe versucht, die Sonde hinterherzusteuern. Sie ist nicht schnell genug, und sie verliert gerade Nonfarmale aus den Linsen. Seine Flugbahn, wenn es eine Gerade ist, weist nach Amerika. Aber in den Süden des Landes. Ich sehe, daß du alle Geräte rings um den Berg und die Farm aktiviert hast."

„Aus guten Gründen“, murmelte ich. „Kann der schwere Gleiter raumtüchtig gemacht werden?“

„Ohne Schwierigkeiten, Gebieter.“

Ich spürte Amous Finger auf meinen Schultern. Ich zitterte vor verhaltener Wut.

„Programmiere Boog oder komm mit dem notwendigen Material, einigen Bomben für den Satelliten und Werkzeug selbst her. Ich werde ihn bestrafen.“

„Vielleicht gelingt es, die Maschinen zu zerstören, die seine Jenseitsweltenenergien herstellen“, sagte Amou. Der Druck ihrer Finger verstärkte sich.

„Vielleicht“, sagte ich. „Wie konnte Nonfarmale auf dieser riesigen Welt ausgerechnet diesen Fleck am Strand entdecken? Was sucht er in der Nullarborwüste? Gut, daß wir die LARSAF versteckt haben.“

„Und wenn er uns hier findet . . .?“ flüsterte sie. Ich deutete auf ein Pult und sagte:

„Wir haben das Haus mindestens ebenso gut geschützt wie das Raumschiff. Tausend Blitze wird auch noch ein paar Energiestrahler mitbringen, denke ich.“

„Er wird mitbringen, was notwendig ist“, sagte die Stimme des falschen Shoshonen aus einem Lautsprecher. „Noch vor Mittag eurer Ortszeit bin ich dort.“

„Gut“, sagte ich. „Wir warten.“

Einige Stunden lang war ich ziemlich ratlos. Ich war wild entschlossen, Nonfarmales Wohnhaus auf dem Seltsamen Satelliten zu vernichten. Was würde es bewirken, was änderte es daran, daß er und einige seiner Psychosklaven keine Möglichkeit mehr hatten, sich von der Erde zurückzuziehen? Ich konnte nur hoffen, daß die Vernichtung der Heimstatt den Psychovampir aus dem Berggipfel vertrieb und den Bürgerkrieg in Amerika verhinderte.

Der Paladin der Menschheit greift ein! sagte der Extrasinn. *Vertreibe endlich diesen Eindringling aus einem Heimlichen Imperium!*

„Genau das werde ich tun“, sagte ich.

Tausend Blitze kam mit gewohnter Pünktlichkeit. Schwebende kleine Maschinen schleppten die Ausrüstung. Der größere Gleiter wurde in die Mitte der Scheune gebracht, systematisch abgedichtet und mit Zusatzeinrichtungen versehen. Für mich hatte der Roboter einen arkonidischen Transportanzug mitgebracht, der mein Überleben sichern sollte. Wir arbeiteten fast vierundzwanzig Stunden lang, rüsteten den Gleiter mit allem aus, was ich für einen kurzen Raumflug brauchte, und der Roboter hatte, wie gewohnt, nichts übersehen.

„Die Strukturöffnung steht noch immer an derselben Stelle“, sagte Tausend Blitze. „Und ich kann, wenn nötig, eine zweite Öffnung projizieren.“

„Ausgezeichnet. Das ist mehr als eine Lebensversicherung“, sagte ich zufrieden.

Sprengkörper, Waffen, einige Vorräte, Luft und Sauerstoff, einige zusätzliche Geräte und verstärkte Energieerzeuger auf der bewährten Basis der Materie-Energie-Pendler ... mit äußerster Konzentration arbeiteten die Maschinen, der Höchstleistungsrobot und ich.

Gegen Mittag des nächsten Tages waren wir fertig.

Als ich mich müde an den Eßtisch setzte und die Beine ausstreckte, sagte Amou:

„Du brichst aber nicht heute auf, Liebster?“

„Nein. Morgen früh erst“, antwortete ich. „Da ist noch eine wichtige Sache. Es vergeht die Zeit dort sehr viel schneller. Vielleicht mußt du hier ewig lange warten. In diesem Fall – ich habe Tausend Blitze angewiesen, dich sofort zur Kuppel zu bringen, und dort solltest du in den Tiefschlaf gehen.“

Sie überlegte ungewöhnlich lange, ehe sie antwortete.

„Ich weiß, wie gefährlich dein Versuch ist. Ich denke, du hast recht. Ich warte eine Weile, dann verlasse ich das Blockhaus.“

„Natürlich gehe ich so schnell wie nur irgend möglich vor“, versprach ich. „Aber ich habe vor, seinen Mond in eine Kraterlandschaft zu verwandeln.“

„Der Kampf eskaliert“, sagte Tausend Blitze. „Wenn er überlebt, wird er den nächsten Stützpunkt seines Gegners suchen.“

„Deswegen soll Amou auch so bald wie möglich von hier verschwinden."

Ich leerte den Bierkrug, gähnte und deutete mit dem Daumen auf die Schlafzimmertür. „Morgen früh starte ich. Wir bleiben in Verbindung, Tausend Blitze. Ein Relaissatellit schwebt vor dem Loch zur Jenseitswelt?"

„Er wird dort sein, wen du einfliegst."

Ich versuchte ein kühles Lächeln, duschte ausgiebig und glitt zwischen die Decken. Atlan Gonozal, der Kristallprinz und Kosmo-Stratege, er sollte, unterstützt von einer Tonne bester arkonidischer Technik, mit Nonfarmale fertig werden. Ich wandte eine Dagortechnik an und klärte meine Gedanken, bis ich fähig war, das gesamte Problem ruhig zu durchdenken und zu analysieren. Der Einsatz hätte eine arkonidische Kommandoeinheit beschäftigt, aber ich war allein. Ich ging, die Hände im Nacken verschränkt und mit geschlossenen Augen, tief atmend, unter dem Aspekt der Yogaschulung und des Zen vor; aus einem Bündel Probleme wurde eine logische Abfolge einzelner, einfacher Schritte. Sämtliche Bilder hatte mein fotografisch genaues Gedächtnis gespeichert, und wenn es mir gelang, ungesehen in die Behausung Nonfarmales zu gelangen, mußte ich zwangsläufig Erfolg haben.

Am frühen Abend kam Amoustrella und schmiegte sich an mich.

„In ein paar Tagen", flüsterte sie und umarmte mich, „bist du wieder bei mir. Dann werden wir einen langen, schönen Sommer haben."

„Und in anderen Teilen des Kontinents tobt der Bürgerkrieg."

Wir liebten uns zärtlich; beide dachten wir daran, daß es das letztemal sein konnte, und hofften, daß unsere Furcht unbegründet war.

Der Anzug saß hervorragend und war förmlich übersät mit Schaltern, Taschen und eingearbeiteten Geräten. Ich setzte mich, schloß die Gurte und leitete Preßluft in die dicken Dichtungswülste. Ich blickte hinter dem Visier geradeaus, hob kurz die Hand und schaltete das Deflektorfeld ein. Der Gleiter schob sich aus dem Scheunentor, stieg höher und schlug den Kurs zum Vater-der-Sonnen-Wolke ein. Nebel oder Wolken bildeten sich unterhalb des Mundschlitzes im Berg. Langsam flog ich auf das riesige Gesicht zu und sah, daß die grausilberne Transportkugel, zusammengeschrumpft, wieder vor dem Auge in der Kanzel lag.

Der Extrasinn sagte: *Nonfarmale ist hier. Dringe in seine Jenseitswelt ein!*

Ich kippte die Maschine, fing sie ab und jagte auf die Position des Schlundes zu. Ich flüsterte in das eingebaute Mikrophon:

„Ich orte die Relaissonde, Tausend Blitze."

„Verstanden. Hier keine neuen Beobachtungen, auch keine vom Berg oder der Umgegend."

„Verstanden."

Ich flog fast genau in die Richtung der Sonnenscheibe, verdunkelte die Kuppel und steuerte auf den haardünnen Ring zu, der sich auf einem Monitor abzeichnete. Die Geschwindigkeit des Gleiters war nicht sehr hoch; die ruhige Stimme des Roboters erklärte:

„Keine anderen Ortungen in deiner Nähe, Atlan. Nonfarmale befindet sich im Berg."

„Verstanden."

Ich schob den Geschwindigkeitsregler nach vorn, erhöhte die Leistung der Antigraveinheiten und des Antriebs und befand mich nur wenige Sekunden lang in einem zylindrischen Tunnel. Der Gleiter schoß aus der Helligkeit des Tages in das Halbdunkel des fremden Kosmos hinein, und ich steuerte ihn hinunter zur leeren, öden Oberfläche dieses Planeten, der aussah, als sei er nichts anderes als eine riesige flache Scheibe.

„Rico?" fragte ich, entdeckte auf dem Monitor die Kugel des Mondes und einige winzige Echos, die vermutlich herumirrende Meteoriten darstellten.

„Ich höre dich. Gerade noch. Die Verbindung wird schwächer . . ."

„Alles in Ordnung", sagte ich, ehe die Funkverbindung ebenso abriß wie jedesmal während eines solchen Vorstoßes.

Der Gleiter huschte, unsichtbar und durch Schutzfelder gesichert, über die Oberfläche der riesigen Welt dahin. Ich warf hin und wieder einen langen Blick auf die Felsen, Krater und Spalten. Über dem chaotischen Gemenge aus Wüste und Urlandschaft schien ein hauchdünner Nebel zu liegen, ein dünnes Gas, in dem winzige Staubpartikel im Licht der glimmenden Sterne aufblitzten. Ich erhöhte die Geschwindigkeit und überprüfte den seltsamen Weltraum vor und hinter mir.

Du bist allein, sagte der Logiksektor.

„Wie meistens", sagte ich knurrend.

Ich steuerte in einer flachen Kurve, wie die Sonde, auf den Mond zu, zielte aber auf einen Punkt rechts der grün und blau gemusterten Kugel. Hinter mir kroch eine Sonne hinter den gezackten Kraterwällen in die Höhe. Wieder jagte ein winziger Körper quer über den Monitor. Ich blieb auf Kurs, schaute die Vergrößerungen und jene Punkte der Landschaft an, die mir als Orientierung dienen konnten. Der Seltsame Satellit wirkte tatsächlich wie eine Miniaturerde; wenn ich genau hinsah, konnte ich Bäume und Gebirge mit ihren Spitzen und Wipfeln nach „oben" und nach „unten" ragen sehen, wie auf einer kindlichen Zeichnung, mit der man den Begriff Antipoden erklären wollte.

Der Gleiter raste weit von der Oberfläche entfernt in einem unregelmäßigen Orbit. Ich hoffte, daß Nonfarmale noch immer keine Geräte besaß, die mein Deflektorfeld durchbrechen konnten. Mindestens zehnmal überflog ich den Mond, dessen Oberfläche offensichtlich das Ergebnis eines langen und überaus sorgfältigen Gestaltungsprozesses war. Wieder fragte ich mich, auf welche Weise Nonfarmale zu diesen Jenseitswelten kam.

Unter mir lagen jetzt der See und der mächtige Felsen. Ich drosselte die Geschwindigkeit wieder und glitt durch die Lufthülle des Mondes, im Zickzack und in einer Spirale, auf den See hinunter. Ich bemühte mich, so wenig Energie wie möglich zu verbrauchen und befand mich nach behutsamem Manövrieren über dem Wasserspiegel. Die Sonne dieses Systems wanderte in ungewohnter Schnelligkeit über den Himmel. Sie war schon zweimal über diesem Teil der Landschaft aufgegangen und verschwunden.

Ich dachte kurz an den unterschiedlichen Zeitverlauf und konzentrierte mich dann wieder auf meine Aufgabe. Ich ignorierte die Vögel in der Luft, die vielen Tiere auf Lichtungen und am Ufer des Teiches, die großen Fische, die ich im Wasser sah, schwebte nach links hinüber und bemühte mich, dicht bei den Felsen auf das Wohnhaus zuzuhalten.

Nicht ein Warngerät im Gleiter schlug aus oder blinkte.

Ich sah auch keine riesigen Adler oder andere monströse Bestien. Die Tiere paßten genau in diese Welt; ich flog an einer Kolonie schwarzweißer Wasservögel vorbei, die auf ihren Eiern saßen oder zum See hinunterrasten, auf der Suche nach Beute. Dann umrundete ich einen Pfeiler aus brüchigem Gestein und bremste.

Schräg vor mir lagen die bewachsenen Terrassen des Wohngebäudes. Die Sonne, die gerade noch über dem Horizont hing, beleuchtete die glatten Steinflächen, die Quader und die hellen, verputzten Tafeln dazwischen. Ich hielt den Gleiter zwischen Fels und oberster Terrasse an, schoß einen Maueranker und straffte das Tau. Dann drehte ich die Maschine so herum, daß ich aus der offenen Tür auf die Platten der Terrasse klettern konnte, und markierte die Stelle mit zwei abgebrochenen Ästchen aus dem nächsten Strauch.

Ich hob die kastenförmigen, ineinander verschachtelten Bomben heraus, aktivierte den Antigravtragegriff und schulterte die Waffen.

Ich bemühte mich, lautlos zu arbeiten und ebenso lautlos über die Terrasse zu gehen und eine große, weit offene Tür zu benutzen.

Die Sonne versank, als ich den Raum betrat, die schwere Waffe gegen die rechte Armbeuge stemmte und mich umsah. Leer. Nichts bewegte sich. Ich ging weiter und zog die Bomben hinter mir her.

Du bist hier, um den Stützpunkt zu zerstören, drängte der Logiksektor.

Meine Schritte wurden schneller. In zunehmender Dunkelheit erreichte ich das rückwärtige Ende eines trapezförmigen Raumes von mehr als zwanzig Metern Kantenlänge. Ich plazierte die erste Bombe in eine tiefe Wandnische zwischen Lampen, Ziergegenstände und polierte Steingestalten, stellte den Zeitzünder ein und schaltete die beiden Lampen im Kampfhelm ein. Ich entdeckte eine Treppe, die abwärts führte, und wartete, während ich Stufe um Stufe abwärts pirschte, darauf, daß in den Räumen jemand die Beleuchtung einschaltete.

Wahrscheinlich sind sie alle auf Terra, sagte der Extrasinn.

So schnell wie möglich bewegte ich mich durch die vielen Räume, setzte die Bomben ab und bemerkte zweierlei: Nichts und niemand schien sich hier aufzuhalten, und Teile der Einrichtung waren in die Höhlen des Berges gebracht worden. Im untersten Geschoß, zwischen leise summenden Maschinenblöcken und dicken Röhren, versteckte ich die letzte Bombe.

Ich fand einen Ausgang und stand jetzt, als die schnelle Morgendämmerung in den hellen Tag überging, auf einer halboffenen Terrasse. Vom Seeufer führte eine Doppelspur menschlicher Fußabdrücke zum Wasser und zurück. Ich blieb regungslos stehen, aber hinter mir, im gesamten Gebäude, gab es nicht das winzigste Geräusch.

Ich schaltete das Flugaggregat ein und sprang hinüber zum Versteck des Gleiters.

Ich hatte eine Stunde und zwanzig Minuten Zeit.

Ich kletterte in den Pilotensitz, schnallte mich an und riskierte es, den Helm zu öffnen und die frische, kühle Luft einzuatmen. Dann schloß ich Helm und Gleiter, löste den Anker und ließ die Maschine senkrecht höher schweben. Ich stellte den Zünder einer runden Bombe ein, kurvte auf den See hinaus und ließ den Sprengsatz, dicht über der Oberfläche schwebend, ins Wasser fallen. Glucksend versank das Projektil.

„Was jetzt, Atlan?" fragte ich mich.

Ich glitt in die Höhe und folgte der Sonne; nach Westen vielleicht. Ich überflog jene Landschaftsteile, die uns von der Sonde gezeigt worden waren, wich nach rechts und links aus und versuchte, ein zweites Bauwerk oder eine Anlage zu finden, die Nonfarmale versteckt hatte.

Schließlich sah ich ein, daß eine weitere Suche sinnlos und – gefährlich sein würde. Ich prüfte nach, ob der Transportanzug und der Gleiter geschlossen waren und jagte steil durch die Lufthülle des Mondes, auf die unendlich groß erscheinende Oberfläche der verwüsteten Welt zu.

Der Gleiter verhielt sich wie ein winziges Raumboot; weniger wendig und schnell, aber so zuverlässig, wie ich es brauchte. Als ich langsam über einen anderen Teil des öden Planeten flog – denn es konnte nichts anderes als ein riesiger Planet sein –, betrachtete ich die Masseanzeiger und die anderen Instrumente. Ich drehte mich zweimal mit einiger Mühe um, aber noch immer hing der Mond vor dem nebligen Hintergrund der Sterne. Die Oberflächenschwerebeschleunigung unter mir war so hoch wie die des dritten Planeten von Larsafs Stern. Ich bemerkte, daß sich auf dem Spezialmonitor der kreisförmige Tunnel abzuzeichnen begann, und riskierte, etwas tiefer zu gehen und die Oberfläche der toten Welt genauer zu betrachten.

Vor dir! Sieh hin! schrie der Logiksektor.

Innerhalb der scharfgezeichneten Silhouette erschienen drei deutliche Echos.

„Nonfarmale und seine Truppe", knurrte ich. Die Reaktionen liefen fast automatisch ab. Ich kippte ein Dutzend Schalter, und jetzt war der Gleiter bereit, sich in ein feuerspeiendes Gerät zu verwandeln. Ich überlegte nur zwei Sekunden lang, dann schob ich die Geschwindigkeitshebel vor, leitete einen Steigflug ein und zielte wieder auf das Tor zwischen den Welten.

Noch sah ich sie nicht mit dem bloßen Auge, aber der Bildschirm zeigte mir drei Kugeln, die auf mich zusteuerten und rasch größer wurden. Vielleicht dehnten sie sich auch gleichzeitig aus. Eine der Kugeln gehörte Nonfarmale; sie war grausilbern, mit marmorierter Oberfläche.

Ich war so gut wie sicher, daß mich keiner sehen konnte. Der Andruck preßte mich gegen die Rückenlehnen, als ich auf die gelbe Kugel direkt voraus zusteuerte und die Thermostrahl-Projektoren ausrichtete und volle Energie auf die Geräte schaltete, die Führungsrohre der raketengetriebenen Geschosse öffnete, beide Desintegratoren einschaltete und auch den Hochenergiestrahler ausfuhr.

„Diesmal, Nonfarmale, gibt's keine fairen Duellregeln."

Ich packte die Handsteuerung und tastete den Autopiloten ein. Als ich weniger als zwei Kilometer von der ersten Transportkugel entfernt war, feuerte ich zwei Projektile ab, fast gleichzeitig zuckte der sichtbare und unsichtbare Hagel von Strahlen genau gezielt auf die Kugel zu. An rund einem Dutzend Stellen, dicht beieinander, trafen sämtliche Strahlen und Projektile das Ziel. Die Haut der Kugel verfärbte sich, Blitze und wabernde Energiezungen zuckten um die Rundungen, Strahlen fraßen sich blitzschnell ins Innere, und der schwache Schutzschirm zerstörte sich selbst in einem Feuerwerk blauer Hitze.

Ich nahm die Finger von den Auslösern, grinste kalt und fegte mitten durch die langgezogene Wolke aus brennenden Gasen, vielfarbigem Rauch und Trümmerstücken. Der Schutzschirm prellte die Bruchstücke nach allen Seiten auseinander, und sekundenlang war ich geblendet.

Ich griff in die Handsteuerung und jagte den Gleiter in einer engen Kurve, unweit der Strukturöffnung, auf die zweite Transportkugel zu, die in etwa gleicher Geschwindigkeit auf den Mond zu weiterschwebte.

Nonfarmales Kugel raste geradeaus, und er schien noch nichts gemerkt zu haben.

Ich warf einen kurzen Blick in die Richtung des Satelliten. Noch waren meine Bomben nicht detoniert; sie sollten etwa gleichzeitig gezündet werden.

Ich feuerte die Projektile und die vernichtenden Strahlen aus einer weit geringeren Entfernung ab als beim ersten Angriff. Wieder brach der gegnerische Energieschirm zusammen, und ich steuerte den Gleiter in rasend schnellem Flug an der Explosionsstelle vorbei.

Ein Ball aus Feuer, Glut und Trümmern breitete sich aus, und ich streifte gerade noch einen Teil der auseinandergeschleuderten, glühenden Materieteile. Der kugelförmige Schutzschirm um den Gleiter hielt mühelos den Anprall aus, aber ich sah aus dem Augenwinkel, daß sich aufblitzende Energie und aufflammende Gase entlang der Krümmungen anschmiegten und die Form des Schirms für Sekunden nachzeichneten.

Als sich die Nase des Gleiters wieder in die Richtung des Mondes eindrehte, sah ich, daß Nonfarmales grausilberne Kugel langsamer wurde, eine enge Kurve flog und auf mich zuraste.

Er hat den Schutzschirm entdeckt, stellte der Logiksektor fest.

Ich wich von der Flugbahn ab, steuerte auf den zerklüfteten Steingarten des Planeten zu und sah im selben Moment, daß die erste Bombe detoniert war.

Aus dem See wuchs eine gigantische Fontäne aus Wasser, Flammen, Glut und Dampf fast senkrecht in die Atmosphäre hinauf.

Dann erfolgten etwa zwei Dutzend Detonationen kurz hintereinander. Noch während das Wasser des Sees hochdampfte, während Sand und Schlamm und zerfetzte Pflanzen in einer riesigen, pilzförmigen Wolke hochbrodelten, zuckten schräg neben dem entstehenden Riesenkrater kaltweiße Feuerzungen hoch, wirbelten Trümmer und Teile von Bäumen in die Höhe und zermalmten einen Teil der Mondoberfläche.

Über dem Gelände blitzte und wetterleuchtete es. Der

Dampf färbte sich grau und schwarz, und zwischen den brodelnden Fontänen zuckten die Explosionsblitze hervor und rissen die Wolken auf.

„Das war's, Nahith", sagte ich leise und konzentrierte mich wieder auf seine Transportkugel.

Zunächst war Nonfarmale weiter auf den Mond zugeflogen, dann bremste er die Geschwindigkeit stark ab und flog eine enge Kurve. Als er Kurs in meine Richtung nahm, beziehungsweise dorthin, wohin meine Kursgerade deutete, lenkten ihn die vernichtenden Explosionen ab. Jetzt schwebte seine Kugel ohne erkennbare Bewegung hoch über der planetaren Wüstenei, und weit von den Ausläufern der Mond-Lufthülle entfernt. Die farbigen Adern schienen zu pulsieren und änderten ständig ihre Färbung. Ich griff an.

Der Fahrthebel ruckte nach vorn.

Während der Gleiter wieder beschleunigte, feuerte ich den Rest der raketengetriebenen Projektile ab, löste die magnetischen Halterungen der Führungsrohre und sprengte sie von der Außenhaut des Gleiters ab. Fast gleichzeitig flog ich ein Ausweichmanöver, brachte sämtliche Strahler und Projektoren in Schußposition und raste direkt auf die Kugel zu.

Kurz bevor die Projektile die Wandung erreichten, verblaßte die Kugel, und ein winziger Schimmer, ein paar Sternreflexe im Nichts, sagten mir, daß sich Schutzfelder aufbauten. Aber drei Projektile erreichten die Transportkugel, ehe sie der Schirm abwehren konnte. Ich konzentrierte sämtliche Waffenstrahlen auf einen Punkt und drückte die Auslöser.

Jede Detonation machte für einen kurzen Augenblick die Kugel wieder sichtbar.

Ich gab volle Energie auf jede Art vernichtender Strahlung, erhitzte die Projektile und versuchte, die Energieerzeuger nicht zu überfordern, während ich auf Nonfarmales Kugel zusteuerte und sah, wie sein Schutzschirm aufflammte, wie darin aufblitzende Spalten und Risse erschienen, und wie sich die Strahlen ins Innere der Kugel fraßen.

Dann, noch bevor ich abdrehte und den Gleiter in einer Steilkurve von dem flammenden Bündel aus Blitzen und Entladungen wegsteuerte, explodierten im Innern der Kugel irgendwelche Dinge. Gewaltige Blitze zuckten nach allen Seiten, trafen mein Schutzfeld und blendeten nicht nur meine Augen, sondern einen Teil der Linsen und Sensoren.

Hinter mir löste sich Nonfarmales Kugel in einem riesigen weißen Feuerball auf.

Blinzelnd starrte ich auf die Monitoren. Ich war einigermaßen sicher, daß ich mich von der Strukturlücke nicht sehr weit entfernt hatte. Das Bild, das sich langsam wieder aufbaute, zeigte mit den winzigen Punkten der Echos einen deutlichen Kreis. Meine Vermutung war also richtig gewesen. Ich programmierte den Autopiloten auf dieses Ziel, versuchte mich zu entspannen und drehte einige Linsensätze. Jetzt würde ich sehen, was hinter mir geschah.

Ich sah nicht viel.

Die Sonne war verschwunden. Die Kugel des Mondes war nur sehr undeutlich zu erkennen, aber deutlicher war ein kreisförmiger Fleck. Er glühte an den Rändern gelb, im Zentrum schwarzrot wie erkaltende Lava.

Die annähernd kugelförmige Wolke aus Trümmern, Rauch und schwirrenden Partikeln hatte sich fast völlig aufgelöst. Ich hatte Nonfarmale in diesem Chaos aus entfesselten Energien und sonnenähnlicher Hitze vernichtet. Noch war der Gedanke an einen Sieg nicht gereift; ich mußte, ehe seine Gedankenkontrolle nachließ, den Übergang zur Erde erreichen und in meine Welt zurückfliegen. Der Antrieb arbeitete mit Höchstwerten.

Der Kreis auf dem Monitor wurde deutlicher und größer, wanderte langsam über die Ränder des Bildschirms hinaus. Ich atmete dreimal tief durch und sagte brummend:

„Das war das Ende des Psychovampirs. Vielleicht kann der Bürgerkrieg tatsächlich noch verhindert werden."

Ich zuckte bei dieser Überlegung selbst mit den

Schultern. Dann schaltete ich das Gerät um zwei Potenzen zurück und erkannte, daß ich noch immer direkt auf das Zentrum des zylindrischen Korridors zuflog. Wie lange hatte die seltsame Raumschlacht gedauert?

Beschäftige dich mit Wichtigerem!

Vor mir schimmerte eine winzige Scheibe Helligkeit auf, nicht viel mehr als eine Schattierung. Der erste Blick in die Helligkeit der Erdatmosphäre. Auf dem zweiten Monitor flammte ein Impuls auf; ich sah knapp hinter dem Gleiter eine Schwebekugel, die herangejagt war und auf mich feuerte – ebenso wie auf den Wald in Australien.

Das Bild verwischte. Der Schutzschirm überzog sich mit Farben, Blitzen, Feuer und zuckenden Explosionen.

Nonfarmale hatte eine zweite Kugel zur Sicherheit in seiner gewohnten Sphäre, sagte das Extrahirn.

Ich zuckte zusammen, drehte mich herum und sah, daß der Gleiter mit höchster Geschwindigkeit in den Tunnel einflog. Nonfarmale folgte mir, kam immer näher und hielt seinen Kampfstrahl unverändert auf mich gerichtet. Der Rand des Strukturtunnels war erreicht; wir rasten dicht hintereinander hindurch, und vor uns nahm die Helligkeit rasch zu.

„Verdammter Bastard", sagte ich und kippte den Aus-Schalter des Autopiloten. Ich schloß kurz die Augen und griff nach dem Steuer, raste durch den Energietunnel und steuerte, während in meinem Rücken gefährliche Geräusche lauter wurden, den Gleiter in einer spiraligen Kurve nach rechts, aus dem blendenden Gegenlicht der Sonne hinaus.

Kurz verdunkelte ein Schatten das Lodern des Gestirns.

Die Außenmikrophone übertrugen das Prasseln und Knistern, die hellen Schläge, mit denen sich Metall deformierte, ein Klirren und das Heulen überlasteter Aggregate. Nonfarmale raste an mir vorbei, bremste und wurde sichtbar, aber wieder nur als Schatten vor der Sonne. Ich hatte den halben Kreis meines nächsten

Angriffs fast wieder beendet, als mich wieder der unsichtbare Strahl aus dem Nichts traf; offenichtlich abermals ein Zufall.

„Das Ding tut's nicht mehr lange“, sagte ich und feuerte meine Strahler und Projektoren paarweise ab. Beide Schutzfelder begannen sich aufzulösen. Jetzt befand sich Nonfarmale in meinem Reich; ich hatte ihn, wo ich ihn wollte.

Eine Stimme schrie etwas; in dem Lärm konnte ich kein Wort verstehen.

Drei Kontrollfelder blinkten in stechendem Rot. Der Gleiter schien gegen einen Felsen zu prallen, dann beschleunigte er wieder, aber der Bug kippte nach vorn. Der Gleiter überschlug sich mitten im rasenden Flug, und ich hörte, wie sich Trümmer und Teile der Maschinerie lösten.

Spreng dich aus der Kabine! schrie der Logiksektor.

Als ich wieder durch den Schutzschirm hindurchsehen konnte, huschten nur kurze, verwirrende Eindrücke an meinen Augen vorbei. Weiße Flächen, die Sonne, vage Schatten, lange Flammen, Rauchfetzen, verschiedene Teile der Landschaft, die tief unter mir und über mir lag und seltsam aussah. Ich tastete nach dem Hebel, griff mit der Linken nach dem Mehrfunktionsschalter des Schutzanzugs und zog den Griff hart durch.

Die Kanzel flog nach einer dumpfen Detonation weg, die Gurte lösten sich, der Sitz schien sich aufzubäumen, und ich wurde aus dem Gleiter geschleudert, der sich überschlug und drehte und in einer weiten Kurve abstürzte.

Nach zwei Überschlägen – das körpernahe Schutzfeld des Anzugs und das Deflektorfeld waren offensichtlich noch in Tätigkeit – streckte ich meine Beine und stabilisierte meinen Fall. Ich drehte am Schalter, verringerte meine Fallgeschwindigkeit, und das wahnsinnige Kreiseln und Drehen hörte auf.

Mittag. Die Sonne brannte auf unbekanntes Land. Überall lag Schnee. Ich versuchte zu erkennen, wo ich mich befand. Die lange Rauchspur deutete nach unten ... im selben Atemzug detonierte der Gleiter, wirbelte Rauch, Felsbrocken und eine gewaltige Menge Schnee in die Höhe, und dann entstand ein kleiner Krater, dessen Ränder schwarz glitzerten.

Ich drehte mich noch einmal langsam um die eigene Achse.

Nonfarmales Kugel war verschwunden. Jetzt erst hörte ich den fauchenden Pfeifton, der den Absturz des Gleiters kennzeichnete, und den schmetternden Laut der Detonationen. Der pilzähnliche Schneeturm sackte langsam in sich zusammen und tilgte die Spuren des Absturzes.

Suche nach Geländemerkmalen, sagte warnend der Logiksektor.

Die Sichtplatte hatte einige Filterstufen eingeschaltet. Ich entdeckte den seltsamen Berg, Vater-der-Sonnen-Wolke.

„Immerhin bin ich nicht über der sibirischen Tundra", sagte ich. Die Beherrschung kam zurück; ich dachte und handelte logisch. In den Lautsprechern des Funkgeräts erkannte ich die Stimme des Roboters. Langsam schwebte ich in die Richtung, in der die kleine Farm unter dicken Schneewächten versteckt lag.

„Ich lebe, Tausend Blitze", sagte ich und erkannte meine eigene Stimme nicht mehr. „Ich versuche, zur Farm zu kommen. Nonfarmale hat den Gleiter zerstört. Nahith ist hinter mir her, hier bei seinem Berg."

Die Antwort erreichte mich mit wenigen Sekunden Verzögerung.

„Verstanden, Atlan. Ich komme zur Farm. Amou und die Indianer sind wohlauf."

„Gut. Der Mond ist halb zerstört."

„Die Farm nicht."

Ich entdeckte hinter dem Hügelrücken den zugefrorenen See, den Landvorsprung und den dünnen Rauch eines Feuers. Ich führte, wenn Nonfarmale mich wirklich verfolgte, ihn zu meinen Schützlingen. Sofort änderte ich den Kurs, ließ mich mehr als fünfhundert Meter fallen und wurde plötzlich von einem furchtbaren

Schlag getroffen. Etwas packte mich an den Fußgelenken und wirbelte mich herum. Ich hing kopfunter in der Luft, ein zweiter Schlag traf meine Brust und drückte die Luft aus den Lungen.

Ich sah absolut nichts.

Nonfarmale ließ seinen Energiestrahl in verschiedenen Ebenen durch die Luft kreiseln. Auf einem dunklen Streifen an der Innenseite des Helms fingen Lichter zu blinken an. Wieder wurde ich von einem gewaltigen Schlag hilflos herumgewirbelt und aus meiner Flugbahn geworfen.

Peitschende Geräusche, die sich in das Heulen des Windes mischten, konnten nur die Bedeutung haben, daß weitere Geräte des Anzugs getroffen worden waren und ausfielen. Ich war etwa dreihundert Meter hoch und jagte schräg auf einen flachen Einschnitt zwischen winzigen Hügeln zu, die von dichtem Wald bedeckt waren. Als ich mich wieder einmal drehte und verzweifelt an den Schaltern hantierte, um die Wucht des Absturzes zu mindern und in eine einigermaßen stabile Fluglage zu kommen, sah ich, daß ich einen unübersehbaren Rauchfaden hinter mir herzog.

Ich schaltete das Schutzfeld endgültig ab. Eine Rauchwolke löste sich, zerflatterte in der eisigen Luft, und auch das Gerät brannte nur noch, ohne stark zu rauchen. Es gelang mir, einen Haken zu schlagen, als ich die Baumwipfel mit ihrer Schneelast näherrasen sah.

Zwei riesige Eulen schossen an mir vorbei und verschwanden.

Vor mir tauchte etwas matt Glänzendes auf. Eine Kugel. Gläserne Augen richteten sich auf mich. Ich fiel weiter.

Wie ein Geschoß streifte ich einige Baumwipfel. Schneegestöber hüllte mich ein, aber ich raste wenigstens weiter, ohne mich über drei Achsen zu überschlagen. Von den Bäumen prallte ich ab wie ein Stein, der über das Wasser sprang. Ich streckte die Arme aus und versuchte, den Luftwiderstand zu erhöhen. Noch arbeiteten Teile des Flugaggregats. Die Spionsonde kam näher, flog vor mir her, und ich begriff, daß mein fabelhafter Rico unwahrscheinliche Kunststücke mit der Fernsteuerung vollbrachte. Ich griff nach der Kugel und verfehlte sie dreimal.

„Hörst du mich?“ fragte ich laut durch das Prasseln in den Geräten.

„Undeutlich.“

„Siehst du mich schon?“

Ich packte die Sonde, umarmte sie mit beiden Armen und preßte sie wie einen Ball an meine Brust. Fast jede Bewegung rief stechende Schmerzen hervor. Dann überließ ich mich den Kräften der Spionsonde, die in einer weit auseinandergezogenen Zickzacklinie zwischen den Bäumen sich einen Weg suchte, tiefer heruntterglitt und versuchte, den Energiestrahlen zu entkommen, die wahllos auf den Hügel herunterzuckten. Bäume barsten, Schnee schmolz, Wasser verwandelte sich in Dampf. Ich spürte eine Reihe von starken Erschütterungen, wurde durch eine kochende Dampfwolke zunächst nach links, dann nach rechts, schließlich nach unten gezogen und verlor, während ich am glatten Metall der Kugel abrutschte und mich knapp über einem Hang zum erstenmal überschlug, das Bewußtsein.

Der letzte Eindruck war: rasende Schmerzen, überall im Körper, auf der Haut, in den Gelenken. Dann: Dunkelheit.

8.

1864: LACHENDER SCHATTEN

Plötzlich stand er da, mit nassen Haaren, mit Eis auf den Schultern. Tausend Blitze, dein Freund, der Shoshone vom Windfluß. Er hob die Hand, und als er redete, kam großer Schrecken über uns alle.

„Viele-Leben-Krieger ist in großer Gefahr. Ihr kennt das Feld, wo die Hirsche gegen den Wolf gekämpft haben? Das Beerenfeld mit den Steinen, im Norden vom Pilzwald?“

„Wir kennen es. Komm ins Tipi. Du erfrierst“, sagte Drei-Adler-Schreien.

„Dort liegt er. Ich habe ihn aus den Wipfeln der Bäume fallen sehen. Ihr Frauen – Duftendes Laub, Sieben Bisons und Lachender Schatten – geht zum Haus. Die Tür ist nicht abgeschlossen. Macht großes Feuer, tretet unter dem Dach einen Pfad, bereitet das Bett vor.“

„Was brauchen wir?“ fragte Duftendes Laub, die mit Drei-Adler-Schreien das warme Pelzlager teilte.

„Gute Medizin. Es kann sein, daß seine Haut verbrannt ist. Aber er wird gebrochene Glieder haben.“

Er zeigte auf Kleines Reh und Schmetterlingsperle.

„Helft ihnen. Kommen die Pferde durch?“

Stiller Donner, Großer Rauch und Drei-Adler-Schreien schüttelten die Köpfe. Tausend Blitze blickte zu Boden, dann sagte er:

„Schlecht. Nehmt Waffen, auch die kleinen Gewehre der Weißen. Wir gehen Viele-Leben-Krieger holen. Wir nehmen Stangen, Seile und Gurte mit. Ich gehe voraus.“

Er wartete nicht, sondern lief über den Waldboden, in den Schnee hinaus, und dann folgten die anderen, unter ihnen auch der Bisonjäger, der zu uns kam und blieb, den Spuren des Shoshonen. Sie hatten Mühe, denn nach ein paar hundert Schritten sahen sie im Schnee nur alle fünf Schritte einen Fußabdruck. Aber überall hatte Tausend Blitze Striche in den Schnee geritzt, so daß es leicht war, ihm zu folgen.

Sie fanden Viele-Leben-Krieger, neben dem Tausend Blitze kauerte.

Der Körper unseres Freundes lag auf einem Gestell aus Zweigen, ganz gerade ausgestreckt. Am untersten Ast eines Baumes hingen die Kleider von Viele-Leben-Krieger, die zerrissen, versengt und verbrannt waren. Der Shoshone hatte seinen Freund in ein dünnes Tuch eingewickelt, das wie blitzendes Silber aussah. Darum waren Decken gerollt, die wiederum mit Gurten zusammengeschnürt waren, aber nicht sehr fest.

Drei-Adler-Schreien sagte mir, wie sie Viele-Leben-Krieger zum Haus geschafft haben.

Sie bauten eine Bahre, hoben den Körper so vorsichtig darauf, als ob es rohe Vogeleier wären, und dann tat der Shoshone etwas mit der Bahre. Sie wurde so leicht wie ein toter Vogel. Unter den Bäumen und dort, wo sie niemand sehen konnte, brachten sie Viele-Leben-Krieger ins Haus.

Als Duftendes Laub zum erstenmal in das Gesicht des Freundes schaute – Tausend Blitze hatte es mit Schnee abgerieben, getrocknet und eine weiße Salbe daraufgeschmiert –, sagte sie mit dumpfer, trauriger Stimme:

„Er ist tot."

„Noch lebt er", sagte Tausend Blitze. „Und jetzt geht in die Küche. Macht ein Essen für alle. Hängt das nasse Zeug am Kamin auf. Ihr schlaft alle hier."

„Und du?"

„Ich werde eine große Wundenbeschwörung und einen Tanz gegen gebrochene Knochen machen."

Ich aber hielt mein Auge an einen Spalt, als das grelle Licht durch die Ritzen schimmerte.

Ich sah Tausend Blitze und ein Ding mit dreimal zehn glühenden Augen, das sich bewegte. Es sah aus wie die Puppen, an denen die Männer das Bogenschießen üben. Dann sah ich nichts mehr, weil Duftendes Laub mich packte und schimpfte.

Tausend Blitze

Es mag unüblich sein, daß ein arkonidischer Roboter in der ersten Person Einzahl berichtet. Aber ich eifere auch in diesem Punkt dem Kristallprinzen nach. Der Medorobot, den ich in einer Kiste in der Scheune versteckt hatte, war schon aktiviert und wartete im Schlafzimmer, als wir Atlan brachten.

Die erste Diagnose fiel niederschmetternd aus. Ich empfand Zufriedenheit, als ich an Amoustrella Gramont dachte. Schwarzes Feuer befand sich in der Tiefschlafkammer und mußte nicht mitansehen, wie Atlan zugerichtet war. Der Robot stellte vierzehn Brüche fest, drei davon schwer. Innere Organe und die knöcherne Brustplatte schienen, wenigstens nach der ersten Untersuchung, nicht in Mitleidenschaft gezogen worden zu sein.

Die gebrochenen Finger, Unterarme, Unterschenkel und das Schlüsselbein wurden eingerichtet, die Wunden versorgt, die Glieder in schnell erstarrendem Kunstschaum geschient. Der Zellschwingungsaktivator, Atlans „Medizin“, entwickelte seine heilende Wirkung und wurde dabei sehr warm.

Immerhin: In der Bewußtlosigkeit und auch später, in der Betäubung, atmete Atlan ruhig und mit genügend großen Luftmengen. Seine Augen waren dunkelrot von geplatzten Äderchen, der Hals und ein Teil des Haares am Hinterkopf zeigten Verbrennungen, auch beide Oberschenkel.

Während ich den Medorobot arbeiten ließ, schaltete ich die wenigen verbliebenen Geräte an, korrespondierte lautlos mit Boog, rief die Informationen der Spionsonden ab und zerstörte die Überreste der beiden robotischen Eulen, die sich in Nonfarmales Energiestrahlen gestürzt und ihre gesamte Munition auf seine Kugel abgefeuert, ihn abgelenkt und – scheinbar – vertrieben hatten.

Nonfarmale kam nicht an diesem Nachmittag und auch nicht in der folgenden Nacht in seine Berghöhle zurück.

Wahrscheinlich inspizierte er die traurigen Überreste seines Besitzes in der Jenseitswelt. Ich kannte das Ausmaß der Vernichtung nicht; die Aufzeichnungen waren mit dem Gleiter ausgelöscht worden.

Ich unterbrach meine Arbeit, ging in die Küche und bat die Frauen, eine dünne Suppe zu kochen, mit besten, fetten Zutaten, aber ohne viele feste Bestandteile.

Nach Mitternacht war Atlan versorgt.

Der Medorobot regulierte die Schwierigkeiten mit den Ausscheidungen eines lebenden Organismus, installierte die dünnen Schläuche für eine künstliche Ernährung und schaltete dann das Programm der intensiven Untersuchung ein.

Atlans Schädel, sein Rückenmark und die wichtigsten Nervenleitungen wurden mit maschinenhafter Gründlichkeit dreimal untersucht. Ich selbst kontrollierte die Analysen.

Der einzige Befund: Gehirnerschütterung, vielleicht verbunden mit einer milden, vorübergehenden Erinnerungsschwäche.

Atlan schlief drei Tage und drei Nächte lang, nur zweimal kurz unterbrochen.

Es war am 14. November, als ich die Signale des Arkoniden nach einer ungewöhnlich langen Zeit wieder auffing.

19. April 1861 . . . 14. November 1864. Eintausenddreihundertvier Tage. Nach unserer Berechnung hatte sich Atlan weniger als elf Tage im Einflußbereich des fremden Zeitgefüges befunden.

Am sechsten Tag, als der Medorobot einige der weniger komplizierten Brüche, Muskelrisse und Sehnenzerrungen mit Vibrationen, tiefenwirksamer Salbe und Temperaturtherapie behandelte und diagnoszierte, daß der Aktivator die Heilung erwartunsgemäß beschleunigt hatte, öffnete Atlan zum erstenmal bewußt die Augen. Er flüsterte:

„Ich bin im Haus, nicht wahr, Rico?“

„Du lebst, wirst hervorragend versorgt, bist im Haus, und es ist Winter.“

Er blickte ziellos umher, dann heftete sich sein Blick auf mich. Seine Augen hatten wieder das natürliche Aussehen. Nur der Farbstoff bleichte aus, ebenso wuchs sein Haar silberweiß an den Wurzeln.

„Was ist mit . . .?“

„Amoustrella schläft in der Sicherheit der Kuppel“, sagte ich. „Erinnerst du dich an alles?“

Wieder eine Pause. Atlan dachte nach. Er schüttelte matt den Kopf und hauchte:

„Nein. Nonfarmale?“

„Er ist verschwunden. Er und seine Leute treiben sich dort herum, wo der Bürgerkrieg am grausamsten ist.“

Eine Viertelstunde später fragte er:

„Wie lange war ich dort?“

„Eintausenddreihundertvier Tage, Gebieter."
Er zuckte zusammen, verzog sein Gesicht vor Schmerz und wurde wieder bewußtlos.

„Ich sage: Verglichen mit allen Informationen, Schlachtenschilderungen, Bildern und Totenlisten ist dieser Krieg als ‚modern' im schlechtesten Sinn zu bezeichnen. Deine Barbaren haben ein Arsenal zur Verfügung, das aus der Vorzeit arkonidischer Gewaltjahrhunderte stammen könnte: Handgranaten, Raketen, Minen und eine Frühform von maschinellen Gewehren, sie benutzen Torpedos, Seeminen und gepanzerte Schiffe, gepanzerte Schienenzüge und Ballons. Du findest dort, wo Nonfarmale die Verletzungen kuriert, die du ihm möglicherweise beigebracht hast, ebenso Explosivgeschosse wie Flammenwerfer. Selbst ein Tauchboot wurde konstruiert, das vor Charleston ein Kriegsschiff versenkte. General William T. Sherman kämpft, Terror verbreitend, gegen die Bevölkerung. Die freigekommenen Negersklaven rächen sich auf ihre Weise für die Behandlung während der Sklavenjahre. Der Haß wurde auf beiden Seiten zu einer nie gekannten Höhe entwickelt. Nonfarmale watet in menschlichen Emotionen bis zur Brust."

Schweigend hörte Atlan zu. Er saß bereits im Bett, lehnte gegen die dick eingepolsterte Eichenplatte, und ich flößte ihm ein halbes Glas Rotwein in kleinen Schlucken ein.

„So schlimm?" fragte er.

„Lincoln ist für Einheit und Versöhnung. Er sehnt das Ende des Krieges herbei."

„Wer wird siegen, Tausend Blitze?" erkundigte sich Atlan.

„Mit hoher Wahrscheinlichkeit der Norden."

„Wann?"

„Sie halten es nicht mehr länger durch als höchstens ein halbes Jahr", sagte ich. „Es herrscht unvorstellbares Grauen und Elend. Hierher kam der Krieg nicht ein einzigesmal. Ich warnte die Indianer."

„Sie sind gesund, leben alle noch?"

„So gut wie immer. Duftendes Laub besorgt das Haus,

und Lachender Schatten hilft ihr dabei. Sie ist die schönste und liebenswerteste junge Frau der Gruppe."

„Gut. Ich bin müde."

„Vier Wesen bewachen dich und deinen Schlaf", sagte ich, „der Medorobot mitgezählt."

Er nickte, und sein Kopf sank langsam auf die Brust.

DUFTENDES LAUB

Ich öffnete das Ding, daß die Weißen „Fenster" nennen. Vom Dach hingen die gefrorenen Zapfen und tropften, als die warme Luft genügend lange zwischen ihnen durchgeweht war. Der Mond war weiß ud hatte sich vollgefressen. Von fern heulten Wölfe. Die Flammen der beiden Wachsstäbe flackerten, und die Hitze vom Feuer hatte den Raum bis unter die Stämme des Daches gefüllt. Lachender Schatten hatte unter dem dünnen Wasserfall gestanden und ihren Körper mit Schaum eingerieben. Auch ich erfreute mich am warmen Wasser, aber lieber stieg ich in die Löcher, die Sieben Bisons ins Eis des Sees gehackt hatte. Ich ging zum Feuer zurück, legte mich auf die Felle und zog die Decke bis unter die Achseln. Lachender Schatten roch gut; fast wie Schwarzes Feuer, die nun schon so lange in ihrer fernen Heimat über dem Großen Wasser war.

„Du weißt", sagte ich schließlich leise, „daß du jung und schöner bist als jede andere?"

„Wenn du es sagst, Duftendes Laub", antwortete sie und packte verlegen den Krug, an dem man seinen Finger durch ein Loch am Rand schieben konnte. „Warum sagst du mir das?"

Wir tranken Quellwasser, gemischt mit Beerensaft, aber Tausend Blitze hatte etwas hineingetan, das in den Nasen prickelte und die Zunge löste.

„Viele-Leben-Krieger ist wach. Er liegt da und denkt an Herbst, Winter und das Große Sterben."

„Es ist Winter, und die Weißen töten einander, wie Tausend Blitze berichtet. Warum soll er nicht daran denken?"

Ich schüttelte den Kopf und packte Lachender Schatten am Arm. Unter der glatten, weichen Haut spürte ich die harten Muskeln der Jugend.

„Du bist dumm, weil du jung bist“, sagte ich. „Vergißt du, daß wir alle so dagelegen haben wie Viele-Leben-Krieger, der sich auch Antal Stuart nennt?“

Sie schüttelte ebenfalls den Kopf. Ihr Haar, das bis weit über die Brüste reichte, flog hin und her.

„Das werde ich nie vergessen“, flüsterte sie. „Sechs von uns hat er das Leben gerettet und uns zehnmal zehn Geschenke gemacht.“

„So ist es“, sagte ich. „Ich bin viele Stunden bei ihm, füttere ihn und wasche seinen Körper. Wenn er mich sieht, denkt er immer wieder an Herbst, denn ich bin alt, und nur Drei-Adler-Schreien will mich.“ Ich lächelte und fügte hinzu: „Und auch nicht mehr so oft wie vor zwei Sommern.“

Lachender Schatten kicherte, dann hielt sie die Hand vor die weißen Zähne und verschluckte sich beim nächsten Tropfen aus dem Becher.

„Du wirst ab morgen Viele-Leben-Krieger füttern“, sagte ich.

„Ja, Mutter des Stammes“, sagte sie.

„Ich koche und wasche die Tücher“, sagte ich. „Sieben Bisons kommt gut ohne uns zurecht. Morgen wirst du in das hölzerne Tipi gehen, in dem Viele-Leben-Krieger schläft. Du wirst deine Haare nicht flechten. Du wirst das Kleid tragen, das wir im Winter genäht und gestickt haben.“

Sie richtete sich halb auf. Ihre großen, braunen Augen zeigten, daß sie verwundert war. Ich lächelte sie an wie in den Nächten, in denen sie langsam wieder gesund wurde nach dem schrecklichen Töten im alten Lager.

„Aber . . . das Kleid, aus dem hellen, dünnen Leder, es ist im Tipi, am See.“

„Nicht mehr. Es liegt dort auf der Truhe, die wir nicht öffnen dürfen.“

Sie schwieg. Ich wußte, daß Tausend Blitze sie nicht anders sah als eine seiner neuen Schwestern, wie er sagte. Als sie ihn als stärksten, mutigsten und schönsten

Mann gesehen hatte, war sie jünger gewesen. Großer Rauch wollte sie zur Frau, und sie waren zweimal im Rindenkanu auf der Jagd nach Enten und Fischen gewesen. Aber sie wollte ihn nicht; sie dachte an die Klugheit von Viele-Leben-Krieger, Tausend Blitze und Stiller Donner.

„Du willst", flüsterte sie, nachdem sie den Becher geleert und uns beiden nachgegossen hatte, „daß ich mich zu ihm lege?"

„Genau das will ich. Dann wird er schnell gesund. Dann wird er mit dir jagen und reiten."

„Er . . . er wird mich nicht nehmen."

„So sicher wie der Mondschein, Lachender Schatten", sagte ich, „ist es. Er wird dich brauchen wie das Wasser und die Luft."

Ich nahm einen langen Schluck. Auch meine Zunge löste sich, und so konnte leichter gesagt werden, was gesagt werden mußte.

„Vor vielen Jahren, als ich jung war, war ich schön wie du. Viele Männer haben um mich gekämpft. Ich nahm Starker Adler. Vier Kinder habe ich geboren. Zwei sind weggegangen und nie wiedergekommen. Zwei haben die Weißen getötet."

„Ich weiß."

„Nichts weißt du", sagte ich. „Wenn Viele-Leben-Krieger mich ansieht, sieht er die Mutter der Mutter. Wäre ich jung wie du, würde ich nicht mehr hier liegen. Das sage ich dir, und das ist wahr. Beim Großen Geist."

Ich stand auf, ging zum Fenster und blickte lange auf den hellen Schnee. Eisiger Wind traf meine welke Haut. Ich schloß das Fenster und kam zum Feuer zurück.

„Du wirst beim besten Mann liegen, der deine Spur kreuzt. Es wird schön sein, glaube mir", sagte ich. „Und jetzt wollen wir schlafen."

Nach zehnmal fünf Atemzügen kroch sie zu den Wachsstäben, blies die Flämmchen aus und kam zu mir. Sie schmiegte sich an meine Schulter, wie damals, als sie nachts nach schrecklichen Träumen geweint hatte.

VIELE-LEBEN-KRIEGER

Ich wurde lange vor dem Morgengrauen wach, hatte den Truhen-Bildschirm eingeschaltet und unterhielt mich leise mit dem Roboter.

„Ich bin gestern zwischen Mittag und Abend sozusagen zu meinem Stamm gegangen“, berichtete Tausend Blitze. „Dazu ist es nötig, daß ich Spuren im schneearmen Waldboden hinterlasse, eine weitere im Schnee, schließlich ein Gebiet betrete, wo selbst die Indianer Schwierigkeiten hätten, eine Spur zu finden, und dann schwebe ich zurück zum Scheunen-Transmitter.“

„Aus dir wäre ein guter Sioux geworden“, sagte ich. „Ist das Raumschiff angegriffen worden?“

„Nein.“

„Weitere schlimme oder gute Informationen von größerer Bedeutung?“ fragte ich.

„Schlimme. Lord Elgin, Engländer, plünderte mit achtzehntausend Briten und Franzosen den Sommerpalast des Kaisers von China. Dreißig Millionen Goldfranc Beute, dreihundert Wagenladungen. Schließlich steckte er den Palast an; aber im Land tobte ein Krieg, der mehr als zwanzig Millionen Tote forderte. Auch ein Bürgerkrieg verwüstete sechzehn von achtzehn Provinzen Chinas. Das Land ist nach eineinhalb Jahrzehnten Krieg in Armut und Chaos versunken. Ich habe allerdings keinen Beweis dafür, daß dort Nonfarmale auftrat.“

„Aber es ist denkbar und – wahrscheinlich“, sagte ich, nachdem ich mit meinen wenig aufmunternden Gedanken fertig war.

„Hohe Wahrscheinlichkeit.“

Der letzte Monat des Jahres brach bald an. Ich befand mich in einer Stimmung, die stündlich zwischen Verzweiflung und Wut auf der einen Seite und allmählicher Genesung und der Freude darüber, daß ich noch lebte und nur wenige Gedächtnislücken hatte, schwankte. Tausend Blitze sagte:

„Beinahe hätte England den Nordstaaten den Krieg erklärt. Man verfolgte zu Schiff zwei Offiziere, kerkerte sie ein und ließ sie später mit einer wortreichen Entschuldigung Lincolns frei."

„Das Chaos wäre nicht größer geworden", sagte ich brummig. Tausend Blitze lachte kurz und redete weiter.

„Der König von Siam bot sich an, Abraham Lincoln eine Truppe seiner wildesten Krieger mitsamt ihren rasenden Elefanten zu schicken. Lincoln lehnte höflich ab."

„Vielleicht dachte er an Karthagos Kampfelefanten, die sich im Schnee und Eis nicht sonderlich wohl fühlten", sagte ich. „Wann kann ich mich wieder richtig bewegen?"

„Nicht vor der Jahreswende. Du mußt kräftiger essen; bestimmte Übungen wird der Medorobot mit dir unternehmen, und alles, was du jetzt brauchst, Gebieter, ist der eigene Entschluß, den Körper zu kräftigen. Dann zieht auch der Verstand mit."

„Sit mens sana in corpore sano", zitierte ich einen Philosophen. „Vermutlich hast du sogar recht."

„Hohe Wahrscheinlichkeit", wiederholte er.

Ich ließ mir berichten, daß Nonfarmale und seine Kreaturen an allen Brennpunkten des Bürgerkrieges zu finden waren, in vielerlei Masken, die niemand durchschaute. Selbst in Washington hatte Rico nachweislich zweimal Nahith Nonfarmale gesehen. Einmal sogar als Ratgeber des Kriegsministers Edwin M. Stanton.

Müdigkeit überwältigte mich mitten im Gespräch. Ich klappte die Truhe zu und träumte von den Generalen Lee und Grant.

Ich wachte auf, als ich neben meinem Bett jemanden spürte, der mich betrachtete. Der Logiksektor sprach nach langer Zeit wieder einmal, und der Hinweis war recht läppisch:

Es ist nicht Duftendes Laub, sondern Lachender Schatten.

„Es ist gut, wenn der erste Blick auf dich fällt, Lachender Schatten", sagte ich. „Was bringst du mir?"

„Dicke Suppe. Viel Fleisch", sagte sie und lächelte. „Du mußt stark werden, Viele-Leben-Krieger."

Inzwischen konnte ich selbst den Löffel heben. Meine Zähne und die Kiefer schmerzten nicht mehr. Lachender Schatten setzte sich neben mich und hielt die dicke Schale. Ich aß langsam und ließ meine Augen umhergehen.

Ich fragte:

„Duftendes Laub ist zum Stamm zurückgegangen? Ich habe ihr noch nicht gedankt."

„Sie sagt, du sollst mich sehen. Keine alte, sondern eine junge Frau."

„Das ist ein guter Gedanke. Er zeigt, daß sie die Dinge der Natur gut kennt", sagte ich.

Das dünne Kleid aus hellem Wildleder, an den Säumen und am Hals in farbigen Mustern bestickt, zeigte beachtlich viel von der Haut. Lachender Schatten wußte genau, daß sie eine junge Schönheit war, aber sie blieb verlegen und zurückhaltend.

„Ich muß endlich aus diesem verdammten Bett klettern und meine Beine bewegen."

„Auch dabei helfe ich, Viele-Leben-Krieger", antwortete die junge Indianerin. Tausend Blitze und ich hatten lange darüber gesprochen. Auch zwischen den Maschinen in der Tiefseezuflucht würde ich meine Kräfte nicht schneller zurückgewinnen. Es würde hier ebenso leicht oder schwierig sein; aber ich befand mich in der Natur und im Schutz des kleinen Stammes.

„Danke", sagte ich und gab den Löffel zurück. „Dein Kleid, es ist fast so schön wie du."

Ihr Gesicht zeigte, daß sie sich über diese hingeworfene Bemerkung freute. Ich dachte an meine fahle Haut, an die fast unsichtbar verheilten Narben und die ausbleichenden Veränderungen meiner Maske.

„Wann wirst du wieder gehen?" fragte Lachender Schatten. Ich zuckte mit den Schultern.

„Morgen oder übermorgen", sagte ich.

Ich stemmte mich in die Höhe und entschloß mich, meine Muskeln richtig zu bewegen. Lachender Schatten schaute mich prüfend und nachdenklich an. Sie merkte, daß ich versuchte, zu klaren Entschlüssen zu kommen.

Als sie das leere Geschirr und die Tücher wegbrachte, verweilten meine Augen auf dem schwingenden Saum des kurzen Kleides, auf den Kniekehlen der langen Beine und den reich bestickten Mokassins.

Ich wälzte mich aus dem Bett, setzte meine nackten Sohlen auf den warmen Boden und versuchte, aufzustehen. Die Knie zitterten, aber ich schaffte es. Ich ging bis zum Fenster und öffnete es. Ich blickte über die weiße Fläche, die von wenigen Tierspuren gezeichnet war. Die Umgebung des Farmhauses war friedlich, und ich blieb so lange stehen, bis ich fror. Ich versuchte, nachdem ich das Fenster geschlossen hatte, die einzelnen Muskeln und Sehnen meines lädierten Körpers zu bewegen, und ich war froh, daß jede Bewegung nur noch mäßige Schmerzen hervorrief. Dann überließ ich mich wieder der Therapie des Medorobots.

Nachdem ich lange geschlafen hatte, nahm ich Verbindung mit Tausend Blitze auf und ordnete an, daß er die Fabrikationsanlagen der Kuppel programmieren sollte.

„Sämtliche Systeme der LARSAF müssen mindestens dreimal vorhanden sein. Ich will einen Arkon-Flug, der Amou und mich nur dann in Schwierigkeiten bringt, wenn die Schiffszelle selbst zerstört wird."

Der Roboter versicherte:

„Ich habe verstanden, Atlan. Wieviel Zeit habe ich?"

„Mindestens zwei Jahrzehnte."

Und auch Nahith Nonfarmale, der hartnäckigste und listigste Gegner, den ich je bekämpft hatte, würde den Raumsoldaten der Flotte nicht entkommen. Wir würden ihn bis in den hintersten Winkel seiner seltsamen Universen verfolgen. An irgendeinem Tag würde ich ihn mit bloßen Händen erwürgen.

Ich stellte fest, daß meinem Versteck keine Gefahren drohten, wickelte mich in die warmen Decken und schlief ein.

Lachender Schatten kicherte, als sie mich vor dem Spiegel fand; ich versuchte, mein Haar zu schneiden. Die Injektionen des Medorobots würden bewirken, daß es in der gewünschten Farbe nachwuchs. Die junge Frau nahm mir das kleine Vibromesser aus der Hand.

„Vorsicht“, sagte ich. „Ich glaube, du kannst es besser als ich.“

„Ich sehe alles, was du nicht sehen kannst“, erwiderte sie. „Wie lang willst du es?“

Ich zeigte ihr die gewünschte Länge. Sie schnitt, kämmte, streichelte mit behutsamen Fingern meinen Nacken. Jedesmal fuhr ein Schauer über meine Haut. Ich starrte in den Spiegel, und ich erkannte mich wieder, so wie ich vor dem fast tödlichen Unfall ausgesehen hatte. In meinen Augen glaubte ich auch wieder die Entschlußfähigkeit und Härte eines Kristallprinzen wiederzufinden. Aber immer häufiger irrten meine Blicke ab und trafen die Augen von Lachender Schatten. Sie schien sich für mich herausgeputzt zu haben, denn in ihr Haar waren dünne Schnüre aus winzigen Perlen, millimeterkurze, gefärbte und filigran geschnitzte Knöchelchen, polierte trockene Beeren und Lederknoten eingeflochten.

„Wir können nicht reiten“, sagte ich und strich über ihren Arm. „Nicht in diesem Schnee.“

„Die Pferde sind unter dem Dach. Sie warten auf die Tage, an denen der Schnee wegschmilzt“, sagte sie. „Aber wir können gehen. Ich stütze dich, Viele-Leben-Krieger.“

„Das sollten wir tun. Bald“, gab ich zu. Mit der feinen Klinge rasierte sie den Nacken. Ich rieb wohlriechende, heilungsfördernde Salbe in die Haut. Aber noch immer brauchte mein Körper zuviel Schlaf für die Heilung zahlloser Verletzungen. Ich stand auf und hinkte zum Bett.

„Morgen gehen wir zum Lager, ja?“

Lachender Schatten hatte mir ein volles Glas schweren Rotwein gebracht und setzte sich neben mich.

„Ja“, sagte ich. „Du hast mir schließlich einen Stock geschnitten und einen Fellmantel genäht.“

Sie strahlte mich an, schüttelte aber den Kopf, als ich ihr anbot, vom Wein zu trinken. Noch bevor ich das Glas geleert hatte, packte mich die Müdigkeit.

„Wenn deine Knie zittern, Krieger, sage es Drei-Adler-Schreien", hatte uns Duftendes Laub nachgerufen. „Sie tragen dich zurück."

Wir stolperten aus der letzten, verharschten Schneewehe heraus und in den windstillen Wald hinein. Schnee bedeckte die Kapuzen, die Mäntel und die feuchten, kniehohen Stiefel. Ich stützte mich links auf den knorrigen Stock, und mein rechter Arm lag um die Schultern der Frau. Herrlich! dachte ich und lehnte mich mit zitternden Knien und tobenden Schenkelmuskeln an einen Tannenstamm. Zwischen den Stämmen blickte ich hinüber zu Vater-der-Sonnen-Wolke. Das Licht der Morgensonne lag auf dem Gestein. Grimmig blickte die Felsfratze über das Land. Feine, geschwungene Nebelstreifen oder Schneewolken bildeten einen Federschmuck über dem Kopf.

„Soll ich dich tragen?" fragte Lachender Schatten. „Ich bin stark."

„Du bist die beste Pflegerin, die ich je hatte", sagte ich. „Abgesehen von Duftendes Laub. Sie war wie eine Mutter."

„Kannst du wieder gehen?"

„Ja. Ich schaffe es bis zum Lager."

Ich schleppte mich zwischen den knarrenden Stämmen auf den See zu. Schnee fiel aus den Baumkronen. Trotz der beißenden Kälte rochen wir tausend verschiedene Dinge; all die herrlichen Gerüche des Planeten. Nur Lavendel aus Grasse war nicht dabei. Aber dafür kalter Rauch, dessen Spur wir folgten und schließlich auf dem freien Platz zwischen den Tipis standen.

Sieben Bisons und Stiller Donner erwarteten uns mit breitem Grinsen. Sie hoben mich halb in die Dämmerung des größten Zeltes hinein und setzten mich auf eine dicke Lage weicher Felle.

„Lange Zeit haben wir für dich zu den Geistern gesprochen", sagte die Frau. Sie war hochschwanger. „Wenn mein Sohn kommt, wirst du rennen und reiten können."

Ich nickte und fragte hilflos:

„Wann? Dein Sohn, Stiller Donner? Euer Sohn? Und wenn es eine Tochter wird?“

„Es wird unser Sohn“, sagte Stiller Donner mit Entschiedenheit. „Drei Monde und ein paar Tage.“

Mitte Februar, sagte der Logiksektor.

„Ein Frühlingskind.“ Ich trank fast gierig einen Napf leer. Ich schmeckte Schneewasser und eine wohlriechende, scharfe Menge verschiedener Zutaten. Plötzlich breiteten sich Wärme und Wohlgefühl in meinem Körper aus. Ich lehnte mich gegen die Zeltstange und zwinkerte, als der Ledervorhang zurückflappte und Drei-Adler-Schreien hereinkroch. Wir begrüßten uns mit der ruhigen Freundschaft alter Männer.

„Dein Gesicht“, sagte der Häuptling, nachdem er das Zelt wieder geschlossen hatte, „ich sehe es: Du bist gesund. Bald wirst du stark sein. Lachender Schatten, sie pflegt dich gut? Wenn nicht, schlage sie, und sie wird rennen.“

Ich deutete an meine Stirn, grinste und nahm die Hand der jungen Frau. Zum Chief sagte ich:

„Sie rennt Tag und Nacht um mein Lager.“

Plötzlich kam mir ein Gedanke. Ich hatte wirklich zu lange geschlafen. Ich lachte kurz auf und sprach weiter.

„Und weil ich ihr zu danken habe, werden wir bald einen weiten, langen Marsch unternehmen. Ein oder zwei Monde lang. Ich werde ihr das Große Wasser zeigen.“

Lachender Schatten erstarrte, blickte mich fragend an, und die anderen nickten feierlich, als verständen sie alles. Ich leerte die zweite Schale dieses teuflischen Getränks und sagte keuchend:

„Beim Bisongeist! Ich werde durch den Wald springen wie ein Fuchs.“

„Das sollst du tun“, sagte Stiller Donner. „Und bald wirst du uns erzählen, im Sommer, am Feuer, gegen welchen Feind du so tapfer gekämpft hast.“

Du wirst dir eine gute Geschichte ausdenken müssen, empfahl der Logiksektor.

Wir sprachen lange über den Winter. über die vielen

Felle, die Drei-Adler-Schreien und Stiller Donner an den Pelzhändler verkauft hatten, über das selten brennende Licht auf der Bergspitze, über mein Haus und darüber, daß Duftendes Laub eine gute Köchin war. Und darüber, daß der Krieg der Weißen Männer vielleicht auch hierher kommen würde. Ich zog mich an den Lederschnüren in die Höhe und sagte:

„Duftendes Laub wird morgen zu dir kommen, für lange, Chief. Sie hat mir, denke ich, auch fast das Leben wiedergegeben. Sie hat gesorgt wie eine Mutter. Ich will sie beschenken, aber ich weiß nicht, was ich ihr geben soll."

„Leben um Leben", antwortete der Häuptling schroff. „Sie hat getan, was getan werden mußte."

Ich war ratlos und spürte kaum Schmerzen, als ich das Zelt durchquerte und mich aus dem Eingang ins grelle Mittagslicht hinauszwängte. Ich verabschiedete mich von allen, packte den Knüppel, und tatsächlich schaffte ich mit der Hilfe von Lachender Schatten den Rückweg.

Plötzlich wachte ich auf, und sekundenlang glaubte ich mich in einer völlig neuen Umgebung: Kleine Flammen loderten aus halbverglühten Kloben im Kamin, Kerzenlicht flackerte und verstreute die Farbe vom Rotweinpokal durch den Raum. An meiner linken Schulter lag ein Kopf, Finger strichen über meine Brust und Schultern, und als ich mich herumdrehte, blickte ich in das Gesicht von Lachender Schatten.

„Es ist gut, daß du bei mir bist", sagte ich leise. „Und du weißt, daß ich ein Fremder bin."

„Ich weiß, daß ich dich will", flüsterte sie. „So soll es sein."

Sie umarmte mich, ihr langes Haar strich wie warmer Wind über meine Haut. Ihre Küsse waren ungeschickt, aber von überraschender Leidenschaft. Sie war wild und zärtlich wie eine Katze. Nach einer Weile richtete sie sich auf und zeichnete mit den Fingern die Linien meines Gesichtes nach. Dann griff sie nach dem Pokal, nahm einen Schluck und wartete, bis ich getrunken hatte.

„Ich weiß auch, daß ich nirgendwo einen Mann finden werde, der besser ist als Viele-Leben-Krieger“, flüsterte sie. „Und Duftendes Laub hat gesagt, es ist richtig, in der Nacht zu lieben statt zu reden.“

„Das ist wahr.“ Ich lächelte und zog sie an mich. Wir liebten uns, von langen Pausen der Müdigkeit und Erschöpfung unterbrochen, bis zum Morgengrauen. Sie schlüpfte unter dem Leinen hinaus, öffnete das Fenster und schloß die Schlagläden.

Wir schliefen bis in den Nachmittag hinein. Wir aßen eine Kleinigkeit, dann packte ich die wenigen Dinge ein, die wir brauchten. Mit dem Roboter hatte ich jede Winzigkeit besprochen. Als Lachender Schatten nach dem Fellmantel greifen wollte, sagte ich:

„Du brauchst ihn nicht. Du wirst einschlafen und träumen, ohne wirklich zu schlafen. Komm.“

Wir gingen hinüber in die Scheune, beruhigten die Pferde, und als die Transmittersäulen aufglühten, drehte ich Lachender Schatten herum, so daß sich unsere Augen trafen. Ich zog sie in die Höhe, ignorierte zitternde Knie und sonstige Schmerzen und ging mit kleinen Schritten durch die Transmitterverbindung, hinein in das kühle Haus auf Yodoyas Inselchen.

Ich ließ sie los. Schweigend, mit weit aufgerissenen Augen, sah sie sich um. Ich stellte die schwere Tasche ab, zog die Jacke aus und deutete auf die weiße Tür.

„Der Traum fängt dort draußen an“, sagte ich. „Das Große Wasser atmet, es hebt und senkt sich wie deine schöne Brust. Es macht große Wellen, größer als die des Sees im Sturm. Es ist warm und schmeckt nach Salz.“

Sie starrte mich an. Ich nahm ihre Hand und ging hinaus, zog sie mit mir. Sie zögerte, bückte sich, prüfte den Sand auf den flachen Stufen, ging wie im Schlaf auf die Brandung zu und zog schließlich die Mokassins aus. Donnernd brach sich die Brandung. Ich zeigte auf die Lagune und sagte:

„Du schwimmst wie ein Otter. Das Wasser wird dich

tragen. Und hier werde ich schneller gesund als irgendwo sonst."

„Wo sind wir? Bist du ein Schamane? Woher ... ich habe das einmal geträumt, als mir Wolkenblume Rauschpilze gegeben hat."

„Es ist ein sehr schöner Traum. Du bist weit weg von der Farm und vom Lager. Wir können miteinander darüber sprechen, wann wir den Traum beenden. Oder hat Lachender Schatten Angst vor dem Wasser?"

Strahlende, sengende Sonne, heißer Sand und schneeweiße Riesenwolken, ringsherum das Meer, ein warmer Wind, der Geruch von Salz, Muscheln und Fisch, das Rascheln der Palmenwedel und das einzigartige südliche Licht schienen von allen Seiten gleichzeitig die junge Indianerin zu durchdringen. Sie drehte sich langsam herum, breitete die Arme aus und sagte, ungläubig lächelnd, aber aufgeregt wie ein Kind:

„Ich habe keine Angst, Viele-Leben-Krieger. Nicht vor dem Großen Wasser. Und nicht vor dir. Du kannst auch schwimmen?"

Ich zeigte auf einen Albatros, der über der Lagune kreiste.

„Heute schwimme ich wie eine Wildgans aus Stein. Aber in einem Mond, denke ich, bin ich schneller als du."

Ich nahm sie um die Schultern und zog sie zurück in einen gefleckten Schatten.

„Niemand sieht uns. Nur die Sonne und ein paar Fische. Aber die Pfeile der Sonne sind scharf. Bevor wir schwimmen, reiben wir Salbe oder Öl auf die Haut."

„Gut. Ich reibe dich und du mich. Wie in der Farm, wenn Duftendes Laub deine Muskeln geknetet hat."

„Oder so ähnlich", sagte ich und fand, wie immer, das Häuschen voll ausgestattet und auf unseren Besuch vorbereitet. Ich sprach mit Tausend Blitze über die Transmitterverbindungen, über die Konstruktion eines neuen großen Gleiters, die im Lechturm vor sich gehen sollte, über Nonfarmale (der ununterbrochen zwischen den Städten und Landstrichen wechselte, in denen der

Bürgerkrieg tobte, und dessen Verfolgung eine Reihe sinnloser Aktionen sein würde), über die LARSAF und darüber, daß Baumeister Klenze gestorben und die Harpunenkanone für den Walfang „erfunden“ worden war.

Als die Sonne nicht mehr aus dem Zenit brannte, nachdem Lachender Schatten sich in der einfachen Küche umgesehen hatte und eine Mahlzeit zubereitet hatte, ölten wir unsere Körper ein, und ich wagte mich ins seichte Wasser der Lagune. An diesem Nachmittag schwamm ich nicht mehr als zweihundert Meter und hielt mich stets über Stellen auf, an denen ich stehen konnte. Aber schon jetzt spürte ich den Einfluß der Wärme und des Salzwassers, und ebenso, wie ich mich auf die Nächte freute, wußte ich, daß ich in eineinhalb Monaten auch die allerletzten Spuren der Verwundungen vergessen haben würde.

Aber ich dachte an die nahe Zukunft. Um Mitternacht jenes Tages, an dem Rodrigo Díaz de Vivar, El Cid, nach der Eroberung von Valencia dortselbst starb, würde ich in der Tiefseekuppel eintreffen, die Arbeiten an der LARSAF steuern und den Tiefschlaf einleiten.

Wieder war Vollmond: Silberne Reflexe zitterten bis zum Horizont über den Wellen.

Nach rund fünfzehn Tagen schwamm und tauchte ich gut genug, um Fische für unser Essen speeren zu können. Lachender Schatten schwamm wirklich wie ein Otter, und sie war fast länger im Wasser als an Land.

Ich erfuhr, daß das Tor zur Jenseitswelt verschwunden und nicht wieder aufgetaucht war.

Um meinen Körper wieder zu kräftigen und die letzten Muskeln aus ihrer Starre zu reißen, rannte ich durch kniehohes Wasser rund um die Insel, schwamm Tag um Tag länger und weiter und wurde fast so schnell wie Lachender Schatten, überholte sie schließlich.

Meine Haut färbte sich dunkel, und der feine Sand und das Öl schienen die letzten Vernarbungen abzuschleifen. Keine Nachricht aus der wirklichen Welt war so wichtig, daß wir den Aufenthalt hier abbrechen mußten. In einem Winkel des Häuschens fand ich eine kleine Lacktruhe mit Andenken, die einer der Japaner oder sogar Yodoya Mootori vergessen hatte. Unter den Andenken waren zwei Bilder, die mich in der Samuraiausrüstung und meine Kameraden vor der Kulisse der unwirklichen Nonfarmale-Ebene zeigten. Ich verbrannte sie.

Lachender Schatten, meine junge, heißblütige Geliebte, begann sich seltsam zu verhalten. Nichts war dramatisch; unsere Zärtlichkeiten und die Leidenschaft blieben wie in der ersten Nacht.

Aber ganz plötzlich zog sie sich zurück, versenkte sich in sich selbst, schien nach innen zu schauen. Dann saß sie im feuchten Sand, blickte zum Horizont und schien Sandkörner zu zählen.

Ebenso jäh schlug ihre Stimmung um; sie spaltete Kokosnüsse, rannte in die Küche und holte Wein, vermischt mit dem Saft der haarigen Nuß. Wenn ich sie fragte, schüttelte sie den Kopf und zeigte ein vages Lächeln oder jenen Ausdruck, den ich von Drei-Adler-Schreien kannte: steinern und abwesend. Ich verzichtete bald darauf, eine Antwort zu bekommen.

Tage und Nächte vergingen, manchmal schneller, meistens für uns in herrlicher Langsamkeit. Ich las Lachender Schatten aus den Fabeln La Fontaines vor, und sie lernte, mit dem Finger im Sand ihren Namen zu schreiben; und ein paar andere Buchstaben und Wörter.

Tausend Blitze informierte mich, daß der Krieg nicht mehr lange dauern würde. Beide Gegner waren erschöpft, zermürbt, halbwegs am Ende.

Hatte Nonfarmale etwa schon genug Blut getrunken? Ich konnte es nicht glauben.

Ich hatte das lange, nasse Haar meiner Geliebten in fünf gleichmäßige Stränge geteilt und flocht den Zopf so locker, wie es eben ging. Das letzte Stück hielt ich mit einem dicken Band zusammen, das ich durch eine perlmuttschimmernde Muschelschale gezogen hatte. Ich sah, daß sich die Umhüllung des Aktivators aufzulösen begann; außerdem stank das Leder. Lachender Schatten lehnte sich gegen meine Brust, zog meine Arme nach vorn und sagte:

„Wann werden wir aufwachen? Ich weiß, Stuart, daß Träume nicht sehr lange dauern können."

Ich streichelte sie, und als das Geräusch der Brandung verklungen war, antwortete ich:

„Beim nächsten Neumond, wenn die Sterne ihn aufgefressen haben. In der Sprache der Weißen ist es Ende des März-Mondes, um Ostern herum. Das Land um das Lager wird grün, der Schnee geschmolzen sein."

„Dann werde ich viele Jahreszeiten an die Traumzeit denken. An den Sonne- und Sandtraum, an den Stuart- und Meertraum."

Sie fing zu weinen an. Sie saß völlig regungslos da, preßte meine Arme um sich und weinte. Tränen liefen über ihr Gesicht. Schließlich zitterte und zuckte ihr Körper wie im Fieber. Ich bog ihren Kopf zurück, blickte in ihre Augen, die meinem Blick auswichen, sich nach langer Zeit auf mein Gesicht hefteten.

„Warum weinst du?" fragte ich. „Gibt es einen Grund, den ich nicht kenne?"

Es dauerte lange, bis sie sich wieder gefaßt hatte. Mit dem steinernen Gesichtsausdruck ihres Volkes sagte sie, heiser und mühsam beherrscht:

„In einem Mond ist der Traum zu Ende. Viele Jahre werden vergehen. Niemals wieder gibt es einen solchen Traum, der doch wahr ist. Du sagst: Vergangenheit ist wie Asche der Wirklichkeit. Viel Asche, Stuart. Ich weine, weil sie jetzt heiß ist. Sie wird kalt sein, und der Wind bläst sie fort."

Sie holte keuchend Atem, dann beugte sie sich vor und legte ihre Handflächen auf den heißen Sand.

„Wenn du gegangen sein wirst, Stuart-Krieger, wirst du mir ein Geschenk geben. Wenn du an die Traumzeit denkst, so wie ich, wirst du niemals vergessen können."

„O Mädchen." Ich seufzte. „Du weißt nicht, wie angsterregend meine Erinnerungen sind. Ich habe zu viele davon."

„Du wirst von mir träumen, Stuart?"

„Du wirst in jedem Traum sein. So lebendig und schön wie jetzt."

Lachender Schatten richtete sich auf, zog mich in die Höhe und schien etwas sagen zu wollen. Es mußte sehr wichtig sein, aber sie schüttelte den Kopf und zeigte sich selbst, daß sie sich ebenso endlos beherrschen konnte wie der Chief des Stammes.

„Komm", sagte sie und preßte ihren Körper leidenschaftlich an meinen. „Ins Haus. Dort will ich Wein trinken, und du mußt mich lieben. Bis zum letzten Tag, bis der Mond dünn ist wie ein Faden."

Ich folgte ihr und versuchte herauszufinden, was sie mir hatte sagen wollen. Ich erfuhr es nie – von ihr. Aber von diesem Augenblick an bis zur Nacht, in der wir ein letztesmal über den Strand gingen, schwammen, Zärtlichkeiten austauschten, schließlich duschten und packten, war sie unbeschwert fröhlich, und ich werde ihr Lachen nie vergessen können.

9.

1865: ABRAHAM LINCOLN

In gestrecktem Galopp ritten wir die schmale, kaum befahrene Straße vom Oberen Roten See entlang. Lachender Schatten und ich hatten in dem *General Store* des Örtchens *Thief River Falls* all das eingekauft, was die Indianer und ich für den Sommer brauchten. Das Packpferd schien ebenso froh zu sein, seine Kraft zu zeigen wie die beiden Schecken. Lachender Schatten saß im Sattel so sicher, wie sie in der Lagune geschwommen war.

Drei Stunden vor dem Lager summte das Armband. Ich ritt noch eine Pferdelänge weiter an die Spitze, hielt das Handgelenk ans Ohr und rief durch den rasenden Hufschlag:

„Ich höre. Was gibt's?"

Überraschend klar und deutlich sagte die Stimme von Tausend Blitze:

„Heute, am neunten April, hat Südstaaten-General Lee vor dem Nordstaaten-General Ulysses Grant kapituliert."

„Verstanden. Ein schmerzlicher Tag für Nonfarmale", rief ich.

„Nicht ganz. Präsident Lincoln beabsichtigt, beide Kriegsparteien zu versöhnen und die Einheit des Landes zu sichern. ‚Keine Verfolgung, keine Blutarbeit!' sagte er. Ich habe Nonfarmale in Washington gesehen. Er scheint konspirative Aktionen zu planen oder anzuregen."

„Gibt es Anzeichen, daß er länger zu bleiben gedenkt?" fragte ich und warf einen langen Blick zum Berg.

„Er mietete ein Haus und Pferde."

„Ich weiß also, wohin ich zu fliegen habe", rief ich. „Zuhören: Boog soll so verändert werden, daß er aussieht wie ich, aber zwei Jahrzehnte etwa älter. Er nimmt meine Rolle ein. Er mietet die Farm und bewacht sie, notfalls verteidigt er die Indianer."

„Er ist spätestens morgen abend dort", versprach Tausend Blitze. „Ich komme mit. Du nimmst den kleinen Gleiter?"

„Das habe ich vor."

„Ende."

Wir galoppierten weiter und wurden erst langsamer, als wir durch den Wald dem Lager näher kamen. Die Natur ringsum barst förmlich vor Leben. Die Tage waren lang genug geworden. Lachender Schatten brachte ihr Pferd an meine Seite, und ich sagte:

„Ich muß nach Washington. Dort befindet sich der Präsident, ihr nennt ihn den Großen Weißen Vater, in Gefahr. Ich versuche, etwas dagegen zu tun."

Sie nickte, als habe sie es schon gewußt.

„Ich gehe zurück, zu Duftendes Laub und zum Stamm."

„Der Bruder von Tausend Blitze kommt und wird in

dem Farmhaus wohnen. Er sieht aus wie ich als alter Mann. Er sorgt für dich und jeden, der seine Hilfe braucht. Das Haus ist groß genug."

Wieder nickte sie, lächelte mich an und deutete auf den Rauchfaden zwischen den hellgrünen Baumkronen. Ich wußte, daß Drei-Adler-Schreien das Lager abbrechen und weiterziehen würde, nach Norden und Nordwest.

Wir luden die Vorräte und die meisten Einkäufe im Lager ab, packten die leichter gewordenen Säcke vor uns auf die Sättel und trieben das Packpferd auf die Weide. Im Haus war rasch Ordnung geschaffen; ich sortierte die Stiefel und die Kleidungsstücke um, die zu meiner neuen Maske paßten, packte Taschen und Truhen, legte den Gürtel und den stark modifizierten .44er Navy-Colt zwischen die Handtücher und die Bademäntel, und innerhalb von drei Stunden sahen Teile des Hauses so leer aus, als ob nur Mäuse darin gehaust hätten.

Türen und Fenster waren weit geöffnet. Dünnes Gitterwerk hielt die Mücken und Fliegen fern. Ein Waschbär rumorte unter der Terrasse, überall pickten Vögel. Die Sonne wanderte hinter den Baumwipfeln, und tiefgoldene Lichtstrahlen hellten die Räume auf. Staubkörnchen tanzten in den Strahlen. Lachender Schatten und ich saßen am Tisch vor dem Kamin.

„Wann gehst du, Ancor Stuart?"

„Morgen, nach dem Sonnenaufgang", sagte ich. „Und mein älterer Zwilling wird dir sagen, wann ich wiederkomme."

„Ich bleibe in der Nacht bei dir", sagte sie. Wir aßen den letzten Schinken aus Beauvallon, Butter und Käse aus dem *Store,* dünnes Bier und ein dunkles, körniges Brot hatte der Roboter auf dem Umweg über den Transmitter des Lechturms hierher geschickt. „Es ist noch Wein in dem durchsichtigen Krug."

Ich ahnte es, und sie wußte es. Wir sprachen nicht darüber. Wir liebten uns zum letztenmal. Weit nach Mitternacht schlief ich für kurze Zeit ein. Als ich im

Morgengrauen wieder aufwachte und meinen Arm ausstreckte, fanden die suchenden Finger den Platz leer. Das Laken war kalt, die Decken am Fußende sauber zusammengefaltet. Lachender Schatten hatte mich verlassen. Ich wußte, daß ich lange brauchen würde, um sie verstehen zu können. Zwei Stunden danach hatte ich den Rest zusammengepackt, lud alles in den Gleiter und verließ, lautlos und ungesehen, die Farm. In einigen hundert Metern Höhe beschleunigte ich, flog einen Kreis und versuchte, Lachender Schatten zu sehen. Sie blieb verschwunden. Schließlich programmierte ich den Kurs, der mich nach Washington am Potomac bringen sollte.

Das Haus war schmal und stand in einer Reihe mit anderen. Eine Treppe führte von der Straße über ein Vorgärtchen hinauf; im Hof, neun Schritt breit und dreißig lang, erstreckte sich eine Wildnis, einst ein Garten, in dem einige Obstbäume blühten und das Gemüse und die Küchenkräuter wild ausgewuchert waren. Ich entlud den Gleiter durch ein Fenster des Obergeschosses und schickte ihn ferngesteuert zur programmierten Warteposition. Ich öffnete alle Fenster, um den muffigen Geruch zu vertreiben. Eine Stunde später klopfte es.

„Ich bin Suzett Light“, sagte die junge Frau. „Sie haben Ihre Nachbarin gefragt . . .“

Ich bat sie herein. Frau Johnson von nebenan hatte mir die junge Witwe empfohlen. Ich versuchte, mit ihr so zu sprechen, wie man es in Washington erwartete.

„Madam“, sagte ich und schloß die Tür, „ich bin erfreut. Ich suche Gemütlichkeit, Ordnung und ein sauberes Haus. Ihr Reich erstreckt sich auf alle Räume. Wenn Sie gelegentlich etwas kochen, wäre ich Ihnen dankbar. Sie besorgen den Einkauf; ich habe dies schon in England nicht anders gehalten. In dieser Schatulle sind genügend Dollars für jeden Zweck, der uns angemessen erscheint. Haben Sie Zeit und Lust?“

Sie ging prüfend durch ein Zimmer nach dem anderen und benutzte, mißbilligend die Nase rümpfend, ihren

Zeigefinger. Schließlich blies sie den Staub weg und fragte heiter:

„Sehen Sie mich noch, Sir?"

„Nein, Madam. Ich erkenne Sie an der Stimme", sagte ich. „Was verlangen Sie für einen Monat unseres Wohlbefindens?"

Sie nannte eine lächerliche Summe. Ich verdoppelte den Betrag und gab ihr eine Einkaufsliste. Schließlich erhielt man in Washington selbst Champagner, seidene Hemden und alles andere, was man hier als Luxus empfand. Mrs. Light war überrascht.

„Ich habe zwei Kinder. Charlie und Susan, sieben und sechs. Ich kann nicht den ganzen Tag für Sie da sein."

„Also", entschied ich. „Die Kinder können hier essen, wenn's sein muß. Ich bin um jede Stunde froh. Wenn Sie eine Hilfe brauchen, zahlen Sie die Putzfrau, Wäscherin und alles andere. Ich lege mein Junggesellenschicksal in Ihre zierlichen Hände."

„Oh!" Sie hatte sich entschlossen. „Die Fingerchen können ganz entschlossen zupacken."

Ich zog einen imaginären Hut, erkundigte mich nach einem Mietstall und hatte kurz darauf, auf dem Rücken eines starken Schimmels, das Vergnügen, durch Washington reiten und mir alles einprägen zu können. Ich kaufte einen riesigen Blumenstrauß und ließ ihn, mit Kärtchen, in mein Haus zu Mrs. Light schicken, stellte zahlreiche Fragen und erhielt meist freundliche Antworten, sah schlechte Straßen, große Plätze und stattliche Gebäude. Ich erfuhr, wo der sechzehnte Präsident der Vereinigten Staaten wohnte, fiel mit meinem klassischen Englisch so viel auf, wie ich beabsichtigt hatte und gab in einem Delikatessenladen eine Bestellung auf, die den Inhaber, Mr. Rosenboom, zu händereibender Freundlichkeit veranlaßte. Ich bat, alles zu meinem Haus zu schicken, und gab reichliches Trinkgeld.

Meinen Rechenfehler hatte der Roboter inzwischen korrigiert. Ostern war in diesem Jahr später. Heute schrieb man Montag, den zehnten April. Nach dem Sieg schien sich in Washington jeder und alles zu versammeln; ich sah zwischen ehemaligen Negersklaven und verkrüppelten Soldaten bis hinauf zu den Ministern der Regierung einen farbigen Querschnitt durch die Bevölkerung.

Um meiner Maske – in der ich vermutlich keine Schwierigkeiten haben würde – mehr Glaubwürdigkeit zu verleihen, fragte ich mich zu einer Pelzhandlung durch und brachte mit dem Prinzipal ein Handelsgespräch in Gang; wenn es nötig war, konnte ich Drei-Adler-Schreien und seinen Stamm zu bescheidenem Wohlstand verhelfen.

Denk an Nonfarmale, mahnte der Logiksektor. Ich lachte bitter. Schon seit der Ankunft blickte ich mit wenig verdeckter Neugierde in jedes Gesicht, das nahe genug war.

Ich wich einer Kutsche aus, wendete das Pferd und sah nach der Sonne. Für heute hatte ich genug erfahren. Später konnte ich in einer Gaststätte essen oder in einer Bar trinken. Dort gab es Informationen anderer Art. Als hochnäsiger Engländer fiel ich nicht auf, wenn ich eine Runde Whiskey bestellte und dumme Fragen stellte.

Ich stellte das Pferd wieder ein, deponierte den Sattel, zahlte und mietete das Tier im voraus für den nächsten Tag. Wieder ein ungewohnt hohes Trinkgeld, und nach einem kurzen Gespräch wußte der Mietstallbesitzer alles über mich und meinen Besuch. Er erzählte mir auch, daß man im Ford-Theater ein Stück „Our American Cousin" spielte, das ein toller Lacherfolg sein sollte.

Ich versprach, mir von ihm Vorzugskarten besorgen zu lassen, und ging langsam durch die ruhige, schmale Straße bis zur Hausnummer 36.

Aus allen Fenstern drang Licht.

Vorhänge bewegten sich im Abendwind. Ein Neger kehrte das Fußgängerpflaster. Zwei Frauen schütteten seifenschäumendes Wasser über die Stufen und die Pflastersteine. Als ich, jeden mit dem gelüfteten Hut grüßend und ein wenig einfältig lächelnd, die schmale Eingangshalle betrat, roch ich Putzmittel, einen glühenden Herd und eindeutig etwas, das nur Kaffee und Essen sein konnte. Mrs. Light hatte zuerst die Küche putzen lassen, und auch meine Bestellung war angekommen. Suzett errötete züchtig, als sie sich für die Blumen bedankte.

„Madam. Sie haben ein kleines Wunder vollbracht", sagte ich. „Und ich sehe entzückt, daß einige Flaschen Champagner im Eis stehen. Ich darf mir erlauben . . . ein wenig später."

Eine Nachahmung der kostbaren Planetenuhr, von Amir Darcy Boog aus unedlen Materialien hergestellt, mit positronischem Bauteil darinnen, stand auf dem Sims neben dem Eingang zum Wohnzimmer.

„In zwei Stunden muß ich zu Hause sein", sagte Mrs. Light. „Die Kinder."

„Die Frauen, die Ihnen zur Hand gehen, sind bald fertig", sagte ich. „Schicken Sie eine der Damen und lassen Sie Ihre Kinder holen. Man wird uns zu essen bringen, aus dem nächsten Restaurant. Das ist alles wunderbar, wie Sie wirtschaften, meine Liebe."

Mrs. Light war überwältigt. Nicht ganz eine Stunde später waren die Betten aufgedeckt, es gab warmes Wasser, alles strahlte vor Sauberkeit, selbst ein Viertel der Straße, und ich verteilte goldene Dollar-Münzen.

Wir aßen zusammen, ich erzählte wahre Geschichten aus dem Indianerlager, Mrs. Light und ich tranken Champagner, ich erfuhr den letzten Klatsch aus der Hauptstadt, und ich lud die junge Witwe ins Theater ein. Schließlich weckten wir die Kinder, und Mrs. Light versicherte, gegen elf wiederzukommen. Ich überließ ihr den Hausschlüssel.

Eine dreigeteilte deckenhohe Flügeltür trennte Schlafzimmer und Wohnraum. Ich öffnete die beiden großen Truhen, schaltete die Bildschirme ein und trug zwei kleine Petroleumlampen zum Schreibtisch. Das Haus war verschlossen, die Vorhänge zugezogen, und ich öffnete die nächste Flasche. Die Kleidung beengte mich; ich zog Mokassins und ein Lederhemd an und setzte mich, die Füße auf dem Schreibtisch, in den Schaukelstuhl.

„So, Mr. Thousand Flashes", sagte ich zum Roboter. „Alle wichtigen Informationen in Bild und Ton, chronologisch, mit knapp gefaßten Erläuterungen."

Aus der Kuppel kamen die Ausschnitte, die längeren Passagen, die Daten und Schriftzeilen.

Boog alias Antal Stuart traf ein und sah ebenso entschlossen, ungemein tüchtig und weißhaarig aus wie der Krämer in Thief River Falls. Er gestaltete mit vorhandener und neuer Ausrüstung die Farm unverdächtig, aber wehrhaft aus.

Keine Veränderungen vor den Höhlen im Berg.

Lachender Schatten blieb unauffindbar. Ich machte mir Sorgen.

Die Indianer jagten, fischten, trockneten Felle und brachen das erste Tipi ab.

Elend herrschte entlang der Wanderungen, die beide Heere kreuz und quer durch das Land gezogen hatten.

Ich sah die Bilder und versuchte, alle Einzelheiten zu einem farbigen Mosaik zusammenzusetzen. Schließlich sagte Tausend Blitze:

„Das Raumschiff und das Gebäude von Yodoya Island sind wohlversorgt. Spuren wurden beseitigt. Jetzt folgen Aufnahmen aus Washington."

„Nonfarmale?"

„Ja. Sehr oft."

Immer wieder sah ich Nahith Nonfarmale. Er bewegte sich – in den Ausschnitten wurde dies besonders deutlich – auch in der Hauptstadt wie ein Fisch im Wasser. Er schien viele einflußreiche Männer zu kennen. Er trat in feinster Garderobe auf und schien überall dort, wo etwas entschieden wurde, zuzusehen und zuzuhören. Unsichtbar folgte ihm die Spionsonde, aber sie konnte weder Mauern durchdringen noch ihn vierundzwanzig Stunden am Tag verfolgen. Seine Masken waren gut. Er verschwand in der Menge, und wenn er heute als zerlumpter Soldat im Hospital zu finden war, wanderte er am nächsten Tag durch die Korridore und Treppenhäuser der Regierungsgebäude. Ich leerte das Glas und stöhnte auf.

„Wie soll ich ihn jemals finden?“

Die Munition, mit der mein Revolver geladen war, der Lauf und die Mechanik der Waffe konnten eine massive Mauer niederlegen. Aber wenn ich ihn nicht vor die Mündung bekam, nützte eine Kanone nichts. Ich merkte mir die verschiedenen Verkleidungen, die sich unregelmäßig wiederholten.

Schließlich sah ich an jenen Aufnahmen, die von der eigenen Sonde stammten, also jenem Beobachter, der mich schützte, daß ich während des Nachmittags dreimal den Weg Nonfarmales gekreuzt hatte. Einmal fuhr er in einer Kutsche, höflich in meine Richtung grüßend, sieben Schritte von mir entfernt vorbei. Ich fluchte.

„Es ist auch sinnlos, wenn ich unsichtbar durch die Stadt hetze“, sagte ich. „Wo wohnt er?“

„Hier.“

Er wohnte im obersten Geschoß eines Hotels. Aus dem offenen Fenster wechselte er in der Dunkelheit über eine unsichtbare Gangway in seine unsichtbare Transportkugel, die zwischen den Kronen zweier riesiger Bäume schwebte. Und ich hatte ihn gelehrt, kein Risiko mehr einzugehen. Im Schlaf, falls er derlei profane Erholung brauchte, konnte ich ihn auch nicht überraschen.

„Hast du herausfinden können, was er plant?“

„Nicht viel. Er bereitet einen Fluchtweg für zwei Männer vor, die über die Grenze Virginias flüchten sollen. Der Potomac ist die Grenze.“

„Ich weiß.“

Ich hatte auf dem Fluß das verankerte Kriegsschiff, die SAUGUS, gesehen.

„Es gibt einige Namen von unwichtigen Männern. Dr. Samuel Mudd. Oberst Cox. Lewis Paine.“

Ich merkte mir die Namen und das Aussehen der Männer, ihre Wohnungen und sah keinerlei Zusammenhänge. Ich hob den Kopf und leerte die Flasche ins Glas. Der Champagner floß über und lief auf das hochpolierte Leder des mächtigen Schreibtisches.

„Ich bin am Vormittag wieder im Sattel“, sagte ich, „und du wirst mir über das Armband mitteilen, wo ich

Nahith finde, falls er seine Kugel oder sein Zimmer verläßt."

„Verstanden", sagte der Robot, und ich schaltete einen Schirm ab. Im Morgenmantel saß ich vor dem Kamin, trank Champagner und dachte an Lachender Schatten, bis ich schließlich zwischen die schneeweißen Leinentücher schlüpfte, die Mrs. Light so fürsorglich glattgestrichen hatte.

Dienstag, Mittwoch und Donnerstag verbrachte ich damit, Nonfarmale zu suchen und zu verfolgen. Ich kaufte zwei Theaterkarten für Freitag. Zweite Reihe, Mitte. Mrs. Light war außer sich vor Freude und jammerte, sie müsse das umgearbeitete Hochzeitskleid anziehen. Ich versicherte ihr, sie wäre darin sicherlich heute noch schöner als an jenem Freudentag.

Deine Jagd hat ein zu hohes Maß an Sinnlosigkeit erreicht, sagte der Extrasinn.

Ich ritt in Washington hin und her, ließ mich in der Kutsche von einem Punkt zum anderen fahren, aber stets war Nonfarmale schneller. Ich lernte zwar die Stadt hervorragend kennen, aber auf dieses Vergnügen hätte ich verzichten können. Ich gab am Karfreitag kurz nach Mittag auf und ließ mich zum Schneider fahren. Dort stattete ich mich passend für den Theaterbesuch aus; ich würde einige meiner Washingtoner Bekannten dort treffen, und nachher wollte ich Mrs. Light in ein gutes Restaurant ausführen. Ich bestellte den Kutscher wieder für den frühen Abend und bezahlte die Fahrten im voraus.

Zu Mittag hatte Mrs. Suzett Light angefangen, sich auf den Theaterbesuch vorzubereiten. Sie sah wirklich allerliebst aus, roch aber nach einem Duft, der nicht von Fragonard aus Grasse stammte. Sie hängte sich in meinen Arm, ich half ihr in die Kutsche, und schon während der kurzen Strecke von der Straße bis in den Vorraum des Ford-Theaters zeigte sie versteckt auf diese oder jene Persönlichkeit und sagte mir aufgeregt, wer es war und welche Bedeutung er oder sie oder beide in Washington hatten.

Sie glühte förmlich; der Abend war das wichtigste Ereignis in diesem Jahr für eine Frau, die hart arbeitete, um sich und die Kinder durchzubringen. Bevor wir zu unseren Plätzen geführt wurden, zeigte sie auf eine junge Dame und deren Begleiter, einen Major.

„Das ist der Besuch, der bei den Lincolns wohnt. Beim Präsidenten. Sie heißt Clara Harris. Und er ist Major Rathbone."

„Sie werden in der Präsidentenloge sitzen?"

„Wenn Präsident Lincoln wirklich kommt. Man sagt, er ist schrecklich unberechenbar. Achtzig Morddrohungen, Briefe oder Zettel, soll der Präsident in seinem Schreibtisch haben."

Ich begrüßte einige Männer und deren Damen, erkannte einen Rechtsanwalt, mit dem ich in einem Wandelgang über die Gesetzgebung im Fall von Indianerland gesprochen hatte; er saß einige Plätze von uns entfernt. Die Brüstung der Präsidentenloge war von der amerikanischen Flagge bedeckt. Sie hing über die Wand weit herunter. Noch bevor sich der Vorhang teilte, ertönte lauter Beifall. Wir drehten uns um und sahen, daß der hagere, sechsundfünfzig Jahre alte Präsident mit seiner Frau die Loge betrat, seine Bewunderer grüßte und sich in einen Schaukelstuhl setzte.

Die Aufführung fing fast pünktlich an. Es schien eines jener Stücke zu sein, die nur deswegen nicht ausgepfiffen wurden, weil es unmöglich war, gleichzeitig zu gähnen und zu pfeifen. Ich zwang mich dazu, zu klatschen und zu lachen, wenn es die anderen taten. Die Zeit und die Pointen krochen wie Schnecken; das Publikum amüsierte sich, als wären wir alle im Globe-Theatre des Masters Shakespeare. Ich sehnte mich jedenfalls dorthin.

Als ich zum neunten Male meine flache Uhr hervorzog und den Deckel aufspringen ließ, stieß mich Suzett leicht an, schüttelte mißbilligend den Kopf und deutete auf die

Bühne. Ich lächelte zurück und unterdrückte mein Gähnen.

„Mir scheint, ein englischer Hinterwäldler wie ich", flüsterte ich, „kann nur Shakespeare und Marlowe richtig schätzen ..."

Lauter Beifall und dröhnendes Lachen machten den Rest des Satzes unverständlich. Es war etwa zehn, und der Schwank taumelte einem weiteren Höhepunkt entgegen. Hinter mir krachte ein Schuß; gehörte das zum Stück? Ich riskierte es, mich umzudrehen. Mein zweiter Blick fiel auf ein Durcheinander kämpfender Gestalten in der Präsidentenloge. Ein Messer blitzte mitten in einer Wolke aus Pulvergasen auf, dann schwang sich ein Mann über die Brüstung und versuchte, die etwa drei Meter tiefer liegende Bühne zu erreichen.

Totenstille trat ein. Der Mann verhakte sich mit dem Stiefel in der Flagge. Sie riß mit einem häßlichen Geräusch. Ich sah, wie der Sporn das Tuch zerriß, wie die Gestalt den Halt verlor und auf die Bühne herunterkrachte. Langsam stand ich auf und zog meinen Colt. Dann dachte ich an die Wirkung des Schusses und packte die Waffe am Lauf.

Der Mann, etwa fünfundzwanzig Jahre alt, sprang mit schmerzverzerrtem Gesicht auf die Mitte der Bühne, hob den Arm und schmetterte:

„Sic semper Tyrannis!"

Der Rechtsanwalt und ich versuchten, zwischen den Sitzen hindurchzukommen. Ich stützte mich schwer auf die Schulter eines Mannes, sprang in den Gang und schwang mich auf die Bühne.

Geschrei brach los. Ich verstand:

„Das ist Booth, der Schauspieler."

„Haltet ihn! Haltet ihn!"

Auf der Bühne herrschte ein wildes Durcheinander. Booth rannte in die Kulissen hinein, und ich holte aus. Der Rechtsanwalt rannte an mir vorbei und warf einen Bühnenstuhl um. Ich erreichte Booth und wollte ihm den Griff der schweren Waffe auf den Schädel schmettern, aber ein Bühnenarbeiter, der rückwärts taumelte, weil ihn jemand gestoßen hatte, lenkte die Waffe ab. Ich traf die Schulter, der Mann taumelte und stürzte, kam wieder auf die Beine und schlug einen Haken. Er rannte auf den Bühnenausgang zu, der Rechtsanwalt und ich dicht hinter ihm.

„Schießen Sie ihn nieder, Sir", keuchte der Anwalt.

Die Tür schlug dicht vor uns zu, ich riß sie wieder auf. Booth hieb einem Mann, der ein Pferd am Zaumzeug hielt, die Faust mit dem Messergriff gegen die Brust und rammte ihn zur Seite. Mit einem Satz sprang er, stöhnend vor Schmerz, in den Sattel und bohrte dem wiehernden Tier die Sporen in die Seiten. Er verschwand in der Dunkelheit, während die Eisen der Hufe auf dem Pflaster Funken schlugen.

Ich schob die Waffe zurück und hielt den Anwalt fest.

„Ich habe sie entladen. Im Theater schießt man nicht", sagte ich entschuldigend. Wir gingen ins Theater zurück. Das Publikum befand sich in wilder Auflösung, und gedankenverloren dachte keiner der Darsteller mehr daran, weiterzuspielen.

Ich kämpfte mich zu Mrs. Light durch und faßte sie am Ellbogen. Sie weinte und sagte:

„Der Präsident ist getroffen. Sie haben ihn in die Pension gegenüber gebracht. In den Kopf geschossen."

„Und Rathbone wollte ihn verteidigen. Er hat einen Stich in den Arm bekommen", sagte ein Herr mit weißem Backenbart. „Lincoln, der Sklavenbefreier . . . das waren die verfluchten Südstaatler."

Das war Nonfarmales Werk, wollte ich sagen, aber ich führte die junge Frau schweigend zur wartenden Kutsche. Uns war der Appetit vergangen. Ich lud sie auf ein Glas Wein in mein Haus ein und brachte sie spätnachts, als sie sich beruhigt hatte, nach Hause. Sie versprach, am Dienstag wiederzukommen und mir zu helfen.

Vizepräsident Johnson und Kriegsminister Stanton handelten schnell und kaltblütig. Sie ließen sich von der Panik und der Hysterie nicht anstecken.

Aus einem Zimmer der Pension, in der Lincoln langsam starb, wurden Telegramme abgeschickt. Marschbefehle gingen hinaus, Kuriere rannten und ritten in alle Richtungen. Alarm für die Polizei und die Grenzwachen. Haftbefehle, Anweisungen, Boten zu den Schiffen. Militär sperrte die sechs wichtigen Ausfallstraßen, die Kriegsschiffe dampften den Potomac aufwärts und abwärts. Eine zweite Meldung erreichte den Krisenstab:

Ein Mann namens Lewis Paine hatte versucht, den Außenminister William H. Seward zu erstechen. Mit einem Kiefer- und einem Armbruch, die von einem Unfall mit der Kutsche stammten, lag Seward im Bett. Paine schlug mit einem Colt, der Ladehemmung hatte, auf den Kranken ein, verwundete dessen Sohn mit der Waffe und mit Messerstichen, zerschnitt dem Minister das Gesicht. So hieß es jedenfalls; blutend, ohnmächtig, verletzt blieben die Hausbewohner zurück, während der riesige Paine zu Pferde flüchtete. Die Stadt glich einem aufgescheuchten Bienenstock, und Tausende Lichter bewegten sich durch die Straßen. Irgendwo wurde geschossen. Die Signaltrompeten der Truppen schmetterten, Reiter stoben, Fackeln in den Händen, zwischen den Menschenmengen hindurch.

Ich kam früh um vier ins Haus zurück, zog den Korken aus einer Flasche und nahm einen Schluck des schottischen Whiskies.

„Und wieder einmal: Nonfarmale, der Seelensauger", sagte ich. „Ich gebe auf."

Um sieben Uhr zweiundzwanzig starb Lincoln. Es hatte keine Rettungsmöglichkeit gegeben. Hinter dem linken Ohr war das Geschoß eingedrungen, hatte das Hirn zerfetzt und steckte hinter dem rechten Auge.

Nachricht um Nachricht sickerte durch. Ich verfolgte das Geschehen über die Bildschirme. Zwei Sonden fingen die Informationen auf.

Zwei Reiter, John Wilkes Booth, „der schönste Mann Washingtons", aus Maryland, und David Herold, der zusammen mit Paine den Minister hätte töten sollen, waren über die hölzerne Marinewerftbrücke geritten, die ab neun Uhr abends wegen der Gefahr von Partisanenübergriffen aus ebenjenem Staat Maryland gesperrt war.

Statt dem zuverlässigen Major Eckart, der die Präsidentenloge hätte bewachen sollen, bewachte ein Trunkenbold namens Parker die Loge – und verließ, um trinken zu gehen, seinen Posten.

Dr. Mudd in Bryantown versorgte das gebrochene linke Schienbein des Attentäters. Booth und Herold ritten zu Major Cox, der sie versteckte. Man faßte in der Stadt Lewis Paine und George Atzerodt, dem man vorwarf, Vizepräsident Johnson töten zu wollen. In der Pension, in der Booth wohnte, wurden die Eigentümerin und drei Verdächtige verhaftet. Alle Häftlinge brachte man auf die SAUGUS und band ihnen Säcke um die Köpfe.

100 000 Dollar Belohnung für die Ergreifung von Booth!

25 000 Dollar für Herold!

Die Suche dauerte bis zum 25. April. In der Nähe von Port Royal stellte man die Flüchtenden in einer Scheune. Militär ging in Stellung, zündete den Schuppen an, und Herold ergab sich. Booth hinkte durch den Qualm und wurde von einem tödlichen Gewehrschuß getroffen. Man zerrte ihn aus den Flammen.

Am 9. Mai, als der Prozeß anfing, verließ ich Washington mit dem vollgeladenen Gleiter. Mrs. Light war zunächst traurig, aber als ich ihr sagte, daß ich das Haus bis Ende des Jahres gemietet hatte, zog sie mit den Kindern ein und fand mehrere Flaschen Champagner und ein wenig Geld. Ich flog zurück zur Farm, bugsierte den Gleiter durch den Transmitter und setzte mich zu Boog auf die Terrasse.

„Du hast das Mädchen nicht gesehen? Nichts von ihr gehört?“ fragte ich.

„Nein. Auch ihre Leute wissen nichts.“

„Ich bin ein paar Tage im Turm über dem Lech. Dann erreichst du mich in der Kuppel“, sagte ich. Boog zwirbelte seinen buschigen weißen Schnurrbart und murmelte:

„Die dümmste Frau kann einen Mann um den Finger wickeln. Um einen Narren zu behandeln, braucht es eine sehr kluge Frau."

„Du sagst es. Ich befehle: Suche sie weiter, hilf ihr in jeder Form, melde alles an mich oder Rico."

„Yes, Sir."

Ich hatte einen Krug schwarzes Bier getrunken, schaukelte auf der Terrasse und wartete auf den Sonnenuntergang. Es gab Stimmungen, die mir verdeutlichten, daß alle weiteren Überlegungen, Versuche oder Aktionen nichts anderes waren als blindes Umherrennen. Es war sinnlos, ich hatte verloren. Ich würde mit der Flotte zurückkommen und Ordnung schaffen. Auf meine Art. Als es dunkelte, verließ ich die Farm; wie ich glaubte, für immer.

Der Rest ist schnell erzählt. Ich überwachte den Zusammenbau eines Gleiters. Die Teile kamen aus den arkonidischen Lagern und der Kuppel. Von acht Angeklagten wurden vier gehenkt: Herold, Paine, Atzerodt und die Pensionswirtin. Am 7. Juli hingen sie am Galgen. Die anderen gingen in den Kerker. Ich gab Riancor den Befehl, die Höhlen im Vater-der-Sonnen-Wolke zu sprengen, sobald die Indianer in Sicherheit waren. Dann legte ich mich im Schutz der Maschinen auf die sterilen Polster und schlief ein. Mein letzter Blick galt Amoustrella, die regungslos dalag, ein merkwürdiges Lächeln auf den Lippen.

Am fünfzehnten September kam Lachender Schatten zur Farm. Sie war hochschwanger und bat Antal Stuart, Duftendes Laub zu holen. Die Frau sollte ihr helfen, wenn der Sohn – sie behauptete fest, es würde ein Sohn werden – von Viele-Leben-Krieger auf die Welt käme. Positronische Aufregung brach aus. Boog informierte Riancor, aktivierte den Medorobot und rannte und ritt, bis er den kleinen Stamm in seinem neuen Lager fand. Riancor schaltete die Transmitter und schleppte alles herbei, was seine Speicher für den Bedarf von Säuglin-

gen enthielten. Das Haus wurde geschmückt, als würde man Erntedankfest feiern. Lachender Schatten saß im Schaukelstuhl und richtete ihren Blick in die Ferne. „Traumzeit", flüsterte sie immer wieder.

ENDE

EIN PERRY RHODAN-TASCHENBUCH

HANS KNEIFEL

Im Zentrum des Feuersturms

VERLAGSUNION ERICH PABEL-ARTHUR MOEWIG KG,
7550 RASTATT

PERRY RHODAN-Taschenbuch
erscheint monatlich in der Verlagsunion Erich Pabel-
Arthur Moewig KG, 7550 Rastatt

– Originalausgabe –
Titelbild: Alfred Kelsner
Redaktion: Dr. Florian F. Marzin
Vertrieb: Verlagsunion Erich Pabel-Arthur Moewig KG, 7550 Rastatt
Druck und Bindung: Brodard & Taupin, La Flèche, Frankreich
Unsere Romanserien dürfen in Leihbüchereien nicht verliehen
und nicht zum gewerbsmäßigen Umtausch verwendet werden;
der Wiederverkauf ist verboten.
Alleinvertrieb und Auslieferung in Österreich:
Pressegroßvertrieb Salzburg Gesellschaft m.b.H.,
Niederalm 300, A-5081 Anif
Einzelheft-Nachbestellungen richten Sie bitte an:
TRANSGALAXIS-Buchversand, Postfach 1127,
6382 Friedrichsdorf/Taunus
Lieferung erfolgt gegen Vorkasse (zuzügl. DM 3,50 Versandkosten,
Ausland DM 7,50) oder per Nachnahme (zuzüglich DM 6,– Versandkosten).
Abonnement-Bestellungen sind zu richten an:
Verlagsunion Erich Pabel-Arthur Moewig KG, 7550 Rastatt
Lieferung erfolgt zum Verkaufspreis plus ortsüblicher Zustellgebühr
Printed in France 1990
ISBN 3-8118-5180-2

Aus: RICOS ANNALEN. Interne Dokumentation, nur dem Gebieter Atlan zugänglich, Informationen nicht gespeichert.

Die stimulierende Umgebung ist entsprechend vorbereitet. Aus den Lautsprechern dringt gegenwärtig „Greensleaves", gedichtet und komponiert vom achten Heinrich von England. Ich rieche an einem Obstbrand aus Beauvallon und schreibe mit Gallustinte auf Büttenpapier. Holografien liegen um mich herum ausgebreitet. Die Gründe, deretwegen ich so handle, sind gravierend. Diese Dokumentation ist nur für Atlan bestimmt. Ich sorge dafür, daß er es zur Kenntnis nimmt und zweckmäßige Aktionen einleitet.

Am ersten Tag des Monats Anno Domini 1880 haben die Vorkommnisse, von meiner Positronik als „nicht beweisbare, aber untrügliche Vorkommnisse" eingestuft, einen vorläufigen Höhepunkt erreicht.

Obwohl der Arkonide verboten hatte, ihn vor dem beweisbaren Auftreten Nahith Nonfarmales zu wecken, muß ich dieses Verbot mißachten. Ich werde also die Geräte und Maschinen des Tiefschlafprogramms umprogrammieren. Ob ich auch Amoustrella Gramont wecken soll, weiß ich nicht. Die Wahrscheinlichkeit, daß Atlan entscheidet, sie weiterschlafen zu lassen, ist groß. Ich wecke ihn, weil:

1. Vierundvierzig Jahre nach dem letzten Ausbruch von La Soufriére, dem Vulkan auf den Kleinen Antillen, der Guadeloupe schwer schädigte, mehren sich die typischen Vibrationen der Planetenkruste, die einen weiteren Vulkanausbruch von bestimmter Größe signalisieren: Pulau Rakata zwischen den Inseln im Südindischen Ozean. Ich

habe Anzeichen dafür entdeckt, daß Nonfarmale an dem zurückliegenden Ausbruch beteiligt war.
2. Nahith Nonfarmales Aktivitäten wurden einmal über Beauvallon und dreimal über dem Krater angemessen, der an der Stelle klafft, an der noch vor wenigen Jahren das Samurai-Dörfchen und der Raumschiffhangar standen. Offensichtlich hat der Saurokrator die Aktivitäten Atlans nicht nur gemerkt, sondern auch einige unserer Verstecke gefunden.
3. Ich habe eine hohe Wahrscheinlichkeit dafür errechnet, daß Nonfarmale in der Lage ist, an bestimmten Stellen Vulkanausbrüche und ähnliche vernichtende Effekte hervorzurufen.
4. Amir Boog in der Maske des Farmers hat Schwierigkeiten; die Tochter von „Lachender Schatten“ durchlebt die Schwierigkeiten eines heranwachsenden Bewohners von Larsaf III.
5. Atlans Tochter, Aieta Jagdara, „Schwarzer Mond“ ist wieder einmal verschwunden. Ihre Mutter, Boog und ich sind in Sorge. Wir erwarten ernsthafte Schwierigkeiten an verschiedenen Punkten der planetaren Oberfläche.

Ich habe Atlans Aufweckphase eingeleitet. In unmittelbarer Nähe des Vulkans ist einer der arkonidischen Notsilos versteckt; in meiner Kartei ist er unter dem Begriff Point Fomalhâut registriert. Ein Verlust der Vorräte wäre zu verschmerzen, denn es gibt noch mehr solcher Silos. Bisher hat die Fomalhâut-Robotapparatur noch keine eindeutigen Aufzeichnungen von Nonfarmales Eingriffen einholen können. Als Zentrum vieler Beobachtungsmöglichkeiten, als Basis von Informationsspeicherung und als Versteck des Arkoniden gerade in dieser Gegend der bevölkerten Welt wäre die Zerstörung des Silos jedoch ein außerordentlich schmerzhafter Verlust für Atlan und mich.

1.

Als nach den langen Stunden qualvoller Versuche, die Kontrolle über Verstand und Körper wieder zurückzuerlangen, die Bilder, Diagramme und Worte wieder einen begreifbaren Sinn erhielten, hob ich ächzend den Kopf und blickte Rico an.

„Jeder neue Tag“, sagte der Roboter, „ist der Tod des vorhergehenden. Die nächste Zeit verspricht Gefahren und Tod für viele Menschen.“

„Welcher Tag, welches Jahr?“ fragte ich krächzend.

In kleinen Erkenntnisschritten erfuhr ich, wann ich geweckt worden war und warum. Die amerikanischen Kriege waren vorbei, vier Staaten im südlichen Teil des Doppelkontinents kämpften gegeneinander, das Matterhorn war erstmals bestiegen worden. Die United Staates of America hatten für mehr als sieben Millionen Dollar den Russen Alaska abgekauft. In Paris hatte es eine Weltausstellung gegeben; der Roboter listete eine lange Serie neuer, technisch-naturwissenschaftlicher Erkenntnisse und erfindungsreicher Prinzipien und Maschinen auf: Eisenbetonbau, elektrische Motoren, Wagners Musik, Luftdruckbremsen und Schreibmaschinen, Bismarcks Politik und der erste geglückte Versuch von Bell, über lange Drähte „telephonisch“ miteinander zu reden. Im nördlichen China wüteten Hungersnöte, die Monde des Mars waren entdeckt, Edison beleuchtete einen Teil der Welt mit glühenden Kohlefäden in einer Glaskugellampe, und das Netz der Eisenbahnschienen begann sich, schon 370 000 Kilometer lang, überall auszubreiten.

„Dich, Atlan, müssen wir in Zukunft in eine andere Maske stellen. Mich ebenso. Es wird schwieriger, sich gut zu verstecken und nicht aufzufallen.“

„Es wird uns auch am Ende des neunzehnten Jahrhunderts gelingen“, sagte ich. „Du hast Amoustrella nicht geweckt? Warum?“

Stunden später, nach einer kurzen Schlafperiode, aktivierte Rico wieder seine Schirme.

„Es gibt einige gute beziehungsweise schlechte Gründe. Deine Tochter ist verschwunden.“

Ich zuckte zusammen. Der Logiksektor schien laut aufzubrüllen.

Atlan! Tochter. Von Lachender Schatten!

Die Bildschirme zeigten vertrautes Gelände. Das Land im Osten des Berges mit dem halbzerstörten, verglasten Gipfel. Vater-der-Sonnen-Wolke, der Horst von Nonfarmales schauriger Truppe. Das kleine Farmhaus mit Brunnen und Koppel, in dem sich der zweite Roboter in der Maske eines harmlosen, uralten Einsiedlers aufhielt und sich um die wenigen Indianer kümmerte, die noch nicht in die unwürdige Existenz der Reservate vertrieben worden waren. Eigentlich waren nur noch Lachender Schatten, ihre Tochter und vorbeiziehende kleine Gruppen regelmäßig bei Boog zu treffen. Lachender Schatten war etwa vierzig Jahre alt, und meine Tochter knapp fünfzehn.

„Als Lachender Schatten verschwand“, sagte ich, nachdem ich in meiner Erinnerung gesucht hatte, „als ich einschlief, hatte ich flüchtig gedacht. Wo ist meine Tochter? Wie heißt sie?“

„Ihre Mutter nannte sie Schwarzer Mond. Boog und ich tauften sie Aieta Jagdara. Sie verspricht, eine schöne, junge Frau zu werden.“

„Warum ist sie verschwunden? Weißt du, wohin?“ fragte ich.

Der Roboter, der vor eineinhalb Jahrzehnten als „Tausend Blitze“ an meiner Seite gekämpft hatte, spielte die Bilder ein. Ich sah ein hochgewachsenes Mädchen mit halblangem Haar, tiefschwarz, und hellblauen Augen. Sie trug die farbig verzierte Kleidung aus dünnem Wildleder, ritt ebenso gut wie ihre Mutter, die in jenen fünfzehn Jahren nur wenig gealtert war. In der ruhigen Geborgenheit von Boogs Farm erholten sich Lachender Schatten und Schwarzer Mond, und ab und zu tauchte dort auch Tausend Blitze auf.

„Von Boog erfährt deine Tochter über Hypnoschulung,

wie es in anderen Teilen der Welt aussieht. Sie fragt oft nach ihrem Vater."

„Und?"

„Weder Boog noch Lachender Schatten sprechen über dich. Sie sorgen für das Mädchen. Jetzt sorgen sie sich mehr, weil sie davongeritten ist."

„Die Spionsonden konnten sie nicht beobachten?"

„Schwarzer Mond hat sich versteckt. Wahrscheinlich, weil sie einen jungen Indianer aus dem Norden heiraten soll."

„Und – sie will nicht?"

„Boog wird sich melden, wenn er etwas sieht oder weiß. Lachender Schatten ist auf der Spur deiner Tochter."

„Ich bin noch nicht in der Lage, mich selbst darum zu kümmern." Noch immer war ich nicht fähig, mich kraftvoll zu bewegen. „Ist das der einzige Grund, weswegen ich geweckt wurde und Amou nicht?"

„Nein. Die Probleme sind größer. Nonfarmale hat offensichtlich eine Möglichkeit gefunden, Vulkane zu aktivieren. Vermutlich will er damit deine Aufmerksamkeit auf sich lenken. Ich habe ihn über Beauvallon gesehen und über dem Samuraidörfchen. Hier sind die Informationen."

Ich erlebte auf den Bildschirmen die Detonationen mit, Rauch und Lavaströme, brennende Hütten und sterbende Wälder, flüchtende Menschen und andere, denen die Flucht nicht mehr gelang. Und im Ascheregen, zwischen den Schwefelschlieren und über dem kochenden Brei aus dem Planeteninnern sah ich Nahith Nonfarmale. Er war ausgerüstet wie ein Raumfahrer.

Etwa eine Stunde später gab Rico eine weitere Serie Erklärungen ab.

„Die Erdstöße hören nicht auf. Alle Messungen deuten darauf hin, daß Nonfarmale wieder beabsichtigt, einen Vulkan zu manipulieren. Und diesmal ist einer unserer Silo-Stützpunkte in unmittelbarer Gefahr. Point Fomalhâut."

Filme, Landkarten, schematische Darstellungen und

Tabellen folgten. In meinem Verstand wirbelten Personen, Begriffe und Bilder durcheinander. Ich lieferte mich wieder dem nächsten Schub unter den Maschinen aus, blinzelte unter den Solarlampen und hatte den schlechten Geschmack der flüssigen Nahrung auf der Zunge. Als ich wieder klar denken konnte, dachte ich daran, wie unsere Maske auszusehen hatte.

„Wir haben das Raumschiffchen auf Yodoyas Insel versteckt. Dorthin, in den Turm über der Lechschleife und nach Carundel Mill, sowie zu Boogs Little Farm bestehen natürlich Transmitterverbindungen. Ich habe die wenigen Sequenzen, in denen Nonfarmale deutlich zu sehen ist, festgehalten. Die Wahrscheinlichkeit, daß seine Jenseitswelt diesmal etwas mit einer raumfahrenden Gruppe zu tun hat, ist groß. Dir reichen die Gründe, deretwegen ich dich geweckt habe?"

Von Tag zu Tag wurde ich kräftiger, während Amoustrella sich dem qualvollen Prozeß des Aufwachens unterzog.

„Sie reichen", sagte ich. „Eigentlich waren wir alle sicher, daß er nicht wieder auftaucht."

„Er ist nicht umzubringen", sagte Rico. „Sein Überlebensfaktor ist mindestens so hoch wie deiner."

Inzwischen waren wir doch ziemlich sicher, daß wir in den meisten Ländern als reisende Naturwissenschaftler unsere Rolle überzeugend genug spielen konnten. Die Masken brauchten nicht aufwendig zu sein.

„Unser erstes Ziel ist Yodoyas Insel", sagte ich. „Bereite alles vor."

Die nächsten Tage verbrachte ich damit, Daten zu sammeln und jedes Stück unserer Ausrüstung genau zu untersuchen, zu testen und zu versuchen, mit den verschiedenen Währungen richtig umzugehen. Und während Schliemann sich anschickte, in den Schichten von Troja zu graben, suchte Rico einen sicheren Platz in der Nähe von Point Fomalhâut, bereitete den Silo für uns vor, fand eine sichere Klippe in den Pegunungan Barisan-Küstenbergen auf Sumatra und rüstete das Häuschen neben dem getarnten Hangar ein.

Langsam schwamm ich in der Lagune hinter den scharfen Korallenriffen, während Rancor Arcolutz Treibholz zu Scheiten zerschnitt und den Strand säuberte. Unter dem Sonnensegel der Terrasse schlief Amou, die Haut dick eingeölt. Ich tauchte unter, verscheuchte kleine Schwärme von Papageienfischen, spürte Seewasser zwischen den Lippen und die Sonne auf den Schultern.

Wieder einmal war ich angetreten, gegen einen Feind zu kämpfen, den ich längst vernichtet geglaubt hatte: Nonfarmale, der in der Lage schien, an unzähligen Punkten entlang der wenig bekannten Bruchlinien der Kontinente Vulkane zu zünden. Noch immer waren die Menschen dieses Planeten das Ziel seiner Angriffe; und jedesmal schützte er sich besser.

Ich drehte mich auf den Rücken und stand auf, als ich Sand unter den Schultern spürte.

„Neuigkeiten?" Ich blieb im Schatten der Palmenfächer stehen. Rancor hantierte fast lautlos mit dem Desintegratorstrahl weiter und schichtete die Kloben auf.

„Boog und Lachender Schatten suchen noch immer Schwarzer Mond. Der Silo ist bereit, das Haus auf der Klippe entsteht gerade aus den Fomalhâut-Vorräten und durch deren Subrobots."

In ungefährlicher Entfernung von der vulkanischen Insel und unweit des Silos wollten wir ein neues Versteck beziehen; eine Art Horst auf einer siebzig Meter hohen Klippe.

„Wer kommt eigentlich auf die Idee, einem fünfzehnjährigen Mädchen einen Bräutigam aufdrängen zu wollen?"

Ohne seine rasend schnelle Arbeit zu unterbrechen, antwortete der Robot:

„Vielleicht die Mutter, die ihre Verantwortung loswerden will."

„Ich wüßte für meine Tochter etwas Besseres als einen herumstreifenden Indianer."

„In diesem Fall", sagte Rancor, „müßtest du sie erst einmal von deiner Vaterschaft überzeugen und für eine Alternative sorgen."

„Ich glaube, daran denke ich bereits."

Ich ging hinüber zum Hangar, hatte Mühe, die Tarnung zu erkennen und bückte mich im tunnelförmigen Eingang. Die LARSAF DREI-ZWEI, unbeschädigt und an sämtlichen anfälligen Stellen luftdicht verpackt, stand unverändert da.

Ich setzte mich in den warmen Sand.

Ich fühlte mich unsicher und wieder einmal dem qualvollen Warten ausgesetzt. Die längste Rundreise durch die Welt der kriegerischen Barbaren würde mir wenig neue Eindrücke vermitteln. Ich hatte hundertfünfzig Jahre lang neben Amou schlafen wollen. Nahith Nonfarmale von der Insel Sarpedon im Meer von Karkar, wieder zwang er mich, meine Pläne zu ändern.

„Unsere Geräte registrieren noch immer Planetenbeben?"

„Ja. Auch die Seismometer der Barbaren. Vieles deutet auf den Krakatau hin."

„Wann er ausbrechen wird, ist nicht vorherzusagen?"

„Nein, Mister Adlag Norca."

„Professor, bitte", sagte ich und sprang auf.

„Die nächste Frage kann ich beantworten, bevor du sie stellst. Wir werden, wie schon so oft, auf das nächste Erscheinen Nonfarmales warten müssen. In der Zwischenzeit solltest du tun, was er tut."

„Was tut er, deiner Meinung nach?" Ich machte Kniebeugen und schleppte wuchtige Treibholzreste zum Haus, bis meine Muskeln schmerzten. „Sich auf fremden Welten erholen?"

„Genau das tut er, wie immer. Und erholt sich von Wunden und Verbrennungen", sagte Rancor und begann, einen Teil des Strandes mit dem Rechen zu säubern.

Ich trank einen Schluck Kokosmilch, ging ins Haus und

duschte mich. Im halbverdunkelten Arbeitsraum aktivierte ich die Bildschirme und rief Daten ab. Nachdem ich die Umgebung von Boogs Farm, dem Lechturm, der südenglischen Mühle und dem Haus auf federnden Stelzen über der ewigen Brandung des Indischen Ozeans lange genug studiert hatte, blieb eine Projektion des Planeten stehen. Lange Reihen winziger Punkte markierten jene Linien, an denen der emsige Robot erloschene oder tätige Feuerberge gefunden hatte. Es war fast unzählbar·viele.

Das Extrahirn traf eine Feststellung, bei der ich augenblicklich eiskalten Schrecken spürte:

Wenn der nächste Ausbruch auch nur einen Teil dieser Linie entlang der Punkte aufreißt, bedeutet das eine Katastrophe vom Ausmaß des Untergangs von Atlantis.

Ich ächzte. Der Augenblick, an dem die Welt wieder in die Traumzeit zurückfallen konnte – so wußten es die Erzählungen der australischen Ureinwohner –, schien nähergerückt. Dann gab es auf dem Planeten genug Elend, um ein Dutzend dieser Seelensauger zu sättigen. Ich desaktivierte die getarnten Bildschirme und ging wieder hinaus.

Amou hielt das Glas voll Kokosmilch hoch und blickte aufmerksam in mein Gesicht.

„Deiner Wahlheimat scheinen Gefahren zu drohen, Sternenkapitän?“ fragte sie und rutschte zur Seite. Ich setzte mich und sah zu, wie sie trank und dann ihr öliges Haar zum langen Zopf flocht.

„Sie sind immer bereit, ihre Welt zu zerstören und sich selbst zu dezimieren, die Menschen“, sagte ich. „Wieder scheint ihnen Nonfarmale dabei helfen zu wollen. Geh hinein und sieh dir selbst an, was Rancor an schlimmen Informationen gesammelt hat.“

„Wann?“

„Das kann niemand sagen.“

Die schöne, junge Frau schloß die graugoldenen Augen. Langsam stand Amou auf und zog mich in die Höhe.

„Gehen wir spazieren, Liebster. Sprechen wir darüber.

Wie lange dieses Warten auch dauert, wir werden zusammen warten. Nonfarmale kann nichts an der Schönheit und Einsamkeit der Insel ändern, auch nicht an den anderen Verstecken."

Sie legte ihren Arm um meine Schultern und schleppte mich zum Strand. Ich versuchte, indem ich die Fragen beantwortete, mir einzureden, daß ich es weiterhin sinnvoll fand, in die irdische Geschichte einzugreifen, und daß ich dadurch, daß ich Nonfarmale endlich besiegte, viel mehr für den Planeten tun konnte. Denn ich sah voraus, daß ich diese Barbaren irgendwann in ferner Zukunft brauchen würde.

Als Amou im Morgengrauen in meinen Armen aufwachte, sagte ich ihr, daß ich für eine oder zwei Wochen bei Boog nach dem Rechten sehen wollte. Und, allein, um meine Gedanken weiter zu ordnen.

Zwei Tage danach benutzte ich den Transmitter.

2.

Amir Darcy Boog schlurfte über die Bohlen des Vorbaues. Seine Hosen waren ausgebeult, bis zur Unkenntlichkeit geflickt und staubig. Die Hosenträger, ebenso ausgeleiert wie der Gürtel, spannten sich über einem karierten Hemd, das uralt aussah. Über dem vollen, weißen Haar und der gefurchten Stirn saß der zerknitterte Hut eines Nordstaaten-Offiziers. Der Revolver an Boogs Hüfte schien verrostet zu sein. Ich setzte den Sattel auf einem Balken ab und rief:

„Amir Darcy Boog. Empfehlung von Redskin oder Tausend Blitze. Gemütlich ist es hier."

Boog drehte sich herum, hob die Hand und blinzelte. Seine Erscheinung, eine Mischung zwischen einem vertrottelten Farmer und einem Mann, der durchaus wußte, wie ein Wurfmesser die Schulter oder eine Revolverkugel die Augen traf, hatte die uralte Farm in einem vorzüglichen, gut getarnten Zustand gehalten.

„Viele-Leben-Krieger“, sagte er. „Bier auf der Terrasse? Reden über alte Zeiten?“

„Im knarrenden Schaukelstuhl“, sagte ich. Ich trug etwas, das als Kundschafter-Kleidung durchgehen mochte, dazu einen weniger schlecht erhaltenen Nordstaaten-Hut.

„Man läßt mich in Ruhe“, sagte Boog und reichte mir ein gefülltes Doppel-Pint-Glas. „Fast niemand kennt die Farm. Ich verkaufe Weizen, ziehe im Garten alles, was die Indianer brauchen, und hin und wieder schimpfe ich mit Kleines Reh, Lachender Schatten oder Schwarzer Mond. Sonst kommt niemand mehr. Du bist wegen deiner Tochter hier?“

„Ja. Berichte, was du weißt.“

Wir legten die Fersen auf den Querbalken, blickten auf den fernen Weg und den grünen Streifen aus Obstbäumen, Nußbäumen und Beerensträuchern rund ums Haus.

„Hübsches Kind, sage ich. War eine gewaltige Aufregung, als deine Freundin plötzlich kam und wir beide Geburtshelfer spielen mußten. Hast du sie verärgert?“

Das Bier, von Rico auf abenteuerlichen Wegen transportiert, war kühl und schmeckte gut. Ich sagte:

„Sie wußte, daß auf mich Schwarzes Feuer-Amou wartet. Sie rannte weg. Sie wollte unbedingt ein Kind. Nun hat sie's, und es ist auch nicht recht. Bekommen sie noch Hypnoschulung?“

Er führte eine unbestimmte Geste aus.

„Sie kommen, wenn sie etwas brauchen und krank sind, oder im harten Winter. Kleines Reh hört manchmal ‚flüsternde Stimmen‘, auch deine Tochter. Lachender Schatten will nicht. Übrigens: Hat sich tadellos gehalten, die Frau. Noch immer schön. Aber meist hat sie schlechte Laune.“

Ich erfuhr, daß er in den zurückliegenden Jahren nicht mehr als zwei Dutzend Menschen gesehen hatte. Die drei Indianerinnen kamen mehr oder weniger regelmäßig, brachten Geschenke und gingen, wenn sie wieder gesund oder der Winter zu Ende war. Als Boog versuchte,

Schwarzer Mond Englisch, Rechnen und so etwas wie Planetenkunde beizubringen, verschwand sie. Vermutlich nicht, weil sie Angst vor mehr Wissen hatte, sondern weil ihre Mutter den Sohn von Sieben Bisons kannte, der eine Frau suchte. Boog hielt nicht viel von ihm und hatte es auch Lachender Schatten gesagt.

„Dann gab's Streit zwischen der jungen und der alten Dame, und die junge ritt weg. Nach Osten."

„Du weißt, wo sie ist?"

Boog nahm den leeren Krug und füllte ihn wieder.

„Natürlich. Sie trägt ein Halsband mit deinem Bild. Hat sie von Rico. Mit einem Winzling von Peilsender. Sie ist am vierten Nebenarm, zwischen Land und Sumpf, aus der westlichen Seite des Flußlaufes. Dort hat sie eine Höhle entdeckt."

„Du hast den Empfänger hier?"

„Ja. Reite los, rufe mich an, und ich sage dir den Weg. Nimm den Scheckhengst und den alten, braunen Wallach als Packpferd."

„Einverstanden. Ich sehe mich hier um und reite morgen bei Sonnenaufgang. Wie weit, Boog?"

„Drei Tage, wenn du nicht zuviel trödelst. Wie lange soll ich hier noch aushalten? Ich roste schon."

„Das entscheiden wir, wenn ich zurückkomme. Ich weiß selbst noch nicht, was ich mit meiner Tochter anfangen kann. Spricht sie Englisch?"

„Ziemlich gut. Ihr Französisch ist besser."

Ich hatte damit gerechnet, daß beide Roboter die Verantwortung für meine Tochter sehr ernst nahmen. Daß allerdings Boog und Rico mir nichts vom Peilsender gesagt hatten, war seltsam. Ich hatte schon in der Kuppel sämtliche Ausrüstungsgegenstände und Vorräte sortiert und war so gut wie reisefertig. Ich trank das Bier, unternahm einen langen Rundgang und ließ die Pferde von Boog waschen und striegeln. Am Abend brannten Scheite im Kamin; wir saßen da, ich aß und trank und ließ mir berichten, wie der kleine Stamm fortgezogen war und sich zerstreut hatte. Auch Kleines Reh würde kaum wiederkommen, denn sie hatte sich in einen Pelzjäger verliebt und war mit ihm in den Norden gezogen.

„Werde ich viele Weiße treffen?“ fragte ich, als die Petroleumlampe zischte und brannte.

„Nicht, wenn du gegen Mittag an der Weggabelung nach links reitest. Sie haben nicht viel im Sinn mit den Sümpfen. Und hier gibt es nur harmlose Leute. Vielleicht fromme Einwanderer auf Landsuche.“

„Das höre ich gern“, sagte ich. „Ich bin nicht hier, um Privatkriege zu führen. Wenn Rico mich braucht, ruft er mich, oder du tust es.“

Am linken Handgelenk trug ich ein dickes, indianisch besticktes Lederband, in dem sich das Multifunktionsarmband versteckte.

Der starke, gescheckte Hengst lief in einem verhaltenen Kantergalopp. Schon gestern, seit ich die Landschaft wiederentdeckt hatte, fühlte ich mich wohl zwischen den Gräsern und Bäumen der Ebene, und ich fühlte mich sicher. Während ich ritt, versuchte ich, das gesamte Mosaik zu ordnen, die vielen Einzelheiten miteinander in Verbindung zu bringen.

Meine eigenen Vorhaben, Nonfarmale, eine widerspenstige Tochter, die Gefährdung des Planeten und die Gewißheit, daß sich diese Welt schneller zu ändern begann als je zuvor.

Ich befand mich in einer Art Schachspiel mit der Zeit. Und mit meiner eigenen Zukunft. Arkon-Flotte? Fernflug nach Arkon? Zur Zeit schienen die Barbaren von ihrer Lieblingsbeschäftigung Abstand genommen zu haben, nämlich sich gegenseitig abzuschlachten.

Ein Schritt nach dem anderen, Arkonide, sagte der Logiksektor.

Genau dies hatte ich vor. Vielleicht befand ich mich gegenwärtig nicht in Gefahr. Aber die Menschen waren es, auf die jeder Angriff des Psychovampirs abzielte. Der Zeitpunkt war selbst für die Großpositronik der unterseeischen Kuppel nicht errechenbar.

„Atlan“, sagte ich grimmig, „du solltest liegenbleiben und schlafen bis zum Ende aller Tage.“

Die Sonne tauchte hinter den Bäumen auf und verschwand wieder. Ich ließ die Tiere in leichten Trab zurückfallen, sicherte nach allen Seiten und ritt beruhigt weiter.

Stundenlang folgte der kaum sichtbare Weg den Eigenarten des Geländes. Am frühen Nachmittag fand ich die Felsen wieder, zwischen denen ich eine winzige Quelle wußte. Ich band den Zügel des Hengstes an den Ast eines abgestorbenen Baumes und suchte nach Spuren.

Im Sand und auf dem dürren Moos fand ich nur die Abdrücke von Tieren. Das Gewehr ruhte leicht in meiner Armbeuge, als ich die Umgebung der Quelle abschritt und schließlich ein paar Fuß weiter hangaufwärts zwischen den Felsnadeln stehenblieb. In den Stein waren an einer einigermaßen glatten Stelle tiefe Ritzspuren. Ich entdeckte die Symbole für Mensch, mancherlei Tiere, einige runenartige Chiffren, die ich nicht kannte. Es war verständlich, daß dieser Quell am Fuß eines dicht bewachsenen Hügels ein Treffpunkt und eine Drehscheibe für Nachrichten gewesen war.

Ich faltete den Ledereimer auseinander, tränkte die Pferde, wusch ihnen Augen, Nüstern und Ohren aus, füllte den eigenen Wasservorrat auf und überlegte, ob ich weiterreiten oder rasten sollte.

Adler kreisten in großer Höhe. Die Natur ringsum war angefüllt mit den vertrauten Geräuschen der Pflanzen und Tiere. Der Schecke riß den Kopf in die Höhe und wieherte leise.

Schließlich entschied ich mich für den Weiterritt. Ich versorgte das Packpferd, knotete dessen Zügel an den Sattel und setzte meinen Stiefel in den Steigbügel. Unsichtbar im grellen Licht schwebte über mir die einzige Spähersonde, die Boog steuern konnte. Eine Stunde später kamen wir aus dem hügeligen Gelände in den Bereich der Ebene, in der der Mississippi entsprang.

Riesige weiße Wolken trieben über den Himmel, und ich folgte schließlich einem Tierpfad, der sich durch das unübersehbare Meer aus Gräsern und Büschen schlängelte.

Auf einem Fleck, zwei Steinwürfe im Quadrat, weideten die Pferde mit locker gefesselten Vorderbeinen. Ich hatte rund um die Gruppe niedriger Bäume die verwelkten Pflanzen mit dem Desintegrator abgemäht, und das Feuer war klein und fast rauchlos. In einer Baumkrone hing ein Wärmestrahlungsempfänger, der jedes Lebewesen, größer als einen Waschbären, melden würde. Ich hatte die Hängematte aufgespannt, im Kessel summte das Wasser, und die Mondsichel hing wie ein Boot zwischen den Sternen. Ich hatte gegessen und gegen Mittag das letzte Bier getrunken. Jetzt veredelte ich den Tee mit einem kräftigen Schluck Whiskey und versuchte, mich in die Ruhe der Nacht hineinzudenken.

Von Yodoyas Insel aus meldete Rancor Ruhe und Ereignislosigkeit. Dasselbe bei Boog. Auch ich hatte niemanden bemerkt. Trotzdem blieb ein Rest Unruhe; ich fühlte mich verfolgt, zumindest beobachtet. Und jetzt sorgten der Rauch und der Geruch des Feuers, daß mich jeder finden konnte, der mich suchte.

Ich leerte den Holzbecher, holte tief Atem und versuchte, aus dem Schatten heraus genauer zu erkennen, ob das Paar blinzelnder Augen zu einem Raubtier gehörte oder zu einem menschlichen Besucher, der knapp außerhalb des Wirkungsbereichs des Geräts wartete.

Jenseits der kleinen Weidefläche fing eine Zone aus Buschwerk an, die sich bis zum Horizont auszubreiten schien. Unter den Büschen am Rand wartete der unsichtbare Besucher.

Ich würde ihn herauszulocken versuchen. Ich bewegte mich hin und her, schob trockenes Holz in die Flammen, ging zu den Pferden, die nicht unruhig geworden waren – also fühlten sie sich nicht von einem Raubtier bedroht.

Ich bereitete langsam und sorgfältig das Lager vor und

kontrollierte unauffällig meine umfangreiche Bewaffnung. Schließlich blieb ich zwischen den Wurzeln der Bäume und hinter dem Feuer sitzen und ließ mich zurücksinken. Der Unsichtbare und ich hatten offensichtlich die gleiche Geduld und Ausdauer; immer wieder sah ich den Widerschein des herunterbrennenden Feuers im Augenpaar, etwa dreißig Schritt weit entfernt.

Eine Stunde später tat ich, als ob ich schliefe. Das Warten dauerte nun schon Stunden. Als der Hut über meine Augen rutschte und ich laut zu schnarchen anfing, nahm ich die ersten Geräusche wahr.

Weiche Sohlen. Jemand schleicht mit großer Meisterschaft, warnte der Logiksektor. Jetzt wußte ich es: ein Indianer. Deswegen hatten auch die Pferde nicht gescheut.

Ich bewegte mich nicht. Die Schritte näherten sich im Zickzack und in einem großen Bogen. Der Fremde kam von rechts, überquerte lautlos den freigemähten Streifen und tauchte unter den ausladenden Ästen der Bäume auf. Noch immer bewegte ich mich nicht.

Als ich einen kurzen, scharfen Atemzug hörte, riß ich am Faden. Noch bevor das kalkweiße Licht der Fackel zu zucken begann, schnellte ich mich geradeaus, über den Kreis aus roter Glut hinweg, in der Hand das Messer, den getarnten Lähmstrahler.

Von rechts sprang mich ein schlanker Körper an. Er war nach einem kurzen, kraftvollen Sprung fast waagrecht durch die Luft geflogen. Ich wirbelte herum, packte den Arm mit dem aufblitzenden Messer und ließ den Körper über meinen Rücken sich überschlagen. Die Waffe flog in einen Busch, aber die Gestalt war, kaum hatte sie den Boden berührt, wieder auf den Beinen und griff an.

Ich sah langes Haar, dann das Gesicht – mit einem Satz sprang ich zur Seite und rief unterdrückt:

„Lachender Schatten! Warum willst du mich umbringen?“

Keuchend standen wir uns gegenüber. Die Frau war

ähnlich gekleidet wie ich und versuchte, ein zweites Messer aus dem Stiefelschaft zu ziehen. Ich sprang auf sie zu und packte ihre Handgelenke. Unter einer Schicht Beherrschtheit war das schmale Gesicht mit den großen Augen eine Maske aus Unsicherheit, Wut und Enttäuschung.

„Ist es möglich, daß du mich nicht erkannt hast?“ Ich versuchte, meine Stimme ruhig zu halten. Zuerst wehrte sich Lachender Schatten wie rasend, dann sackten ihre Schultern herunter. Der wütende Widerstand hörte auf.

Schweigend starrte mich Lachender Schatten an. Sie war eine schöne, reife Frau geworden. Trotz der hellen Haarsträhnen über der Stirn. Ich wiederholte meine Frage.

„Seit zwei Tagen reitest du neben mir“, sagte ich. „Warum dieser Überfall?“

Schließlich sprach sie.

„Du hast meine Träume getötet, Atlan.“

„Und du hast fünfzehn Sommer und Winter gewartet, um mich dafür zu bestrafen?“

Ich riskierte es, die Arme loszulassen. Aber der nächste Griff galt dem Regler des Schutzfelds. Sie schwieg und keuchte, dann warf sie das Haar in den Nacken.

„Damals. Als du wußtest, daß du mein Kind trägst, warum bist du so weit davongerannt, daß dich nicht einmal Tausend Blitze finden konnte? Warum hast du kein Wort gesagt? Wir wußten, daß die Sonne den Traum zerschmilzt.“

„Lachender Schatten hat lange mit sich gesprochen. Ich habe mir ein Versprechen gegeben. Ich habe es gehalten. Du reitest zu deiner Tochter, Tausend-Leben-Krieger.“

Ich senkte den Kopf.

„Ich reite zu Schwarzer Mond, die Streit hat mit ihrer Mutter, wie mir die Schlangen zuzischten.“

Ich ging zehn Schritte zur Seite, fand ihr Messer im Boden stecken und gab es ihr zurück. Sie hielt es in der Hand, als wisse sie nicht, was sie damit tun sollte.

„Was würdest du mit deiner Enttäuschung getan haben, wenn ich nicht hier geritten wäre? Mit ihr gestorben? Nur weil ich nicht zurückkam? Glaube es, ich schlief und wußte bis vor wenigen Tagen nichts von dir und Schwarzer Mond. Komm zum Feuer“, sagte ich.

Lachender Schatten blickte den Mond an, als sie sprach. Je mehr sie redete, desto schneller kamen ihre Worte.

„Immer, wenn ich bei Boog war, habe ich mich erinnert. Das Große Wasser, die kleine Insel. Wie du langsam gesund geworden bist. Ich habe nicht gewußt, wohin. Zurück zu meinen Leuten oder in deine Traumzeit. Es zerriß meinen Kopf, meine Gedanken. Hierher, in Schnee und verräucherte Zelte? In deine Welt? Ich habe gewußt, daß sie ein Traum bleibt. Was habe ich tun können?“

Ohne mich anzusehen, ging Lachender Schatten mit kleinen Schritten zum Feuer. Die Fackel brannte nicht mehr; ich schob trockenes Holz in die Glut und füllte den Becher mit dem kräftigen Tee.

„Mich fragen. Dem Farmer und Redskin Tausend Blitze sagen, sie sollen mit mir sprechen.“

„Und du? Du wärest hierher zurückgekommen?“

Sie blickte mich zum erstenmal bewußt an. Dann setzte sie sich und nahm den Becher.

„Ich wäre gekommen. Heute kann ich nicht sagen, ob ich geblieben wäre und wie lange. Du bist weggerannt, Lachender Schatten. Nicht ich. Trink!“

Sie ist heute noch so überfordert wie damals, sagte der Logiksektor. Ich nahm einen Schluck aus der Whiskeyflasche. Ich war wohl noch immer nicht in der Lage, die Logik irdischer Frauen verstehen zu können. Lachender Schatten leerte den Becher und versuchte eine Antwort.

„Ich wußte nicht, wohin. In den Traum? In die Wirklichkeit? Ich flüchtete in den Zorn. Keiner gab mir einen Rat. Auch Duftendes Laub und Drei-Adler-Schreie nicht. Deine Freunde halfen Schwarzer Mond auf die Welt. Und ich habe nur ein Ziel gehabt, damit ich weiterleben konnte, mit ihr, für sie. Ich mußte dich hassen, Mann aus meinem Traum."

Ich füllte den Becher und nahm noch einen Schluck.

„Wir werden morgen zu unserer Tochter reiten und lange sprechen. Dann wird uns einfallen, was wir tun können. Wir Menschen bleiben klug, solange wir die Weisheit suchen", sagte ich. „Wenn wir glauben, genau zu wissen, was wir tun, machen wir uns zum Narren. Ich weiß, daß du keine Närrin bist, Lachender Schatten."

Sie legte die Hände auf mein Knie und hob die Schultern.

„Ich weiß nicht, was ich tun würde . . . wenn noch einmal alles anfangen würde."

Ihre Sprache umschrieb jeden Ausdruck mit weithergeholten Vergleichen.

„Wer vom Haß lebt, wird wenigstens nicht dick und faul."

„Ich weiß nicht, wie ich gelebt habe", sagte sie. „Aber ich habe Schwarzer Mond alles gezeigt, was ich kann."

„Auch das werden wir morgen sehen."

Lachender Schatten saß auf meinem Sattel, hatte einen Teil meiner Ausrüstung geplündert und kämmte ihr feuchtes Haar. An einem Ast hing der Spiegel; die Lichtblitze hatten mich geweckt. Ich atmete tief durch und sah erst dann das ausgebreitete Tuch und das sorgsam vorbereitete Frühstück. Ich schüttelte Käfer aus meinen Stiefeln und ging langsam auf sie zu.

„Kriegsbeil begraben? Keine Messer mehr?" fragte ich und versuchte ein Lächeln. Sie nickte schweigend.

„Schwarzes Feuer? Ist sie noch immer die Herrin der Traumwelt?" fragte sie halblaut und hob den Kopf. Ihre Haut schimmerte matt, das Haar war sorgfältig mit dem Vibromesser geschnitten. Sie hatte drei Viertel meines Wasservorrats benutzt.

„Sie wartet. Ich muß wieder einen solchen Kampf überstehen wie damals, als er mich fast tötete."

„Du wirst mir sagen, was ich tun muß?"

Die Feindschaft schien ausgelöscht zu worden zu sein, als habe sie es nie gegeben. Ich schaltete das Abwehrfeld aus und setzte mich auf die Packen der zweiten Pferdelast.

„Du wirst selbst herausfinden, was du tun kannst. Ich sehe viele Möglichkeiten für eine kluge, starke Frau, die nichts von ihrer Schönheit verloren hat."

„Ich kenne dich gut genug. Ich weiß, du sprichst nicht mit gespaltener Zunge, Atlan."

Sie wußte, daß die Einrichtungen der Farm und die Fürsorge des weißhaarigen Farmers ihr geholfen hatten, gesund und im Besitz aller Zähne zu bleiben. Sie legte die Bürste weg und holte aus der Brusttasche ihrer hüftlangen Wildlederjacke ein drei Finger breites weißes Lederband. Die Stickerei aus Beeren, Perlen und Silberdraht leuchtete, als ich die Lederschnüre am Hinterkopf zusammenknotete. Ihre Hände und Fingernägel waren rotgescheuert, gesäubert und mit wohlriechender Salbe eingerieben.

„Ich sehe, daß du nichts vergessen hast." Ich goß das kochende Wasser über den feingemahlenen Kaffee, rührte langsam um und kramte eingedickte, stark gesüßte Milch aus dem Gepäck.

„Ich habe fünfzehn Frühlinge lang Zeit gehabt, mich an alles zu erinnern", sagte Lachender Schatten, und es gelang ihr tatsächlich, zu lächeln.

„Essen. Trinken", sagte ich. „Dann, beim Reiten, reden."

Noch bevor sie nach der großen, emaillierten Tasse griff, steckte sie die Finger zwischen die Lippen und stieß vier grelle Pfiffe aus. Dann setzte sie sich und fiel förmlich über Brot, Braten, Früchte und Butter her. Einige Minuten später kam eine junge Rappstute herangetrottet, mit weißen Fesseln und weißer Stirnblesse.

„Du weißt es, Atlan. Ich weiß es. Du kannst alles. Wenn Schwarzer Mond sich entschließt, mit dir in die Traumwelt zu gehen – wirst du sie mitnehmen?"

„Das würde schwierig werden. Aber es ist möglich. Sie

muß selbst entscheiden, und zwar ohne dein Gerede, und ohne meine Versprechungen."

Wir tranken und aßen, von Fliegen, Mücken und Libellen umschwirrt. Die Pferde kamen näher, und ich tränkte sie mit dem letzten Wasser. Lachender Schatten rief:

„In zwei Stunden sind wir wieder an gutem Wasser."

„Du weißt, wo sich unsere Tochter versteckt?"

„Nicht genau. Ich müßte lange suchen, bis ich sie finde."

„Mit meiner Hilfe finden wir sie leichter."

Als die Sonne drei Handbreit über dem unsichtbaren Quellauf stand, saßen wir auf den Rücken der Tiere und hatten jede Spur des Lagers beseitigt. Ich schob die Hutkrempe ins Gesicht und galoppierte an. Bis Lachender Schatten wieder neben mir ritt, hatte ich mit Boog gesprochen und wußte, daß wir noch vor der Abenddämmerung die Höhle finden konnten.

Eine Stunde nach Mittag galoppierten wir über den breiten Streifen aus Sand und feinem Kies, der sich zwischen einem flachen Gewässer und einem undurchdringlich erscheinenden Wald aus Schilf und Ufergewächsen in einem Drittelkreis nach Norden erstreckte. Wir ritten auf den einzigen Hügel zu, der in diesem Teil Minnesotas zu sehen war. Die Sonde führte uns auf einem sicheren Weg durch die Landschaft aus Sumpf, festem Boden und kleinen Wäldern. Wir kamen gut voran, und Boog hatte bestätigt, daß Schwarzer Mond allein war, zur Zeit mit einem Kanu auf einem der zahllosen Wasserläufe.

Je weiter nördlich wir kamen, desto mehr ersetzten Nadelbäume die Laubwälder. Eine Stunde später hob Lachender Schatten, die einen Pfeilschuß vor mir ritt, den Arm.

Ich zog an den Zügeln und ließ den Schecken im Trab gehen, bis ich neben ihr war.

„Was siehst du?"

Sie deutete auf die Reste eines Floßes, das eine Flut zwischen Treibholz geschoben und halb auseinandergerissen hatte.

„Ich habe Schwarzer Mond beigebracht, wie man Rindenkanus und Lederkanus baut. Es waren andere da. Weiße?“

„Es ist einige Zeit her. Wir bleiben wachsam.“

Der Kiesstreifen brachte uns durch eine breite Gasse im Schilf wieder auf höher gelegenes, trockenes Land. Unter dunkelgrünen Tannen ritten wir genau nach Norden und stießen auf einen Pfad, dem wir folgten. Einige Felsen, die wie Anhäufungen riesiger runder Steine aussahen, waren von schwarzgefärbtem Wasser umspült. Myriaden Mücken tanzten in der Sonne. Noch vor mir spürte Lachender Schatten schwachen Rauchgeruch, und er wurde deutlicher, je weiter wir dem Pfad folgten und schließlich Hufspuren entdeckten.

„Glaube nicht, daß sie einen Sonnentanz anfängt, wenn sie dich sieht“, sagte ich. Sie schüttelte den Kopf.

„Auch ihrem Vater wird sie nicht die Finger küssen.“

An einigen Stellen sahen wir die Reste abgefällter Baumstämme, Rindenstücke und Schleifspuren. Der Pfad bog ab, wir mußten aus den Sätteln. Schließlich fanden wir die Höhle.

Sie war nach Südosten offen, mit einer Wand dicker Balken bis auf die schmale Tür abgeriegelt, am Ende einer drei Yards breiten, weit in den Fluß oder einen kleinen See hinausragenden Plattform. Felle waren an Reifen ausgespannt, Fleischstreifen trockneten an der Luft.

Hinter uns wieherte ein Pferd. Wir drehten uns schweigend herum; hinter den Stämmen entdeckten wir eine Lichtung. Mit wenigen Handgriffen hatten wir Packzeug und Sättel abgenommen und die Pferde zur Lichtung geführt. Schwarzer Mond ließ sich nicht sehen; auch das Kanu fehlte.

„Mich kennt sie“, sagte Lachender Schatten mit

deutlicher Bitterkeit. „Ich mache das Feuer. Du solltest warten, Atlan."

Ich wartete, nachdem ich die Ausrüstung ordentlich zur Seite geräumt und die Satteldecken gewaschen und zum Trocknen aufgehängt hatte. Schließlich zog ich die halbleere Flasche hervor, setzte mich am Ende des Steges auf die sorgfältig geglätteten dicken Bretter und baumelte mit den Beinen, drei Handbreit über dem Wasserspiegel.

Das Leben war eine Kette seltsamer Treffen und Abschiede, sagte ich mir. Mit einigen Mädchen und Frauen des Planeten hatte ich Erfahrungen gesammelt. Aber wie ich eine rund fünfzehn Jahre alte Tochter, deren Selbstsicherheit und Eigensinn sie von ihrer Mutter geerbt hatte, richtig behandeln sollte, wußte ich nicht.

Eine Stunde wartete ich, sah den springenden Fischen zu, den tauchenden Enten und Gänsen und den jagenden Fischadlern. Wenn nicht gerade Blizzards über den See heulten, war es ein ebenso idyllisches Flecken wie viele andere einsame Seeufer. Schließlich hörte ich Paddelschläge, und ein langes Kanu bog um die Stämme gestürzter Bäume, die aus dem Wasser ragten.

Einen Augenblick lang stockte Schwarzer Mond, dann trieb sie das Boot näher. Sie trug nur ein Lederhemd, einen Hüftschurz und ein Halsband. Ich blieb sitzen und blickte ihr schweigend entgegen. Sie hatte auch die Schönheit ihrer Mutter geerbt und einen silberweißen Streifen im Haar, der über dem rechten Auge begann und bis in den Nacken reichte.

Sie brachte das Kanu zum Ende des Stegs; ich hakte meinen Stiefel ein und hielt es fest.

Ohne ein Wort zu sagen, verstaute sie die Paddel, nahm das Medaillon vom Hals und klappte es auf. Sie blickte mehrmals zwischen mir und dem dreidimensionalen Bild hin und her und erhob sich auf die Knie. Ihre Stimme war hell vor Aufregung.

„Du bist Tausend-Leben-Krieger. Mein Vater?"

„So ist es, Tochter. Komme ich zu spät?"

Sie stellte einen Korb Wasserbeeren, einen Sack Tannenzapfen und drei armlange Fische in einem Weidenkorb auf den Steg, schwang sich hinauf und zog das Boot an einer geflochtenen Lederschnur zwischen die Pfähle. Ich stand langsam auf.

„Ich habe von diesem Tag oft geträumt", sagte sie in der Sprache ihrer Mutter, dann wechselte sie ins Englische. „Jetzt weiß ich nicht, was ich sagen soll. Warum kommst du erst heute?"

Ich erklärte es ihr knapp. Sie blieb vor mir stehen, betrachtete jede Winzigkeit an mir, dann breitete sie die Arme aus und warf sich mir an den Hals. Ich sagte leise in ihr Ohr:

„Deine Mutter ist mit mir geritten. Ich denke, ihre Laune hat sich gebessert. Du wirst ruhig mit ihr reden. Euer weißhaariger Farmer hat mir alles erzählt. Wenn es Streit gibt, gehe ich."

Sie forschte mit hellbraunen Augen in meinem Gesicht. Dann zuckte sie mit den Schultern.

„Ich werde zuhören. Aber ich will mich nicht zwingen lassen."

„Vorläufig sollst du nicht einmal den Fisch ausnehmen und braten müssen." Ich lachte erleichtert. „Es ist genug Zeit. Deine Mutter hat ihre Enttäuschung schon an mir ausgelassen."

Wahrscheinlich liebten sie sich wie die meisten Mütter und Töchter, aber da sie starrköpfig waren, bedeuteten vernünftige Wünsche der einen für die andere eine hassenswerte Zumutung. Ich war froh, daß sich hier nicht ein junger Indianer herumtrieb. Ich fragte:

„Das hast du selbst gebaut?"

„Ja. Der Mann im Haus gab mir Werkzeuge und Ratschläge. Ich weiß, daß er dein Freund ist. Deshalb kann ich dir nicht böse sein."

„Tröstlich, Tochter."

Ich legte ihr den Arm um die Schulter, sie hielt mich an der Hüfte umfaßt, und Lachender Schatten tauchte in der

Türöffnung auf. Zwischen den Bäumen ringelte sich dünner Rauch durch den Wald. Die Frauen begrüßten sich in seltsamer Feierlichkeit.

Nachdem zwei Fische sorgfältig gebraten und mit gutem Appetit gegessen worden waren, breitete sich eine seltsame Stimmung aus. Die Frauen hatten sich bisher mit der Zubereitung des Essens beschäftigt; jetzt saßen wir entspannt vor dem Höhlenausgang, und ich sagte mir, daß es mehr als bemerkenswert war, was dieses fünfzehnjährige Mädchen hier an Fleiß, Anstrengung und den Fähigkeiten erstklassiger Handwerker gezeigt hatte. Ich brach das Schweigen, ehe es bedrückend wurde.

„Tochter. Wir haben lange gesprochen." Ich zeigte auf Lachender Schatten. „Ich weiß, daß du ein anderes Leben führen willst, als deine Mutter es sich vorstellte. Wenn du, jetzt gleich oder in einigen Monaten oder einem Jahr, andere Länder dieser Welt sehen willst, dann höre gut zu."

„Dein Vater spricht wahr", sagte Lachender Schatten. „Es wird ein schwerer Entschluß, Tochter."

„Ich werde hart kämpfen müssen. Der Kampf findet an vielen Stellen statt; weite Reisen führen an seltsame Orte. Die jungen Männer, die du treffen wirst, werden dein Herz nicht erwärmen. Überdies ist es besser, wenn du dich nicht am Anfang deines Lebens fest bindest."

Schwarzer Mond starrte Lachender Schatten an. Ihre Mutter hob beide Hände und machte eindeutige Gesten.

„Vergiß unseren Streit. Denke nicht mehr daran. Ich wollte nicht, daß du einen Mann hassen mußt, weil er deine Träume zerstört, oder weil du nicht begreifst, daß viele Träume und Gedanken nie wahr werden können."

Die Blicke der Tochter gingen zwischen uns hin und her. Sie war verwirrt, und sie traute uns nicht ganz.

„Du würdest vieles sehen, würdest Dinge sehen, die für dich wunderbar sind, andere Menschen, Schwierigkeiten erleben und in menschenleeren Gegenden, so wie hier, einsam bleiben müssen, inmitten seltsamer Totems, die sich bewegen, als wären sie Menschen. Und du wirst, nach einiger Zeit, nicht mehr so denken und sein wie heute. Frage deine Mutter, sie hat es auf dieselbe Weise erlebt."

Ich holte tief Luft und sprach, als ich ihre Unschlüssigkeit bemerkte, eindringlicher weiter.

„Du brauchst dich nicht schnell zu entscheiden. Es wird genügen, wenn du zum alten Farmer gehst und ihm sagst: ‚Ich will zu Atlan.' Er hilft dir. Eine Stunde später bist du dort, wo ich bin – wo immer in dieser Welt es sein wird. Laß dir Zeit, denke darüber nach, sprich mit Lachender Schatten. Sie hat fast alles, wovon ich sprach, selbst erlebt."

Lachender Schatten zog ihre Tochter an sich. Das Mädchen verlor plötzlich jede Starrheit und sank schwer an die Brust der Mutter. Ich stand auf und ging langsam ans nachtdunkle Ende des Steges, hob die Flasche auf und nahm einen langen Schluck.

Es dauerte weniger als eine Stunde, bis sich die Indianerinnen auf weichen Mokassinsohlen näherten. Im Mondlicht erkannte ich, daß sie offensichtlich alle Streitigkeiten vergessen hatten.

„Ich denke, Atlan, daß wir eine Zeitlang zusammenbleiben werden", sagte Lachender Schatten und legte ihre Arme wieder um die Schultern des Mädchens.

„Das ist, was ich wollte. Es ist gut", sagte ich. „Darf ich ein paar Tage bei euch bleiben?"

„Wie lange bleibst du, Vater?" flüsterte Schwarzer Mond.

„Bis man mich ruft, und das wird bald sein. Vielleicht einen halben Mond, Tochter."

„Es wird ein schöner Sommer", versicherte sie eifrig. „Wir werden viel lachen."

„Hoffentlich."

Ich senkte den Kopf. Mutter und Tochter schienen glücklich zu sein. Später wickelte ich meine Hängematte aus, schleppte einen Teil der Ausrüstung in die große, trockene Höhle und schlief bis in den späten Vormittag. Schwarzer Mond und ich erkundeten im Kanu die

Wasserflächen, ich übte wieder den richtigen Gebrauch von Pfeilen und Bogen, erzählte ihr von dem, was sie als aufregendes Leben empfand, und die heiteren, unbeschwerten Sommertage dauerten bis Mitternacht des ersten September. Boog rief mich; Rico brauchte mich dringend. Ich nahm nur das Nötigste mit, besprach kurz die wenigen dringenden Fragen der Indianerinnen und bat sie, die Pferde zurückzubringen, vor Wintereinbruch. Ich schleppte den Sattel und die wenigen, meist hochtechnischen Ausrüstungsgegenstände ins Freie und raste zurück ins Farmhaus, versteckt hinter Schutzfeld und Deflektorschirm. Drei Stunden später befand ich mich vor dem Transmitter von Yodoyas Südseeinsel. Rancor empfing mich mit der Mitteilung:

„Das erste Planetenbeben, das auf den Ausbruch hinweist, fing gestern an. Man spürte es bis nach Nord-Australien."

„Ist unser Haus dort bedroht?"

„Nein. Es ist hundert Kilometer westlich der Rakata-Insel."

„Hast du Nonfarmale gesehen?"

„Nein. Alles ist bereit."

Ich rannte ins Haus und umarmte Amoustrella. Dann schleppten wir die wenigen Ausrüstungsgegenstände aus dem Haus, passierten nacheinander den Transmitter und standen plötzlich auf der Terrasse unseres neuen Verstecks.

Wir hatten, von Yodoyas Insel kommend, die unsichtbare Linie einer errechenbaren Datumsgrenze überschritten. Das schwere Beben des ersten September 1880 hatte in der Umgebung des Hauses nur ein paar morsche Baumriesen umgestürzt. Rancor, noch immer in der Maske eines hellbraunhäutigen Dieners unbestimmbarer Rasse, vollführte eine einladende Geste.

„Bevor ihr fragt: die oberste Schicht der Terrasse und die Grundplatte des Hauses sind durch Antigravelemente geschützt. Wird der Fels erschüttert, schwebt das Bauwerk zwei Meter in die Höhe."

„Ein Lob den altarkonidischen Notsilos", sagte ich und ging zusammen mit Amoustrella daran, die Räume wohnlicher einzurichten. Ich war zum erstenmal hier, schaute mich sehr genau um und bewunderte zunächst die Aussicht. Freier Blick von mehr als zweihundertachtzig Grad. Aus einem menschenleeren, wild wuchernden Urwald, der auf den Bergen wucherte, wuchs eine ebenfalls bewaldete Klippe mit steilen Hängen nach allen Seiten und nacktem, überhängenden Fels nach Süden. Auf dem obersten Punkt befand sich das Haus, mit grünen Gewächsen auf dem Flachdach und fast unkenntlich versteckt.

Vorräte, Getränke, sämtliche nötigen technischen Einrichtungen, eine redundante Energieversorgung, Hangars für beide Gleiter; die Subroboter hatten alles technisch perfekt hergestellt und montiert.

„Bisher hat sich der Bebenstoß nicht wiederholt", sagte Rancor. „Es sind zwei Nottransmitter installiert. Einer zum Leuchtturm, der andere in die Kuppel."

„Es ist ein Vergnügen, von dir beschützt zu sein, Teuerster", sagte Amou zu Rancor und zog mich in den Schatten.

Ich suchte den Himmel ab, ehe ich die Tür schloß. Weiße Wolken, Nachmittagssonne, vor uns und unter uns die endlose Fläche des Meeres, davor die Schwärme der Vögel. Ich konnte Nonfarmale nicht sehen.

„Er ist nicht in der Nähe", rief Rancor. „An keiner Stelle, an der ihn unsere Geräte aufspüren könnten."

In meinem Arbeitszimmer saßen wir dicht nebeneinander, und ich deutete mit einem Stift auf die schematische Darstellung, während ich aus der Gesamtprojektion die betreffenden Teile herausvergrößerte.

„Ein Bogen spannt sich, über Sumatra und Java, einige tausend Kilometer lang. Rancor will etwa vierhundert Vulkane entdeckt haben. Etwa ein gutes halbes Hundert davon zeigen, daß sie leben, Gase und Lava schleudern.

Das flüssige Erdinnere ist zäh und fest. Wenn Druck unter der Planetenkruste entsteht, baut er sich langsam auf und wird schlagartig frei. Erkennst du die Gefahr?"

Ich sah, wie sich die Härchen auf Amous Armen aufstellten.

„Die Welt reißt von hier bis hier auf, im schlimmsten Fall. Ein halber Weltuntergang, Liebster."

„Die Apokalypse." Ich schaltete auf eine andere Ansicht um. „In der Geschichte dieser Welt gab es, als sie weniger Menschen trug, gewaltige Verwüstungen, auch von solchen Vulkanen. Der Planet ist nicht untergegangen. Aber die Opfer waren Legion. Dazu kommen, in diesem Fall, Flutwellen, Gase, Aschewolken und Schlimmeres. Wir sind hier vielleicht vor dem Ausbruch sicher, aber wir werden kurz darauf fliehen müssen."

„Und dieses unterirdische Silo?"

„Ich kenne es noch nicht genau, aber wahrscheinlich ist es sehr gefährdet."

Rakata oder Krakatoa erschien auf dem Bildschirm. Die Spionsonde kreiste und zeigte Vergrößerungen besonders eindrucksvoller Teile einer etwa vierunddreißig Quadratkilometer großen Insel mit drei vulkanischen Kegeln. Einer entließ eine dünne, harmlos aussehende Rauchfahne.

Aus einem Lautsprecher kam Rancors Stimme. Er zitierte den Wortlaut seiner Analyse.

„. . . sechster südlicher Breitengrad. Woher das Wort stammt, weiß niemand. Die Eingeborenen wissen von früheren Ausbrüchen des Vulkangeistes Orang Al'jeh, einst hatten Piraten von dieser Insel die schönen Eingeborenenfrauen geraubt. Die holländischen Kolonialherren sagen: Der Vulkan ist erloschen. Wie zu sehen ist, suchen am Vulkan vorbei zahllose Schiffe ihren Weg durch die Sundastraße. Sie verbindet den Indischen Ozean und das Chinesische Meer . . ."

Ich murmelte: „Nahith Nonfarmale gegen Orang Al'jeh. Morgen kann der Vulkangeist freiwerden oder sehr viel später."

„Wir tun, was wir immer taten." Amou blieb seltsam ruhig. „Wir warten. Da wir nichts anderes unternehmen können als auf den Ausbruch zu warten, werden wir uns die Zeit so schön wie möglich gestalten."

Ich breitete die Arme aus.

„Was könnte ich darauf antworten, Amou?"

Sie setzte sich auf meinen Schoß, wühlte in meinem hellbraun gefärbtem Haar. „Wann küßt du mich endlich, Liebster?"

Ich kannte die schmiegsame, tödliche Kraft geschliffener Damaszenerklingen, die Degen aus den Werkstätten der Toledo-Schwertfeger und die heulenden Spitzen von Armbrustbolzen, die mir oft genug die Haut geritzt hatten. Ich hatte lautlose Pfeile aus Blasrohren abgewehrt, ich sah die Bogner mit den riesigen englischen Langbögen schießen und gebrauchte selbst diese Waffen. Gegen die Waffen Amoustrellas war ich wehrlos. Ich war sicher, keine andere Frau so geliebt zu haben.

In einer malvenfarbenen Abenddämmerung, während die Sonne im Strudel gewaltiger Wolkenfarbspiele hinter den Horizont sank, standen wir an der überwucherten Brüstung und betrachteten das Meer.

„Wenn es an der Zeit ist", sagte ich und streichelte Amous Hüfte, „werde ich dir eine unschöne, aber lange Geschichte erzählen."

„Eine deiner gefürchteten Schnurrpfeifereien?"

„Die Geschichte eines Kampfes, der mich fast tötete. Aus dem ich die Narben zurückbehalten habe, in denen du nachts mit deinen silbern lackierten Krallen gräbst."

„Ich werde schweigend zuhören, mein Meteoritensegler."

Aus: RICOS ANNALEN. Ungespeicherte Informationen. Endgültige Löschung erwogen.

Nachdem das Klippenhaus eingerichtet ist und sich sämtliche Einbauten zufriedenstellend bewährt haben, aber vor der Inspektion des Silos, während Amoustrella und mein Gebieter sich miteinander beschäftigen, finde ich Zeit, weitere handschriftliche Notizen abzufassen. Amir Darcy Boogs robotischer Körper wird andernorts gebraucht. Ich habe das Bauprogramm den automatischen Werkbänken der Kuppel eingespeist und werde in absehbarer Zeit über einen weiteren Robotkörper verfügen, in dessen Mechanismen der Grob- und Feinmotorik bereits die Boogschen Langzeiterfahrungen enthalten sind, also ein deutlicher Fortschritt gegenüber dem zweiten Exemplar unter meiner Aufsicht.

Im Zusammenhang mit der ständigen Überwachung der Überlebensanlage habe ich zwar keine Risse oder Schwachstellen entdecken können, aber eine offensichtliche Fehlfunktion der Primärenergiekontrolle. Eine optische Kontrolle ergab keinerlei Hinweise. Aber der registrierte Energieverbrauch ist niedriger als der Wert der erzeugten Energie. Wer verbraucht die Differenz, die an bestimmten Tagen beachtlich groß war. Wüßte ich es nicht besser – und meine Wahrnehmungssysteme sind zahlreicher und entlang eines weitaus breiteren Spektrums als die eines Menschen oder Arkoniden –, würde ich schreiben: Etwas oder jemand betreibt irgendwelche Maschinerien, Einrichtungen, Projektionen oder Schirmfelder.

(Gespeichert: Ich werde diesem Phänomen mit gebotener Dringlichkeit nachgehen. Dazu ist meine Anwesenheit erforderlich. Im Moment nicht durchführbar.)

Über folgende Themenkreise muß ich analytisch und dennoch phantasievoll Teilkonzepte entwickeln:
A. Boog und die Farm. Was geschieht mit beiden? Dient das Haus weiterhin zumindest für Lachender Schatten als Rückzugspunkt und Lebenerhaltungs-Sub-System?
B. Weltoffene Erziehung von Schwarzer Mond/Aieta Jagdara an verschiedenen Orten sicherstellen.
C. Der Frage nachgehen, aus welchem Grund späte

Nachfahren suizidfreudiger Samurai in ihrer Heimat die Erinnerungen der damaligen Kämpfe gegen Nonfarmale auffrischen.
D. Welche Änderungen oder Neuentwicklungen sind notwendig und mit welchem Einsatz von Material und Subrobots, wenn sich herausstellt, daß die gegenwärtige Jenseitswelt des Saurokrators raumfahrttechnische Ausrüstung größeren Ausmaßes benötigt?
E. Ich werde Atlan drängen, mit mir das Innere des Silos zu erkunden und den Grad der Gefährdung festzustellen. Da die Silos vor dem „Untergang" des Kleinkontinents angelegt worden sind, verfüge ich selbst (ebenso wie die Großpositronikspeicher) nur über unzureichende Informationen. Dies sollte schnellstmöglichst geändert werden.

In der Stille des Hauses, Mitternacht ist vorbei, und ich höre nur die Musik und die Unterhaltung von Amou und Atlan, beende ich diese Aufzeichnungen. Anschließend bereite ich den Besuch des Silos vor.

3.

Rancor und ich standen auf einer Plattform, nicht größer als ein Zimmer. Um uns erstreckte sich in drei Dimensionen eine Höhle, eine Schlucht, ein leerer Magen in den dunklen Eingeweiden des Planeten. Scheinwerfer, die vor etwa zehntausend Jahren das letztemal eingeschaltet worden waren, aktivierten sich im Sekundentakt.

„Wäre die Luft in dieser Höhle atembar?"

„Ich kann es nicht empfehlen", sagte Rancor über Funk. „Was du siehst, sind Sicherheitskonstruktionen."

Durch die Schwärze flutete an hundert Punkten grelles Licht. Wir befanden uns am Ende eines Ausläufers, der in einer Felswand verankert war, hoch über der schwarzen Kugel aus Arkonstahl mit einem Durchmesser von fünfundsiebzig Metern. Die Kugel hing oder schwebte in einem System aus Stahlrohren, das aus unzähligen Pyramiden zusammengesetzt war und an vielen Knotenpunkten große, federnde Elemente aufwies. Ich begriff:

Bewegte sich die Planetenkruste, verkleinerte oder vergrößerte sich der schluchtartige Spalt, wurden die Wände aufeinander zugeschoben oder näherten sich Decke und Boden einander oder gab es Bewegungen in allen Ebenen, so würden zuerst die Trägerelemente gestaucht, nicht aber die Kugelwände zerstört.

„Die alten arkonidischen Pioniere“, sagte ich fast überwältigt. „Sie scheuten weder Kosten noch Arbeitszeit.“

„Besonders den Einsatz von Robots scheuten sie nicht“, sagte Rancor selbstgefällig. „Die Meßstation darin hat uns die deutlichsten Aufzeichnungen über das schwere Beben vom ersten September geliefert.“

„Hat sie etwa auch herausgefunden, ob Nonfarmale mit den Beben oder den Vulkanausbrüchen etwas zu tun hat?“

Wir gingen nebeneinander auf die weit geöffnete Schleuse zu. Rancor hatte unseren Besuch dazu genutzt, sämtliche Versorgungsaggregate der Station zu aktivieren. Die verbrauchte Luft im Innern der Stahlkugel wurde gegen frische Oberflächenluft ausgetauscht. Die Silos, gefüllt mit Vorräten jeder erdenklichen Art, die zum Überleben einiger zehntausend arkonidischer Flottenangehöriger und zum Aufbau einer hermetischen Kultur dienen sollten, waren von mir bisher kaum genutzt worden.

„Nein. Ich habe auszurechnen versucht, welchen technischen Aufwand Nonfarmale, oder ein anderer Feind des Planeten, zum Auslösen solcher Katastrophen benötigt. Es ergeben sich Größenordnungen wie von Arkonbomben.“

„Die, wenn es um Vernichtung ginge, an der Planetenoberfläche schneller und einfacher Schaden anrichten würden.“

„Das ergibt auch die Analyse“, meinte der Robot. „Trotzdem beobachte ich mit allen Systemen weiter.“

Winzige Reinigungsmaschinen hatten die Schleuse geputzt. Das Trägergerüst war dick mit dem Staub von Jahrtausenden bedeckt. Hinter uns schwang die schwere Tür zu, das innere Schleusenportal glitt auf.

„Das heißt nichts anderes, als daß wir nicht wissen, wann dieser verdammte Vulkan wirklich ausbricht?“

„Bisheriger Stand der Erkenntnis: Einige Tage vor dem Ausbruch können wir das Ereignis anmessen. Mit etwa fünfundsiebzigprozentiger Sicherheit.“

Die Kugel war in viele Decks eingeteilt. Von Pol zu Pol führten ein kleinerer und ein größerer Aufzug, die durch eine einfache Mechanik bewegt wurden. Wir betraten die kleinere Anlage, ein Bildschirm flimmerte, und langsam liefen die Listen des Inventars darauf ab. Ich hatte nicht die geringste Lust, alles von Abbauaggregaten bis Zymasefermenten zu lesen, und fragte:

„Du hast das Inhaltsverzeichnis sicher schon auswendig gelernt.“

„Selbstverständlich.“

Die Plattform, von mannshohen Geländern umgeben, hob sich von der Eingangsebene nach der obersten Plattform.

„Gibt es in diesem Silo Material, das wir dringend brauchen? Ohne das die weitere Existenz des unterseeischen Verstecks nicht gesichert wäre?“

„Transmitter, Gold, Edelmetalle, Grundstoffe für eine breite Auswahl von künstlichen Werkstücken. Verschiedene Kabel.“

„Weise den Zentralrobot dieser Station an, die wichtigen Ausrüstungsteile in die Lagerräume der Kuppel zu transportieren. Du hast gesagt, daß wir mit der teilweisen Zerstörung des Silos rechnen müssen.“

„Wenn der Krakatoa ausbricht.“

Rancor korrespondierte bereits mit der Positronik. Auf dem Bildschirm erschienen die Ausdrücke unterschiedlicher Spezifikationen, und ständig blinkte: „Befehle werden ausgeführt, sobald Gegentransmitter arbeitet."

„Gibt es eine möglichst genaue Schätzung, wann der Berg Lava zu schleudern anfängt?"

„Keine genaue Analyse möglich. Vermutlich vergehen einige Monate."

„Und vermutlich haben wir Nonfarmale zu Unrecht verdächtigt?"

„Kaum. Denn er war bei drei Ausbrüchen in unmittelbarer Nähe. Einmal entdeckte ihn eine Sonde, zweimal konnte ich eine Strukturöffnung anmessen."

Wir fuhren mehrmals aufwärts und abwärts und gingen durch jedes Deck. Jede Plattform war vom Boden bis zur Decke mit Behältern oder Materialstapeln angefüllt. Überall tauchten Kodeziffern auf. Selbst die Decks konnten auf einfache Weise demontiert und an anderer Stelle als Bauteile verwendet werden. Schon jetzt schwebten und rollten Maschinen hin und her und sortierten nach Rancors Anordnungen die gewünschten Artikel.

„Deine Positronik denkt auch daran, daß wir vielleicht Teile für ein Raumschiffchen brauchen?"

„Außer Stählen und Metallen und Bearbeitungsmaschinen, über die wir aber auch verfügen, sind keine einschlägigen Bauteile eingelagert."

Der Silo war unangetastet. Beim ersten Beben waren einige Ausläufer des Trägergerüstes leicht geknickt worden. Wir inspizierten jeden Raum und suchten nach Auffälligkeiten; wir konnten nichts feststellen. Der Zustand war geradezu langweilig vorbildlich.

„Hält uns etwas davon ab, den Silo zu verlassen?" fragte ich. Rancor nickte. Wir hatten mittlerweile die Helme abgenommen, denn die Luft war ausgetauscht. Rancor deutete in die Richtung des Transmitterraums.

„Ich werde eine Anlage zur Beförderung von Massengütern aktivieren", sagte er, „ehe ich kurz zur Kuppel springe. Dann können wir den Silo verlassen."

Dieses riesige Loch, der schwarze Hohlraum in der

Planetenkruste, befand sich keine fünfzehn Kilometer südwestlich der Vulkaninsel, zweieinhalbtausend Meter tief im Gebirge versteckt. Ich sah auf einer Anzeigekonsole, wie sich an mehreren Punkten des Ansaugsystems die Klappen schlossen.

„Ich lasse dich allein hier hantieren", sagte ich und ging auf die Schleuse zu. „Ich bin bei Amoustrella."

„Einverstanden."

Ich ging durch den Transmitter, der vor der Schleuse aufgestellt worden war und fand mich auf der Terrasse des Klippenhorsts wieder. Amou half mir aus dem Schutzanzug, und ich verstaute den ungefügen Anzug in einem Wandfach.

„Nun." Ich hob die Schultern. „Die Lage ist wenig aufregend. Wir warten: auf Nonfarmale, auf einen Vulkanausbruch, auf irgend etwas. Wie lange, weiß ich nicht. Aber wir können an verschiedenen Orten warten und, wieder einmal, Denkanstöße unters Volk streuen."

Während wir die Monitoren betrachteten, überlegten wir und wägten Vorteile und Mißlichkeiten der möglichen Ziele gegeneinander ab. Yodoyas Insel, das Raumschiff, die Kuppel oder Carundel Mill, Boogs Farmhaus oder der Lechturm. Herbst in Mitteleuropa? In Englands Süden? Sonne und Seewasser hatten wir in diesen Breiten zum Überfluß. Wir bereiteten einen abendlichen Imbiß, füllten die Weingläser und schalteten das Musikwiedergabegerät ein.

„Immer wieder Nonfarmale." Ich blinzelte über den Rand des Glases Amou zu. „Eigentlich hätte ich uns ein Jahrhundert lang oder länger schlafen lassen. Oder ich erwog, mit dir den Flug in meine Heimat zu riskieren. Jetzt warte ich wieder auf den Herrn der Flugechsen."

„Und er wird sich früher zeigen, als es dir lieb ist."

„Auch diese Möglichkeit habe ich in Betracht gezogen."

Auch den Umstand, daß Schwarzer Mond plötzlich auftaucht und die Nähe ihres Vaters sucht? fragte der Logiksektor.

Mitten in der Nacht blinkte das Kontrollicht des Armbands. Ich schaltete schon nach dem dritten Summton ab, aber Amou wurde wach. Sie schaltete die Lampe mit dem großen Schirm aus javanischer Batik ein, wirbelte ihr Haar über die Schultern und sagte:

„Das ist Rancor. Aus der Kuppel."

Ich rannte in den Arbeitsraum. Zwei Schirme zeigten deutliche Bilder, ein dritter wurde gerade fernaktiviert. Ich sah auf dem ersten Monitor die Bilder eines der vielen Vulkane des Planeten. Rico hatte den Vesuv beobachtet, jenen Berg, unter dessen Auswurf Herculaneum und Pompeji vor achtzehn Jahrhunderten begraben worden waren. Die Sonde kreiste um den Kegelstumpf, verkleinerte und vergrößerte Totalansichten und Ausschnitte und auch einen dünnen Rauchschleier, der sich mit der Wolke auf der Leeseite des Berges mischte.

„Rancor. Ich sitze vor den Monitoren", sagte ich in die Richtung des Mikrophons. „Dein Kommentar?"

„Es gibt nicht viel zu berichten."

Lange Schatten fielen nach Osten. Am Südende Italiens strahlte die Abendsonne über dem Vesuv ein Objekt an, das ich nur als Raumschiff identifizieren konnte. Ebenso langsam wie die Spionsonde kreiste die flachgedrückte Kugel, ein kantenloses Ellipsoid in der Seitenansicht, in etwa dreitausend Metern Höhe um den Berg. Die Sonde wich zurück, näherte sich der Wolke und richtete das Objektiv unverändert auf Nonfarmales Fluggerät. Während ich den stumpfgrauen Diskus anstarrte und hinter halbdurchsichtigen gläsernen Flächen den Psychovampir zu erkennen glaubte, begriff ich langsam, welche Bedeutung dieses Bild hatte.

Nonfarmale ritt nicht mehr länger auf Fabelwesen. Er erschien jetzt als Raumfahrer.

Es gab kein Anzeichen dafür, daß *Il Vesuvio* ausbrechen würde. Die Rauchwolke war eher dünner geworden. Auch richtete das Raumschiff keinerlei sichtbare Antennen oder Strahler auf den schwarzen Schlund des Vesuvs, den jetzt die Dunkelheit ausfüllte. Die Schattenlinie kroch am östlichen Innenrand des Kraters in die Höhe. Weit vom Kraterrand entfernt beendete Nonfarmale jetzt die erste Hälfte einer Umkreisung.

„Du siehst ein Raumschiff, Atlan. Andere Sonden sind unterwegs. Ich habe wieder eine Strukturöffnung festgestellt und versuche, einzudringen."

„Verstanden, Rancor. Ich warte."

Amou glitt in den Raum und setzte sich auf die Lehne des Sessels. Sie gab mir einen Becher Kokosmilch mit Fruchtbrand. Schweigend starrten wir auf die Bilder. Über dem Golf von Neapel senkte sich die Sonne als rote Scheibe dem Horizont entgegen. Das Raumschiff war durch die Wolke hindurchgerast und tauchte in der Nähe der Sonde wieder auf, fegte lautlos vorbei, und auch die stärkste Vergrößerung konnte keine Unterbrechung des Sphäroids zeigen. Falls einer der Bewohner unter den Hängen des Vesuvs oder ein Arbeiter in einem der vielen Weinberge den Kopf hob, würde er nicht viel mehr als einen Punkt sehen, der im Sonnenlicht rötlich glühte.

„Wie lange dauert es noch, bis deine Sonden an Ort und Stelle sind? Wo ist die Öffnung in die Anderwelt?" fragte ich ungeduldig.

„Südlich des Landes, über dem Meer. Sechsundvierzig Minuten."

Nach einiger Zeit sagte Amou unschlüssig:

„Nonfarmale wirkt auf mich, als wolle er die Möglichkeiten oder die Wahrscheinlichkeit abschätzen, den Berg Feuer speien zu lassen und glühende Asche."

„Ich denke dasselbe."

Das Raumschiff kreiste langsamer und schneller, in größerer Höhe und auf niedrigerem Kurs. Einmal überflog es den riesigen, trichterförmigen Schlund mit den vielfarbigen Geröllflächen und den Nebenkratern. Schließlich verharrte es über dem Mittelpunkt des Vulkaninnern und sank tiefer, verschwand im Schatten.

Ich stieß ein wütendes Knurren aus.

„Du hattest recht, Amou. Er ist früher aufgetaucht, als

wir erwarteten. Jetzt kennen wir auch die nächste Station unseres planetaren Urlaubs."

Sie nickte und flüsterte:

„Das Inselchen des Samurai."

Die Bilder wiederholten sich noch knapp zehn Minuten lang, dann versank die Sonne im Meer. Einige Zeit leuchtete noch der Punkt auf, der sich wieder aus dem Innern des Vesuvs herausgeschoben hatte und über dem Zentrum schwebte, vor der Kulisse der Wolke, die ebenfalls im nächtlichen Dunkel versank. Ohne jede sichtbare Energieemission drehte das Raumschiff weiterhin seine Kreise, und etwa eine halbe Stunde danach schwebte es langsam nach Süden.

Dann verlor es auch die Sonde aus ihren Linsen. Als die Geräte auf andere Ausschnitte des Spektrums umschalteten, sahen wir auch nur einen Punkt, der einige Sterne auf seinem Weg zum Weltentor verdeckte.

„Zwei Sonden haben den Passagepunkt erreicht", meldete Rancor. „Vielleicht erhalten wir einen Einblick in Nonfarmales neuen Kosmos."

„Es würde uns vieles erleichtern", sagte ich.

Der *Vesuvius* war, nachdem das Wolkenschiff, die Vorgängerin der LARSAF, ihren ersten planetengebundenen Flug unbeschadet durchgestanden hatte, nach mehr als zwei Jahrhunderten der Ruhe im neunundsiebzigsten Jahr nach der Zeitenwende ausgebrochen; sechzehn Jahre zuvor hatten schwere Beben einen Ausbruch signalisiert. Aber dieser zeitliche Abstand ordnete sich keiner ermittelbarer Regel unter. Atemlos warteten wir auf die nächsten Bilder.

Rancor und ich hatten alle Erfahrungen für das neue Programm der Sonden verwendet. Wir hofften, daß die Technik dieses Mal nicht versagte. Aber die Jenseitswelten hatten ihre eigenen energetischen Gesetzmäßigkeiten.

Nacheinander schwirrten die Sonden heran. Die erste heftete sich ins Wirbelfeld der Luft hinter Nonfarmales Raumschiff. Dahinter formierte sich eine Kette unsichtbarer, kleiner Kugelkörper. Als das Schiff, anscheinend größer als die LARSAF DREI-ZWEI, eine Kurve nach Backbord und aufwärts flog, zog sich die Kette auseinander, blieb aber unverändert hinter dem Raumschiff. Die Überwachungssonde hing schräg über der Perlenschnur kaum sichtbarer Objekte und richtete ihre gesamten Linsensätze und Spezialoptiken auf das Tor zur anderen Welt.

Fast unsichtbar und dünn, silbern und leicht flirrend, erschien zwischen den Sternen ein riesiger Ring. Dahinter erkannten wir ebenfalls Sterne, durch ein senkrechtes Band kristallener Helligkeit geteilt. Der Arm einer anderen Galaxis, heller als die „Milchstraße" über unserer Welt.

„Diesmal sind's Sterne, die diesen Namen verdienen", sagte ich und erinnerte mich an die verschwommenen Lichtflecke und die rasend schnelle Sonne über Nonfarmales letztem Schlupfwinkel. Er schien sich niemals zweimal auf einer seiner Jenseitswelten zu verstecken.

Das Raumschiff erhöhte die Geschwindigkeit und jagte plötzlich auf das Zentrum des Ringes zu. Eine Kugel nach der anderen folgte, und als sie die Trennlinie hinter sich gelassen hatte, verwendeten sie jeweils die nachfolgende Sonde als Kurzzeitspeicher und Relaisstation. Schubweise erhielt vom letzten der fünfzehn Projektile die Kontrollsonde ihre Informationen.

„Der Informationsfluß bleibt konstant", meldete Rancor hastig. „Ich empfange die ersten brauchbaren Bilder."

Der letzte glimmende Punkt verschwand vom Bildschirm. Nur der Kreisring blieb und flimmerte. Fast qualvoll langsam vergingen Minuten; wir warteten voller Ungeduld. Dann endlich sprang uns vom größten Bildschirm das Viertelrund eines Planeten an, darüber erschienen die Sterne und ein kleiner, dann ein großer Mond. Das Raumschiff beschrieb eine weite Landeparabel und verschwand vom Bild.

„Das alles sieht so aus, als handle es sich um eine normale Welt", sagte ich und griff nach Amous Hand.

Die Bildschirme empfingen die gestochen scharfen Abbildungen einer Planetenhemisphäre und mehr als die Hälfte des Sternenhimmels. Als sich die ersten Sonden tiefer in die andere Bezugswelt hineinwagten, wurden die Informationen spärlicher. Eine Optik nach der anderen fiel aus. Aber lange Sequenzen wurden gespeichert und konnten wiederholt und angehalten werden. Der kleinere und der andere Mond, viele Vergrößerungen, ein Teil der Bahn des Schiffes und darunter, in großen Öffnungen der Wolkendecke, die Konturen von Wasserflächen, Inseln und Kontinentalteilen.

„Unser Freund in der Kuppel bekommt auch Bilder und Informationen, die wir auf die gewohnte Weise sehen können", erklärte ich. „Später betrachten wir alles in größerer Ruhe."

Noch ein Rundblick über die fremdartigen Sternkonstellationen. Ein Mond war gelblich, der andere strahlte einen schwachen blauen Schimmer aus. Dann riß die Verfolgung des Schiffes im Landeanflug ab, und schließlich empfingen wir nur noch Bilder von der mächtigen Krümmung der anderen Welt. Der Bildschirm flackerte, dann wechselte fast unmerklich das Bild und zeigte nur noch unsere Sterne, die Sterne und den narbigen Mond der Erde.

Rancors Stimme klang zufrieden.

„Ich werde etwa einen Tag lang brauchen, um alles auszuwerten, Atlan. In vierundzwanzig Stunden – wo? Auf dem Klippenhorst oder auf Yodoyas Eiland?"

„Hierher", sagte ich. „Es hat keinen Sinn, das Raumschiff sofort klarzumachen und nach Nonfarmale zu jagen."

„Das wäre auch sinnlos", erwiderte Rancor eine Minute später. „Soeben hat sich der Strukturriß zur Jenseitswelt geschlossen."

„Dieser verdammte Bastard!"

Es war nicht auszurechnen, wann Nonfarmale sich wieder zeigte; ich konnte keinen Plan entwickeln, ihn zu bekämpfen.

„Welch ein Irrsinn“, sagte ich. „Hältst du es mit mir noch ein paar Tage oder Jahre hier oben aus, Liebste?“

Ihr weicher Tonfall beruhigte mich.

„Selbstverständlich. Vielleicht können wir einige Ausflüge in die Umgebung machen.“

Ich nickte. Vor den Fenstern färbte sich der Horizont grau und rosafarben. Die Sterne waren verblaßt, und nur der Mond hing über der Klippe und den schwarzen Kronen riesiger, feuchter Bäume.

Sechsunddreißig Stunden später: Die wertvollen Ausrüstungsstücke und Rohstoffe waren aus dem Silo ausgelagert und in den unteren Ebenen der Überlebenskuppel, im zylindrischen Teil, verstaut worden. Mein Vorhaben, den langen Flug nach Arkon zu wagen, hatte ich vorläufig vergessen müssen. Ich brauchte die LARSAF wahrscheinlich dringend, um Nonfarmales Heimat anzufliegen.

Rancor Arkolutz brachte sämtliche Analysen und Bilder mit, und wir arbeiteten bis tief in die Nacht daran, einige Charakteristika des namenlosen Planeten zu entwickeln, auf den Nahith zurückgeflogen war.

Wieder eine Welt mit atembarer Lufthülle und einer Oberflächenstruktur, die einem Larsaf-III-ähnlichen Planeten entsprach. Die Bestandteile ließen auch eine ähnliche Flora und möglicherweise auch Fauna erwarten.

Die meiste Arbeit hatten wir mit den Versuchen, Unterschiede oder Gemeinsamkeiten der beiden Sternhimmel festzustellen.

Die Positroniken der Kuppel hatten die Sternkarten mit abenteuerlichem Arbeitsaufwand in gleiche Größe gebracht und dann miteinander verglichen. Rancor und ich versuchten etwas anderes. Wir gingen sozusagen gefühlsmäßig vor und versuchten, auf jeweils der anderen Karte markante oder altgewohnte Bilder und Konstellationen wiederzuentdecken. Nach ein paar Stunden rieb ich mir die Augen und sagte:

„Ich geb's auf. Es ist ein anderes All. Offensichtlich

weit entfernt, eine andere Galaxis, oder unsere Milchstraße aus einem völlig anderen Blickpunkt.“

„Und doch so nahe, daß ein distanzloser Schritt genügt“, antwortete Rancor. „Mit den befürchteten Einschränkungen und dem Verlust aller kleiner Sonden hat unser Verfahren Erfolg gehabt.“

„Wenigstens ein Lichtblick. Leider hat er uns nicht wissen lassen, wann er wieder seinen Weideplaneten zu besuchen gedenkt.«

„Es ist denkbar, daß diese Welt seine wirkliche Heimat ist, auf der ein Volk von Psychovampiren und Seelensaugern lebt.“

„Denkbar, aber unwahrscheinlich“, sagte ich auf Rancors Hinweis. „Sonst wäre vielleicht sein Freund in einem zweiten Raumschiff mitgekommen.“

„Wissen wir, ob er in diesem Schiff allein war?“

„Nein.“ Ich fühlte mich wieder unbehaglich. „Kannst du diese Strukturöffnung wieder entstehen lassen?“

Auch darauf hatte Rancor eine Antwort, die mir keineswegs gefiel.

„Nein. Die Positronik arbeitet noch immer an dem Versuch, die Werte zu entziffern. Es ist ungleich komplizierter als die bisher beobachteten Strukturlöcher. Auch wurde sehr viel mehr Energie aufgewendet. Auf dem Planeten steht wahrscheinlich eine riesige Anlage.“

„Das habe ich befürchtet. Ein Vampir-Raumfahrer. Welche Schrecklichkeiten verbirgt das Universum eigentlich noch?“

„Darüber finden sich keine Informationen in den Speichern.“ Der Robot wich aus.

„Ein Planet, auf dem Nonfarmale wohnt?“ Amoustrella hatte jede Aufnahme und jede Erklärung ebenso konzentriert und nachdenklich aufgenommen. „Dies würde wohl bedeuten, daß er auch länger dort wohnt als sonst? Bisher hat Atlan ihn stets aus seinem Schlupfwinkel vertrieben.“

„Wir wissen natürlich so gut wie nichts über Nonfarmale. Bisher war es auch einigermaßen einfach, seinen

Schlupfwinkel zu finden. Ich versuche mir gerade vorzustellen, was geschähe, wenn ich mit der LARSAF hinfliege und das Schiff im Kampf mit ihm *dort* zerstört wird."

Ich nickte den beiden zu und deutete auf die Bilder.

„Denke nicht dran", empfahl Rancor. „Erstens hast du dir geschworen, niemals wieder im Bereich des Seelensaugers zu kämpfen. Und darüber hinaus werden wir mit aller Wahrscheinlichkeit den Kode für die Strukturöffnung nicht aufbrechen können."

„Damit habe ich mich noch nicht abgefunden", sagte ich. „Deswegen werden wir, auch wenn ein Kampf in der Lufthülle der Erde stattfindet, die LARSAF mit sämtlichen Waffen ausrüsten, die wir in unseren Arsenalen haben."

„Verstanden. Wie schon oft besprochen: es gibt nur dann die wirklich große Chance, Nonfarmale zu beseitigen, wenn du ihn mit deinen Waffen auf einem Territorium bekämpfst, das du besser kennst als er."

„Auf unserer Welt." Amou drückte meine Hand. Ich lehnte mich zurück und versuchte, meine Gedanken zu ordnen.

„Werden wir ein Instrumentarium entwickeln können, das unwiderruflich die Strukturöffnung schließt oder vernichtet? Und zwar in dem Moment, den wir bestimmen?"

Rancor schien mit der Großpositronik zu verhandeln. Nach einigen Minuten antwortete er zögernd:

„Wenn es gelingt, alte und neue Informationen und Schaltpläne zu koordinieren, wenn wir alle Messungen der letzten Stunden analysieren und umsetzen – vielleicht. Die Wahrscheinlichkeit ist nicht sehr groß."

„Und rohe Gewalt? Energieausbrüche?"

„Ich kann darauf keine Antwort geben, die berechtigte Hoffnung enthält oder dich zufriedenstellt, Erhabener."

Wenn er die uralte Anrede gebrauchte, meinte er es wirklich bitter ernst. Ich schaltete die Wiedergabe der Nonfarmale-Bildfolgen ab, und die Bildschirme zeigten wieder, was die Spionsonden an verschiedenen Stellen dieser Welt auffingen.

„Wenn ich drei Tage lang in Ruhe nachgedacht haben werde", sagte ich voller Skepsis, „finde ich vielleicht eine Möglichkeit, einen denkbaren Weg oder wenigstens so etwas Kühnes wie eine zufriedenstellende Theorie."

Amoustrella schob die dunklen Vorhänge zur Seite und öffnete die Tür zur Terrasse.

„Alles, was wir erfahren haben, läßt mindestens einen Schluß zu: Wir haben für jedes Denkmodell genug Zeit. Selbst für ein Bad in der Brandung, am Fuß der Klippen."

4.

Natürlich kannte ich Karachedon, Qart Hadasht oder Karthage besser als Gustave Flaubert. Während Amoustrella aus *Salammbô* vorlas, verglich ich Erinnerungen mit dichterischer Freiheit und dem bestechenden Stil des toten Franzosen. Papageien krächzten in den Bäumen ringsum, oder wie sich diese Vögel hier nannten.

„Eine fast zwanzig Meter hohe Welle, die Japaner nennen sie Tsunami, breitete sich vor dreizehn Jahren mit einer Geschwindigkeit von dreißigtausend Kilometern in der Stunde aus. Die Karibik wurde verwüstet", sagte Rancor vom Bildschirm. Ruhig las Amou weiter; sie sagte, sie wollte ihr Französisch schulen.

Ein Geschäftsmann namens William Cody bereiste mit einer großen Truppe amerikanischer Reiter, Scharfschützen und Indianer die Länder Europas und triumphierte mit seiner Schau aus dem Wilden Westen Amerikas. Gleichzeitig wurde der Typhuserreger entdeckt.

Der Vulkan nahe Point Fomalhâut hatte sich beruhigt. Auch kein anderer der von uns überwachten Feuerberge zeigte bedrohliche Aktivitäten. Die Tage gingen dahin. Das Raumschiff wurde in eine flugfähige Festung verwandelt. Wir bewegten uns zwischen dem Klippenhorst und Yodoyas Insel hin und her, blieben jeweils ein paar Tage und kontrollierten die Arbeiten.

Im Lauf des Jahres besuchten wir unter wechselnden Masken jene Stätten, die als Zentren der Wissenschaft und der Kultur eine größere Bedeutung erreichten.

Das beste Hotel in Paris war voller Flöhe und Wanzen. In Berlin gefiel es uns nur ein paar Tage lang; als die Sozialisten aufmüpfig wurden, aßen wir in Trastevere, Rom, köstliche Teiggerichte. Ich zeigte Amou Venedig, Mailand und Florenz; in London tranken wir kühles, schwarzes Guinness-Bier und ritten durch die Wälder um Carundel Mill.

Moskau verließen wir, als wir hörten, daß russische Nihilisten drei Attentate auf Zar Alexander den Zweiten ausgeführt hatten. Der Planet und dessen wachsende Bevölkerung änderten sich nicht, nur die Methoden paßten sich dem neunzehnten Jahrhundert an.

Ein Jahr verging, ohne daß sich Nonfarmale zeigte.

Amou und ich kamen immer wieder in die beiden Verstecke zurück und riefen Unmengen von Informationen ab.

Boog und Schwarzer Mond übten unablässig mit Bogen und Pfeilen und mit fast jeder Art von Schußwaffen. Meine Tochter, mittlerweile sechzehn, ritt wie Dschinghis Khan, handhabte den Bogen meisterlich, traf mit dem Sechsschüssigen auch im Kopfstand und wurde immer hübscher. Ich besuchte sie zweimal, für sehr kurze Zeit.

Sie wiederholte, daß sie irgendwann alle jene Plätze der Welt sehen wollte, von denen ich ihr erzählte. Aber sie fühlte sich dazu noch nicht reif genug.

An einem Abend, Anfang 1881, saßen wir am Strand von Yodayas Insel. Hinter uns, unter der teilweise entfernten oder hochgeklappten Tarnung, stand das Raumschiff.

„Die Kunst des Reisens beherrschen wir meisterlich“, sagte Amou. „Und wenn ich deine Stimmung richtig deute, gefällt es dir hier am besten.“

„Dir geht es nicht anders. Es ist ein seltsamer Zustand

zwischen Warten und der sicheren Gewißheit, daß alles plötzlich in wilde Aktion umschlagen kann."

„An einem bestimmten Tag ist es soweit."

Ich nickte.

„Leider hängt es nicht von mir ab. Ich glaube, ich bin nur dann zufrieden, wenn ich handeln kann. Kämpfen. Etwas Sinnvolles tun."

Über uns flirrten die riesigen Sterne. Ich dachte schon wieder an den unbekannten Kosmos, in dem Nonfarmales Planet sich um eine unbekannte Sonne drehte. Seit Monaten wartete ich allen Ernstes darauf, daß eine große Gruppe Psychovampire und Seelensauger über die Erde herfiel.

„Da hätte ich einen guten Vorschlag, Atlan."

„Etwas Sinnvolles? Laß hören."

„Du könntest mich auf deinen starken Armen ins Haus tragen."

Ich lachte leise.

„Du hast recht. Das ist wirklich das Vernünftigste, das uns einfallen kann."

Ich küßte sie und trug sie ins Haus.

Rancor hörte zu, schien gleichzeitig das gewaltige Panorama des Meeres unter uns abzusuchen und mit einigen seiner untergeordneten Maschinen zu kommunizieren. Schließlich sagte er:

„Arkon sei Dank. Laßt Daten sprechen. Ich werde dafür sorgen, daß die LARSAF entsprechend ausgerüstet wird. Es sollte möglich sein, daß du selbst in einer wenig entgegenkommenden Umgebung länger als ein Jahr subjektiver Zeit überleben kannst."

Ich lachte grimmig.

„Mir wäre einiges daran gelegen", sagte ich. „Denke an alles, teuerster Robot."

„Aye, aye, Sir", sagte er, „und wenn du zu lange wegbleibst, wird sich wohl Amou wieder in langen Schlaf versenken."

„Ich rechne damit. Womit ich nicht rechnen kann, ist

das unentschlossene Verhalten meiner Tochter. Schwarzer Mond scheint nicht zu wissen, was sie will."

„Das ist bei Sechzehnjährigen nichts Erwähnenswertes", sagte der Roboter. „Falls es sich günstig ergeben sollte, schicken Boog und ich sie in gute und teure Schulen. Wäre eine holländische Klosterschule in Batavia angemessen?"

Ich lachte.

„Warum nicht? Dann wäre Aieta yagdara wenigstens in der Nähe."

Bis hinunter zur winzigsten Kleinigkeit waren sämtliche Vorbereitungen getroffen. Seit Monaten befanden sich alle Suchsysteme in pausenloser Aufmerksamkeit. Tauchte Nonfarmale auf, konnte ich einen minutiös ausgetüftelten Plan starten. Ich sagte:

„Ich ahne, daß sie zusammen mit Boog daran arbeitet, als artistische Reiterin und Kunstschützin auftreten zu können, und zwar in Wild William ‚Buffalo' Bill Codys Schau aus Amerikas Westen?"

„Davon ist mir nichts bekannt", antwortete Arcolutz. „Darf ich es als Anregung speichern?"

„Nur dann, wenn ich lange Zeit verschwunden bleibe und meine Rückkehr unsicher ist."

„Selbstverständlich, Gebieter."

„Ich weiß, daß du nötigenfalls ein Jahrhundert lang alles richtig machen wirst. Die Einzelheiten sind in deinen Speichern und denen der Großpositronik gespeichert."

Er nickte bedächtig. „Du kannst dich auf mich verlassen, Atlan."

Am 26. Mai drang Nahith Nonfarmale wieder in unsere Welt ein.

Amou und ich saßen auf der Klippenhorst-Terrasse, und der Alarm aus der Kuppel traf uns unvorbereitet.

Rancor meldete:

„Weit über dem Meer, südlich des Krakatoa, ist der Strukturriß entstanden."

„Wir treffen uns alle auf Yodos Insel. Beim Schiff“, rief ich.

„Verstanden.“

Während wir uns umzogen, sahen wir auf dem Ortungsschirm, wie Nonfarmales Raumschiff ein paarmal kreiste und in unmittelbarer Nähe eines Kraters, mitten im wuchernden Grün, landete. Zwanzig Minuten später stand ich im arkonidischen Überlebensanzug neben dem Einstieg der waffenstarrenden LARSAF.

Ich umarmte Amoustrella.

„Geliebte“, flüsterte ich. „Wünsch mir viel Glück. Versprich, daß du keine Angst haben wirst. Ich komme zurück, wie immer. Schlafe, wenn es zu lange dauert.“

Sie nahm mein Gesicht in beide Hände.

„Du bist besser ausgerüstet als ein napoleonisches Heer“, sagte sie rauh. „Und du bist Atlan. Ich warte, solange ich es aushalte. Komm bald zurück, mein stellarer Erdling.“

„Ich versprech's“, sagte ich und kletterte in das Raumschiff. Während wir sprachen, hatten Rancor und eine weitere, unfertige Roboterkonstruktion – das Ding sah aus wie ein Skelett aus schwarzem Kohlefaserverbund – die Tarnung und die Schutzhülle zusammengeklappt. Während sich vor mir die Batterie der Monitoren aktivierte, schlossen sich beide Schleusentüren. Ich schnallte mich an und führte die Test weiter.

„Rancor. Ich brauche die Ortungsinformationen“, sagte ich.

„Sie werden gerade geschaltet und gesendet.“

Spionsonden, Relais, Antennen und Sender arbeiteten zusammen. Über einer Karte, die beide Inseln, die Passage und die Vulkaninsel zeigten, erschienen haarfeine Linien, Kreise und Punkte. Ich beendete die Kontrollen und schaltete die Antigravblöcke ein.

Langsam federte das Fahrgestell aus, die LARSAF stieg um zwei Meter. Ich dachte nur noch an den Tunnel ins andere Universum, in Nonfarmales Jenseitswelt. Alles übrige wurde so weit in den Hintergrund aller Überlegungen gedrängt, daß es unwichtig wurde. Von Rancor erhielt ich weitere Informationen; noch immer stand das Raumschiff auf der Vulkaninsel. Ich beendete die Kontrollen, griff in die Handsteuerung und sagte:

„Ich starte. Je schneller ich durch den Energietunnel bin, desto eher seht ihr mich wieder."

„Wir hoffen alle, daß du Erfolg hast."

„Genügend Material habe ich an Bord", erwiderte ich und schob den Fahrthebel nach vorn, während ich das Schiff hochsteigen ließ. Während ich schräg nach Südosten hochschwebte, klappte ich das Fahrgestell ein, aktivierte die gestaffelten Schutzschirme und schließlich das Deflektorfeld. Noch während die Geschwindigkeit zunahm und hinter der Frontscheibe die Sterne heller wurden, bestätigte Rancor meine Frage.

„Keines unserer Geräte hat dich erfaßt."

„Ausgezeichnet. Ich melde mich wieder. Nach einem Tag, einem Monat oder einem Jahr", sagte ich und rückte den Geschwindigkeitshebel bis kurz vor den Anschlag. Wie ein insektenähnlicher Vogel mit gedrungenem Leib, einer exotischen Möwe nicht unähnlich, raste das Raumschiff durch die Dunkelheit davon. Als ich die Höhe von viereinhalbtausend Metern erreicht hatte, richtete ich mich nach den Ortungsimpulsen und steuerte auf den *Blip* im Zentrum des Monitors zu. In der Schwärze einer fast mondlosen Nacht schwebte zwischen den Sternen ein dünner Energiering, und auf dessen Mittelpunkt richtete ich den Kurs des Schiffes aus.

Nach einigen Minuten konnte ich mich halbwegs entspannt zurücklehnen. Der Logiksektor sagte: *Du wirst nur dann Erfolg haben, Arkonide, wenn du dich an deine eigenen Pläne hältst. Impulsivität kann tödlich sein.*

„So ist es", sagte ich. Der hoffentlich letzte und auf jeden Fall schwierigste Vorstoß ins eines von Nonfarmales unbegreiflichen Universen begann. Unsichtbar jagte die LARSAF über das Meer, der Kurs war längst nach Westen festgelegt. Auf fünf Grad südlicher Breite raste das Schiff durch die Nacht.

Ich setzte die Vergrößerung des Voraus-Ortungsschirms herauf. Undeutlich erschien der Energiering; die Reihernase des Schiffes deutete genau darauf. In wenigen Minuten würde ich die Schnittlinie zwischen den beiden Beziehungsebenen durchstoßen, und was dann kam, würde kein Kampf zwischen irdischen Barbarenheeren werden.

Ich konzentrierte mich auf die nächsten Minuten. In den Laderäumen des Schiffes befanden sich genügend Waffen. Ich konnte ein kleines Sonnensystem mit ihnen ruinieren.

Ich bog das winzige Mikrophon vor meine Lippen.

„Rancor. Hat Nonfarmale sich bewegt? Werde ich möglicherweise beobachtet? Ist die Lage unverändert?"

„Die Schleuse des Raumschiffs steht offen. Die Sonde befindet sich links von deinem Anflugweg. Sonst keine Veränderung."

„In einigen Sekunden reißt der Funkkontakt ab", sagte ich. „Zeichne alles auf, was dieser interstellare Schurke tut."

„Verstanden."

Auf dem Schirm war aus einem Pünktchen ein messerscharfer Ring geworden, und jetzt vergrößerte sich dieses Portal von Sekunde zu Sekunde. Dahinter erstreckte sich ein Tunnel in ein anderes Sonnensystem. Meine Muskeln verkrampften sich, als die LARSAF mitten ins Ziel traf und durch eine unsichtbare Röhre hindurchschoß, die ich fast körperlich zu spüren glaubte. Nach einem weiteren Atemzug bildeten sich voraus einzelne Lichtpunkte, dann immer mehr, und schließlich fegte ich ins Zentrum des fremden Sternenhimmels hinein. Rechts unter mir wuchs majestätisch langsam der Planet aus der Dunkelheit, der bläulich schimmernde Mond ging noch weiter rechts hinter dem dünnen, leuchtenden Saum der Atmosphäre auf. Ich zwang die LARSAF in eine weite Kurve und nahm die Geschwindigkeit zurück.

Auch auf dem Heck-Ortungsmonitor sah ich deutlich die Strukturöffnung. Mein Blick glitt über jedes einzelne

Instrument, jede Uhr, jede Anzeige. Alle Informationen sagten mir, daß das Schiff in dieser Umgebung ebenso funktionierte wie über der Erde oder über Arkon.

Ich holte tief Atem und schaltete drei halbautomatisch arbeitende Aufzeichnungsgeräte ein. Der Mond schob sich höher, strahlte heller und zeigte deutlicher seine Krater und die Narben von Sprüngen und Rissen. Die Sonne hing in meinem Rücken. Ich korrigierte die Anflugrichtung und schaltete eine Endlos-Information auf einen Monitor; die Aufbereitung unserer Sondenphotos. Der Kurs, den Nonfarmale zu seinem Stützpunkt geflogen war, war extrapoliert worden, und mit einigem Glück landete ich auch dort, wo sein Schiff den Boden berührt hatte. Die sehr grobe Karte mußte ich mit den planetografischen Gegebenheiten vergleichen.

Du hast genug Zeit, sagte das Extrahirn. *Du mußt mit großer Vorsicht und Ruhe ans Werk gehen.*

Die LARSAF wurde langsamer. Ich blickte die Wirbel der Wolken und der Wettergebiete unter mir an, sah darunter schier endlose Wasserflächen und Küsten, Inseln, Gebirge und riesige grüne Waldgebiete, aus denen Wolken aufstiegen.

Zufällig schwebte die LARSAF über der Tageslichthemisphäre des unbekannten Planeten. Ich ließ das Schiff in einen sanften Landeanflug übergehen und versuchte, zwischen den Geländestrukturen und den Merkmalen der Karte Ähnlichkeiten herauszufinden. Das Schiff glitt lautlos tiefer, noch immer schneller als der Schall. Die Wolken kamen näher, ich steuerte nach Backbord und verzögerte die Geschwindigkeit. Sekundenlang fühlte ich ein gewisses Hochgefühl, einen vorüberhuschenden Eindruck von Leichtigkeit.

Es dauerte nicht lange; meine Blicke gingen blitzschnell zwischen unserer Karte und den Geländeformen hin und her. Der Extrasinn flüsterte:

Bisher keine Ähnlichkeit.

Ich hoffte, daß Nonfarmale möglichst lange auf der Erde blieb. Dadurch, auch wenn wir in unterschiedlichen

Zeitbezügen agierten, blieb mir mehr Zeit. Meine Instrumente zeigten mir Berge und Täler, aber keine Hinweise darauf, wo sich Nonfarmale aufhielt. Erinnerungen blitzten auf. Bisher war ich überzeugt gewesen, von der Erde aus weitestgehend risikolos eine andere Ebene aufzusuchen. Jetzt, in diesem weitaus größeren Maßstab, war ich sicher, daß zwischen den beiden Punkten kosmische Entfernungen lagen, in Lichtjahren auszudrücken.

Unter mir lag eine riesige Landmasse. In meinem Rücken erstreckte sich ein Inselgewirr. Seit sieben Minuten lag die Küste hinter dem Heck des Schiffes. Karte und Wirklichkeit stimmten nicht überein. Ich suchte einen ganz bestimmten Geländevorsprung, eine Inselgruppe und zwei fingerartig, weit ins Land hineingekrümmte Fjorde, jeweils Hunderte von Kilometern tief. Das Schiff sank durch die Wolken, und der Unterschallknall tobte über das Land. Auf den Ortungsschirmen zeichneten sich keine fliegenden Objekte ab. Der Abstand zum Boden betrug weiterhin knapp zweitausend Meter. Ich hatte keinerlei Anhaltspunkt, auf welchem Breiten- oder Längengrad sich Karte und Land deckungsgleich zeigen würden.

Keine unangebrachte Ungeduld, meinte der Logiksektor.

Ich dachte an Jahrhunderte, in denen ich Nonfarmale erfolglos bekämpft hatte, an Amoustrella, an Schwarzer Mond und auch an Lachender Schatten, an den bevorstehenden Ausbruch des Vulkans und an die furchtbare Wut, die ich seit so langer Zeit unterdrücken mußte.

Ich flog nach Steuerbord zurück und suchte etwa zwei Stunden lang die Grenzen der Landmasse ab. Anschließend konnte ich die Richtungen der Windrose bestimmen. Im Norden des Landes befand sich das Ziel jedenfalls nicht, sagte ich mir, als ich weiter westlich wieder eine Küstenlinie absuchte und den südlichen Quadranten ansteuerte.

Ich war, wieder einmal, völlig allein. Es gab weder

Vögel noch Wolken oder Fledermäuse, aber auch keine fliegenden Saurier oder sonstige Mißgeburten der Fauna abstruser Parallelwelten.

„Geduld, Atlan“, sagte ich zu mir und suchte weiter. Wenn ich Glück hatte, brauchte ich nur den halben Planeten abzusuchen.

Es war eine schöne Welt; ganz anders, aber ebenso schön und viel leerer als die Erde. Ich erhöhte die Geschwindigkeit und stob weiter nach Süden, aber auch in den nächsten langen Stunden fand ich keine einzige Geländeform, die mich an die Umrisse der mühsam entwickelten Karte erinnerte.

Stunde um Stunde folgte ich in unterschiedlicher Höhe und mit doppelter Schallgeschwindigkeit dem Küstenbereich des riesigen Kontinents. Er war nicht kleiner als Afrika.

„Wo versteckst du dich, Saurokrator?“

Wahrscheinlich hatte er es gar nicht nötig, den Platz, an dem er lebte, zu tarnen. Ich beruhigte mich mit ein paar einfachen Dagorübungen, während ich über einem riesigen Mündungsdelta nach links steuerte und ein Binnenmeer mit einigen Hunderten wildromantischen Inseln überflog. Ich konnte keinen einzigen Ortungsimpuls auffangen.

Das Schiff stand, die Räder tief im Sand, neben einer überhängenden Klippe. Viermal hatten die Analysatoren die Atemluft geprüft. Ich hatte nichts zu befürchten, hier, am südlichen Strand des Binnenmeers, kurz vor der Abenddämmerung. Langsam ging ich hinunter zum Wasser, kletterte durch den Wall aus Treibgut. Der Helm des Überlebensanzugs lag in der Schleuse. Ich hatte die Tarnung abgeschaltet, nicht aber den inneren Schutzschirm. Die kleinen Brandungswellen bewegten raschelnd die Sandkörner. Ich schaute mich schweigend um, nahm die Ruhe und die abendliche Stimmung in mich auf, und der Logiksektor sagte:

Bis zum Morgen kannst du dich sicher fühlen.

Ich beabsichtigte nicht, ein Lagerfeuer zu machen. Über der kleinen Bucht segelten fünf schwarze Vögel landeinwärts. Ich ging zurück zum Schiff, bereitete einen großen Becher Tee und goß reichlich Calvados in das Gebräu. Allein auf Nonfarmales Welt, und wenn er zurückgekommen sein sollte und seine verdammte Maschinerie abschaltete, war ich dennoch gezwungen, gegen ihn zu kämpfen, diesmal wohl Raumschiff gegen Raumschiff. Halblaut sagte ich zu mir:

„Du kannst es nicht mehr beeinflussen, Atlan. Es kommt, wie es kommen muß."

Ich setzte mich in die Schleuse, ließ die Beine baumeln und sah zu, wie die bernsteinfarbene Sonne zögernd hinter den Horizont tauchte. Es gab keine Möglichkeit festzustellen, ob im Bereich des namenlosen Sonnensystems die Zeit schneller als auf der Erde ablief; wahrscheinlich war es so. Auch darauf hatte ich keinen Einfluß. Mein umfangreicher Haushalt war in treuen Händen. Ich ging, nachdem ich gegessen und getrunken hatte, in die Steuerkanzel zurück und ließ, zeitgerafft, die Bilder der Planetenoberfläche ablaufen, die ich bisher überflogen hatte. Ich programmierte das Steuerpult, das mich beim ersten Tageslicht aufwecken würde, aktivierte ein halbes Dutzend Sicherheitseinrichtungen und streckte mich schließlich auf der schmalen Pritsche im Mittelstück der LARSAF aus.

Siebeneinhalb Stunden dauerte die Nacht.

Fische sprangen aus dem Wasser, Vögel beäugten neugierig das Raumschiff, und ich zog mich nach einer flüchtigen Wäsche im kühlen, kaum salzigen Wasser an, während ich auf den Bissen eines flüchtigen Frühstücks kaute. Die Nacht und die erste halbe Stunde des Tages waren völlig ungestört vorübergegangen. Zwanzig Minuten später fegte die LARSAF nach Süden, und anschließend flog ich wieder die Südküste in östlicher Richtung ab.

Je länger ich suchte, desto mehr wurde ich von der Schönheit dieser Welt beeindruckt. Befand ich mich an den Küsten des Meeres von Karkar? Der Tag verging, und ich folgte in großer Höhe einer Kette verschieden großer Inseln über einen Viertel des Planetenumfangs hinweg. Ungeduld zerrte an mir, und während die Augen zu tränen begannen vom ununterbrochenen Starren auf die Bildschirme, zog ein atemberaubendes Panorama nach dem anderen unter dem Schiff dahin.

Ungeduld kann nur schaden, sagte der Logiksektor. *In zwei Tagen hast du die gesamte Planetenoberfläche abgesucht.*

Ich fand noch zweimal ein Versteck für die Nacht, und am nächsten Mittag, nachdem ich den Planeten fast umrundet hatte, verschoben sich nach einer weiten Kurve die beiden Bilder, drehten sich, glichen die Verkleinerungen einander an, und ich war sicher, daß ich über einer großen Insel schwebte, durch einen Bogen winziger Eilande mit dem Festland verbunden. Wäre ich beim Eintauchen über dem Meer in die andere Richtung geflogen, hätte die Suche nur ein paar Stunden gedauert.

Ich steuerte einen Kurs, der mich über den Grenzen einer Insel, größer als Borneo, kreisen ließ. Sämtliche Sonden, Linsen und Detektoren richteten sich nach unten, und ich schob den Regler höher hinauf, der die Energie des Deflektorfelds verstärkte.

Die Küsten bestanden aus unzähligen Stränden, steilen Klippen, Wäldern und Sümpfen. Im Mittelpunkt der Insel ragten Berge auf. Einige Gipfel waren von Eis und Schnee bedeckt, und unaufhörlich bildeten sich an ihrer Leeseite schattenwerfende Wolken. Flüsse mäanderten dem Meer entgegen, und im Südwesten der Bergriesen erstreckte sich eine hügelige Hochfläche, auf der ich kleine Seen entdeckte, durch Flüsse miteinander verbunden, und dieser Landschaftsteil lief in einem gewaltigen Strand, fast einem Wüstengürtel, im Süden aus.

Aus dem nördlichen Drittel der Ebene empfing ich das erste Signal. Dort wurde Energie frei, dort befanden sich größere Mengen Metall.

„Ich habe dich gefunden, mein Feind“, murmelte ich

und lenkte das Schiff mit größtmöglicher Vorsicht näher. Nach langer Beobachtung konnte ich die Kunstlandschaft von der natürlichen Umwelt unterscheiden. Von allen Seiten her glitt nahezu unmerklich die Wildnis mit allen ihren Formen in gestaltete Natur über. Die Grasflächen waren grüner, auf ihnen weideten Herden kleiner Tiere mit weißem Gehörn und feuerroten Fellen. Unsichtbar drehte die LARSAF ihre Schleifen über dem Gebiet, das Nonfarmale mit gewaltigem Aufwand umgestaltet hatte. Ein Dorf, das etwa tausend Bewohner haben mochte, schmiegte sich mondsichelförmig um einen See. Brücken, Inselchen, Straßen und Wege, viel Glas und ein flaches Gebäude mit überwucherten Türmen und ebensolchem Dach, einige geschickt eingebettete und unauffällige Hallen, Wasserfälle und Bauwerke, die mich an Gewächshäuser erinnerten, bildeten ein Idyll von etwa sieben Quadratkilometern Größe. Ich hörte das Ticken der Aufnahmegeräte, während ich die optischen Vergrößerungen untersuchte und nach den Einrichtungen Ausschau hielt, die zu Nonfarmales „Raumhafen" gehörten. Noch hatte ich im Bereich der Siedlung kein Wesen sehen können, das als Bewohner in Betracht kam.

„Beim ersten Spaziergang werde ich euch wohl treffen", murmelte ich und war sicher, auch hier wieder geraubte Frauen und Männer aus verschiedenen Teilen der Erde zu sehen, und bei ihnen jene Wesen, die ihre Talente und alle Kraft ununterbrochen für Nonfarmales Bedürfnisse ausbeuteten. Nach langem Suchen fand ich schließlich etwa ein Dutzend heller Metallsäulen, scheinbar wahllos auf dem großen Gelände verteilt. Auf dem oberen Ende der Pylone saßen große Kugeln, denen eine Kalotte fehlte.

Sender und Antennen. Für die Strukturöffnung, erklärte der Extrasinn.

Zwar fanden meine Linsen das weit offene Tor einer halb unterplanetarischen Halle, aber kein Raumschiff und nichts, das an eine Start- und Landeanlage erinnerte.

Nonfarmale verbarg sein Schiff also auf dieselbe Weise wie in Australien.

Konzentriert prägte ich mir jede Einzelheit der Siedlung und aller Außenbezirke ein. Kleine Tiere huschten zwischen den Bäumen, Büschen und Gebäuden hin und her, bunte Vögel flatterten über die roten Dächer, rinder- und rotwildartige Tiere weideten ruhig. Sonnenstrahlen blitzten auf dem Wasserfall, den schlangengleichen Wasserläufen und dem See. Ich suchte lange nach einem Landeplatz, klappte das Fahrwerk aus und kreiste weiter, und im Augenblick schien jeder Punkt um den Teich herum gleich gefährlich zu sein.

Ich visierte jenen Pylon an, der am weitesten vom Zentrum der Siedlung entfernt war. Dort standen riesige, uralte Bäume, und ich kurvte so lange herum, bis ich sicher war, zwischen jenen roten Weidetieren allein zu sein.

Langsam und lautlos berührten die Räder den Boden, das Fahrgestell federte ein. Ich ließ die Schleuse aufgleiten und blickte hinaus.

Was ich sah, strahlte ländliche Ruhe aus. Nur Tierstimmen und das Rauschen des Windes in den Blättern umgab mich, als ich den Deflektor einschaltete und aus der Schleuse zwischen den mächtigen, moosbedeckten Ästen aufwärts schwebte. Ich drehte mich dreimal um meine Achse, richtete meine Blicke auf die Tiere, die Bäume, die Siedlung hinter einem niedrigen Hügel und schließlich auf die Säule, an der entlang ich in die Höhe glitt und mich von der Seite der offenen Kugel näherte.

Im Innern der Kugel, durch ein kinetisches Element innerhalb eines engen Bereichs zu bewegen, befand sich ein Konglomerat aus Stäben, Halbkugeln, Zylindern, gekrümmten Röhren, Verbindungen und ähnlichen Bauteilen. Der Sender sah aus wie von Rico gebaut. Ich konnte ihn mit dem Hochenergiestrahler herausschneiden, aber ich schätzte die Größe der Schrauben ab, grinste in mich hinein und griff wieder nach der Steuerung des Pulsatorantriebs. Ich sprang in die

Schleuse hinein, klappte drei Werkzeugfächer auf und nahm die Schlüssel und Zangen hervor. Vielleicht dachte Nonfarmale, wenn er den Verlust bemerkte, daß eine seiner Kreaturen den Sender gestohlen habe. Hämisch kommentierte der Logiksektor:

So dumm ist nicht einmal einer seiner Saurier..

An meinem Handgelenk befestigte ich einige Geräte. Ich schwebte wieder zum oberen Ende der Säule und stellte mit Hilfe der Detektoren fest, daß im oberen Teil der Säule nur dick isolierte Koaxialkabel verliefen. Ich fing zu hantieren an, prüfte das Energiekabel und sah, daß zumindest dieser Sender keine Energie verbrauchte, und dann hatte ich mit einer Bewegung die Zuführung gekappt, und das Sendeteil war demontiert, als ich zwei dreikantige Schraubenköpfe herausgedreht hatte. Ich schob das Werkzeug in die Schenkeltasche und den Sender in die metallverstärkte Brusttasche und steuerte, nachdem ich zwischen den Baumkronen schräg aufwärts geschwebt war, den nächsten Sender an. Natürlich konnte ich mich auch gräßlich irren, aber dieser Sender – einer, mehrere oder alle, bis auf einen – hielten den Strukturriß, den Tunnel zur Erde, geöffnet.

Ich wich einer Traube kleiner, farbenfreudig gefiederter Vögel aus, die dicht vor mir aus einem Baum aufflatterten, schlug einen Haken und bremste, etwa zwei Kilometer entfernt, vor dem nächsten Senderturm. Die Öffnungen der Kugeln deuteten in die gleiche Richtung, zufällig auf den größeren Mond, der in einer seltsam eisblauen Färbung über den Tageshimmel kroch.

Ich brauchte nicht lange das zweite Sendeelement anzustarren. Es war in Formen und Farben identisch mit dem, das ich herausmontiert hatte. Ich nickte und schwebte weiter. Als ich den Kopf hob und blinzelnd den Himmel absuchte, konnte ich zwischen den großen, weißen Äquatorwolken im tiefblauen Himmel nur ein paar Vögel entdecken, aber weder Raumschiffe noch andere fliegende Objekte.

„Also hockst du noch auf unserem Vulkan, Nahith“,

flüsterte ich und entdeckte, daß im Gegensatz zu dem eben inspizierten Gerät das dritte ebenfalls energielos war. Die Wahrscheinlichkeit, daß meine Überlegungen richtig waren, nahm zu.

Ich wählte noch eine Sendersäule aus und überquerte in niedrigem Flug die Siedlung. Die langen Schatten des Morgens waren kurz geworden, und auf Terrassen und hinter offenen Fenstern sah ich die ersten Gestalten. Einige Wesen, die schuppige Rüstungen oder Schuppenhaut trugen, bewegten sich schemenhaft.

Auch dieser Sender war nicht eingeschaltet. Das Extrahirn faßte zusammen:

Zur größeren Sicherheit hat Nonfarmale mehr Sender als nötig installiert.

Hoffentlich so viele, daß er den Verlust nicht merkt, sagte ich zu mir, drehte mich in der Luft und schwebte, nahezu ohne jedes Geräusch des winzigen Antriebs, bis zur Mitte der Siedlung. Ich landete auf dem Plattenbelag am Rand des Sees, sah einige Atemzüge lang den Schwimmvögeln zu und ging langsam auf die Treppen, Bögen und Verbindungsstege der Häuser zu. Ich lehnte mich im Schatten an eine Mauer und wartete.

Die Anspannung löste sich, meine Stimmung wurde besser. Ich holte tief Luft und bemerkte, je länger ich im Schutz des Deflektorfeldes in die Räume der Häuser hineinstarrte, daß meine Überlegungen richtig gewesen waren. Junge Menschen aus allen Teilen der Erde, braunhäutig, weiß, schlank und gut aussehend, wohnten und arbeiteten in den Häusern. Humanoide Echsenwesen halfen ihnen. Aus Werkstätten kam Lärm, auch aus den halb eingegrabenen Hallen auf der anderen Seite des Sees ertönte Hämmern, metallisches Sägen und ein hohes, durchdringendes Sirren. Ich wartete weiter, ohne Ungeduld. Waren die Menschen wieder willenlose Opfer? Sie schienen zufrieden zu sein, hier leben zu dürfen, und handelten, soweit ich es beurteilen konnte, ohne Zwang. In der Siedlung herrschte rege Betriebsamkeit, und ich vermißte in diesem Arrangement Nonfarmales das dämonische, makabre Element.

Ich löste mich aus dem Schatten und spazierte, sorgfältig beobachtend, einmal um den See herum. Sonnenschein, lauer Wind und heitere, segelnde Wolken trugen dazu bei, die gesamte Szenerie unschuldig erscheinen zu lassen. Wahrscheinlich brauchte Nonfarmale für sein Landgut fleißige Arbeiter, deren Willen nicht allzu manipuliert war, und seine Opfer fand er weiterhin auf der Erde.

„Nachdenken kannst du später, Arkonide“, sagte ich leise und richtete bei der nächsten Abzweigung meine Schritte zum Versteck der LARSAF. Niemand hielt mich auf. Ich kletterte in die Schleuse und schnallte die Gurte des Fluggeräts ab. Die Leiter schob sich ins Schiff zurück, und kurz darauf schlossen sich leise zischend beide Schleusen. Zwischen den Bäumen ließ ich das Raumschiff schräg aufwärts steigen und umkreiste noch zweimal die Siedlung. Am frühen Nachmittag schienen sich die Bewohner der Insel Sarpedon ins Freie zu wagen. Sie schwammen im See, beschäftigten sich in den Gärten und lösten eine Gruppe von etwa hundert jener bleichhäutigen, kleinen Wesen ab, die ich aus dem Räumen der gewaltigen Klippe kannte. Offensichtlich Arbeiter von einer Welt, deren Technik einen Grad erreicht hatte, der den Bau von Raumschiffen einschloß.

Die Nase des Schiffes richtete sich dorthin, wo ich die Strukturschleuse vermutete. Ich setzte die Höhe und die Fluggeschwindigkeit herauf und steuerte das Ziel an. Auf dem Monitor flimmerte unscharf, weit entfernt, jener Punkt. Das Echo würde sich zu einem Ring ausweiten, der mir den distanzlosen Schritt erlaubte.

Ich war mit dem Erfolg meiner Mission einigermaßen zufrieden. Immerhin lauerten hier nicht Gruppen von anderen Seelensaugern, um zusammen mit ihm über die Erde herzufallen.

Die LARSAF raste durch die Wolkendecke in dünnere

Luftschichten. Das Ortungsecho wurde deutlicher und begann auseinanderzuwachsen.

Ich zuckte mit den Schultern; es gab keinen Anhaltspunkt, wie lange sich Nonfarmale schon in jener Zeitebene aufhielt, die für mich wichtig war. In genügend großer Entfernung von der Siedlung, in Sichtweite zur Küste der Insel, durchstieß ich mit gewitterähnlichem Donner die Schallmauer und blieb im Steigflug. Wenn es Rancor und mir gelang, die Wirkungsweise dieses Senders zu erkennen, dann konnten wir auch einen Sender entwickeln, der die Tore zu unserer Welt verschloß. So dachte ich, und auch wenn es unzählige Jahre dauerte, jene fremde Technik zu entschlüsseln – wir hatten genügend Zeit. Ob es wirklich gelang, das Prinzip zu erkennen und den Sender nachzubauen, blieb abzuwarten. Ich konnte nicht mehr tun. Würde ich die Sender mit Zeitzünderbomben zerstören, war er wieder gewarnt und baute sie nach oder stellte einfach neue Geräte auf.

Auf dem Monitor begann sich deutlich ein dünner Ring abzuzeichnen. Ich änderte den Kurs um ein Grad nach Steuerbord, und das Ziel wanderte wieder langsam ins Zentrum der Meßkreise.

Abstand: dreihundert Kilometer. Ich lehnte mich zurück und war versucht, ein arkonidisches Kampflied anzustimmen, aber für derlei Triumphgegröle war es noch zu früh.

Als ich bis auf hundertfünfzig Kilometer an den leuchtenden Ring herangekommen war, löste er sich auf und verschwand vom Schirm. Ich fühlte, wie ich vor Schrecken und Wut vereiste. Ich drehte an Knöpfen, zog und schob an Reglern, betätigte den Hauptschalter und schlug schließlich mit der flachen Hand auf den Schirm. Nichts. Er arbeitete, aber blieb ohne Bild.

Er hat abgeschaltet. Du hast ihn nicht kommen gesehen, sagte der Logiksektor kalt.

Ich erkannte meinen Fehler. Aber ich versuchte es trotzdem, blieb auf Kurs und flog eine halbe Stunde geradeaus und auf den Punkt zu, an dem eben noch das

Weltentor existiert hatte. Nichts. Ich blieb Gefangener in seinem Reich.

Ich würde entkommen, wenn er selbst wieder zur Erde startete.

Noch befand ich mich innerhalb der Atmosphäre des namenlosen Planeten. Sollte ich zu einem der beiden Monde weiterfliegen und mich dort verstecken?

Der Planet ist groß genug für euch beide.

„Stimmt. Viel zu groß.“ Ich leitete eine steile Abwärtskurve ein, deren Ziel auf einer der vielen Inseln am östlichen Rand der Zentralinsel lag. Selbst wenn er mich suchte, würde mich Nonfarmale dort nicht finden, und das Loch zwischen den Universen lag gerade noch innerhalb der Reichweite meiner Antennen.

Mit dem kleinen, gelblichen Mond im Rücken lenkte ich die LARSAF hinunter, über das herrlich blaue Meer hinweg und auf die schneeweißen Brandungswellen der waldbedeckten Insel zu. Ich fand nach einiger Suche wieder eine Bucht, zwischen deren Felsen und Bäumen ich das Schiff abstellte.

Manchmal wünschte ich, ich wäre in der Lage, dem Treiben des Psychovampirs teilnahmslos zusehen zu können. Ich und das Raumschiff waren in einem Maß zu Teilen des Verstecks geworden, das mich selbst verblüffte. Lianen und Ranken, die lange Dornen, fleischige blaugrüne Blätter und hellrote Blüten trugen, bedeckten die LARSARF so dicht, daß keine Handbreit Metall hervorsah. Aus den Laderäumen hatte ich ein winziges Zelt, eine Liege und einige Geräte hervorgekramt und aufgestellt. Auch mein Unterschlupf war aus zwanzig Metern Entfernung nicht mehr zu erkennen. Die Schleuse stand offen, und fast jede Stunde enterte ich ins Schiff und starrte auf den Monitor. Seit vier Tagen langweilte ich mich hier und versuchte, keine sichtbaren Spuren zu hinterlassen.

Ich trug nur eine Hose und die Waffe. Das Kombigerät

lag stets griffbereit. Ich nahm es sogar mit, wenn ich ins Meer hinausschwamm.

Nahith Nonfarmale hatte sich aus seiner Siedlung nicht entfernt, jedenfalls nicht mit dem Raumschiff und in Richtung auf den Punkt, an dem sich ein Übergang zur Erde öffnen würde. Meine Ungeduld war mit jeder Stunde gewachsen. Verließ ich meinen Platz und flog zur Siedlung, würde Nonfarmale ausgerechnet in diesem Moment wieder starten – davon war ich überzeugt.

Ich lag im Schatten des Vorzelts. Vor Minuten war ich aus der Brandung gekommen und ließ meine Haut trocknen. Die Umgebung der winzigen Bucht hatte ich einigermaßen ausgeforscht; in fünfzehn Halbstundenmärschen war ich in jede mögliche Richtung vorgestoßen. Es gab nur unzählige Vögel, unsichtbare kleine Tiere und hirschgroße Vierbeiner, die zu der Wasserstelle kamen, an der auch ich mein Frischwasser holte. Voller schwarzer Gedanken spielte ich mit dem Zellaktivator und sah zu, wie sich die Brandungswelle weit draußen brach.

„Wenn ich nur ahnen könnte, wieviel Zeit auf der Erde vergeht“, sagte ich. Wahrscheinlich hockte ich ein paar irdische Monate hier, bis es dem Psychovampir einfiel, wieder seine Opfer heimzusuchen.

Es war nach Mittag. Aus dem Kanon der Vogelstimmen, dem ständigen leisen Rascheln im Gestrüpp und dem Rauschen der Bäume im Seewind hörte ich ein knirschendes Schaben, das immer lauter wurde, deutlich heraus.

Ich stand auf und ging zu den Wassersäcken hinüber, die neben dem Felsen im Gestell aus Arkonstahlröhren hingen, reinigte mich und griff nach der Hose. Das Knirschen war lauter geworden, eindringlicher, und die Vögel zeterten aufgeregt. Der Logiksektor warnte:

Achtung. Mögliche Gefahr aus dem Inselwald.

Ich fuhr in die Hose, streifte das Multifunktionsarmband über das Handgelenk und zog mich nahe an den tiefen Spalt im Felsen zurück, zwischen Raumschiff und die Wurzeln eines mächtigen Baumes.

Von größeren Tieren hatte ich im Wald keine Spur entdecken können. Ich zog langsam die Waffe und überprüfte Ladung und Einstellung, während ich den Deflektor einschaltete. Die Bäume, einen Steinwurf vom oberen Ende des Sandstrands entfernt, schienen sich zu schütteln. Ich erwartete ganz bestimmt nicht Nonfarmale, aber meinem Versteck näherte sich ein großes, schweres Wesen, oder mehrere dieser Gattung. Mein Rücken berührte den feuchten Fels, ich hielt mich mit der Linken an einer Wurzel fest, die ihre Fasern in die Spalten eines sandsteinähnlichen Felsens getrieben hatte. Das Malmen und Scharren kam näher, Äste brachen, der Boden schien zu beben. Die Büsche in der Mitte des Waldrands schoben sich auseinander, ein Vorhang aus Lianen riß auf, und ein riesiger Kopf schob sich ins Freie. Dann folgte ein Hals oder ein Teil eines Schlangenkörpers, etwa zwei Meter im Durchmesser und kleiner als der Schädel mit den riesigen Facettenaugen, den Knochenwülsten und dem Maul wie dem einer Muräne. Das Untier riß den Rachen langsam auf und schaute sich um.

Es witterte mich, sah mich aber nicht. Der Körper schob sich fünf Meter weiter aus dem Wald heraus, und ich sah an den Seiten kurze Beine mit riesigen Zehen, zwischen denen sich Schwimmhäute spannten. Das Tier war mit handgroßen Schuppen bedeckt, die im Sonnenlicht irisierten; eine schwarze Bestie, die einen grauenerregenden Gestank verströmte. Die Zähne funkelten weiß, und ein zweites Beinpaar schob den Körper über den Sand. Das Riesentier drehte den Kopf, ich sah in den Hautfalten helles Moos wuchern. Große Warzen wuchsen dort, wo die Schuppenhaut dünner war. Die Zehen versanken zwei Handbreit tief in den Sand. Faustgroße Augäpfel drehten sich in tiefen Höhlen, und mit einem feuchten Knall klappte der Riese seinen Rachen wieder zu. Die Atemluft pfiff und gurgelte aus den Nüstern, als das Riesentier, einem alten Wal nicht unähnlich, quer über den Strand stapfte, die Beine nachzog und den durchhängenden Körper durch den Sand schleifte. Ich rührte mich nicht, bis der Schädel das Wasser erreichte, und noch immer kamen schuppige und bemooste Flanken und Beine aus dem Unterholz.

Der Körper bäumte sich auf, als das erste Beinpaar das Wasser erreicht hatte. Der Schädel hob sich fast senkrecht, wieder öffnete sich der Rachen, und das Tier stieß einen schrill trompetenden Schrei aus. Dann klatschten Kopf und Vorderteil des langen Rumpfes in die Wellen, und die vielen Beine schoben den schweren Körper in das Wasser der Bucht. Ich zählte dreizehn Beinpaare, ehe sich aus dem Dschungel ein langer, mit Knochendornen ausgestatteter Saurierschwanz ringelte, wild um sich peitschte und tiefe Furchen in den Sand hieb. Dann war auch dieser Spuk vorbei. Das Schlangentier verschwand mit einer riesigen Bugwelle in die Richtung auf das offene Meer.

Ein fauliger Gestank blieb zurück. Kopfschüttelnd schaltete ich den Deflektor aus und schaute den Vögeln zu, die in riesigen Schwärmen über der Bucht kreisten.

„Ein geeignetes Reittier für Nonfarmale.“ Ich grinste.

Das Monstrum verschwand platschend und gischtend in der Ferne. Mitten im Zischen der Brandung hörte ich einen fernen, leisen Donner. Den gesamten Tag über hatte es nicht das geringste Anzeichen für ein Gewitter gegeben. Ich hob den Kopf – und zuckte zusammen.

Nonfarmales Raumschiff jagte in etwa zweieinhalbtausend Metern Höhe über das Meer. Der aufgleißende Metallkörper beschrieb eine weitere Kurve und heulte nach Süden davon, in einem flachen Steigwinkel. Ich sprang in den Schatten zurück und rannte zum Raumschiff, kletterte in die Kabine und blieb stehen, die Hände an der Lehne des Pilotenpults.

Der Energieortungsmonitor war leer. Es gab keinen Punkt, keinen sich öffnenden Ring. Ich sah nur die schwache Spur des Raumschiffsantriebs, die sich quer über den Schirm zog.

„Dieser ... Bastard unternimmt Probeflüge!“ Ich stemmte die Fäuste in die Seiten und starrte auf den

Monitor. Der Psychovampir raste am Nachmittag durch den Himmel seines Planeten, und ich hockte hier und wartete auf seinen Start zur Erde. Wieder überkam mich kochende Wut. Ich wartete, bis ich mich wieder beruhigt hatte und grinste dann. Er wußte nicht, daß er mich herausforderte. Vielleicht fand ich morgen im Bereich der Siedlung irgendeine Kleinigkeit, mit der ich ihn bis aufs Blut reizen konnte. Während ich aus dem Vorrat mein Abendessen zusammensuchte, kontrollierte ich weiter den Monitor, aber heute beabsichtigte Nonfarmale nicht, seine Welt zu verlassen.

Ich aß in der offenen Schleuse, betrachtete den Sonnenuntergang und fragte mich, wie viel von dem schwarzen Bier ich trinken konnte, ohne daß ich morgen über der Siedlung etwas Närrisches tat.

Der feine Dunst, der über dem See hing, löste sich erst in der vierten Stunde nach Sonnenaufgang, und ich wich einer Kette großer, purpurner Wasservögel aus, die über die Baumwipfel hinweg auf die Mitte der Wasserfläche zuschwebten. In der verwitterten Nische eines Felsens landete ich, setzte mich auf die Kante und hatte vor mir etwa zwei Drittel der Hausfronten.

Ganz weit rechts, am Rand des Blickfelds, sah ich in einen offenen Hangar hinein. Jene fischhäutigen Wesen, die mir schon in Nonfarmales Adlerhorst aufgefallen waren, arbeiteten an einem der beiden Raumschiffe. Gerüste und Rampen umstanden das größere und das kleinere Schiff. Beide sahen identisch aus, fugenlos verarbeitete Ellipsoide. Der Hangar war mit einer Unzahl Maschinen und Geräten ausgestattet, die wahrscheinlich Rancor neidisch machen würden. Flink wieselten die kleinen Geschöpfe hin und her. Einige putzten und polierten die Außenhüllen der Schiffe. Die Bewohner der Siedlung unterhielten sich, schleppten Früchte und Grünzeug von den Gewächshäusern zu den Läden, in denen sie verteilt wurden, und ungewöhnlich schöne junge Frauen gingen selbstbewußt, aber mit verschleierten Blicken über die Wege.

Das größte und prächtigste Haus, etwa in der Mitte der halbkreisförmigen Siedlung, gehörte ihm. Ein helles Bauwerk, wie es in einem spanischen oder südfranzösischen Hafenort hätte stehen können, Vögel, die wie Tauben wirkten, trippelten flügelschlagend über die Simse, saßen auf dem Dach und flogen auf. Aus offenen Türen und Fenstern kam fröhliche, rhythmische Musik, die ich ebenfalls von der Erde kannte.

Ich saß zwei Stunden lang da, beobachtete alles und wurde nicht klüger. Der Herr des Dörfchens zeigte sich nicht. Gegen Mittag flogen im zweiten Stockwerk die Türen auf, und ein Schwarm langbeiniger, breithüftiger Schönheiten ergoß sich, große Becher in den Händen, auf die Terrasse und verteilte sich auf die weißen Sessel und Liegen. Nach einer Weile kam Nonfarmale heraus, in einem Traum von einem seidenen, juwelenfunkelnden Morgenmantel. Er blickte sich nach allen Seiten um und griff nach dem nächsten Körper. Das Mädchen ließ sich streicheln und schien selbst die rüdeste Berührung zu genießen. Nonfarmale trug einen arroganten Ausdruck zur Schau. Er sah jünger und kräftiger aus. Ich haßte ihn, und in mir wühlte der Zorn, weil mir nicht einfiel, wie ich ihn, ohne aufzufallen, ärgern konnte.

Ich griff nach dem Multischalter des Triebwerks und schwebte in einem weiten Bogen hinüber zur Terrasse des Nachbarhauses. Sie war leer, die Türen geschlossen. Ein Dutzend Meter von mir entfernt stand Nonfarmale.

Beherrschung, sagte der Logiksektor. *Du lernst mehr, wenn du kühler beobachtest.*

Das makaber-heitere Völkchen der Siedlung schien seinen Beherrscher nicht zu fürchten. Nichts war hier zu spüren von der dunklen Gefängnisatmosphäre am Ort vergangener Einsätze. Nonfarmale wirkte in jeder Geste, als sei er ein Angehöriger eines uralten galaktischen Intelligenzvolks. Er war gewohnt zu befehlen, zu delegieren, und er besaß – offensichtlich – mehr Machtmittel als ich. Der Umstand, daß er jede Narbe, die ich oder ein anderer verursachte, zu heilen imstande war, deutete darauf hin, daß sein Körper veränderbar war. Möglicherweise konnte er auch das Aussehen anderer Menschen annehmen. War dies der Fall, dann mußte es nicht unbedingt ein Mensch sein, in den er sich scheinbar verwandelte.

Ich verankerte die Beobachtungen und meine Rückschlüsse in der Erinnerung, während ich langsam zum Hangar hinüberschwebte. Als ich zwischen dem kleineren und dem größeren Schiff dicht über dem Boden hindurchglitt, sah ich, daß der größere Diskus etwa vierzig Meter Durchmesser hatte und rund acht Meter hoch war. Das andere Schiff wies dasselbe Größenverhältnis auf.

Meine Augen gewöhnten sich schnell an das veränderte Licht. Im Hintergrund des Hangars entdeckte ich, undeutlich gegen den dunklen Hintergrund, ein drittes Schiff. Es hatte eine schwarze Hülle, ebenso fugenlos wie beide goldschimmernde Schiffe.

Die fischhäutigen Arbeiter beschäftigten sich nur mit den goldhäutigen Schiffen. Ich beobachtete sie, betrachtete die Maschinen, die offenen Schleusen der Schiffe, die übrige Einrichtung des Hangars, dessen Dach ebenso dicht bewachsen war wie meine Anlage an Australiens Strand.

Nahith Nonfarmale, dachte ich, ist ebenso wie ich auf seltsame Weise ein Gestrandeter der Zeit. Ich spürte weder Mitleid noch Verständnis; nichts rechtfertigte seine Greueltaten. Die Arbeiten der Fischhäutigen mit den vielen kunstfertigen Fingern konzentrierten sich auf das kleinere Raumschiff. Der Extrasinn sagte:

Warum sind es drei Schiffe? Versuche, es herauszufinden.

Ich hob die Schultern, schwebte im Zickzack durch den Hangar und wieder hinaus. Es gab nichts wirklich Interessantes mehr zu sehen; ich verbrachte die Wartezeit am besten in meiner Bucht. Trotzdem bewegte ich mich wieder zur Siedlung und unternahm hinter den Rückfronten der Siedlungshäuser einen Spaziergang.

Ich zwang mich zur Ruhe. Um seine Siedlungen bauen zu können, mußte Nonfarmale ein Reservoir aus Materialien, Energie, Werkzeugen, Handwerkern und Bauplänen haben. Er setzte es ein, dann löste sich der gesamte Bautrupp wieder auf, und die leeren Räume füllte Nonfarmale mit geraubten Individuen nicht nur von der Erde. Meine Überlegungen wurden hier zur Gewißheit. Eine bildschöne, halbnackte Indianerin pflückte Beeren in einem Garten. Drei weißhäutige, rothaarige Menschen zerlegten fachgerecht ein Stück Wild oder eines aus der Weideviehherde. Aus der Esse eines Ofens roch es nach frischen Backwaren, aus einem Kellerschacht nach Käse, aus dem übernächsten Gewölbe nach Wein. Ich versuchte das wirkliche Alter der Halbmond-Siedlung abzuschätzen.

Auf der Erde hätte ich gesagt: mehrere Generationen. Auch hier sah ich weder Greise noch Kinder. Meine erste Schätzung von rund tausend Bewohnern traf zu; eine Ordnung, die ohne sichtbaren Zwang herrschte, war bis weit hinaus an den Rand der Wildnis zu erkennen. Am Ende der letzten Weiden schwebte ich zwischen den raschelnden Baumkronen und durch Schwärme großer Schmetterlinge und Insekten zurück zu meinem Buchtversteck.

Mitten in der Nacht summte der Alarm. Nach drei Atemzügen hatte ich Ärger und Langeweile vergessen. Ich fegte Äste und Lianen vom Zelt, riß die Stäbe auseinander und hatte binnen dreißig Atemzügen fast die gesamte Ausrüstung im Schiff verstaut. Jeder Blick auf den Monitor zeigte mir den flimmernden Punkt. Ich sprang hinaus in den Sand, leuchtete mit dem Handscheinwerfer und sammelte die verstreuten Kleinigkeiten ein. Als ich Energie auf die Antigravelemente gab, summten die Schleusenpforten zu, und die Leiter schob sich ins Schiff. Ich startete senkrecht. Dreiundzwanzig

Tage und Nächte hatte ich nach dem Ausflug zur Siedlung auf diesen Augenblick warten müssen.

„Endlich“, sagte ich. „Wehe, wenn das ein blinder Alarm war.“

Der Monitor zeigte den Punkt, an dem sich der Strukturriß öffnen würde, dazu ein zweites Echo, das von rechts kam. Ich kippte, während des Fahrgestell knakkend einfuhr, im Steigflug das Schiff nach links und rechts und schleuderte das Tarnungsmaterial herunter.

Nonfarmale steuerte mit dem kleineren Raumschiff auf den Schnittpunkt der Universen zu. Ich saß barfuß, mit nacktem Oberkörper und in der bequemen knielangen Hose vor der Steuerung und kontrollierte die Anzeigen. Da die Gefahr bestand, daß mich Nonfarmale ortete, flog ich langsamer und hielt mich in seinem Heckbereich.

Ich schnallte mich an, lehnte mich zurück und sah erleichtert, daß sämtliche Systeme hervorragend arbeiteten. Die Atemluftanlage fauchte fast unhörbar. Die LARSAF näherte sich dem Kreuzungspunkt, und der Ring wurde deutlicher. Ich stieß durch die Wolkendecke, auf der das Licht zweier Monde lag und unwirkliche Effekte hervorrief, das Schiff stieg aus der Lufthülle den Sternen entgegen. Der dünne Energiering auf dem Monitor hatte fast das Maximum der Deutlichkeit erreicht, und nach etwa dreißig Sekunden raste das Echo von Nonfarmales Schiff durch die Strukturöffnung.

In einer Stunde weißt du, wieviel Zeit vergangen ist, sagte der Logiksektor.

„Viel zuviel.“

Ich schob die Geschwindigkeitsregler nach vorn und jagte die LARSARF auf das Zentrum der Strukturöffnung zu. Der distanzlose Schritt erfolgte wenige Minuten später. Ich tauchte aus der Schwärze der Nacht des fremden Planeten in die Helligkeit einer beleuchteten Erdhemisphäre ein.

Hinter Wolkenschleiern sah ich Australien. Ich aktivierte die verschiedenen Bildfunkkanäle und versuchte, das Energieecho des anderen Raumschiffs wieder zu entdecken. Wahrscheinlich war Nonfarmale auf der Vulkaninsel gelandet.

„Atlan? Kannst du mich hören?"

„Ausgezeichnet, Rancor", sagte ich. „Ich lande auf Yodoyas Insel. Schalte einen Peilstrahl."

„Sofort. Willkommen. Deine erste Frage wird beantwortet: Wir schreiben den sechzehnten April. Achtzehndreiundachtzig."

„Verdammt! Ich hab's befürchtet."

Das Eiland war vier Stunden Zeitunterschied von Australien entfernt. Ich änderte die Richtung des Landeanflugs. Vom Juni einundachtzig bis heute! Rund zweiundzwanzig Monate waren vergangen. Ich war sicher, einen Katalog überraschender Entwicklungen und Veränderungen vorzufinden. Amoustrella? Wahrscheinlich schlief sie. Nachdem die technischen Voraussetzungen geschaffen waren und ich, um einer möglichen Ortung vom anderen Raumschiff aus zu entgehen, in einem weiten Halbkreis nach Süden auswich, sagte Rancor:

„Die Stützpunkte sind unversehrt. Amou schläft seit vierzehn Monaten. Schwarzer Mond wartet im Klippenhorst. Zufällig, seit einer Woche. Nonfarmale hat die Insel Krakatoa angeflogen. Ich erwarte dich mit Boog beim Landeplatz."

„Alles verstanden", sagte ich und winkte ihm zu. Er verschwand ohne weiteren Kommentar vom Bildschirm.

Der Vulkan war nicht ausgebrochen, die Welt nicht untergegangen. Ich grübelte über die Bedeutung der Nachrichten, während ich die LARSAF ins nördliche Zentrum des riesigen Archipels einsteuerte. Die Summe der Informationen konnte nur eine Bedeutung haben: Gefahr.

Neun Uhr morgens über Australien. Gegen ein Uhr mittags landete ich wieder auf dem Inselchen und setzte das Schiff am gewohnten Platz ab. Boog und Rancor kamen über den feuchten Strand auf mich zu, als ich über die Leiter kletterte.

„Du siehst nicht gerade wie ein gerüsteter Raumfahrer aus“, sagte Rancor.

„Es war keine Zeit, mich um meine Garderobe zu kümmern.“

„Du hast die Waffen nicht gebraucht?“

„Nein“, sagte ich. „Aber im Kopilotensessel findest du ein Bauteil. Es ist ein Sender für die Strukturlücke. Nimm ihn, und gehe damit nach Plan vor.“

„Sofort. Du wirst den Transmitter benützen? Schwarzer Mond wartet.“

„Allein?“

„Ja. Denke daran. Sie ist zwei Jahre älter und, eventuell, erfahrener.“

„Ich auch“, sagte ich. „Was weißt du von Lachender Schatten?“

„Sie lebt gegenwärtig in der Höhle ihrer Tochter und hütet unsere kleine Farm“, antwortete Boog. „Wir bringen hier alles in Ordnung und halten das Raumschiff startbereit.“

Ich kleidete mich im Schiff an, lief ins Haus und kam im Nebenraum des Arbeitszimmers aus dem Transmitter. Nachdem ich die Schirme der Überwachungseinrichtung eingeschaltet und erste Informationen abgerufen hatte, duschte ich und zog dünne Hosen und ein leichtes Hemd an. Ich zapfte ein großes Glas schwarzes Bier und ging auf die Terrasse.

„In diesen geist- und freudefernen Zeiten“, sagte ich halblaut, „ist es mehr als nur schön, eine Tochter wiederzusehen, die noch schöner und klüger geworden ist.“

Aieta Jagdara lag in einem kurzärmeligen Hemd in einem Sessel. Sie hatte in Charles Swinburnes „Poems and Ballads“ gelesen, sprang auf, wirbelte herum und warf sich mir an den Hals. Ich verschüttete die Hälfte des Getränks.

„Es dauerte lange, bis du den Weg zu mir gefunden hast. Freiwillig?“

Ihr Haar roch nach Amoustrellas Seife, Schwarzer Mond lachte und starrte in mein Gesicht.

„Ganz freiwillig, Vater. Beinahe wäre Lachender Schatten mitgekommen. Aber dann war es ihr zu verwirrend."

„Es ist gut, daß du hier bist." Ich stellte vorsichtig das Glas ab, nahm sie an den Schultern und blickte sie an, als habe ich sie noch nie gesehen. Ihre Augen strahlten so blau wie der Himmel.

„Ich bin gern hier. Aber warum habe ich so lange auf dich warten müssen?"

„Das ist eine lange Geschichte", sagte ich. Sie nahm einen Schluck aus meinem Glas und setzte sich.

„Erzählst du mir die lange Geschichte?"

„Es hat damit zu tun, daß nahe Batavia ein Vulkan ausbricht. Vielleicht gibt es ein unvorstellbares Unglück, das große Teile der Welt verwüstet. Ich will verhindern, daß es geschieht. Du bist hier in höchster Gefahr, meine liebe, hübsche Tochter."

„Auch an deiner Seite, Dad?"

„Gerade da." Ich überlegte und zog sie ins Arbeitszimmer. Das Glas nahm ich mit. Dort zeigte ich ihr die Vulkaninsel, das gelandete Raumschiff, Bilder anderer Vulkankatastrophen, die Planetenkarte mit den Bruchzonen und den Positionen potentieller Feuerberge und schließlich einige Aufnahmen Nonfarmales.

„Soviel über die Traumwelt, von der Mutter so oft spricht", sagte ich. „Denk darüber nach. Und was hast du in den letzten Jahren unternommen? Haben der alte Farmer und Redskin Tausend Blitze dir geholfen?"

„Sie haben die Stelle des Vaters vertreten." Schwarzer Mond lächelte. Sie war so groß und schlank wie Amou. „Ich habe reiten gelernt, Pferde einzubrechen, mit fast allen Waffen umzugehen, dann bin ich mit Mister Cody ein halbes Jahr durch die Welt gezogen und habe viel Geld verdient; Indianerinnen, die französisch, deutsch, englisch und russisch sprechen, gibt's nicht viele."

Segensreiche Erfindung der Hypnoschulung, sagte der Logiksektor. Jagdara zählte an den Fingern auf:

„In Somaliland habe ich italienische Soldaten verbunden und gepflegt, im Feldlazarett. Dann bin ich ein paar Monate durchs Land gewandert. In Moskau war ich auf der Weltausstellung. Dort ließ ich mich nach Berlin einladen. Zuletzt war ich mit den Fischern in Bandarlampung auf See."

„Haben dich die Fischzüge auch zur Vulkaninsel geführt?"

„Wir waren zweimal dort", sagte sie. „Ich weiß also einigermaßen, worum es geht. Rancor besuchte mich regelmäßig, hielt mir aufdringliche Verehrer vom Leib, half mir, wo es nötig war, und er lehrte mich vieles."

„Ich werde mich mit ihm gebührend unterhalten." Ich nickte zerstreut. „Gut. Treffen wir schnelle Entschlüsse. Du willst hierbleiben?"

Sie nickte.

„Du bist sicher, die Gefahren richtig erkennen und abschätzen zu können?"

„Ja, Väterchen."

Ich unterdrückte ein hysterisches Kichern.

„Möglicherweise stört es dich, daß ich nicht nur deine Mutter kenne, was den weiblichen Teil der Bevölkerung betrifft?"

„Weiß ich längst. Madame Gramont, ich sah ihre Bilder. Ich freue mich, sie kennenzulernen. Ich bin nicht eifersüchtig. Ich werde mich zu benehmen wissen."

Glücklicherweise war es nicht das erstemal, daß mir auf liebenswürdige Weise das Handeln oder Unterlassen diktiert wurde. Daß es sich hier um meine Tochter handelte, ließ die Angelegenheit reizvoll, aber auch gefährlich werden. Ich war ihr verpflichtet, und das konnte den logischen Ablauf mancher Aktionen ernsthaft stören. Ich leerte das Glas. Dann sagte ich brummig:

„Ich lasse mich überzeugen, notfalls erpressen. In einem aber nicht: ich gebe die Befehle. Klar, Tochter?"

„Völlig klar, Dad."

„Wie gut kennst du dieses Haus und seine Einrichtungen? Auch auf der Weltausstellung wirst du vieles nicht gesehen haben."

Trotz ihrer knapp achtzehn Jahre schien ihre Persönlichkeit gut entwickelt zu sein. Sie hatte auch begriffen, daß sie sich, wie ich, in einer Ausnahmestellung befand.

„Ich war mit Rancor in Carundel Mill, auf dem Inselchen und hier. Ich weiß, daß ich nicht alles kenne. Wenn du mir hilfst, begreife ich vielleicht mehr."

Ich wich aus und fragte:

„Was willst du trinken? Hunger? Willst du heute wieder zu den Fischern zurück?"

„Gelegentlich trinke ich gern ein Glas des Ardècheweines; wenn es sein muß, auch etwas Champagner."

„Es ist, denke ich, auch Milch und Kokosmilch im Kühlfach", sagte ich kopfschüttelnd und zog mich ins Haus zurück. Ich öffnete eine Flasche Schaumwein aus der Champagne und rief in chronologischer Abfolge die Speicherinhalte und die Analysen ab, die sich seit Juni 1881 angesammelt hatten. Schwarzer Mond saß schweigend neben mir, nippte an ihrem Pokal und nahm Bilder und Texterläuterungen in sich auf. Zuletzt, nach Stunden, blieb das aktuelle Bild übrig: Nonfarmales Raumschiff schwebte ein paar Meter über der Kante eines alten, verwitterten Kraters, und es war nicht zu erkennen, ob er den Vulkan manipulierte.

Rancor trat ein, warf einen Blick auf den Monitor und hob den Zeigefinger.

„Wahrscheinlich ist auch Nonfarmale nicht in der Lage, tief unter der Kruste das extrem dickflüssige Magma zu beeinflussen. Der Vulkan läßt keinen Gasausbruch zu. Der Druck baut sich auf, und in jedem Fall wird es einen Ausbruch mit gewaltigen Explosionen geben."

„Warum ist Nonfarmale gerade an dieser Stelle?" fragte meine Tochter.

„Das weiß ich nicht." Rancor hob die Schultern. „Es war keinerlei Energie anzumessen, es gab lediglich die

Triebwerksemissionen des Schiffes. Ich sage, er versucht selbst abzuschätzen, wann der Krakatoa detoniert."

„Das steht im Widerspruch zu allem, was wir bisher überlegt haben", sagte ich. „Wo ist der Sender?"

„Ich habe ihn mit Boog in der Kuppel zurückgelassen. Dort läuft das Untersuchungsprogramm gerade an. Es wird Monate dauern, bis wir sämtliche Daten haben, und noch länger, bis wir einen Nachbau versuchen können. Wenn überhaupt."

Ich antwortete resigniert:

„Er hat offensichtlich alle Zeit des Universums. Ich kenne seine Siedlung. Ein idyllisches Groß-Beauvallon mit Raumhafen. Tausend Einwohner."

„Die Aufnahmen von Bord der LARSAF werden von der Großpositronik ausgewertet", sagte Rancor. „Ich warte auf Anweisungen."

Gedankenverloren sah ich den winzigen Perlen zu, die im Champagner aufwärts torkelten.

„Aieta Arcon bleibt bei uns. Du wirst Amoustrella aufwecken. Keine Eile. Ich denke, Nonfarmale bleibt nicht lange und taucht wieder auf, wenn dieser verfluchte Inselvulkan sich regt. Eine Sonde zu Lachender Schatten. Dazu gibt es eine Zielvorgabe: Wir müssen es schaffen, in absehbarer Zeit dem Seelensauger den Rückweg absolut zuverlässig abzuschneiden. Wir konnten mehrmals selbst einen Strukturriß herbeiführen. Seine Sender stehen auf dem Planeten, dessen Bilder du abrufen kannst. Zusammen mit den Berechnungen aus der Vergangenheit müssen wir eine Anlage bauen, die ihn zwingt, auf der Erde zu bleiben. Dann fängt der letzte Kampf an. Mein Kampf."

Nach ungewöhnlich langer Zeit antwortete der Robot:

„Bis diese Anlage zufriedenstellend arbeitet, Gebieter, wird viel Zeit vergehen. Du hast selbst erlebt, wie lange es dauert, das Schiff technisch perfekt zu machen."

In schweigender Verwunderung hörte Aieta unserer Unterhaltung zu.

„Ich weiß es. Aber auch wir haben viel Zeit“, sagte ich. „Man hätte diesen Bastard in den Käadas werfen sollen.“

Wieder überraschte mich Aieta.

„Er ist schwerlich ein Spartaner. Dort, wo er herkommt, nach allem, was ich begreife, gibt es keine Schlucht, in die man mißgestaltete Kinder, Schwache, Gefangene und Verbrecher wirft.“

„Heute nacht werde ich dir ein paar feine Geschichten erzählen“, versprach ich. „Dieser Hundesohn hat mehr Verbrechen auf sich geladen als die größten Feldherrn, wahnsinnig oder nicht, dieser seltsamen Welt.“

„Das sagte auch schon Rancor Arcolutz“, antwortete sie. „Dein Feind verläßt den Schauplatz zukünftiger Verbrechen.“

Im Licht des späten Nachmittags startete das Raumschiff. In Baumwipfelhöhe machte Nahith den Flugkörper unsichtbar, aber es gab keinen Zweifel, daß er das All ansteuerte und auf seinen schönen Planeten zurückkehrte. Fünfundvierzig Minuten danach verschwand das Tor zwischen den Welten von den Monitoren.

Ich lag da, starrte durch das weit offene Fenster auf die Sterne und wünschte, Amou läge in meinen Armen. Musik wehte durch den Raum. An der Tür klopfte jemand.

„Nur herein“, rief ich. „Es ist ja erst ein Uhr nachts.“

Rancor schob die Tür auf und den schweren Vorhang zur Seite.

„Um dir bröckelnde Gedanken über dein Fräulein Tochter zu ersparen“, sagte er ruhig, „bin ich hier. Aieta Arcoyne, oder welcher Name auch immer gewählt wird, schläft. Du hast gemerkt, daß sie quasi erwachsen ist?“

„Für mich sind die Barbaren, auch die Früchte meiner Lenden, erst erwachsen, wenn sie älter als achtzig sind und aller Machtgelüste entsagt haben.“

„Dieses Argument trifft kaum für erwähnte Lendenfrucht zu. Fast zwei Jahre lang habe ich den Lebensweg der Tochter begleitet. Sie ist, dank Hypnoschulung und meiner Vorträge, reich bebildert und mit Erlebnissen vor Ort, klüger als viele andere. Ich zwang sie, nachdenklicher zu werden. Sie kennt hundertmal mehr als Gleichaltrige. Sie durchschaut sogar gesellschaftliche Prozesse. Ich habe ihr klargemacht, welche Rolle wir spielen – ohne wichtige Geheimnisse zu verraten. Sie akzeptiert das klar Sichtbare. Sie wird dir mehr helfen können als die überaus reizvolle Amou."

„Von wem sprichst du? Von einer Arkonflotte?"

„Von deiner Tochter. Sie handelt klüger als Amiralis Thornerose oder Ullana. Meine Analyse enthält mehr als fünfundneunzig Prozent Wahrscheinlichkeit."

„Was soll ich tun?"

„Mache sie zu deiner Begleiterin."

„Wie?"

„Auf andere Weise als Amou, die nun nicht gerade an deiner Seite kämpft."

„Richtig. Aber der Kampf gilt nicht nur unserem Wohlbefinden. Ich führe ihn stellvertretend für die Bewohner von Larsaf Drei."

„In diesem Zusammenhang bedeutet der Unterschied nicht viel."

„Mitunter geht mir deine Klugheit auf die Nerven", sagte ich und griff nach dem Glas. „Darf ich jetzt wieder allein über die Vernichtung von Nonfarmale nachdenken?"

Rancor verließ fast geräuschlos das Zimmer.

5.

Ich küßte Amoustrellas Fingerspitzen und schob eine Haarsträhne von ihrer Schläfe zur Seite.

„Das ist die ganze Geschichte", sagte ich. „Damals war ich mehr tot als lebendig. Und meine Tochter wurde geboren, als du noch und ich schon wieder im Schlaf lagen."

In einer Woche konnte sie die Kuppel verlassen. Die

Maschinen und die Wirkung des Zellschwingungsaktivators hatten ihr, wie schon oft, entscheidend geholfen. Am zehnten Mai, heute, hatte ich zum viertenmal die Kuppel besucht. Nun wußte sie alles über Aieta Jagdara Arcoyne. Amou zwinkerte und sagte schwach:

„Ich habe schreckliche Träume gehabt. Aber auf dem Klippenhorst, in der hellen Sonne, werde ich wohl wieder vollends zu mir kommen."

„Es ist eine ungute Zeit, Liebste", sagte ich. „Wir wissen nicht, was Nonfarmale kann, was in den nächsten Tagen und Wochen passiert. Wir befinden uns mittlerweile in einem Wettstreit der Zivilisationen, der weltweit für Verblüffung sorgt. Es gibt viel mehr Menschen. Es ist alles enger geworden; gute Tarnung wird schwierig."

Sie lächelte und hauchte:

„In sieben Tagen oder so bin ich bei euch. Laß mich weiterschlafen."

Ich küßte sie und flüsterte:

„Wir warten auf dich. Jedenfalls gehen in der Sundastraße seltsame Dinge vor. Traumlosen Schlaf, meine Geliebte."

Sie schloß lächelnd die Augen. Ich drehte mich herum und musterte Rancor. In seiner Maske sah er wie eine Kreuzung zwischen einem hochgewachsenen Bewohner von Batavia und einem Holländer aus. Ich fragte:

„Nichts Neues von Nonfarmale?"

„Nein. Absolutes Schweigen. Nur der Passat weht."

„Die LARSAF?"

„Alle Bilder, Filme und Informationen, die du mitgebracht hast, werden von der Zentralpositronik bearbeitet. Ebenso der demontierte Sender. Das Raumschiff ist auch gegen mögliche Flutwellen, ebenso wie das Haus, durch Energieschirme gesichert. Dein Schützling, Doktor James Simpson, hat inzwischen das Chloroform an der Königin Victoria ausprobiert, und der weiteren Verbreitung der Betäubung steht nichts mehr im Weg."

„Trefflich", sagte ich. „Du findest mich bei meiner

Tochter. Ich bin unruhig, Rancor. Alles ist voller Nebel, und ich rudere mitten darin herum."

Rancor schwieg lange. Wahrscheinlich korrespondierte er mit Rechnern der Kuppel. Schließlich sagte er:

„Ich sehe hier nach dem Rechten. Nimm den Transmitter und warte auf mich."

„In Ordnung."

Ich versenkte meinen Blick in die schlafende Amoustrella und fühlte wieder einmal mit brennender Intensität, daß sie in den letzten Jahrhunderten das Beste darstellte, das mir geschehen konnte. Ich fürchtete mich schon vor dem Gedanken, sie zu verlieren. Ich benutzte den Transmitter und befand mich am frühen Morgen wieder in der Nähe der vulkanischen Insel.

Aieta Jagdara hatte einen fast ausufernden Frühstückstisch gedeckt. Mittlerweile bewegte sie sich in unserer Nebenwelt mit verblüffender Souveränität. Ich setzte mich und deutete in die Richtung der Insel vor der Sundastraße.

„Ich bin, wie du, der Ansicht, daß die herrliche Ruhe uns alle täuschen soll", sagte Aieta. Ihr Haar war in einem langen, dicken Zopf geflochten und mit einem riesigen Straßschmetterling dekoriert.

„Wie lange noch?" murmelte ich.

Sie zuckte mit den Schultern. Während wir aßen, tranken und Musik hörten, betrachtete ich meine Tochter, und alles, was ich sah, freute mich. Sie hatte einen weit offenen Charakter, näherte sich allem Neuen mit Begeisterung. Ihr schlanker, indessen wohlgerundeter Körper, bewegte sich tatsächlich so, als würde sie durch die Natur ihrer Jagdgründe pirschen. Darüber hinaus verfügte sie über weitaus mehr Wissen, Kenntnisse und analytischen Verstand als fast jeder andere ihrer Zeitgenossen. Sie zeigte sich so selbständig und souverän wie Amoustrella oder, damals, Amiralis.

„Katastrophen brechen immer völlig unerwartet aus", sagte Aieta. Ihre blauen Augen strahlten. Ein schneeweißer Haarstreifen zog sich von der Stirn bis in den Nacken; mein Erbgut. „Wir schreiben den Zehnten?“

„Richtig. Irgend etwas passiert in kurzer Zeit.“

„Ich bin so unruhig wie du und Rancor.“

Wie würde es sich auswirken, dachte ich, wenn Nonfarmale einen Tripter hatte, einen Zertrümmerer, der die Schicht über dem glutflüssigen Erdinneren auflösen konnte, so wie ein Detonator oder Desintegrator? Ich rechnete mit dem Schlimmsten und hörte nur mit halbem Ohr der Musik zu.

„Du vermißt die jungen Herren, die dich umschwänzelten, gegenwärtig nicht?“ fragte ich eine Stunde später, als wir bis zum Hals im Wasser standen. „Oder soll ich den einen oder anderen herholen?“

„Rancor und du, das Haus, all das Neue, das Warten auf Madame Amou und die Möglichkeit, Mütterchen aus der Ferne beobachten und mit ihr sprechen zu können, entschädigen mich für den Mangel. Weißt du, Vater, seit ich dich kenne, verlieren diese Jungen ohnehin an Glanz und Bedeutung.“

Ich tauchte unter, zog sie hinunter bis auf den hellen Sand der Bucht und schoß schräg aufwärts davon. Als wir prustend auftauchten, rief ich:

„Entweder hat es dir deine Frau Mutter oder mein Milchbruder Rancor beigebracht. Aber die Fähigkeit, mir genau das zu sagen, was ich überaus gern höre, besitzt du in reichem Maß.“

„Hast du jemals in der langen Zeit dumme Töchter oder, gottbehüte, Söhne gezeugt, Väterchen Atlan?“

Ich zog es vor, wieder unterzutauchen und zum anderen Ende der einsamen Bucht zu schwimmen. Sie lag schräg unterhalb des Klippengewirrs, aber auch von hier aus sahen wir die Insel mit den drei Kratern nicht.

Die langgestreckte Insel, auf der wir uns versteckten, lag im Bereich des Monsuns und des Passats. Weit am Horizont zogen die dreieckigen Segel kleiner Boote vorbei und die fahlen Rauchfahnen aus den Schloten holländischer Fracht- oder Passagierschiffe. Nicht länger als ein Jahrhundert lag es zurück, daß hier absolute Einsamkeit sich ausbreitete. Ich schwamm zurück zu Aieta und schleuderte mein Haar in den Nacken.

„Zurück zum Strand?“

„Ja, ohne Eile.“

Wir schwammen nebeneinander auf den Strand zu, ließen uns von der Brandung umherwirbeln und tappten durch den Sand. Ich warf ihr ein weißes Tuch mit meinem Monogramm zu, und während wir uns abtrockneten, versuchten wir wieder einmal, über die nähere Zukunft nachzudenken. Der Gleiter schwebte wieder zurück zum Klippenhorst, und während wir auf Rancor und Amoustrella warteten, steuerte ich viele Sonden über riesige Flächen zu den wichtigsten Plätzen und wertete die Informationen aus.

Wir unterhielten uns, sprachen über unzählige Dinge, und als am Morgen des neunzehnten Mai Amoustrella und Rancor aus den Transmittern kamen, war es fast eine Erleichterung.

Eine Stunde nach Mitternacht, am 19. Mai, schaltete Rancor alle Beleuchtungskörper ein und rannte durch die Zimmer. Amou und ich schreckten auf. Wir hörten:

„Ein Energiestoß. Eindeutig identifiziert. Tief unter der Krakatoa-Rakata-Insel. Nonfarmale löst ein Beben aus.“

Amou löste ihre Hände von meinen Schultern. Ich warf mir den Morgenmantel um die Schultern und rannte zu Rancor ins Arbeitsimmer. Nur wenige Monitoren waren in Tätigkeit. Rancor schaltete die Wiederholung ein, und ich sah gerade noch, daß von einer Stelle weit oberhalb der Insel ein dünner, aber gefährlich scharfer Strahl, der Nonfarmale-Tripter, für wenige Sekunden nach unten zuckte und sich auflöste. Gleichzeitig bebte der Boden. Die Bäume rauschten, als sie sich schüttelten. Schon vor Stunden hatten sich kleine Tiere aufgeregt verhalten, jetzt kreischten Tausende Vögel und bildeten über dem Wald dichte Schwärme.

Ich rannte auf die Terrasse hinaus und sah an den Lichtfeldern der Schaltung, daß die Rettungsanlage aktiviert war. Hinter mir kamen Amou, Aieta und Rancor auf die Fläche. Mondlicht glitzerte auf dem Meer. Der Roboter sagte leise:

„Der Psychovampir hat sich nicht gezeigt. Ich konnte auch diesen Energieausbruch, den du Tripter nennst, nicht anmessen."

„Es hätte nichts geändert", sagte ich. Noch einmal wurde der Gebirgszug erschüttert, auf dem unser Haus stand. Die Antigravanlage schaltete sich nicht ein, auch diese Bewegung war zu geringfügig gewesen. Das Kreischen von Tieren im Dschungel und das Geschrei der Vogelschwärme gellte in unseren Ohren.

„Es naht sich offensichtlich ein Verhängnis, Atlan. Wann rechnest du mit dem Ausbruch? Das Beben war ja nur ein Zeichen."

Ich verständigte mich mit Rancor, und wir waren sicher, daß der Krakatoa bald ausbrechen würde. Ich urteilte nach dem Gefühl, als ich sagte:

„Der Ausbruch steht unmittelbar bevor. Wir brauchen nicht mehr lange zu warten."

Am nächsten Tag grollte und bebte wieder der Fels unter uns.

Wir starrten nach Südosten.

Dort schoß eine weiße Säule aus Dampf in reißender Schnelligkeit in die Höhe. Auf einem großen Schirm konnten wir die Bilder verfolgen, die unsere Sonde lieferte. Der Himmel war völlig klar und von einem satten Blau. Aus der Dampfsäule, die sich bis in eine Höhe von mehr als zehn Kilometern hinaufschob, brodelten Wolken. Sie strudelten und quirlten auseinander, in alle Richtungen, bildeten dicke Arme, die seitwärts auswuchsen, und alles geschah in völliger Lautlosigkeit.

Die Sonde wich aus, jagte knapp zwanzig Seemeilen nach Ostnordost. Dort, in makelloser Sauberkeit nach dem frühsonntäglichen Aufklaren, auf 255-Grad-Kurs, dampfte eine Korvette. Wir lasen den Schriftzug: ELI-

SABETH. Sämtliche Offiziere und Mannschaften starrten auf den Punkt, an dem die Inseln Sumatra und Java sich mit der Vulkaninsel verbanden.

Ungeheurer Druck von unten schob, jagte und wirbelte ständig neues Material durch die riesige Thrombe in den Himmel. Der weiße Pilz quoll auseinander. Fast unmerklich langsam durchsetzte sich das grelle Weiß mit blaugrauen Wolken, die sich ausbreiteten; eine grob fächerförmige Gewitterwolke erhob sich über der Durchfahrt zwischen den Inseln.

Jetzt erst erreichte uns der Geräuschorkan, der sich dort austobte. Ein Brausen, durchmischt mit dumpfem Brodeln, das auf die Zwerchfelle wirkte und die Illusion von Erdbeben hervorrief, breitete sich aus. Das Gurgeln wurde zu einem Zischen, sank wieder die Tonleiter herab, ging im dunklen Grollen unter. Die Wand aus Dampf und Gasen, Staub und Asche breitete sich aus und wallte über das Meer. Der Himmel bezog sich; ein leichter Wind war aufgekommen. Ein gigantischer Vorhang bedeckte fast den gesamten Himmel.

Rancor erklärte:

„Das ist zwar ein beachtlicher Ausbruch, aber sicher nicht das, was Nonfarmale wollte."

Entsetzt und fasziniert beobachteten wir das Schauspiel, das sich in sicherer Entfernung vollzog.

„Hoffentlich bleibt es bei dieser grauenhaften Demonstration", sagte ich. „Aber ich fürchte, das ist erst der Anfang."

Ein gleichmäßiger grauer Schleier bedeckte mittlerweile die Inseln und das Meer. Asche regnete herunter, mehlfeine Teilchen, die durch die Luft wirbelten und sich überall hin ausbreiteten. Rancors letzte Messung sagte, daß die Höhe der Dampf- und Aschewolke elftausend Meter überstieg.

In dem milchigen Graubraun, das den Tag zur Dämmerung gemacht hatte, verloren sich auch die Geräusche. Der Passat trieb einen Teil der gewaltigen Masse von unserem Standort weg, aber der Vulkan spie ununterbrochen seinen Inhalt in die Luft, Dampf und Asche und winzige Stücke Bimsstein, eine ungeheure Menge, die im Umkreis des Krakatoa auf den trägen Wellen schwamm, sich ausdehnte, aus der Aschewolke fiel und Teile der Wälder in eine bizarr bestäubte Landschaft verwandelte. Der Säuregehalt des Bimssteines war hoch. Rancor erklärte nach seiner Analyse, daß die Explosivität des Magmas mit steigendem Säureanteil zunahm.

In der unfaßbaren Masse des widernatürlichen Nebels hing die Sonne wie eine Kugel von hellblauer Farbe.

Am nächsten Morgen tastete sich die Sonde über die S.M.S. ELISABETH hinweg auf den Vulkan zu.

Innerhalb von vierundzwanzig Stunden schien die Korvette um ein Jahrhundert gealtert zu sein, ebenso wie alle Matrosen und Offiziere. Es blitzte kein Messing mehr, jede Scheibe war blind, und überall lag eine dicke Schicht mehliger Substanz; sie fand sich auf den Kleidern und der Haut der Menschen ebenso wie im Kielwasser und vor der Bugwelle. Das Meer hatte sich in eine Landschaft aus tödlichem Schnee verwandelt, in der sich das Schiff bewegte und die Dünung hob und senkte.

Nur noch ein dünner, dunkelgrauer und schwarzer Rauchstreifen quoll aus dem Vulkanschlot der knapp vierunddreißig Quadratkilometer großen Insel. Der Berggeist Orang Al'jeh, sagten die Eingeborenen, hatte sich wieder beruhigt.

„Du wartest auf Nonfarmale?“ fragte Amou am Abend.

Unser Haus war durch die Energiekuppel geschützt, und nur wenig Auswurf war bis hierher gelangt.

„Ja. Er kann jeden Tag hier aufkreuzen. Und der Krakatau kann ebenso morgen wie in einem halben Jahr wieder ausbrechen.“

„Der nächste Ausbruch“, sagte Rancor, der uns das Essen servierte, „wird mörderisch sein.“

„Ich ahne es“, meinte Aieta. „Ringsum wissen es die Tiere.“

Es hatte sich eine Grabesstille ausgebreitet. Nur der Wind raschelte in den Blättern. Ein paar Glühwürmchen schwirrten träge umher. Kein Vogel schrie, und selbst die Affen im Dschungel schienen vor Angst erstarrt zu sein.

„Vielleicht warnen uns die Tiere auch vor dem nächsten Ausbruch“, sagte ich.

Während wir in steigender Besorgnis warteten, schrieb ich meine Briefe an Rudolf Buchheim im estländischen Dorpat und gab ihm Hinweise für sein pharmakologisches Labor, an Paul Ehrlich, den deutschen Serologen, dem ich Ratschläge gab, wie man Syphilis und Schlafkrankheit bekämpfen konnte, und beim Versuch, Mussorgskijs Musik als angenehm melodisch zu empfinden, streikte sogar Rancor. Er suchte wieder Bänder von Monteverdi heraus.

Sechsundneunzig Tage nach dem Ausbruch: Sonntag morgen, der 26. August 1883. Wir hielten uns im Innern des Hauses auf. Stickend heiß lag der Dschungel da, die Sonne brannte gnadenlos herunter. Ein Passattag wie jeder andere: wolkenlos, Dampfer und Segelschiffe auf dem Meer, eine winzige Rauchfahne aus dem Krater. Als die zierliche Planetenuhr zwölfmal schlug, bildete sich im Weltraum, fast senkrecht über dem riesigen Archipel, der Strukturriß und erweiterte sich zum Ring. Unsere Geräte waren erst bei den Untersuchungen der Bauteile. Es war sinnlos, an einen Einsatz der LARSAF auch nur zu denken. Aieta kam in den Schatten der Terrasse, stützte sich auf die Brüstung und blickte abwechselnd in die Richtung des Vulkans und auf den Bildschirm. Der Logiksektor sagte mit befehlender Schärfe: *Aktiviere die Schutzeinrichtungen!*

Ich schaltete die Antigravelemente ein. Das Haus hob sich einen halben Meter über das Plateau. Aieta drehte den Kopf und schob das Haar von den Augen. Im Sonnenlicht schien der weiße Streifen zu brennen.

„Der Krakatoa?“

Ich hob ratlos die Schultern. Tief in meinem Magen bildete sich eine harte Kugel. Ein einzelner Reiher schrie, dann wieder absolute Stille. Nicht einmal Mücken tanzten.

Ich flüsterte:

„Nonfarmale ist da. Gleich werden wir ihn auf den Bildschirmen sehen."

Auch Amoustrella, die sich von unserer Unruhe anstekken ließ und aus dem großen Segeltuchstuhl aufstand, trug nicht mehr als Badekleidung. Schweigend schauten wir einander in die Augen. Es würde unzählige Opfer geben, aber niemand beachtete die Warnungen. Das hatten Aieta und ich mit Unglauben registriert, als wir ihre Fischer besuchten. Nach einem langen, unbehaglichen Schweigen sagte Rancor:

„Vielleicht finden wir heraus, welche Methoden Nonfarmale anwendet. Er scheint es genau zu wissen. Niemand sonst ist in der Lage, den Moment des Ausbruchs vorherzuberechnen. Nur er."

Selbst der Roboter war überzeugt, daß wir unmittelbar vor dem apokalyptischen Inferno standen. Er ging schweigend ins Haus und brachte Plastikbehälter mit kaltem Roséwein. Mir stand der Sinn viel mehr nach schottischem Whisky.

Kurz vor ein Uhr senkte sich das Raumschiff durch die dünneren Luftschichten und schlug einen riesigen Kreis ein, dessen Mittelpunkt durch die Vulkaninsel gekennzeichnet war.

„Jetzt." Aieta flüsterte. Ich legte meinen Arm um Amous Schultern.

Das Desaster fing mit grellweißen Dampfwolken an, die in den Himmel schossen und brodelten. Gewaltige Blitze schlugen in die Insel und ins Meer. Der Donner grollte, aber wir hörten ihn nur schwach durch winzige Mikrophone und Bildschirmlautsprecher. Das Meer um den Krakatoa färbte sich dunkler und schwärzer. Zwischen den langhallenden Donnerschlägen gab es harte, unwirkliche Geräusche: ein dröhnendes Knallen, immer wieder. Eine Viertelstunde lang fiel das Wasser zehn Fuß, also rund drei Meter weit. Dann stieg es wieder, und die

Wellen jagten auf alle Ufer zu. Das Beben erzeugte eine ringförmige Welle, die sich mit weniger als tausend Kilometern Geschwindigkeit in der Stunde in alle Richtungen hin ausbreitete. An vielen Küsten würden Tsunamis die Menschen töten und die Häuser ins Meer waschen; schon war dieses Verhängnis unterwegs.

Der Donner wurde schärfer und härter. Die Vögel in unserer Nähe erwachten aus der Starre, flogen auf, bildeten riesige Schwärme, die erstaunliche Formationen bildeten, dann flüchteten sie wieder in die Nester und zwischen die Blätter.

„Sie werden alle sterben", sagte Aieta in tiefer Ergriffenheit. „Warum haben sie uns nicht geglaubt?"

Ich konnte nur mit den Schultern zucken. Eine Aschewolke wurde kilometerweit in die Luft geschleudert, und in ihrem Sichtschutz näherte sich das Raumschiff dem Ort, an dem sich die Planetenkruste öffnete. Schwefel breitete sich in der Luft aus, die Wolke senkte sich in tödlicher Langsamkeit. Viermal in der Stunde gab es jetzt Gezeiten. Das Wasser verschwand, legte weite Küstengebiete trocken, kam mit brutaler Gewalt wieder und zermalmte, was es übriggelassen hatte. Der Tag wurde wieder zur Dämmerung. Diesmal war die Sonne riesig und blutigrot. Die Erde zitterte und bebte, während rings um uns die Bäume wild durcheinanderpeitschten, während morsche Bäume krachend umfielen, während sich die Felsen schüttelten und an der Küste riesige Platten herunterstürzten und Steinlawinen abgingen, schwebte die Metallplatte des Hauses ruhig über den schwankenden Felsen. Aus dem Bauch des Planeten kamen unheimliche Laute, unter uns schrien einzelne Felsen, die zerrissen wurden, wie verwundete vorzeitliche Tiere.

Bis zehn Uhr nachts hielten die Beben an, die Gewitter in der schwefligen Wolke, der Dampf aus dem Erdinnern, das Heben und Senken des Meeres. Alle Schiffe hatten versucht, sich in Sicherheit zu bringen und waren in alle

Richtungen davongesegelt; viele davon in einen qualvollen Tod der Mannschaften.

Asche und Bimsstein lagen auch auf der kuppelförmigen Energieabdeckung über dem Haus. Ich riskierte es nicht, die Antigraveinrichtung auszuschalten. Wir schwiegen. In meiner Vorstellung liefen die Bilder wie farbige Schnittzeichnungen ab. Was geschah unter dem Meeresspiegel, hinter der unglaublich großen Wolke, die uns längst erreicht hatte?

Der Vorrat an Glut, an geschmolzener Erdrinde, erschöpfte sich langsam. Es bildeten sich im zähen Magma riesige Hohlräume. Die Wände der Insel, zum Teil bereits pulversiert, waren dünner geworden, und der Wasserdruck schob sie – wie damals im Mittelmeerinferno, als eine Kultur unterging – auf das Loch im Planeten zu.

Zufällig achtete ich auf die Uhrzeit.

Aieta und Amou schliefen und hatten grausige Träume. 04.40 Uhr: Teile der Insel kippten nach innen.

Das Meer schien plötzlich ausgetrocknet zu sein, dann kamen gigantische Wellen aus nächtlicher Schwärze. Zehn Meter hohe Mauern aus Gischt und Wasser donnerten die Ufer aufwärts, knickten unzählbare Palmen wie Grashalme, mehrere Kilometer landeinwärts wurden Häuser zerfetzt, die Felder zu Brei, die Menschen ertränkt, zerschmettert, unter Trümmern begraben.

Aus der Nacht regnete es kochenden Schlamm. Unaufhörlich blitzte es. Niemand sah in der Luft, die sich in ein Gemenge aus Gift, Schlamm, Salzwassernebel und triefende Asche verwandelt hatte, den grellen Lichtschein. Unaufhörlich tobte der Donner. Niemand hörte ihn wirklich in dem Chaos aus zahllosen Geräuschen, von denen ein jedes Untergang und Vernichtung bedeutete. Tausende starben in jeder Stunde. Die Dunkelheit hielt bis neun Uhr am Morgen an.

Die Dunkelheit erstreckte sich in einem Radius von hundertfünfzig Kilometern um die halb verschwundene Insel. Auch auf unserer Klippe gab es kein Sonnenlicht. Eine Stunde danach konnten wir die ersten Messungen anstellen. Die Staubwolke über dem Krakatoa ragte vierzig Kilometer weit in den Weltraum hinaus, bis fast zu Nonfarmales Strukturöffnung. Sein Raumschiff hatten wir längst aus den Augen verloren. Messungen waren in dem Inferno unmöglich. Eine andere Sonde, rund siebenhundert Kilometer weit entfernt, lieferte stechend scharfe Bilder von der riesigen Thrombe. Aus dem Brüllen und Toben, das fast ununterbrochen aus dem Schlund des Vulkans gekommen war, wurde ein seltsames Brummen, das unveränderlich in der Luft hing. Knapp neunzehn Stunden lang, ununterbrochen, hatte der Planet einen Teil seiner Masse zu den Sternen emporgeschleudert. Jetzt war er erschöpft.

Nein, sagte der Extrasinn. *Die Ruhe täuscht.*

Schwärze, Finsternis und Gestank umgaben uns. Was wirklich in unmittelbarer Nähe des Vulkans vor sich gegangen war, hatte kein Auge gesehen, und auch keine Sonde hätte die entfesselten Gewalten überlebt. Ich hatte noch den letzten 10-Uhr-Schlag der Uhr im Ohr, als der Vulkan starb und sich im Todeskampf noch einmal aufbäumte.

Neunzehn Stunden lang hatten die Eruptionen gedauert.

In der zwanzigsten Stunde stürzten gewaltige Mengen Fels, Stein, Erde und Wasser in den riesigen unterplanetarischen Hohlraum.

Wahrscheinlich krachten alle drei Vulkankegel ins Innere. Der Planet schrie auf. Der Schrei des Vulkans breitete sich aus, und viel später erfuhren wir erstaunliche Einzelheiten.

Ein Dreizehntel der Planetenoberfläche hörte den knallenden Donnerschlag.

In Singapur dachten die Leute, Schiffe in Seenot hätten die Kanonen abgefeuert. In Mittelaustralien, in Brisbane,

4000 Kilometer weit entfernt, war die Schallwelle zu hören, ebenso auf den Philippinen, 2900 Kilometer entfernt. Vier Stunden nach dem Ausbruch traf der Schall in Madagaskar ein, das 4800 Kilometer entfernt war. Gleichzeitig breitete sich eine Druckwelle durch die Luft aus. Unsere Barometer sprangen unentwegt um 28 Millimeter auf und ab.

Sechs Tage lang, gegen die Planetendrehung und mit ihr, kreiste die Druckwelle mit fast der Geschwindigkeit des Schalls siebeneinhalbmal um Larsaf Drei. Auch die Staubwolke setzte sich langsam in Bewegung, aber das interessierte in diesen Sekunden und Minuten niemanden – außer Nonfarmale.

Die Flutwelle. Die größte Welle seit dem Dämmern der Menschheit. Die ultimate Kyma, die Wellenwelle, die Urmutter aller Vernichtung.

Zunächst sog der leere Raum unter der einstigen Insel das Wasser an. Es jagte von allen Seiten heran, stürzte in den Hohlraum und wurde zum Teil verdampft. Der Dampf drückte das Wasser wieder in die Höhe und mit der Kraft einer Explosion von kosmischer Gewalt auseinander. Mit der rasenden Geschwindigkeit von etwa fünfhundertfünfzig Kilometern in der Stunde, unsichtbar unter dem Meer, raste der Tsunami los, berührte die Küsten, bäumte sich auf und erhob sich bis zu vierzig Metern. In einer Stunde wurden abermals fünfunddreißigtausend Menschen getötet, und über ihnen schwebte Nonfarmale. An bestimmten Stellen drangen die Fluten bis fünfzehn Kilometer weit ins Land vor.

Als das Wasser zurückflutete, riß und spülte es die Reste einer Küstenzivilisation ins Meer zurück. Etwa acht Kubikkilometer Asche senkten sich über eine unglaublich große Fläche, und auf den Resten der Krakatoa-Insel lagerte sie sich zu einer Dicke von siebzig Metern ab.

Als die Riesenwelle wieder zurückflutete und hundertfünfundsechzig Dörfer und Städte ausradiert und weitere hundertzweiunddreißig schwer beschädigt hatte, schraubte sich Nahith Nonfarmales goldenes Raumschiff in die Höhe, stieg über der gigantischen Wolke ins Dunkel der Sterne, und durch den Strukturring flog der Psychovampir, satt und vollgesogen, zurück zu seiner Planetenkolonie.

Als sich die Sonne wieder zeigte, senkte ich das Haus ab, beseitigte die Ascheschicht auf der Kuppel und überlegte, was zu tun sei. Immerhin hatten wir einen der Sender des Saurokrators, doch es dauerte sicher etliche Jahre, bis das Funktionsprinzip ergründet und weitere Jahre, bis ein verwertbarer Nachbau möglich war.

6.

Amoustrella lehnte an meiner Brust; mitten in der Nacht waren wir plötzlich gleichzeitig aufgewacht. Weitab der riesenhaften Staubwolke, die über der subtropischen Zone schwebte, hatten wir uns auf Yodoyas Eiland geflüchtet. Die Brandung rauschte unnatürlich laut. Keine Brise regte sich, und ich zog meine Geliebte an den Schultern hoch. Ich griff in den Nacken und rückte den Aktivator wieder auf die Brust.

„Gehen wir zur Lagune“, sagte ich. „In der Lagune können wir, wenn's so heiß bleibt, schwimmen und uns abkühlen.“

„Und am Tag schlafen wir“, flüsterte sie. „Gehen wir.“

Winzige Lichter unter den Pflanzen schufen schwache Helligkeit. Niedrige Wellen zischten auf den Strand. Der Passat hatte sich ab Mittag beruhigt. Nachdem wir die halbe Insel umrundet hatten, sagte ich:

„Bist du einverstanden, daß wir bis zum Ende des nächsten Jahres wach bleiben? Ich meine, wir sollten wachsame Augen auf Aieta haben.“

„Knapp eineinhalb Jahre? Ich bin dabei.“

Aieta half den überlebenden Fischern, ihre Siedlungen wieder aufzubauen und ihre Boote auszubessern. Fünfunddreißig von hundert Menschen, die sie gekannt hatte, waren verschollen.

„Rancor und ich sind überzeugt davon, daß Nonfarmale viele Jahre ausbleibt. Er ist satt. Und wann ich ihn hier angreifen und vernichten kann, weiß niemand."

„Ich habe auch mit Rancor gesprochen. Und um nicht trübsinnig zu warten, sollten wir schlafen. Und es nützt meiner Jugend an deiner Seite, Mondsegler."

„Dieses Warten. Jahrzehnte, Jahrhunderte! Ich sollte schon lange auf dem Flug nach Arkon sein."

„Du hast dich entschlossen, erst Nonfarmale zu besiegen. Und du weißt, daß ich dich dabei unterstütze, so gut ich es kann."

Point Fomalhâut, der Silo, hatte die Beben und den Vulkanausbruch überstanden. Das Trägergerüst, bis zur Unkenntlichkeit verformt, hatte das kugelförmige Lager vor dem Schlimmsten bewahrt, und jetzt arbeiteten die Robotmaschinen daran, das Material vom Klippenhorst-Haus zu nützlichen Gerätschaften umzubauen: Lampen, Messer, Garn für Netze und Bauteile von Booten, Ruder oder Rohre für Masten und viele andere Kleinigkeiten in großen Stückzahlen. Aieta war außerordentlich selbständig und zielstrebig. Ich würde sie mit dem Gleiter abholen.

„Also haben wir noch mehr als fünfzehn herrliche Monate vor uns", sagte Amrou. „Und wenn schließlich euer technischer Kram fertig ist, weckt uns Rancor wieder."

Ich nickte und setzte mich auf einen fast waagrecht gewachsenen Palmenstamm.

„So ist es geplant. Aber vermutlich kommt's ganz anders."

„Mehr Optimismus, Atlan."

„Ich habe nicht genügend Phantasie", sagte ich leise, „um die möglichen Störungen nennen zu können, und es geht auf diesem barbarischen Planeten immer ganz anders, als man es sich ausgerechnet hat."

„Was hat Aieta vor?" fragte ich, als wir langsam

nebeneinander durch die Lagune schwammen und den Mond hinter dem Nebel der driftenden Staubwolke betrachteten.

„Sie will viel sehen, viel erleben und viel lernen“, antwortete Amou. „Sie hat recht genaue Vorstellungen. Und im Alter, sagte sie mir allen Ernstes, will sie nach Amerika zurückgehen, und dort möchte sie die Erinnerungen an ihr eigenes Volk bewahren. Vielleicht gestattet sie auch einem Mann, ihr zu helfen.“

Ich grinste und sagte in die Dunkelheit:

„Rancor hat eine Sufragette an seinem flachen Busen genährt. Hoffentlich kann sie ihren Willen durchsetzen. Am Können zweifelt keiner.“

„Sie selbst am allerwenigsten.“

Wir verließen das Wasser und gingen ins Haus, wo eine Klimaanlage für angenehme Temperatur sorgte. Am 29. August hatte Yokohama einen düsteren, roten Sonnenuntergang erlebt, der die Japaner in schieres Entsetzen stürzte und alten Aberglauben wieder aufwuchern ließ. Am 2. September ging über einem unwirklichen Himmel in Panama eine grüne Riesensonne unter.

„Wir brauchen nicht mehr an Vulkane zu denken, und auch nicht mehr an Nonfarmale“, sagte ich. „Die Zeit gehört uns.“

„Ich helfe dir dabei, sie richtig zu nutzen. Wir suchen uns ein paar schöne Plätze und tummeln uns dort.“

„Morgen früh fangen wir mit der Suche an.“

„Einverstanden.“

Aus: RICOS ANNALEN. Handschriftliche Notizen über eigentümliche Vorfälle während scheinbar ereignisloser Jahre. Hermetische Dokumentation, nur Atlan zugedacht. Nicht im Zentralrechner abgespeichert.

Seit dem 15. Januar 1885 werde ich durch Wünsche, Befehle und den Arbeitsaufwand für den Schutz von Kristallprinz Atlan nicht abgelenkt. Ich kann mich der Beobachtung des Planeten widmen, dem Anblick der schlafenden Madame Gramont und der Überwachung von Atlans erstaunlicher Tochter. Unermüdlich arbeiten Boog und ich an dem Versuch, die technischen Einzelheiten des Nonfarmale-Senders zu ergründen. Auch ohne die Mithilfe oder eingreifende Gestaltung des Paladins der Menschheit fährt diese fort, sich einerseits zu bekriegen, andererseits jeden Tag ein paar neue Entwicklungen zu präsentieren, von denen einige eindeutig den Weg zu den Sternen bereiten können. Innerhalb unseres Überlebenssystems machen mir einige Erscheinungen echte Sorgen:

Wäre ich Anhänger einer Naturreligion, würde ich schreiben: In den Tiefen des Zylinders, der von der Arkonstahlkuppel gekrönt wird, spukt es. Es geschehen Dinge, die unerklärbar und beunruhigend bleiben. Energiestrukturen tauchen auf und verschwinden. Ich vermute, daß auch Ausrüstungsgegenstände verschwinden. Ich habe mittlerweile zwei Dutzend Kontrollstationen eingerichtet und dennoch nicht herausgefunden, wer oder was sein Unwesen treibt.

Schwarzer Mond hat sich einer Karawane durch Indien angeschlossen und studiert dort die Sitten der Eingeborenen. Boog und zwei Sonden überwachen sie und ihren Weg auf den Spuren der Engländer und durch die Hütten der Eingeborenen. Im Jahr 1886 ist es nur wenigen Menschen gegeben, ungefährdet durch das Land zu reisen.

Die Söhne des späten Samurai-Nachkommen Kamakura Yamazaki, die im Besitz der Lackschatulle sind, erwägen allen Ernstes, den Nachfahren des Großen Samurai zu suchen, der mit ihrem Vater zusammen gekämpft hat. In einer englischen Zeitung entdeckte ich zufällig eine Suchmeldung. Sie scheinen auf zusätzliche Informationen gestoßen zu sein. Vielleicht schafft es Atlan eines Tages, nach Tokio zu fliegen und ihnen die Sinnlosigkeit eines Kampfes gegen ein Gespenst aus dem Weltraum vor Augen zu führen.

Boog und ich haben einen weiteren Roboter nahezu fertig. Er hat das Äußere Amoustrella Gramonts. Die

Überlegung war, daß Nonfarmale oder ein anderer Amou töten will. In diesem Fall wird sie nicht das Schicksal von Amiralis Thornerose teilen müssen. Die zweite Amou sieht ganz allerliebst aus. Man könnte geradezu vernarrt in die Nachschöpfung werden.

Es wird zunehmend schwieriger, geschichtliche Vorgänge so zusammenzufügen, daß ein System und Strukturen erkennbar bleiben. An zu vielen Orten des Planeten gibt es zu viele Gruppen, die aus unterschiedlichen Gründen gegeneinander kämpfen, mit technischen Mitteln, die eines besseren Zweckes würdig wären.

Nachtrag am 17. Mai 1915: Vor neun Tagen erschien Atlan, im Tiefschlaf, wieder aus dem Nichts. Seit dem 11. Juli 1890 war er verschwunden. Indes: Ich merkte dies erst am 11.7. Es kann sein, daß er an einem anderen Tag verschwand. Mit ihm verschwand Amoustrella. Fünfundzwanzig Jahre lang waren wir alle ohne jede Nachricht. Das Vierteljahrhundert war von vollkommener Ratlosigkeit gekennzeichnet. Boog, der Amou-Roboter und ich arbeiteten an den neuen Sendern, und wir haben das Prinzip herausfinden und verfeinern können. Heute erhielt ich die Information, daß der amerikanische Passagierdampfer LUSITANIA versenkt wurde und 1400 Menschen ertranken. Das bedeutet endgültig Krieg, und das fordert Nonfarmale heraus. Ich wecke Atlan auf, und es ist nicht zu berechnen, wie er sich verhält, wenn er vom Verschwinden Amoustrellas erfährt.

7.

„Es ist müßig, darüber nachzudenken, was passiert, wenn ich in Panik gerate“, sagte der Roboter. „Mich hielt nur eine Tatsache davon ab. Als du verschwandest, maßen meine Antennen und Kameras tief unten im Zylinder starke Hyperenergien. Es waren fast identische Impulse wie jene, mit denen wir Nonfarmales Strukturrisse auflösen können. Mit hoher Wahrscheinlichkeit seid ihr vor einem Vierteljahrhundert durch einen Dimensionstunnel ‚entführt‘ worden.“

Ich bemühte mich, jedes Wort und dessen Sinn zu verstehen. In meinem Zustand fiel es schwer. Wieder schlief ich ein und wußte, daß ich mich auf der Erde befand, im Schutz der Kuppel und angeschlossen an die Batterie der abgenutzten Wiederbelebungsgeräte. Wilde, phantastische Überlegungen rasten, bis ich erschöpft wieder einschlief, durch mein Hirn.

Sechsunddreißig Stunden später betrachtete ich mit tränenden Augen die Bildschirme. Salziges Sekret lief über meine Wangen. Mühsam erkannte ich wenigstens eine Gestalt auf dem holografischen Monitor. Rancor erläuterte:

„Deine Tochter Aieta Arcoyne-Lawrence. Sie ist fünfzig Jahre alt, ihr Mann, Richard Lawrence, dreiundsechzig. Boog hat die Farm demontiert und an ihren neuen Standort versetzt.“

Sie wohnten am St.-Lorenz-Strom, nordöstlich von Quebec.

„Du siehst deinen Enkel, ihren Sohn. Silent Thunder oder Orban-Amir Arcoyne-Lawrence.“

„Rührend, diese Namenswahl“, ächzte ich. Die kleine Familie schien sich tatsächlich mit großer Sachkenntnis und ebensolchem Fleiß mit der Dokumentierung der alten Sioux-Geschichte zu beschäftigen. Auch Orban-Amir war ein helläugiger, schwarzhaariger Mann, hochgewachsen und breitschultrig. Ab und zu sah ich am Rand meines Blickfelds Amou, die schweigend dem Roboter half. Warum dieses seltsame Verhalten?

In den folgenden Tagen zogen die Wirrnisse eines Vierteljahrhunderts an meinen Augen vorüber. Verglichen mit Kämpfen und Kriegen vor tausend Jahren hatte damals nicht nur mehr Vernunft regiert, sondern geradezu eine idyllische Ruhe. Es gab zu viele Menschen, und sie bekriegten sich stets wegen jener Gründe, die auch in der Bronzezeit für Auseinandersetzungen gesorgt hatten: Landbesitz, Herrschaftssysteme, soziale Ungerechtigkeit und Religion. Es starb sich heute anscheinend schneller und leichter. Seit Erzherzog Franz Ferdinand von Österreich und seine morganatische Gattin von einem Serben getötet worden waren, herrschte Krieg: Österreich-Ungarn gegen Serbien, Deutschland gegen Rußland und Frankreich, Österreich-Ungarn gegen Rußland, Frankreich und England, Japan gegen Deutschland, auch die Türkei wollte unbedingt mitkämpfen.

„Ich dachte, seit Krakatau kenne ich das Chaos", murmelte ich mit heiserer Stimme. „Ich habe mich geirrt."

„Heutzutage sind die Irrtümer tödlich. Es gibt aber nicht nur schlechte Nachrichten."

„Hoffentlich, Rancor."

Meine Tochter, ihr Mann und mein Enkel schienen zufrieden, ungestört und gut versorgt ihr Leben im nördlichen Teil des amerikanischen Kontinents zu führen. Der Krieg, an dem sich fast die ganze Welt zu beteiligen schien, würde sie kaum erreichen. Ich wandte mich dem Roboter zu. Ich konnte mich bereits aufsetzen und wenige Schritte gehen.

„Zu Nonfarmale. Was habt ihr erreicht?"

Rancor schaltete ein Band mit beruhigender Musik ein und zugleich ein erklärendes Programm aus den Speichern auf die Schirme.

„Wir haben drei schwebende Sender gebaut. Einen vierten als Reserve. Diese Geräte arbeiten zusammen und bilden ein gleichseitiges Dreieck, beziehungsweise dessen Eckpunkte. Sie sind raumflugtauglich. Wir können mit ihnen von jedem Punkt des Planeten aus eine Strukturöffnung auflösen. Wenn Nonfarmale nicht in seinem Raumschiff eine redundante Anlage für den Aufbau seines Feldes hat, schneiden wir ihn von seiner Jenseitswelt ab."

„Er müßte dann, mitten im Weltkrieg, gegen mich kämpfen. Raumschiff gegen Raumschiff?"

„Zutreffend. Er kann sein Schiff ebenso unsichtbar machen und durch die Schirme schützen wie du."

„Sein Raumschiff kann, auch wenn es so gut bewaffnet ist wie die LARSAF, abgeschossen werden."

Mein Schiff stand nach wie vor unangetastet auf Yodos Island. Das Eiland war zwei dutzendmal von Eingeborenen besucht worden, von Bewohnern entfernter Atolle. Sie entdeckten die Gebäude, benutzten sie auch, aber sie beschädigten nichts. Rancor und Boog hatten einige schwer ersetzbare Einrichtungsgegenstände entfernt, den Transmitter besser getarnt und die Einbaum-Segler gewähren lassen. Sie hatten sogar Schößlinge von Gewächsen mitgebracht, die sich auf dem Inselchen prächtig ausbreiteten.

Ich betrachtete die verschiedenen Darstellungen, die Kämpfe, Schlachten, Verwüstungen und das Elend. Die Solarlampen begannen meine Haut zu bräunen. Mein Körper erholte sich. Der Zellschwingungsaktivator schickte seine Ströme durch den Körper. Ich fühlte die Wärme auf der Haut und im Zellgewebe über meiner Knochenplatte.

„Du erinnerst dich an Boog, an Synonymus Eins und seine Doppelgängerfunktion beim Eindringen in Nonfarmales Klippenhorst?"

„Natürlich. Er hat mir trotz allem sehr genützt."

„Boog und ich ließen die Wahrscheinlichkeit ausrechnen, ob auch Amoustrella einen höheren Überlebensfaktor dadurch erhält, daß sie ein Double hat."

Ich nickte.

„Hervorragend, Rancor. Eine gute Überlegung. Habt ihr . . .?"

Ich wandte mich um und versuchte einen Blick auf Amou zu erhaschen.

„Wir haben eine überzeugende Kopie hergestellt. Selbst bei sehr kritischer Prüfung würde Amou Zwei nicht auffallen."

„Aber?"

„Mit dir zusammen wurde Amoustrella entführt. An einem Tag kurz vor dem elften Juli achtzehnhundertneunzig seid ihr verschwunden. Nur der Umstand verblüffte uns, daß auf den tiefsten Sohlen unseres Stahlzylinders unsichtbare Hyperenergien frei wurden. Eine Reihe von Effekten, ähnlich wie Transmitter oder Transitionssprungtechnik. Du bist tiefschlafend, aber unversehrt zurückgekommen. Nicht aber Amoustrella."

Beherrsche dich! Nur durch kaltes Überlegen kannst du deine geistige Gesundheit behalten, denn sie wurde aus einem bestimmten Grund entführt.

Die Stimme des Extrahirns war dröhnend. Ich sank zitternd zurück, atmete tief, konzentrierte mich auf weit entfernt liegende Dinge. Die Mauer, die ich innerlich aufbaute, wurde immer wieder von den vergifteten Spitzen aus Schmerz, dem Übermaß an Gedanken des Verlustes durchstoßen. Die Einsicht, Amou verloren zu haben, trieb mich in die Ohnmacht.

Ich wachte nach einer unbestimmten Anzahl Stunden wieder auf und war weiter körperlich gekräftigt. Rancor brachte mir einen Becher dünnen Wein. Hinter ihm stand Amoustrella Zwei und trug den Weinkrug.

„Ich erinnere mich nur schwach", sagte ich. „Ich war lange Zeit auf Welten gewesen, in Landschaften, die phantastischer glühten als die der Erde und der Nonfarmale-Jenseitswelten. Ich glaube nicht, daß ES dafür verantwortlich ist. Weil das alles so ist, muß es einen Sinn haben, den wir nicht erkennen. Noch nicht."

In meine Gedanken schoben sich fremdartige Bilder von exotischen Welten. Eine Perlenschnur aus Planeten, wie ein Wall durch einen fremden Weltraum, rankte sich um den unauslöschlichen Eindruck von Amoustrellas Gesicht und ihrem Körper. Ich schüttelte mich, holte tief Atem und zwang meine Überlegungen in logische Bahnen zurück.

„Ich werde versuchen, mich auf das Nächstliegende zu konzentrieren."

„Wahrscheinlich sind sämtliche Einzelheiten für diese Aktion vorbereitet." Boog und der andere Roboter näherten sich lautlos vom Durchgang zu den Privaträumen. „Wir haben für die nahe Zukunft vorgesorgt."

„Was später wird, bleibt abzuwarten“, sagte ich. „Boog. Verändere dein Aussehen. Ich will nicht jede Minute an Amou erinnert werden.“

„Verstanden.“

Was sich während des verschwundenen Vierteljahrhunderts wirklich ereignet hatte, würde ich irgendwann herausfinden. Ich war entschlossen, Nonfarmale zu töten. Die schauerlichen Begleitumstände eines Krieges, der so viele Nationen erschütterte, waren eine gute Tarnung. Ich hob die Hand und sagte:

„Gehen wir an die Arbeit. Diesmal darf es keine Panne geben.“

Wieder spürte ich Schmerzen im Nacken und die bekannte Schwäche in den Knien. Ich wankte zum nächsten Sessel und glitt ächzend hinein. Die gehorsamen Maschinen näherten sich von allen Seiten, blinkten, summten und klickten. Der Zellschwingungsaktivator schien zu glühen.

Etwa sechsunddreißig Stunden später, während einer weniger problematischen Wachphase, spielte Rancor eine jener Bildfolgen ein, die mich noch mehr faszinierten als die mörderischen Zerstörungen des Krieges, in dem die Barbaren selbst vor dem Töten durch Giftgas nicht zurückschreckten.

Rußland; Moskau und Sankt Petersburg.

Ich las blinzelnd den Text.

Dieser Mann, Grigorij Jefimowitsch Rasputin, kontrolliert die Familie des Zaren. Seine Herkunft ist zweifelhaft. Er verfügt über starke hypnosuggestive Kräfte. Über ihn wird das Verhalten Rußlands im Krieg ebenso bestimmt wie andere politische Aktivitäten. Der Zar Nikolaus II. löst den Feldherrn Großfürst Nikolai Nikolajewitsch als Oberbefehlshaber ab. Rußland wird Lemberg verlieren. Rasputin, angeblich „Wundermönch“, Anhänger von Danila Philippows Klysty-Sekte, auch „Starez“ genannt, verfügt über Methoden/Medikamente, mit denen er die Bluter-Krankheit des jungen Zarewitsch

Alexej anscheinend geheilt hat. Ein solches Mittel ist der zeitgenössischen Medizin nicht bekannt.

Der Logiksektor kommentierte:

Eine Meldung von unzähligen, eine Seltsamkeit unter vielen. Behalte diesen Fabelmönch im Auge, Arkonide.

Ein aberwitziger Gedanke überfiel mich. Rasputin und Nonfarmale? Hatten sie uns entführt oder konnten sie damit etwas zu tun haben? Unwahrscheinlich. Aber auf diesem Planeten war mitunter ein Wunder alltäglicher als das Normale.

„Ich werde mir dein Gesicht sehr genau merken, Grigorij Jefimowitsch“, sagte ich. Ich ließ den Mönch auf dem Holoschirm stillstehen, fuhr die Sequenz zurück und prägte mir jede Einzelheit des gesamten Berichts der Spionsonde ein.

Brüderchen Rasputin, der „teuflische Heilige“, verhaßt, verachtet und hochgeehrt, war stämmig, breitschultrig und hochgewachsen. Die langen, struppigen Haare fielen vom Mittelscheitel bis auf die Schultern. Unzählige Runzeln durchfurchten die bräunliche Haut, eine fleischige Nase sprang über einem langen, struppigen Bart weit vor. Es war ein wildes Gesicht, beherrscht von kleinen, flackernden Augen. Ich hörte ihn sprechen; seine rauhe, harte Stimme verwandelte sich binnen zweier langer Sätze in das disziplinierte, warm-sonore Organ eines Baßbaritons der russischen Oper. In seinem Bart schimmerten ebenso wie im Haar graue Fäden. Die Kutte, die an seinem Körper hing, deutete auf seine Zeit als „Strannik“, als bettelnder Wandermönch hin. Jetzt lebte er im Luxus. Als ich ihn betrachtete, wuchs mein Argwohn. Mensch oder Androide? Psychovampir oder ein Außerirdischer, der in einer wenig appetitlichen Maske auftrat?

„Mehr noch, Brüderchen: Ich werde eine Inspektionsreise nach Petersburg durchführen.“

Als ich nach einer kleinen Ewigkeit die völlige Kontrolle über Verstand und Körper besaß, ließ ich die Transmitterverbindung zu Yodoyas Insel schalten und folgte dem Robot, der seit zehn Tagen Haus und Raumschiff versorgte. Die falsche Amou hatte sich in einen hochgewachsenen Südseeinsulaner verwandelt.

„Ich nehme an, daß die LARSAF sich in einwandfreiem Zustand befindet?"

Ich setzte die dunkle Brille auf, genoß die vertraute Umgebung und vermißte Amou noch mehr als nach Rancors Geständnis. Im Haus kontrollierte ich sorgfältig die Teile unseres Bildfunknetzes und fragte mich, wann die Menschheit in der Lage sein würde, sich in unsere Kanäle einzuschalten.

„Rancor hat zweimal das Testprogramm durchlaufen lassen. Es sollte ein einwandfreier Start und Flug möglich sein. Soll ich die Zeltverkleidung abbauen?"

„Morgen oder übermorgen", sagte ich. „Ich kontrolliere alle Suchantennen und warte auf Nonfarmale."

„Verstanden, Atlan."

„Und du, Häuptling Mapuhi, sorgst dafür, daß uns deine paddelnden Artgenossen nicht behelligen."

Er antwortete in herrlichem Pidgin.

„Welle ich mach groß. Hai beiß Kanu. Dann Inselkerle komm nevernever."

„Das mußt du von Boog gelernt haben", sagte ich und regelte die Raumtemperatur neu ein.

„Ihm Kerl Boog. Ihm gut Master", war die Antwort. Mapuhi, dessen Halsschmuck aus künstlichen Haifischzähnen, echten Muschelschalen und getarnten, kugelförmigen Explosionskörpern bestand, klapperte und rasselte bei jedem Schritt.

Ich stand auf und lief zur Lagune. Auch beim Schwimmen erinnerte ich mich an Amou, und plötzlich, als meine Muskeln von den wilden Anstrengungen zu schmerzen anfingen, beschloß ich, meinen Enkel kennenzulernen.

Boog hatte den Transmitter im Farmhaus aktiviert. Als ich das Inselchen verließ, war jede Verbindung, jeder Knotenpunkt und jedes einzelne Gerät aller Überwachungseinrichtungen in perfektem Zustand. Neue Spionsonden schwebten an jenen Beobachtungspunkten, die ich für wichtig hielt. Ich war völlig erholt, hatte mein Haar stark gekürzt, meine Haut war gebräunt, und die Anstrengungen hatten jede Zelle meines Körpers gekräftigt. Ich deutete auf die vielen Gepäckstücke und nickte Mapuhi zu.

„Wo ich zu erreichen bin, wißt ihr drei. Wenn nichts dazwischenkommt, bin ich in sieben Tagen wieder hier.“

„Also am zweiundzwanzigsten Juni. Ich befördere das Gepäck hinter dir her. Savvy?“

„Aloa“, sagte ich. „Wenn Nonfarmale auftritt, werde ich sofort gewarnt.“

Ich passierte die Transmittersäulen und befand mich kurz darauf im Schuppen des Hauses. Nacheinander schleppte ich Bücher, Nahrungsmittel, Wein und Champagner ins Freie und hörte auf, als ein Hund heransprang und wütend kläffte. Als ich ihm einen Stein nachschleuderte, raste er mit eingezogenem Schwanz davon und stieß mit Lawrence zusammen, der auf die hölzerne Balustrade heraustrat.

Ich hob den Arm und rief:

„Ich hoffe, Sir, ich komme nicht allzu ungelegen. In diesen Tagen dauert Post ein wenig zu lange.“

„Leider ist niemand hier, der Sie vorstellen kann“, sagte Richard Lawrence. „Sie sind nicht etwa . . .?“

Ich verbeugte mich knapp.

„Sie, Sir, sind mein Schwiegersohn, und ich hätte auch gern meine Tochter geküßt und meinem Enkel die Hand geschüttelt.“

Der Einundsechzigjährige wurde weder verlegen noch verlor er seine Gelassenheit. Einen Atemzug später schrie Aieta meinen Namen, rannte auf uns zu und breitete die Arme aus. Voller Rührung sah Richard zu, wie wir uns umarmten. Schließlich schob sie mich auf Armeslänge zurück und sagte kopfschüttelnd:

„Nicht einmal fünf Jahre älter siehst du aus, Väterchen. Warum hast du Amou nicht mitgebracht?"

„Jeder würde dich für fünfunddreißig halten", sagte ich. Jetzt schüttelte auch Richard meine Hand. „Später mehr von Amou. Und wo ist der hoffnungsvolle junge Herr Arcoyne-Lawrence?"

Silent Thunder war in die nächste Kleinstadt gefahren, um einzukaufen. Er wurde gegen Abend zurückerwartet.

„Dort in den Kisten und Packen findet sich eine halbe Tonne europäische Kultur und Zivilisation", meinte ich. „Zeitungen, Bücher, eine Art Miete für die kommende Woche. Gibt es in der Nähe ein gutes Hotel?"

Aieta lachte mich aus. Während wir die Mitbringsel ins Haus trugen, betrachtete ich das Paar genauer. Die Strähne in Aietas Haar war schneeweiß geworden, aber sie war eine erstaunlich jung gebliebene Frau. Richard, ein hochaufgeschossener, sehr schlanker Mann, wurde mir von Stunde zu Stunde sympathischer. Er trug halblanges Haar und ein glattrasiertes Kinn. Das Haus war wohltuend modern eingerichtet und ausgestattet, ich erkannte Rancors und Boogs Installationen. Richard las die Titel der Bücher laut vor und geriet mindestens ein dutzendmal in helle Aufregung. Aieta bereitete das Abendessen vor und deckte unter einer Gaslampe einen großen Tisch mit weißem Leinen und dem silbernen Eßbesteck für Gäste. Ich öffnete fast lautlos zwei Champagnerflaschen und verteilte die vollen Gläser.

„Tausend Blitze konnte nicht sagen, wann du uns besuchen kommst, Dad. Ach, es ist so viel zu erzählen."

„Seit Krakatau ist viel geschehen", sagte ich. „Wir werden nächtelang reden können. Was merkt ihr vom Krieg?"

„Hier draußen? Nicht viel. Ich brauchte Orban Amir auch nicht zu verprügeln, um ihn vom Eintreten in irgendein Freiwilligenkorps abzuhalten", sagte Richard.

„Sie haben . . . du hast einen vernünftigen Enkel, Professor Norca."

Ich nickte in seine Richtung und grinste Aieta an.

„Wieviel weiß er?"

„Gerade soviel, daß er dich bitten wird, den Jungen mitzunehmen und ihm ein bißchen von der Welt zu zeigen."

Er wird dich vom Verlust Amous ablenken. Bilde ihn aus, empfahl der Logiksektor.

„Durchaus dazu bereit", sagte ich. „Wir werden ihn selbst fragen. Ich kann vorläufig nur so lange hierbleiben, bis Nonfarmale auftaucht."

„Darüber möchte ich auch mit dir sprechen, Atlan", antwortete Richard. Er hatte seine Zurückhaltung völlig abgelegt und trank Champagner in großen Schlucken. Schließlich sorgte Rancor für gefüllte Lagerräume und bezahlte von unserem Konto mit Schweizer Goldfranken. „Wir haben ein großes Gästezimmer, mit allem amerikanischen Komfort. Du kannst jahrelang bleiben."

Wir packten, während uns der Schaumwein immer heiterer machte, die nützlichen Kleinigkeiten aus: Musikabspielgeräte, sorgfältig getarnt, Maschinen, die den Haushalt erleichterten, all das, was auf Rancors langer Liste vermerkt gewesen war. Kaffee, Kakao, französische Pasteten, Schweizer Süßwaren, alle erdenklichen Konserven und einen gutbestückten Werkzeugkasten mit einigen technischen Überraschungen.

Zwei Stunden nach Sonnenuntergang, als im Kamin ein mächtiger Kloben zu roter Glut zerfiel, knatterte vor dem Haus der Explosionsmotor des Ford-Motorwagens, auf dessen Ladefläche Stiller Donner die Einkäufe verstaut hatte. Ich ging mit Aieta und Richard hinaus und stand zum erstenmal neben einem leibhaftigen Automobil, und trotz der Tatsache, daß das Vehikel erstaunlicherweise funktionierte, kamen mir fast Tränen der Rührung. Mit leuchtenden blauen Augen, prüfend und ein wenig mißtrauisch, betrachtete mich der Fünfundzwanzigjährige.

„Granddad Atlan“, sagte er schließlich mit der männlichen Tonlage von Lachender Schatten, „seit zwanzig Jahren höre ich Erzählungen über dich. Du wirst es nicht leicht haben, wenn ich ein paar tausend Fragen gestellt habe.“

„Junger Mann.“ Ich winkte ab und sagte leichthin: „Im allgemeinen habe ich immer noch ein paar tausend Antworten auf der Zunge, wenn die Fragen ausgehen.“

„Sie müssen sich beschnuppern“, meinte Richard. „Kommt herein.“

„Du kannst, wenn du willst, mit mir zusammen jagen“, sagte ich und setzte mich in den behaglichen, uralten Schaukelstuhl. „Ein ganz besonderes Wild, Orbie.“

„Nenne mich Thunder, bitte, oder Amir“, bat der Junge. „In der Schule habe ich die anderen Kinder immer verdroschen, wenn sie ‚Orbie‘ sagten.“

„Einverstanden. Können wir jetzt endlich essen?“ fragte ich und deutete auf den reich bestückten Tisch. „Sonst sind wir schneller betrunken als geplant.“

Wir schlichen, stark erheitert und todmüde, zwei Stunden vor Sonnenaufgang in unsere Betten, und das erstemal seit Rancors niederschmetternder Berichte fühlte ich mich geborgen, zufrieden und in der Lage, tief zu schlafen.

In einem flachen Boot fuhren Orban-Amir und ich auf dem Moisie-Fluß, mit Richard zusammen ritten wir den St.-Lorenz-Strom entlang, gemeinsam besuchten wir Sept-Îles und das kleine Indianermuseum, das Schwarzer Mond mit beachtlichem Geschick aufgebaut hatte. An einem dunstigen Tag, von Mücken umschwirrt, saßen Orban-Amir und ich auf einem Baumstamm, der schräg über dem Flußnebenarm hing.

„Dir scheint zu gefallen, was du siehst, Großväterchen?“ Amir ruckte an der Angel. „Sonst wärst du nicht doppelt so lange wie geplant dageblieben.“

„Ich sehe, daß meine Tochter einen guten Mann gefunden hat, und daß sie glücklich ist, und daß sie gesund und in Würde überleben werden, mit ein wenig Hilfe von Tausend Blitzen und Old MacDonald Boog. Was hältst du von einem Ausflug nach Sankt Petersburg, in entsprechender Maskierung?"

Mein Enkel starrte mich unsicher an.

„Das ist . . . der Regierungssitz von Rußland. Zar und so. Mit dir, Atlan? Bald?"

„Nach kurzer Vorbereitungszeit bei mir. Allerdings . . ."

„Wenn der Kampf losgeht, mußt du zurück." Er schnellte die Angelrute in die Höhe. Am Haken zappelte ein knapp armlanger Fisch. Eine Forelle? „Das habe ich verstanden. Ich weiß nur noch nicht genau, worum es dabei geht."

„Um Leben und Tod für meinen Gegner oder mich und unzählige Menschen."

„Ich komme sofort mit. Was muß ich einpacken?"

„Nichts. Wir haben alles. Warte und sieh."

Ich sah zu, wie er den Fisch blitzschnell tötete und ausnahm. Er spulte die Schnur auf und lehnte sich zurück.

„Wann willst du aufbrechen, Atlan?"

„Heute nacht. Nach dem Essen."

„Einverstanden. Ich freue mich auf jede Minute."

„Deine Eltern haben bereits eingewilligt", sagte ich. „Und du wirst, trotz deiner Kenntnisse und meiner langen Erzählungen, gebührend oft und lange staunen, Söhnchen."

Der Abschied hinterließ keine Wehmut. Der Transmitter brachte uns auf das Inselchen, und schweigend ließ Orban-Amir die neue Umgebung auf sich wirken. Ich ging voraus, ließ mich von Mapuhi und per Monitor von Rancor begrüßen und traf meine Anordnungen.

„Mein Enkel und ich besuchen Petersburg. Wir wählen die Masken eines reisenden Ingenieurs und dessen Sohn. Ich werde Amir hier und im Lechturm an verschiedenen Überlebensgeräten ausbilden. Vom Turm aus starten wir mit dem Gleiter, um beweglich zu bleiben. Wie lange brauchst du?"

„Wenn ich seine Körpermaße habe, ist in einer Woche alles bereit. Die Sonde beobachtet weiterhin Rasputin. Du kannst die Informationen jederzeit abrufen."

„Heute nacht, denke ich. Nichts zu sehen von Nonfarmale?"

„Nein. Nichts."

„Es ist wichtig, daß Orban-Amir nicht alle unsere wichtigen Geheimnisse sieht. Er soll sich auf den Bereich der verständlichen Wunder beschränken", sagte ich. „Versuche auch du, keine allzu tiefgreifenden Erklärungen abzugeben."

„Wie immer, Atlan. Mapuhi soll die Maße deines Enkels feststellen. Du bist zufrieden mit unserer punktuellen Hilfe für Lawrence?"

„Genauso sehr wie sie über unsere Geschenksendung. Ein wirklich zufriedenstellender, heimeliger, menschlicher Faktor in den Wirren des Krieges."

Ich winkte ihm zu und streifte eine Badehose über. Nach kurzem Nachdenken suchte ich ein Dutzend getarnter Waffen und Gerätschaften heraus und legte sie nebeneinander auf einen Tisch. Mir waren all diese Gegenstände so vertraut, daß ich sie anwandte, ohne überlegen zu müssen. Amir mußte mühsam lernen, sie richtig zu gebrauchen.

Er lernte schnell, mit der Leichtigkeit der Jugend. In den Nächten sickerte die Kenntnis der Sprache durch die Hypnoanlage in seinen Verstand. Er handhabte den Lähmstrahler ebenso geschickt wie die Steuerung des Antigravtriebwerks, schleuderte den Tomahawk und schwere Messer, focht mit Säbel und Florett, konnte nach zwei Tagen den Gleiter fliegen, schwamm schneller und tauchte länger als ich, benützte Kombiarmband und Deflektor und verinnerlichte die unwesentlichen Umgangsformen, wie sie am Zarenhof galten. Er stellte zahllose Fragen und blieb wohltuend zurückhaltend, wenn er nichts zu sagen hatte. Wir wechselten ständig zwischen dem Turm über der Lechschleife und dem Inselchen hin und her. Mehr als einmal dachte ich an jenen Sohn, den in Kleinasien jene Aieta Demeter geboren haben mochte.

Am Tag vor unserer Abreise wechselten wir in die unterseeische Anlage und wechselten die Kleidung aus. Selbst die Mäntel aus falschem Pelz waren von atemberaubender Eleganz und Prächtigkeit.

Erst, als wir im Gleiter saßen und mit aktiviertem Deflektorfeld ostwärts flogen, stellte Amir die Frage, die ich nicht beantworten konnte:

„Dieser Grigorij Rasputin; wenn er dein Feind ist, müssen wir ihn töten?“

„Ob er mein Feind ist, werden wir feststellen. Danach richtet sich unser Handeln.“

Auch das Fliegen war am Anfang des zwanzigsten Jahrhunderts keine Sensation mehr. Die kriegsführenden Völker lieferten einander Luftgefechte. Zweimal kreuzten wir unsichtbar die Flugbahnen dieser insektenhaft leichten Flugmaschinen, und ich bewunderte wieder einmal den Mut der Barbaren.

In den Nächten, in denen wir nicht unterwegs waren, versuchten wir so unauffällig wie möglich, in Gasthöfen zu übernachten. Als kanadische Ingenieure waren wir unverdächtig, zumal mein „Sohn“ für eine Quebecer Gazette schrieb. Auf dem langen Weg nach Sankt Petersburg erfuhren wir Einzelheiten, die wir durch Schwärme unsichtbarer Spionsonden nicht hätten herausfinden können.

Sankt Petersburg am Ostende des finnischen Meerbusens erreichten wir in tiefster Nacht. Über dem Haus, das brieflich angemietet worden war, blinkte eine Sonde. Amir folgte dem Peilstrahl, und durch einen Teil des Daches, den Rancors Roboterwinzling abgedeckt hatte, schwebten wir rückwärts in den muffigen Speicher ein.

Ich schlug Amir auf die Schulter und sagte:

„Gute Landung, mein Sohn. Jetzt beginnt, was ich dir

versprochen habe: Hausputz und Einrichtung. Bis Vormittag sollten wir überzeugend auftreten können."

„Ich habe ein paar tausend Kilometer Zeit gehabt, mich vorzubereiten", antwortete Amir.

Das mittelgroße Haus hatte einen verwilderten Garten bis zum Ufer. Wir zündeten ein Dutzend Petroleumlampen an, packten aus, was nötig war und aktivierten den kleinen Transmitter. Bei geschlossenen Läden begannen zwei Dutzend Roboter zu arbeiten. Sie transportierten Einrichtungsgegenstände, Farbe, imitierte Tapeten, Teppiche und anderen Kram, bauten eine Heißwasseranlage in das riesige Bad ein, hängten Kopien der herrlichen Bilder in massiven Rahmen aus goldfunkelndem Kunststoff auf, und als sie selbständig weiterarbeiten konnten, nahmen Amir und ich schwere Handscheinwerfer und machten einen Rundgang durch das Grundstück. Wir befanden uns gerade an der Stadtgrenze und konnten uns blitzschnell in Sicherheit bringen. Zum Haus gehörten eine Remise für halb verrottete Kutschen, ein stinkender Stall und ein Pavillon für die Teepause. Ein breiter Kiesstreifen führte von der Straße – die ihren Namen nicht verdiente – zum Haus. Der verwilderte Garten roch nach Tang, nach der aufschimmernden Blütenpracht und Salzwasser. Vor uns trotteten die beiden schlanken Robothunde mit den handbreiten Halsbändern aus Leder, Gold und Edelsteinen; natürlich Imitat. Ich wies die Maschinen auf die wichtigen Überwachungspunkte hin und programmierte unsere Sicherheit.

Nach einer Stunde, in der wir jeden Winkel kennengelernt hatten, zog ich die Haustür auf, und ein Geruch nach Reinigungsmitteln, frischer Farbe und lodernden Feuern schlug mit blendender Helligkeit zugleich ins Freie.

„Ich weiß, daß deine Maschinen besser sind als alles, was ich kenne", sagte Amir. „Aber sie sind auch für jede Überraschung gut."

„So wie ich, Sohn", sagte ich. „Es wird Zeit, daß wir

offiziell angekommen sind, und ab sofort gelten unsere neuen Namen, Mister Amir Arcoyne-Lawrence."

„Yessir, Mister Atlonar Lawrence."

„Was wissen die Petersburger von kanadischer Lebensart." Ich seufzte. „Richten wir unsere Wohnung ein, und später essen wir in einem der prächtigen Restaurants. Dort hören wir den neuesten Klatsch."

Der Speicher war gereinigt, die Bodenbretter verstärkt, und eine schwere Klappe verschloß das Dach. Bei einem Notstart würde sie abgesprengt werden. Wir inspizierten das Häuschen von oben bis zum kleinen, niedrigen Keller und stellten noch einige persönliche Gegenstände auf. In der warmen Sommerluft schienen Dielen und Wände zu dampfen. In der Remise, hinter verschlossenen Türen, reparierten die Maschinen alle Schlagläden und überzogen sie mit einer frischen Farbschicht. Heißes Wasser und scharfe Reinigungsmittel dampften auch im Stall. Die ersten fünf Maschinen schwirrten mit Bündeln Verpackungsmaterial durch den Transmitter zurück in die Kuppel. Die Dielen glänzten, die Betten waren bezogen, und ich zog aus dem geschnitzten Küchenschrank (ein Kühlschrank mit wertvoller Kunststoffverkleidung) die erste Champagnerflasche.

„Ausgezeichnet", sagte ich und schenkte die Gläser voll. „Jeder glaubt, wir sind Petersburger Bürger."

Bis zum Sonnenaufgang hatten wir uns eingerichtet, und die schweren Läden wurden eingehängt. Um den Transmitter herum montierten wir einen Schrank, schlossen die wuchtigen Türen ab und steckten die Schlüssel ein. Drei Stunden später hatten wir zwei Pferde gemietet, eine Gruppe Arbeiter bezahlt, von denen der Garten in Ordnung gebracht werden würde, eine junge Köchin und eine ältere Hausbesorgerin eingestellt und die genauen Standorte von Rasputins Haus und einigen guten Restaurants erfahren. Nach einem leichten Mittagessen kannten wir auch den aktuellen Klatsch und einige wertvolle Neuigkeiten aus Petersburg und dem Russischen Reich.

Die Einladung, die Jussupoff uns durch einen Lakaien hatte überbringen lassen – nach unserem Gespräch bei Tisch –, prunkte in Goldschrift auf schwerem Bütten. Wir gaben die Zügel einem Bediensteten, zusammen mit einer Handvoll Kopeken; die Tiere wurden in den Stall gebracht, während wir durch das Fackelspalier schlenderten und über eine weiße Treppe den kleinen Stadtpalast betraten.

„... kommt niemand vorbei. Wie eine Festungsmauer. Und Rasputin ist der Torwächter. Der Zar tut nichts ohne seine Erlaubnis."

„... tun so, als wäre die Leibeigenschaft nie aufgehoben worden."

„Aber er nimmt kein Geld. Ist er wirklich unbestechlich?"

Leise sagte Amir:

„Auch hier ist Rasputin das Hauptthema."

„Wir befinden uns inmitten des Adels. Für die ist der Wundermönch erklärtermaßen eine Reizfigur. Viel lieber hätte jeder von ihnen seinen Einfluß."

Die Zarin stand im Bann mystischer Gottsuche und schwärmerischer Frömmigkeit. Der hysterische Höhepunkt der Inbrunst, die „Radenje", wurde durch tänzerische Verrenkungen und autosuggestive Gesänge und Gebete erreicht. Rasputin hingegen glaubte fest an seine Wunderkraft, und ob er mehr erreichte, würden wir herausfinden. Zunächst begrüßte uns der Fürst, stellte uns mindestens zwei Dutzend prächtig gekleideter Damen und Herren vor, und wir mußten berichten, wie es in Kanada aussah. Mein Sohn redete gestenreich und schilderte alles in großer Beredsamkeit. Ich war zufrieden.

Eine tiefdekolletierte, schlanke Frau mit tiefschwarzem Haar reichte mir ein Glas Champagner. Über den Fingern der weißen Stulpenhandschuhe funkelten zahlreiche Ringe.

„Hoheit wünschen Rasputin sicherlich auch nicht nur die Pest an den Hals?" Ich schenkte ihr mein breitestes, falschestes Lächeln. Ihre Stimme fuhr durch mein Rükkenmark bis in die Fersen. Petruschka A. lachte.

„Vor fünf Jahren hat man schon versucht, ihn unschädlich zu machen, Brüderchen Lawrence." Wie sie meinen Namen aussprach, war bemerkenswert. Es klang wie Räderknarren und Säbelhiebe. „Sein Lebenswandel, nun, auch seine Manneskraft wird beneidet. Tatsächlich hat er viele Leute geheilt. Er wird sicherlich auch hier erscheinen. Kein Empfang in Petersburg ohne den Kuttenträger."

Sie hängte sich bei mir ein, und wir beschrieben durch die etwa zweihundert Anwesenden eine Bahn wie ein Doppelplanet. Es war kaum möglich, nicht aufzufallen. Petruschka besaß nicht nur schneeweiße Haut und herrliche Zähne, sondern ein Mundwerk von böswilligem Sarkasmus. Schließlich sagte ich:

„Euer Liebden, ich weiß nicht, was mehr Vergnügen macht. Ihren Arm zu spüren oder Ihnen zuzuhören."

„Gesunder Menschenverstand, eine Sammlung nadelscharfer Vorurteile, ist nach dem achtzehnten Lebensjahr nicht mehr zu kurieren."

Ich fing an, mich ernsthaft zu amüsieren.

„Die Lust, zuzubeißen, kommt nach dem Verlust der eigenen Zähne", sagte ich. Sie schlug mir kameradschaftlich zwischen die Schulterblätter. Mein Glas mit einem Rest Veuve Cliquot traf einen Bediensteten im Gesicht und zerschellte auf dem Marmorfußboden.

„Kusch. Neues Glas", sagte die Grafinja. „Teufel auch, Sie schlagen eine schnelle Klinge. In Kanada gibt's keinen Adel, wie?"

„Nur Seelenadel und den feinen Takt des Herzens, über die ich, erwiesenermaßen, in überreichem Maße verfüge", sagte ich. „Sie gefallen mir, Grafinja Petruschka."

„Danke, mein Lieber. Ich schmücke mich nur mit Exoten, das ist alles."

Eine korpulente Dame zog Petruschka A. in einen Nebenraum. Ich ging zu dem unglücklichen Diener, gab ihm ein goldenes Zehnrubelstück und entschuldigte mich. Der Mann, dem zwei Zähne fehlten und der die Spuren einer Ohrfeige auf der linken Wange trug, starrte mich fassungslos an, wechselte die Farbe und begann zu stottern. Ich flüsterte:

„Ich bin kein russischer Fürst, Brüderchen. Gib mir etwas Champagner.“

Daß Rasputin gegen die Kriegsanstrengungen opponierte, daß er für soziale Verbesserungen sprach, gegen korrupte Fürsten oder Minister war, machte ihn nicht nur in den Augen aller Adeliger verhaßt. Das einfache Volk hingegen, besonders die Frauen, von den Herrschenden wie das Vieh behandelt, liebten ihn. Und gerade, als Petruschka wieder auf mich zusteuerte, mir aus dunklen, perfekt geschminkten Augen eindeutige Blicke zuwarf, erschien auch Rasputin. Die meisten Gespräche rissen ab. Nur die Musiker spielten weiter; Musik von unwesentlichen österreichischen und russischen Kammermusikkomponisten.

„Ach, ich weiß so vieles, auch, daß er sich bisweilen wäscht und die Kleider wechselt“, sagte Petruschka und schob ihren Arm unter meinen.

„Eine anständige Frau ist eine Dame, die weiß, daß sie nicht wissen darf, was sie weiß“, sagte ich. Eine schmale Gasse öffnete sich, durch die Rasputin in schmutzigen Stiefeln auf den Gastgeber zustapfte. Ein Hüne, dessen Augen zu leuchten schienen. Er bohrte seine Blicke wie Stilette in die Augen eines jeden, der ihn anstarrte. Wie von einem wütenden Stier ging eine Aura schwer kontrollierbarer Kraft von ihm aus. Ich setzte mich neben Petruschka auf eine Treppenstufe.

„Hübsches Kerlchen, wie?“ sagte Petruschka. Ihre Finger krabbelten an meinem Oberarm entlang. Ich musterte ihr breites Gesicht mit den starken Backenknochen.

„Wer. Ich?“

Sie kicherte und deutete auf den Wundermönch. Ich hob das Glas und sagte:

„O Petruschka. Laßt uns trinken auf deine rubinroten Lippen.“

„Auf deine schmalen Hüften und dein kanadisches Eisbärenhaar, Atlonar.“

Rasputin trug unverkennbar die Züge eines Trinkers. An seiner Stimme war indes nichts von Trunkenheit zu bemerken, denn sie beherrschte den Raum. Amir stand mit einer Gruppe junger Leute in seiner Nähe, beobachtete ihn genau und schwieg. Die Mitglieder der Ochrana und der Geheimdienstler der Zarenfamilie hatten sich wohl unauffällig unter den Gästen versteckt. Irgendwann während der Unterhaltungen drehte Rasputin den Kopf, sein Blick huschte ruckartig über Körper und Gesichter, dann saugte er sich an mir fest. Die Augen hatten den Ausdruck eines Basiliskenblicks.

Er erwartete dich, Atlan, sagte der Logiksektor. *Vielleicht braucht er deine Hilfe.*

„Bleiben Sie lange in Petersburg, Brüderchen?“ fragte Petruschka.

„Das hängt von vielen Einzelheiten ab, Schwesterchen“, sagte ich. „Unter anderem von diesem seltsamen Mönch.“

„Wenn's von mir abhängt, wird es ein lustiger Sommer.“

„Man muß das Unmögliche versuchen, um das Mögliche zu erreichen.“

„Stimmt. Wer nicht gesündigt hat, dem kann nicht vergeben werden, sagt Rasputin.“

„Haben Euer Liebden vor, zu sündigen?“ Petruschka A. versetzte mir einen liebevollen Rippenstoß, dann hauchte sie in mein Ohr: „Nicht gerade auf der Treppe im Palais Jussupoff.“

Während ich mit Petruschka sprach, erwiderte ich die Blicke Rasputins. Er wirkte auf mich wie ein Mann, der an einem schweren Magenleiden litt. Ich sagte:

„Ich bin gleich wieder da. Halten Sie den Teppich warm, Grafinja.“

Ich ging hinunter, nickte Jussupoff lächelnd zu, und

noch ehe ich etwas sagen konnte, packte mich eine schwielige Hand, mit dickem schwarzem Haar auf dem Handrücken. Rasputin zog mich zur Seite. Sein Atem roch nach entzündeter Magenschleimhaut.

„Ich weiß, wer Ihr seid. Kommt aus einem fremden Land. Ihr wißt, wer ich bin?"

„Seit ich in der Stadt bin, redet jeder nur von Ihnen, Brüderchen, und ich kenne zehn Dutzend verschiedene Meinungen und Euer Leben zurück bis zur Wiege."

„Es ist Gefahr. Da ist keine Hilfe. Wenn sich der Zar und seine Familie mit dem armen, kranken Zarewitsch von mir trennen, werden sie in einem halben Jahr zuerst den Sohn verlieren und dann das Leben."

„Was wollt Ihr von mir, Starez?"

„Kommt morgen zu mir. Ihr wißt, wo? Ach, ich werde dich Brüderchen nennen, Lawrence. Gleich früh, ehe die anderen über mich herfallen. Nicht für mich brauche ich Hilfe. Für den armen Zarewitsch."

„Ich weiß, daß die Bluterkrankheit nicht zu heilen ist. Wenn du es der Zarin versprichst, lügst du."

„Wenn ich den Jungen bespreche, wird er wieder gesund", sagte er mit unwiderlegbarer Selbstsicherheit. Aus der Nähe und in dem Zustand verlor Rasputin viel von seiner dämonischen Ausstrahlung.

„Kommst du, Brüderchen? Der Zar braucht deine Hilfe."

„Ich werde darüber nachdenken."

Er nickte, blies mir stark wodkahaltigen Atem ins Gesicht und flüsterte:

„Eine ganz wunderbare Frau, die Petruschka A. Lange unglücklich, bei den Sünden der Heiligen. Sprich gut mit ihr."

Ich nickte und grinste kalt. Rasputin ließ mich los und wandte sich wieder an Felix Felixowitsch Jussupoff. Ich legte den Arm um Amirs Schulter und sagte ihm, daß es sein mochte, daß ich erst sehr spät heimkommen oder gleich zu Rasputin gehen würde. Entweder bei der Gräfin oder bei Rasputin wäre ich zu finden, und überdies hatten wir unsere Mikrogeräte. Amir hatte sich ein wenig mit Felix Jussupoff angefreundet. Er versicherte, spätestens vier Stunden nach Mitternacht in unserem Haus zu sein.

Ich war nicht weniger nachdenklich, als ich, ein Tablett balancierend, zu Petruschka zurückging. Sie hatte einen Musiker verscheucht, saß am Flügel und spielte etwas leicht Hörbares und schwer Erträgliches von Schumann; mit Hingabe, aber zuviel Pedal. Ich stellte gefüllte Gläser auf das Instrument. Champagner und Wodka. Die polierte Oberseite klebte voller Kaviarkügelchen, Lachsstücke, Brotkrümel und Zitronenscheiben.

„Petruschka. Laßt uns auf deine wunderschönen schwarzen Augen trinken“, schlug ich vor. „Fürs Sündigen haben wir den Segen des Strannik.“

„Nichts einfacher als das, mein Lieber.“

Ihre schlanken Finger beendeten einen Triller auf vielen schwarzen Tasten, dann schloß sie mit einem donnernden Akkord. Sie nahm ein Wodkaglas, leerte es und warf es über ihre Schulter gegen eine Säule. In dem Lärm fiel das Klirren gar nicht auf. Gegröle und Händeklatschen begleiteten einen Gast, der einen seltsamen Hüpftanz dicht über dem Boden aufführte.

„Wollen wir aufbrechen?“ Ich drehte den Stiel des Champagnerglases. „Ich bin zu Pferd hier.“

Sie rieb zärtlich ihre breiten Hüften an mir, blinzelte und streichelte meine Wange.

„Mit dir im Sattel durch halb Petersburg. Davon werde ich immer träumen.“

An diesem späten Abend und in der langen, leidenschaftlichen Nacht, voller Gelächter, plötzlicher melancholischer Zärtlichkeit, stark von Wodka getränkt, fand ich nahezu jedes Vorurteil bestätigt, daß ich über Rußland, die Tiefe der russischen Seele et cetera gesammelt hatte.

Ich war schon halb zu einer Geste entschlossen, die niemandem schaden konnte. Zwar vermochte ich einfache ärztliche Hilfeleistungen zu geben, aber eine

Methode, Bluterkrankheit zu kurieren, kannte ich nicht. Rancor befragte die Rechner. Schließlich fand sich ein Medikament, das den Gerinnungsfaktor des Blutes heraufsetzte. Für Rasputin konstruierte der Robot ein Medaillon, in dem sich ein schwacher Hypnostrahler verbarg. Offensichtlich half Suggestion oder Autosuggestion im Fall des kranken Zarewitsch.

Ich ließ einige Lernspielzeuge für den Jungen konstruieren, eine silberne Kette für Rasputin, die als Abhörgerät zu gebrauchen war, und vielleicht bewirkten die hypnotischen Impulse, daß wenigstens der junge Thronfolger irgendwann etwas von den Nöten und Bedürfnissen des geknechteten und geschundenen Riesenvolks verstand. Dann würde er vielleicht die Revolution überleben, die ich auch für Rußland kommen sah. Am nächsten Morgen ritt ich zu Rasputin, gab ihm die Geschenke und instruierte ihn. War er ein Verrückter, ein Wahnsinniger oder ein Verbrecher? Ich wußte es nicht. Aber er war kein Außerirdischer.

O Mütterchen Rußland, dachte ich traurig auf dem Weg zu meinem Ausritt mit Petruschka, *möge dir das wahnsinnige Blutbad erspart bleiben, das ich aus Frankreich kannte.*

8.

Der Fahrtwind kreischte um den Gleiter. Vor uns hing die Sichel des Mondes an einem völlig wolkenlosen Himmel. Ich lag im Sitz des Kopiloten und döste; meine Haut roch noch immer nach Petruschkas schwerem Moschusparfüm.

„Beabsichtigst du, wieder zurückzukommen?" fragte Amir und schaltete den Autopiloten ein. Wir jagten in Richtung auf den Lechturm durch die Nacht, zweitausend Meter hoch.

„Ich habe Personal und Hausmiete für ein ganzes Jahr

bezahlt. Wir haben jederzeit die Möglichkeit, das Haus wieder in Besitz zu nehmen."

Der Zar hatte Petersburg, mitten im hohen Sommer, verlassen und war zusammen mit dem Thronfolger ins Hauptquartier gereist. In unserem Gepäck führten wir jeden Gegenstand von Wichtigkeit mit, der Transmitter war ausgebaut.

„Petruschka war traurig?"

„Sie weinte. Und deine Freundinnen und Freunde?"

Mein Enkel grinste schräg.

„Balaleikas spielten, und der verdammte Wodka floß wie ein Wasserfall. Alle haben geweint. ‚Komm bald wieder, Orban-Amir-Brüderchen!' haben sie geschluchzt."

„Boog würde sagen, es sind alle tiefe Flachdenker und stochern in der Asche zukünftiger Größe."

„Daran ist etwas Wahres", sagte Amir. „Aber wen sie mögen, den lieben sie."

„Nonfarmale ist im größten seiner Raumschiffe gekommen, Söhnchen."

„Das bedeutet wohl, daß er beabsichtigt, lange zu bleiben?"

„Richtig. Wir können ein paar Tage ausschlafen, ihn beobachten, und dann greife ich an."

„Wir greifen an, Väterchen."

Bei den unzähligen Schlachten und der voraussichtlich langen Dauer des Krieges, bei der unausweichlichen Revolution im Zarenreich versprach sich Nonfarmale offensichtlich gute Jahre.

„Darüber sprechen wir noch. Ich bin dagegen, Söhnchen."

Wir hatten unsere Stützpunkte. Nonfarmale suchte noch nach seinem Versteck. Rancor hatte uns die Beobachtungen überspielt; die Phasen, in denen das Raumschiff unsichtbar flog, waren ebenso lang wie jene, in denen er zu beobachten war. Er flog von einem Kriegsschauplatz zum anderen und hatte demnach noch viele Flüge vor sich.

„Ich bin dafür, Väterchen. Ich werde dir das Leben retten müssen, denke ich."

Ich antwortete mit einem der ausnehmend rüden russischen Flüche und schloß die Augen. Wir flogen mit dem Sonnenaufgang um die Wette und befanden uns am frühen Morgen im massiven, bis zur Unkenntlichkeit bewachsenen und von Steinhügeln halb verschütteten Turm über der Lechschleife. Auch dieses Gebiet war, von wenigen Jägern und Wilderern abgesehen, unangestastet geblieben.

Vor jedem Angriff auf Nonfarmale war ich bisher aufgeregt und keineswegs von meinem Erfolg überzeugt gewesen. Ich fand es selbst seltsam, daß ich völlig entspannt und mit großer Ruhe den kommenden Ereignissen entgegensah. Der Gleiter setzte etwas zu hart auf, hinter uns schlossen sich die schweren Portale.

„Wir wechseln bei Rancor die Verkleidung", sagte ich und erkannte, daß in der Zwischenzeit nichts Wichtiges vorgefallen war. „Auf Yodos Inselchen verfolgen wir mit unseren Kunstaugen den verbrecherischen Gast von der Insel Sarpedon im Meer von Karkar."

„Ich habe wohl bei Rancors Erdkundeunterricht nicht genug aufgepaßt", sagte Amir. Ich winkte ab und zog ihn zum Transmitter. Rancor und Boog erwarteten uns in der Kuppel. Ein Bildschirm zeigte auf einer riesigen Weltkarte die Orte, an denen blutige Kämpfe und Schlachten stattgefunden hatten, und wo sich Nonfarmale gezeigt hatte. Dünne Linien verbanden die Stationen seines Weges.

Amir und ich prägten uns das Bild ein, während Rancor eine gestochen scharfe Karte ausdrucken ließ, die auch unzählige Schriftblöcke enthielt. Boog nahm die zwei Robothunde in Empfang, desaktivierte sie und trug sie in einen Werkstattraum.

„Die schwebenden Projektoren sind startfertig im Lechturm", sagte Rancor. „Gegenwärtig ist Nonfarmale so gut versteckt, daß ich ihn nicht orten kann."

„Wir werden warten“, versicherte Amir. „Und alle Waffen finden wir im Raumschiff?“

„Alles, was für den Kampf gebraucht wird und noch einiges mehr. Beide Kampfanzüge, in jeder Einzelheit mehrfach getestet, hängen an Kleiderpuppen und werden von Maputi bewacht.“

Ich stieß Amir, der mittlerweile dünne Kleidung trug, mit dem Ellbogen an.

„Dawai, Söhnchen. Zur Insel.“

Wir passierten die Transmitter, kamen in mein Arbeitszimmer und bewunderten die Ausrüstung. Die Roboter und der Zentralrechner hatten mit perfekter Gründlichkeit aus den Arsenalen hervorgekramt, was gut und tödlich war. Eines der auffallenden Stücke waren zwei langläufige Duellwaffen, die von Boog und Rancor überarbeitet worden waren, mit dem Geschoßmagazin im Kolben.

Ich deutete mit dem Daumen über die Schulter.

„Heute lasse ich mich nicht auf ein Wettschwimmen oder Tauchen ein, Söhnchen.“

„Es würde dich heute umbringen, Väterchen“, sagte Amir. „Wir werden schlafen und gar nichts tun.“

„Gar nichts zu tun“, zitierte ich Oscar Wilde, „das ist die allerschwierigste Beschäftigung und zugleich diejenige, die am meisten Geist voraussetzt.“

„Daß ich viel Geist und Verstand habe, betonten die jungen Petersburger immer wieder.“

Amir zog mich zur Lagune. Ich watete ins Wasser und fand es viel zu kalt.

„Alle Petersburger sind Schmeichler“, sagte ich. „Bilde dir nichts darauf ein. Erst wenn wir Nonfarmale hinter uns haben, bist du ein Held.“

Amir verstand und rammte mich, so daß ich aufklatschend ins Wasser fiel, und plötzlich war das sonnendurchfunkelte Wasser der großen Lagune warm genug. Ich fühlte, wie Wasser, Sonne und der Aktivator die Spuren unseres Petersburger Gesellschaftslebens zu verwischen begannen; immerhin war mein Enkel zum erstenmal mitten in die Gesellschaft des zwanzigsten Jahrhunderts hineingetaucht worden – und er hatte sie glänzend überlebt. Wir schwammen bis zur Erschöpfung, duschten heiß und kalt, aßen und tranken nur wenig und sprachen, während wir die Informationen der Bildschirme studierten, über unseren bevorstehenden Kampf.

Nach den französisch-britischen Versuchen, bei Arras und La Bassée die deutschen Linien zu durchbrechen, versuchten es die französischen Truppen wieder in der Champagne. Die Briten wiederholten ihre Versuche bei den verwüsteten Orten ihres ersten Vorstoßes. Zar Nikolaus II. führte nunmehr selbst seine Truppen, die bislang nicht vom Kriegsglück verfolgt worden waren. Belgrad war von deutsch-österreichischen Truppen erobert worden, Serbien erlebte seine völlige Unterwerfung. Vier Schlachten am Isonzo waren letzten Endes erfolglos geblieben, dies ärgerte besonders die Italiener. Diese Kriegsschauplätze – und viele andere – lagen sozusagen im Schatten von Nonfarmales Raumschiff. Unsere Spionsonden zeigten ihn selbst nur für wenige Sekunden.

Eine Woche später, wir waren erholt und fieberten dem Augenblick entgegen, der uns zu irgendwelchen sinnvollen Aktionen zwingen würde, sagte ich zu Amir:

„Wie ein Schachspiel oder ein anderes strategisches Vorgehen ist auch unser Kampf in einzelne Schritte gegliedert. Du wirst den ersten gleich erleben."

Wir saßen im halb abgedunkelten Arbeitszimmer inmitten einer Galerie aus Lautsprechern und Bildschirmen. Ich hob die Hand und machte Rancor auf mich aufmerksam.

„Bester aller Helfer", sagte ich. „Starte die Sender und schalte Nonfarmales Schlupfloch zu seiner Jenseitswelt ab."

„Du bleibst die nächsten Stunden vor den Bildschirmen, Atlan?"

„Wir warten hier."

Die Bilder auf den großen, flachen Holoschirmen

wechselten. Mit wenigen Worten und einigen gezeichneten Erklärungen schilderte ich Amir, was wirklich passierte.

Die Portale an der Basis des Lechturms öffneten sich zu einem zwei Meter breiten Spalt. Nacheinander schwebten drei Kugeln heraus, mit rund einem Meter Durchmesser und gespickt mit Sensoren, Sendern, Optiken und Antennen. Sie stiegen, nachdem sie sich zu einem Dreieck formiert hatten, langsam in die Höhe, und dabei vergrößerten sie den Abstand zueinander.

„Nonfarmale hat zweimal den Planeten verlassen. Der Strukturtunnel befindet sich in geostationärer Position zwischen Australien und dem südlichen Pol", ließ Rancor auf dem Monitor ausschreiben.

„Also ziemlich genau sechsunddreißigtausend Kilometer von der Erdoberfläche entfernt", sagte Amir leise. Ich hatte längst gemerkt, daß er blitzschnell lernte und sich fast jede Einzelheit sehr gut merkte.

„Stimmt."

Die Elemente stiegen höher, gingen auf Kurs und entfernten sich langsam, ohne große Energieemission, auf den angemessenen Punkt zu. Wir warteten schweigend. Auf den Monitoren schwirrten lautlose Punkte über schattenhafte Landschaften, durch grafisch dargestellte Höhenschichten, auf den Punkt im Weltall zu. Dort erschien jetzt, klar und scharf, das Echo der Hyperenergien. Ich dachte an Krakatau und vierzigtausend Tote, verfolgte schweigend und in erstaunlicher Gelassenheit die Verschiebungen der Objekte und sagte nach einer Stunde Schweigen zu Amir, der ebenfalls schweigend neben mir im Sessel lag und am schwarzen englischen Bier nippte:

„Man wird sehen, wie lange es dauert, bis Nonfarmale reagiert, Söhnchen."

„Wird er in Panik geraten?"

Ich roch an meinem französischen Obstbrand, kratzte mich im Nacken und antwortete nach kurzem Nachdenken:

„Wenn er nicht in Panik gerät, bedeutet es, daß er in seinem Raumschiff eine Anlage zum Neuschalten dieses Tores hat. Abwarten. Wir haben noch andere Pfeile im Köcher."

„Verstanden, Väterchen."

Noch eine Stunde verging. Die Sendeelemente waren auseinandergedriftet. Der Abstand zwischen den Eckpunkten des Dreiecks betrug 1777 Meter. Sie hatten sich dem großen, flirrend strahlenden Ring bis auf eintausend Kilometer genähert und verloren an Steiggeschwindigkeit. Rancors Stimme sagte seltsam unbeteiligt:

„In einer Minute schalte ich auf volle Energie."

„Endlich. Verstanden."

Sechzig Sekunden lang warteten wir schweigend. Dann zeichneten sich auf den Schirmen aufwärts weisende Strahlen ab, die sich zu Kegeln ausbreiteten und schließlich zu einer dreieckigen Säule vereinigten. Hoch über der Lufthülle der Erde waren sie nicht zu sehen, nur auf unseren Monitoren. Es dauerte nur noch Sekunden, dann verschwand von einem Augenblick zum anderen das Tor zu Antichtona.

„Whamm!" sagte ich. „Weg ist das Türlein."

„Deinen Sinn für Humor habe ich bewundert, seit du bei meiner Familie aufgetaucht bist, Väterchen."

„Er ist rostig, angekratzt und nicht auf der Höhe der Zeit. Suche lieber unseren Gegner, Söhnchen."

Die Strahlen erloschen, die Position blieb eine Weile erkennbar, dann machte Rancor die Projektoren unsichtbar. Nichts; Ruhe und Stille. Ich trank endlich die erste Hälfte des Glases aus, dann meinte ich:

„Jetzt warten wir eine Stunde, eine Woche oder einen Monat. Meinst du, daß du mich jetzt ersetzen kannst?"

„Du willst doch bloß wieder dein Kissen zerwühlen und irgend etwas von ‚Petruschka' murmeln, Granddad!"

„Genauso ist es. Gute Nacht."

Ich schlief dreizehn Stunden lang, und als ich wieder die Monitoren betrachtete, stellten sich zwei erstaunliche Dinge heraus. Die Passage nach Nonfarmales *alter orbis* war nach wie vor abgeschnitten, und Nonfarmale hatte weder reagiert, noch war er aus seiner Unsichtbarkeit geschlüpft.

„Wo ist dieser verfluchte Bastard?“ murmelte ich, als ich wieder klaren Überblick hatte. Er war für uns unauffindbar. Stunde um Stunde, Tag um Tag vergingen, und Nonfarmale reagierte nicht. Amir und ich warteten zwei Wochen lang.

Dann ging er zurück zu seiner Familie.

Und ich erschien ganz plötzlich in Petersburg, gegen Ende Oktober. Petruschka empfing mich mit Kaviar, Wodka und kreischendem Entzücken. Wir verbrachten warme Nächte und eisklirrende Tage, und Rancor rief mich erst am 15. Februar 1916 zurück.

„Verdun“, sagte er.

„Und Nonfarmale hat nicht versucht, seinen Rückweg sicherzustellen?“

„Es ist ziemlich sinnlos, darüber zu sprechen. Nein! Warum, das kann nicht einmal die Zentralpositronik ausrechnen. Vielleicht ist es Trotz? Todessehnsucht? Er ist da, fliegt hin und her, aber er will, offensichtlich, nicht zurück.“

„Rätselhaft. Wo ist er?“

„In der Nähe von Verdun. Dort drohen wahrscheinlich gewaltige Kämpfe.“

„Rufe morgen meinen Enkel zurück“, sagte ich und ahnte, daß wir in ein entscheidendes Stadium eintreten würden.

Am 19. Februar des Jahres 1916 schwebte die LARSAF, waffenstarrend, in Richtung Frankreich. Amir und ich waren in die Anzüge gehüllt, die uns ein Höchstmaß an Sicherheit garantierten. In Beuteln und Netzen waren unsere Waffen gebündelt. Das Raumschiff schwebte im Schutz der Abwehrschirme und der Schutzfelder nach Osten. Das energetische Tor zur Jenseitswelt war geschlossen . . . unsere Projektoren schwebten und konnten jederzeit wieder aktiviert werden.

„Ist es jetzt der ultimate Kampf, Väterchen?“ fragte Amir, als wir auf São Miguel zusteuerten und auf der Karte nach Verdun suchten. Ich entgegnete:

„Wahrscheinlich. Vielleicht. Ich weiß es nicht.“

Um Verdun kämpften Deutsche und Franzosen um Geländegewinn; wie üblich eine sinnentleerte Sache, denn das Gelände bestand aus Granattrichtern. Offensichtlich stand ein neuer Vorstoß unmittelbar bevor.

Wir flogen, landeten und starteten, und am 20. Februar sahen Rancors Sonden und wir selbst nach langem Suchen zum erstenmal den goldfarbenen Diskus des Seelensaugers. Er senkte sich langsam auf das riesige Schlachtfeld von Verdun herunter.

Ich kippte das Raumschiff nach rechts und wich von von der Fluggeraden ab.

„Der zweite Schritt, Söhnchen. Wir haben zweimal sieben Projektile unter den Tragflächen. Aber ... ich wundere mich.“

„Worüber?“

Amirs Gesicht war angespannt. Er starrte auf die Monitoren und verfolgte den Flug des Psychovampirs.

„Sollte ich ihn überschätzt haben? Er versuchte nicht, den Tunnel zu seiner Welt wieder zu öffnen. Entweder hat er resigniert, was ich nicht glaube, oder er fühlt sich wegen anderer technischer Möglichkeiten sicher.“

„Wir werden es merken.“

Noch waren wir im Vorteil, denn wir versteckten uns hinter unserem Deflektorschirm. Wenn wir Nonfarmale beschossen, so konnte er denken, es wären verirrte Projektile der Bodenartillerie seiner potentiellen Opfer. Lange würde diese Täuschung nicht anhalten. Nonfarmales Schiff glitt durch Hochnebel und die dunklen Wolken aus Rauch, der von unzähligen Bränden aufstieg. Wo war sein Versteck?

„Wir greifen heute nicht an?“ wollte Amir wissen. Wir flogen in viertausend Metern Höhe. Ich blieb unentschlossen und beobachtete unseren Gegner, der, falls er uns geortet hatte, uns tatsächlich zu ignorieren schien. Er kreiste in weniger als dreitausend Metern Höhe, und vielleicht hielt man das Raumschiff für einen Zeppelin, ein starres Luftschiff, das die Deutschen zum Bombardieren von Paris, Südengland und London verwendeten. Stundenlang kreiste Nonfarmale an diesem Morgen, und wir verfolgten ihn, bis er nach Süden abdrehte und auf die Wälder und Berge der Vogesen zusteuerte. Inzwischen hatten wir eine Spionsonde ausgeworfen, die die Verfolgung aufnahm.

„Der Ausbruch der Kämpfe steht unmittelbar bevor“, sagte ich. „Ich denke, wir warten.“

„Einverstanden.“

Die LARSAF drehte ab. Einen Augenblick lang dachte ich daran, mich in der Nähe von Beauvallon zu verstekken, dann landeten wir in der Bretagne.

Am 21. Februar begann der deutsche Angriff auf Verdun.

„Der nächste Schritt, der nächste Zug im Spiel“, sagte ich zu Amir. „Vielleicht entscheidet er den Kampf.“

Zwei Raumschiffe näherten sich aus unterschiedlichen Richtungen dem Schlachtfeld. Nach dem Start aktivierte Nonfarmale ebenso wie ich den Deflektorschirm. Die LARSAF schwebte in einem riesigen Kreis in großer Höhe, und Nonfarmale näherte sich seinen Opfern, denn für seine seltsame Gabe durfte er eine bestimmte Entfernung nicht unterschreiten. Die schweren Geschütze auf beiden Seiten der Front feuerten ununterbrochen. Der von Schützengräben, Unterständen, Granattrichtern durchwühlte Boden wurde unausgesetzt erschüttert, neu zerwühlt, und mit Metallsplittern angereichert. Brände, Rauch, Pulvergase, gewaltige Fontänen aus Erdreich und tiefhängende Wolken vermischten sich miteinander, und der Diskus wurde inmitten des Infernos sichtbar.

Ich griff in die Steuerung, schob den Geschwindigkeitsregler nach vorn und setzte zu einem Sturzflug an.

„Wenn es uns gelingt, die Projektoren für den Unsichtbarkeitsschirm zu zerstören, haben wir den Kampf schon halb gewonnen.“

„Ich glaube nicht, daß er ein leichter Gegner ist."

„Ganz sicher nicht, Amir. Er wird bis zum letzten Blutstropfen kämpfen. Und ich bin kein Selbstmörder."

Die riesige Schicht, die über dem ausgedehnten Schlachtfeld hing, verbarg das Grauen von Tod und Verwundungen vor unseren Blicken. Sekunden später hingen wir schräg über dem langsam fliegenden Diskus. Ich aktivierte die Suchköpfe der vierzehn Raketenprojektile und nickte Amir zu.

Während ich den Sturzflug abbremste, löste ich in Sekundenabständen fünf Projektile aus. Kurze Erschütterungen gingen durch den Rumpf der LARSAF. Die Gase des Treibsatzes brodelten ums Schiff, dann folgten wir den langen Spuren der Geschosse. Ihre hochempfindlichen Suchköpfe wurden von der großen Metallmasse angezogen, und als ich nach wenigen hundert Metern das Schiff wieder zur Seite zog, detonierten die Geschosse. Der Diskus wurde durchgeschüttelt, aus dem Kurs geworfen, und als ich sah, daß die Hochenergie an drei Stellen den Schutzschirm durchschlug, drückte ich den Daumen auf den Auslöser der Thermogeschütze. Röhrende Glutbalken peitschten durch den flackernden Schutzschirm und trafen die Bordwand des Diskus. Amir langte herüber und löste drei weitere Projektile aus, die sich durch die Öffnungen des Schirms bohrten, ins Metall einschlugen und dort detonierten. Der Diskus schraubte sich in einer Fluchtparabel schräg in die Höhe.

„Wir haben ihn übel zugerichtet", sagte Amir und keuchte. „Weiter, mit aller Härte, Atlan."

Ich verfolgte den Diskus und löste, als ich den Abstand wieder herbeigeführt hatte, die weiteren Projektile aus. Eine Rauchspur nach der anderen führte von der LARSAF weg, überbrückte eine Entfernung von eineinhalbtausend Metern und endete an der Außenhülle des Schiffes. Jedesmal, wenn die Energie den Schirm überflutete und eine Öffnung aufriß, schickte ich einen Hagel aus Thermostrahlen, Desintegratorstrahlen und Hochenergieblitzen hinterher. Schließlich zerfetzte die letzte

Explosivladung einen Teil der Schiffshülle. Der Diskus setzte ruckweise seine Geschwindigkeit herauf und raste in nordwestlicher Richtung davon. Wir waren unsichtbar geblieben; der äußerste Schirm von Nonfarmales Raumfahrzeug flackerte.

Jetzt müßte er versuchen, sich unsichtbar zu machen, wisperte der Logiksektor. Ich nahm die Daumen von den breiten Auslöseknöpfen und sagte:

„Vielleicht habe ich ausnahmsweise einmal mehr Glück, Amir. Er bleibt sichtbar."

Rancor meldete sich und schilderte in aller Kürze seine Beobachtungen. Die Gerade des Fluchtkurses führte auf England zu. Ich bildete mir keineswegs ein, daß Nonfarmale flüchtete, ohne sich zu wehren.

„Söhnchen. Den Helm schließen", befahl ich und zog die Verschlüsse zu. „An die wichtigen Schalter und Steuergriffe erinnerst du dich noch?"

„Ich hoffe nicht, daß sie gebraucht werden."

„Vorsichtig. Nonfarmale ist ein Gegner, der kaum zu besiegen ist."

Noch immer setzte der Diskus seine Flucht fort. Die Geschwindigkeit nahm zu. Wir rasten hinterher, in gleicher Geschwindigkeit und etwa tausend Meter höher. Ich kontrollierte den Deflektorschirm, die mehrfach gestaffelten Schutzfelder und die Steuerung der Kristallfeld-Intensivierung, mit der ich den Rumpf gegen den Beschuß durch Desintegratorbeschuß oder ähnliche Strahlung sicherer machen konnte. Der Diskus blieb auf Kurs, und wir glitten näher heran. Wieder setzte ich zum Sturzflug an. Unter dem Bug öffnete sich ein Doppelmagazin kleinerer Projektile. Ich schob die Zielanlage der Thermo- und Desintegratorprojektoren zu Amir hinüber und sagte:

„Langsam und gezielt feuern, Amir. Ich bereite deinen Angriff vor."

„Alles klar."

Nonfarmale drehte sein Raumschiff in eine langgezogene Spirale. Ich ging näher heran und sah unter den

Raumschiffen Südengland hinwegziehen. Nonfarmale schien auf eine zweite Garnitur von Abwehrschirmen umzuschalten, und ehe er seine Verteidigungseinrichtungen wieder stabilisiert hatte, begann ich wieder mit dem Beschuß.

Über weitaus kürzere Distanz kreischten blitzschnell die gedrungenen Raketen hinüber zum kreiselnden Diskus. Zwischen zwei Einschlägen dröhnten immer wieder, von Amir hervorragend mit der Zieloptik abgestimmt, die grellroten und die bläulich weißen Strahlen hinüber, und durch die Risse, Sprünge und Löcher des Schirms sahen wir die tiefen Spuren der Einschläge, der eingeschmorten Löcher und der Detonationen, die von innen heraus erfolgt waren. Rauchstreifen und Feuchtigkeit der Lufthülle kondensierten zu langgezogenen Fäden, während ununterbrochen die Geschosse und die Strahlen in Nonfarmales Schiff einschlugen.

Als das vorletzte Geschoß aus dem Magazin fuhr, zuckte aus dem Heck des Diskus ein breiter, fast schwarzer Kampfstrahl und traf unsere Schirme. Die Farbe breitete sich rund um die LARSAF aus, und auf dem Armaturenbrett flackerten gelbe Leuchtfelder, die nach einem Atemzug ins Rot wechselten.

Grimmig sagte Amir:

„Jetzt sieht er wenigstens, wer ihn töten wird."

„Er wußte es schon nach dem ersten Feuerüberfall", sagte ich und zog das Raumschiff in die Höhe, verringerte die Geschwindigkeit und sah, daß der Diskus an einigen Stellen tatsächlich zu schwelen und zu brennen begonnen hatte. Er drehte sich langsam um die Polachse. Unentwegt schlugen die Kampfstrahlen ein.

Aber Nonfarmale hatte erreicht, daß unser Deflektor ausgefallen war. Er sah seinen Gegner, und natürlich wußte er, daß ich am Steuer saß. Sein Kurs führte ihn in eine völlig falsche Richtung; oder wußte er, daß er auf diesem Planeten endgültig gefangen war? Ein Blick auf die Kompaßzahlen: zweihundert Grad. Westkurs also.

„Ich glaube, wir haben ihn davon überzeugt", sagte ich

und schob die Regler auf höhere Einstellungen, „daß er nicht mehr zurück kann."

„Einen Schritt weitergekommen, Väterchen."

Der Diskus wechselte blitzartig die Richtung, bäumte sich auf, stieß senkrecht nach oben und führte eine verwirrende Serie von Bewegungen aus. Dann wandte er uns einen Teil der Bordwand zu, die wenig von unserem Beschuß gezeichnet war. Aus einem Dutzend Projektoren prasselten Strahlschüsse in rasend schneller Folge auf die LARSAF ein. Die Kampfstrahlen glühten in allen Farben des Spektrums, trafen auf die Schirme, durchschlugen sie an einem eng begrenzten Bereich, trafen auf Teile der Bordwand und zersprangen in einem Hagel aus Blitzen und Funken.

Wieder ließ Amir die Desintegratorstrahlen in den Rumpf einschlagen. Die Steuerung der LARSAF gehorchte mir noch immer in gewohnter Perfektion. Aber ein paar schnelle Blicke zeigten mir, daß die Tragflächen und einsehbare Teile des Rumpfes die Spuren der entfesselten Energie trugen.

„Aber er schlägt zurück."

„In aller Härte. Und er weiß, wie er kämpfen muß."

Hoch über dem Atlantik kreisten die Schiffe umeinander, rasten weiter nach Westen, stiegen in die Höhe und wieder abwärts, aufeinander zu, wichen aus und zeigten zweifellos Manöver, die erstaunlich anzusehen waren.

Wir bewegten uns mit mehrfacher Schallgeschwindigkeit über den endlos scheinenden Ozean, rasten durch Wolken hindurch, in die grelle Sonne hinein und wieder zurück in den vagen Schatten unter den Wolken.

Nonfarmale feuerte auf uns. Gleichzeitig führte er abenteuerliche Flugfiguren aus und versuchte natürlich, unseren Schüssen zu entkommen.

Wir waren immerhin zu zweit. Amir schien die meisten Manöver des Schiffes fast mit telepathischer Sicherheit vorauszuahnen. Die meisten seiner Schüsse trafen. Dennoch wurden unsere Schirme überlastet, ließen die vernichtende Energie durch, und aus den Tragflächen brachen Teile der Verwindungsklappen aus. An der Vorderkante und ebenso achtern sahen die geschwungenen Flügel wie eine alte Säge aus.

„Noch fliegt das Schiff, Atlan", stieß Amir hervor und bewegte die Zielvorrichtung. Irgendwo weit voraus glaubte ich undeutlich Festland zu erkennen oder die Brandung einiger Inseln.

„Nicht mehr lange, Amir."

Der Diskus, aus dessen Wandungen Flammen und Rauch schlugen und lange Streifen über den Wolken zurückließen, drehte sich noch immer langsam, und jeder Projektor Nonfarmales, der noch leistungsfähig war, spie verschiedenfarbige Energieblitze aus. Wieder begannen einige Warnlichter zu blinken. Amir zeigte darauf, und ich nickte. Unwillkürlich griff ich nach dem Griff der Pulsatorsteuerung am breiten Gürtel des Flugaggregats.

„Es geht unverändert weiter. Aber nicht mehr lange." Ich stöhnte und fühlte mich im Schutz der Schiffszelle nicht mehr sicher.

Donnerschläge begleiteten die Blitze der hochgespannten Energie, die immer wieder in die Schiffskörper einschlugen oder das Ziel verfehlten und sich irgendwo in der Weite des Himmels verloren.

Auch wir zogen dicke Rauchfahnen hinter uns her. Der Schiffskörper begann immer stärker zu vibrieren.

Ich stellte die LARSAF gerade und merkte, daß sie sich nicht mehr hochziehen ließ. Vor mir blinkte ein gelbes und rotes Feuerwerk. Ich hörte aus den Lautsprechern des Helmes die hastigen Atemzüge Amirs.

„Die Schiffe werden nicht mehr lange fliegen. Im All schon gar nicht. Wenn wir sie einigermaßen heil auf den Boden herunterbringen, haben wir ein Wunder erlebt."

„Es sieht böse aus, Atlan."

„Ich weiß. Von Sekunde zu Sekunde mehr."

Aus der Verkleidung von Nonfarmales Schiff lösten sich große Fetzen und wirbelten davon. Ich glaubte, die Luft durch das Innere des namenlosen Raumschiffs kreischen zu hören, hinter uns, in den Antriebsblöcken oder Teilen der Innenversorgung, gab es eine Reihe scharfer Detonationen. Ich klammerte mich mit aller Kraft an die Griffe der Steuerung.

Ich wagte nicht mehr, den Autopiloten einzuschalten. Der Logiksektor rief:

Denkt an eure Sicherheit!

Die letzten Desintegratorstrahlen aus unseren Projektoren schlugen in das gegnerische Raumschiff ein.

Der Höhenmesser zeigte verschwimmende Zahlenreihen. Die LARSAF stürzte nicht ab, aber verlor ständig an Höhe. Ein Blick auf den Voraus-Monitor. Wir näherten uns tatsächlich einer Küste. Auch das andere Schiff drehte sich nicht mehr um die Polachse, sondern vollführte Bewegungen wie ein Kieselstein, der über eine Wasserfläche sprang.

Trümmer und flammende Gasfetzen wirbelten von Nonfarmales Schiff weg. Wir erkannten versengte Spanten und Träger. Im Innern des Schiffes wüteten Brände. Wieder schüttelte sich die LARSAF, und weitere Teile der Energieversorgung und der Triebwerke fielen aus. Ich griff nach rechts, packte Amir an der Schulter und deutete auf den mechanisch auszulösenden Griff.

„Und dann sofort mit der rechten Hand an die Steuerung. Klar?"

Amir zog das große Bündel der Ausrüstung zu sich heran, dann langte er nach meinem und hakte beide Leinen in seinen Gürtel ein.

„Klar."

Eine riesige Küste erstreckte sich vor und unter uns. Gewaltige Brecher bildeten eine unregelmäßige Linie, und dahinter sahen wir weite, schneebedeckte Flächen, aus denen sich Berge und Täler modellierten. Beide Schiffe stürzten schräg auf dieses Land zu. Ich erinnerte mich und sagte:

„Labrador."

„Verdammt ungastliche Gegend", meinte Amir. „Versuchst du, das Schiff lange genug in der Luft zu halten?"

Der Schock riß und rüttelte an der LARSAF, als wir die

Schallgeschwindigkeit unterschritten. Ein Drittel des Diskus löste sich und schien, quälend langsam, in der Luft zu verharren, ehe es senkrecht abstürzte. Sofort danach fing der Rest des Schiffes zu trudeln an, überschlug sich, und mit einer weiteren Explosion sprengte sich Nonfarmale in einer großen, durchsichtigen Kugel aus dem Wrack und wurde, noch ehe Amir den nächsten Strahl abfeuern konnte, unsichtbar.

„Noch ein Schritt, ein verdammter", rief Amir. Die LARSAF bäumte sich auf, aus dem hinteren Teil drangen Rauch und Flammen in die Pilotenkanzel. Ich drehte den Kopf, und wir verständigten uns mit einem kurzen Blick. Dann zogen wir die Griffe, und zusammen mit einem Teil des Bodens wurden wir fast gleichzeitig nach unten ausgeworfen. Die Masse des brennenden, halb zerfetzten Schiffes drehte sich über uns, Teile wurden in alle Richtungen davongeschleudert, und der nächste Ruck bewies, daß sich auch die Sitze auflösten. Wir fielen, drehten uns in der Luft, dann fing uns der Ruck der Antigravelemente auf.

Ich drückte einen Schalter und rief:

„Amir. Deflektor an."

„Alles klar. Nach Westen?"

„Ja. Wir müssen, wenn wir ihn nicht vorher sehen, auf Spuren achten."

Unser Fall wurde weich aufgefangen, und ich hoffte, daß wir nebeneinander genau nach Westen flogen. Einige Atemzüge später, als ich die Geschwindigkeit heraufsetzte, hörte ich durch die Atemzüge Amirs die vertraute Stimme des Roboters.

„Atlan. Hier Rancor. Ich habe, wenn auch mit einiger Mühe, alles beobachten können. Ich warte auf Anordnungen."

„Hörst du mit, Amir?" fragte ich ins Nichts. Die Sonne war mit uns gewandert und stand niedrig im Mittag.

„Ich höre mit. Vielleicht sollten wir kurz unsere Tarnung aufgeben und uns an den Händen fassen?"

„Sofort. Laß mich nachdenken."

Beide Raumschiffe waren unwiderruflich vernichtet. Dreimal hatte ich unter mir die gewaltigen Detonationen gesehen, in denen sich die LARSAF auflöste und als Regen halb geschmolzener Teile in die Brandung oder den Schnee über Labrador niederging.

„Rancor. Ein Transmitter befindet sich in der Farm der Lawrences. Wir versuchen, uns dorthin durchzukämpfen. Andererseits: Schicke Boog oder Mapuhi in die Farm, mit einem Großgerät. Wenn er es aufstellt, dann kann der Gleiter aus dem Lechturm hierher geschleust werden."

„Verstanden. Wir bleiben in Kontakt."

„Ende."

Wir waren also nicht verloren und völlig hilflos. Jetzt begann die letzte Jagd auf Nahith Nonfarmale. Ich sah, daß wir die Labradorküste überflogen hatten, aber nicht, in welcher Höhe oder Entfernung vom Sankt-Lorenz-Strom. Es war nicht weiter wichtig, denn Rancor würde uns orten können und die Position durchsagen. Ich atmete ein paarmal tief durch und sagte leise:

„Ich zähle bis drei. Dann schalten wir gleichzeitig den Deflektor aus. Du fliegst zu mir. Ich habe eine Sicherungsleine. Sind die beiden Gepäckstücke heil aus dem Raumschiff gekommen?"

„Ich habe sie noch immer am Gürtel."

Ich zog die dünne Leine aus dem Gürtelfach, klinkte den Haken ein und behielt den Haken am anderen Ende in der Hand.

„. . . drei."

Ich blickte nach rechts. Etwas höher als ich und etwa fünfhundert Meter entfernt flog Amir auf gleicher Höhe. Er schaltete den Deflektor wieder ein und näherte sich mir, dann erschien er wieder aus dem Nichts. Wir stießen zusammen, er hielt sich an mir fest, und ich klinkte den Karabinerhaken ein.

Gleichzeitig schalteten wir wieder die Deflektoren ein, und langsam spannte sich die Leine. Wir verständigten uns, ließen uns tiefer hinunter, und schließlich meinte Amir:

„Wir haben wieder eine Patt-Situation."

„Richtig. Drei unsichtbare Gegner."

Ich würde nicht zur Venus fliegen und den Hypersender in Betrieb nehmen können. Auch der riskante Flug nach Arkon war unmöglich. Ich hätte ihn auch nur zusammen mit Amoustrella gewagt. Amou war und blieb verschwunden, und dieses Geheimnis schien unauflösbar zu sein. Viel wichtiger war, daß wir uns in die Überlegungen Nahith Nonfarmales hineinversetzen konnten, denn das riesige, nahezu menschenleere Gebiet Labradors war eine viel zu große Arena für jede Art von Kampf. Und wer konnte sagen, ob Nonfarmale nicht in eine andere Richtung flüchtete und sich an einem Ort versteckte, an dem wir uns mit einem ganzen Heer ein Menschenalter lang bemühen konnten und ihn doch nicht fanden. Oder . . . vielleicht flüchtet er zum Vater-der-Sonnenwolke-Berg, dessen Kuppe von uns so gut wie zerstört worden war?

„Was würdest du jetzt tun, wenn du Nonfarmale wärst, Atlan?" fragte Amir eine halbe Stunde später. Unter uns glitten endlose weiße Flächen vorbei.

„Ich würde warten, bis ich die Landung von einem oder zwei Verfolgern sehe. Dann würde ich mich unsichtbar anpirschen und den Kampf weiterführen."

„Weiß er, daß wir zu zweit sind?"

„Höchstwahrscheinlich nicht", sagte ich, grinste und sprach weiter. „Verstanden, Söhnchen. Ich werde auf spektakuläre Weise landen und so tun, als wäre ich verletzt oder nicht recht bei Besinnung."

„Dann sollten wir damit anfangen, einen guten Landeplatz zu suchen. Tiefer hinunter?"

„Jawohl. Was sagst du zu dem Talkessel links voraus?"

Es dauerte wieder eine Weile, dann antwortete er:

„Gut. Der dreieckige Hang auf der Westseite ist schwer zu übersehen."

Ich griff nach dem Karabinerhaken, zog am Seil und sagte:

„Komm heran und gib mir ein Bündel. Aber laß es nicht fallen."

„Schon dabei."

Ich holte Hand über Hand das Seil ein, zog Amir zu mir heran, und unsere Deflektorschirme verschmolzen ineinander. Wir grinsten uns hinter den leicht beschlagenen Helmscheiben an, und ein schweres Ausrüstungsbündel wechselte zu meinem Gürtel herüber. Ich klinkte die Leine los und drückte ihr Ende Amir in die Hand.

„Ich fliege geradeaus, auf die Mitte des Hanges los. Du wartest in der Luft. Hoffentlich rammt dich der Seelensauger nicht."

Wir dachten weder an die Farm, die irgendwo weit im Süden lag, nicht an das zerstörte Raumschiff und die Hoffnungen, die mit ihm zerstoben waren, nicht an Petersburg und die genossenen Freuden, sondern nur an den bevorstehenden Kampf. Bis zum Einbruch der Dunkelheit hatten wir noch mehr als fünf Stunden. Ich rechnete nicht damit, daß auch dieser Tag der letzte des langen, fruchtlosen Kampfes gewesen war. Auch Nonfarmale mußte ähnliche Gedanken wälzen, denn es gab für ihn, auch wenn der Strukturriß wieder erscheinen sollte, keine Möglichkeit, diesen Punkt zu erreichen. Ob er seine Helfer angewiesen hatte, an anderer Stelle einen Übergang zu schaffen und nach ihm zu suchen, wußte nur er.

Konzentriere dich wie ein Samurai. In deiner Nähe wartet Nonfarmale, sagte der Extrasinn.

Ich raste schräg über den riesigen Talkessel, der einen verschneiten Bach erkennen ließ, Waldstücke, Buschwerk und riesige Schneewächten, Wolfsspuren und mächtige Bäume, von deren Ästen Schnee herunterkrachte. Der Hang sah aus, als wäre er voller Felsen und tückischer Rankengewächse, also bremste ich meinen Flug stark ab und landete in einer Düne aus Schneekristallen. Ich wirbelte mit beiden Armen Schnee in die Höhe, zog meinen Thermostrahler aus dem Hüftfutteral und feuerte ihn ab. Eine riesige Dampfwolke markierte meinen Absturzort.

Ich handelte völlig automatisch, ohne zu denken; die Dagorschulung begann, mich in eine Art Kampfmaschine zu verwandeln.

Ich drosselte die Antigravenergie, meine gepanzerten Stiefel versanken im Schnee, und halb schwebend, halb laufend, setzte ich einen Fuß nach dem anderen in den Schnee und hinterließ eine geschwungene Spur, ein wenig torkelnd, bis ich den Rand eines großen, zusammenhängenden Waldstücks erreichte. Dort trat ich gegen mehrere Bäume, die ihre halbe Schneelast abluden, dann kehrte ich wieder zu dem Loch und den vielen Abdrücken im Hang zurück und wartete, einen Meter über dem Boden schwebend und unsichtbar.

„Sehr überzeugend“, flüsterte Amir. Ich antwortete nicht und entsicherte das Waffenarsenal, das ich – wie Amir auch – an der Außenseite des schweren arkonidischen Schutzanzugs trug. In dem Packen, der größer als ein vollgepackter Rucksack war, befand sich die Notausrüstung. Rancors Stimme flüsterte:

„Boog ist in der Farm und stellt den großen Transmitter auf, ungesehen, denn die Lawrences scheinen in der Stadt zu sein.“

„Gut. Weiter so“, flüsterte ich.

Wieder warteten wir. Nach einer Stunde wurde es mir zu langweilig, und ich flog im weiten Bogen, sorgfältig jeden Punkt der sonnenüberstrahlten Landschaft absuchend, bis zu der schlangenlinienförmigen Lichtung, in der ein breiter Bach den Wald durchzog, vereist und unter einer dicken Schneedecke verborgen.

Ich suchte lange, bis ich eine natürliche Höhlung unter den weit ausgreifenden Ästen der Nadelbäume fand, fast eine Höhle hinter einem Vorsprung aus Fels, der schräg über dem Bachbett hing. Ich kroch hinein, schaltete das Flugaggregat und den Deflektor aus und öffnete das Notgepäck. Ich breitete eine wasserdichte Decke aus, faltete das kleine Zelt auseinander und glich die Außenfarbe der Umgebung an. Dann legte ich die Rationen, die Waffen, Energiemagazine und alle anderen Geräte nebeneinander auf den Boden, verspannte das Zelt an Baumstämmen und kroch wieder hinaus. Ich öffnete den Helm und nahm ein paar Züge der eiskalten, herrlichen Winterluft. Um mich waren nur die wenigen Geräusche des tief winterlichen Waldes. Ich lauschte, hielt den Atem an und drosselte die Lautstärke der Lautsprecher bis zum Flüstern.

Keine Tritte, kein verräterisches Summen in der Luft, keine knackenden Äste, nur ab und zu der Klang herunterpolternden, nassen Schnees.

Ich hängte mir das schwere Feldglas um den Hals, warf die Zweihand-Energie-Waffe auf den Rücken und gestand mir ein, daß Nonfarmale nicht ungeduldiger war als ich.

„Amir. Peilstrahl“, flüsterte ich. „Funkstille.“

Nonfarmale hörte uns möglicherweise ab. Aber er würde nicht die richtigen Geräte haben, den Flug Amirs hierher zu kontrollieren. Fünf Minuten später tauchte Amir dicht vor meinem Versteck auf und kroch unter die Äste.

Auch er hatte seinen Helm geöffnet. Wir flüsterten miteinander.

„Hast du ihn gesehen? Meine Landung war dramatisch genug?“

„Die Landung hat alle Elche oder Nerze dieses Tales in die Flucht gejagt“, sagte Amir. „Ich glaube, ich habe ihn links von dir, an diesem Paß, flüchtig gesehen. Nur einmal, dann war er wieder verschwunden. Aber ich bin nicht sicher.“

„Wenn er sucht, dann hier im Wald, aber auf der anderen Seite. Am Ende der Spur.“

„Dort würde jeder suchen.“

„Nonfarmale ist nicht jeder“, sagte ich. „Er ist gerissener als ich. Mir gehen abenteuerliche Vorstellungen durch den Kopf. Ein Feuer, daneben zwei Anzüge, und wir auf der Lauer. Blödsinn? Aber bis nach Einbruch der Nacht zwei Wachen. Im Norden des Tales und am Paß?“

„Auch Nonfarmale wird nicht die ganze Nacht in der

Luft bleiben wollen“, sagte Amir. „Wir treffen uns Mitternacht hier?“

Er hatte seine Ausrüstung ins Zelt geschafft und schob ein paar zusätzliche Waffen hinter die breiten Gurte und in die eingearbeiteten Taschen. Aus seinem Gesicht sprach dieselbe Entschlossenheit wie aus meinen Worten. Wir nickten einander zu, schlossen die Helme und schwebten im Schutz der Bäume, die das Bett des Baches säumten, in verschiedene Richtungen davon.

Wo der Talkessel in das nächste Tal überging, gab es schrundige Felsen, die von Eis überzogen waren. Der Schnee war, bis auf zahlreiche Tierspuren, unberührt. Ich saß auf einer vereisten Kanzel, hatte das Glas an den Augen und suchte, während die langen Schatten mit dem Talgrund verschmolzen, nach Einzelheiten. Amir wachte etwa drei Kilometer weit entfernt. Ich sah die fünf riesigen Tannen, die eine schnurgerade Reihe bildeten. Dort würde ich warten, an seiner Stelle.

Je länger ich über Nonfarmale nachdachte, über sein Verhalten, das ich oft genug hatte studieren können, desto sicherer war ich, daß er sich im Bereich des schüsselförmigen Tales aufhielt. Meine Ahnung war stark; ich konnte fast sicher sein. Wenn er genügend Zeit gehabt hätte, würde er auch in seinem Raumschiff entsprechende Ausrüstung gefunden haben, ehe es detonierte.

Die Sonne versank hinter den Bergen des Kessels, die Sterne erschienen, der Mond hob sich hinter der gezackten Kulisse des Kammwaldes. Die mondbeschienene Schneefläche war ein Muster aus Schwärze und unregelmäßigen weißen Flecken, die glitzerten, als wären sie mit Diamantstaub überpudert. Die Luft war klar; die Sterne funkelten nicht. Ein Meteorit zog eine weiße Spur durch das Firmament, und einige Sterne begannen zu blinken. Ich betrachtete sie, und erst nach Minuten fiel mir auf, daß eine Reihe senkrecht stehender Lichtpünktchen fast nicht wahrnehmbar funkelten. Der Logiksektor sagte:

Warme Luft steigt auf.

Ich lächelte, dann wurde daraus ein breites Grinsen. Nonfarmale würde nicht so dumm sein und etwa in der Mitte des Tales ein Feuer anzünden. Er wollte mich dorthin locken, und das konnte er haben. Ich riskierte eine geflüsterte Nachricht.

„Talmitte. Warme Luft steigt. Ich gehe hin."

Amir schnalzte nur mit der Zunge. Ich nahm die Zweihandwaffe vom Rücken, entsicherte sie und schwebte senkrecht in die Höhe, dann in Schlangenlinien auf die Stelle zu. Ich kippte die Restlichtaufheller über das Helmvisier, sah eine helle Wärmequelle und in ihrer Nähe ein paar Bäume, Schneewächten, ein Gewirr gestürzter Baumriesen und einen völlig kahlen Laubbaum, der wie eine Skeletthand nach den Sternen griff. In weiten Kreisen schwebte ich näher heran und entdeckte schließlich quer über einer großen Mulde einen dreimal mannsdicken Baum, wahrscheinlich halb vermodert, in dessen Holz ein dunkelroter Glutfleck schmorte.

Als ich beide Visiere hochschob, roch ich auch das verbrannte Holz. Mir war, als fühlte ich Nonfarmales Augen genau zwischen den Schulterblättern, jene kalten, schnellen Augen von unbestimmbarer Farbe. Er und ich, wir lauerten darauf, daß der andere eine Unvorsichtigkeit beging. Ich zog eine fingerlange Signalrakete aus dem Brustsaum, steckte sie auf den Lauf des Revolvers, hob den Arm über den Kopf und schwebte, immer schneller, auf Amirs Standort zu. Nach wenigen Metern drehte ich mich und feuerte einen Schuß in die Richtung auf den warmen Luftkanal ab, schräg aufwärts.

Der Donner des Schusses rollte über das gruftstille Tal, eine Sekunde später breitete sich zitterndes, kreideweißes Licht aus, und ich sagte, während ich abwärts und im Zickzack nach Westen jagte:

„Ich war's, Amir."

Wieder klickte er mit der Zunge. Aus der Richtung einer größeren Baumgruppe fuhren dunkelrote Blitze in einem Drittelkreis durch die Luft, zwei Dutzend oder mehr, dann wechselte Nonfarmale den Standort. Zwei Schüsse waren keine zwanzig Meter unter mir durch die Luft gegangen.

Amir schien genau zu wissen, in welche Richtung Nonfarmale schwebte, und er feuerte nur einen einzigen Strahlschuß ab. Die glühende Spur verlief parallel zum Boden und traf auf Nonfarmales Schirme.

Augenblicklich feuerte Nonfarmale zurück. Amir war längst hinter Baumstämmen verschwunden, aber ich konzentrierte mein Feuer auf den Punkt, von dem die roten Strahlen ausgingen. Die schwere Waffe dröhnte, der Projektor warf heulende Energiebündel aus, und jetzt flammten und flackerten die überlasteten Schirme des Seelensaugers in allen Farben, schrumpften und zuckten, noch mehr als aus dem ersten Energiestoß aus Amirs Waffe. Amir erschien auf der anderen Seite der Deckung und nahm Nonfarmale aus der gleichen Zweihandwaffe unter Feuer. Das Knallen, mit dem ein Projektor zerstört wurde, war lauter als der Schußwechsel. Donner hallte durch den Talkessel, von unzähligen Ästen stiebten gewaltige Schneemassen.

Nonfarmale flüchtete zwischen die Baumkronen, die wild durcheinanderschwankten, und deren Äste aufwärts und abwärts peitschten. Aber ich sah deutlich seine Gestalt, die sich in der Luft halb überschlug.

„Vorteil für uns“, sagte Amir. „Sein Deflektor ist hin.“

„Verstanden. Halte dich zurück.“

„Ich kreise um den Wald.“

Ich schwebte höher und feuerte in kurzen Abständen dorthin, wo ich schwache Bewegungen zu erkennen glaubte. Dampfsäulen brodelten auf, einige Äste begannen zu schmoren und zu brennen. Nach jedem zweiten Schuß wechselte ich meine Position und hing jetzt schräg über den Baumwipfeln. Nachdem auch das Donnern einer Lawine, von den Schallwellen ausgelöst, verklungen war, herrschte wieder Stille über dem Kessel. Im Wald bewegte sich nichts, und wir beobachteten die Baumgruppen, die zusammen auf einem kreisförmigen

Gebiet von etwa fünfhundert Metern Durchmesser standen. Ich sicherte die schwere Waffe, zog den Desintegrator und ließ mich langsam fallen. Ich schwebte an den Bäumen entlang und zerschnitt die Stämme etwa drei Meter über dem Boden. Sie schüttelten sich und kippten zu Boden, wirbelten Schnee auf und erzeugten einen weithin hallenden Lärm.

In das Gewirr schickte Amir ab und zu einen langen Feuerstoß, der Teile der Baumkronen aufflackern und zu Asche zerfallen ließ. Dann hörte Amir zu feuern auf, und ich wartete, bis wieder Ruhe und Bewegungslosigkeit eingetreten waren.

Inmitten des Chaos aus hundert niedergebrochenen Bäumen, Dampf und Asche, Rindenstücken und dem Zunder morschen Holzes stand, lag oder hastete Nonfarmale umher. Wieder, fünfzig Schritt vom jenseitigen Rand entfernt, schüttelten sich ein paar Äste. Ich schickte ein paar Schüsse in diese Richtung, und im flackernden Licht der Flammen sah ich einen Schatten, der hinter Stämmen Deckung suchte.

Ich umkreiste das Wäldchen zur Hälfte und befand mich über einer völlig ebenen Fläche, einem gefrorenen Tümpel vielleicht. Ich wartete und hörte vor mir Knacken und Knistern, sah aber keine Bewegungen. Wieder schob ich eine Leuchtrakete in den Revolverlauf und feuerte sie in den Wald.

Zwischen den Stämmen breitete sich die flackernde weiße Lichtflut aus. Nonfarmale sprang von Stamm zu Stamm, als schwarzer Scherenschnitt, der sich rasend schnell bewegte. Ich verfolgte ihn mit kurzen Feuerstößen und trieb ihn in nördlicher Richtung aus dem Wald hinaus. Ich wich schräg in die Höhe aus, als ich ihn zwischen zwei dicken Baumstämmen am Rand des Wäldchens stehen sah. Noch während ich überlegte, ob ich feuern sollte, als ich wieder den Restlichtaufheller herunterklappte, schaukelte zwischen den Stämmen ein riesiger Grisly seinen Körper, breitete die Pranken aus und fetzte die Rinde von den Tannen.

Ich konnte nicht glauben, was ich sah. Ich war noch immer durch das Deflektorfeld geschützt, als ich wieder zu Boden sank und dicht über dem Schnee anhielt. Ich starrte den Bären an, der sich auf die Vorderläufe niederließ und ein paar zögernde Schritte auf die freie Fläche hinaus machte.

Dann lachte ich kurz. Bären hielten um diese Zeit Winterschlaf, und mir dämmerte, daß ich Zeuge einer bisher unbekannten, aber vermuteten Fähigkeit des Psychovampirs geworden war. Ich rückte meine rechte Schulter nach vorn und griff nach der Zweihandwaffe, als der Bär sich herumwarf und zwischen den Stämmen verschwand. Mein Schuß fuhr genau in die Spur, die das Fabeltier hinterlassen hatte.

Dann trafen mich die Eenergien aus der fremden Waffe. Ich war in rotes Feuer gebadet. Ich spürte die energetischen Überschläge von der Innenseite des Schirms und sah halb wütend, halb in einer seltsamen Zufriedenheit befangen, wie der Projektor für das Deflektorfeld zu qualmen begann. Ich riß ihn aus der Halterung, warf ihn über die Schulter und schwebte dorthin, wo ich den falschen Bären gesehen hatte.

Wo war Amir?

Vielleicht war es besser, wenn er nicht schoß. Das war mein Gegner, mein Kampf. Ich entschloß mich zu einer halb selbstmörderischen Aktion und schaltete das Fluggerät ab. Jetzt hatte ich auch die Linke frei, und ich zog die Handfeuerwaffe, als ich mich hinter das Wurzelwerk duckte.

Amir war in unmittelbarer Nähe. Er warf aus der Luft ein halbes Dutzend Fackeln ab, die senkrecht im Schnee und im Waldboden steckenblieben und einen Kreis aus sechs strahlenden Lichtquellen bildeten. Ich befand mich am äußersten Rand des Kreises, Nonfarmale war mitten darin.

Ich sah ihn, feuerte, und er feuerte zurück. In den Stämmen erschienen handbreite Aushöhlungen. Die Flammen griffen auf altes Harz über und liefen an den

Stämmen aufwärts. Schnee verwandelte sich zischend in Dampf. Ein unaufhörlicher Schußwechsel über eine Distanz von weniger als fünfzig Meter hinweg dröhnte und schmetterte durch den Wald, kappte Äste, ließ den Boden aufflammen, erzeugte Rauch und Flammen, und in dem Inferno sprangen wir von Stamm zu Stamm und feuerten auf jede Bewegung. Immer wieder glühten und loderten die Schirme auf. Ich sah keinen Bären, aber auch keinen Elch oder Moschusochsen oder andere Tiere, in die sich Nonfarmale anscheinend oder scheinbar hätte verwandeln können. Aber der Grisly war überzeugend gewesen.

Die Energiestöße aus der unterarmlangen Waffe Nonfarmales waren gefährlich. Die Überlastungskontrolle meines Schutzschirmprojektors blinkte immer wieder warnend auf. Es war mir gleichgültig geworden, und schließlich, nach einer weiteren, langen Schußserie, mußte Nonfarmale über die Eisfläche flüchten, auf der ich mich eben noch dem Wald genähert hatte. Ich richtete mich auf und schoß dreimal hinter seinen Fersen ins Eis und erreichte nur, daß er im Schutz von Dampfsäulen sich weitere zehn Meter in Sicherheit zu bringen versuchte. Der nächste Schuß, ein Dauerfeuer, zerstörte seinen Schutzschirm, aber gleichzeitig versagte meine Waffe. Die Energieladung war verbraucht. Ich ließ sie fallen und nahm die kleinere Waffe in die rechte Hand. Ich schoß durch den Dampf, sah die Schußbahnen wie Gas aufleuchten und hätte ihn in den Kopf getroffen, wenn er sich nicht zur Seite und in den Schutz niedriger Hügel oder Felsen geworfen hätte.

Wieder traf mich ein Strahl seiner Waffe. Mein Schutzschirm brach zusammen, als ich mich fallenließ und über harte Wurzeln und weiche Nadeln rollte.

Ich schaltete den Projektor aus. Ich kam auf die Beine, blickte über das Kampffeld, das teilweise noch von Amirs Fackeln beleuchtet war, dann rannte ich durch knöcheltiefen Schnee auf eine Barriere aus gestürzten Stämmen zu. Von dort aus konnte ich hinter seine Deckung feuern.

Ich erhob mich hinter der Deckung und feuerte.

Nonfarmale schoß zurück. Rechts und links von meinen Schultern löste sich der massive Tannenstamm auf. Ich schmolz den Schnee seiner Deckung, und darunter kamen kantige Steine zum Vorschein, die sich in der Desintegratorstrahlung knallend und berstend auflösten.

Nonfarmale stand ohne Deckung da. Er schoß, und ich duckte mich. Dann flankte ich über die Barriere, und noch bevor ich wieder aufkam, geschah Erstaunliches.

Nahith Nonfarmale stand hochaufgerichtet in einem Kreis aus geschmolzenem Schnee, ausgeglühtem Boden und kopfgroßer Steinsplitter. Er breitete die Arme aus, und im Fackellicht stand zwei Lidschläge danach Ullana da, Amiralis Thornerose, und mit jeder Geste ihres reifen, nackten Körpers drückte sie Hingabe, Liebe und Verständnis aus. Ich hatte Nonfarmale in die Brust schießen wollen; jetzt glitt mein Finger vom Auslöser. Es war keine Illusion, kein Spiegelbild; es war Amiralis, die er umgebracht hatte, und noch während ich mein staunendes Entsetzen niederzukämpfen versuchte, zerfloß das Bild, und an Ullanas Stelle stand in der eiskalten Landschaft Amoustrella mit langem Haar und leuchtenden Augen.

Ich hatte mein Entsetzen überwunden. Der Psychovampir hatte aufgegeben oder wandte eine besondere List an. Er wollte mich übertölpeln, während er mir zeigte, wie gut er mich kannte, und daß er mich mit dieser Modulation seines Körpers bis zum Wahnsinn reizen wollte.

Töte ihn, sagte der Extrasinn. Ich hob den Lauf der Waffe und schoß Amoustrella in den Kopf.

Amoustrella verwandelte sich in Nonfarmale, dessen Schädel zerrissen war. Aber auch dieser Körper verwandelte sich wieder, wurde zu einer fast völlig zylindrischen Säule, höher als eineinhalb Meter. Mir zitterten die Knie, als ich näherging und noch immer die Waffe auf den Obelisken richtete. Von links strahlten die Fackeln, und als Amir aus der Luft herunterschwebte und auf die

Säule zuging, schaltete er die Helmlampe und den Gürtelscheinwerfer ein. Ich starrte fassungslos die Säule an.

Amir ging einmal um den versteinerten Körper herum, der jegliche Kontur verloren hatte. Ich stand schweigend da und erwartete, daß der Obelisk im starkem Licht beider Scheinwerfer einen wuchtigen Schatten werfen würde, aber der Boden blieb hell, schattenlos, wie immer sich Amir auch bewegte. Auch im Licht der Fackeln warf er nicht einmal einen grauen Schatten.

„Ich war stets in deiner Nähe und hätte rechtzeitig geschossen, Väterchen“, sagte Amir. „Am Schluß sagte ich mir: das ist Atlans Kampf. Ich habe eine Frau gesehen und dann die andere, deren Bilder in der Kuppel stehen. Amou. Was war das?“

Ich senkte den Kopf und schob die Waffe wieder in die Hülle.

„Nonfarmales letzter Versuch, mich zu verunsichern.“

Ich drehte einen Abstimmknopf und sagte:

„Rancor. Boog! Wir schalten einen Peilstrahlsender ein und richten ihn nach Süden aus. Boog soll uns mit dem Gleiter und einem fertigen kalten Essen und so weiter abholen. Nonfarmale ist tot und hat sich in eine Säule verwandelt, die keinen Schatten wirft. Wir fliegen nach Sonnenaufgang zur Farm zurück.“

„Verstanden. Die Spionsonde ist auf dem Weg zu eurer Position.“

„Viel Aufregendes wird es nicht zu sehen geben“, meinte Amir und faßte mich um die Schultern. Ich wachte nur langsam aus einer dumpfen Betäubung auf. Langsam gingen wir auf die vereiste Fläche hinaus, dann schalteten wir die Flugaggregate ein und schwebten durch die Dunkelheit zu unserem Versteck. Aber wir konnten nicht schlafen; wir saßen im Zelt, brannten Fackeln ab und tranken die dicke Glasflasche aus Petersburg leer; eiskalter Wodka. Vor dem Morgengrauen schwebte der Gleiter heran, wir warfen die Ausrüstung auf die Ladefläche und hielten auf dem Rückweg zur Farm beim

Nonfarmale-Obelisken an. Während ich meinen versteinerten Gegner anstarrte, mußte ich an das Gerücht denken, daß sich Graf Cagliostro vulgo Balsamo ebenso in einen Obelisken verwandelt haben sollte. Und warum kam mir der Name Michael de Notre-Dame oder Nostrodamus in den Sinn? Es gab keine Erklärung. Aieta und Richard Lawrence warteten auf uns, und die Kamine in den Gästezimmern waren voller Glut und Flammen. Endlich fühlte ich mich wieder wohl.

9.

„Spätestens nach diesen drei Wochen weiß ich, wieviel Amir von mir geerbt hat." Aieta Jagdara lachte. „Ich war in meiner Jugend ebenso ein Herumtreiber wie er. Geht nur nach Rußland, ihr zwei Helden."

Amir und ich warfen uns einen Verschwörerblick zu.

„Oder nach Schweden, zu den Dänen oder nach Südengland", sagte ich. „Keine Sorge, Tochter, ich bringe euch den Sohn gesund und mit viel Lebenserfahrung zurück."

„Das weiß ich, Großväterchen", sagte meine Tochter. „Außerdem fallen euch keine Geschichten mehr ein. Wann?"

„Morgen", sagte Amir. Ich nickte. Für mich war ein wichtiges Kapitel in meinem Leben und in dem der Larsaf-Barbaren endgültig abgeschlossen. Amir und ich würden das Vagabundenleben genießen, solange es auf dem Planeten noch möglich war. Rancor arbeitete schon an den Vorbereitungen. Ohne Eile brachten wir den Gleiter zum Lechturm zurück, verfügten uns in mein unterseeisches Reich und von dort aus, entsprechend reichhaltig ausgestattet, nach Sankt Petersburg. An einem Morgen gegen Ende März 1916 ritten wir, überaus prächtig ausstaffiert und von zwei Hunden begleitet, durch die schneebedeckten Straßen der Stadt auf das Stadtpalais der Familie A. zu. Petruschka, im bodenlangen Morgenmantel, fiel mir um den Hals.

Der Junisturm ließ den Regen gegen die Holzläden prasseln. Tropfen zischten in der Glut des Feuers. Petruschka räkelte sich in seidenen Kissen, betrachtete sinnend das große Bild über den Spiegeln. Es zeigte, schwach dreidimensional, einen Blick auf Yodoyas Inselchen und schien von einem fast zeitgenössischen Künstler gefertigt.

„Dort möchte ich jetzt sein, Professorchen“, gurrte sie. Ich unterdrückte ein nervöses Gelächter. Ich war eben mit ähnlichen Gedanken beschäftigt gewesen, nach den langen Tagen geistiger Beschäftigung mit der unmittelbaren Vergangenheit und der nahen Zukunft. Ich leerte den Rest Champagner in unsere Gläser und antwortete:

„Wenn du bereit bist, träumen wir uns dorthin. Du bist sicher, daß du es acht Monate nur mit mir und ohne kalten Kaviar, in einem solchen warmen Traum aushalten kannst?“

Petruschka nickte. Eine Woche später, als die Gräfin dank des Schlafmittels bewegungslos in meinen Armen hing, benutzte ich den Transmitter und bettete sie in meinem Schlafzimmer auf die kühlen Laken. Sorgfältig entfernte ich alle Bilder Amoustrellas. Ich sprang zurück nach Petersburg, sprach lange mit Amir und versprach, gegen Jahresende zurückzukommen. Wie ich in Notfällen zu erreichen war, wußte mein Enkel. Auch ihn begleitete eine Spionsonde. Ich nahm einen Robothund mit und desaktivierte die Transmitter. Ich hoffte, das Wunder der Ortsversetzung würde Petruschka geistig nicht überfordern und instruierte Maputi, während sie ausschlief.

Seewasser wirbelte den Sand zwischen unseren Zehen durcheinander. Ich verrieb Sonnenschutzcreme auf Petruschkas Schultern. Mit kürzerem Haar, sonnengebräunt und viel weniger Fett an ihrem Körper wirkte sie völlig verändert. Einen Steinwurf entfernt lag das Auslegerboot mit salzverkrustetem Segel auf dem Strand. Wir benutzten es oft. Petruschka flüsterte:

„Neunzig Tage Traum, Atlonar. Können wir uns auch woanders hinträumen?"

„Wir könnten Amir besuchen."

„Wo ist dein Söhnchen, dieser Schlingel? Er hat allen Petersburger Mädchen den Kopf verdreht."

„Mit einer jungen Dame, deren Namen ich nicht weiß, in einer alten Mühle in England. Carundel Mill."

„O ja, Professorchen. Träumen wir uns dorthin."

„Ich denke darüber nach. In zwei Wochen?"

Sie nickte und küßte mich. Ein herrlicher Tag hatte den vorhergehenden abgelöst. Ich hatte mein seltsames Leben in einer barbarischen Zeit durchdacht und wußte, daß die moderne Zeit angebrochen war. Mit meinem Zutun, aber auch völlig ohne meine Hilfe. Die Barbaren waren auf dem Weg, erwachsen zu werden. Und wenn sie es eines fernen Tages fertigbrachten, ihre selbstzerstörerischen Kriege sein zu lassen und sich nicht wie die Rasenden zu vermehren, dann würden sie tatsächlich erwachsen sein. Arkon und das Einwirken der Flotte lagen auch gedanklich in unerreichbarer Ferne. Ich grinste und fuhr durch Petruschkas Haar. Es gab für mich nicht mehr das erschöpfende Warten auf Nonfarmale, keine wirkliche Aufgabe mehr.

„O Petruschka", sagte ich. „Laßt uns eine Runde schwimmen, mit deinen langen Beinen und dem Schwanenhals."

„Ja, Atlonar. Und dann gehen wir schnell zurück in den Schatten, nicht wahr?"

Im Sommer war Rasputin in sein Dorf Prokroeskoje im Tobolsk-Gouvernement in Sibirien zurückgekehrt. Petersburg hatte ihn ausgespien wie einen Brocken Unverdauliches. Drei Tage nach seiner Abreise verletzte sich der Zarewitsch. Noch einmal rettete Rasputin das Leben des Jungen; das letztemal, sagte der Wundermönch voller düsterer Prophetie. Er versuchte in der Zeit, in der wir hier schwammen und reisten, über die Zarenfamilie einen Sonderfrieden für Rußland einzuleiten. Seine

Gegner erfuhren davon, und unter der Leitung von Fürst Jussupoff nahm ein unmenschlicher Plan seinen Gang.

Rancor, wieder mit schwierigen Konstruktionen oder Raumschiffumbauten beschäftigt, entdeckte ein gesunkenes deutsches Unterseeboot und vertrieb sich die Zeit, indem er mit Boog zusammen an dem Vehikel herumbastelte. Wir ritten durch Südengland, und als es dort zu regnerisch wurde, zogen wir uns wieder zur Insel zurück. Amir besuchte uns mit einer jungen Engländerin aus bester Familie, der wir die vornehme Blässe austrieben und das Schwimmen beibrachten.

Rasputins Ende erfuhr ich in meinem dunklen, kühlen Arbeitsraum. Rancor lieferte die Informationen und die Bildberichte.

Die Fürsten hatten einen sogenannten „Vollstreckungsausschuß“ gebildet. Fürst Jussupoff lud Rasputin am 29. Dezember in sein Palais ein. Sie bewirteten ihn mit Speisen, die voller Zyankali waren: der Magenleidende vertrug, obwohl er sich vor Schmerzen krümmte, eine Dosis, die eine Rinderherde gefällt hätte. Später erklärte mir ein deutscher Arzt, warum ein Mann, der an Gastritis litt, soviel Gift überlebte. Rasputin schrie nach seinem sanften, gnädigen Gott, nach mir, nach dem Zarewitsch und bat um einen Gnadentod. Man feuerte Revolver auf ihn ab. Er lebte noch weiter. Die Verschwörer wurden rasend, als Rasputin noch immer lebte, und sie erschlugen ihn. Dann wickelten sie den leblosen Körper in Tücher, fesselten Hände und Füße und versenkten ihn in die gefrorene Newa. Zuvor war ein Loch in die Eisdecke gehackt worden. Voller Schaudern starrte ich auf die Bildschirme und erfuhr auch noch das Ende des Dramas.

Am ersten Januar 1917 fand man die Leiche des Wundermönches in einem Nebenarm der Newa, nahe dem Palais des Fürsten Beloselskij. Es hieß, Rasputin sei ertrunken. Die Leiche sah grauenhaft aus. In einem kostbaren Sarg, den die Zarin schickte, begrub man ihn irgendwo außerhalb der Stadt; seine Spuren verloren sich. Aber nicht nur ich dachte über seine letzte, prophetische Äußerung nach.

„Wenn Ihr, die Zarenfamilie, mich fallenlaßt, wenn Ihr mich verlaßt, dann werdet Ihr binnen eines Jahres Thron und Leben verlieren."

Ich löschte die Informationen. Petruschka brauchte diese gräßlichen Szenen nicht zu sehen.

Ich fürchtete mich zwar nicht vor der nächsten Schlafphase, aber ich fand auch in meiner Erinnerung keine wirklichen Spuren über die Zeit, in der Amoustrella und ich aus dem Überlebensversteck entführt worden waren. Von Aieta und Richard verabschiedete ich mich, als ich einige Tage ohne Petruschka reiste. Amir versprach, sich im Alter und, wenn er endlich eine Familie gründen sollte, in das Haus seiner Eltern zurückzuziehen. Während einer Gewitternacht kehrte die schlafende Petruschka in ihr Haus in Petersburg zurück. Ich löste meinen Haushalt auf, blieb eine Weile allein auf Yodoyas Insel und zerstörte den Transmitter.

Boog beseitigte meine letzten Spuren in Rußland. Am letzten Tag des Juni ging ich freiwillig zurück in Rancors Obhut. Vielleicht war das leergeräumte Haus auf der Insel, wenn ich wieder aufwachte, von Koprahändlern und christlichen Missionaren besetzt. Mir blieben noch immer der Lechturm und Carundel Mill.

Während ich einschlief, dachte ich an Amoustrella. Wo war sie? Lebte sie noch? Würde ich sie jemals wiedersehen, außerhalb meiner Träume?

Der Planet wurde vom Krieg zerwühlt. Unendlich viele Menschen litten und starben. Es war kein Ende des Gemetzels abzusehen. Ich flüchtete mich gern in eine stille, kalte Welt, in der ich von alledem nichts sah und nichts hörte. Drei Roboter und eine Zentrale Positronik wachten über meinen Schlaf.

ENDE

EIN PERRY RHODAN-TASCHENBUCH

HANS KNEIFEL

Palast der Legenden

VERLAGSUNION ERICH PABEL-ARTHUR MOEWIG KG,
7550 RASTATT

PERRY RHODAN-Taschenbuch
erscheint monatlich in der Verlagsunion Erich Pabel-
Arthur Moewig KG, 7550 Rastatt

– Originalausgabe –
Titelbild: Alfred Kelsner
Redaktion: Dr. Florian F. Marzin
Vertrieb: Verlagsunion Erich Pabel-Arthur Moewig KG, 7550 Rastatt
Druck und Bindung: Brodard & Taupin, La Flèche, Frankreich

Alleinvertrieb und Auslieferung in Österreich:
Pressegroßvertrieb Salzburg Gesellschaft m.b.H.,
Niederalm 300, A-5081 Anif
Einzelheft-Nachbestellungen richten Sie bitte an:
TRANSGALAXIS-Buchversand, Postfach 1127,
6382 Friedrichsdorf/Taunus
Lieferung erfolgt gegen Vorkasse (zuzügl. DM 3,50 Versandkosten,
Ausland DM 7,50) oder per Nachnahme (zuzüglich DM 6,– Versandkosten).
Abonnement-Bestellungen sind zu richten an:
Verlagsunion Erich Pabel-Arthur Moewig KG, 7550 Rastatt
Lieferung erfolgt zum Verkaufspreis plus ortsüblicher Zustellgebühr
Printed in France 1991
ISBN 3-8118-5185-3

1.

03.08.1964/07.14.45 Uhr
AN BORD DER NAUTILUS

Als wir im Starkwind und inmitten harter Kreuzseen zwischen Hainan und den Paracel-Inselchen auf Sehrohrtiefe gingen, und der mächtige Bildschirm nur Wogen, Gischt und Wasserwirbel zeigte, hob Silent Thunder die Hand und zitierte Joseph Conrad:

„Es stürmte Tag und Nacht; es stürmte tückisch, ohne Unterlaß, unerbittlich, rastlos. Die Welt war nur noch eine einzige Unermeßlichkeit großer, schäumender Wogen, die gegen uns anrollten, unter einem Himmel, der so tief hing, daß man ihn mit Händen hätte greifen können, und schmutzig wie eine verrauchte Stubendecke war.“

Ich versuchte zu beschwichtigen, obwohl der Himmel über dem Westquadranten tatsächlich ein dunkles Grau zeigte.

„Ganz so schlimm ist es nicht. Im Golf von Tongking wird es aufhellen.“

„Von wegen aufhellen“, sagte Orban-Amir. Im matten Licht des Kommandostands wirkte der über Siebzigjährige um zwei Jahrzehnte jünger. „Meine Landsleute feuern aus allen Rohren.“

Die zweite Hälfte des 20. Jahrhunderts war eine schlechte Zeit für Spionsonden, sichtbare Gleiter und unvorsichtige Roboter. Die Barbaren, denen es trotz zweier Weltkriege nicht gelungen war, sich gegenseitig auszurotten, besaßen überraschend effiziente Meßmethoden.

Ich setzte mich vor das umgebaute Ruderpult des Unterseeboots aus dem sogenannten Ersten Weltkrieg, das mein Robot vom Bug bis zu den Schrauben umgebaut und technisch fast auf den arkonidischen Stand gebracht hatte. Vom plüschigen Luxus des Kapitäns Nemo allerdings fand sich an Bord keine Spur. Der Autopilot steuerte das Boot mit knapp fünfundzwanzig Knoten Geschwindigkeit wieder in fünfzig Metern Tiefe nach Nordost.

„Und deswegen bleiben wir in diesem flachen Gewässer auch weiterhin auf Tauchfahrt. Navigator?"

Anissa Aenigma, eine von Amoustrellas schönen Amazonen, drehte sich von der Projektion der Seekarte weg und klappte den Stechzirkel zu.

„Käpten?"

„Wann können wir am Unfallort sein?"

„Wir sind frühestens bei Sonnenuntergang an Ort und Stelle." Die Navigatorin strich ihre hellbraune Haarflut in den Nacken. „Reichlich flach, dieser Tongkinggolf, nicht wahr?"

Vulph Rumwinckle notierte irgendwelche unwichtigen Einzelheiten auf seinem monströsen Block aus kariertem Papier. Das Notsignal in der Rundum-Ortungsanlage blinkte noch immer viel zu schwach. Jetzt war auch die Sprechfunkverbindung ausgefallen.

„Zwischen fünfzig und gut hundert Metern." Ich musterte meine Mannschaft, die sich mitten ins Kampfgebiet hineinwagte. Nicht einmal Vasja Ayodale hatte Einwände dagegen.

„Ich bin von diesem Einsatz alles andere als begeistert", sagte ich. „Aber es gibt in diesen Tagen für uns alle nichts Wichtigeres. Falls wir wirklich mitten im Kampfgebiet auftauchen müssen, werden wir uns viel einfallen lassen müssen."

„Völlig klar, Chef", sagte Polideukes Castor. „Kopiaste. Trink Wein, Atlan."

„Ich sitze ja schon bei euch.“ Ich mußte grinsen. „Ein Glas Wein, allerdings, ist fester, beziehungsweise flüssiger Bestandteil der Bordverpflegung, seit wir dieses Tauchboot in Betrieb genommen haben.“

Um uns herum funkelte das viele Messing und Chrom der Originalausrüstung. Die unzähligen alten und neuen Instrumente und Uhren waren von Rico und seinen Subrobots in erstaunlicher Stilsicherheit modernisiert und nur mäßig verändert worden. Sie glühten und leuchteten in vielen Farben. Im milden Licht des luxuriösen, aber zweckmäßig eingerichteten Kommandostandes sah mein Enkel um rund zwei Jahrzehnte jünger aus, obwohl er überraschend jung geblieben war.

„Das Ganze, der Alarm, die Panik, die Sucherei und die Ängste“, sagte ich und blickte nacheinander in die Augen meiner Mannschaft. „Das hat schon viel zu lange gedauert. Aber das Unterseeboot ist schließlich kein Düsenclipper.“

„Stimmt“, Vulph notierte einige Worte. „Aber wir schaffen es, Atlan.“

Polideukes Castor brachte die Flasche und Gläser. Das Frühstück lag bereits fünf Stunden zurück.

„Wir schaffen es immer.“

Die Amazone, deren schmales Gesicht mit den großen Augen mich an Asyrta-Maraye erinnerte, nickte mir zu. Wahrscheinlich behielt sie recht. Dennoch; die Zeit drängte, denn wir mußten annehmen, daß jede weitere Stunde mehr Einzelteile und Elemente im Seewasser verdarb.

Ich hob das Glas.

„Auf uns und auf die hastige Rückkehr zum Barbarenplaneten.“

„Nimm dich in acht, Großvater“, murmelte Silent Thunder.

„Daß du kein Barbar bist, Sohn meiner Tochter“, ich blinzelte ihm über den Rand des Glases zu, „hast du seit neunzehnhundertzwanzig oder so ununterbrochen bewiesen."

„Möcht' ich doch meinen", sagte er und tat mir Bescheid.

Daß wir in diesen Gewässern mit zweimal äußerster Kraft voraus, von arkonidischen Motoren durch die Schwärze des Wassers geschoben, unterwegs waren, hatte nichts mit dem Präsidenten Lyndon Baines Johnson zu tun, dem Nachfolger des Hoffnungsträgers John Fitzgerald Kennedy, der in Dallas, Texas, ermordet worden war, von wem auch immer. Aber daß amerikanische Zerstörer sich mit nordvietnamesischen Torpedobooten in der Gegend der Tongkinggolfregion erbitterte Gefechte lieferten, gehörte zu unserem, besser gesagt: zu meinem Problem.

Ich nahm einen tiefen Schluck und schaltete auf einen Monitor die Wiedergabe der letzten Bilder, die unsere Spionsonde geliefert hatte, ehe sie von einem verirrtem, nicht gezielten Projektil aus den Bordwaffen des Zerstörers getroffen und pulverisiert worden war.

Die amerikanischen Zerstörer warfen in voller Fahrt mächtige, weißgischtende Bugwellen auf und furchten das Meer mit tiefen und breiten Kielwassern. Die Geschütze spien von Zeit zu Zeit lange Feuerzungen aus und hinterließen Rauchwolken, die sekundenlang die gesamte Länge der schnellen, übermotorisierten Schiffe verschwinden ließen.

Geschosse heulten über den Golf von Tongking, trafen die Wellen und warfen gewaltige, weiße Schaumfontänen und Wassersäulen auf.

Die nordvietnamesischen Torpedoboote wehrten sich, so gut es ging, aber sie schienen in diesem Kampf den weniger guten Part zu spielen.

„Ich würde gern auf Freiwache gehen", sagte Rumwinckle. „Jemand etwas dagegen?"

Ich schüttelte den Kopf. Ein einzelner Mann konnte die

NAUTILUS steuern, mit ihr tauchen oder sie aufsteigen lassen.

„In der Nacht brauchen wir jede Hand", sagte ich. „Vergiß deinen kleinkarierten Block nicht."

„Keine Sorge, Käpten. Gute Unterhaltung."

Der mittelgroße Mann aus dem kleinen Dorf von Absurdistan winkte uns zu und entfernte sich heckwärts. Ich leerte mein Glas und ließ mir nachschenken.

„Als ich noch zu den Nomaden des Meeres zählte", sagte ich und nippte nachdenklich am Glas, „waren wir auch in dieser abgeschiedenen Gegend. Seltsam. Der Westen des Planeten, von São Miguel aus gesehen, ist häufiger in meinen legendenhaften Erinnerungen vermerkt als der ferne, rätselhafte Osten. Aber überall schlagen die Völker aufeinander ein. Dieser Krieg um Vietnam wird zu den schlimmen Erfahrungen der sogenannten modernen Zeit zählen."

„Wenn alles vorbei ist, Atlan, gehen wir zurück nach Miracle. Dort wird weniger getötet und gestorben, dank Amoustrella und dir."

Anissa meinte es ernst; ihr Gesichtsausdruck ließ keinen Zweifel zu.

„Du hast recht. Aber die Bergung dieses positronischen Geschöpfes ist für mich ein Teil des Überlebens. Wir müssen Rico finden."

Vasja nickte mir zu und verfolgte das blinkende Pünktchen unserer Positionsanzeige auf der Seekarte.

„Verlaß dich drauf. Wir werden ihn finden. Und bergen."

„Sicher." Ich wartete auf eine sarkastische Bemerkung des Extrahirns. Nichts. Ich lehnte mich im Sessel weit zurück und dachte nach.

Schon wieder? Noch einmal? Zu welchem Zweck? fragte der Logiksektor.

Ich ignorierte den Kommentar. Ich dachte an den seltsamen Mann in der Vorstadt Tokios, Nachfahre von

Männern, die für mich – und ihren Planeten – gestorben waren, nach legendenhaft schnellen und tödlichen Kämpfen. Ich dachte an den Turm über der Lechschleife, der von einem Erdrutsch oder einer „Lahn", wie die Autochthonen sagten, verschüttet worden war, an die zerfallenen Gemäuer von Carundel Mill in England und an Yodoyas Inselchen. Ich dachte, mit einem Lächeln, das sich nicht auf meinem Gesicht zeigte, an Amoustrella, meine große und – vorläufig? – letzte Liebe. Und an das Notsignal, das uns alle vom Planeten Miracle hierher gerufen hatte, von einem Ozean in den anderen.

Nichts, was vorstellbar ist, bleibt unter Kontrolle. Wenn etwas passieren kann, passiert es, sagte das Extrahirn.

„Richtig", murmelte ich. „Freunde, wenn wir das alles hinter uns gebracht haben, feiern wir ein monströses Fest mit lauter Besoffenen und kreischenden Barden. Hier oder auf Miracle."

„Denke dran." Anissa Aenigma blieb sachlich. Sie war eine hinreißende Frau. „Amoustrella wartet. Und ihre Geduld ist nicht unendlich."

Ich strahlte sie mit einem schmelzenden Lächeln an und sagte:

„Was mich betrifft, Vorreiterin aller blutrünstigen Amazonen, hat sie mehr Geduld bewiesen als alle Saurier, Kometen und Weisen, von denen wir wissen."

Sie lächelte; keineswegs entgegenkommend, sondern abschätzig.

„Du weißt, Atlan, daß meine Frauen und ich für Amoustrella und dich sterben. Hoffentlich stellt sich diese Frage niemals. Sei's drum: du solltest haushälterisch umgehen mit derlei Bemerkungen."

Nahezu lautlos, mit höchster Geschwindigkeit schob sich die NAUTILUS durchs Wasser. Vom Bug bis zum Heck angefüllt mit redundanter Technik aus den Lagerräumen der Tiefseekuppel, schnittiger gemacht, ausgerüstet für ein Dutzend Personen oder mehr, zweckmäßig und sicher bis zur letzten Niete, dort, wo es möglich war, im alten Zustand belassen, an anderen Stellen entkernt und durch kaum je versagende Technik ersetzt, dennoch ein Erzeugnis der selbstmörderischen Barbaren, hatte mein Leib-Robot eines seiner Meisterstücke abgeliefert. Daß wir mit dieser seiner Schöpfung unterwegs waren, um Rico/Riancor zu retten, entbehrte nicht der Ironie.

Wenn ich Rico verlor, war der Schaden niemals wieder gutzumachen.

Und was diesen idiotischen Höchstleistungsrobot vor einer gewissen Zeit ausgerechnet hierher gezogen hatte, wußte niemand. Aber sein Hilfeschrei, übermittelt von Spionsonden, Satelliten, den Geräten in der Kuppel, den Anderwelt-Projektoren aus dem Fundus Nahith Nonfarmales – wenigstens mußte ich annehmen, daß diese Informationskette so und nicht anders funktionierte –, hatte uns alle, mich und Amoustrella, die Unvergleichliche, von Miracle unverzüglich hierher gebracht.

Hinter uns wartete ein Heer, um einzugreifen, wenn der Befehl kam. Wir alle an Bord der NAUTILUS hofften, daß es nicht nötig sein würde.

Aber wir waren entschlossen, für Rico alles zu riskieren, was wir hatten.

Alles: das waren die technischen Einrichtungen dieses fünfundsiebzig Meter langen Unterseebootes.

Ich kam aus den Wolken meiner Nachdenklichkeit zurück, sah die Blicke meiner Freunde und, daß mein Glas schon wieder leer war.

„Ein trunkener Kapitän“, sagte ich und lächelte in die Runde, „ist die beste Garantie für trockene Seefahrt. Das böse Ende kommt noch.“

„Was würde Amou sagen?“ fragte sich Anissa.

„Sie würde mich küssen.“ Ich schob das Glas in die Richtung der zweiten Flasche Wein aus den Gefilden Beauvallons; auch dies verdankten wir den unbemerkten

„Raubzügen“ des besten Robots von allen. „Und mir Mut zusprechen. Und sagen: Du, Arkonide Atlan, kannst dich letzten Endes nicht der Verantwortung entziehen, den Barbaren von Larsaf Drei irgendwie zu helfen.“

Sie machte eine wegwerfende Bemerkung.

„Meine Herrin sitzt unter Palmen und sonnt sich. Nicht unter deinen begehrlichen Blicken, Atlan, sondern unter der Sonne über der Insel, die ihr Yodoyas Eiland nennt. Sie wartet auf uns.“

Ich hob das Glas, lächelte sie brüderlich an und erwiderte:

„Auf mich, schönste Aenigma.“

„Mag sein.“ Sie war unerschrocken. Eine fabelhafte Reiteranführerin, aber hier war nicht Miracle oder Absurdistan, sondern *mein* Planet. „Man wird sehen. Ich bemerke jedenfalls, daß du in diesem stählernen Sarg genauso sicher auftrittst wie an Bord der STÄHLERNEN ZEDER.“

Ich schluckte.

„Als du, Aenigma, noch nicht einmal in den wollüstigen Gedanken deiner Eltern schwebtest, habe ich schon Schiffe, von denen es nur Legenden gibt, durch Wellen gesteuert, deren furchtbare Größe selbst den schwarzen Bart von Albatros Eyne, jun. grau gefärbt hätten. Ganz so blöde, wie du und andere Pseudoamazonen es gern hätten, bin ich nicht. Oder meinst du, deine Herrin würde einen Debilen lieben?“

Sie führte eine Geste der Unbestimmbarkeit aus, senkte den Kopf und widmete sich ihrem Weinglas. Mein Enkel, der mich besser kannte, lächelte still in sich hinein und dachte wohl an St. Petersburg, Petrushka und das letzte Gefecht mit Nonfarmale.

„Das Signal blinkt noch“, sagte ich nach einer Weile. „Das bedeutet, daß wir ihn finden, wo er auch schwimmen mag.“

„Wahrscheinlich mitten im wütenden Feuergefecht“,

sagte Polideukes. „Gibt es inzwischen Informationen oder wenigstens eine brauchbare Theorie, was Riancor of Arcoluiz vor der vietnamesischen Küste gesucht hat?“

Ich schüttelte den Kopf.

„Ich kann mir nur vorstellen, daß es ihm in der langen Zeit meiner Abwesenheit mitunter langweilig geworden ist. Seit Juli neunzehnhundertsiebzehn ist eine Menge Zeit vergangen.“

Unter anderem zwei monströse Kriege, die Millionen und aber Millionen Opfer forderten und die politischen Landkarten wieder einmal bis zur Unkenntlichkeit verändert haben. Das Seegefecht vor euch gehört dazu, sagte der Logiksektor.

„Fast ein halbes Jahrhundert.“ Vasja kontrollierte den Autopiloten beziehungsweise die Ruderanlage. „Und jede der unzähligen Erfindungen haben deine Schutzbefohlenen dazu mißbraucht, neue Methoden zu erfinden, einander umzubringen.“

„Das alte Lied, seit der Bronzezeit“, sagte ich.

Aufmerksam beobachtete ich die Monitoren und Bildschirme. Die NAUTILUS schleppte eine Sonde hinter sich her, deren Optiken unterschiedliche Ausschnitte des Spektrums vermittelten. Während Stunde um Stunde der Abstand zu Baibu Wan und Haiphong abnahm, umfuhren wir den Sockel der Insel und änderten den Kurs nach Nordnordwest. Mit Rico verband mich nur noch das Signal; sämtliche anderen Mitteilungsarten waren nicht wieder zu aktivieren gewesen. Ich hoffte, daß wir zur Bergung auch seinen Deflektorschirm abschalten konnten. Ich unterdrückte meine eigene Ungeduld, übergab die Ruderwache an Silent Thunder und ging nach achtern, in die Kapitänskajüte. Sämtliche Maschinen und Motoren des Bootes aus deutscher Kaiserzeit waren ausgebaut, teilweise verschrottet, zum anderen Teil zu Ausstellungsstücken in der Kuppel der Erinnerungen gemacht worden.

Arkonidische Technik und nostalgische Armaturen, wohin ich blickte. Aber die NAUTILUS war ein erstklassiges Stück, außen schnittiger, innen viel sicherer, groß genug für zwei Dutzend Besatzungsmitglieder, und die beiden Torpedorohre mit doppeltem Durchmesser beherbergten Spezialprojektile, die als Klein-Tauchboote zu benutzen waren.

Ich schloß das Schott, warf Amoustrellas holografischer Wiedergabe eine Kußhand zu und schaltete die Bildschirme auf den Kanal der Großrechner in dem unterseeischen Versteck.

„Überspielt die letzten Informationen, die der Roboter angefordert hat. Es gibt etwas, das ihn dazu brachte, diesen Teil des Planeten zu besuchen."

Das Verstanden-Zeichen erschien. Ich erhaschte Aufnahmen von Admiral Heihachiro Togo, dem Sieger des russisch-japanischen Seekrieges von Tshushima, den man „Samurai der Meere" genannt hatte, dann verschiedene Ansichten einer riesigen Tempelanlage, die halb unter Baumwipfeln versteckt und von Wurzeln auseinangergesprengt war, die ersten Versuche, den riesigen Bergtempel des Zweiten Ramses, der vor der Nilüberflutung gerettet werden sollte, und den man aus dem Berg sägte, die Türme von Gaudis Sagrada Familia in Barcelona, und die Aufnahmen einer Spionsonde, die Major Jurij Gagarin und Alan Shephard zeigten, die in Raumkapseln für ein Dutzend Minuten im planetennahen Weltraum schwebten. WOSTOK und MERCURY; ich dachte an die zerstörte LARSAF DREI-ZWEI.

Es folgten Sequenzen, in denen ich etwas über den Funksatelliten Telstar erfuhr, über das atomar angetriebene Schiff SAVANNAH und Valentina Tereschkowa, die vergangenes Jahr als erste Frau in den Weltraum geschossen worden war. Die Vietnamkrise verschärfte sich, amerikanische Flugzeuge standen bereit, nordvietnamesische Stützpunkte anzugreifen. Und wieder erschienen kleine Roboter, die behutsam riesige Bäume fällten und Teile der am meisten gefährdeten Tempelanlage freilegten.

„Der sogenannte Bayon-Tempel in Angkor-Thom, Kambodscha." Die Vocoderstimme sprach lange Erklärungen. „Angefangen um achthundertneunzig vor der Zeitenwende, Ausdruck der Khmer-Könige, versteckt im wuchernden Urwald. Die Subrobots arbeiteten dort vor zwei Minuten. Ob Rico dorthin flog, ist nicht feststellbar."

„Es gibt keinen Zweifel? Alle Speicher durchsucht?" Ich spürte durch die dicke Isolierung der gerundeten Wände des Druckkörpers die Vibrationen der Schrauben, die von unseren Elektromotoren angetrieben wurden.

„Keine Zweifel. Er programmierte seine voraussichtliche Rückkehr für den Siebten des Monats."

Ich zuckte mit den Schultern. „Bereitet alles für eine überaus gründliche Untersuchung und Reparatur Ricos vor. Er muß völlig, in allen Funktionen, wieder zu Riancor of Arcoluiz werden."

„Sämtliche Subsysteme sind in äußerster Bereitschaft."

„Ich bringe ihn über die Transmitterverbindung, so bald wie möglich."

„Verstanden, Gebieter."

Ich desaktivierte die Monitoren und riskierte eine weitere Spionsonde. Die Verlustrate dieser fliegenden Späher war im gleichen Verhältnis gestiegen wie die Rate der Erfindungen auf dem Barbarenplaneten; auch wenn die Sonden unsichtbar blieben, wurden sie von Pistolenkugeln, Gewehrgeschossen, Geschützfeuer, Flugzeugwaffen oder Flugabwehrwaffen getroffen. Sie schwebten verständlicherweise stets dort, wo gekämpft wurde. Unsere Körper, Gleiter und Anlagen konnten wir mit Deflektorfeldern schützen, aber die Spuren, die beispielsweise die NAUTILUS hinterließ, blieben sichtbar, und inzwischen verstanden es die Menschen, bewegte Gegenstände anzumessen.

Das Chronometer zeigte, als ich mit meinen Vorbereitungen fertig war und einen kleinen Imbiß in der Pantry zubereitete, drei Uhr nachmittags an. Auch diese Instrumente waren wohltuend altertümlich belassen worden. Vierzehn Uhr, und wir bemerkten die Anzeichen der angespannten kriegerischen Situation. Kampfflugzeuge kreisten in großer Höhe oder jagten knapp über die Wellen dahin. Die tiefhängenden Wolken rissen auf; über dem Golf brannte eine gelbliche Sonne.

Ich suchte den Tauchanzug heraus, kontrollierte die Geräte und ging in den Kommandoraum zurück.

„Ich habe alles versucht." Ich kontrollierte die Monitoren und Anzeigen. „Es bleibt rätselhaft, warum Arcoluiz gegen die Geschütze amerikanischer Kreuzer in die Schlacht zog."

„War zu befürchten." Orban-Amir zog die Schultern hoch. „Löst du mich ab, Atlan?"

„Selbstverständlich."

Wir tauschten den Sitz. Vor mir glitten die geisterhaften Linien und Felder über den Schirm. Sie zeigten die Formationen des Meeresbodens schräg vor dem schnittigen Bug. Die wahren Gründe dafür, daß Amerika einen Krieg gegen das nördliche Vietnam und somit halbwegs gegen China riskierte, interessierten mich nur bedingt. Ich mußte Rico retten und fürchtete, daß er in einem Maß beschädigt war, das die Wiederherstellung langwierig, wenn nicht gar unmöglich machte.

Anissa legte mir die Hand auf die Schulter. Ich blickte auf.

„Ich bin eine gute Schwimmerin, Atlan", sagte sie. „Du wirst Hilfe brauchen, wenn wir ihn endlich gefunden haben."

Ich überlegte. „Rico ist, wie du weißt, ein wandelndes

Waffenarsenal. Es mag sein, daß er weder dich noch mich erkennt und sich wehrt. Es ist gefährlich."

„Wir haben Abwehrfelder und Traktorstrahlen. Es wird schneller gehen, wenn wir zu zweit arbeiten."

„Einverstanden." Ich zeigte auf den Distanzmesser und das Kursrechengerät und den Punkt, der stärker als zuvor blinkte und bewies, daß der lädierte Robot noch nicht auf den Grund abgesunken war. Die Distanz betrug etwas weniger als fünfundsiebzig Seemeilen.

„In weniger als vier Stunden können wir ihn an Bord haben", meinte ich. „Ruh dich aus, Anissa."

„Aye, aye, Sir."

Sie nickte mir lächelnd zu und nahm den Weg zu ihrer Kabine. Ich unterzog sämtliche Funktionen des Bootes, das uns von São Miguel den langen Weg hierher zuverlässig und in großer Geschwindigkeit gebracht hatte, einer genauen Kontrolle. Wir hatten nur selten, in wenigen Nächten, gewagt, dicht über dem Wasser zu schweben, mit weitaus größerer Geschwindigkeit.

Trotz der langen und harten Einsätze auf Miracle befand sich die technische Ausstattung in vorbildlichem Zustand. Zufrieden lehnte ich mich zurück.

„Alles klar, Großadmiral?" Vasja flocht die Strähnen seines Zopfes straffer und klemmte die Enden mit dem magnetischen Halbkugeln fest. „Kein Leck?"

„Mich macht nur das Warten nervös", sagte ich. „Du weißt, daß ich euch allein zurückfahren lasse?"

„Jeder rechnet fest damit", sagte er. „Wir werden die Fahrt und den Flug genießen, da er ohne deine gestrenge Aufsicht stattfindet."

„Ich will nicht erfahren müssen", ich deutete auf einen Punkt zwischen seinen grauen Augen, „daß die Menschen neben Fliegenden Untertassen auch fliegende Unterseeboote am Himmel sehen. Klar, Freund Vasja?"

„Versprochen. Wie auch immer – nach der Bergung Kurs auf Yodos Inselchen?"

„Und dort Badeurlaub."
„Verstanden, Sir."
Rumwinckle erschien wieder im Kommandoraum, hielt ein Tablett mit Essen und starkem Kaffee in der Hand, unter dem linken Arm seinen unvermeidlichen Notizblock mit dem kleinkarierten Papier.
„Noch nicht soweit?"
„Nein", sagte ich. „Du kannst noch ein paar hundert Seiten Notizen schreiben. Hast du je daran gedacht, wer sie lesen soll?"
„Meine geplanten Enkel, Atlan."

Sowohl die Ansaugöffnung des Schnorchels, das Abluftventil als auch der Linsenkopf der Sehrohranlage trugen den Schutz eines Deflektorfeldes. Dennoch hinterließen wir, als wir in Sehrohrtiefe auf das Echo zufuhren, in Schleichfahrt und mit aktivierter Kristallfeld-Intensivierung des Rumpfes, eine schwer übersehbare Spur.
Ich blies Luft aus dem Mundstück und sagte:
„Zuerst versuchen wir es mit der Fernsteuerung, und wenn sich Rico sperrt, müssen wir hinaus."
Anissa bildete mit Daumen und Zeigefinger im blauen Taucherhandschuh einen Kreis. Der wasserfeste Monitor zeigte, noch nicht scharf genug, ein Bild, das einer Seespinne nicht unähnlich war. Durch den Unterwasserlautsprecher meldete Orban-Amir:
„Ich nehme Fahrt weg. Objekt rechts voraus. Abstand: siebzig Meter."
„Wir fluten die Schleusen", sagte Atlan. Ich nickte ihr zu. Aus unzähligen Löchern schoß gurgelndes Salzwasser in den Raum im Decksteil des Vorschiffs. Wir zogen die Masken über die Augen und bissen auf die Mundstücke. Beide griffen wir nach den Sicherungsleinen und klinkten die Karabinerhaken in die Ringe ein. Unsere Hände lagen auf den breiten Schaltern der Schutzfeldprojektoren.

Das Wasser stieg über unsere Köpfe, dann klappten die schweren Flügel des Doppelschotts nach außen. Wir schwebten in die Höhe und paddelten mit schwachen Flossenschlägen zum Bug. Dort hielt ich mich mit der Linken fest, während ich den Verschluß der Steuerungsanlage hochklappte. Ab und zu warf ich einen Blick auf den treibenden Gegenstand. Mit ein paar langsamen Schraubendrehungen brachte Silent Thunder die NAUTILUS näher, während von fern dumpfe Erschütterungen abgefeuerter Geschütze oder detonierender Geschosse durch das Wasser dröhnten.

Anissa sicherte nach voraus, während der Traktorstrahl aus dem Projektor nach vorn zuckte, sich auffächerte und Rico ergriff. Ich zog ihn langsam heran und wartete auf ein Bombardement aus Strahlen oder kleinen, vernichtenden Projektilen. Anissa und ich verkrampften unsere Muskeln, als sich der zerstörte Körper näher schob.

„Gut so. Er wehrt sich nicht", sagte Amir über Aquaphon. „Und er sieht reichlich mitgenommen aus."

Ich ließ das Gewirr aus Körperteilen, Drähten und knochenähnlichen Röhren und Verstrebungen über uns hinwegschweben. Irgendwelche Hohlräume, mit Luft gefüllt, verhinderten, daß Rico sank. Ich dirigierte ihn bis über die Schleuse und schaltete den Traktorstrahl ab, sicherte die Fernsteuerung und gab Anissa ein Zeichen.

Wir zogen uns an der Leine zur Doppelschleuse, packten Ricos Reste und schoben uns kopfunter in den Hohlraum hinein und warteten, bis der Schrotthaufen den Gitterboden erreicht hatte.

Aus dem Kommandoraum kam die Ankündigung:

„Ich schließe die Schleusen und pumpe ab."

Ich machte das Verstanden-Zeichen. Rico sah aus wie eine zerfetzte Schaufensterpuppe, in die Reste eines Tandems eingewickelt. Langsam schloß sich die Schleuse, das Wasser sank, und Silent Thunder sagte:

„Ich gehe auf fünfzig Meter, ziehe Sehrohr und Schnorchel ein und lege Gegenkurs. Klar?“

Ich wartete, bis das Wasser wieder nur bis zum Kinn stand und sagte:

„Klar. Höchstgeschwindigkeit bis eine Stunde nach Sonnenuntergang.“

„Verstanden, Atlan.“

Minuten später hängte ich Ricos Wrack in ein Antigravgerät ein, bugsierte ihn mit einiger Mühe in den Vorraum zur Messe und schüttelte, als er triefend und stinkend auf dem Tisch lag, fassungslos den Kopf.

„Großer Krieger“, sagte ich. „Rico. Tausend Blitze. Du hast dich stark verändert.“

Aus dem Gewirr zerrissener und verbogener Teile starrte uns das halb verwüstete „menschliche“ Gesicht Riancors an. Die Augäpfel bewegten sich, die Lippen zitterten. Ich sagte:

„Es kann sein, Rico, daß du mich erkennst und verstehst. Wenn es so ist, dann schließe die Augen.“

Er versuchte es, aber die Lider zuckten nur.

„Wenn die Antwort ‚Ja‘ lautet, blicke nach rechts.“

Die Augäpfel bewegten sich in die gewünschte Richtung. Die NAUTILUS senkte den Bug, als Wasser in den Tauchtanks geströmt und das Schiff mit zunehmender Höchstgeschwindigkeit auf Kurs Süd dahinvibrierte.

„Verstanden.“ Es schienen also seine Mikrophone, einige positronische Muskeln und ein Teil des Positronengehirns zu funktionieren. „Nein bedeutet links. Du bist getroffen worden, als du irgendwo in der Nähe des Seegefechts schwebtest?“

Rechts: ja. „Offensichtlich von einer Rakete oder einem schweren Explosionsgeschoß?“ Wieder rechts. „Du warst bei den Tempeln von Angkor und hast herausfinden wollen, was die Schießerei bedeutet?“ Wieder: rechts. Anissa warf mir einen langen Blick zu, und Amir sagte vom Bildschirm:

„Transmitterraum ist bereit, Atlan. Nach Yodos Insel justiert."

„Danke, später."

„Wenn deine intellektuelle Kapazität, deine Erinnerungen . . ."

Rechts. „Also ist nur der Signal- und Bewegungsapparat zerstört?"

Ja. Ich war erleichtert.

„Ich bringe dich jetzt in Etappen in unser Unterwasserversteck. Dort warten sämtliche Reparatureinrichtungen und Mapuhi Toader, der die Arbeiten überwachen und koordinieren wird. Ziel ist die Wiederherstellung der Maske of Arcoluiz. Meinst du, daß es zu schaffen sein kann?"

Wieder richtete er den leicht schielenden Blick nach rechts. Während Anissa ihren Taucheranzug abstreifte und mir ihren weißen Badeanzug zeigte, streifte ich die Flossen und die Kapuze ab und sagte:

„Das klingt alles recht positiv. Wir treffen uns auf dem Eiland. Wenn niemand mehr dort sein sollte, wartet. Ich lasse die Transmitter zwischen der Insel und der Kuppel stehen. Ihr kennt alle die Kodes für den Schutzschirm – und alles andere. Macht euch ein paar schöne Tage."

„Vorräte sind vorhanden?" Anissa streifte einen dicken Bademantel über und trocknete ihr Haar ab.

„Genügend, denke ich, von allem."

Ich ließ Ricos Trümmer und den Antigravmechanismus liegen, ging in meine Kabine und zog mich um. Nachdem ich mich von der Besatzung verabschiedet und Silent Thunder das Kommando übertragen hatte, bugsierte ich das schielende Wrack in die Transmitterkammer. Bevor sich das Schott schloß, schob Anissa den Kopf durch den Spalt und sagte:

„Du brauchst wirklich keine Hilfe? Du kommst allein zurecht mit . . . dem großen Vorhaben?"

Sie deutete mit dem Kinn auf Rico. Ich war sicher, ohne

Schwierigkeiten selbst mit dem Transport fertig zu werden.

„Nein, danke“, sagte ich. „Bringt die NAUTILUS unbeschädigt zum Inselchen. Dort überlegen wir, wie unsere nächsten Vorhaben aussehen.“

„Grüße Mondam von mir, von uns allen.“

„Selbstverständlich, Anissa.“

Die Transmitterschenkel glühten, ich passierte ihre Schnittlinie und schob Rico vor mir her. In tiefer Nacht verließ ich die Transmitterstation und ging nachdenklich entlang der rauschenden Brandung des Atolls auf das Haus zu, aus dessem großen Fenster Licht ins Freie fiel. Als ich auf der untersten, sandverwehten Stufe stand, öffnete Amoustrella die Tür, eine Lähmwaffe von Miracle in der Hand.

„Bring mich nicht um, Geliebte“, sagte ich. „Sonst erlebt Rico nie seine Reparatur, und unsere männlichen und weiblichen Gardisten sind ernsthaft böse.“

„Zeitmatrose“, sagte sie erleichtert. „Ich konnte nicht schlafen. Mein Unterbewußtsein hat auf dich gewartet.“

Ich nahm sie in die Arme, schob sie ins kühle Innere und berichtete kurz, welchen Erfolg wir gehabt hatten, und während sie Champagner einer wenig bekannten Lage in die Gläser füllte, meinte ich:

„Pflicht vor Vergnügen, Liebste. Ich trinke schnell einen Schluck, und bevor das Zeug warm ist, habe ich Ricos verbogene Reste in der Kuppel abgeliefert und bin wieder hier. Ich erwarte die NAUTILUS nicht vor morgen, beziehungsweise heute nacht.“

Im Schlafraum brannten einige Kerzen. Ein Bildschirm übertrug gesammelte und aufbereitete Informationen von Miracle, ein zweiter verband Amou mit dem Großrechner der Unterseestation, ein kleiner Monitor mit dem Kommandostand des Unterseeboots.

„Ich warte. Essen?“

„Eine Kleinigkeit. Haben wir Sonnenöl und züchtige Badekleidung im Haus?"

„Für zweihundert Leute", sagte sie. Auf meiner Zunge perlte die Kohlensäure des Getränks. Noch ehe mich die Ruhe und Geborgenheit des Hauses einspinnen konnte, leerte ich das Glas und stand auf.

„Eine halbe Stunde, nicht länger", versprach ich. „Ist das Lagunenwasser warm?"

„Es hat eine ausgesprochen sündige Temperatur."

„Trefflich", sagte ich, küßte Amou kurz und schaffte Rico ins dunkle Versteck. Mapuhi Toader, der endgültige Ersatz für Amir Darcy Boog in seinen vielen Masken, dirigierte die kleinen Vielzweckmaschinen, nachdem er mich angemessen begrüßt hatte. Ohne daß ich zu fragen brauchte, gab er viele Erklärungen ab.

„Für den Bewegungsapparat gibt es sämtliche Pläne, bis ins letzte Detail. Boog und ich wurden nach demselben Schema komponiert."

Ich hüstelte; er ging darüber hinweg.

„Die Positronik rechnet mit etwa zwei Wochen Arbeitszeit. Ich habe auch das Plasma der Verkleidung vorbereitet, das Haar und alles andere, selbst einen Teil der Kleidung und Rüstungen. Du siehst, schon arbeiten die emsigen Maschinchen an ihm."

Die Reste schwebten in einem Fesselfeld. Wie einzelne Tierchen eines Bienenschwarms hingen etwa drei Dutzend Subrobots an Rico und montierten geschickt die zerstörten Teile ab.

„Übrigens: im Speicher solltest du – ich fand eine handschriftliche Notiz meines robotischen Seelenbruders – eine Information unter dem Kode *Samurai '64* abrufen, wenn's beliebt."

„Gelegentlich. Ich werde mich ständig über die Fortschritte informieren. Das Testprogramm für den robotischen Verstand sollte mit besonderer Gründlichkeit durchgeführt werden."

„Selbst ich werde kaum einen Wert jenseits der hundert Prozent feststellen können."

Ich grinste. „Auch richtig. Habe ich etwas vergessen?"

„Nein."

„Du findest mich mit Amoustrella auf der Insel. Die Transmitter bleiben justiert. Und ich rufe Aufzeichnungen über die letzten viereinhalb Jahrzehnte von Larsaf Drei ab."

Mapuhi Toader (die Roboter bereicherten nicht nur ihren Wortschatz, sondern auch ihre sogenannte Persönlichkeit durch aufgeschnappte Begriffe) verbeugte sich wieder.

„Ich hoffe, es gibt keinen weiteren Alarm, Gebieter."

„Ich teile deine Hoffnung", sagte ich und ging in die Richtung der Transmitterzentrale.

Während wir in der Lagune schwammen, unterhielten wir uns unter dem prachtvollen Sternenhimmel und im Licht der Mondsichel leise. Obwohl wir seit ihrem rätselhaften Verschwinden nur wenige Handvoll Jahre im Tiefschlaf verbracht hatten (der Grund war und blieb die Verifizierung einiger Legenden auf der anderen Welt), umschlossen uns die Probleme jener Welt, deren Vasall ich war, und auf der Amoustrella Gramont geboren war, schneller und nachdrücklicher, als ich geahnt und gefürchtet hatte. Schließlich, als wir zum Haus gingen, sagte Amou:

„Weißt du, Atlan, seit meinem Verschwinden aus der Tiefschlafkuppel sind nicht nur tausend Abenteuer an uns vorbeigezogen, sondern in meinem schwachen Verstand haben sich auch einige Einsichten herauskristallisiert."

„Du mußt nicht allzu stark untertreiben", mahnte ich. „Deine Gedanken sind meist von der Klarheit wachsender Kristalle."

„Schmeichler. Immerhin habe ich bemerkt, daß du es

weitestgehend ablehnst, in die Geschichte der Barbaren einzugreifen. Du weißt, daß du sie nicht mehr aufhalten kannst, ohne die berüchtigte Flotte aus deiner Welt. Sicher, du sorgst dich nach wie vor um das Wohl des Planeten, du kümmerst dich mit bekannt großem Einsatz um einzelne Menschen und kleinere Gruppen, aber du hast das Steuer aus der Hand gegeben."

„Richtig." Ich schloß die Tür und aktivierte eine zusätzliche Sicherung. „Am liebsten kümmere ich mich um dich. Und jetzt um Rico."

„Du beobachtest, scharfäugig wie der Falke, weiterhin diesen Planeten. Du weißt, daß die Zeit unbeobachteter Einflußnahme vorbei ist, zumindest bis zur Unmöglichkeit erschwert. Geheimdienste würde deine Maske rasch enttarnen. Du hast es nicht fertiggebracht, den Barbaren, deren Zahl angewachsen ist wie die der Lemminge, ihre unbegreiflichen Eigenschaften auszutreiben, die sie dazu bringt, sich gegenseitig zu zerfleischen. Unzählige Erfindungen sind, basierend auf Ratschlägen, die du früher gegeben hast, nicht zum Wohl, sondern zum Wehe der eigenen Rasse gemacht, verbessert und angewendet worden."

Ich deutete auf den gedeckten Tisch im Wohnraum und angelte nach dem Badetuch mit meinen silbergestickten Initialen.

„Ich sagte ja: von kristallener Klarheit. Du hast völlig recht, Liebste."

„Und ein Mächtigerer als du hat erkannt, daß es so ist. Er teilte dir, mir und deinem Enkel einen Planeten voller rätselhafter Eigenschaften zu und belohnt uns mit unerschütterlicher Gesundheit, längerem Leben und der Möglichkeit, den Bewohnern beizubringen, wie man ohne massenhaftes Töten und riesige Waffenmengen gut leben, viel lernen und Schwierigkeiten mit den Nachbarn vermeiden kann. Das ist der Stand der Dinge."

Ich wartete an der Tür und wußte, daß sie recht hatte.

„Aber von Zeit zu Zeit wirst du auch weiterhin auf dieser Welt eingreifen müssen.“

„Ich sehe keine Möglichkeit, einzugreifen, wenn Staaten Atombomben bauen und auf unschuldige Städte abwerfen. Wenn an noch schauerlicheren Systemen gebastelt wird. Es schleicht sich die furchtbare Ahnung ein“, sagte ich, „daß sie selbst es sind, die diese Welt unbewohnbar machen. Dann gibt es nur noch unsere Qubbat-el-Arwah, die Kuppel der Geister, und dazu eine planetenweite Wüste. Oder die Arkon-Flotte. Ich dusche mich, und dann können wir dieses Gespräch fortsetzen, Amou.“

Ich stellte mich unter heiße und kalte Wasserstrahlen. Während ich die letzten Reste Salz aus meinem Haar spülte, dachte ich über die Zusammenfassung nach, die ich eben gehört hatte; natürlich stimmten Amoustrellas Überlegungen mit meinen Gedanken und der ständig gewachsenen Skepsis überein. Die Eigendynamik der Entwicklung von rund drei Milliarden Menschen hatte Planer, Warner und Steuermänner wie mich bedeutungslos werden lassen. Luftwirbel trockneten mich ab. Ich schlüpfte in einen dünnen Bademantel und ging zurück in den Wohnraum.

„Wenn nicht einmal Präsidenten, Oberste Sowjets und atomwaffenstarrende Staaten in der Lage sind, Ruhe zu erzwingen, was soll dann ich mit zwei Robots und einem U-Boot ausrichten?“ fragte ich mich laut, setzte mich an den Tisch und öffnete eine Flasche schwarzes englisches Bier.

Gib dir selbst die Antwort, sagte schonungslos der Extrasinn.

Die Antworten lagen auf Miracle und einer großen, von uns noch nicht entdeckten Anzahl ähnlicher Welten, zwischen denen Pforten existierten.

„Und bei der Suche nach einer allgemein begreifbaren Systematik zu deren Benutzung“, murmelte ich und wischte Bierschaum von der Nasenspitze und der Oberlippe. Amou kam herein, setzte sich und goß Champagner nach.

„Selbstgespräche, mein Zeitsegler?"

„Ich habe dank deiner klugen Ausführungen entdeckt, daß der Arkonide Atlan auf der Erde zur Legende geworden ist. Wenn ich jetzt reise, dann muß ich mich besonders perfekt maskieren, denn die Menschen würden Jagd auf einen Außerirdischen machen."

„Noch haben wir genügend Möglichkeiten."

„Aber es wird immer schwieriger. Bald wird's unmöglich sein", sagte ich. „Und noch ist unser Inselparadies unentdeckt geblieben."

Wir hörten alte Musik, aßen und tranken, unterhielten uns und versuchten, einigermaßen sichere Pläne zu entwerfen. Die letzten Stunden der Nacht schlichen dahin, und wir waren sicher, daß die Entwicklung auf dem Planeten noch innerhalb eines Jahrzehnts einen Punkt erreichen würde, an dem jedes Ende denkbar war: vernichtender Atomkrieg, eine Abkehr von allen Ideologien, ein Sinneswandel oder eine Katastrophe, in der die mißhandelte Natur so erbarmungslos zurückschlug, wie sie es bei den Sauriern, im Gebiet der Sahara oder zu vielen Zeiten von Sintfluten, Vulkanausbrüchen und Erdbeben getan hatte, diesmal aber mit planetarer Gründlichkeit. Ob ich den Anfang einer neuen Evolution nach dem Großen Knall noch erleben würde, blieb fraglich.

„Wahrscheinlich – falls du nach einer Legitimation suchst – ist unsere Aufgabe auf Miracle und allen anderen Welten ebenso wichtig", sagte Amou und zerknüllte die Serviette.

„Und dort versuchen wir, ebenfalls Kultur und Zivilisation in die richtigen Bahnen zu lenken. Was aus meinem ersten, zehn Jahrtausende währenden Versuch geworden ist, sehen wir auf Hiroshima und Nagasaki."

„Komm, Liebster. Wir sollten besser flüstern als fluchen."

Wir bliesen die Kerzen aus und gingen über den weichen Teppich ins Schlafzimmer. Dort verdunkelte ich sämtliche Scheiben, veränderte die Raumtemperatur und bemühte mich, an nichts anderes zu denken als an Amou in meinen Armen.

2.

01.09.1964/11.45.30 Uhr
AUF YODOYAS EILAND
Das silberne Zirpen des Planetenuhr-Schlagwerks mischte sich in das Rauschen der Brandung. Lautlos ruckten Zeiger und Symbole um winzige Strecken weiter; der Boogsche Nachbau des Meisterwerks arbeitete noch immer mit positronischer Genauigkeit und vollkommener Mechanik. Ich löste meinen Blick von den vier Zifferblättern und Schauflächen und wandte mich wieder Amilcare Sibugoudi zu, der versonnen seinen mächtigen kahlen Schädel streichelte und wartete, bis Mapuhi nachgeschenkt hatte.

„Vor zweihundert Jahren hat ein Meister dieses Kleinod geschaffen. Vom Freund Riancors wurde es nachgebaut", sagte ich. „Auch solche Kunstwerke wird man eines Tages auf Miracle herstellen können."

„Wir sorgen schon dafür, Kapitän der Zeit und anderer Seltsamkeiten", erwiderte der breitschultrige Schwarze. „Wie auch für alles andere."

„Deswegen, unter anderem, habe ich euch eingeladen", sagte Amoustrella vom Kopf der langen Tafel. Ein Tag voller Fröhlichkeit, guter Gespräche und angenehmen Stunden des Nichtstuns war halb vergangen. Die wichtigsten Frauen und Männer von Miracle saßen am Tisch und tafelten.

„Wissen wir, Mondam."

Wir sprachen über die Unterschiede zwischen Miracle und der Erde. Bis auf mich, Silent Thunder, „Mondam" Amoustrella und „Condottiere" Polideukes waren alle Gäste auf Yodos Eiland von Miracle. Zwar kannten sie einige Plätze des Planeten, die Tiefseeanlage und einen groben geschichtlichen Eindruck, waren auch von Technik und Wissenschaft gebührend fasziniert, aber sie hatten ihre Heimat und ihre Aufgaben auf dem anderen Planeten.

„Wer von uns bringt das Unterseeboot zurück?" fragte Anissa. „Oder brauchst du die große Maschine noch auf deinem Planeten vieler Kriege?"

„Ich glaube nicht", sagte ich. „Rico wurde gerettet. Und für Vergnügungstauchfahrten sehe ich auch keinen rechten Sinn."

„Freiwillige?" Amou hob die Hand. Silent Thunder meldete sich, dann Vulph Rumwinckle und Anissa.

„Heimweh?" fragte Amoustrella. Ihr Lächeln war ein wenig zu gönnerhaft.

„Jawohl, Mondam."

„Drei Kapitäne und Steuermänner oder Ruderfrauen reichen völlig." Ich musterte nacheinander die Gesichter der zuverlässigen Mitstreiter. „Und es ist auch nicht eilig. Sorgt dafür, daß die NAUTILUS dort draußen sicher getaucht bleibt und sonnt euch hier so lange, wie ihr wollt."

Anissa stieß Rumwinckle an und sagte:

„Einen Zehntag lang, Atlan?"

„Warum nicht?"

Kandida Tronte, die bisher schweigend zugehört und sich dem Essen gewidmet hatte, hob den Arm. Das breite Armband klirrte. Ich drehte den Kopf nach rechts und blickte in große, purpurne Augen. Kandida lächelte mir knapp zu und sagte:

„Ich bin seit drei Jahren bei euch. Ich habe mir,

abgesehen von den vielen Vorteilen und dem guten Leben, einige Gedanken über uns alle gemacht. Unser Team ist hervorragend. Trotzdem fehlt mir etwas."

Ich grinste.

„Etwas oder jemand?"

„Sowohl als auch", sagte sie. Ich hatte schon oft Gelegenheit gehabt, Kandidas Überlegungen zu hören und einzusehen, daß sie kluge Einwände machte.

„Es fehlt, ich denke, ein Mann. Wir alle sind keine typischen Kämpfer, keine Helden, obwohl Riancor of Arcoluiz dieser Definition am nächsten kommt. Ich spreche nicht von uns, in dieser Runde, hier oder an anderer Stelle, sondern von einigen Millionen Individuen auf Miracle."

Ein kluges Geschöpf, wiederholte der Logiksektor.

Ich hob das Glas und lehnte mich zurück. Ich war wieder einmal beeindruckt. Die schwarzen Streifen ihres langen Haares begannen auszubleichen; Kandida war hierher gekommen, um sich in die medizinische Obhut von Rico und den Geräten zu begeben.

„Unsere Taten und Unternehmungen werden nicht entsprechend dokumentiert. Mondam Amoustrella und Atlan als lebende Legende: gut und schön. Es gibt keine Gesänge – ihr solltet euch Gedanken darüber machen, wo wir einen guten, volkstümlichen Barden finden."

„Ich werde mich umsehen", sagte Amou. „Hervorragend, Kandida."

Der weibliche Albino nickte mit ruhigem Selbstbewußtsein.

„Wir brauchen jemanden, der Bilder, Bildwerke, Statuen und andere Zeichen für die Ewigkeit setzen kann. Jemand, dessen Schwert einen Felsen spaltet. Einen Vollstrecker, dessen Drohung unentwegt über dem Haupt des Missetäters schwebt."

Mein Grinsen wurde breiter. In meinen Überlegungen wirbelten nicht mehr ausschließlich wirre Vorstellungen umher; es schälte sich langsam ein Begriff heraus, der von Minute zu Minute mehr und schärfere Konturen gewann.

Überdies wartete ich auf eine Überraschung, die jeden an dieser Tafel treffen würde.

„Die Legenden erfordern eine Verfremdung, jemanden, der den Stämmen und Nomaden von Miracle unbegreiflich bleibt. Einen ganz eigentümlichen Kämpfer, der vielleicht auch noch zum Gamespin singt oder derlei. Mit einem solchen Kämpfer wären wir in jeder Hinsicht unschlagbar."

Ich blickte in ihre purpurfarbenen Augen.

„Ich weiß, was du meinst. Wahrscheinlich habe ich anzubieten, was du suchst."

„Du gibst mir also recht, Atlan?" Die schlanke, hochgewachsene Frau mit dem schmalen Gesicht führte eine indifferente Geste aus und griff nach dem Glas.

„Völlig. Und wenn ich diesen Mann bekomme, wird er uns auch helfen, die Aufzeichnungen zu finden."

„Das ist mehr, als ich hoffte."

Mein Armbandgerät blinkte und summte kurz. Ich runzelte die Stirn; der Transmitter war benutzt worden. Ich drehte den Sessel und schlug die Beine übereinander. Am Tisch gab es das Murmeln der Unterhaltung und die Geräusche von Geschirr und Besteck vor der Kulisse leiser Musik. Ich blickte zur Tür.

Die Konstruktion aus Stahl und Holz glitt zur Seite. Die gesamte Öffnung wurde von einer vertrauten Gestalt ausgefüllt. Ich musterte den Eindringling schweigend, und binnen weniger Sekunden hörte jeder Lärm am Tisch auf.

Völlig entgeistert sagte Vulph Rumwinckle:

„Riancor of Arcoluiz!"

„Ich bin froh", sagte er mit der gewohnt sonoren Stimme, „euch alle so fröhlich zu sehen."

Er schloß die Tür, blieb zwischen Wand und Tisch stehen und betrachtete uns aus seinen grüngrauen Augen.

Dann zwirbelte er die Enden seines Gascognerbartes und kam auf mich zu.

„Du hast offensichtlich den langen Weg der Genesung bis zum Ende zurückgelegt“, sagte ich. „Oder sogar darüber hinaus. Du siehst blendend aus, Rico-Riancor. Entspricht dein innerer Zustand der überaus prächtigen Ausstattung?“

Riancor begrüßte jeden seiner Freunde mit Handschlag oder galantem Handkuß, dann hob er mein Weinglas und roch mit genießerischer Miene daran.

„Sämtliche Tests sind zur vollen Zufriedenheit aller Rechner, meiner Zufriedenheit und derjenigen Mapuhis abgelaufen, wiederholt und ausgewertet. Ich fühle mich ausgezeichnet. Wie neugeboren, würde Mondam sagen.“

Sein Gesicht, glatt und sonnengebräunt, verzog sich zu einem begeisterten Lächeln. Vorsichtig stellte er das Glas ab.

„Deine Grob- und Feinmotorik scheinen in Ordnung zu sein“, sagte ich. „Du brauchst nicht gleich in die nächste Schlacht zu ziehen oder einen Viadukt zu bauen, Riancor. Es genügt, wenn du den Kode Samurai Vierundsechzig abrufst und uns berichtest, was du herausgefunden hast.“

„Sofort. Im Arbeitszimmer?“

„Laß dir Zeit. Nach dem Essen. Sprich mit Kandida; sie hat einige bemerkenswerte Ideen zur Durchsetzungskraft unseres Teams ersonnen.“

„Wir sprechen über alles, wenn sie in der Kuppel ist. Ich habe das Programm für dich vorbereitet, Schätzchen“, sagte er.

Riancors Aussehen entsprach mit hohen Stiefeln, mäßig engen Hosen und dem Wams aus Kettengewebe über dem reichbestickten Hemd dem Stil, der auf Miracle im Bannkreis unserer Burgen herrschte.

„Ich habe nichts anderes erwartet“, sagte Kandida. „Du siehst ja, daß ich es nötig habe.“

„In zwei Tagen bist du wieder schön, und dann kannst du dich von der Sonne rösten lassen", versicherte er.

Mapuhi Toader fing an, das Geschirr vom Tisch zu räumen und in die Küche zu schleppen. Auf dem Rückweg brachte er einige Krüge Kokosnußmilch und Bier mit.

Amou, Riancor und ich gingen langsam in mein Arbeitszimmer. Fast alle Zusammenfassungen, die Rico aus den letzten viereinhalb Jahrzehnten hergestellt hatte, waren mittlerweile aus den Speichern abgerufen und von mir zur Kenntnis genommen worden. Je mehr Menschen den Planeten besiedelten, desto wirrer und unübersichtlicher wurde die Geschichte. Sie faserte in zahllose Nebenzweige und Ästchen auf, und ich brachte es nicht einmal mit Riancors und der Hilfe der Zentralen Rechenanlage fertig, sie sinnvoll zu verknüpfen.

Jetzt löschte Rico einen Teil der großen Bildschirme und spielte eine längere Zusammenfassung ein, die er unter dem erwähnten Kode abgerufen hatte.

„Dieser Mann heißt Kamakura Yamazaki und ist ein mehrfacher Urenkel jenes Samurai, der mit dir gegen Nonfarmale gekämpft hat. Er lebt in einem Haus, das außerhalb Tokios in einem verblüffend großen Grundstück steht. In seinen Händen finden sich die Reste der Hinterlassenschaft aus eurer Zeit. Seht selbst."

Ein etwa fünfunddreißigjähriger, hochgewachsener und kräftiger Japaner, der den Stil seiner Ahnen kultivierte. An den Wänden hingen große Tuschemalereien, die ausnahmslos Szenen zeigten, die er auf unseren Photographien gesehen und in der Phantasie erstaunlich lebensecht weiterentwickelt hatte. Sämtliche Waffen der Samuraizeit, kostbare, funktionsfähige Stücke, eine Rüstung, deren Wert so groß war, daß die vielen Einzelstücke auf Schmuck und Prunk verzichten konnten, Sumibogen, eine alte japanische Einrichtung und die Doppelrolle, die Yamazaki spielte, im modernen Anzug als Geschäftsmann und als Feierabendsamurai von höchstem Ausbildungsstand.

„Kandida!“ rief ich durch den Korridor. „Willst du deinen Wunderknaben sehen?“

Zu Riancor sagte ich:

„In der Kuppel suchst du meine Samuraiausrüstung zusammen und packst sie ein; besorge mir Geld und nimm einen amerikanischen Paß. Ich glaube, ich werde den Samurai besuchen.“

Er verbeugte sich schweigend, und während Kandida hereinkam und erstaunt vor den Bildschirmen stand und zusah, wie Yamazaki focht, Dutzende Pfeile verschoß, sich in sämtlichen Kampftaktiken übte und die Riten des Chado, des „Teeweges“ ausführte, wie er seine Zeichnungen verbesserte und seiner Tätigkeit im Geschäftsleben nachging, verließ er den Raum. Von Minute zu Minute wurde Kandida aufgeregter.

„Auf einen solchen Krieger haben die Leute von Miracle gewartet. Ein tödlicher, blitzschneller Krieger im Rock.“

„Du solltest erst einmal mich sehen, den berühmten weißhaarigen Samurai Hicyaco Sagitaya.“

Sie warf mir einen ungläubigen Blick zu und sah sich fasziniert sämtliche Aufzeichnungen ein zweites Mal an. Schließlich sagte auch Riancor:

„Yamazaki langweilt sich. Man würde seinem Leben einen neuen Sinn geben, wenn er sich von einem Abenteuer ins nächste stürzen könnte. Und dieses Mal erfordert sein Ehrgefühl keinerlei Heldentod oder ähnliche archaische Taten.“

Ich hatte genug gesehen; zusätzliche Überlegungen würde ich auf dem Grund des Ozeans anstellen.

„Amou? Einverstanden, wenn ich Yamazaki besuche und ihn überrede, mit uns zu kommen und für ein besseres Leben auf Miracle zu fechten?“

„Du würdest allein gehen?“ fragte sie. Ich nickte.

„Es ist besser. Ein einzelner Mann fällt weniger auf. Schließlich ist eine Reise mit den Verkehrsmitteln der heutigen Zeit eine anstrengende Angelegenheit."

Der Logiksektor sagte: *Bei der du deine Erfahrungen mit den Barbaren auf den letzten Stand der resignierenden Einsicht bringen kannst.*

„Wie lange wird es dauern?"

Ich hob die Schultern und versuchte, die Anzahl der Unwägbarkeiten und der Überraschungen zu kalkulieren, die mir während dieser „Weltreise" zustoßen konnten. Ich nahm Amoustrellas Hand und sagte:

„Du würdest mir einen gewaltigen Gefallen tun, Liebste, wenn du mit mir in unseren Palast der Legenden kommen und mich später vom Lechturm aus zu der ersten Station einer langen Reise bringen würdest. Der Abschiedsschmerz hielte sich in Grenzen."

„Mit dem größten Vergnügen, Erdling."

Riancor stand wartend da, scheinbar in die Betrachtung der Bildschirme versunken. Ich wandte mich an ihn.

„Du kommst mit und berechnest alles, von den Socken bis zur Valuta. Ich werde eine Ausrüstung brauchen, die noch besser maskiert sein muß als ich selbst. Und dazu einige besondere Tricks. Bist du fertig bist, halten wir beide uns in der Kuppel auf."

„Sehr wohl, Mister . . .?"

„Da die echten Pässe auf ‚Lawrence' lauten, bleibt's dabei, denke ich."

Ich ging zu Silent Thunder, übertrug ihm die Verantwortung und beschwor ihn, mich nötigenfalls zu befreien, irgendwo abzuholen oder mitsamt allen Freunden die Insel zu verlassen und nach Miracle zu flüchten, wenn es nötig wurde; schließlich verfügten die Planetarier über Methoden, mit denen sie meine Überlebensstation entdecken und nötigenfalls vernichten konnten.

„Ergibt Sinn, Granddad", sagte er leise und trat nach

einer Kokosnuß. „Ich bin außer Amou schließlich auf diesem Planeten geboren und kenne mich aus."

„Überdies sprichst du die Sprache, die man auch im fernen Nippon versteht."

„Auch das. Ich schlage vor, wir warten, bis ihr zurück seid, und dann wechseln wir alle den Planeten. Einverstanden, Chef?"

„Das ist die beste und vernünftigste Lösung. Sind die Transmitter geschaltet, Riancor?"

„Alles ist bereit."

Mapuhi Toader blieb auf der Insel, und wir passierten den Transmitter. Unsere privaten Räume waren unangetastet; wieder einmal beruhigte uns das Gefühl, die vertraute Heimat zu betreten. Aber die folgenden Tage und Nächte waren weniger von melancholischen Reminiszenzen ausgefüllt; die lange Reise mußte sorgfältig geplant werden. Spionsonden jagten zu den voraussichtlichen Knoten- und Kreuzungspunkten, und ich fing an, mir Adressen und Eigentümlichkeiten zu merken. Amou und ich aßen und schliefen in wechselnden Illusionswelten, die Ausrüstung wurde entworfen, hergestellt und kontrolliert, und ich erfuhr, daß Yamazakis Vater Erster Offizier eines Kanonenboots während der Schlacht von Tshushima gewesen und auf dem Royal Naval College im englischen Dartmouth studiert und daß er seinen Söhnen eine gute, aber strenge Erziehung hatte vermitteln lassen. Allerdings gehörte auch er zu den neuen Hunnen, die 1931 China überfallen und dort bemerkenswerte Greueltaten verübt hatten.

Der Tag der Abreise stand bereits fest.

3.

29.09.1964/08.12.30 Uhr

SCHONGAU AM LECH

Eine gedrungene Dampflokomotive fauchte, zischte und stieß schwarzen Rauch in den föhnblauen Vormittagshimmel. Außer mir wartete ein Dutzend Frauen und Männer darauf, daß der Uniformierte unsere Fahrkarten durchlöcherte und uns gestattete, auf den Holzbänken der grünlichen Wagen Platz zu nehmen. Amous Gleiter kreiste vermutlich unsichtbar um die Rauchwolke. Das Städtchen, im Schutz einer Stadtmauer auf einem Hügel erbaut, atmete friedliches Miteinander von Bauern, Handwerkern und bayerischen Gemeindebeamten aus; nicht ohne Idylle, mit einigen frisch verputzten und geweißten Stellen am Stadttor. Meine Koffer paßten vielleicht nach München oder Berlin, aber nicht zu den Schaftstiefeln der Bauern in Tracht. Die Frauen, wenigstens die hier wartenden, sahen aus, als wären sie ältere Mägde auf Stellensuche. Ich grinste; ich hätte auch mit dem Gleiter fliegen können. Aber die Barbaren lernte ich – wieder einmal! – am besten kennen, wenn ich mich zwischen ihnen bewegte. In den Geruch schlechter Kohlen unter dem Dampfkessel mischte sich salmiak- und salpeterähnlicher Gestank. Im Süden der Stadt verteilten Bauern flüssigen Dung ihrer Rinder auf abgeernteten Feldern. Der Zug setzte sich in Bewegung, fuhr fünfzig Meter und hielt in der Mitte, vor dem Bahnhof.

Wir stiegen um, ich verstaute die Koffer und stellte mich auf die offene Plattform, bis der Schaffner das Gitter herunterklappte, auf einer Pfeife trillerte und das Signal hob. Die Fahrt, bei der mir Rauch und schwarze Aschenteilchen in die Augen wehten, begann. Die Geschwindigkeit, mit der das rasselnde Gespann auf ausgeschlagenen Nachkriegsgeleisen dem Ort Altenstadt zustrebte, hätte den daneben rennenden Roboter zum Sieger gemacht.

Ich betrachtete die Landschaft voller brauner und schwarzweiß gefleckter Rinder vor der majestätischen Kulisse der Alpen. Der Lech verschwand bald hinter stark bewaldeten Moränenhügeln und ergoß sich in den künstlichen See; die Staustufe Hohenfurch, in der durch Turbinen elektrische Energie hergestellt wurde, die in dicken Kabeln und zwischen häßlichen Hochspannungsmasten die Landschaft durchquerte.

Dein Hang zu makabrer Selbstprüfung, Arkonide, hat dich hierher gebracht. Ich nickte und murmelte:

„In der Tat. Eine lange Reise, die meine Leidensfähigkeit auf harte Proben stellen wird."

Die Landschaft war schön. Ich schwankte zu meiner Tasche zurück, goß einen Reisebecher voll Kaffee mit Calvados aus der Thermosflasche, lehnte mich an eine weniger zugige Stelle und sah zu, wie sich der Zug durch Wiesen, Wälder und abgeerntete Kornfelder schleppte, über Bäche, an Straßen entlang, auf denen Ochsengespanne, Traktoren und Automobile fuhren.

Weiße, spindelförmige Wolken zogen über Oberbayern nach Norden. Ich meinte, sie wären schneller als der Zug, der in Ortschaften mit herzigen Namen hielt: Kiensau, Lechfeld, Rain oder Apfeldorf. Meist lagen sie weit abseits der Station. Die Zeit, der Zug und die Wolken schlichen dahin, und ich war mit meinen Überlegungen allein. Mein Anzug, nach dem Stand der Mode gefertigt, war wenig attraktiv, aber praktisch. In vielen Taschen, Nähten, Polstern und Verstecken führte ich mein Arsenal mit mir. Passagiere stiegen aus und zu, im Wind schwankten die Kränze an blauweiß gestreiften kultischen Zeichen, die „Maibaum" genannt wurden. Schließlich, nach der ersten kleinen Ewigkeit, erreichten wir Landsberg, ein mittelalterlicher Stadtkern samt Brunnen und Gefängnis lud mich ein; der Aufenthalt dauerte lange.

Ich trank Bier, aß Würste und ein tpyisches Nahrungsmittel namens Leberkäse, das weder Käse noch Leber enthielt. Am besten schmeckten mir die braunen Brezeln mit grobem Salz darauf, und frischer Butter. Nach Stunden machte sich der nächste Zug an die schwierige Aufgabe, in angemessener Zeit Augsburg zu erreichen. Eine Stadt, an die ich Erinnerungen besaß. Von dort bis nach München verkehrte ein weitaus schnellerer Zug, der einen Speisewagen besaß, dessen Benutzung ich riskierte. Ich geriet in eine Gruppe aus zwei Frauen und zwei Männern, mit denen ich mich bis München hervorragend unterhielt, während wir weiter Bier tranken. Davon verstanden die Bayern eine Menge; verglichen mit dem Gebräu der Pharaonen, Sumerer oder Italiener war es ein Genuß, der seinesgleichen suchte – etwa wie Beauvallon-Weine oder französische Obst- oder Beerenbrände oder schottischer/irischer Whisky.

Ich erfuhr, daß das Bruttosozialprodukt Deutschlands etwa sechstausend Deutsche Mark – ich führte eine dreimal so große Summe mit, also das Produkt von drei statistischen Bundesbürgern – betrug, daß Ernst Fuchs, ein Wiener Maler, den „Behälter des Weltalls" in phantastisch-realistischer Manier geschaffen hatte, daß endlich der St.-Bernhard-Tunnel fertiggestellt und daß die Boeing 727 ein enges Flugzeug sei, und daß mittlerweile auch Leute flögen, die besser mit dem Moped oder dem Goggomobil – was immer das war – fahren sollten. Die Herrschaften waren aus dem Rheinland und fuhren nach München, zum Oktoberfest, sagten sie. Ich erfuhr noch viel, und sie behandelten mich – schließlich war ich Amerikaner, Angehöriger einer Siegermacht und sprach Deutsch wie ein Eingeborener – mit freundlicher, schulterklopfender und von Mitleid durchzogener Herzlichkeit.

Unter Hammurabi, Arkonide, hätten sie Kanäle ausheben und Lehmziegel streichen müssen. Der Extrasinn mischte sich zornig ein.

Schließlich, zwischen Fürstenfeldbruck und einem Weiler namens Laim oder Pasing, als sie erfuhren, daß ich im „Königshof" übernachtete und nach Tokio flog, errang ich wieder einen kleinen Triumph der Selbstachtung. Dankbar zahlte ich ihre Speisewagen-Zeche. Einer von ihnen fiel von der oberen Stufe in München auf den Bahnsteig und zerschmetterte seine Brille.

Es gab natürlich keinen Gepäckträger.

Ich aktivierte die Antigraveinheiten der Koffer, hängte die Tasche über die Schulter und arbeitete mich durch Menschenmassen, die grölend von der Bierseligkeit zu berichten wußten, zum Taxistand.

Wohlbehalten, aber reichlich frustriert erreichte ich das Hotel. Es war nur einen Fußmarsch von fünf Minuten vom Bahnhofsplatz entfernt. Der Taxifahrer erneuerte, als er mein Trinkgeld sah, seinen Glauben an den Umstand, daß es in Amerika nur Millionäre gäbe. Die Suite, die Riancor durch rücksichtslose Einschaltung ins Fernschreibernetz gebucht hatte, und der Service des Hotels entschädigten mich für große Teile der bisherigen Reise.

Nach dem späten Abendessen, das ich in der Gesellschaft einer klugen, gutaussehenden Frau einnahm, lud ich sie in die Bar ein. Sie war Lektorin eines „schöngeistigen" Verlages und berichtete mir, daß dieses Jahr allein in Deutschland 25 673 neue Bücher verlegt und gedruckt worden waren, und daß ich unbedingt die „Ansichten eines Clowns" und „Angelique und ihre Liebe" lesen sollte. Wir verbrachten ein paar nette Stunden, in denen ich versuchte, ihr zu erzählen, warum die Punier-Poeni-Phönizier so bedauerlich wenige schriftliche Aufzeichnungen hinterlassen hattaen.

Sie hatte herrliche blaue Augen und eine Frisur, für

die man den Barbier hätte füsilieren sollen, aber, ach, sie verstand es nicht.

Mein Flugzeug von München-Riem nach Berlin-Tempelhof ging erst kurz nach Mittag. Ich erzählte Amoustrella, die im verschütteten Lechturm inmitten feuchter Unordnung wartete, die Erlebnisse des Tages, und sie tröstete mich mit Anekdoten von Miracle und den fröhlichen Spießgesellen auf Yodoyas Inselchen.

Ein Taxi brachte mich quer durch die gesamte Stadt bis hinaus zum Flugplatz. Die Clipper, mit denen die großen Fluggesellschaften die Langstrecken flogen, stammten von Boeing oder Douglas McDonnel, die 707 oder die DC 8. Ich vertraute die Koffer mit ihrem Inhalt von unschätzbarem Wert einer hübschen Groundhosteß an, trank ein Münchner Bier an der dürftigen Bar und wurde schließlich, zusammen mit sieben anderen Erster-Klasse-Passagieren, mit ausgesuchter Höflichkeit und kostenlosen Drinks in den Vorderteil der Maschine geleitet. Ich blickte mich, als meine Tasche verstaut wurde, aufmerksam um: es herrschte fast der Luxus einer Kapitänskajüte in einem arkonidischen Schlachtschiff.

Ich streckte meine Beine aus, suchte Lektüre zusammen, trank Champagner und wartete, bis sich auch die Passagiere, die ihr Abteil als „Holzklasse" bezeichnet hatten, an Bord befanden.

Während der nächsten Stunden – auch Anrollen, Warten in Startposition, Start und Steigwinkel erinnerten mich an bestimmte Phasen eines Raumflugs – brauchte ich mich nicht zu beklagen.

Speisen und Getränke, jeweils in großer Auswahl, waren hervorragend und kostenlos; schon im Preis des Tickets enthalten. Die Stewardessen versuchten, uns jeden Wunsch von den Augen abzulesen. Hoch über den Wolken, angetrieben von vier riesigen Düsentriebwerken, rasten wir in südöstliche Richtung.

Mit einem hageren Mann, etwa vierzig, kam ich ins Gespräch. Wir stellten uns einander vor, als der Crevettencocktail und der Kaviar gereicht wurden.

„Auch nach Tokio unterwegs?“ fragte ich.

„Nein. Australien. Wir haben dort einen Erfinder, der uns vielleicht weiterhelfen kann.“ Ich blinzelte skeptisch. Er sagte:

„William Plichter. Alle nennen mich Billy. Entwicklungsingenieur.“

Auch er war Amerikaner. Wir schüttelten uns die Hände und löffelten Kaviar.

„Was entwickeln Sie?“

„Grundstrukturen von Atomtriebwerken.“

„Hm“, machte ich. „Dabei wird radioaktive Strahlung frei, und das ist aus etwa hundertvierundzwanzig Gründen unerwünscht, gefährlich und lebensbedrohend.“

„Das ist unser Problem. Kraft und Rückstoß sollen erzeugt, aber keine Strahlung darf frei werden. Ich verrate mit dieser Feststellung keine Betriebsgeheimnisse.“

„Das interessiert mich“, gab ich zu. „Reden wir darüber, nach dem Essen.“

„Vielleicht fällt Ihnen als Laie ein technischer Kniff ein, Mister Lawrence.“

Musik aus Kopfhörern, noch mehr Champagner, ausgesuchte Weine zum Essen, hervorragende Zeitschriften, Ausblicke auf bekannte und unbekannte Teile des Planeten, einige Durchsagen des Flugkapitäns . . . die Airline bot etwas für meine Dollars. Sogar ein Film, dessen Handlung und Darstellung von beträchtlichem künstlerischen Empfinden zeugten, wurde uns vorgeführt.

Die anderen Gäste, die mit verdächtigem Eifer in irgendwelchen Geschäftspapieren geblättert, geschrieben und gerechnet hatten, wurden müde. Nur Billy Plichter und ich unterhielten uns über die nach meiner Meinung unüberbrückbaren Schwierigkeiten.

„Wozu entwickeln Sie eigentlich solche Triebwerke? Wir haben doch schon recht zuverlässige Flüssigkeitstriebwerke. Angeblich bessere als die Russen."

„Kennedy versprach, Menschen zum Mond zu bringen. Wernher von Braun ist der Meinung, daß wir es schaffen. Aber schließlich wollen wir riesige Lasten in einen Orbit oder ins All schießen. Oder zu den Planeten. Dazu brauchen wir riesige Triebwerke in riesigen Raumflugkörpern."

„Wobei die Isolierung und Abschirmung das größte Gewicht darstellen werden", sagte ich. „Oder wollen Sie beim Start oder schon an den Stellen der Probeläufe ein paar neue Hiroshimas und Nagasakis hinterlassen?"

„Keineswegs. Wenn Ihnen etwas dazu einfällt, kommen Sie doch zu uns. Wir brauchen Leute, die gute Ideen haben."

Er zog aus der Brusttasche eine Karte. Ich nahm sie mit zwei Fingern und las: *William C. Plichter, Nuclear Engineering, Punta Prieta, Calif.*

„Immerhin explodiert bei Ihnen nichts mitten in der Großstadt."

„Ganz bestimmt nicht. Wo wir arbeiten, sagen sich Schlangen und Skorpione gute Nacht. Oder Krebse und Möwen. Unter dieser Nummer werden Sie quer durch die USA vermittelt. Alles sehr geheim."

„Kann ich mir denken", schloß ich und steckte die Karte ein.

Der totale Service galt bis zum Ende des Fluges und selbst im Hotel. Ich vergewisserte mich, daß meine Koffer tatsächlich für den Anschlußflug am übernächsten Tag vorgesehen waren und zog mich zum Abendessen sorgfältig um.

Der Flug mit sechs Unterbrechungen in sieben Hotels, im Zickzack nach Osten, war insgesamt eine lehrreiche Reise. Ich lernte die eigentümliche Logistik von Flughäfen kennen, verschiedene Taxifahrer, die sich als wahre Meinungs- und Nachrichtenbörsen entpuppten, bewunderte die Pracht von Hotelhallen und die wenig prunkvollen Zimmer, unternahm kurze Rundfahrten in den einzelnen Städten und bewunderte die Bauwerke, Sehenswürdigkeiten, Reichtum und grenzenlose Armut; Schönheit und Schmutz lagen oft unmittelbar nebeneinander. In der Ersten Klasse der Clipper wurden wir bis zum Exzeß verwöhnt, und einige Hotelbars beeindruckten mich mit der schrankenlosen Vielfalt ihrer Getränke und der Möglichkeit, sie miteinander zu vermischen, was ich nur sehr selten versuchte. Eine breite Spur von Trinkgeldern zog sich bis zum Taxifahrer in Tokio, der geradezu entsetzt war, als ein riesiger, weißhaariger Fremder klassisches Japanisch sprach und den Smog über der Stadt kommentierte.

Ich ließ den Fahrer das Haus von Yamazaki suchen, fuhr dann zum Hotel und prägte mir die Einzelheiten des Grundstücks und den Weg ein. Wunderbarerweise war trotz vieler Zollkontrollen aus meinen Koffern nichts verschwunden. Ich bestellte Sake, hängte das Schild „Do not disturb!“ an die Klinke und packte meine Koffer aus. Mein Kopf schwirrte von Eindrücken aus einer Welt, die ich nicht recht wiedererkannte. Manchmal hatte ich den Eindruck, daß mich jedermann anstarren würde. Drei Stunden später, am frühen Nachmittag, konnte ich die winzige Spionsonde auswerfen und zum Haus des Feierabendsamurai steuern.

04.10.1964/18.10.45 Uhr

TOKIO/ROPPONGI

Als Yamazaki im pflaumenfarbigen Licht des Abends auf das Gartenhaus zuging, knirschten seine Schritte im Kies des Weges. Ich rührte mich nicht. Trotz aller Stille und Entspanntheit wies die Projektionsfläche des Ringes, der für drei Betäubungsschüsse konstruiert war, zum Eingang, auf die Raster der Schiebetür.

Obwohl der Mann im schlichten Kimono die Glut unter dem Wasserkessel sehen mußte, schob er die Tür auf und ging vier Schritt weit in den Raum hinein.

„Du wirst auch nicht erschrecken“, sagte ich leise und wählte die klassischen Wendungen der Sprache, „wenn ich dir eine lange Geschichte erzähle. Sie spricht von den Männern, deren Abenteuer du gemalt hast, Kamakura Yamazaki. Zunächst: ich, Hicyaco Sagitaya, habe den Namen des Samurai, von dem du abstammst.“

Er kam näher, setzte sich auf die Fersen und starrte mir schweigend ins Gesicht. Ich trug das kürzer geschnittene Haar im Samuraistil, mit Locke und Papierrolle.

„Wir werden den Chado gehen, den Tee-Weg“, sagte er mit heiserer Stimme.

„Ich habe alles vorbereitet“, sagte ich, lächelte und deutete auf den Sake-Krug. „Diese Rüstung ist uralt. Es ist dieselbe wie auf deinen Bildern und den vergilbten kleinen Wunderbildern. Heute nennt man sie Photographien.“

„Hai“, sagte er. „Gehen wir zu Wa, Kei, Sei und zu Jaku, um eins zu sein mit uns und mit der Natur.“

Schweigend zelebrierten wir, auf den Tatamis sitzend, beim Licht zweier Kerzen, in dem einfachen, klassisch gestalteten Pavillon die Zeremonie. Das Kerzenlicht spiegelte sich auf den Teilen der Rüstung. Der Duft des starken Tees zog in den Garten hinaus, und im letzten Sonnenlicht glühten die Herbstfarben der Gewächse auf. Hier, im Vorort der erstickenden Stadt, war das Geräusch eines Düsenclippers leiser als das Summen der Fliegen. Die Teezermonie beendeten wir mit zwei Schalen Sake; das Getränk paßte zu meinem Vorhaben, aber nicht recht zum beendeten Chanoyu-Ritus.

„Warum bist du hier? Wie hast du mich gefunden,

fremder Samurai Hicyaco Sagitaya?“ fragte Yamazaki, nachdem eine schicklich lange Zeit vergangen war.

„Ich habe auf vielen Wegen und Umwegen von dir erfahren, von den Bildern, die an den Wänden hängen . . .“

„Niemand kennt sie. Niemandem habe ich erzählt, was sie bedeuten.“

„Es gibt fliegende Ohren und Augen“, sagte ich. „So desu ka?“

„Hai!“ Er nickte. „So ist es. Aber du bist nicht nur zur Teezeremonie gekommen?“

„Lie. Nein.“

„Warum?“

Ich holte tief Luft, verlagerte mein Gewicht von den Fersen auf die Waden und sagte:

„Dein Urahne kämpfte zusammen mit meinem Urahnen und einer Handvoll ehrwürdiger Samurais und todesmutiger Ninjas auf einer Welt, die so ähnlich ist wie unsere Welt, aber nur durch ein unsichtbares Tor zu betreten war. Du mußt glauben, was ich sage, denn wenn du nicht glaubst, brauche ich nicht weiterzureden.“

Er senkte den Kopf, seine Augen gingen wieder hinüber zur Rüstung, die auf der Tatami vor einem runden Fenster mit viereckigen Sprossenfeldern ausgebreitet war.

„Ich glaube dir. Die Bilder zeigen, daß es eine andere Welt ist. Deswegen, weil das Rätsel ebenso groß wie der Traum und die Gewißheit ist, habe ich versucht, die Geheimnisse der alten Bilder in die Darstellung von heute zu übertragen, auch wenn ich den Stil von Ando Hiroshige und Hokusai beibehalten habe. Meinen Bildern fehlt die dritte Dimension.“

Ich nickte.

„Zutreffend. Nun haben sich eine Handvoll, nicht mehr als zwei Dutzend, solcher Frauen und Männer um mich geschart, die ich mit aller Vorsicht als moderne Samurais bezeichnen will. Sie benutzen ein unsichtbares Tor zwischen unserer Welt, die sich anschickt, zum Mond zu fliegen und Sonden zu den Planeten zu schicken, und einer anderen Welt, die noch im Stand der Unschuld ist. Sie ähnelt unserer Welt zu Zeiten der wahren Samurais. Meine Mitkämpfer gehören unserer Welt an", ich deutete auf ihn, mich und zu Boden, „und sind von der anderen Welt. Wir nennen sie Miracle, weil vieles wunderbar ist. Es ist weniger ein Kampf gegen böse Herrscher als ein Kampf für Ruhe und Frieden und für den richtigen Einsatz von Wissenschaft und Zivilisation. Die Kultur, die wir fanden, erfreut unsere Herzen."

Das Gesicht des Japaners, der eine Handbreit länger war als der Durchschnitt, zeigte einige harte Linien. Yamazaki hörte mir schweigend zu und nickte mitunter langsam, als habe ich Bestätigungen für seine Überlegungen ausgesprochen.

„Vor einigen Tagen saßen wir auf der Insel zusammen – das Inselchen, dessen Bild über deinem Schreibtisch hängt – und wußten, daß in unserer fröhlichen, streitbaren und klugen Runde ein Element fehlt."

Er zog, als ich das Bild erwähnte, nicht einmal die Brauen in die Höhe. Seine Selbstbeherrschung schien ebenso bewundernswert wie der Umstand, daß er meine Geschichte glaubte.

„Dieses Element? Bin ich es? Oder meine Zeichnungen? Oder der Zen-Bogen, denn es muß wichtig sein, wenn du von weither kommst, um mit mir zu sprechen."

Er verwendete die Worte der Hochsprache ebenso gut wie ich. Ein erstaunlicher Abkömmling der längst vergessenen Krieger.

„Hai. Du bist es. Mit allem, was du hast und kannst."

„Wakarimashita. Ich habe verstanden."

Jetzt bewegte er sich. Er schien zu ahnen, worum ich ihn bitten oder was ich fragen wollte; er verlor die

Beherrschung, was sich darin äußerte, daß er beide Schalen mit Sake füllte.

„Ich bin gekommen, um dich zu fragen, ob du mit uns zusammen auf einer Welt malen, Gedichte verfassen, reiten und kämpfen, Recht und Vernunft anwenden und leben willst, die schöner ist als die stinkenden Städte und die verwüstete Natur dieses Planeten. Alle der zukünftigen Mitkämpfer sind einer Meinung. Sie wollen dich, Yamazaki."

Aus großen, dunkelbraunen Augen unter leicht ergrauten Brauen blickte er mich ruhig an.

„Muß ich alles, was ich in Tokio habe und bin, zurücklassen?"

„Du kannst, als Teil einer Legende, in langen Abständen zurückkommen. Hierher oder an andere Orte der Welt. Aber die meiste Zeit sind wir, seid ihr auf Miracle."

„Wenn ich getötet werde?"

„Dann bringen wir deine Asche, deine Urne oder deinen Körper hierher. Aber ich bin sicher, daß jedem von uns auf Miracle ein großes Denkmal errichtet wird."

„Wakarimashita. Wenn ich verwundet werde oder krank?"

„Auf Miracle haben wir hervorragende Ärzte und alles, was ein gutes Krankenhaus braucht. Wenn es nötig sein sollte, bringen wir den Kranken in eine amerikanische Klinik. Alles andere, Werkzeuge, Waffen, Instrumente oder die Dinge des täglichen Lebens sind besser geregelt als auf der Ginza oder in Manhattan."

„So deso ka?" fragte er in unnatürlicher Ruhe. Ich leerte mit drei Schlucken die Schale und sagte:

„Hai, so desu. Wie lange brauchst du, um dich zu entscheiden?"

„Ich will die anderen Samurai sehen."

„Sie warten auf dich und sind sicher, daß sie dein Englisch verstehen können."

„Lange Reise?"

„Sie ist nicht länger als wenige Augenblicke. Drei Flügelschläge des Kranichs."

„An welchem Ort warten sie?" fragte er.

„Auf Yodoyas Insel. Nicht alle; einige sind in Miracle. Ich wohne in dem großen, weißen Hotel und warte. Deine Tochter wird dich nicht morgen oder übermorgen besuchen?"

„Lie. Sie studiert und wird erst kommen, wenn ich sie sehen will. Daß meine Frau gestorben ist, wirst du auch wissen."

Ich lächelte zurückhaltend.

„Die fliegenden Ohren und Augen haben es mir gezeigt. Vielleicht sollen wir morgen unsere Waffen und Rüstungen miteinander vergleichen?"

Er stand auf und verbeugte sich.

„Es wird mir ein Vergnügen sein. Daß ich eine schlaflose Nacht voller schwerer Gedanken vor mir habe, wird mich zu einem unaufmerksamen Kämpfer machen."

Auch ich stand auf, denn der schwierige Teil der Unterhaltung, der mehr als nur Stil, Tee und Beherrschung erforderte, war vorbei. Ich fühlte mich keineswegs eins mit der Natur, trotz Chanoyu. Ich verbeugte mich tief und sagte:

„Es ist Nacht. Da wir Samurai auf allen Sesseln sitzen können, die wir aussuchen, sage ich: Meine Rüstung lasse ich in deiner Obhut, und wenn wir uns umgezogen haben, fahren wir in mein Hotel und essen und trinken wie die ahnungslosen Fremden. Kirei?"

„Hai. Es wird mich ablenken."

„Ich darf mich hier umziehen?"

„Da du vor drei Stunden nicht um meine Erlaubnis gefragt hast", jetzt grinste Yamazaki, „wirst du auch jetzt keine Schwierigkeiten haben. Ich erwarte dich im Haus."

Wir verbeugten uns voreinander, und er ließ mich allein. Ich schlüpfte aus dem Kimono wieder in meine europäisch-sportliche Kleidung und in die weichen Slipper. Im hintersten Winkel lag das verschlossene Futteral des Transmitters, der als schweres Photostativ getarnt war. Ich sicherte die Glut unter den Wasserkesseln und blies die Kerzen aus. Im Garten des langgezogenen Grundstücks schalteten sich an sorgfältig ausgesuchten Punkten die versteckten Beleuchtungskörper an und enthüllten die andere Seite japanischer Gartenarchitektur, nach uralten Regeln ausgeführt.

In der Nacht lebte der Garten auf ganz andere Weise als tagsüber; Durchblicke, Hecken und Sandflächen schienen sich unter dem Einfluß von Licht und Schatten verwandelt zu haben. Langsam ging ich durch den knirschenden Kies zum Haus, konnte im Smog über der Stadt weder Sterne noch Mond entdecken und fand auch im Haus meinen Eindruck bestätigt, daß Yamazaki ein Mann von ganz eigentümlichem Stil war: das Haus war sparsam eingerichtet, fast alles war von ausgesuchter Schönheit oder hohem Gebrauchswert. Eine Wand des Wohnraums war von einem riesigen Regal ausgefüllt, das wiederum voller Bücher starrte; der einzige Ort, an dem wohlige Unordnung herrschte. Ich fand vor meinem Sessel eine Wasserflasche und eine halbvolle Flasche Scotch und ein schweres Glas.

Ich stellte fest, daß das Getränk keine japanische Nachahmung war und betrachtete, das Glas in der Hand, die Büchersammlung unseres womöglich neuen Mitstreiters.

Bildbände, die nahezu alle Landschaften der Welt zeigten, Expeditionsberichte, Unmengen von amerikanischen Taschenbüchern; viel Science Fiction von Asimov bis Vance, Williamson, van Vogt und Bradbury. Einige Bände Heinrich Heine in deutsch-japanischer Parallelübersetzung, desgleichen das Nibelungenlied, Les Contes drolatique von Balzac mit den Doreé-Illustrationen, Bau-Baudelaire und Rabelais fehlten nicht. Ich nickte beeindruckt. Die Bilder, jeweils im Licht verdeckter Strahler, zeigten weitere und wichtigere Einblicke in die Vorstellungswelt und Träume des modernen Samurai.

„Das Taxi wird vor dem Tor der Mauer warten."

Yamazaki, im teuren, aber leger geschnittenen Anzug, eine rahmenlose Brille über den Augen, kam die schmale Treppe herunter. „Zufrieden mit der Auswahl der Lektüre?"

„Unbewußt die beste Vorbereitung für Miracle", sagte ich und hob das Glas. „Wie viele Bilder hast du gemalt?"

„Diejenigen, mit denen ich nicht zufrieden war, verbrannte ich. Im Haus hängen neununddreißig, neun davon im Keller. Gehen wir?"

Ich nahm einen Schluck und sagte:

„Beim Essen wartet die nächste, weniger dramatische Geschichte auf uns. Du hast Zeit?"

Er zog mich, die meisten Lampen ausschaltend, zur lackierten Haustür.

„Wenn ich später noch einige Untermeister anrufe, kommen sie ein paar halbe Tage ohne mich aus. Ich setze voraus, Sagitaya, daß du genug Zeit aus dem Land des Sonnenuntergangs mitgebracht hast."

„Genügend, um auf deine Antwort oder dich selbst warten zu können."

Wir fuhren in die Stadt, der Taxifahrer fuhr diesmal keinen Umweg. Im europäischen Teil des Restaurant-Geschosses hatte ich einen ausgezeichneten Tisch reserviert; die Küche stellte internationales Essen mit wohltuend geschmackvollem japanischen Einfluß her. Der Sommelier empfahl mir Weißwein für meinen Gast, einen französischen Roten für mich.

„Ich sehe hingegen, Mister Lawrence, daß Sie kein armer und sicher auch ein weitgereister Mann sind, sprachenkundig auch, und wie gut Sie die Waffen der alten Zeit gebrauchen können, werden wir morgen sehen."

Ich gestattete mir ein schiefes Grinsen.

„Ich bin, muß ich gestehen, seit ein paar Jahrhunderten bin ich nicht recht in Übung."

Der Logiksektor flüsterte: *Du mußt ihm nicht erzählen, daß du mit Riancor stundenlang und ohne ihn noch länger geübt hast.*

„Das sagte auch der spätere Admiral, als er die russischen Schiffe unter Feuer nahm."

Wir sprachen kurz über die militärische Vergangenheit Japans, über die Sinnlosigkeit des Überfalls auf China, den Krieg gegen uns, die Amerikaner, die Atombomben und die Versuche, als Wirtschaftsmacht eine langfristige Strategie zu entwickeln und dabei von den Besten zu lernen. Yamazaki winkte ab und sagte:

„Es wird sich so vieles ändern auf unserem Planeten. Die viel zu großen Menschenmassen sind das eigentliche Problem. Weder ein Togo- noch ein Shintoschrein ändern dabei etwas; Traditionalisten wie ich stehen in einem nicht sehr guten Ruf. Bald steht dort, wo ein Baum war, ein hungernder Mensch, der sehnsüchtig zum Nachbarn blickt, weil dort genügend wächst."

Unser Essen kam, reichlich und liebevoll angerichtet, passend zur Pointe.

„Diese Entwicklung war spätestens seit Ende des letzten Weltkrieges voraussehbar", sagte ich. „Die Feinschmecker werden die Löffel weglegen, und die Muezzine der Zerstörung wird man, leider, nicht abberufen. Uns allen auf Miracle ist klar, daß unser Kampf dort eine Flucht von unserer Welt ist. Aber auch dort leben Menschen, die alle oder wenigstens viele Fehler, aus denen wir lernen konnten, nicht machen sollen. Usurpatoren, noch bevor sie mächtig werden, bekämpfen wir. Dort haben wir Feuerbestattungen für jede Art Brandstifter."

„Gut gesprochen."

Ich tunkte weiße, rote und gelbe Stücke unbekannter

Gemüse in eine Soße, die nach Soja roch und nach weißem Pfeffer schmeckte, hob das Glas und sagte:

„Und damit es uns auf Miracle, einem Land, so groß wie die Landflächen und die Meere dieser Welt, nicht langweilig wird, suchen wir nach einer Tafel, einer Stele, einer gemeißelten Felswand oder nach einem Buch, kurz, nach einem Kode. Er mag andere Namen haben."

„So etwas wie die Zehn Gebote?"

Ich schüttelte den Kopf und wartete, bis der Ober das Geschirr weggeräumt und ein anderer unsere Gläser wieder gefüllt hatte.

„Nein. Ein Verzeichnis von vielen Türen, Pforten, Durchgängen oder Wegen, die ohne Zeitverlust jedem erlauben, von einem Planeten zum anderen zu gehen und wieder zurück."

„Wie viele Welten gibt es innerhalb dieses Systems?"

Ich hob die Schultern und brummte:

„Niemand weiß es. Aber eine Legende berichtet, daß es viele sind. Wieviel ist viel? Zehn oder ein paar Dutzend? Jedenfalls ist die Suche nach dem Kode, der vielleicht auch aus vielen Teilen erst zusammengesetzt werden muß, ein Teil unserer Bemühungen."

„Wie hoch ist der Stand der Technik?" fragte Yamazaki und bestellte rohen Fisch als Nachspeise.

„Pferde, Zugtiere, Dampfmaschinen, erste Elektrizität aus Wasserkraftwerken, und eine Handvoll Privilegierter hat versteckte, aber erstaunliche Maschinen und Computer."

„Wenn ich mich entschließe, mit euch zu gehen, und wenn ich sehe, daß es nicht die richtige Welt ist – kann ich wieder hierher zurück?"

„Ja. Aber nur unter starken Einschränkungen. Miracle wird für die Bewohner der Erde immer ein Geheimnis bleiben müssen. Du dürftest also nichts mitnehmen, womit du deinen Aufenthalt auf Miracle beweisen könntest, und wir würden auch dafür sorgen, daß du den

Rückweg nicht mehr findest. Das ist, mehr oder weniger, alles."

„Gibt es . . . Bilder von Miracle?"

„Auf Yodoyas Insel, bei den anderen. Vielleicht wird es dich als chauvinistischen Samurai stören, aber die gegenwärtige Herrin von Miracle ist Mondam Amoustrelle Gramont, deren langjähriger Lebensgefährte gerade mit dir sündteures französisches Lebenswasser trinkt."

Kamakura blickte seine Uhr an, als könne sie ihm viele Geheimnisse aufklären.

„Morgen, Samurai Sagitaya, um ein Uhr bei mir? Ich wüßte gern, ob du in Waffen ebenso überzeugend und glaubwürdig bleibst wie mit Worten und Geschichten."

Ich lächelte und verbeugte mich. Der japanisch-international eingerichtete Speisesaal war gut gefüllt, und es würde mich nicht wundern, wenn ich auch hier Ingenieure treffen würde, die aus aller Welt kamen und mit Japan zusammenarbeiten wollten, ob es um Raketentriebwerke oder atomar gestützte Plasmatriebwerke für Weltraummissionen ging, um Kameras oder Automobile.

„Noch ein Glas an der Bar?" fragte ich.

„Ja. Bei den hübschen japanischen Stewardessen."

„Ich vergaß", sagte ich. „Die Mädchen und Frauen auf Miracle sind ebenso hübsch wie die der Erde. Es gibt dort aber keine so stark ausgeprägten schwarzen, weißen oder gelben Rassen. Aber genügend Vielfältigkeit, um auch den größten Romatiker zufriedenzustellen."

„Und die Männer?"

„Entsprechend unseren Männern; vom fetten Feigling bis zum reisenden Ritter. Alles, wie gehabt. Und wir kennen keine Kasten wie damals in Edo, als es noch nicht Tokio hieß, oder in Indien. Zufrieden?"

Ich zeichnete die Rechnung ab und ließ mich zusammen mit Yamazaki zur dämmrigen Bar führen. Wir hörten der zirpenden Musik zu und tranken Kaffee und Calvados.

„Ich bin sicher, daß ich mich schnell entschließen werde“, sagte Yamazaki, bevor wir uns verabschiedeten. „Wenn ich auf der Insel und auf Miracle gewesen bin, entscheide ich mich für alle Zeiten. Wenn ich den Rest meines Lebens in einer Freiheit verbringen kann, die nur so groß war wie damals für Tawaraya Kan, Ansai oder Akizane oder Tayoda, lohnt es sich.“

„Mich wundert noch immer“, gestand ich ein, „daß du alle meine Erzählungen geglaubt hast, obwohl jeder andere darüber den Kopf geschüttelt hätte.“

„Ich habe den Kopf nicht geschüttelt.“

Wir verbeugten uns.

„Konnichiwa. Sayonara.“

„Sayonara.“

Ich blieb noch eine Stunde lang sitzen, unterhielt mich mit der hübschen jungen Dame hinter der Bar und mit einem australischen Fremdenverkehrsfachmann, der sich über die Furcht des typischen Japaners beklagte, sein Land zu verlassen und irgendwo Urlaub zu machen. Yamazaki gehörte erklärtermaßen nicht dazu. Ich hielt viel von ihm und seinen Träumen.

Die Sehnen der riesigen Bambusbögen schnitten in das weiche, weiße Leder des Handschuhs, der den kleinen Finger und den Daumen freiließ. Die schwarzgelb gestreiften Federn berührten unsere Ohrläppchen. Yamazaki und ich standen in einem Pavillon, der an drei Seiten geschlossen war und aus Balken, dünnem Holz, Milchglas und einem Schilfdach bestand; in jedem der verschwiegenen Details ein Meisterstück traditioneller Handwerkskunst, ebenso wie die Bogen, Pfeile und der Strohpuppen-Samurai, der fünfzig Schritt, quer durch den intimen Garten hinter den Mauern, neben dem Teepavillon stand.

Konzentration, Atemtechnik und Satori, Versuch innerer Erleuchtung, bestimmten jede Bewegung unserer Körper. Ich schloß die Augen. Der Bogen in meiner

Linken zitterte ebenso wenig wie die straff gespannte Sehne. Wir befanden uns in der einzigartigen, gefährlichen Tiefe einer Zen-Meditationsübung; ich brauchte mich nicht an Yodoya zu erinnern. Mir war, als stünde er neben mir, und seine Finger, leicht wie junge Tauben, korrigierten jedes falsche Muskelzucken. Langsam verlor ich – und auch Yamazaki erging es nicht anders – den Kontakt zur Wirklichkeit. Ich sah mit geschlossenen Augen das Ziel: die Zeichnung der Rüstung auf der lederüberzogenen Puppe. Nichts Wichtiges gab es mehr außerhalb der kleinen Ballung, in die sich das Ich kontemplativ zurückgezogen hatte. An irgendeinem Punkt entlang einer straff gespannten Linie der Zeit und des Gefühls, allein im Kosmos der Wichtigkeiten zu sein, öffnete „es" die drei Finger, und zusammen mit dem Schwirren der Sehne und dem hellen Summen des langen Holzstabes trat das Glücksgefühl der unendlichen Erleichterung ein.

Ich öffnete die Augen.

Mein Pfeil, kenntlich an der schneeweißen Nock, saß zwei Fingerbreit über der Brustplatte der aufgemalten Rüstung. Als ich ruhig einatmete und sich mein Herzschlag wieder normalisierte, als der Pfeil noch immer lautlos wippte, drehte ich mich halb herum und blickte meinen bemerkenswerten Gastgeber an.

Er stand unbeweglich da, mit geschlossenen Augen, wie eine Statue, und die stumpfe Spitze des langen Pfeiles deutete zum Ziel. Nach Minuten löste er den Pfeil, der über Rasenflächen, minuziös arrangierte Riesenkiesel, schmale Bäche und Miniaturbrücken zwischen gestutzten Bäumchen davonfauchte und, zu meiner Freude, vier Fingerbreit links neben meinem Pfeil die Puppe traf.

Ich hängte den Bogen an einen hölzernen Haken, streifte den Handschuh ab und schüttelte meine Muskeln aus.

„Mir scheint, daß ich kaum eine der wichtigen Lehren

vergessen habe“, sagte ich. „Willst du unter diesen Umständen einen Waffengang mit stumpfer Schneide oder mit Bambus anstatt der Schwerter riskieren?“

Seine Augen blitzten.

„Jetzt erst recht. Du hast mich herausgefordert, weißhaariger Samurai. Dein Satori überzeugt mich.“

Ich verbeugte mich, er verbeugte sich; die Harmonie schien vollkommen. Dahinter lauerte seine Ungewißheit, was nach meinem Besuch geschah und seine Entscheidung verlangte. Daß sie alles andere als leicht war, daß es um eine lebenswichtige Entscheidung ging, war ihm und mir klar. Ich hatte solche Probleme sehr viel häufiger lösen müssen – seit knapp zehn Jahrtausenden.

„Legen wir die Rüstungen an“, sagte ich. „Aber dabei werden wir deinen herrlichen Garten wohl ein wenig verwüsten müssen.“

Er winkte ab und grinste breit.

„Wenn ich nicht die Gartenarbeiten ausführe, soll es ein Gärtner tun, oder mein Fräulein Tochter, die wohl diesen Besitz erben wird. In einem Jahrzehnt ist jeder Quadratfuß dieses Landes ein Vermögen wert.“

Ich ging zum Teepavillon.

„Glaube nicht, Yamazaki-San, daß es ein Vorteil ist, wenn du mich besiegst. Ich bin nicht der Herrscher. Mondam Amoustrella sagt, was zu tun ist. Und auf Miracle wartet man mehr auf deine Bilder, deine Gesänge, deine Haikus und alles andere. Bewaffnete, listenreiche und todesmutige Kämpfer haben wir mehr als genug.“

Er blieb am oberen Ende der Kellertreppe stehen.

„Über jedes deiner Worte, Sagitaya, denke ich durchschnittlich eine halbe Stunde lang nach.“

„Damit übertriffst du jeden lebenden Menschen auf diesem Planeten mühelos um mehr als neunundzwanzig Minuten.“

Ich zog in bedächtiger Ruhe die weichen, mit Stahl

verstärkten Stiefel an und schnallte, schnürte und knöpfte die vielen Teile der Rüstung über mein Untergewand und zog die breite Schutzschiene über die Schneide des Schwertes.

Inzwischen fragte ich mich, warum ich wegen eines einzelnen Mannes so viele Mühen auf mich nahm. Aber dann dachte ich an Amou, an Miracle und die NAUTILUS, an die vielen großen Vorhaben und an die Enttäuschung am Ende von zehntausend Jahren über die Nutzlosigkeit arkonidischer Hilfe für die Barbaren, und plötzlich erschien mir auch dieser Versuch völlig gerechtfertigt und sinnvoll.

Ich wartete am Rand der sorgfältig mit dem engmaschigen Rechen gekämmten Sandfläche, die etwa sieben Meter Durchmesser hatte, Sonnenlicht brach sich an den dünnen Golddrähten in der dunklen Rüstung. Sie klapperte leise, als ich aufstand, um meinen Gegner zu begrüßen.

„Bereit?“ fragte er.

Er war ebenso phantastisch gerüstet wie ich. Auch er trug im breiten Stoffgürtel keine Schwertscheide, sondern das Schwert offen und mit geschützter Schneide. Er nahm mir gegenüber Aufstellung.

„Bereit“, sagte ich. „Um alle Überlegungen zur Klarheit gedeihen zu lassen, Bruder des Schwertes, habe ich nicht vor, dir mehr als eine Beule zu verpassen. Was denkst du darüber?“

„Dasselbe. Ich bin, wie du zutreffend sagtest, Feierabend-Samurai, kein Gefolgsmann eines Shogun, der meine Ehre und mein Leben fordern kann.“

„Höre ich gern.“

Wieder einmal verneigten wir uns voreinander, dann begannen wir einen Kampf nach klassischen Regeln. Wir schlugen zu, wehrten ab, wichen aus, drehten uns und sprangen zur Seite. Die Schwerter pfiffen durch die Luft, trafen auf die Panzer oder in die dicke Fütterung der

Unterpanzer, wirbelten Stoffetzen durch die Luft und schnitten lange Spuren durch die Luft und durch den Sand, der von unseren Tritten hochgewirbelt wurde. Jeder Schlag, der im Ernstfall und ohne geschützte Schneide tödlich gewesen wäre, wurde in der Luft angehalten, was ein weitaus größeres Geschick der Kämpfer herausforderte.

Schlag, Abwehr, Finte und neuer Schlag. Unter den wattierten Hosen und Jacken rann der Schweiß. Schweiß brannte unter den Helmen auch in den Augen. Wir kämpften etwa zwei Stunden lang, bis Yamazaki zurücksprang, das Schwert senkrecht nach unten schwenkte und den Arm hob.

„Ich weiß jetzt, daß im Großraum Tokio außer mir noch ein Samurai zu den Schwertmeistern zu zählen ist. Wußtest du, daß die Schwertmeister zu den ‚lebenden Heiligtümern' zählen und eine Staatsrente beziehen?"

Wir schnallten die Helme ab, verbeugten uns schweißtropfend mehrmals voreinander; ich antwortete:

„Ich werde wohl nicht um Staatsrente bitten. Aber, mein Freund, deine Worte ehren mich. Ich war in der Tat nicht gut vorbereitet. Wir hätten beide in den letzten Stunden ein kleines Heer in Stücke hacken können."

„Hai. Laß mich dein Schwert betrachten, während du duscht. Im Keller, Sagitaya."

Ich reichte ihm das Schwert, das seine eigene Geschichte hatte, legte meine nasse Kleidung und die Rüstung auf die weißen Badetücher der Tatami im Pavillon und duschte lange heiß und kalt. Im dünnen Pullover und mit geföntem Haar setzte ich mich wieder auf einer winzigen Terrasse in die Abendsonne. Yamazaki hatte bereits Glas und Flasche bereitgestellt, und die Neunte Sinfonie von Beethoven dröhnte, von einem schweren High-fidelity-Stereobandgerät wiedergegeben, aus Lautsprechersäulen im Wohnraum. Die Lautsprecher und die Tonqualität waren fast so gut wie meine Anlagen in der Unterwasserkuppel und in dem Häuschen auf der Insel.

In der Nacht montierte ich den Transmitter in Yamazakis Keller und ließ ihn und mich nach Yodoyas Insel bringen. Ich stellte den Samurai vor. Riancor sprach mit ihm und kümmerte sich um jede Einzelheit, und ich sprang zurück in Yamazakis Haus, um teuren Scotch zu trinken, Beethoven zu hören, den Transmitter zu bewachen und endlich die letzten Gesänge des Nibelungenliedes zu lesen; schließlich kannte ich einige der Hauptdarsteller, wenn auch in anderem Zusammenhang. Drei Tage lang wartete ich auf den Samurai, und ich sprach mit den Meistern seiner Werkstatt, die ihn suchten und meinen Rat bekamen. Kamakura Yamazakis Dreißig-Mann-Betrieb stellte Instrumente zur Erdbebenbeobachtung her und ähnliches Gerät. Riancor hätte an den feingedrechselten Präzisionsmaschinchen seine helle Freude. Sie sahen etwa so aus wie die vielen Regler, die wir uns aus der abgesoffenen NAUTILUS ausgebaut hatten.

13.10.1964/24.05.00 Uhr
IN YAMAZAKIS HAUS
Das Chronometer des Gastgebers, das aus einem Kamikaze-Jagdflugzeug stammte, und das er aus der Bucht von Pearl Harbour aus vierzig Metern Tiefe selbst herausgefischt hatte, hatte eben zu blinken aufgehört, als mein Warnfeld aktiviert wurde. Ich hob den Kopf, tastete nach dem getarnten Lähmstrahler und schaltete mit Yamazakis Fernsteuerung die Lampe auf der Schreibtischplatte an.

Von der Treppe erreichte mich ein langes, erleichtertes Lachen und der Ruf:

„Weg mit dem Schwert, Sagitaya. Ich bin's. Es wird eine gute Sake-Nacht werden, hai?“

„Hai, so desu“, sagte ich. „Dir scheint der Ausflug Freude bereitet zu haben?“

Ich stand auf, schloß den Kimono und setzte mich in den schweren Ledersessel. Yamazaki sprang die Stufen herauf, hob beide Arme und sagte atemlos:

„Deine Freunde lassen grüßen. Sie haben mich verwöhnt wie ein Kind zum Kirschblütenfest. Yodoyas Insel, das Boot, die NAUTILUS und die SOULCHANDLER. Und Mondam Amou. Ich habe es nicht glauben können, Atlan.“

„Also habe ich nicht übertrieben?“

„Nein.“

Er stellte Sake und andere Flaschen, Schalen und Leckerbissen, die ich sorgfältig in den übermannsgroßen Kühlschrank geschichtet hatte, auf den niedrigen Tisch.

„Deine Worte, obgleich du beredt sprichst und farbig schilderst, waren zweidimensional und farblos. Ich habe alles gesehen, auch die Wolken über Miracle. Mit Riancor“, er schwenkte eine Papierrolle, „habe ich alles, was ich für den Rest meines Lebens aus Japan mitbringen muß oder auch nur mitbringen will, ganz genau besprochen. Ich habe ihnen mein Wort gegeben.“

Ich hob das Glas, in dem drei Finger hoch Framboise duftete.

„Ich höre.“

„Am fünfundzwanzigsten bin ich bei euch. Ich transportiere vorher allen Besitz, alles Wichtige, durch die flammenden Säulen, und zuletzt folge ich auf diesem Weg. Dann findet sich alles auf der zauberhaften Insel des Samurai Yodoya Mootori.“

„Ich verstehe. Man hat dich umfassend aufgeklärt.“

„Und deswegen sage ich uneingeschränkt zu. Ich werde Decken, Wände und Leinwände eurer Schlösser und Burgen mit den Darstellungen eurer Siege über die Unvernunft schmücken, werde Epen dichten und zahllose

Haikus, werde Lieder schreiben, die Amoustrellas Schönheit besingen, und so fort."

„Meine lieben Freunde", knurrte ich, halb belustigt, „haben dich mit Tofu erstickt, um ein japanisches Sprichwort zu zitieren. Ganz besonders dieser Riancor."

„Ein großer, mächtiger Krieger und Wissenschaftler", bestätigte Yamazaki.

In den Stunden bis zur bernsteinfarbenen Morgendämmerung, mehr und mehr unter dem Einfluß des Sake, der wiederum die kühnen Träume befeuerte, erklärte er mir, welch eine herrliche Welt er erst jetzt, vor der Mitte seines Lebens, entdeckt hatte, und daß er nicht im Traum daran denke, nach Japan zurückzugehen, wenn er einmal auf Miracle war.

„Deine Tochter?"

„Sie bekommt das Haus, und ihr Studentenfreund kann meinen Betrieb weiterführen."

„Wenn er mit den Verbesserungen der Instrumente soviel Erfolg hat wie dein Meister Kumatsu nach meinen Ratschlägen", ich deutete auf den Tisch neben dem Fernsehset, „wird er bald Dollarmillionär."

Yamazaki wiegte den Kopf.

„Ich bin nicht arm. Was sie erben, ist viel genug. Ich sage, ich gehe auf eine lange Weltreise, und meine Tochter soll im obersten Stock ein Zimmerchen für mich bereithalten. Und ich werde alles kaufen, was ich in drei oder vier Jahrzehnten brauche. Von der Tusche bis zum Fischmesser."

„Yodoya wurde neunzig", sagte ich. „Rechne mit dem Schlimmsten, Schwertmeister."

„Eines Tages", sagte er mit Verschwörerlächeln, „werden wir, steinalt, haar- und zahnlos, unseren Sake mit dem Strohhalm saugen, und dann werde ich dir sagen, welche von den Göttern gesegnete Wendung mein Leben genommen hat. Ich sehe herrlichen Zeiten entgegen."

Ich verbeugte mich, hob mein Glas und blinzelte in die feuerroten Sonnenstrahlen.

„Ich sehe deinem Besuch auf Yodos Insel entgegen. Wenn du den roten Schalter kippst, den ich mit Band und Beschriftung gekennzeichnet habe, wird sich dieses Zaubergerät zerstören und zu Schlacke zerschmelzen. Natürlich erst dann, wenn du dich endgültig von Edo in oder auf Nippon verabschiedet hast."

„Hai. Und du, Atlan?"

„Ich habe, wie du in deiner Weisheit längst gemerkt hast, fast alles gepackt. Seit zwei Tagen wohne ich nicht mehr im Hilton. In einer Stunde schlafe ich in Mondam Amous schlanken Armen im Palmenschatten am Strand. Ich denke, du kommst zurecht, ohne meine Hilfe und sogar ohne die Assistenz Riancors. Oder irre ich?"

„Wie könntest du irren, Schwertmeister und Zen-Bruder!"

Ich stand auf, leerte das Glas und verbeugte mich garantiert zum letzten Male in diesem Jahrzehnt. Yamazakis Blick war verschleiert, aber seine Sprache und die Bewegungen waren nicht vom Alkohol gezeichnet, als er mir half, die letzten Stücke einzupacken und in den Keller zu tragen. Ich hob Taschen und Koffer an, nachdem ich mich von ihm verabschiedet hatte und tauchte in die Wärme, das Brandungsrauschen und das Willkommensgeschrei der Wartenden ein.

Ich schleppte mich zum Haus. Riancor schleppte meine Gepäckstücke. Amou riß die Tür auf und warf sich in meine Arme. Ich befand mich wieder in „meiner" Welt.

„Du und ich", sagte ich leise, aber in einem Tonfall, den viele kannten und fürchteten, „wir ruhen uns hier aus, bis dieser fürwitzige Freizeit-Samurai angekommen ist. Dann lassen wir ihn mit den anderen auf die nichtsahnenden Bewohner von Miracle los und legen uns in unser kühles Bett."

Am 1. November gab es nur zwei lebende Wesen und einen Roboter in der Unterwasserkuppel. Mapuhi Toader bediente uns; wir hatten eine Serie holografischer Welten projizieren lassen und schliefen unter den Sternen der Wüste, aßen auf einer Klippe der Bretagne und liebten uns in den Tempelruinen von Menefru-Mirê. Vor einem Tag hatte die NAUTILUS mit allen Mitgliedern des Miracle-Teams durch die Südschleuse unser geheimes Versteck verlassen. Wir waren endlich allein.

„Der Tag auf dem zauberhaften Planeten ist etwa so lang wie auf der Erde“, sagte Amou. In ihren Augen spiegelten sich die Kerzenflammen. „Wie lange, sagst du, bleiben wir verschwunden?“

Ich hob den schweren römischen Pokal und roch am schweren Rotwein.

„Yamazaki und die anderen sprechen von neununddreißig Erdmonaten entsprechend elfhundertsechsundachtzig Tagen oder, genau: sechsundfünfzigeinhalb Monden Amaryll. Zufrieden? Rico hätte es schneller ausgerechnet.“

Fünfundvierzig war eine mythologische Zahl auf Miracle. Kamen wir später, würde es heilsame Unruhe und Zweifel hervorrufen. Ich nahm einen winzigen Schluck. Dann sagte ich:

„Neunzehnhundertachtundsechzig auf der Erde. Dann werden die Vereinigten Staaten und Rußland wohl auf dem Weg zum Mond sein. Ich sage Mapuhi, er soll uns im Januar achtundsechzig wecken. Einverstanden?“

Sie nickte und zerlegte einen gigantischen Hummer. Es gab knisternde und krachende Laute, die mich an splitterndes Balkenwerk erinnerten. Ich schnitt durch das weiche Steak und musterte finster den Gurkensalat.

„Einverstanden. Alles ganz gut ausgerechnet.“

„Alles ist mit der Kapazität Riancors und der Zentralrechenanlage auszurechnen, zu kalkulieren, zu extrapolieren und sogar zutreffend vorherzusagen. Eines nicht.

Unter keinen Umständen: der Irrsinn jenes Volkes auf der Erde, das im Zweifelsfall stets das Sinnlose, Unvernünftige und Verbrecherische tut. Mehr als fünfzig Millionen Tote im zweiten Krieg. Ein Volk, dessen Individuen Wissenschaft, Kunst und Wirtschaft zu neuer Blüte brachten, wird systematisch von sogenannten Herrenmenschen ausgerottet, geschunden und vergast. Um Silent Thunder Lawrence zu zitieren oder jene russische Gräfin Petrushka: ich könnte mich pausenlos übergeben, wenn ich daran denke, was ich in knapp zehn Jahrtausenden diesen Barbaren gepredigt habe. Und wenn es vernünftige Staatsmänner gibt, werden sie erschossen. Eines Tages wird entweder die Flotte meiner Heimat hier Ordnung schaffen, oder es gibt einen Mann, der jeden Machtgierigen gegen einen anderen solchen ausspielt und genauso kaltstellt oder umbringt wie wir auf Miracle und, wie ich hoffe, auf allen Welten des Systems. Wenn wir wieder aufwachen, hat der pfiffige Samurai vielleicht sogar den Kode gefunden und entschlüsselt. Ich mag nicht mehr."

Ich stürzte den Inhalt des schweren Pokals hinunter und senkte den Kopf. Die Informationen, die ich, aus den letzten Jahren zusammengestellt, über mich hatte ergehen lassen, degradierten Dschingis Khan, Tamerlan und andere Schlächter zu harmlosen Amateuren.

Amou kam hinter meinen Stuhl, legte ihre Arme um mich und küßte mich in den Nacken.

„Beruhige dich. Du kannst die Drehung der Planeten nicht anhalten, Liebster."

Mapuhi Toader schenkte nach.

„Es gab Jahrhunderte, in denen ich überzeugt war, ich könnte es", sagte ich und hörte selbst die Verzweiflung aus meiner Stimme. Der Logiksektor schwieg auch jetzt; was gäbe es auch zu sagen?

„Ich weiß es. Du müßtest für jeden Erdbewohner zwei arkonidische Soldaten aufstellen. Bescheide dich und warte auf die Stunde, in der du wieder wichtiger wirst als jeder Herrscher auf diesem Planeten."

„Ja. Außer Miracle bleibt mir nichts anderes", sagte ich und atmete tief durch.

„Vielleicht werden die Barbaren ein wenig weiser, wenn sie auf dem Mond gelandet sind und sich zu den Planeten aufmachen", sagte ich und widmete mich wieder dem Essen. Mapuhi spielte beruhigende Musik von Bach in unser fragwürdiges Idyll. Schweigend beendeten wir unser Essen und gingen in den angrenzenden Raum, eine holografische Tundralandschaft voller Schnee und ohne feststellbare Horizonte. Aber wir schliefen auf der Terrasse eines korsischen Felsens, hoch über dem sommerlichen Mittelmeer.

Ich wollte gar nicht wissen, was wir sehen mußten, wenn wir wieder geweckt wurden.

Wir schliefen; lange und ohne Träume, und unser bewußter Schlaf glitt in die lange, tiefe Kälte über.

4.

15.02.1968/12.05.00 Uhr
VERSAILLES/PARIS/FRANKREICH

Fast schneeweiß schoß das Wasser der vielen Fontänen in die Luft. An den Bäumen, Büschen und Hecken zeigte sich das erste Grün, und unter unseren Sohlen knirschte der feine, weiße Kies der Wege. Ich drückte Amoustrellas Arm und murmelte:

„Es ist irgendwie unglaublich. Ich war dabei, ritt hier im Sattel umher, als die Anlage erschaffen wurde. Jetzt? Heute? Damals durften die Bürger der Stadt nur an wenigen Tagen in die königlichen Gärten."

„Wo liegt der Unterschied?" fragte Amou.

„In der Menge des Hundekots", sagte ich. „Im Ernst. Damals wurden Tagelöhner dafür bezahlt, hier jedes

Blatt aufzuklauben, und ich denke, heute ist es ein schöner Park für jedermann geworden. Daß die Franzosen zur Sauberkeit ein höchst individuelles Verhältnis haben, liegt auch in der Geschichte begraben. Der Park ist herrlich, nicht wahr?"

Sie schmiegte sich an mich und flüsterte:

„Eigentlich ginge ich lieber mit dir in Schleißheim spazieren."

„Das ist nun weniger leicht zu erreichen", sagte ich. „Schließlich bin ich hier, um mich mit diesem Atomtriebwerksmann zu treffen. Bevor wir uns wieder nach Miracle zurückziehen, muß ich doch den Barbaren ein paar Hinweise geben."

„Du kannst es nicht lassen, wie?"

„Nein", sagte ich nachdrücklich. „Ich käme mir wie ein Verräter vor, und gerade in Paris, wo ich Wochen und Monate der Zufriedenheit, des Glücks und der tödlichen Kämpfe erlebt habe, fühle ich mehr als nur eine Verpflichtung."

Sie lächelte mich unter ihrem Hermes-Kopftuch an und sagte:

„Ich helfe dir bei allem, was du vorhast. Aber ich darf doch wohl noch laut und deutlich fragen, oder nicht?"

„Ich wäre bestürzt", antwortete ich wahrheitsgemäß, „wenn du zu meinen lauten Gedanken und Einfällen schweigen würdest, Amou."

Der Robot hatte uns zum befohlenen Datum geweckt. Gleichzeitig schien die astronomisch-lunare-stellare Entwicklung einen Höhepunkt erreicht zu haben; mehr als zwei Dutzend Objekte hatten den Mond getroffen, zwei Sonden hatten die Venus besucht und waren erwartungsgemäß verschmort, fast zwei Dutzend bemannte Raumflüge, knapp zwölfhundert Erdumkreisungen und technisch recht interessante Raumflüge waren durchgeführt worden. Es gab noch viel mehr Raumflugaktivitäten, und die geheimnisvolle Gruppe aus US-Marine und Heer versuchte noch immer, ein atomgetriebenes Triebwerk für den Flug zu fernen Planeten zu konstruieren; ohne rechten Erfolg, aber mit höllischen Kosten. Riancors Spionsonden hatten eine Gruppe aufgespürt, die sich Ende April in Paris treffen und technische Maßnahmen diskutieren wollte. Der Chef der amerikanischen Delegation war jener William C. Plichter, der neben mir im Düsenclipper seinen Kaviar geschlürft hatte.

„Wir werden viele Croissants essen, viel café noir trinken und viel Pastis schlürfen, Amou“, sagte ich. „Über fast jedes Gebäude kann ich dir eine Geschichte erzählen. Genieße es! Im Sommer sind wir wieder als lebende Bestandteile der Legende auf Miracle unterwegs. Ich versuche nur, dir zu schildern, was ich vor Jahrzehnten und Jahrhunderten erlebt habe und warum – nicht mehr, nicht weniger.“

„Ich weiß, und ich genieße jede Minute.“

Da im Paris dieser Jahre auch gute Hotels verwanzt und voller Flöhe waren, hatten wir Zimmer im absolut teuersten genommen. Von Ungeziefer waren wir bislang verschont geblieben, und mit meinem Beauvallon-Akzent ließ ich, wenn nötig, jeden Kellner und Portier erzittern. Trinkgeld dämpfte die Frequenz, aber wir waren keine unproblematischen Gäste.

„Was ist das dort für ein Haus? Oder ein Tempel? Oder eine mißgestaltete Mühle?“ fragte sie. Ich erging mich in Schilderungen über die denkwürdige Weise, in der die verschiedenen Ludwige ihren Geliebten Gebäude hatten errichten lassen, und schließlich sagte sie im mildem Vorwurf:

„Mir hast du nie etwas bauen lassen, Atlan.“

Ich blieb stehen und machte eine umfassende Geste.

„Die Kuppel? Yodos Inselhaus? Der Lechturm und zahllose andere Behausungen? Ich habe sie gebaut, und du bist mit Troß und Truhen eingezogen. Es wäre vermessen, von mir weitere architektonische Meisterleistungen zu erwarten!“

Sie lächelte wissend.

„Es beruhigt mich, daß du dich wegen Kleinigkeiten noch so aufregen kannst. Miracle wird sich freuen; Atlan ist wieder da, und zusammen mit Mondam zieht wieder Ironie in der Stadt und in der Burg ein.“

„Du bist wirklich eine schlimme Tochter dieses gesegneten Landes“, sagte ich und zog sie nach rechts, zwischen die mathematisch exakt gestutzten Hecken und auf eine feuervergoldete Statue der Diana zu.

William C. Plichter hob das Glas, das voller Eis mit Resten von säuerlichem Bourbon war, kaute auf dem Kaugummi und rülpste. Er sagte vorwurfsvoll:

„Diese Hundesöhne haben den ersten Erfolg. Aber unsere Triebwerke werden die wirklich schweren und großen Raumschiffe zu den Planeten schleppen. Ich hab' über Ihre Idee, damals im Flugzeug, lange nachgedacht. Sie hat uns ein paar Zentner Abschirmmaterial erspart.“

„Höre ich gern“, sagte ich. „Können Sie mir sagen, warum die Studenten sich so aggressiv gebärden?“

Wir saßen, fernab von jeder innenpolitischen Aufregung, in der Hotelbar unter dem Dach. Plichter, der mir vor zwei Tagen in einer Brasserie über den Weg gelaufen war, war mit einer Delegation hier, um mit französischen Triebwerksherstellern, SNECMA, zu verhandeln. Er arbeitete noch immer am selben Projekt.

„Keine Ahnung. Sie sind mit der Politik ihrer Politiker nicht einverstanden. Luther King, Bob Kennedy soll vielleicht Präsident Johnson ablösen, der Vietnamkrieg, das geht alles zusammen. In Deutschland haben sie die gleichen Probleme.“

„Vielleicht schaffen es die jungen Leute, daß nicht an jeder Ecke des Planeten ein Krieg ausgefochten wird“, sagte ich und bestellte für Amou, die eben die Bar betrat, ein Glas Champagner. „Aber das ist kaum anzunehmen."

Plichter verschluckte beinahe den Kaugummi, als ich ihn vorstellte. Amou setzte sich und meinte:

„Nicht an jedem Tag und nicht überall ist Paris im April schön. Aber ich habe meine Einkäufe zur vollen Zufriedenheit, auch preisgünstig, erledigt."

„Wie schön. Und ich bekomme ständig Angebote, in der Wüste an Atomtriebwerken zu arbeiten. Was zahlt das Pentagon eigentlich für einen Hochenergieingenieur?"

Als ich sein Gehalt erfuhr, runzelte ich die Stirn.

„Das kann nicht Ihr Ernst sein, Mister Plichter", sagte ich. „Pro Tag? Oder pro Jahr?"

„Natürlich im Monat", sagte er. „Und das sind Spitzenlöhne. Essen in der Kantine, und ein eigener Jeep, um an einen garantiert leeren Strand zu fahren."

„Ich glaube, ich bleibe Ihrer Forschungsstation noch fern."

Ich sah zu, wie die Eiswürfel in Plichters Glas schmolzen und sich langsam drehten. Die Welt war nur ein wenig verrückter, chaotischer und unübersichtlicher als sonst und immer und überall. Daß in vielen Ländern die Studenten gegen die Politik, die Herrschaftsstrukturen und viele andere Mißstände protestierten, erschien mir logisch. Die Umstände waren beschwerlich, und der Idealismus der Jungen, die Welt zu verbessern, war zu allen Zeiten berechtigt gewesen. In der Regel wurden sie von der Polizei niedergeknüppelt. Und alles änderte sich angeblich, meist zum Schlechten, wie ich aus langer und leidvoller Erfahrung wußte. Dieser Planet, dessen Menschen sich anschickten, den Mond zu betreten, war hoffnungslos unregierbar.

„Jedenfalls wird uns die Frühlingsfahrt für den Regen in Paris entschädigen."

„Juni am Mittelmeer. Aigues Mortes. Und vielleicht ein

Ritt durch die Camargue. Dort hat so vieles angefangen“, antwortete ich. Plichter leerte sein Glas und sagte:

„Sie sollten wirklich zu uns kommen, Mister Lawrence. Wir werden es der NASA zeigen!“

„Ich fürchte, ich habe andere Pläne“, sagte ich. „Aber vielleicht erleben wir noch den Triumpfflug Ihrer Triebwerke, Mister Plichter.“

Er verabschiedete sich und bereitete sich, sagte er, in seinem Zimmer auf die Gespräche mit den wenigen Franzosen vor, die in der Lage waren, sich mit ihm auf Amerikanisch zu unterhalten. Amou lehnte sich an mich und meinte:

„Im Sattel durch die Camargue, unter den Schwärmen der Flamingos – das wird uns auf Miracle vorbereiten.“

„Ich hasse allzu harten Wechsel der Schauplätze. Aber wieder einmal freute mich die Aussicht, einen besser geordneten Planeten zu betreten.“

„Mir geht's nicht anders.“

Wir hoben die Gläser, blickten uns in die Augen und freuten uns auf den Juni.

Amoustrella und mich überraschten die Gewalttätigkeiten auf den Sesseln eines Straßencafés. Ein Pflasterstein zertrümmerte die gläserne Eingangstür, und dann schien es, daß auf genau dieser Linie, die bis zur anderen Straßenseite führte, die Polizei und die Studenten aufeinanderprallen würden. Reifen brannten, Pflastersteine flogen, die Tränengasgeschosse detonierten. Sirenen heulten, und binnen einer Minute verwandelten sich hundertneunzig Meter einer Nebenstraße mit grünenden und blühenden Bäumen in ein Schlachtfeld. Der Wirt schrie:

„Die Treppe hinauf, und durch den Hof in die andere Straße, meine Damen und Herren.“

Er nahm die Flaschen mit dem teuersten Inhalt aus den Regalen und verstaute sie hinter dem schützenden Rand der langen Theke. Auf der gegenüberliegenden Straßenseite ertönte eine dumpfe Explosion. Ein Citroën 2 CV ging in Flammen auf. Ein etwa zweiunddreißigjähriger Mann, hochgewachsen und mit wirrem, dunkelblondem Haar schob eine junge Frau in das Café. Er deckte sie mit seinen breiten Schultern und steuerte einen Tisch hinter einer massiven Säule an. Einen Augenblick lang ruhten seine graublauen Augen auf Amoustrella und mir; er nickte uns zu und bestellte Kaffee und Pastis.

„Gleich werden die Polizisten anfangen, Studierende durch die Scheiben zu werfen“, sagte ich. „Möchtest du deine Malzmilch nicht stehenlassen?“

Amou drehte das Armband um ihr Gelenk und lächelte. Vor mir stand die getarnte Zigarettenpackung, knapp ein Pfund schwer: unsere Schutzschirme würden blitzschnell eingeschaltet sein. Zwischen den Polizisten und den Studenten war ein Kampf ausgebrochen, der mit erstaunlicher Wut geführt wurde: Geschrei, blutüberströmte Köpfe, wirbelnde Schlagstöcke und eine Schicht Tränengasnebel, der durch die zersplitterte Tür hereinzog.

Der schlanke Mann, offensichtlich ein Amerikaner, zahlte die Getränke und zog das Mädchen an der Hand zur Treppe. Der Wirt rief ihnen nach:

„Morgen ist alles wieder normal, Monsieur Perry.“

„Aber nur, wenn Sie sich nicht am Generalstreik beteiligen, Pascal.“

„Keine Spur. Kann sein, daß mir das Mineralwasser ausgeht, nichts sonst. So ist das Leben, Monsieur.“

Der Amerikaner bewegte sich wie ein gut ausgebildeter Soldat in einem höheren Rang. Ich vergaß ihn, als wir durch die Scheibe sahen, wie die Polizei Schritt um Schritt zurückgetrieben wurde. Die Studenten hatten eine Barrikade aus allem gebaut, das sie tragen konnten, und der arme kleine Citroën war nur noch ein rot glühendes Gerippe, das auf den Felgen stand.

„Ich glaube, wir versuchen, ins Hotel zu kommen", sagte ich.

„Ich weine auch schon vom Gas", sagte sie. „Ich denke, wir sind im Hotel besser aufgehoben."

„Jedenfalls gemütlicher."

Ich zahlte, wir kletterten die steile Treppe hinauf, kamen über eine ähnliche Treppe in einen finsteren Hof und von dort durch enge Toreingänge auf einen stillen, idyllischen Platz im Licht altertümlicher Kandelaber, in denen einstmals Gasflammen gebrannt haben mochten. Amou hängte sich bei mir ein, und wir erreichten das Hotel, ohne in die Konfrontation zwischen Staatsmacht und zukünftigen Staatsdienern verwickelt zu werden. Nur ab und zu hörten wir Sirenen, Schüsse und die Rufe „Liberté d'expression!"

Die Schimmel galoppierten durch kniehohes Wasser, und wir wurden von einem brackigen Sprühregen durchnäßt. Die ersten Kamine der Häuser von Les Saintes Maries-de-la-Mer tauchten hinter den flachen Dünen auf. Amou und ich, in Leinenhosen und ledernen Jacken, standen in den Steigbügeln und fühlten Sonne und Salz auf unserer Haut.

„So weit weg von Paris. Es hat sich nicht viel verändert, Atlan, seit damals."

„Damals gab's noch keine Tankstellen", sagte ich. Die Hufe dröhnten dumpf auf hartgebackenem Sandboden. Zwischen einem Boot, das auf der Seite lag und dessen Planken zerbrochen waren, und einem mächtigen Treibholz-Wurzelstock galoppierten wir auf das Häuschen zu, das wir noch vier Tage lang gemietet hatten.

„Heute abend kochen und braten die Celeriers für uns. Gehen wir schwimmen?"

„Oder nur am Strand spazieren."

„Oder beides."

Die Gegend war, abgesehen von dem winzigen Dörfchen, menschenleer. Wir sattelten die Pferde ab, und noch bevor wir sie richtig versorgen konnten, rissen sie sich los und trabten in die karge Landschaft hinaus, wälzten sich im Sand und Schlamm und wieherten laut. Ich verscheuchte mit dem schwarzen, breitkrempigen Hut die Fliegen und ging in den Schatten des Binsendaches.

„Ich muß zuerst nachsehen, ob sich Mapuhi oder sogar Riancor gemeldet hat", sagte ich. Die Zimmer waren karg und lichtdurchflutet, aber auf dem mächtigen Tisch stand ein schwerer Empfänger, der voller technischer Besonderheiten steckte. Ich klappte einen Teil der Lautsprecherverkleidung nach vorn und aktivierte den Bildschirm. In den vergangenen Tagen hatten wir die offiziellen Nachrichten gehört: nach den schweren Studentenunruhen und dem Generalstreik war als Folge der innenpolitischen Krise die Nationalversammlung aufgelöst worden. Nach meiner Identifizierung zeigte sich Mapuhi auf dem holografischen Schirm.

„Gibt es etwas, das wir wissen müßten?" fragte ich. „Alles in Ordnung in der Kuppel und auf Miracle?"

Der Roboter erwiderte:

„Wir haben sämtliche verräterischen Installationen aus Yodoyas Haus entfernt. Das Gebäude wurde auf konventionelle Energie umgerüstet. Der Tarnschirm ist aktiviert."

„Gut so. Was meldet Riancor?"

Amou setzte sich neben mich und gab mir ein schartiges Wasserglas voller Camargue-Sandwein.

„Ich zitiere: das Volk rottet sich zusammen und verlangt die Wiederkehr der Fürstin und ihres weißhaarigen Vasallen. Die Amazonen versprachen, daß sie in wenigen Tagen kommt. Der Japaner schreibt an einer Ode für Gongs, Trommeln und Gamespin, die Amous Taten besingt, in der Art der Edda. Sonst ist alles unter Kontrolle, und die SOULCHANDLER bekommt einen neuen Mast."

„Wir sind in exakt fünf Tagen in der Burg. In vier Tagen bei dir in der Station. Halte die Ausrüstung bereit. Sind die mechanischen Tiere fertig?“

„Ein halber Zoo, Gebieter. Eine betrübliche Nachricht gibt es. Der verschüttete Turm in den Alpen . . .“

„Ja?“

„Der Blitz schlug ein, zerstörte alle Leitungen und verschmorte die Systeme. Im Gewitter kam der Lawinenhang ins Rutschen, und alle Hohlräume sind von schlammigem Geröll ausgefüllt. Die einzige Kamera ist endgültig ausgefallen, nachdem sie den Untergang filmte.“

„Der Verlust ist nicht groß. Der Lechturm zählte nicht zu den wichtigen Anlagen. Sonst noch etwas?“

„Nein.“

„Verstanden. In vier Tagen erwartest du uns im Transmitterraum.“

Ich schaltete ab und trank kühlen Wein. Amou strich Butter auf frisches Weißbrot und legte dicke Scheiben Käse darauf. Sie deutete auf die Nachmittagssonne, die durch die rissigen Schlagläden strahlte.

„Der Strand wartet, Zeitmatrose.“

„Nicht mehr lange.“

Die letzten Tage in diesem Jahr und in einer vertrauten Landschaft waren nicht der Abschied von der Erde, aber sie bedeuteten den Abschied von einer Epoche. Wir spazierten in der einzigartigen Zone zwischen Wasser und Land, sahen den tanzenden Mücken und den galoppierenden Pferden zu und warteten, bis sich die riesigen Flamingoschwärme wieder in die seichten Tümpel senkten. Segel glitten durch die Luft, drüben, scheinbar über dem Wasser der Kleinen Rhône. Der lange, oft unterbrochene Ritt von Aigues Mortes aus bis hierher gehört zu diesem wehmütigen Abschied. Hand in Hand gingen wir durch den feuchten Sand; der Seewind verwehte die letzten Spuren von Amoustrellas Parfüm, und auch die Farben des Halstuches begannen zu bleichen. Bald würde das Dörfchen von Touristen überfüllt und hinter jeder Düne ein Zelt stehen. Noch waren wir die einzigen Gäste und freuten uns auf das Abendessen und die Gitarrenmusik. Wir genossen jede Minute der folgenden fünfundneunzig Stunden, und schließlich, im Versteck einer Schilfhütte, flammten die Energiesäulen des Transmitters auf. Unser Gepäck und die vielen Pakete – Bücher, Schallplatten, Geschenke und eine Menge nützlicher Kleinigkeiten, die auf Miracle nicht oder schwer zu bekommen waren – verschwanden zuerst, dann versetzte sich Amoustrella in die Kuppel, ich folgte. Sekunden später zerstörte sich der kleine Transmitter ebenso wie das Gerät in Yamazakis Keller.

Zwanzig Stunden blieben wir in der Kuppel.

Mit einer größeren Menge an Ausrüstung und in unserem gewohnten Aussehen tauchten wir im Keller der Burg auf.

Wir blieben bis März 1970 auf Miracle.

5.

Mapuhi Toader hob den rechten Arm und deutete auf die weit offenen Schotte hinter ihm.

„Ich bin überaus erleichtert, daß ihr so schnell gekommen seid. Ich muß mit dem Schlimmsten rechnen."

Riancor und ich rannten am Wachrobot vorbei und in die halbkreisförmige Schalt- und Rechenzentrale unter der Kuppelrundung.

„Wo steht die verrückte Maschine?" rief ich. Sämtliche Bildschirme waren aktiviert. Die Lichtsignale bewiesen, daß viele Speicher und Rechner benutzt wurden und mit beträchtlicher Kapazität arbeiteten. Meine erste Kontrolle galt dem Sicherheitssystem: Temperatur, Luftdruck, Luftreinigung, Kühlung und Unversehrtheit des riesigen Zylinders mit der gerundeten Kuppel. Nacheinander flammten die einzelnen Angaben über den Monitor.

Ich verglich die Parameter, und meine Unruhe und Furcht nahmen ein wenig ab. Der Logiksektor bestätigte Minuten später meine Überlegungen.

Der unterseeische Stützpunkt ist noch nicht ernsthaft gefährdet.

Ich drehte mich um und blickte die beiden Roboter an. Riancor hatte nicht einmal Zeit gefunden, sein phantastisches, auf Miracle notwendiges Kostüm auszuziehen. Nur den Helm hatte er zurückgelassen.

„Wann gab es die ersten Anzeichen dafür, daß sich die Rechner verrückt gebärden?" sagte ich. Mapuhi sah mich schuldbewußt an und zog sein Gesicht in reumütige Falten.

„Vor sieben Tagen. Die Speicher wurden benutzt."

„Ich habe regelmäßige Systemkontrollen programmiert", sagte Riancor. „Datensicherung."

„Ich verstehe. Dagegen ist auch nichts einzuwenden. Gibt der Zentralrechner Selbstauskünfte?"

„Nein. Er wurde zum Totalverweigerer. Generalstreik, wie damals in Frankreich."

„Keine Erklärung, Mapuhi?" fragte ich. Er schüttelte den Kopf.

„Ich habe nicht nur mein gesamtes Wissen, sondern auch Riancors Instruktionen und die Vorschriften und Programmierungsschritte aus dem positronischen Handbuch angewandt. Die Große Positronik handelt selbständig und selbsttätig. Es ist, als wäre die Maschinerie von einem Bazillus befallen worden."

Langsam drehte ich mich um und blickte Riancor an. Er stand regungslos da und hatte die Kontakte seiner Zeigefingerkuppen gegen die Stifte in der Vertiefung hinter einer Klappe gepreßt. Er schwieg, korrespondierte mit der Positronik und dachte auf seine unnachahmliche Art nach. Ich wußte, welche gewaltigen Datenströme jetzt flossen. Das positronische Spektakel war mehr als beunruhigend; es ging um die Existenz dieses Überlebenszentrums. Innerlich zitterte ich um den letzten Anker, der in der feuchten Kruste des Planeten Erde bisher zuverlässig hing. Noch war nichts zu erkennen, das auf ein Verhängnis hindeutete. Ich versuchte klar zu denken, meine Überlegungen rasten, aber immer wieder kam ich zur gleichen Überlegung: jemand oder etwas sabotierte die gewaltige Anlage. Zehn Jahrtausende befanden sich in den Datenspeichern. Warum rasten die ungezählten Subrobots, und was bauten sie wirklich?

Ich hatte, seit uns der dringende Alarm erreichte, über diesen Zwischenfall nachgedacht. Ich verließ die Zentrale und fing mit dem Rundgang an, der mich bis zur untersten Ebene des im Fels gebetteten Zylinders führte. Überall blinkten Lampen, arbeiteten die Versorgungssysteme, schwebten oder rollten summende Kleinrobots umher.

Ein wahres positronisches Tollhaus! Ich wollte die seltsame Kreation der Robots noch nicht sehen, sondern mich davon vergewissern, wie es um weniger dramatische Einzelheiten der Kuppel stand. Ich inspizierte zuerst die großen Schwitzwasserpumpen im untersten Punkt des Zylinders, und war beruhigt, als ich alles trocken fand und die Maschinen sich nach dem kurzen Testlauf wieder selbst abschalteten. Die nächsthöhere Ebene: riesige Materiallager. Die Sensoren erfaßten einen Körper, schalteten Beleuchtung und Klimatisierung ein, die kleinen Monitoren gaben perfekte Antworten über Soll- und Iststärke, über Entnahmen und Zugänge. Wieder eine Wendeltreppe. Ich entdeckte mehr und mehr Schätze, die in den zurückliegenden Jahrtausenden eingesammelt und angehäuft wurden; für diese Prüfung unwichtig.

Ebene um Ebene realisierte ich, wie hervorragend dieser gigantische Zylinder wirklich ausgestattet war. In der Vergangenheit hatte ich mich auf Rico verlassen, der immer das Richtige dachte, plante und ausführte. Jetzt sah ich es selbst; die mächtigen Platten aus dickem Arkonstahl, mit dem gewachsenen Fels verbunden, kalt und leicht von winzigen Tropfen beschlagen, die (meist) gefüllten Magazine und die (selten) leeren Räume, die dicken Leitungen und Rohre, und das Wispern, Knistern und Summen, das den Zylinder ausfüllte. Ich kämpfte mich langsam von Deck zu Deck aufwärts und kam schließlich in die kreisrunde, etwa dreißig Meter hohe Montagehalle, in der zuletzt die NAUTILUS generalüberholt und neu ausgerüstet worden war.

In der Mitte der Halle, unter den grellen Lichtpyramiden vieler Tiefstrahler, war eine kreisrunde Plattform, knapp einen Meter hoch, errichtet worden. Umgeben von mehr als zwei Dutzend schraubender, schweißender, sägender, summender, kriechender und hämmernder Robots stand das Verhängnis da, mit weißen und hellblauen Flächen, mit gelben Viertelkugeln und roten Halbkreisen; ein technischer Alptraum, der alles bedeuten mochte, von einer Schreibmaschine bis zum Zertrümmerer ferner Sterne. Ich setzte mich auf ein niedriges Faß, stützte die Ellbogen auf und legte mein Kinn in die Handflächen. Ich versuchte zu erkennen – oder besser, zu erträumen –, was dieses Ding zu bedeuten hatte.

Ein Werk von ES? Das Extrahirn warf die berechtigte Frage auf. Ich knurrte:

„Wer oder was sonst?“

Wer sorgte dafür, daß mein Enkel und Amoustrella nur unwesentlich alterten? Wer oder was hatte die Daten von Miracle in unsere Nonfarmale-Struktursender eingespeist? Wer hatte den Kode auf Miracle, der zu anderen Parallelwelten führen sollte, so geschickt versteckt?

Ich sah schweigend zu, wie dieses mehrfarbige, dreidimensionale Puzzle weiter zusammengesetzt wurde. Es war jetzt schon etwa fünfundzwanzig Kubikmeter groß und wucherte wie eine Mischung zwischen Kristall und Pilz nach allen Seiten.

„Ja, Arkonide Atlan“, sagte ich im Selbstgespräch. „Wieder erhebt sich in deinem Leben vor dir ein neues Rätsel, diesmal ein metallisches.“

Was die einzelnen Bauelemente enthielten, wußte ich noch nicht. Ich sah viele Drähte und Steckverbindungen, unzählige Farben und funkelnde Metalle, Verbindungen und blinkende Kontrollfelder. Die Maschinen arbeiteten, als gäbe es kein Morgen; hastig, ohne sich gegenseitig zu behindern und perfekt gesteuert.

Ich schaute den Winzlingen etwa eine Stunde lang zu und wurde aus dem vielfarbigen, durchaus ästhetischen Arrangement keineswegs schlau. Vielleicht war es eine Maschinerie, mit der ich den Barbaren von Larsaf Drei endlich die Vernunft einprügeln konnte, die sie brauchten? Ich stand auf und dachte, daß mich Riancor benachrichtigt hätte, wenn er dem Rätsel auf die Spur gekommen wäre.

Wie auch immer: es war absolut richtig, daß uns Mapuhi von Miracle zurückgerufen hatte.

Wir mußten die seltsamen Vorgänge entschlüsseln. Irgend jemandem drohte tödliche Gefahr. Im Zweifelsfall mir.

Ich bewegte mich, ratlos wie zuvor, auf die Treppe zu und schwang mich in den engen Antigrav-Aufwärtsschacht. Einige Atemzüge später war ich wieder im warmen, liebenswürdig eingerichteten Überlebensbereich für lebende Wesen; drei Decks unterhalb der gerundeten Zylinderkuppel. Riancor, halb Samurai, halb Ingenieur, kam auf mich zu. Er zwirbelte die Enden des Gascognerbartes und sagte:

„Ich kann die Tätigkeit der Subrobots beenden, Atlan. Aber nicht erklären, was sie tun. Es herrscht laokooneskes Durcheinander. Ich konnte herausfinden, daß sieben Rechner die Inhalte aller Speicher, kreuz und quer, benutzen und steuern. Es sind bisher keine Hochenergieeinrichtungen konstruiert und eingebaut worden. Ich habe gemerkt, daß viele Elemente eingebaut wurden, die auch in deinen Psychostrahlern vorhanden sind. Soll ich die Energie abschalten? Dann hören sie auf, dieses ... Ding weiterzubauen."

„Warte noch, Riancor", sagte ich halblaut. „Versuchen wir herauszufinden, was das ... Ding bedeuten soll. Ich habe sämtliche Ebenen kontrolliert."

„Das System ist vorläufig nicht in Gefahr."

„Das habe ich auch erfahren", sagte Riancor. Wir waren darüber einig, daß die Lage alles andere als beruhigend war. Das Wichtigste: der Zylinder war durch diese Aktivitäten offensichtlich nicht bedroht, das Überleben gesichert. Ich mußte diesen einzigen Platz, der mir noch geblieben war, mit allen Mitteln schützen und bewahren. „Bleibst du weiterhin wortlos, Atlan?"

„Zumindest solange ich nichts weiß", sagte ich leise. „Was ist zu tun?"

Riancor flüsterte in mein linkes Ohr:

„Ich werde die Speicher desaktivieren. Dann mangelt es bald an Informationen."

„Mit aller Behutsamkeit."

„Setz dich in deinen Ledersessel, trink ein Glas Wein, beobachte alle Monitoren und warte. In fünf Stunden wissen wir alle mehr. Die Spionsonden und die Aufbereitung der Informationen haben übrigens nicht gelitten."

Ich nickte ihm zu und lief die Stufen der Wendeltreppe hinauf, schenkte das Glas voll und setzte mich.

Zuerst schaute ich mir einen zwei Stunden langen Zusammenschnitt der Bilder an, die mir zeigten, wie Menschen mit Raketentriebwerken den Mond erreicht und umflogen hatten. Wenn es auf diesem Trabanten wirklich etwas zu entdecken gab, auf der Rückseite etwa oder im tiefen Schatten, in einem der Cañons oder in einen Hang eines Ringwalls geschmiegt, dann hatten sie es nicht gesehen. Noch war die Reihe der Apollo-Mondmissionen nicht beendet; vielleicht erfuhr die Menschheit mehr über sich selbst auf einem so großen und teuren Umweg.

Daß es mehr als fünfzehntausend atomare Sprengköpfe gab, jeder vernichtender und tödlicher als die Bombe von Hiroshima, ließ mich in eisigem Schrecken erstarren.

Wären es gigantische Bomben gewesen, konventionelle Zerstörungsgeräte, würde es ungezählte Tote geben und riesige Löcher in der Planetenkruste. Aus diesen Löchern würden Seen werden, oder sie würden im Lauf der Zeit zugespült werden. Dieselbe Menge atomarer Explosionen aber würden Larsaf Drei veröden, verwüsten, die überlebenden Organismen mutieren lassen, das Leben auslöschen und eine schauerliche Art der neuen Evolution einleiten, die jeden denkbaren, auch in Alpträumen vorstellbaren Weg gehen konnte. Es schauderte mich, wenn ich an dieses Inferno dachte, das noch schlief.

Denke an die Versuche, atomar betriebene Triebwerke zu bauen, sagte der Logiksektor. *Eine Möglichkeit, atomare Bedrohungen von einem zerstörbaren Planeten in den Weltraum zu verlagern, der die nukleare Verseuchung verschluckt.*

Ich stöhnte auf.

„Ob das die richtige Methode ist, die Erde zu entgiften, muß ich bezweifeln. Verdammte Barbaren!"

Die Maschinen in der Halle arbeiteten weiter, obwohl es Riancor gelungen war, einen Speicher aus dem System des Zentralrechners auszukoppeln. Aus der scheinbar planlos wuchernden Struktur wurde dadurch, daß kürzere und längere Röhren und kugelige Elemente angefügt und zusammengesteckt wurden, eine andere Form. Kamen noch irgendwelche Verblendungen dazu, würde es vermutlich ein Würfel von etwa fünf Metern Kantenlänge werden. Nicht nur ich wurde manipuliert; wir alle erlebten einen Vorgang, der sicherlich wichtig war, von dem wir aber nichts verstanden.

Sicher hatte dieses undurchschaubare Monstrum einen Sinn.

Ich erkannte ihn nicht.

Riancor schaltete sich auf einen Monitor und hob die Hand. Ich nickte; sein Gesichtsausdruck bewies, daß er keine gute Nachricht hatte.

„Ja?"

„Ich habe den zweiten Speicher desaktivieren können. Aber – nur jene Segmente, die der Positronenrechner nicht mehr braucht, lassen sich abschalten."

„Logisch. Er hat die Informationen der betreffenden Speicher verwertet. Läßt sich ahnen oder errechnen, wozu diese Informationen verwendet wurden?"

„Nein. Alles ist denkbar. Es ist eine Maschine, die Wellen oder Strahlen ausschickt. Es sind einwandfrei Sende- und Empfangsantennen eingebaut. Und die Kapazität der Anlage ist groß."

„Früher oder später", sagte ich, „finden wir es heraus."

„Später, wie meistens. Ich arbeite weiter."

„Ist gut."

Dreißig Amaryll-Monde waren vergangen. Vielleicht folgte mir Amoustrella. Nach mehr als sechshundertfünfzig Tagen auf Miracle hatte mich dieser Zwischenfall wieder an meine selbstgewählte Verpflichtung erinnert. Der Paladin der Menschheit. Verdiente diese Menschheit den Namen, wenn allein schon die „Volksrepublik" China in der Lufthülle den zehnten Kernwaffenversuch gestartet hatte. Wußten diese Wahnsinnigen nicht, was die radioaktive Strahlung anrichtete? Schon jetzt waren unzählige zum Krebstod und Schlimmerem verurteilt, ohne daß sie es wußten. Der Paladin dieser Art Menschheit wollte ich nicht sein. Ich leerte das große Glas, und Mapuhi schenkte nach.

Auf einem anderen Monitor sah ich, wie verdammt

leistungsfähig all die Maschinen und Herstellungsblöcke der arkonidischen Überlebensstation waren. Die Subroboter hatten offensichtlich am eigentlichen Gerät nicht mehr viel zu tun, denn mehr und mehr Verkleidungsteile, die tiefeneinbrennemaillierte Zeichnungen trugen, wurden an die Rohre angeflanscht und füllten die sechs Flächen eines Würfels aus. Ich starrte auf den Schirm und sah, daß sich das kantige Monstrum vom Sockel hob und langsam drehte. Jede Seite wurde von sechzehn Teilen gebildet, also viermal vier, und der „Hersteller" dieser Anlage zeigte eine Art von Humor, die ich von ES zu kennen glaubte.

Drachen, Monstren, Fabelwesen, monströs verkleidete Ritter hinter wuchtigen Visieren, Reittiere aus prähistorischen Zeiten exotischer Welten tummelten sich auf den Flanken des Würfels. Die kleinen Maschinen umschwirrten die Anlage, die in leuchtenden Farben unter den Tiefstrahlern glänzte, wie metallene Bienen. Die Darstellungen paßten zu Miracle – und mich beschlich ein Verdacht, der ein wenig zu phantastisch war, als daß ich ihm nachgeben durfte.

So leicht macht es dir, Arkonide, der Unbekannte nicht, sagte das Extrahirn.

Ich knurrte: „Ich weiß. Es wäre zu schön."

Riancor überraschte mich nicht, als er mir mitteilte, daß es ihm gelungen sei, weitere fünf Megaspeicher zu desaktivieren. Ich winkte ab und rief zum Monitor hinauf:

„Vergiß es. Der Unsichtbare hat dir erlaubt, diese Speicher zu desaktivieren. Sie werden nicht mehr gebraucht. Dieser verdammte Würfel sieht genau so aus, als würde er von einem Riesen demnächst über eine Ebene von Miracle gerollt."

Ich schüttelte den Kopf und fuhr fort:

„Aber das wäre zu schön, um wahr zu sein. Da wird

irgendein lausiges Spiel gespielt, und wahrscheinlich leider auf meine Kosten."

„Ich bin zutiefst betrübt, daß es mir nicht gelungen ist, mehr Aufklärung zu erbringen."

„Du drückst dich immer dann gestelzt aus, wenn du ratlos bist", sagte ich. Riancor senkte den Kopf und bekannte:

„So ist es, Gebieter."

Uns blieb nichts anderes übrig, als zuzusehen, wie die letzten Platten eingefügt, festgeschraubt, verschweißt und ohne sichtbare Fugen aneinander gepreßt wurden. Dreißig Sekunden später wurden die schwebenden Sender aktiviert, mit denen wir die Strukturöffnung Nonfarmales geschlossen hatten. Der riesige Würfel schwebte darauf zu und passierte eine unsichtbare Grenze, und dann war er, erwartungsgemäß, verschwunden. Ich nickte; der Vorgang paßte in das System der rätselhaften Vorgänge.

Ich betrachtete melancholisch das leere Glas und hob die Schultern.

„Jetzt braucht der Positronenrechner keine Speicher mehr, Riancor", sagte ich halblaut. „Kannst du dir vorstellen, wohin dieses Ding transportiert wurde, und warum? Zu welchem Zweck?"

„Mir fällt kein Ziel ein – außer Miracle", sagte Riancor.

„Und genau dort werden wir den Würfel nicht finden."

Ich stand auf und hielt Mapuhi Toader das Glas hin. Er goß es halb voll. Das aufgeregte Blinken der Rechner war innerhalb weniger Minuten zur normalen Betriebsamkeit herabgesunken. Alles Nachrechnen und Nachdenken nutzte nichts: ein geheimnisvoller Vorgang mehr seit dem ersten Verschwinden Amoustrellas.

„Ich denke, ich werde nicht anfangen, die Kuppel ein zweites Mal zu durchsuchen«, sagte ich. Der Ärger nistete tief in mir. „Ich überlege in aller Ruhe, ob ich Tiefschlafen und alles vergessen soll, oder ob ich mich wieder einmal zwischen die Barbaren wage. Für einige lange Amryllomonde ist meine Anwesenheit auf Miracle nicht erforderlich. Das Team kann auch ohne mich den Kode vergeblich suchen."

„Besondere Wünsche?"

„Ja. Alle Informationen in meine Privaträume. Ein Essen. Und – höchstwahrscheinlich – kommt Amou, um mir zu helfen, mit dem Ärger besser fertig zu werden."

Riancor verbeugte sich tief und kommunizierte lautlos mit den Servicemaschinen und mit Mapuhi.

„Es wird nicht einfach sein, Atlan, wenn du in sicherer Maske einige Zeitlang unauffällig an einer solch wichtigen Stelle leben willst", sagte Amou und knüpfte den winzigen Platinschmetterling in das Ende ihres Zopfes. „Bist du sicher, daß alle Dokumente hieb- und stichfest sind?"

Ich lächelte und deutete zum Schreibtisch.

„Ich habe das Kirchenbuch und jede erdenkliche Kartei ergänzt. Mein Psychostrahler hatte viel Arbeit. Ich bin, verblüffenderweise, der Sohn meines Enkels. Aram Ernest Lawrence. Geboren am vierzehnten Mai neunzehnhundertzweiunddreißig. Und mein Fachgebiet, die Hochenergietechnik, habe ich an europäischen Universitäten studiert, deren Unterlagen durch den zweiten Weltkrieg verloren sind. Aber die englischen und amerikanischen Unterlagen sind erstklassig."

„Viel Arbeit, Liebster?"

„Und noch mehr Reisen. Unter häufiger Benutzung von Deflektorfeldern. Ich habe Münzen verkauft, mir ein Konto eingerichtet, habe eine Kreditkarte; du weißt es. Auch Orban-Amir ist an diesem Vermögen beteiligt. Riancor hat alle Eventualitäten überprüft, und auch mein Besuch in Tokio und die ganz normale Reise machten keine Schwierigkeiten."

„Wo hast du den Gleiter versteckt?“

„Ich denke, daß ihn niemand entdecken wird. Erinnerst du dich an die Erzählungen und Bilder der sogenannten Oase?“

„Natürlich.“

„In dem Felsen, in dem unser Raumschiff versteckt war, gibt es jetzt einen Transmitter und den Gleiter, der allerdings auch eine zeitgemäße Tarnung erhalten hat. Er sieht mehr wie ein billiges Kajütboot aus. Aber das sind unwichtige Kleinigkeiten.“

Ich war länger als einen Monat unterwegs gewesen und hatte meinen Lebenslauf nach minuziöser Planung nachvollzogen. Manchmal war es schwierig gewesen, das Originalpapier, die Stempel und die Unterschriften zu beschaffen, aber Riancors Fundus schien unerschöpflich zu sein. Als ich zufällig den Mooseheadsee in Maine überflog, beschloß ich, zusätzlich eine zweite Spur zu legen.

Ich landete in Greenville, am südlichen Ende des Sees, und konstruierte eine Verbindung zwischen einer Einheimischen und einem Farmarbeiter, der sich abgesetzt hatte, um nicht für den Unterhalt seines Sohnes aufkommen zu müssen. Ich legte Karteiblätter an und sicherte durch leere Stellen und Scheineintragungen, daß ich später auf diese Kartei zurückgreifen konnte. Doppelte Sicherheit konnte nicht schaden.

„Wann willst du zur Westküste?“ fragte Amoustrella. Unser Lager war umgeben von der holografischen Projektion des Sonnenuntergangs über der Savanne, die sich dort ausbreitete, wo einst die Brunnen der „Oase“ gesprudelt hatten. Wie ein Schiffsbug ragte der schwarze Felsen des Gleiterverstecks vor das Farbenspiel der Wolken.

„Wann willst du zu schlafen anfangen?“ fragte ich leise. Sie zuckte mit den Schultern.

„Ein paar Tage und Nächte bei dir. Vielleicht ein Drittelmond?“

„Jede Stunde ist kostbar“, sagte ich. „Ich kann ohnehin nichts anderes tun als Billy Plichter zu beweisen, daß seine Pläne nicht funktionieren. Das aber mit wissenschaftlicher Gründlichkeit.“

„Ich weiß. Deswegen auch die Modelle und Zeichnungen aus Riancors Fälscherwerkstatt.“

„So ist es.“

Ich zog Amou an meine Schulter und überlegte lange, ehe ich weitersprach.

„Trotz der Möglickeit, auf Miracle und vielleicht bald auf andere Welten auszuweichen, habe ich eine ziemlich starke Furcht. Du weißt, wie viele Länder die Atombombe und die Wasserstoffbombe haben. Du weißt auch, wie hysterisch die Menschen reagieren. Wenn auch nur ein Bruchteil der Bomben losgeht, ist die Erde für Jahrhunderte verwüstet. Du und ich, wir können nicht mehr darauf leben. Ich habe Riancor befohlen, allen Informationen über weitere Scheußlichkeiten nachzugehen, und ich schwöre dir, noch mehr Staaten werden noch mehr solche Bomben entwickeln und eines Tages auch anwenden.“

„Dann möchte ich nicht mehr auf der Erde sein“, sagte Amou erschüttert. „Auch die Flamingos der Camargue werden nicht mehr leben.“

„Sie werden besser gegrillt sein als die berüchtigten Hähnchen“, sagte ich. „Du und ich, wir werden entweder hier unter einer dicken Schicht von Sedimenten schlafen, wo keine Radioaktivität hindurchdringt. Oder wir sind auf Miracle. Schließlich haben wir funktionierende Transmitter.“

„Dein Versprechen?“ flüsterte sie.

„Ich schwöre es“, sagte ich.

6.

23.05.1970/07.35.00 Uhr
GULF OF CALIFORNIA/CANAL DE BALLENAS
Der vierundvierzig Fuß lange Kabinenkreuzer machte schwache Fahrt. Ich hatte die Angel, ohne Haken, ohne Köder, in eine Halterung im Heck gesteckt und lag im Steuersessel, die nackten Beine auf dem Instrumentenpaneel der Flybridge. Die ARCA OF NOAH fuhr in der langen Dünung parallel zur Brandung nach Norden. Punta Prieta lag querab, im Westen, mitten auf der langgezogenen Halbinsel, die sich Lower California nannte. Ich hatte William Plichter angerufen und ihm versprochen, spätestens am 24. Mai in der Nähe von Punta Prieta aufzutauchen. Er war verblüfft gewesen, und dies aus zwei Gründen. Erstens hatte er meinen Anruf tatsächlich nicht mehr erwartet, und zweitens war es für ihn, seine Auftraggeber vom Pentagon oder anderen geheimnisvollen Institutionen völlig undenkbar, daß ich das Forschungslabor betrat, ohne vorher von einer Gruppe Sicherheitsfachleuten durchleuchtet worden zu sein. Eigentlich müßten sie schon da sein, denn ich näherte mich seit zwei Tagen offen mit dem getarnten Gleiter. Riancors Konstruktionen waren hervorragend; das schwere „Boot“ hatte sich als seetüchtig herausgestellt.

„Eigentlich hätte ich euch für schneller und raffinierter gehalten, amigos“, murmelte ich.

Eine Spionsonde zog ihre Kreise um die Flachbauten und die halb eingegrabenen Montagehallen. Mein tragbares Fernsehgerät zeigte die Bilder. Die Ausrüstung war entsprechend getarnt, und man würde die ARCA schon zersägen müssen, um mehr zu finden als Winzigkeiten, die bei näherer Prüfung verschmorten. Das Wasser war glasklar, und die Ufergegend war in diesem Bezirk ebenso menschenleer und einsam wie das Meer.

Beide Maschinen liefen mit geringstmöglichen Umdrehungszahlen. Ich sparte Treibstoff und hatte das Energietriebwerk eingeschaltet. Im Fach unter der Wetterstation und dem Funkgerät lagen in einer wasserdichten Mappe meine Papiere. Mein Haar, drei Finger kurz, schien ausgebleicht zu sein, und die Augen waren so braun wie auf dem Paßfoto.

Der Logiksektor sagte: *Wahrscheinlich beobachten sie dich ebenfalls, Mister Lawrence.*

„Durchaus denkbar."

Mit vier Knoten schob sich die ARCA durch die Wellen. Die Sonne hing drei Handbreit über dem Horizont und verlor den letzten gelben Schimmer. An Backbord sah ich die schier endlosen Strände, die Dünen und die wenigen staubbedeckten Pflanzen. Kakteen reckten ihre Finger in den stahlblauen Himmel. Ich wußte, daß in ziemlich genau vierzig Meilen ein Steg und eine Rampe mit einfachen, aber kräftigen Entladeeinrichtungen im tiefsten Ende einer Bucht gebaut worden waren. Dort konnte die ARCA sicher und ruhig festgemacht werden.

Nach der Landung von „Intrepid" waren die Männer von Apollo Zwölf zweiunddreißig Stunden lang auf dem Mond geblieben; Bean und Conrad sammelten rund 45 Kilo Mondgestein und brachten Teile der Surveyor-Sonde zur Erde zurück. Die aufgeregten Reportagen vom dreizehnten Apolloflug hatte ich noch im Ohr. Ausgerechnet nach Freund Odysseus war der Raumschiffsteil getauft worden, aber der Triebwerksteil des Mondvehikels „Aquarius" rettete nach dem Energiezellenausfall der sechsundfünfzigsten Flugstunde den drei Astronauten das Leben und brachte nach abenteuerlichen Schaltungen und Berechnungen die Mission zu einem glücklichen Ende. Ich war sicher, daß Plichters Team jetzt erst richtig motiviert war.

Mit Flüssigtreibstoff-Triebwerken würde die Menschheit nach Abschluß dieser Missionen so bald nicht mehr zum Mond fliegen.

Also würden die USA versuchen, bessere und leistungsfähigere Einheiten zu konstruieren, die weniger störanfällig waren und größere Lasten aus dem Erdorbit schleppen konnten. Ich konnte mir deutlich vorstellen, mit welcher Begeisterung die angeblich privaten Forschungslabors sich auf bestimmte Teile meiner Zeichnungen stürzen würden.

Brummend hielt die ARCA Kurs. Der Kursautomat, im Hydrauliksystem der Ruderanlage eingebaut, war nicht größer als drei Finger. Ich trank dünnes amerikanisches Dosenbier und richtete den Feldstecher auf das Gelände jenseits der Brandung. Delphine schnellten in großen Schulen übermütig aus dem Wasser. Sie hatten mich seit eineinhalb Tagen begleitet. Ich liebte sie, seit ich das Mittelmeer kannte, und dies war schon eine gute Weile her. Ab und zu warf ich einen langen Blick auf das Photo Amoustrellas im weißen, zweiteiligen Badeanzug, das unter die Glasplatte der Seekartenabdeckung geschoben war.

Die Maschinen brummten auf. Ich schob beide Fahrthebel nach vorn und warf die leere Dose aus dem Sechserpack in das Müllfach. Backbord voraus, hinter einer langgestreckten Düne, hatte ich eine schnelle Folge von Reflexen gesehen. Ein Fahrzeug oder ein Helikopter bewegte sich dort. Ich zuckte mit den Schultern, zog den Mützenschild weiter über die Augen und setzte mich zurecht.

„Seltsam“, brummte ich.

Seit einiger Zeit hatte ich immer wieder das Gefühl, ich müßte die Schönheiten dieser Welt genießen, solange es sie noch gab. Auch diese langgestreckte Halbinsel und ihre Umgebung waren schön; die ausufernde Menschheit hatte nur an wenigen Punkten von ihr Besitz ergriffen. Die ARCA wurde schneller und schob sich mit schäumender Bugwelle durch die Wogen der langgestreckten Dünung.

Eine Viertelstunde und sieben Seemeilen weiter – ich hatte das Funkgerät eingeschaltet und die Lautstärke heraufgesetzt – hörte ich hinter mir das Knattern und Schwirren. Der Hubschrauber, ein metallenes Insekt mit einer riesigen Kunstglaskuppel schwebte aus seinem Versteck senkrecht aufwärts und daraufhin in einer Höhe von etwa vierzig Metern auf mich zu. In fünfzig Kilometern Umkreis war ich das einzige bewegliche Objekt. Ich drehte mich herum, verließ das kleine Deckshaus und winkte. Ich erkannte zwei Männer in den Sitzen. Das Fluggerät, das mit höllischem Lärm näher kam, war an den Seiten der Kabine offen, und ich glaubte, langläufige Gewehre in Halterungen zu sehen. Die Schrauben der ARCA hinterließen zwei brodelnde Spuren im Heck, die sich zu einer langen, gischtenden Kielspur vereinigten.

Ich deutete auf die lange Peitschenantenne, die in den Bewegungen des Bootes mitschwang und deutete mit den Fingern die Zahl 16 an.

Unverändert näherte sich der Hubschrauber, bis er direkt über mir hing. Ich nahm das Mikrophon aus der federnden Befestigung, kontrollierte die Einstellung und setzte eine ordnungsgemäße Meldung ab.

„Verstanden, Mister Lawrence. Sie befinden sich in inoffiziellem militärischen Sperrgebiet."

Ich lachte.

„Sie befinden sich mit Ihrer Mühle über dem inoffiziellen Flugzeugträger der Republik San Marino. Ich denke, ich bin auf dem Weg zu Ihnen."

„Ich verstehe nicht . . ."

„Mister William C. Plichter erwartet mich in seiner privaten Forschungseinrichtung. Ich habe mit ihm telefoniert. Also bin ich auf sein Ersuchen hierhergekommen und werde in Ihrer kleinen Bucht anlegen und festmachen. Es wäre wünschenswert, wenn ich dort abgeholt werden würde. Meine Konstruktionszeichnungen und das nicht unbeträchtliche Gepäck sind an Bord. Ich habe diesen Anmarschweg gewählt, weil er mir noch ein paar Tage Sonne und Urlaub verschaffte. Sprechen Sie mit Plichter. Over."

Der Hubschrauber drehte ab und zog höher. Der unerträgliche Lärm an Deck nahm ab. Aus den Lautsprechern kam, etwas weniger selbstsicher, die Stimme von Captain Shultz:

„Wir checken das, Mister Lawrence. Halten Sie Kurs. Sie scheinen die Bucht zu kennen? Over."

„Ich kann eine Seekarte lesen. Keine Sorge. Ich bin kein russischer Spion, und das Boot fährt mit amerikanischen Dieseln. Over."

„Wir melden uns wieder. Over and out."

„Danke, Helikopter. Over and out."

Ich wußte genau, daß jetzt in der sogenannten Sperrzone helle Aufregung ausbrechen würde. Die anderen Mitarbeiter des Forschungsprojekts kamen sicher auf ganz anderen Wegen dorthin. Mit dem Hubschrauber oder über die schmalen Straßen aus Los Angeles oder Mexikali. Von den Mexikanern hatte ich nichts gesehen oder gehört, seit ich die Fischerboote passiert hatte. Wahrscheinlich hatte die amerikanische Regierung zugleich mit der Bewachung ihrer Objekte auch eine großzügige Bezahlung übernommen, damit sich niemand in der Nähe ihrer Forschungslaboratorien herumtrieb, der nicht dazugehörte. Ich sah auf dem Monitor, daß der Helikopter auf das eingezäunte Gebiet abseits der halbverfallenen Siedlung zujagte, dort in einer riesigen Staubwolke landete, und im Schatten unter den Dächern der Verbindungsgänge rannten Männer hin und her, die sich wie Soldaten verhielten, aber keine Uniformen oder Kampfanzüge trugen. Ich steuerte das Boot mit unveränderter Geschwindigkeit weiter und bemühte mich, jede Einzelheit zu sehen und richtig zu verstehen. Aber tatsächlich versteckte sich am Ufer und hinter Felsen, Sand und wenigen Inseln dürftiger Vegetation nichts, das erschreckend oder überraschend war.

Ruhig brummten die Diesel, in denen die Teile der arkonidischen Anlagen unsichtbar eingebaut waren. Ich hatte nicht die geringste Vorstellung darüber, wie lange ich mich hier aufhalten würde. Es hing von vielen Faktoren ab, nicht zuletzt davon, wie weit sich die Barbaren in den Versuch hineinsteigerten, ihre eigene Welt zu vernichten.

Es verging in herrlicher Ungestörtheit etwa eine Stunde. Ich schenkte mir aus der Flasche einen großen Schluck „Braunes Elend" ein, eine Mixtur Riancors aus Rum, Sahne und undefinierbaren, aber nahrhaften Zutaten. Die Sonne stieg höher und überschüttete Land und Wasser mit Hitze und blendender Helligkeit.

Das Funkgerät schwieg. Ich war mit meinen Gedanken allein. Ich verfolgte meinen Kurs auf der Karte, beobachtete das Echolot und suchte den Strand ab. Bald würde die Ruhe vorbei sein. Der Verantwortliche der Forschungsstation schien zu einem Entschluß gekommen zu sein. Ein Jeep und ein geschlossener Geländewagen fuhren auf das Tor zu, der Helikopter startete wieder und hüllte einen Teil des Vierecks aus Baracken, Flachbauten, Tanks, Zäunen und Hallen in eine gelbe Wolke. Ich sah rechts voraus das südliche Ende der Bucht, eine sandige Huk, auf der sich ein riesiger Wall Treibholz stapelte und eine von Felsbrocken durchsetzte Düne erhob.

Das Funkgerät blinkte, aus dem Lautsprecher drang ein Prasseln. Ich erkannte die Stimme Billy Plichters.

„Sie haben den verblüffendsten Weg gewählt, Mister Lawrence", sagte er laut. „Sind Sie's wirklich, alter Freund?"

Ich griff nach dem Mikrophon.

„Ich habe Ihnen versprochen, alter Freund, daß ich in

diesen Tagen hier auftauchen werde. Dachten Sie, ich springe mit dem Fallschirm ab?“

Er lachte. Ich hörte deutliche Erleichterung.

„Mann! Wir sind froh, daß jemand mit neuen Ideen kommt. Wir sind an einem toten Punkt angelangt. Sie steuern die Bucht mit dem Steg an?“ Er lachte noch länger und lauter. „Logisch. Sonst könnten Sie nirgendwo anlegen und müßten das Schiff auf den Strand setzen. Zwei Wagen und elf Mann sind unterwegs. Ich lasse gerade Ihren Bungalow aufräumen.“

Ich nickte. Die staubige und gelbe Öde, in der sich die Station befand, war keineswegs einladend. Mich erstaunte, daß man zwischen den Zäunen etwa vier Meter hohe Bäume eingesetzt hatte und, den Schläuchen nach zu urteilen, künstlich bewässerte, ebenso wie die Areale eines giftig grünen Rasens, über dem Sprinkler rotierten. Wasser schien es, immerhin, genug zu geben.

„Hoffentlich habe ich Sie nicht in Schwierigkeiten gebracht, Herr Chefingenieur“, sagte ich. „Aber schließlich bin ich ein freier, demokratischer Bürger eines ebensolchen Landes und, wie ich hoffe, nicht unwichtig für das Projekt.“

„Haben Sie neue Ideen, Lawrence?“

„Positiv. Aber auch ich kann Gammastrahlung nicht aus der Welt schaffen.“

„Erwartet auch keiner. Kommen Sie erst mal in unsere Teftris-Messe auf ein kaltes mexikanisches Bier, dann sehen wir weiter.“

„Und sagen Sie Ihren Sicherheitsmännern, sie sollen nicht auf mich schießen, wenn ich den Steg ramme.“

Wieder lachte er dröhnend.

„Der Steg ist massiv. Da legen unsere Gerätefrachter an.“

„Ihre elf Männer können mir helfen“, schloß ich. „Over.“

Ich nahm noch einen Schluck „Braunes Elend“ und

verzichtete somit auf ein Frühstück. Während ich überlegte, ob ich die Spionsonde zum Schiff zurückrufen oder an Riancor – später an Mapuhi – weiterschalten sollte, bewegte ich das Ruder einen Strich, also rund elf Grad, nach Steuerbord und schob die Fahrthebel bis fast zum Anschlag. Ich wollte den beiden Beobachtern in der Bell 47G-3B1 „Trooper" mit ihren lausigen zweihundert PS zeigen, wie ein ausgewachsener Skipper ein anständiges Anlegemanöver mit zwei Schrauben fuhr. Der Bug hob sich, das Boot kam, als es auf der Welle glitt, mit dem Heck wieder in die Höhe und rauschte in einem weiten Bogen auf die Öffnung der Bucht hinter der Huk zu. Schräg hinter mir, aber in einem Abstand, der mich nicht störte, hing der Hubschrauber. Hinter den flacheren Hügeln erkannte ich die Staubfahne des Jeeps und der Limousine. Ich steuerte die ARCA durch die Brandung, lenkte mit unverminderter Geschwindigkeit auf den Steg zu und nahm erst in der Mitte der Bucht, die in einem schmaleren Kanal auslief, das Tempo zurück.

Ich winkelte den Arm an und kippte einen Stellknopf der komplizierten Mehrfachfunktionsuhr.

„Riancor. Übernimm die Spionsonde. Wie geht es Amou?"

„Sie schläft gerade ein und sieht zu, wie man dich mit offenen Armen empfängt. Ich werde in sieben Tagen an Mapuhi übergeben. Man braucht mich auf Miracle."

„Verstanden. Ich melde mich nur, wenn ich in Schwierigkeiten bin."

„Verstanden, Gebieter. Ende."

Einen Deflektor trug ich im Gürtel versteckt. Ein Einmaltransmitter war im Maschinenraum des Bootes versteckt, als Stringer mit vielen Schrauben getarnt. Aber ich war sicher, daß ich diese Einrichtungen nicht brauchte. Allerdings würden amtliche Stellen meinen Lebenslauf millimeterweise nachvollziehen. Ich fuhr mit rauschender Bugwelle auf das Ende des Steges zu, wirbelte das Steuerrad nach rechts und schaltete, als die ARCA langsam genug war, mit einer deutlichen Wartepause für den Leerlauf in den Rückwärtsgang. Elegant kam ich an den Steg, nachdem ich blitzschnell einmal um das Deck geturnt und die Fender nach außen geworfen hatte, berührte ihn backbords längsseits und hatte beide Leinen um die eingerammten Stahlröhren belegt, noch ehe die Männer in leichten Khakihemden heran waren. Als sie neben dem Boot standen, setzte ich gerade die Leinen hart durch. Die Maschinen blubberten im Leerlauf.

„Triebwerksingenieur Lawrence meldet sich zu freiwilligem Forschungseinsatz“, sagte ich und sprang auf die sandbestäubten Bohlen des sechzig Meter langen Steges. Ein breitschultriger Mann mit Pistole am Gürtel, einer verspiegelten Sonnenbrille und einer Baseballmütze streckte die Hand aus.

„Commander Kevin Dorrman, Chef der Sicherheit. Herzlich willkommen, Sir. Entschuldigen Sie die Hubschrauberattacke. Aber wir hantieren hier nicht mit Popcorn, Sir.“

„Alles klar, Commander“, sagte ich und empfing einen schraubstockartigen Händedruck. Dorrman nahm die Brille ab und musterte mich. Ich nahm ein wenig mehr Haltung an und hob die Hände.

„Ich bin Zivilist, Sir“, sagte ich. „Ist völlig klar, daß biertrinkende Skipper zunächst mit Mißtrauen angesehen werden.“

Die Bell hing noch immer lärmend hundert Meter landeinwärts über dem trostlos-schönen Gelände, und ich war sicher, daß mich der Kopilot durch ein Panzerglas oder einen Marinefeldstecher beobachtete. Ich deutete mit dem Daumen über die Schulter und fragte:

„Mögen Sie ein Bier? Eiskalt? Und kann ich den Kahn hier festgemacht lassen?“

„Bis auf weiteres, Sir. Nur wenn der Frachter oder die

Küstenwache anlegen, kann es sein, daß Sie Ihre Arche verholen müssen, Sir."

„Wird gemacht, Commander. Helfen Sie oder einer Ihrer Männer mit beim Gepäck?"

„Frankhauser. Demaddalena. Miller. Dem Skipper helfen. Klar?"

„Yessir."

Um die Sicherheit brauchte sich die amerikanische Nation hier keine Sorgen zu machen: Dorrmans Truppe schien die Auswahl aus einer Ledernacken-Wachkompanie zu sein. Dorrman selbst hatte die Situation offensichtlich im Griff. Ich hingegen zeigte keine Eile, hob die Taschen und die kleinen Koffer, die Arbeitsmappen und andere Kleinigkeiten an Deck, und als ich das persönliche Gepäck in einen olivgrünen Seesack verstaute, den Karabinerhaken einklinkte und dadurch die eingestanzten Ringe am Stahlbügel sicherte, dazu auch noch den Sack in der richtigen Reihenfolge der Ösen verschloß, leuchteten Dorrmans Augen auf. Schnell setzte er die Brille auf und sah zu, wie ich die Seekarte zusammenrollte.

Ich verteilte die letzten Bierdosen aus dem Kühlschrank und bot Dorrman die Hälfte vom „Braunen Elend" in Pappbechern an. Er nahm einen beachtlichen Schluck, fing zu keuchen an und hustete. Dann grinste er gründlich und sagte mit weicher Stimme, voller Hinterhältigkeit:

„Ich bin sicher, Sir, daß Sie sozusagen frischen Schwung in die Akademikercrew bringen werden. Danke, Sir. Der Schnaps, oder was immer dieser Blitzschlag war, ist vorzüglich."

„Wahrscheinlich sind meine Einfälle, Commander, nicht so stark wie der kubanische Rum in diesem Gesöff." Ich grinste; Fidel Castros Insel war für Patrioten ein Thema wie ein Hühnerauge für einen Marathonläufer. Er zuckte zusammen und grinste gequält. Ich brummte: „Es ist Bacardi, importiert aus Italien. Lei parla Italiano, Carabiniere Demaddalena?"

Er überschüttete mich mit einem Schwall schönsten kalabrisch-New-Yorker-Dialekts, und Dorrman ärgerte sich, weil er von der Unterhaltung nichts verstand.

Mein Gepäck kam in den riesigen Kofferaum, die Männer sprangen in den Jeep, Dorrman stemmte seine staubigen Springerstiefel gegen das Armaturenbrett, und der Konvoi setzte sich in Bewegung. Vier Mann, so schien es, blieben zur Bewachung des Bootes.

Der Logiksektor sagte: *Sie werden die ARCA genau durchsuchen.*

Wir fuhren auf einer staubigen Straße durch die Hitze. Die Limousine hatte getönte Scheiben; eine Klimaanlage arbeitete pfeifend. Wir kamen an einem Flugfeld vorbei, dessen Befeuerung in regelmäßig geschichteten Steinhaufen versteckt war. Ich lächelte in mich herein. Das Tor stand weit offen, und während der Jeep nach links bog, fuhren wir zwischen Rasen mit einzelnen Blumeninseln bis zu einem Halbkreis zweistöckiger Häuschen, die sich um einen Swimming-pool olympischer Größe gruppierten. Überall standen Sonnenschirme wie riesengroße khakifarbene Pilze; nur die Holywoodschaukeln waren weiß und rot gestreift. Vor dem letzten Haus bremste der Wagen. Die Bauwerke waren in einem Nicht-Stil errichtet, der bestimmte Elemente der mexikanischen Adobehäuser kopierte. Aber jeder Raum schien eine Klimaanlage zu haben.

„Hier, Sir. Wir bringen Ihr Gepäck in die Halle."

„Danke", sagte ich und ließ mir helfen. Als ich die Einrichtung gebührend lange in Augenschein genommen hatte, kamen vier mexikanische Mädchen und schoben einen Wagen voller Essen ins Haus. Sie luden den Eisschrank so voll, daß der kalifornische Rotwein nicht mehr hineinpaßte.

„Muchas gracias", sagte ich, strahlte die Hübscheste an

und sah, daß schwarze Härchen reichlich auf der Oberlippe wuchsen. „Wenn Sie Mister Plichter sehen . . .“

Die Tür klappte.

„. . . ist schon da. Willkommen am Ende der Welt. Ich sehe, alles wird mit richtiger Routine abgewickelt.“

Wir begrüßten uns, und er schaute zu, wie ich mein Arbeitszimmer binnen einer halben Stunde dekoriert hatte. Jede Zeichnung, jedes Modell, die Blaupausen und die Schweizer Zeichenkreiden ließen seine Augen von Minute zu Minute größer werden. Seine Freude war zweifellos echt. Mein schweres Radio bewunderte er ebenso wie meine Stiefel aus Camargue-Pferdeleder. Schließlich saßen wir uns in Schaukelstühlen gegenüber. Aus dem Schlafzimmer wehte der Eiseshauch einer Airconditioner, die gegen den halben Golf von Californien ankämpfte.

„Ich werde Ihnen allen morgen meine Gedanken vorstellen“, sagte ich. „Vorausgesetzt, Ihre Jungens brauchen nicht zu lange, bis sie mich als russischen Spion enttarnt haben. Wieviel Leute forschen hier?“

„Zusammen mit den Technikern und Mechanikern sind es exakt drei Dutzend. Einschließlich der Biologen, die auch unsere medizinische Betreuung übernommen haben. Doktor Wilhelma Ferguson, von allen liebevoll ‚Willy‘ gerufen, ist die Chefin. Lauter nette Leute. Werden Ihnen gefallen, Lawrence.“

„Aram Ernest, für Sie.“

„Alles klar. Ich bin Bill oder Billy, je nach Beliebtheitsgrad.“

Wir schüttelten uns die Hände, und nachdem ich mich frischgemacht hatte, stellte mich Plichter jedem einzelnen Mann und jeder Frau vor, zeigte mir die Hallen, die Kantine und die Werkstätten und das einzige funktionierende Kleintriebwerk, das hinter dicken Mehrfachscheiben, umgeben von neutronenabsorbierenden Stäben, in dicke Bleiplatten verpackt und von hoch radioaktiv verseuchten Lampen angestrahlt hinter einer weiteren Glaswand aufgebaut war. Mit wirklicher Trauer sagte Billy:

„Demnächst wird dieser Teil der Halle abgebaut und irgendwo in einer Wüste in einem Bleibehälter tief vergraben."

„Weil es derart radioaktiv ist, daß es einen Nuklearmeiler betreiben könnte."

„Ja. Und deshalb ist die Stimmung auch so gedrückt. Das Ding arbeitet ausgezeichnet. Aber, wie Sie damals gesagt haben, Ernest, mit zwei Starts haben wir dieselbe Wirkung wie nach zwei Atombomben."

Wir gingen weiter, und ich begrüßte die Chefärztin, eine kühle Blondine vom Grace-Kelly-Typ.

„Ich bin ziemlich gesund und werde Ihnen, Madame, wenig Arbeit machen", sagte ich und versuchte einen Handkuß. Sie schien zu erschrecken.

„Hier wird bald jeder krank", sagte sie. „Manche sogar mondsüchtig."

„Wahrscheinlich liegt es an der Hektik des gesellschaftlichen Lebens", antwortete ich und erntete ein hohes Maß an Unverständnis. Wir nickten uns kühl zu, und Billy führte mich zur Bar „Tequila", zum Restaurant „Long Island" – der Kantine – und zu den Werkstätten. Sie waren verblüffend gut ausgestattet, und die Techniker und Mechaniker arbeiteten gerade an einem mehrfach verbesserten Modell einer elektromagnetischen Fernbedienung für strahlende Elemente, einer halbrobotischen Apparatur, die alle Bewegungen einer Hand perfekt ausführte. Riancor hätte seine helle positronische Freude gehabt.

Am Ende des Rundgangs verabschiedete ich mich und sagte:

„Ich werde noch auspacken und mich einrichten. Dann schwimme ich ein paar Runden und schlafe mich aus. Wenn Sie wollen, daß ich morgen früh meinen wissenschaftlichen Einstand halten soll, rufen Sie mich einfach an. Wenn ich nicht abnehme, bin ich im Pool."

„Nehmen Sie viel Sonnencreme", riet er. „Hier hat sich noch jeder einen Sonnenbrand geholt, und dann muß sich Willy Ferguson doch noch mit Ihrem nackten Körper beschäftigen, und das würde sie in Verwirrung stürzen."

Ich runzelte die Stirn, hob die Augen zum wolkenlosen Himmel und murmelte:

„Ich bin beeindruckt. Keine Sorge: nie wird sie mich nackt sehen. Wenn sie kommt, tauche ich unter. Ich dachte schon an romantische Bootsfahrten mit der ARCA."

Er winkte ab.

„Vergiß es, Kollege", sagte er. „Halte dich lieber an die kichernden Mexikanerinnen."

„Ich denke, ich werde längere Zeit zölibatär leben", sagte ich, grüßte und ging hinein in den eiskalten Wirbel aus sieben Klimaanlagen. Eine Stunde brauchte ich, um deren Leistung so weit herunterzufahren, daß das Innere meines Hauses aus Fertigbauteilen und lächerlichen Schlössern, dünnen Fenstern und hochflorigem, purpurnem und weißem Teppich aus Kunstfasern bewohnbar geworden war. Ich packte aus, was ich brauchte, verstaute die Koffer, verschaffte durch Umtransport von Möbelstücken meinem tatsächlich großen Arbeitszimmer zu einer bestimmten Gemütlichkeit und arrangierte dann den Tisch so vor die Fenster, daß ich fast die gesamte Zone zwischen den Wohnhäusern und den anderen Gebäuden überblicken konnte. Und den Swimming-pool. Vielleicht erwischte ich die blonde Ärztin beim Baden.

Eine Stunde, bevor die Angehörigen des Teams eintrafen, bereitete ich im kleinen Saal meinen Versuch vor, den Kollegen zu beweisen, auf welche Weise ein atomar betriebener Motor, ein Weltraumtriebwerk, einen Raumflugkörper mit akzeptabler Kraft und Geschwindigkeit würde bewegen können. Ich bedeckte mehrere Tafeln mit Zeichnungen und Formeln und hatte an jedem Platz Kopien der grundlegenden Zeichnungen und der logischen Entwicklungsschritte ausgelegt.

Jetzt blickte ich in die Gesichter der Frauen und Männer und sagte:

„Für absehbare Zeit stehen uns Triebwerke zur Verfügung, die Lasten vom Umfang einer kompletten Mondfähre in den Orbit bringen können. Setzen wir voraus, daß zum Zusammenbau eines Atomtriebwerks zwei Mann gebraucht werden, die eine Woche arbeiten müssen, haben wir erstens ein genau definierbares Gewicht und zweitens das leicht lösbare Problem des Aufenthalts der Monteure. Die Nebenkosten entsprechen denen eines Apollo-Starts. Ich weiß, daß die NASA hier im privaten Projekt ein Reizwort ist, aber die Saturn-V-Rakete ist vorhanden, technisch sicher und einsatzbereit."

Hiob Malvers rundes Gesicht rötete sich. Ich deutete auf die Schaubilder und sprach ruhig weiter.

„Im Wesentlichen brauchen wir einen Tank voller Stützmasse. Im billigsten Fall kann es Wasser sein, aber nach alternativen Treibstoffen können wir suchen und zum Teil bereits auf vorhandene zurückgreifen. Ferner benötigen wir eine Brennkammer. Sie kann hier entwikkelt, zusammengebaut und montagefertig gemacht werden. Technische Einzelheiten können wir später klären. Zwei halbkritische Massen atomaren Brennstoffs, strahlensicher verpackt, müssen an gegenüberliegende Seiten an der Brennkammer angebracht werden. Wenn die Abdeckung geöffnet wird – ferngesteuert selbstverständlich –, und Stützmasse eingeführt wird, kommen wir durch die Entwicklung radioaktiven Dampfes der Billigversion eines Plasmatriebwerks einen Schritt näher. Hitzeentwicklung, Stützmasseneinleitung und Ausströmgeschwindigkeit sind Variable, die mit dem Gewicht der Last und der erreichbaren Geschwindigkeit zu tun haben.

Im Dampfstrahl befinden sich simple Umlenkplatten. Sie dienen der Steuerung und werden ebenfalls ferngesteuert. Die gußeiserne Variante sieht ein Gestänge vor, das technisch so anspruchslos wie eine Automobilgangschaltung sein kann. Teile davon werden am Boden montiert.

Wenn die Raumschiffmechaniker, ohne sich durch atomare Strahlung gefährdet zu haben, diesen Bausatz zusammengeschraubt haben, wird ein langer Arm angeflanscht, ein Partikelablenkschirm aus Metall, und die Insassen eines Raumflugkörpers fliegen vor ihrer eigenen Wolke aus radioaktiven Partikeln davon."

„So funktionieren auch unsere atomaren Kraftwerke, wenn ich mich nicht irre." Leises Gelächter folgte dem zustimmenden Kommentar William Plichters.

„Das war auch der Ausgangspunkt", sagte ich. „Um den Planeten nicht zu gefährden, sollten solche Umlaufbahnen geschossen werden, die weit genug vom Van-Allen-Gürtel entfernt sind. Also bietet sich diese Funktion für interplanetare Körper an, die weder von Planeten starten noch auf anderen Planeten landen. Ich weiß, daß dies eine Zielvorgabe des Projekts ist. Das sind die Kernstücke dieses Triebwerks. An sämtlichen Ventilen, an der Redundanz der Systeme, den Fernsteuerungen und jedem anderen Parameter können wir Versuche am Boden und ohne jede Abschirmung fahren. Die hochaktiven Module müssen nach unseren Spezifikationen extern angefertigt werden. Wir können die Behälter liefern; Füllung und Abdeckung kann jede Firma besorgen, die Erfahrung in der Technik für Atomkraftwerke hat. Wir können unseren stationären Motor mit einer Anzahl unterschiedlicher, Hochtemperatur liefernder Hilfsmittel betreiben, Schweißbrenner, Magnesiumfackeln oder Sauerstofflanzen. Verschiedene Formeln stehen an der Tafel, und ich bitte um Diskussion."

Das Modell, etwa unterarmlang, ging bereits von Hand

zu Hand. Hiob Malvers kam zur Tafel, stemmte die Arme in seine runden Hüften und lachte dröhnend.

„Das funktioniert niemals, Lawrence“, sagte er. „Das kann gar nicht funktionieren. Sie haben sich verrechnet. Hier und . . . hier.“

Er deutete auf zwei Formelgruppen. Ich setzte mich auf die Tischkante, um mit ihm auf gleicher Höhe zu sein. Ich bemühte mich, nicht mitleidig zu grinsen; Riancor und die Zentralpositronik hatten schließlich ein paar Minuten lang sämtliche Formeln nachgerechnet, nachdem ich und Riancor die Einzelschritte entwickelt und dabei arkonidische Technik, nur vier Potenzen geringerwertig, kopiert hatten. Eines war sicher: ein solches Triebwerk war fast narrensicher und funktionierte, solange es Stützmasse gab. Ich hob die Schultern und antwortete:

„Alles in der Mathematik, Kollege Malvers, und in der Physik nicht weniger, läßt sich nachrechnen. Bitte. Ich habe um Diskussion und Überprüfung gebeten. Wir fangen sozusagen mit dem Material für den Baukasten an; bis das erste Modell arbeitet, werden wir uns mit jeder Kommastelle herumschlagen.“

„Ich werd's Ihnen neu ausrechnen“, sagte er großzügig. „Lassen Sie's an der Tafel.“

„Selbstverständlich.“

Billy Plichter und drei, vier Kollegen hatten sich um einen Tisch versammelt und nahmen behutsam das Modell auseinander, nachdem sie jedes bewegliche Teil bewegt hatten. Riancor hatte wieder einmal ein kleines Meisterwerk hergestellt, das aus etwa zweihundertneunzig Teilen bestand, und auch das Originaltriebwerk würde kaum aus mehr Einzelelementen bestehen.

Dr. med. Ferguson, die zusah, wie Plichter die fingerkuppengroßen Teile auseinanderschraubte und sorgfältig aneinanderreihte, nickte mir anerkennend zu.

Ich deutete zur Tafel. Dort hatte ich ein Wortungetüm

hingeschrieben, dessen sieben Einzelteile jeweils Großbuchstaben in einer anderen Farbe trugen:

T*riebwerke* E*ines* F*ernsteuerbaren* T*yps,* R*edundant* I*n* S*erie.*

TEFTRIS

„Guter Name“, bemerkte Plichter. Hiob Malvers rechnete noch immer und hantierte mit dem Rechenschieber. Dann schrieb er sich die Gleichungen auf und verließ, zweimal laut lachend, den Raum. Ein Skeptiker? Ich vermutete, daß er der chronische Miesmacher war, jene männliche Kassandra, die jedesmal lachte, wenn eine Panne, längst vorhergesagt, auch wirklich eintrat. Ich holte tief Atem und setzte mich zu der blonden Ärztin, die lange, wohlgeformte Beine unter einem kurzen Kittel hervorstreckte und schweigend zusah, wie das Team Plichters die Einzelteile des Modells prüfte.

„Um jeden Zweifel und voreilende Begeisterung auszuschalten“, sagte ich, „es läge an uns, jedes Teil zu verfeinern und zu verbessern, den Wirkungsgrad heraufzusetzen. Aber erst dann, wenn das erste Eins-zu-Eins-Modell zuverlässig arbeitet.“

„Ist klar, Ernest“, sagte Plichter. „Das Verdammte ist nur, daß die United-States-Space-Force auch schon an atomar betriebenen Raketentriebwerken arbeitet.“

„Das wissen Sie genau?“

„Wir wissen es von den Jungs, die für uns die Elemente konditioniert haben. Aber wer, wo und in welcher Größenordnung, das ist natürlich wieder streng geheim. Wahrscheinlich auch privat, sozusagen. Die Boys vom Pentagon wollen Forschung auf möglichst breiter Front.“

Ich grinste und nickte.

„Kann ich verstehen. Konkurrenz belebt das Geschäft und verkürzt die Wege.“

„Aber auch nur, wenn die Konkurrenten sich gegenseitig kennen und abschätzen können, was der andere hat“, sagte Billy Ferguson. Ihre kühlen Blicke bohrten sich an meiner Schulter vorbei, durchs große Fenster und hinaus in die Staubwirbel, die über die Wüste tanzten.

„Sie haben völlig recht, Doktor“, sagte ich. „Leider weiß ich es nicht, und auch sonst wird niemand im Team viel darüber wissen.“

„Stimmt“, knurrte Plichter. „Ich sehe, Ernest, daß Sie die Werkzeichnungen schon vergrößert haben.“

„Wenn sich die Handwerker gleich darüber hermachen, wenn das Material vorhanden ist, holen wir vielleicht gegenüber der Space Force um ein paar Stunden auf.“

„Abermals verdammt zutreffend. Zeigen wir es den Hundesöhnen, Freunde?“

Die Frauen und Männer starrten zur Tafel, zu den Plänen, den Schema- und Flußzeichnungen, Diagrammen und immer wieder zum Modell, das nun in seinen Teilen wieder zusammengesetzt wurde.

„Einverstanden.“

„Wir haben sowieso nichts Vernünftiges zu tun.“

„Ich glaube, das Prinzip ist wirkungsvoll.“

„Also . . . ich bin begeistert.“

Ich registrierte allgemeine Zustimmung. Die Gruppen trennten sich und besprachen mit mir die einzelnen Arbeitsbereiche. Innerhalb der nächsten hundertzwanzig Minuten waren die Aufgaben verteilt, und eine gewisse Vorfreude bemächtigte sich der kleinen Teams. Ohne es zu wollen, stand ich schon so kurze Zeit nach der Ankunft genau im Mittelpunkt.

7.

11.07.1970/13.25.00 Uhr
MESA DE SAN CARLOS/PRIVATE FORSCHUNGS-STATION „TEFTRIS“

Die wirklichen Künstler unserer Laboratorien waren die Mechaniker. Nach unseren – meinen – Plänen hatten sie einen Prototyp hergestellt und ständig verfeinert und verbessert. Dünne Rohrelemente bewegten sich in Rohren größeren Durchmessers, ein einziger Typ Drehgelenk versorgte alle beweglichen Stellen; an verschiedenen Stellen schützte jene Folie, die auch beim Apollo-Projekt verwendet worden war, die Öffnungen.

„Mit diesem Ausleger hast du dir dein erstes kosmisches Denkmal gesetzt, Olaf", sagte Billy Plichter. „Aber mit dem radioaktiven Ausstoß kommen wir nicht recht weiter."

„Das habe ich schon am ersten Tag klar und deutlich gesagt", meinte ich. „Diese Art Steuerung kann natürlich auch für viele andere Zwecke, verkürzt, verlängert oder durch Trageelemente verstärkt, benutzt werden."

„Hiob Malvers meint, daß du auch Spaghetti aufwikkeln könntest."

„Ich kann's. Er vermutlich nicht. Ich glaube, wir werden kein wirkliches Freundschaftsverhältnis entwikkeln."

Billy lachte kräftig.

„Schwer vorstellbar. Seit er dir beweisen wollte, daß du dich verrechnet hast . . ."

„Was soll's", sagte ich. „Aber er zeichnet gute Pläne."

Viele wirklich hervorragende Detailzeichnungen, die unsere Fachleute in Einzelteile des Triebwerks verwandelten, stammten von Malvers. In der Montagehalle war die Versuchsanordnung aufgebaut.

„Noch im Juli können wir das Triebwerk anfahren", sagte Billy.

„Mit Sauerstoff und Hydrazin."

Inzwischen hatte ich meinen Spitznamen bekommen. „Wenn das nicht funktioniert", sagte ich häufig, „will ich Olaf heißen." Und wenn dann zu Malvers Freude wirklich ein Teil nicht paßte oder die Meßgeräte wieder einmal ausfielen, fing er mehr oder weniger motiviert zu lachen an und konnte nicht mehr aufhören. Er würde wirklich nicht zu meinen Freunden zählen.

„Ich hab' mir nächtelang den Kopf zermartert", sagte Billy. „Nicht nur ich. Das ganze Team. Wie unsere Konkurrenz vorgeht, wie sie die Gammapartikel einfängt, kann ich mir nicht vorstellen. Jedenfalls nicht bei einem Triebwerk, dessen Abschirmung und Fängergitter reines, gewaltiges Gewicht, Startgewicht, bedeutet. Wie die das in den Orbit und zum Mond oder sonstwohin schleppen wollen, ist uns allen rätselhaft."

Dir nicht, Arkonide, sagte der Logiksektor, *seit Rico eine Sonde plazieren konnte.*

Sehr viel Werkspionage hatten wir nicht treiben können, denn die Sicherheitseinrichtungen der United States Space Force hatten einen hervorragenden Grad an Schärfe erreicht. Immerhin sah ich ab und zu, wie Major Rhodan und sein Team trainierten.

„Mir fällt vielleicht etwas ein", antwortete ich vage. „Wenn wir den ersten Versuch hinter uns haben."

Wir saßen am Rand des Swimming-pools, in einer sehr heißen Nacht. Ich trank kalifornischen Rotwein, und er schmeckte nicht einmal übel. Über uns leuchteten die Sterne; hin und wieder schnitten die Bahnen der Meteore durch die Schwärze. Ein langer Tag war vorbei, und wir alle hatten schwer gearbeitet. Ich wollte morgen eine Tour mit der ARCA unternehmen und hatte sogar Dr. Ferguson eingeladen, die versprochen hatte, ihren neuen Bikini mitzunehmen.

„Noch ein paar Tage. Dann sehen wir klarer", sagte Billy, nahm einen kräftigen Schluck Wein und hechtete in den beleuchteten Pool.

Ich setzte mich in eine Schaukel und dachte nach, während Billy seine Runden kraulte.

Wenn nicht bald dem Treiben der Militärs und Wissenschaftler ein Riegel vorgeschoben werden konnte, zerstörten die Barbaren ihren einzigen Planeten selbst. Bis vor zwei Jahren hatten allein die USA hundertzwanzig atomare Sprengsätze gezündet; Südseeatolle und Wüstengegenden waren für Jahrtausende verseucht. Diese Megatonnen-Manie wurde von Rußland ebenso betrieben wie von China und sogar Frankreich. Tausende und aber Tausende Sprengköpfe waren in den Arsenalen versteckt, und der Tag, an dem sich eine Strahlungsmenge rund um den Globus verteilt hatte, die in die Evolution eingriff, war absehbar.

Zurück in deine Schutzkuppel! Und dann nach Miracle und den anderen Welten! flüsterte der Logiksektor.

Ich nickte. Schweigend und riesengroß schien der Mond, mein alter Freund, das ganze Elend zu betrachten. Er hatte die Besuche eines gewissen Arkoniden mit der LARSAF überstanden, war von den Lunarmodulen der Apollo-Missionen nicht beeindruckt gewesen und würde auch den amerikanischen Major mit seinem nuklearbetriebenen Vehikel über sich ergehen lassen, ohne aus der Bahn zu geraten.

„Auch die ‚saubere' Bombe werden sie nicht erfinden", murmelte ich und sprang ins Wasser. „Ebenso wahrscheinlich wie kleine, grüne Marsmännlein."

Daß ich nicht mehr in der Lage war, diese unzähligen Verrückten, die an der Macht waren, zu beeinflussen, wußte ich längst. Und bald würden sie hier auch auf ihren Mitarbeiter Olaf Lawrence verzichten müssen.

Ich schwamm, bis ich müde war und wieder jeden einzelnen Muskel spürte. Dann duschte ich heiß und kalt, schlüpfte in einen kurzen Bademantel und setzte mich wieder zu Billy in die Schaukel.

„Morgen werde ich einen großen Fisch angeln", versicherte er. „Wenn Sie nur weit genug hinausfahren. Nehmen Sie den kleinen Speedy mit?"

„Wahrscheinlich. Und seine Mutter. Sie hat meine Bude bis heute liebevoll versorgt und geputzt. Verdient

Belohnung. Die Mexikanerinnen haben nicht gerade viel Unterhaltung in unserer Metallwarenfarm hier."

„Gute Idee. Und was sagt Kevin Dorrman dazu?"

„Nichts. Er fährt mit."

„Dann haben wir also auch den amtlichen Segen."

Für alle, die nicht mitfuhren, gab es morgen abend ein riesiges Fischessen, mit Grill und Fishburgers für die Jüngeren – vorausgesetzt, die wackeren Sportfischer erfüllten ihre Erwartungen. Ich hob mein Glas und sagte:

„Morgen, pünktlich, sechs Uhr dreißig am Steg? Mit der gesamten Ausrüstung, Billy?"

„Klar, Ehrensache, Olaf."

Er winkte mir zu und richtete seinen Blick wieder auf den Mond. Ich füllte mein Glas noch einmal, ging einige Minuten lang durch die Zimmer und setzte mich schließlich vor den Arbeitstisch. Hinter sämtlichen Fenstern flackerte bläulich das Licht zahlreicher TV-Empfänger. Ich schaltete den Plattenspieler an und hörte Vivaldi und später Beethovens Dritte, während ich darüber nachdachte, wie ich meinen Rückzug organisieren konnte. In Washington oder irgendwo in der hierarchischen Struktur der Administration schien jemand beschlossen zu haben, mir die Leitung dieses Unternehmens zu übertragen.

Die Maschinen brummten sonor, die doppelte Heckspur führte aus dem Winkel der Bucht heraus, und die langen Angeln wippten mit den Stößen der ARCA. Weit draußen, rechts voraus, dümpelten ein paar Fischkutter in der weichen Dünung. Auf meinen Knien saß Manolito und drehte mit wenig Erfolg am Steuerruder. Ich hielt das Ruder fest und sagte:

„Später, wenn wir langsamer fahren, darfst du steuern, Speedy."

Ich wäre nicht erstaunt gewesen, wenn die Gestalten

der Steinbeckschen „Cannery Road“ oder Hemingways „Alter Mann und das Meer“ aufgetaucht wären.

„Wirklich? Ganz bestimmt?“ fragte er. Ich nickte. Seine Mutter, Pilar, schaute besorgt durch die hochgeklappten Frontscheiben. Ich winkte ab.

„Alles in Ordnung, Mistreß Almeda. Der Sohn steuert wie ein alter Fischer.“

Sie ließ sich wieder auf das Handtuch zurücksinken und rieb ihre Beine mit Sonnenöl ein.

Dr. Ferguson wirkte, in die Polster der Achterbank zurückgelehnt und Cola mit einem Strohhalm saugend, wie aus einem kleinen Eisberg herausgeschnitten. Ihr weißer Bikini saß, als wäre er auf die Haut gemalt. Die Ärztin, das blonde Haar zu einem Pferdeschwanz gerafft und die Augen hinter einer verspiegelten Sonnenbrille versteckt, blätterte müßig im National Geographic Magazine und schien sich tatsächlich für den Assuan-Nasser-Staudamm und die fragwürdige technische Meisterleistung zu interessieren, die darin bestanden hatte, einen Ramses-Bergtempel in Stücke zu zersägen und über dem Stausee wieder aufzubauen. Wieder einmal hob ich fatalistisch die Schultern.

Nach einigen Minuten drehte ich mich zu meinen Gästen um.

„Ich warte auf klare Positionsangaben. Wo sollen Ihre Riesenfische sein?“

Plichter schrie:

„Geradeaus weiter. In die Strömung an Steuerbord, Lawrence.“

„Aye, aye, Sir.“

Die Männer ölten ihre Haut ein, tranken Bier, erzählten sich Witze und breiteten immer wieder in einer universalen Geste die Arme aus, um die Länge ihres letzten Fanges zu schildern. Ein paar Möwen schrien über uns im Kielwasser, und ich drosselte die Geschwindigkeit. Ich überließ Manolito das Ruder und kontrollierte die Instrumente.

Die Sonne hing wie strahlendes Platin über der Kimm. Noch hatte die Tageshitze nicht eingesetzt.

„Dir gefällt's, Speedy?"

„Ich war noch nie auf einem so schönen Boot, Mister Lawrence."

„Ich weiß, daß es schönere gibt. Und schnellere. Aber es gehört mir. Magst du eine Cola?"

„Ja, por favor."

„Unter dem Sitz ist der Kühlschrank."

„Gracias."

Manolito rutschte von meinen Knien und strahlte mich unter dem schwarzen Haarschopf aus großen, dunkelbraunen Augen an. Er nahm die Cola, verschloß die Tür sorgfältig und benutzte den verrosteten Kronkorkenöffner. Dann turnte er geschickt ums halbe Boot herum und setzte sich neben seine Mutter auf das dicke Donald-Duck-Badetuch.

Ich öffnete eine Bierdose und sah nach einiger Zeit, daß sich der Sicherheitschef von der Schachtel mit den Ködern löste und sich neben mich an den Steuerstand stellte.

„Soll ich neuen Kurs setzen?" sagte ich. Er schüttelte den Kopf und betrachtete schweigend die schwer eingefaßten Instrumente. Dorrman schien mißtrauisch, aber dann holte er sich ein Bier aus der Kühlbox und sagte:

„Noch eine Seemeile, Sir. Dort sollen sich die größten Fische im ganzen verdammten Stillen Ozean herumtreiben. Oder so. Sagen die Freizeitangler. Aber, ehrlich, machen Sie nur weiter, Sir, vor einem halben Jahr haben die Boys tatsächlich vier solche Kaventsmänner nach Hause gebracht."

Er nickte und zeigte auf irgendeinen Teil der Wasserfläche vor uns. Ich schob die Fahrthebel wieder ein paar Zentimeter nach vorn.

„Gutes Schiff, Sir“, sagte er und wischte Bierschaum von seinen Lippen.

„Geht. Gibt größere, schnellere.“

„Aber nicht bei Teftris oder so, Sir.“

„Nein. Gehört mir, und war teuer genug. Viel daran rumgebastelt.“

„Geschickter Mechaniker, wie?“

„Es geht.“

Das Schiff lag ruhig und schob sich mit guter Fahrt durch die Wellen. Dr. Ferguson stand auf, warf die leere Flasche über Bord und stolzierte ins Deckshaus. Ihre helle Haut glänzte von Öl, sie lächelte liebenswürdig und aseptisch und sagte:

„Je länger ich Sie kenne, Mister Lawrence, desto mehr überraschen Sie mich. Wirklich.“

„Wenn Sie's ehrlich meinen, freut es mich“, sagte ich. „An welche Überraschung dachten Sie gerade jetzt? Champagner? Bedaure.“

Sie hob die makellosen Schultern, die nicht von einem Hauch Sonnenröte gezeichnet waren.

„Sie sind der einzige Wissenschaftler bei uns, der auf seine Bezahlung wenig und auf sein Schiff viel Wert legt, den die Kinder mögen, der ein Hochseepatent hat, das amerikanische Fernsehen und die Wasserstoffbomben haßt, und den die Frauen, gäbe es hier am Ende der Welt welche, umschwärmen würden.“

„Ausnahmen bestätigen die Regel“, sagte ich. „In Europa ist diese Kombination alltäglich. Zumindest nahe von Hafenstädten.“

Sie schob ihre Brille in die Stirn und lehnte sich an die Säule, in der sich Radar- und Funkgerät befanden, schlug ein langes Bein vor das andere und lächelte Manolito zu.

Das Lächeln war jünger als das auf dem Gesicht der Sphinx, aber nicht weniger rätselhaft.

Plichter brüllte vom Achterdeck.

„He, Skipper. Wir sind in den mächtigen Fischgründen."

„Verstanden!" Ich drosselte die Maschinen, und der Bug der ARCA senkte sich. Die Bugwelle schäumte brodelnd.

„Angeln Sie auch, Doc?" fragte ich.

„Keine Fische", sagte sie. „Diplome und Erfolge. Ich genieße die ruhigen Bewegungen der Seefahrt."

„Hoffentlich haben wir eine ruhige, glückliche Rückfahrt", sagte ich und ließ die Maschinen im Leerlauf weiterdrehen. Die Fischer stürzten sich auf die Angeln und die Köder. Für den Fang von Marlins oder Schwertfischen gab es an Bord keine Einrichtungen. Die Angler ließen die Trommeln schnurren und verteilten sich entlang der Reling um das Schiff. Ich schaltete die Maschinen ab und lümmelte mich auf dem Steuersessel.

„Im Ernst, Gnädigste", sagte ich. „Was kann ich hier und jetzt für Sie tun?"

„Ich denke, Sie können mir ein . . . eine Cola geben."

„Sie wollten doch nicht etwa ein Bier?" fragte ich und öffnete die Flasche. Sie lächelte unergründlich, nickte mir dankend zu und nahm wieder ihren Platz auf der Bank der Plicht ein. Was dieser Auftritt sollte, wußte sie wahrscheinlich selbst nicht. Ich kontrollierte Uhren und Anzeigen, kletterte in den Maschinenraum und prüfte das Öl, dann setzte ich mich, in Baseballmütze, Sonnenbrille und Bermudas zu Pilar und Manolito. Das Boot befand sich annähernd zwischen den beiden Ufern, mehr auf der westlichen Seite des Golfes, und zweieinhalb Seemeilen, das zeigte das Radar klar an, südlich der ARCA schleppten die Kutter ihre Netze.

„Hoffentlich fangen sie etwas", sagte Pilar. Sie lachte kurz. Manolitos Cola war leer. „Sonst haben sie wieder neunundneunzig Tage lang schlechte Laune."

„Ich hoffe, Sie fühlen sich wohl, Señora", sagte ich. „Nichts zu trinken?"

„Ich hol dir ein Bier. Darf ich noch eine Cola . . .?" Manolito sprang auf und holte die Getränke. Die Angler, bei jedem Ruck an einer der vielen Schnüre aufgeregter als kleine Kinder, kümmerten sich um nichts anderes. Vermutlich vertrieben sie mit ihrem Geschrei auch die bereitwilligsten Fische. Ich suchte mit dem schweren Glas die Umgebung ab und war sicher, den Hubschrauber zu entdecken, aber er war wohl wirklich am Boden geblieben. Aus dem Radio kam mexikanische Musik, und die Sonnenhitze wurde fast unerträglich.

„Ich, wir beide, wir passen nicht zu diesen Herren", sagte Pilar. Ich schüttelte den Kopf und lächelte kühl.

„Wer sich auf meinem Boot wohl fühlt und wer nicht, Pilar, das bestimme nur ich. Also?"

Sie entspannte sich und zog ihren Sohn an sich.

„Es ist auch genug Essen in der anderen Kühlbox. Auch für dich, Speedy", sagte ich und erntete dankbares Lächeln von Sohn und Mutter. Die Angler beachteten uns nicht, und tatsächlich zog Plichter als erster einen gut unterarmlangen Fisch aus dem Wasser.

„Der Tag ist gerettet, Señor Lawrence", sagte Pilar. Ich sah zu, wie sie mit einiger Mühe das zappelnde Tier an Deck brachten und töteten. Also doch eine Fischorgie an den Grills um den Pool.

Zwei Stunden später warf ich einen Motor an und brachte uns in langsamer Fahrt aus der Nähe der Trawler. Manolito fuhr das Boot in wirren Zickzacklinien und lachte jedesmal, wenn wir ein Wellental hinunterglitten.

„Mister Lawrence?"

„Was gibt's, Skipper?"

„Sag: gibt's dort unten, eigentlich auch solche Leute wie wir?"

Er deutete auf die Planken. Ich wußte, er meinte nicht den Maschinenraum. Ich holte Atem und antwortete:

„Also, ich kenne Sagen und Märchen aus vielen Teilen der Welt. Wenn auf dem Boden des Ozeans außer Fischen noch andere Wesen wohnen, die so denken oder vielleicht auch so aussehen wie wir, dann sind es solche, von denen wir träumen. So wie wir träumen, daß wir wie die Vögel fliegen können. Ein alter Mann hat mir erzählt, und viele solcher Märchen haben einen wahren Kern, daß vor vielen, vielen Jahren die Menschen von heute und wieder ihre Großväter und deren Großväter von klugen und mächtigen Leuten abstammten."

Wir saßen auf der Bank vor dem Ruder, und der Sieben- oder Achtjährige verschlang jedes Wort. Dr. Ferguson stolzierte auf dicken Korksohlen herein, holte sich eine Cola und hörte zu, an den Radarschirmen gelehnt, die Mikrophonhalterung zwischen den sehenswerten Schulterblättern.

„Einmal soll es einen großen Erdteil gegeben haben, der bei einem furchtbaren Beben versunken ist, mit Mann, Maus und Maschinen. Die einen nennen ihn Atlantis, die anderen sagen, er habe Lemuria geheißen. Wieder andere sagen, daß Lemuria viel früher als Atlantis versunken sein soll. Wenn die Lemurer so viel klüger waren als wir, dann müßten wir irgendwo, ganz tief unten, große Städte finden und Straßen und Brücken und vieles andere. Aber ich fürchte, auch wenn es kein schönes Märchen ist – niemand kann so alt werden, daß er heute noch lebt. Selbst seine Knochen würden schon verschwunden sein."

„Faszinierend", sagte die Medizinerin. „Märchen aus tausendundeins Tiefenmetern."

Speedy drehte den Kopf und musterte sie mit einem halb vorwurfsvollen, halb haßerfüllten Blick. Der Rest Cola in der Flasche gurgelte in der plötzlichen Stille, als habe die ARCA ein Leck. Die Ärztin zuckte mit den Schultern und ging zurück in die Sonne.

„Sie versteht gar nichts!" stellte Manolito fest. Ich

fühlte mich wieder wie der Alte Mann in der Erzählung, für die Hemingway den Nobelpreis bekommen hatte.

„Stimmt", sagte ich. „Viele Träume und Märchen sind schon wahr geworden, Manolito. Es sind arme Menschen, die nicht daran glauben, daß sich hinter dem, was wir sehen, noch etwas versteckt. Das ahnen wir nur; das ist ein Land, aus dem Musik kommt, in dem gute Erzähler gute Geschichten erzählen, in dem es Farben, Bilder und Länder gibt, die wir nur erträumen können – eine ganze, große, herrliche Welt hinter dem Spiegel."

Auch Pilar hatte zugehört. Die Augen des Kleinen wurden größer, er hörte mit offenem Mund zu und vergaß die lärmenden Angler. Pilar lächelte und sagte:

„Sein Vater hat ihm auch solche Geschichten erzählt."

Sie senkte den Kopf. Sie hatte mir vor zwei Wochen erzählt, daß Manos Vater nach Amerika gegangen war, um Arbeit zu finden, und seit drei Jahren war er verschwunden, ohne jede Nachricht. Die Angler machten reiche Beute, und um sechzehn Uhr drückte ich kurz das Horn.

„Hängt Schleppangeln aus", rief ich. „Es geht zurück in den sicheren Hafen."

Während Manolito und ich die ARCA zurücksteuerten, verbissen sich tatsächlich noch vier stattliche Fische in den Haken. Kevin Dorrman verstand immerhin soviel vom Geschäft der guten Seemannschaft, daß er in einer Pütz Wasser an Deck holte und die Schuppen und das Blut wegspülte, das Dr. Ferguson so unbeteiligt betrachtete, als sei es ein Rest der pharaonischen Schminke aus einer Grabkammer von Abu Simbel. Sie mochte nicht nur keine Männer; sie konnte sich selbst am wenigsten leiden. Manolito war als erster auf dem Steg und belegte das Boot fachmännisch.

Die erste Pumpe lief. Die Kameras begannen zu ticken. Durch die Kühlkanäle der Triebwerkszelle lief der Treibstoff. Ein zweiter Kreislauf, flüssiger Sauerstoff, schaltete sich ein. Die Scheinwerfer strahlten die Versuchsanordnung grell an; drei in Serie geschaltete Hochleistungsturbinen zielten mit ihren Kühlluftsäulen direkt auf den Kopf des Triebwerks. Dann, Sekundenbruchteile nachdem der erste Nebel aus Treibstoff und Sauerstoffträger in der Brennkammer vernebelt worden war, spannten sich zwischen den Platinelektroden die Zündfunken. Aus der Düse schoß ein langer Feuerstrahl.

Eine Batterie Meßinstrumente begann zu arbeiten. Wir standen hinter den dicken Sicherheitsscheiben; die Halle war vom ohrenbetäubenden Lärm des Triebwerks erfüllt. Sämtliche Meßwerte wurden gespeichert, wieder schalteten sich Kameras dazu.

Nur auf diese Weise und ohne immense Kosten, darüber hinaus binnen verblüffend kurzer Zeit, konnten wir die einzelnen Komponenten testen und die atomare Hitze im Inneren des Triebwerks simulieren.

„Bisher alles innerhalb der errechneten Werte“, rief Hiob Malvars und lachte dröhnend.

Eine Pumpenkombination, ein Satz redundanter Geräte und Schaltungen, lief an. Die Computer in der gepanzerten Kammer unterhalb des Prüfstands blinkten und produzierten auf vielen Bildschirmen unzählige Reihen Buchstaben und Ziffern. Die sogenannte Stützmasse – wir verwendeten heute das destillierte Wasser aus einem stationären Riesentank – fauchte in das weißlodernde Inferno der Brennkammer und verwandelte sich nahezu schlagartig in gewaltige Mengen Dampf.

Die großen Hallentore waren vor dem Versuch geöffnet worden.

Die Transportflugzeuge standen in sicherem Abstand am anderen Ende der Rollbahn. Aus der Montagehalle erhob sich am Ende der rauchenden Stichflamme, die nahezu halbkugelförmig am Ende der mächtigen Düse austrat und einen gewaltigen Lärm verursachte, eine schneeweiße Dampfwolke in die klare Luft über der Wüste.

Die Computer schlossen und öffneten Ventile. Alle hitzebeanspruchten Teile wurden vom Treibstoff und der Stützmasse gekühlt. Hochleistungskameras filmten jede Phase der Versuche. Das Triebwerk, etwa mannslang, war kardanisch aufgehängt, und jetzt begann eine hydraulisch betriebene Anlage das Gestänge zu testen.

Die Ablenkkeile, mit deren Hilfe im All Richtungsänderungen in begrenztem Maß durchgeführt werden konnte, bewegten sich im Strom des hochgespannten Dampfes. Der Schub wurde von mehreren Instrumenten gemessen, und er stieg unaufhörlich an. Das gesamte Triebwerk hob und senkte sich, wurde geschwenkt, schneller und langsamer bewegt, in sämtliche möglichen Lagen gebracht.

„Noch immer alles ganz stabil. Sieben Minuten fast", brüllte Plichter durch die Kommunikationsanlage. Ich hob die Hand. Der Wasserdampf, garantiert frei von nuklearen Plutonium-, Uran 235- oder Tritiumpartikeln, bildete eine brodelnde Säule, die sich ausbreitete und höher wolkte. Sämtliche Geigerzähler zeigten Werte, die im Bereich der natürlichen planetaren Strahlung blieben. Ich nickte zufrieden. Die neunte Minute begann. Die Digitalziffern auf den Uhrenpaneelen wechselten in rasender Geschwindigkeit.

Aus Dr. Fergusons Blick konnte ich etwas wie widerwillige Anerkennung herauslesen.

Die Temperaturen in der Vorkammer, der Brennkammer und dem trichterförmigen Endelement waren kontinuierlich angestiegen. Das Material der Legierungen glühte nicht einmal. Die Dichtungen der Sektoren, auf Mikrometer und Nanometer genau plangeschliffen, ließen keinerlei Austrittseffekte erkennen. In der Vorglühkammer herrschte eine Temperatur wie im Innern eines wirklichen Atommeilers. Noch immer arbeiteten sie unter höchster Belastung und am obersten Punkt der Kurve, die den Schub aufzeichnete: die Multigelenke der Bewegungsapparatur.

Der Extrasinn kommentierte: *Wäre das Triebwerk an einem der Barbaren-Raumschifflein angebracht, hätte es sich längst aus dem Orbit hinauskatapultiert.*

Elfte Minute.

Die Stützmasse reichte für 750 Sekunden.

Die Dampfwolke des Versuchs würde wahrscheinlich inzwischen von der gegenüberliegenden Seite des Golfes zu sehen sein. Sie entsprach etwa derjenigen eines Apollostarts.

In der 748. Sekunde schaltete sich die Vorkammer ab, nicht ganz zwei Sekunden später die letzte Stützmassenpumpe. Der Dampfstrahl wurde dünner und riß ab. Der Boden hörte zu zittern auf. Auch die Bewegungsapparatur kam zur Ruhe. Ich beobachtete noch immer die Meßgeräte und deren Anzeigen. Schwarz, unversehrt, fast drohend, hing das Triebwerk in den schweren Aufhängungen, und der Schatten der Dampfwolke huschte über den Platz vor dem offenen Dreifachtor. Nicht einmal eine Leitung war gerissen. Die Anordnung der stets mehrfach vorhandenen Pumpen, Zuführungen, Zündungen und Kühlsysteme hatte sich bewährt.

Erwartungsgemäß brach in den Beobachtungsräumen der Jubel aus. Auf den großen Monitoren zeichneten sich die Kurven ab: schwarz für die vorausgeplanten, farbig für die erreichten Werte.

Ein uniformierter Pentagon-Mann schüttelte fassungslos den Kopf.

„Das hat niemand, der sich mit den Versuchen beschäftigt, erwarten können."

„Ich sagte, daß allein die Verarbeitung und das

Material entscheiden, nicht das technische Prinzip“, sagte ich. „Es ist narrensicher, wie versprochen.“

Billy Plichter schlug mir ununterbrochen auf die Schulter und nötigte mir eine Zigarre auf.

„Und wie funktioniert es im Weltraum?“

„Bringen Sie statt Sauerstoff, Hydrazin und dem anderen Zeug ein paar Kernbrandzellen ins All, und die Schiffe rasen wie die Schwalben zu fremden Gestirnen“, sagte ich. „Mein Job hier unten, scheint mir, ist erledigt.“

„Noch lange nicht“, ein Zivilist, scharfgesichtig und mit einer Falkennase, mischte sich ein. „Sie haben es der Force gezeigt. Ich schlage vor, Sie leiten weiterhin dieses Geschäft hier, Lawrence.“

„Oder ich will Olaf heißen!“ Billy grinste und schob eine zweite Zigarre in die Brusttasche meines weißen Overalls.

Ich hob die Hand und versuchte wie ein Wissenschaftler zu dozieren.

„Erstens: bringen Sie ein Raumfahrzeug mit Landekapsel in den Orbit. Zweitens: bringen Sie an dieselbe Stelle drei oder vier nukleare Units. Drittens: bilden Sie ein paar von unseren Spitzenmechanikern als raumfahrende Monteure oder montierende Raumfahrer aus, und wenn Sie dann noch die Logistik übernehmen, zwischen Boden und Orbit, dann fliege ich Ihnen ein Vehikel zum Mond. Schminken Sie sich die Möglichkeit ab, das Triebwerk am Boden atomar zu betreiben. Die Halbinsel bliebe für zehntausend Jahre so verseucht wie die Eniwetok-Insel Elugelab und die Umgebung. Oder wie Semipalatinsk. Das ist hier kein ‚Mike‘-Versuchsabwurf.“

„Die alte Anlage haben wir doch abgebaut und endgelagert“, der Zivilist wich aus. Ich nickte. „Sie kennen meine Bedingungen. Wer bin ich, daß ich naturwissenschaftliche Vorgänge ändern oder umdrehen könnte?“

„Eisenhower hat die saubere Bombe versprochen."

„Und Billy Graham das Ende der Welt", sagte ich. „Es gibt keine saubere Bombe, ebenso wenig, wie es nachts kein Sonnenlicht gibt. Klar?"

„In zwei Tagen wissen Sie hier alle, wie's weitergeht", versprach der Scharfgesichtige. „Sie haben sicher nichts gegen doppelte Bezüge, Lawrence."

„Nicht für atomgetriebene Systeme innerhalb der Lufthülle", sagte ich. „Ich bin kein Edward Teller."

„Vielleicht kriegen Sie auch mal einen Nobelpreis", drohte Billy Plichter. Die meisten Mechaniker, Wissenschaftler und Regierungsgäste – waren wir nicht eine private Forschungsgesellschaft, – umstanden in der Halle das technische Wunderwerk. Ich deutete auf die weit offenen Sicherheitstüren.

„Abwarten", sagte ich und bugsierte sie alle hinaus. Plichter betrachtete nachdenklich eine Zigarre in seiner Hand und warf sie schließlich in den Papierkorb. Bar und Casino warteten mit Getränken und einem Kalten Buffet von karthagischen Ausmaßen auf die Gäste. Die Logistik klappte: vom Zahnstocher aufwärts wurde alles eingeflogen.

Am Eingang der Halle, den Kopf um die Ecke des Portals, wartete Speedy und staunte immer wieder die gigantische Dampfwolke an, die sich aufzulösen begann. Ich winkte ihm und nahm seine Hand, während ich versuchte, ihm zu erklären, wie das „Ding" funktionierte, und daß auch die Planeten des Sonnensystems zu den Bildern unserer Träume zählten. Als ich mit dem kleinen Mexikaner durch die Halle schlenderte, trafen mich verwunderte Blicke, aber niemand hatte etwas gegen diese Verletzung der Geheimhaltungsvorschriften einzuwenden. Ich nahm ihn sogar zum Empfang im Casino mit, wo er über die Cola-Vorräte herfiel.

Die Flugzeuge, das flachgehende Küstenmotorschiff, die riesigen Sikorski-Helikopter und der Troß mitsamt den Regierungsvertretern und den Computerbändern waren verschwunden, als sei ein Spuk verweht; wie die Dampfwolke unseres Experiments. Ich lag ausgestreckt in einer Schaukel, trank Cuba libre und las im *Time-Magazin*; jener Zeitschrift, die noch vor Hiroshimas atomarer Vernichtung über die Bombardierung von Tokio (130 000 Tote) geschrieben hatte, *daß richtig in Brand gesetzte japanische Städte wie Zunder brennen,* und daß der *Luftangriff ein Traum war, der Wirklichkeit geworden war* – und dieser Text nach den Desastern von Hamburg, Dresden, den 300 000 Toten ostpakistanischer Wirbelstürme, den 200 000 Toten in Brasilien (Flutkatastrophe), den 50 000 Peruanern (Erdbeben) und den Erdbebenopfern in der Türkei. Der Planet schien sich zu wehren. Es wurde Zeit, meine Lage hier zu Ende zu denken. Im Haus schrillte das Telefon. Ich nahm den Hörer des Apparats im Arbeitszimmer ab.

Der Operator sagte, es sei ein Gespräch aus Washington. Die Verbindung war nicht gut.

„Doktor Lawrence?“ verstand ich.

„Ich höre.“

„Alle sind hier beeindruckt von der Vorführung. Und je mehr Meßdaten ausgewertet sind, desto hörer steigt Ihr Ansehen.“

„Ich kann nicht sagen, daß es mich ärgert. Warum dieser überraschende Anruf?“

Es war der scharfgesichtige Zivilist mit der goldgeränderten Brille und den grauen Augen.

„Ich wollte der erste sein, der Ihnen gratuliert, Doktor.“

„Wozu, abgesehen von der Dampfwolke wie auf Cap Kennedy?“

„Zu Ihrem neuen Job. Wie versprochen: doppelte Bezüge. Ab sofort sind Sie der Leiter von Teftris-Fields.“

„Danke“, erwiderte ich. Eigentlich hatte ich es erwartet. „Wissen es schon meine Kollegen?“

„Noch nicht. Mit der nächsten Materiallieferung kommen die Urkunden.“

„In diesem Fall bestimme ich Billy Plichter als meinen Vertreter“, sagte ich. Wir mußten fast brüllen; wahrscheinlich verschlangen die Anti-Abhöraggregate wieder zuviel Schwachstrom.

„Angenommen. Notiert. Morgen wird man sich hier einig sein, in welche Richtungen die Entwicklungsarbeiten fortgesetzt werden sollen. Alles klar bei Ihnen?“

„Alles klar“, sagte ich. „Wer hat eigentlich entschieden, daß ich die Leiter hinauffalle?“

Eine ehrfürchtig rauschende Pause entstand. Dann sagte mein Gesprächspartner:

„Der Präsident der Vereinigten Staaten, Sir.“

„So lob ich's mir“, sagte ich. „Richten Sie ihm aus, daß ich dankend akzeptiere, aber nur unter den genannten non-nuklearen Bedingungen.“

„Völlig klar. Nochmals: Glückwünsche. End an *Over and End.*“

„*End*“, murmelte ich. Es klickte. Ich grinste und begann zu ahnen, wie meine weitere Karriere als Leiter der privaten Forschungslaboratorien aussehen würde. Nach einigem Nachdenken goß ich vier Finger hoch *Glenfiddich-Malt* in Gläser, fügte eine Handvoll Eiswürfel dem linken Glas hinzu und ging hinaus zu Dr. William Plichter. Ich gab ihm das eisklirrende Glas mit dem falschen Goldrand und sagte:

„Cheers, Stellvertreter.“

Er zog sich das Handtuch über seine Stoppelfrisur und schüttelte ungläubig den Kopf. Er roch am Glas, aber das Eis neutralisierte den Geruch des ehrwürdigen Getränks.

„Sind Sie . . . bist du bekifft, Lawrence?“

„Ich wurde eben von Nixon zum Chef dieser überaus privaten Station erkoren“, sagte ich. „Und ich habe dem

Kerl im Weißen Haus gesagt, daß du mein Stellvertreter bist. Beides akzeptiert. Cheers, Vizechef."

Er hob wie in Zeitlupe sein Glas und starrte mich fassungslos über den Rand hinweg an.

„Mann!" sagte er leise, während Dr. Ferguson graziös ihre Runden drehte. „Mannomann! Das ist ein Stück aus dem allamerikanischen Traum. Wir werden es ihnen zeigen, all diesen Sojus-Leuten. Mit deinem Triebwerk rasen wir, *zooom*!, an ihnen vorbei, zum Mond, Mars und zur Venus. Den Russkies haben wir in zwei Jahren den Rang abgelaufen."

Er nahm einen tiefen, eiskalten Schluck, dann summte er:

„Lang lebe Amerika. Wahrscheinlich wird sie dir jetzt einen Heiratsantrag machen." Er zeigte auf die anmutige Schwimmerin. Ich grinste und sagte:

„Eher dir, Stellvertreter. Abwarten, Billy. Nichts ist brüchiger als der Erfolg."

Ich streckte mich wieder aus, griff nach dem Magazin und schloß die Augen.

Als sich die Staubwirbel unerträglich langsam wieder senkten und die Hercules nach Nordost drehte, zitterte nur das Brummen der schweren Triebwerke in der heißen Luft. Im Büro wurden die Dokumentenkoffer geöffnet. Ich betrachtete stolz meine Ernennungsurkunde und schlug die Anweisungen auf. Schon nach kurzer Lektüre las ich, was ich erwartet hatte:

In einer Woche lud der Frachter weiter südlich auf der langgestreckten Halbinsel einen Bautrupp ab. Er würde eine unterirdische Anlage errichten, in der „mein" Triebwerk mit zwei Kleinstreaktoren getestet werden sollte. Die Radioaktivität würde durch bleibewehrte Mauern, Decken und Böden und durch Wasserbassins abgefangen, das erfolgreich getestete Triebwerk vergossen und ein Hügel über die Anlage geschoben werden, einschließlich Bewuchs, Bäumen und Süßwassersprinkleranlage. Man sah behördlicherseits keine Möglichkeit, die Einzelteile und/oder Apollo-Teilsysteme in den Orbit zu schießen, ohne innenpolitische Tragödien heraufzubeschwören. Die US-Space-Force war ein gefürchteter Gegner.

„Das war's, Arkonide", flüsterte ich. „Du hast es ja gewußt. Der Kalte Krieg. Sojus und die Folgen. Amoustrella wird sich freuen."

Ich drückte eine Taste und sagte ins Sprechgerät.

„Ysabel, rufen Sie bitte für sechzehn Uhr eine Konferenz aller Wissenschaftler, auch der Mechanischen Abteilung, in den Schulungssaal zusammen. Der Chef interpretiert die letzten Direktiven."

„Selbstverständlich, sofort, Sir."

Ich las weiter: Unbegrenzte Mittel im Rahmen der bisherigen Ausgaben. Gehaltsverbesserung für alle. Ein zusätzliches medizinisches Team, Spezialisten für Strahlungsfälle. Bau der „sicheren" Elemente in den Firmen, die bisher Apollo beliefert hatten, also die großen Namen der amerikanischen Industrie. Neue Drehbänke, Computer, Modellbauer? Kein Problem, Dr. Lawrence. Rufen Sie einfach an. Ich studierte sämtliche Unterlagen bis zum Ende, dann setzte ich die Sonnenbrille und die Baseballkappe auf und zog mich in mein Haus zurück, um all das zu packen, was ich durch die Transmitter in den freien Teil des Maschinenraums der ARCA schicken konnte. Um das Gegengerät einzuschalten und zu justieren, mußte ich noch einmal einen Angelausflug starten. Um nicht aufzufallen, sortierte ich in Gedanken alles nicht Wichtige aus und verstaute zwei Koffer in einem Schrank, zu dem selbst Pilar keine Schlüssel hatte.

In der Neumondnacht arbeiteten im Maschinenraum nur die arkonidischen Triebwerke. Vor Minuten hatte sich der Transmitter im Hobbyraum meines Hauses in ein nutzloses Gestänge aus Metall verwandelt. Das Boot raste durch die Bucht. Die Geschwindigkeitsregler waren in Maximalstellung eingerastet. Die Instrumente leuchteten jetzt in anderer Farbe und zeigten andere Werte. Ich packte die Zentralhaltestange und blickte nach achteraus, weil ich erwartete, daß mich der Hubschrauber verfolgen würde. Aber die ARCA erreichte Höchstgeschwindigkeit, und ich schaltete die Antigravprojektoren unter dem Holz der Planken ein. Der Bug hob sich, die Heckspuren hörten fast übergangslos auf, und ich raste mit ständig steigender Geschwindigkeit nach Süden, inzwischen in der Mitte des Golfes und in zehn, später fünfundzwanzig Metern Höhe.

Klack. Das Radar wurde durch arkonidische Rundumortung ersetzt. Der Autopilot brummte und klickte leise. Als der Fahrtwind lästig wurde, schaltete ich den Schutzschirm ein und kontrollierte, vor dem nutzlosen Kompaß sitzend, jede einzelne Funktion mit ruhiger Gründlichkeit, ehe ich aus der Zweiliterflasche den bodenständigen Rotwein ins Glas kippte.

„Noch vier Stunden Nacht“, sagte ich und wußte, daß auch der Deflektorschirm zuverlässig arbeiten würde. Mit einem leisen Piepton signalisierte die Ortung einige Fischkutter, und ich flog, kurzzeitig den Autopilot abgeschaltet, einen weiten Ausweich-Halbkreis.

„Gleich werden wir viel klüger sein“, murmelte ich, als ich wieder auf direktem Kurs nach São Miguel und in größerer Höhe war.

Ich ging hinaus in die Plicht, klappte die kleine Sitzbank hoch und schaltete den Bildschirm ein. Noch schwebte Riancors Spionsonde über dem Teftris-Gelände.

Ich erkannte auf dem holografischen Schirm den zweiten Robot.

„Wo ist Riancor?“ fragte ich.

„Vorübergehend auf Miracle. Er ist um sieben Uhr unserer Zeit wieder zurück."

„Amoustrella?"

„Mondam Amoustrella schläft hier in ihrem Raum."

„Ich fliege mit der ARCA durch den Golf von Kalifornien", sagte ich. „Du wirst mich orten und nötigenfalls warnen. In einigen Stunden schalte ich den Deflektor ein und gehe auf größere Höhe. Bereite den Schleusenmechanismus und das Manöver vor. Irgendwelche Neuigkeiten, die meine Position oder Person beträfen?"

„Keine, Gebieter."

„Verstanden. Wir bleiben in Kontakt."

„Selbstverständlich", sagte Mapuhi Toader und hob die Hand zum Gruß. Ich sicherte mich mit einer Sorgleine, setzte mich auf die Polster, betrachtete die Sterne und die Wellen, die sich schwach und winzig unter dem fliegenden Schiff abzeichneten. Nichts auf diesem Planeten war je sicher, aber ich war überzeugt, daß es für Jahrzehnte mein letzter Besuch auf der Oberfläche von Larsaf-Drei gewesen war. Der entscheidende Grund war die Aufstellung, die mein Gönner in Washington den neuen Anweisungen hinzugefügt hatte. Sie stammte aus den Archiven der NATO-Geheimdienste und listete die Anzahl der atomaren Bomben, Sprengköpfe, Granaten und der Wasserstoffwaffen aller Staaten auf. Über wie viele die USA verfügte, wußte ich ziemlich genau.

Selbst ein Arkonide, der sich auf dem Meeresgrund versteckte, unter einer dicken Schlammschicht, hatte Angst vor dem Overkill.

8.

29. JULI 1970/22.15.30 UHR
SÃO MIGUEL/TIEFSEESCHUTZZYLINDER

Durch die Räume und Hallen der Überlebensstation, durch weit offene Schotte und Türen, zwischen holografischen Illusionslandschaften hallten die Chöre der Carmina Burana des Carl Orff. Die Bildschirme zeigten Aufnahmen aus allen Teilen der Welt. Ich saß bei starkem Kaffee mit einem Hauch Calvados darin am Arbeitstisch, betrachtete die Bilder und Riancor, der virtuose Schaltungen ausführte.

Auf einem Monitor liefen Ausschnitte, die das Trainingsprogramm der STARDUST-Mannschaft zeigten. Bull, Flipper und Manoli, motiviert und mitgerissen vom Kommandanten Perry Rhodan, Major und Risikopilot, befanden sich im Außentraining und robbten durch einen besonders unangenehmen Teil des „Tales des Todes“. Diesen Rhodan hatte ich, abgesehen von den Informationen der Spionsonden, zweimal selbst getroffen. Einmal während der Maiunruhen in Paris, ein zweites Mal zusammen mit meinem Pentagon-Gönner Nicholas Furthenmueller, General und Mann hinter den Kulissen des alternativen Mondprogramms.

„Sie machen es sich nicht leicht, die Männer um Rhodan“, sagte Riancor of Arcoluiz. Ich verrührte etwas Sahne im schwarzen Gebräu und trank.

„Rhodan muß seinem Ruf als Risikopilot gerecht werden“, sagte ich. „Schließlich muß die Space-Force allen Kritikern und der Konkurrenz beweisen, was sie kann.“

„Ich habe mit hoher Wahrscheinlichkeit errechnet, daß sie’s können werden“, sagte Riancor.

„Meinetwegen. Ich bin aus dem Geschäft draußen“, sagte ich und erinnerte mich an die Auswertung der Restbögen, der Filme und der ärztlichen Berichte. Aus unerfindlichen Gründen hatte mich General Dr. Furthenmueller gebeten, ihm zu helfen und zu raten. Seine Eskorte hatte mich für ein paar Tage von Teftris abgeholt und im Trainingscenter untergebracht; von der STARDUST selbst kannte ich nur ein bißchen mehr als die Öffentlichkeit. Und das war nicht eben viel.

„Nachdem wir, sinnbildlich gesprochen, unsere Zelte an der Erdoberfläche abgebrochen haben, gehen wir nach Miracle."

„Sie werden sich freuen, wenn du wieder die Leitung übernimmst. Geht Mondam mit?"

„Das wissen wir noch nicht", sagte ich.

Unter der Aufsicht Mapuhi Toaders schufteten die robotischen Winzlinge auf Yodoyas Inselchen. Sie bauten das Haus ab, gruben ein tiefes Loch und versenkten das Haus unter den Erdboden. Das pagodenartige Dach verwandelte sich in eine waagrechte Platte. Ein fünfzehn Meter tiefes Einstiegsloch entstand, eine Stahlröhre mit einem simplen mechanischen Aufzug und einer Schleuse. Die Fenster verwandelten sich in Projektionsflächen; Leerrohre mit Spezialkabeln würden uns erlauben, die Umgebung durch optische Systeme zu betrachten. Riancor hatte das knifflige Problem, einen Transmitter zu verstecken, perfekt gelöst.

„Das bleibt", ich deutete auf die Sandhaufen und die Anlage der Meerwasserentsalzung, „unser letztes und einziges Fleckchen, das wir aus der Kuppel heraus betreten können."

„Alle anderen Stationen, die von Menschen entdeckt werden können, sind verschwunden."

„Die Notsilos?"

„Mit fast hundert Prozent Wahrscheinlichkeit wird ihre Ruhe nie gestört. Ich habe sie kontrolliert: kein Hinweis auf Arkon."

„Gut."

Yodos Island lag derart abgelegen, war so unbedeutend

und zudem winzig; die meisten Seekarten zeigten es nicht einmal. Die Zeit, in der wir unbehelligt durch die Länder streifen konnten, war unwiderruflich vorbei.

„Ein anderes Thema", sagte ich. „Unsere drei Reaktoren. Stelle fest, welche Einheiten ganz abgeschaltet werden können, und welche die Station mit der Grundlast versorgen."

Seine Antwort hätte ich mir selbst geben können, denn Riancor ging logisch vor.

„Ich habe bisher die Einheiten I, II und III im Turnus abgeschaltet oder mit etwa einem Viertel der Leistung gefahren. Was zehn Jahrtausende zufriedenstellend arbeitete, wird auch die nächste Zeit richtig sein."

„Deine positronische Weisheit", brummte ich, „beeindruckt mich wieder einmal."

„Nicht nur dich, Geliebter Mondams."

Da mein Eindruck von Rhodan und seinem Team nicht mehr zu verbessern war, sagte ich:

„Zieh die Spionsonde *Delta* von der STARDUST-Crew zurück und deponiere sie irgendwo. Wie steht es mit unseren Satelliten?"

„Drei Fernbeobachtungs-Relaisstationen kreisen. *Alpha* ist technisch längst überholt und wird sich bald selbst zerstören. *Beta* und *Gamma* befinden sich im Bereich hochfliegender Jäger, Raketen und so weiter. Es ist damit zu rechnen, daß sie, zufällig oder weil jeweils eine Großmacht meint, es wären Spionageeinrichtungen der anderen, zerstört werden."

Mein Blick ging von Yodos Island über das Bild Beauvallons, über die verwitterten Grabsteine meiner Geliebten hinüber zur regungslosen Landschaft der Camargue. Als sich ein Touristenomnibus über die Teerstraße schob, schaltete ich ab. Ich dachte schweigend nach und sagte:

„Ein Heer von Geschichtswissenschaftlern arbeitet die Gegenwart auf. Millionen Photos und kilometerlange

Filme werden archiviert. Tausende Tonnen Bücher in vielen Sprachen werden geschrieben und gedruckt. Ich sage: es ist sinnlos, daß wir weiterhin die Geschichte der Barbaren dokumentieren. Alles, was wichtig ist, haben wir in den Speicherbänken."

„Die Satelliten abschalten, Atlan?"

„Nein. Überlassen wir es der nahen Zukunft. Bis dahin, bis vielleicht zufällig jemand die Satelliten entdeckt, oder bis sie mit einem Stück Weltraumschrott zusammenstoßen, sollen sie weiterhin Informationen liefern."

„Meist zeigen sie die Pilzwolken atomarer Versuche."

Resignation lag in Riancors Stimme.

„Wieder ein Punkt erledigt", sagte ich. „Was hältst du von folgendem Plan? Wir erledigen mit gewohnter Sorgfalt hier unsere Arbeiten, übergeben Mapuhi, der auch reichlich ramponiert aussieht, die Aufsicht über die Kuppel und gehen dorthin, wo alle unsere Kameraden warten – bis zum Anfang Juli des nächsten Jahres."

„Einverstanden."

„Und wenn es sich herausstellt, daß Amoustrella auf Miracle gebraucht wird, komme ich zurück und schalte die Bio-Tiefschlaf-Anlage aus."

„Es ist die beste Lösung", bestätigte Riancor.

Mapuhi und die Subrobots würden noch rund zwei volle Tage brauchen, um unsere Spuren auf dem Eiland gründlich zu verwischen. Die Flora, die nicht zu den Kokospalmen paßte, würde vielleicht einmal einem gestrandeten Einhandsegler auffallen.

„Anderes Thema", sagte ich. „Nachschub und Ausrüstung für Miracle und seine Amazonen, Samurai und Reiter der Gerechtigkeit?"

Riancor schob den Sessel zurück und legte die weichen, knielangen Stiefel auf die Kante des Pultes.

„Ich habe eine lange Liste mitgebracht. Wir brauchen, von wenigen Ausnahmen abgesehen, das gleiche wie immer: Medikamente, Instrumente und Energiezellen.

Dazu einige Tonnen Halbfabrikate. Alles in allem nichts Außergewöhnliches. Aus unseren Silos wurde alles geholt, und die robotischen Gnomen schuften schon in der Tiefe unseres Verstecks."

„Wenn ich mich an meine ersten Aufstiege zu den Barbaren erinnere ...", begann ich. Riancor unterbrach lachend:

„... und du erinnerst dich meist perfekt daran ..."

„... dann bin selbst ich verblüfft, wie wir die gewaltigen Möglichkeiten der Station und der Silos ausgenutzt haben. Ein Unterschied von knapp zehn Jahrtausenden."

„Wenn ich mich nicht ständig verbessert, umgebaut und für die Aufgaben geschult hätte", sagte er, „wäre ich gerade so weit wie Mapuhi Toader. Er braucht noch mindestens hundert Jahre intensiver Feinarbeit. Deswegen werde ich in gewissen Abständen immer wieder hier nachsehen und kontrollieren."

„Konfuzius ist ein Dummkopf gegen dich", lobte ich. „Genauso soll es durchgeführt werden, Freund Riancor."

„Jawohl, Gebieter."

Wieder wechselte das Bild auf einem Monitor. Die Sonde, die über der Teftris-Station kreiste, zeigte die gelben Caterpillars der Baugruppe, die jenes Riesenloch aushoben, in dem die verdammten Triebwerke getestet werden sollten. Dann, Minuten später, zog die Sonde lautlose Kreise um „Speedy", Manolito, und auch dieses Bild würde ich nie vergessen können.

Manolito saß am Ende des Entladestegs, an dem die ARCA festgemacht hatte. Seine mageren braunen Beine baumelten, er hatte die Ellbogen auf den Oberschenkeln abgestützt und schaute regungslos und mit großen Augen auf die Brandung vor der Bucht. Der Extrasinn sagte:

Er wartet. Er hofft, daß du zurückkommst.

Riancor schaltete den Monitor ab. Tief unter uns rumorten die Roboter, die ihre Arbeit auf der Insel beendet hatten. Sie verpackten unsere Ladung für Miracle. Ich und Riancor standen vor den Schaltpulten der Kuppel und betrachteten Mapuhi, seinen runden Plastikschädel, den farblos-wächsern wirkenden Kunststoffüberzug des Robotkörpers.

„Schön bist du nicht, Stellvertreter", sagte Riancor. Er kommunizierte über Funk mit Mapuhi, war aber rücksichtsvoll genug, mich mithören zu lassen. „Bleib so."

„Jawohl, Gebieter", sagte Mapuhi. „Warum darf ich nicht wieder ein paar Kilogramm Plastik, Kunststoff oder Elaste um meine Arkonstahlgebeine drapieren?"

„Weil dein blütenreines Erscheinungsbild nicht das geringste mit deinen intellektuellen Fähigkeiten zu tun hat", schnarrte Riancor im Tonfall eines englischen Rekrutenausbilders. „Für das nächste Jahrhundert, du Roboter, ist harte Arbeit angesagt. Arbeit an dir selbst. Kontrolle durch Rico. Klar?"

„Klar, Gebieter."

Riancor nickte mir zu.

„Noch ein paar Stunden der Checks und Einweisungen, und wir können in unser ‚Alter Orbis' verschwinden, wo Milch, Honig und Rotwein fließen."

„Wohlgetan", sagte ich. „Ich gehe in meine Gemächer und packe."

Ich ging zuerst in die Kammer, in der Amoustrella Gramont tiefschlief. Ich betrachtete sie und versuchte mir vorzustellen, wie lange unsere gemeinsame Zukunft dauern mochte, und was sie uns bescherte.

9.

VOLLMOND: MOND AMARYLL
(entsprechend 15. Juli 1971 Erdzeit)

„Wann kommst du zurück, Geliebter?“ fragte Amou. In ihren Augen flackerte kalte Panik. Ich senkte den Kopf.

„Du ahnst, was ich nicht weiß“, sagte ich. „Mapuhi war sicher, daß ich kommen müsse. Das heißt noch lange nicht, daß es wirklich wichtig ist.“

„Vielleicht bin ich tot, wenn du wiederkommst. Auf alle Fälle aber eine alte Frau.“

Ich starrte in ihre Augen und nahm ihr Gesicht in beide Hände.

„Riancor geht mit. Er wird dir sagen, was geschehen ist.“

„Es macht diesen Abschied nicht leichter“, sagte sie.

„Verständlicher, vielleicht. Warte, Amou. Nichts ist entschieden, gar nichts ist sicher.“

„Was bleibt mir übrig?“

Wir standen unter den Rundbögen der Terrasse von Amous zierlicher Burg. Unter uns breitete sich die kleine Stadt aus. Wir waren allein; alle anderen hatten die Krise kommen sehen und sich zurückgezogen. Die Sonne sank in den frühen Abend. Ich starrte Amou an: sie hatte sich seit dem Tag, an dem wir Miracle zum erstenmal betreten hatten, nicht verändert. Ich flüsterte:

„Du bist meine Morgenröte, die Mittagssonne und das Abendrot. Was dich bis heute jung und schön erhalten hat – es wird auch dafür sorgen, daß du jung bleibst.“

Sie nahm meine Hände und deutete mit dem Kinn auf den summenden, glühenden Transmitter.

„Der Stillstand der Sonnenuhren fängt an. Komm zurück, Atlan. Bald.“

„Ich verspreche es“, sagte ich und küßte sie lange, und auch der Kuß schien ihr zu sagen, daß wir uns niemals wiedersehen würden. Ich blieb anderer Ansicht.

Ich passierte den Transmitter oder den Schnittpunkt der Dimensionstunnel und wartete nur wenige Sekunden lang auf Riancor. Als ich die Bildschirme und Schaltpulte erreichte und Mapuhi einigermaßen hilflos hantieren sah, fragte ich:

„Warum hast du uns gerufen?“

„Die Situation auf dem Planeten gerät außer Kontrolle.“

„Was ist los?“

Meine Barbaren! Ich konnte mich darauf verlassen, daß sie im entscheidenden Augenblick mit tödlicher Sicherheit das Falsche taten.

„Der Befehl, Atomraketen zu starten, mit fest programmierten Zielen, ist aufgefangen worden.“

Sämtliche Schirme waren aktiviert. Ich fühlte die Kälte des blanken Entsetzens. Riancor rannte in den Raum hinein und versuchte zu erkennen, was an der Oberfläche der Welt vorging.

„Rhodan ist vom Mond zurück“, lautete die karge Antwort Mapuhis.

„Und?“

„Atomares Unheil wird über die Menschheit und den Planeten hereinbrechen.“

„Warum? Schießen sie etwa auf Rhodan und sein blödes Mondschiff?“ schrie ich.

„Mit großer Wahrscheinlichkeit. Rhodan weigert sich, seine Entdeckung auf dem Erdtrabanten der Allgemeinheit bekanntzugeben. Es soll in der Gobi-Wüste starke Energieschutzschirme geben. Sie dürften das Ziel der Raketen sein.“

Riancor brummte:

„Das alles sind Vermutungen, keine Tatsachen. Wahrscheinlich hat die Volksrepublik China ihren zweiten Nachrichtensatelliten gestartet. Warum haben wir keine Bilder vom Geschehen?“

Er schob Mapuhi von den Schaltpulten und versuchte,

Beobachtungen hereinzubekommen, von denen wir die Wahrheit erfahren konnten. Eine Stunde lang, während ich in ohnmächtiger Wut und halb verzweifelt ihm half, entfesselte er das gesamte Spektrum seines Könnens und unserer Nachrichtentechnik. Selbst die Rundfunkprogramme waren stark gestört. Sonnenflecken? Aber sie erfuhren ohnehin erst Tatsachen, wenn es zu spät war. Überall tobte dann das nukleare Inferno.

Wenn die Großmächte und China ihre Atomsprengköpfe in die Ziele steuerten, zündeten die kleineren Nationen ihre Raketen ebenfalls. Der Planet war verloren, Milliarden Menschen starben, die Oberfläche blieb für unabsehbare Zeit verseucht.

Das Extrahirn sagte: *Ich bin ratlos. Flucht in den Schlaf erscheint als letzte Lösung!*

Ich wartete noch. Die wenigen Berichte – Zeitungen und TV-Sendungen –, die Riancor auffing, waren wirr und widersprachen einander. An den Punkten der Entscheidung schien entweder kein kompetenter Berichterstatter zu sein – oder alle waren tot, ausgelöscht wie die Bewohner Hiroshimas und Nagasakis.

Zen und Dagor!

Ich begriff die Bedeutung des Impulses, ließ die Sessellehne los und setzte mich mit gekreuzten Beinen auf den Boden. Ich schloß die Augen und regulierte, nicht ohne Anstrengung, meinen Atemrhythmus.

„Du bist Kosmonaut und Hochenergieingenieur", sagte ich mir. „Du hast die ARK SUMMIA."

Langsam drangen Ruhe und Konzentration von außen an mich heran und breiteten sich in meinen Körperzellen aus. Der Atem und der Herzschlag beruhigten sich.

„Kosmopsychologe und psychomathelogischer Expansionsplaner, Kosmo-Kolonisator-Infrastrukturplaner", hörte ich mich flüstern. Viel zu laut. Ich zog mich in mich selbst zurück, die Umwelt wurde unwichtig, die klaren Strukturen kreatürlicher Logik fingen an, meine Gedanken und Empfindungen zu beherrschen. Eine wohltuende, entkrampfende Kühle erfaßte mich.

„Kristallprinz, Kosmo-Stratege, Stellartaktiker – was würde Fartuloon, der Bauchaufschneider, an deiner Stelle tun?"

Stille. Ruhe. Ich war allein mit mir, allein im Universum. Ich befand mich, doppelt geschützt, in absoluter Sicherheit.

Es gab keinen Grund zur Furcht.

In der stoischen Bewegungslosigkeit aller Körperfunktionen, eingesponnen in den Kokon des reinen Ichs, arbeiteten die Gedanken so langsam wie das Räderwerk einer riesigen Uhr. Nur die wirklich wichtigen Überlegungen, die das reine Überleben sicherten, blieben übrig, das Gerüst der Existenz.

Ich sprach nicht, ich flüsterte nicht einmal, aber etwas in mir faßte die Gedanken in Worte oder Richtsätze.

Die Menschheit vernichtet sich selbst.

Sie braucht keinen Hüter, keinen Paladin mehr.

In der Kuppel, schlafend, bist du sicher, selbst wenn sich der Tiefseeboden bewegt.

Auf Miracle bist du, wenn dies steigerbar wäre, noch sicherer.

Dort liegt deine neue Aufgabe.

Handle! Handle richtig!

Die Luft schmerzte in den Lungen. Ich öffnete die Augen, sah den besorgten Gesichtsausdruck Riancors und dahinter die Monitoren. Sie arbeiteten nur noch zweidimensional und zeigten ausnahmslos Störungslinien oder die Einstelldiagramme.

„Dagor?" fragte Riancor und streckte den Arm aus. Ich ließ mich in die Höhe ziehen.

„Ark Summia", sagte ich. „Ich habe soeben meine unbezahlte Stellung als Paladin der Menschheit fristlos gekündigt."

„Das passiert dir in der letzten Zeit häufig“, sagte Riancor. „Ist die Arbeitsschutzgesetzgebung so lausig?“

„Sie ist eben zusammengebrochen. Hast du Mapuhi noch etwas über die Verwaltung unseres Fluchtpunkts mitzuteilen?“

Riancor schüttelte seinen ausdrucksvoll modellierten Kopf.

„Ich habe vier Systeme installiert, du würdest es *redundant* nennen. Dazu Subsysteme. Auch wenn Mapuhi aus Einsamkeit durchdreht, sorgen sie dafür, daß einer, beide oder drei Meiler Energie liefern, zusammen oder abwechselnd, und daß die Nonfarmale-Parallelwelten-Anlagen arbeiten. Mehr als hundertprozentige Sicherheit kann es nicht geben. Diese ist es.“

„Gut. Können wir gehen?“

„Jederzeit. Nach Miracle?“

„Zu Amou und den Freunden.“

„Wann gedenkst du zurückzukommen?“

Ich zuckte mit den Schultern.

„Wenn mein Masochismus groß genug geworden ist und ich beschließe, den mutierten Barbaren eines nuklear verstrahlten Planeten aus dem Gröbsten herauszuhelfen.“

„Verstanden. Ich werde nachsehen kommen, Mapuhi. Denke an das Programm: mindestens fünf Jahrzehnte unermüdliches Arbeiten an dir selbst. Und wehe dir, ich sehe dich als Doppelgänger Hannibals oder D'artagnans. Die inneren Werte entscheiden, nicht das Aussehen.“

Wir verließen langsam die Beobachtungskuppel. Die ersten Lichter erloschen. Wir passierten meine Privaträume, und Riancor hielt mich auf. Er brauchte nicht mehr an sich zu arbeiten; er bewies Stil und das richtige Gespür für bedeutungsvolle Augenblicke.

Er nahm zwei Gläser, schüttete in eines etwa ein Dutzend Tropfen, ins andere drei Finger hoch vom ältesten Armagnac, gab mir eines und lehnte sich gegen die Intarsienkante des Arbeitstisches.

„In der Tiefe der zenverstärkten Dagorversunkenheit weißt du, Atlan, daß ich nicht nur das Wissen einer so endlos langen Zeit gespeichert und verarbeitet habe, mit den übervollen Speichern verglichen und mit der Zentralpositronik verglichen, vernetzt und abgestimmt habe."

Er roch hingebungsvoll am antiken Weinbrand. Ich trank mit Bedacht.

„Ich weiß."

„Um ein für allemal den Extrakt einer langen Zeit, unzähliger Rückschläge und des eben Erlebten zu ziehen, sind wir alt genug. Du glaubst einer Maschine, wenn sie sagt: ich verstehe und weiß, was dieser Augenblick für dich bedeutet?"

„Ich glaube dir."

„Es gab ungezählte Anfänge und Bemühungen. Es ist bitter, erkennen zu müssen, daß so viel Bemühungen zum freiwilligen Ende eines Planeten geführt haben. Wir werden auf Miracle und, wenn wir den Kode finden, auf den anderen Welten dafür sorgen, daß dieses Ende nicht stattfinden kann. Ich helfe dir."

„Es gibt keinen Besseren", sagte ich. Der Odem des Getränks hatte sich ausgebreitet. „Ich danke dir, Riancor."

Ich leerte das Glas.

„Gehen wir?"

Wir verließen die Erde, dritter Planet von Larsafs Stern, für unbestimmte Zeit. Ich fühlte mich wie der Verlierer vieler wichtiger Schlachten.

10.

16.07.1971/01.55.00 Uhr
(entsprechend Morgendämmerung Miracle)
Nacheinander kamen sie alle in Amoustrellas Arbeitszimmer, das so groß wie eine Halle war: Orban-Amir „Silent Thunder“ Lawrence, Kandida Tronte von Clatagh und Anissa Aenigma. Amou hatte sich beruhigt und blickte mich immer wieder an, als könne sie nicht glauben, daß ich nach so kurzer Zeit wieder hierher gekommen war.

„Es gibt eine sehr geringe Wahrscheinlichkeit“ sagte ich, „daß ich in meinem alten Versteck nach dem Rechten sehe. Aber meist wird dies unser Freund Riancor of Arcoluiz besorgen. Ich möchte nicht dieselbe Geschichte zwanzigmal erzählen. Aber für die nächsten Jahrzehnte wird mir dieser gräßliche Schlußpunkt eine Lehre sein.“

Amilcare Sibugoudi, der Vulph Rumwinckle mit sich zog, stürmte in den Saal.

„Atlan! Du bleibst, haben wir gehört. Ausgezeichnet. Wann brechen die Expeditionen auf?“

„Nichts überstürzen“, sagte ich. „Erst einmal muß die Ladung ausgepackt, die Robottiere eingeschaltet und der Flugdrachen zusammengeschraubt werden.“

„Man arbeitet bereits daran“, sagte Vasja Ayodale. Von rechts trat Kamakura Yamazaki auf und verbeugte sich tief.

„So sehen wir, daß auch die furchtbarste Nachricht das Blühen des Kirchbaums nicht verhindern kann. Willkommen, wieder einmal, bei deinen Freunden. Sie werden sich bemühen, durch Wohlverhalten deine Trauer in gemessene Freude zu verwandeln.“

Ich verneigte mich und murmelte:

„Das Morgenrot der würdevollen Ansprachen. Glaubt

nicht, daß die nächste Zeit nur Lautenklang und Weinglasklirren sein wird."

„Aber sie wird abenteuervoll und lustig!"

Condottiere Polideukes Castor trat ein und begrüßte uns. Er sah sich um und sagte:

„Ich dachte, man feiert mit einem Frühstück!"

„Dein profaner Hunger ist wirklich desillusionierend", stellte Riancor fest. „Geh in die Küche, belästige die Mägde, wenn's dich hungert, Freund."

Zynald tyl Drocka schloß geräuschvoll die Tür und schob Jynifer Hunfeldas auf mich zu.

„Schön, daß du bei uns bleibst, Atlan", sagte er. Die silberhaarige Amazone strahlte mich an, als sie meine Hände ergriff.

„So. Es reicht." Ich gab den Händedruck weiter. „Wir werden in gewohnter Runde frühstücken und dann einen Plan für die nächsten zehn Amaryll-Monde entwickeln, also für zweihundertzehn Tage. Und ein paar von uns fangen mit der ernsthaften Suche nach dem Kode an."

„Falls ihr es nicht gemerkt haben solltet", sagte Amou lachend, „will ich mit ihm noch ein wenig allein sein, ehe ihr über uns herfallt. Versprich ihnen Wein zum Frühstück, Riancor."

„Meine Blicke werden sie auch ohne solche Versprechungen vertreiben."

Wir gingen auf die Terrasse, bewunderten die letzten Sekunden des Sonnenaufgangs über dem Meer und hielten uns an den Händen.

„Alles vorbei", sagte Amou leise. „Auch die Camargue."

„Wahrscheinlich leuchtet sie nachts phosphorn", sagte ich. „Du mußt die Erde ebenso vergessen wie ich."

„Es wird nicht einfach sein."

„Wem sagst du das."

Dieses Thema würde uns in vielen Nächten mit Alpträumen heimsuchen. Es war sinnlos und schmerzte nur unnötig, immer wieder darauf zurückzukommen.

„Um diesen Preis habe ich dich nicht bei mir haben wollen“, sagte sie. „Aber, wie Yamazaki, verspreche ich, daß heute die schönsten Jahre unseres Lebens anfangen.“

Ich nickte, richtete meine Blicke auf das Spiel der Brandung und dachte an die Palmen auf Yodos Island. Und an Manolito; die Trauer und das Entsetzen kamen zurück und ließen mich taumeln.

11.

Eines Abends im Jahr 3562
MOUNT CHMORL, GÄA

Auf dem großen Flachdach des Restaurants waren Teppiche ausgebreitet. Ein Zelt, dessen Spitzdach und Seitenteile von einem Antigravelement unverrückbar festgehalten wurden, schirmte gegen den Himmel und nach allen Seiten ab. Es schien aus wertvollem, weißen Stoff zu bestehen. Auf dem blütenweißen Leinen der runden Tischplatte war für dreizehn Personen aufgedeckt worden. Ruhig brannten die Flammen zahlreicher Kerzen.

„Das hat dich, Prätendent, eine Menge Geld gekostet“, sagte fast bewundernd Scarron Eymundson. Der Schnitt ihres Kleides, gewagt klassisch, entsprach der Bedeutung des Abends.

„Mein Unfall und der lange Prozeß der Heilung haben der Provcon-Faust-Administration ebenfalls erhebliche Kosten verursacht“, sagte Atlan. „Was soll ich Sinnvolleres mit meinem Geld anfangen, als meinen Freunden ein kleines Fest zu geben? Eine Dankesschuld. Ich bin froh, daß ich sie einlösen kann."

Scarron sah auf die diamantfunkelnde Ringuhr.

„Deine Gäste sollten nun kommen. Sonst wird der Champagner warm", sagte Atlans Freundin. Er grinste.

„Unsere Gäste."

Auf den sorgfältig verpackten Geschenken standen Namenskarten. Der gläserne Liftzylinder schob sich im Hintergrund aus dem Dach der zweckentfremdeten Flottenkantine. Atlan murmelte:

„Auftritt Rogier Chavasse mit Freundin. Ein Wunder geriatrischer Kunst."

Scarron rammte ihren Ellbogen gegen seine Brustknochenplatte.

„Du bist viel älter als er!" flüsterte sie kichernd. Rogier Chavasse hatte während des simulierten EMP-Schocks durch virtuose Handhabung der Computervernetzung und einem unbemerkt gebliebenen Dialog mit ES Atlans Leben gerettet. Seine Freundin Syria Clapsis, Hosteß des MEDO-CENTERS, eine dreißigjährige Schönheit mit lackschwarzem Haar, war siebenundneunzig Jahre jünger als der einstige Chefprogrammierer. Atlan und Scarron begrüßten sie, und durch die Luft schwebte ein Tablett, auf dem Champagner in langstieligen Gläsern die Kohlensäure verperlte.

„Es wird eine lange, lustige Nacht werden", sagte Atlan, in einen weißen, uniformähnlichen Anzug gekleidet. „Und die besten Köche der Flotte werden dafür sorgen, daß wir während der Unterhaltung nicht verhungern."

„Hocherfreut, Sir, Sie wieder in voller männlicher Funktionsfähigkeit zu erleben", sagte Chavasse. Er hatte eine heisere, sarkastische Baßstimme. „Syria hat, nachdem sie mich kennenlernen durfte, alle Publikationen über den ‚Einsamen der Zeit' verschlungen."

„Es wird“, meinte Scarron, „ihr hoffentlich nicht den Appetit verschlagen haben.“

„Keineswegs. Seit gestern Mitternacht habe ich bewußt gehungert und nur Absinth zu mir genommen.“

Die Männer brachen in dröhnendes Gelächter aus und sahen, daß der uralte Ara-Arzt Ghoum-Ardebil aus dem Lift kam. Atlan ging mit ausgebreiteten Armen auf ihn zu, umarmte ihn und zog ihn ins Kerzenlicht. Der Ara konnte in der warmen Nacht auf jegliche Schutzkleidung verzichten und hatte sich in die Kopie eines traditionellen Gewandes seiner Heimat gekleidet.

„Einer der Helden jener zehn Jahrtausende wird heute nicht am Armagnacglas riechen und geistreiche Bemerkungen austauschen können“, sagte der Mediziner und begrüßte Chavasse. Die Szenerie begann mehr und mehr einem Fest der Oberen Zehntausend zu entsprechen.

„Rico mit den vielen Namen ist heute nicht unter uns“, sagte Atlan.

„Wo ist er eigentlich geblieben?“

„Darüber später mehr. Nimm Champagner und Platz, lieber Freund.“

Chavasse winkte den Ara um den halben Tisch herum und deutete auf dessen Platz.

„Kommt der Chef?“ fragte Julian Tifflor, der mit der feuerhaarigen Veye Gidvani dem Lift entstieg. Atlan schüttelte den Kopf.

»Er rettet wieder einmal die Menschheit.“

„Schade“, brummte Tifflor. „Wo er doch ein so guter Alleinunterhalter ist.“

Cyr Aescunnar, der Historiker, seine Freundin Oemchen Orb, Drigene und Djosan Ahar kamen in einer Gruppe. Der Lärm der Gespräche wurde vom Klingen der Gläser in Takte zerteilt.

„Wer fehlt?“ fragte einer der wenigen überlebenden,

„stabilen" Multi-Cyborgs auf Gäa. Atlan sagte, ohne auf die Tischkarten zu sehen:

„Der Pilot und Haida Khar."

Aber auch der Raumfahrer, der die gesamte Gruppe von Karthago Zwei gerettet und dem Larenschiff durch einzigartige Flugmanöver entkommen war, und seine glutäugige Freundin, kurzhaarig und in einem Kleid aus Seide, Metallfäden und Wildleder, waren pünktlich und bedienten sich des ausgesuchten Aperitifs.

Atlan setze sich, stand auf, hob das Glas und sagte:

„Jeder, der mich kennt, weiß, daß ich stottere, wenn ich offizielle Reden halten muß. Dies ist ein Treffen von Freunden, die einem schlimmen Ende entkommen sind, also inoffiziell, ergo ist meine Rede flüssig. Nicht nur ich betrachte mich als geheilt und aus der Fürsorglichkeit zu entlassen. Ein solcher Tag ist nur im Kreis guter Freunde richtig zu genießen. Dieses Treffen kann nur ein schwacher Versuch sein, mich bei euch allen zu bedanken. Ohne euch wäre ich tot. Bevor wir wieder ins gefährliche Leben im Innern der Provcon-Faust hineingezerrt werden, wollen wir in Ruhe und Fröhlichkeit feiern."

Er hob das Glas, blickte schweigend in jedes Gesicht und lächelte knapp.

„Daß ihr euch so viele Sorgen um mich gemacht habt, und über so viele Monate hinweg, war nicht beabsichtigt. Ich danke jedem von euch. Und auch den vielen Helfern, die ich nicht einladen konnte. Hoffentlich habe ich euch nicht mit meinen Geschichten aus zehn Jahrtausenden gelangweilt."

Chavasse lachte und griff nach dem nächsten Glas.

„Gevatter ES war anderer Ansicht. Ganz anderer Ansicht, Sir."

Atlan lachte mit und setzte sich.

„Seid ihr bereit zur Vorspeise?“ fragte Scarron. Niemand schien etwas dagegen zu haben.

„Dazu“, sagte der Steward, „Champagner aus Atlans persönlichem Vorrat. Drittletzte Magnumflasche.“

Tifflors Augen bekamen einen schimmernden, sehnsüchtigen Glanz. Er schnalzte bewundernd.

Cyr Aescunnars Cocktailkubus war leer. Die letzten Klänge der lukullischen Ouvertüre irrlichterten appetitanregend über Zunge und Gaumen. Er hob die Hand.

„Ich habe mich natürlich entsprechend vorbereitet. Viel gelesen und verglichen. Und wenn ich die offiziellen Daten mit Ihrer letzten Schilderung vergleiche, entdecke ich Unstimmigkeiten. Wie kam es, daß Rico, bar jeder Verkleidung, Sie quasi stotternd im Jahr 2040 weckte und begrüßte?“

„Meine Schuld“, sagte Atlan. „Es war nicht Rico. Rico tobte auf Miracle und den anderen Welten herum. Es war Mapuhi Toader, der an sich arbeitete und sich schließlich mit dem Wächter der Station identifizierte. Er hielt sich für Rico. Und ich, benebelt und hilflos, hielt ihn auch für Rico.“

„Frage klar beantwortet“, sagte der Geschichtswissenschaftler. „Indessen: die Unstimmigkeiten sind Legion.“

„Legion sind auch die Minuten dieser Nacht, Cyr“, antwortete Atlan. „Noch etwas: mein angeblich photographisches Gedächtnis ist meist sehr zuverlässig. Aber nicht immer und nicht in jeder winzigen Einzelheit. Die nächstmögliche Frage beantworte ich auch gleich.“

„Es ist fast sechzehn Jahrhunderte her! “ flüsterte Veye Gidvani.

Fast lautlos räumten die Stewards und Hostessen Gläser, Kuben und Besteck ab und aktivierten die Energiezellen der Teller.

„Was passierte zwischen neunzehneinundsiebzig und zwotausendvierzig?“ fragte Tifflor.

„Viel, Tiff. Verdammt viel“, sagte Atlan. „Ich kam Achtunddreißig zurück, nach schweren Missionen, Auseinandersetzungen, Expeditionen. Amoustrella war tot. Ich ging ohne Umweg in die Schlafkammer und kümmerte mich um nichts. Als ich aufwachte, waren wir – mit Einschränkungen – auf den steinzeitlichen Zustand der Kuppel eingeschränkt. Rico, der Mapuhi war, tat sein Bestes. Es war zu wenig. Was nach dem Aufstieg passierte, davon stimmt jede Zeile. All der Streit und Terror mit Rhodan und die zahllosen Frustrationen auf den Arkonplaneten.“

Drigene, liebenswert, zurückhaltend und, trotz ihrer Ausbildung, ein wenig schüchtern, fragte mit einem Hauch romantischer Schwermut in der Stimme:

„Werden Sie uns sagen, wie und warum Amoustrella Gramont starb?“

Langsam schüttelte Atlan den Kopf. Er schloß die Augen; für wenige Sekunden erstarrte er.

„Nein“, sagte er sehr leise. „Das will und werde ich nicht sagen. Das kann ich nicht sagen. Sie starb zusammen mit dem Sohn meiner Tochter, Silent Thunder.“

In das Schweigen hinein kamen die fröhlichen Stewards und brachten den ersten Gang.

„Sie waren nicht neunundsechzig Jahre lang im Biotiefschlaf, Sir?“

Cyrs Frage war mehr eine Feststellung; er hatte jedes Wort jener Schilderung im Kopf, die der Arkonide vor Urzeiten einem Chronisten gegeben hatte, zwischen der Zeit als „Lawrence“ und „Skörld Gonardson“ auf der angeblich verseuchten Erde.

„Nein. Ich war mit Freunden, dem Samurai, Riancor und Amoustrella auf den Miracle-Welten. Für mich war die Erde kein Thema mehr.“

„Über diese Phase wurde der Chronist . . . belogen?“

„Ja“, sagte Atlan. „Aus Selbstschutz. Nicht jeder muß alles wissen. Sogar für mich gibt’s Privatsphäre.“

Scarron lächelte in sich hinein. Einige Zeit war nur das Klappern des Bestecks zu hören, das sich mit dem Pseudo-Carpaccio beschäftigte. Fast unmerklich langsam verlor der Stoff des Zeltes die weiße Farbe und wurde nahezu transparent. Wieder tauschten die Stewards und Hostessen benutztes gegen neues Geschirr aus und füllten die Gläser mit einem sehr trockenen Weißen; einem Chablis du la grande vitesse ’41. Ein exzellentes Jahr.

„Was passierte mit Yodoyas Inselchen?“ fragte Ghoum-Ardebil halblaut.

„Wenn es die Erde noch gibt, gibt es auch noch das Vergrabene Haus. Amou und ich waren mindestens ein dutzendmal dort.“

„Das hieße, daß Ihre sicherlich bezaubernde Freundin vor rund tausendsechshundert Jahren nicht oder langsamer alterte, Sir?“ fragte Djosan Ahar aus dem Schwarzen Turm, der damalige „Verwalter“ Gäas auf dem sterbenden MUCY-Planeten.

„Sehr viel später gab es eine Erklärung, die mich selbst überraschte.“ Atlan wurde durch einen Steward abgelenkt und fuhr nach einer halben Minute fort. „ES applizierte Amou und Silent Thunder und noch ein paar anderen auf Miracle Zellduschen. Warum ES damit aufhörte, weiß niemand. Ich kann es mir auch nicht denken. Es gibt keinen Hinweis – ES gefiel sich immer in der Rolle des unergründlich Göttlichen.“

Der zweite Gang wurde serviert.

Ein fruchtiger Rotwein, tanninarm, spiegelte das Licht der Sterne: die Zeltstoffe waren scheinbar verschwunden oder wirkten, als bestünden sie aus entspiegeltem Glas. Hoch über Mount Chmorl warf eine Gleiterbesatzung die ersten Feuerwerkskörper ab, die lautlos zu Funken in allen Farben zerstoben.

„Und die arkonidische Tiefseestation gibt es auch noch immer, Atlan?“ fragte Tifflor. Er hatte bisher die Informationen, auch für ihn und Rhodan neu, unkommentiert in sich aufgenommen und über mögliche Bedeutungen nachgedacht. Daß auf der Erde, abgesehen von den kaum erforschten Hinterlassenschaften der Lemurer am Meeresgrund noch eine solche perfekt ausgerüstete Station, ein Hort und Speicher von Milliarden und aber Milliarden Informationen, ein ausgezeichnetes Versteck existierte, reizte seine Phantasie. Und dazu Rico mit den Dutzenden Masken ... er wurde durch die Hosteß abgelenkt, die sein Glas mit dem perfekt biosynthetisierten Bandol-Wein auffüllte.

„Sag mal, Atlan“, begann er und hob das Glas, „dein Roboter Rico: Er ist ja durch zehn, heute fast zwölf Jahrtausende hindurch immer, sagen wir, menschenähnlicher geworden. Was treibt der Bursche jetzt?“

Atlan schob seinen Sitz zurück, strahlte seine Gäste an und griff nach Scarrons Hand.

„Du berührst einen wunden und lustigen Punkt. Riancor of Arcoluiz, so sein letzter Name, kann auf den Spuren unserer damaligen Freunde durch die Miracle-Welten streifen, und deren gibt es viele.“

Er lachte schallend; die Vision schien ihn zu reizen.

„Er kann aber auch, und das ist nicht unwahrscheinlich, irgendwann nach zweitausendvierzig angefangen haben, wie ein moderner Ahasver durch die Gefilde der Erde, unseres Heimatplaneten, zu streifen. Er kennt eine Million Verstecke, Tricks und Finten. Ich bin fast sicher, daß er zwischen den Laren herumrennt und sich wünscht, er könnte mit mir sprechen und neben mir an Gläsern riechen. Doch – ich halte es für nicht wahrscheinlich.“

Tifflors Mundwinkel sanken.

„Das ist heute nicht zu kontrollieren, Atlan."

„Nein. Ist es nicht. Leider."

Rogier Chavasse tätschelte mit der Linken das Knie seiner Freundin und hob mit der rechten Hand das Glas.

„Wenn ich als armer Computerfachidiot all diesen gelehrten und geschichtsträchtigen Gesprächen lausche, Sir, dann drängt sich mir die eine oder andere Frage auf. Daß Sie aus durchaus persönlichen Gründen heraus die Chronisten auf falsche Fährten führen, billige ich mit Vergnügen. Daß aber weder Mapuhi noch Riancor noch Sie die Erde nicht mehr beobachteten, nur weil die lächerlichen drei Satelliten abgeschossen wurden, sich selbst zerstörten oder ausfielen, glaube ich nicht. Wo waren die unzähligen Spionsonden? Auch Mapuhi konnte sie kreisen lassen. Arbeiteten sie, würden sie gesehen haben, daß die Erde alles andere als eine radioaktive Wüste war?"

Wieder grinste Atlan mit einiger Überlegenheit.

„Eigentlich ist es logisch: Riancor verbot Mapuhi, die Wahrheit zu sagen."

„Verbot er auch", fragte Tifflors schöne Freundin, „die genaue Zeitangabe?"

„Ja."

Drigene hauchte:

„Rico versuchte also, Sie zu schonen, Sir?"

Als Atlan nickte, war sein Gesicht ernst und verschlossen. Er schien nicht zu beabsichtigen, weitere Informationen über jene Zeit zu geben.

„Ich bin davon überzeugt, daß Rico genau das im Sinn hatte. Er war sicher, daß es funktionierte. Und so war es auch."

Cyr Aescunnar, in Jahrtausenden denkend und die Vergangenheit mit beiden Armen zusammenraffend, hob wieder einmal das Glas und sagte:

„Beabsichtigen Sie, uns etwas über die ‚verschwundenen' Jahre zu erzählen, Prätendent?"

Atlan schüttelte den Kopf.

„Nein. Das ist anderen Zeiten vorbehalten. Nicht einmal zu Scarron, der schönsten und liebsten Freundin, habe ich ein Wort gesagt. In diesem Punkt, über diese Jahre, ist mein Gedächtnis auch blockiert. Nicht durch ES, weiß ich inzwischen. Wodurch – ich weiß es nicht. Ehrlich."

„Nonfarmale oder eine ähnliche Kreatur tauchte nicht mehr auf?" fragte Ghoum-Ardebil.

Atlan antwortete voller Bitterkeit:

„Wozu? Die Erde hatte ihre eigenen Schlächter: Timur Leng, Alexander, Napoleon, Hitler und Stalin. Er wäre vor Wut geplatzt, weil er nur unter ‚ferner liefen' rangierte."

„Wahr gesprochen", rief Syria Clapsis. „Sie sind wirklich der beste Nichtterraner der Erde."

„Ich glaube, du trinkst ab jetzt Mineralwasser, Liebling", sagte Chavasse.

Sie himmelte Atlan an; Scarron bemerkte es mit Mißvergnügen. Aescunnar hob den Arm.

„Wie tief war oder ist dieser famose Zylinder in den lusitanischen Unterwasserfels gebettet und verschweißt, Sir?"

Atlan erwiderte kurz:

„Zweitausendachthundertzweiundfünfzig Meter. Können wir den Abend vielleicht ohne Inquisition weiterführen?"

Tifflor kicherte wie ein Schuljunge.

„Soll sein. Du hast uns seinerzeit ja schön an unseren markanten Nasen herumgeführt, Partner Arkonide."

Atlan betrachtete den Rest des Weines im Glas und zeigte ein völlig unbeteiligtes Gesicht.

„Ihr habt nichts Besseres verdient. Hätte Perry erfahren, was ich auf diesem Planeten angestellt habe, würde er sich selbst entleibt haben. Bevor es das Rad gab, gab es Atlan. Und Rico."

„Wahr gesprochen", wiederholte Drigene sinnend. Wieder schwärmten die Stewardessen und Purser aus. Über dem durchsichtigen Zelt zuckten Laser und Maser ihre tanzenden Muster in den schwarzen Himmel über Gäa. Chavasse, dem Zynismus näher als der Ironie, würde eine Jahrespension dafür gegeben haben, wenn jetzt und plötzlich Riancor mit Gascogner Bart aufträte und seine treffend-trefflichen Bemerkungen ins wieder versiegende Gespräch tröpfeln lassen würde.

Der nächste Gang wurde zelebriert.

Djosan Ahar sagte:

„O verdammt noch mal. Das ist der Fraß des Jahrhunderts, Atlan."

„Schmeckt's?" erkundigte sich Veye Gidvani lachend.

„Noch", antwortete Saroug Biss. „Dir auch, getreue Gespielin?"

„Nicht minder", sagte Oemchen Orb. „Daß du in solchen Kreisen verkehrst, ahnte ich nicht, als ich deiner brutalen Werbung endlich nachgab."

Über dem Zelt platzten donnernd ein paar violette Rosen, die sich während sieben Sekunden entfalteten, aufblühten und verwelkten; flüchtige pyrotechnische Geschöpfe aus der Finsternis. Eine schwer wiederholbare Stimmung, eine Leichtigkeit der Gedanken und Empfindungen ergriff nicht nur die dreizehn Tafelnden, sondern auch die dahinhuschenden jungen Damen und Herren, die schließlich die Schüsselchen abservierten und die Anlage für die zeremonielle Herstellung der Nachspeise hereinschweben ließen. Auf der gegenüberliegenden Seite erschien eine Granitplatte, auf der etwa zwei Dutzend Flaschen standen, keine der anderen ähnelnd, und der Inhalt entsprach rund einem halben Jahrhundert terranischer Destillierkunst. Hohe, breite, schmale, wulstige, kugelige und schlanke Gläser wurden auf der nur geringfügig bekleckerten Tischdecke in geraden Reihen aufgestellt.

Chavasse grollte herausfordernd:

„Was soll das werden, Atlan?"

„Ein seliges Besäufnis", sagte Ghoum-Ardebil. „Ich trinke schon seit Stunden prickelndes Mineralwasser. Meine Nieren, meine Leber; ihr wißt schon."

„Wir wissen alles", sagte Scarron. „Bisher verlief der Abend doch angenehm, Liebster. Kein Streit, keine Prügelei, kein Blut . . ."

„Kommt noch", versicherte Cyr Aescunnar hämisch. „Wenn die Crêpe-Manufaktur erst damit anfängt, das mühsam gebändigte Haar unserer Freundinnen zu entflammen, gibt's reichlich Ärger."

Die Hostessen mußten buchstäblich neun Variationen herstellen und entfesselten eine Art Tischfeuerwerk, während über den Gästen Maserstrahlen durch die Schwärze furchten, an Kraftfeldern gebogen und ineinander verknotet wurden. Atlan und Scarron schoben, nachdem sie einen dieser exzellenten Teigfladen, Durchmesser etwa vierzig Zentimeter, gegessen hatten, ihre Sitze zurück, betrachteten die Freunde und sahen deren Bemühungen, fühlten sich wohl und zufrieden.

„In memoriam", murmelte der Arkonide und hob eines der letzten Gläser dieses Abends.

„Und nun, mein Freund?" fragte Scarron.

„Und nun ist die lange, schmerzliche und schöne Geschichte eines Planeten zu Ende erzählt. Was willst du mehr?"

Scarron versenkte, während die anderen ihre Crêpes mampften, ihren Blick in Atlans Augen.

„Ich will mehr", sagte sie. „Dich: normal, gesund, überbeschäftigt und in meiner Nähe."

Er küßte sie.

„Kannst du haben", sagte er. „Was übermorgen früh passiert, weiß nicht einmal Rhodan. Ich bin auch deshalb hier, Scarron, weil ich einen dicken Schlußstrich unter meine Zukunft ziehen muß. Sonst hört es nie auf.“

Sie sprachen so leise, daß keiner der anderen sie verstehen konnte. Scarron blieb halbwegs skeptisch, denn sie ahnte, daß die eine oder andere déjà-vu-Situation ihren Geliebten dazu bringen würde, die lange Geschichte der *Miracle*-Jahrzehnte zu erzählen.

Sie war nicht Amoustrella.

Sie war hier und heute.

Amoustrella Gramont war längst Staub. Sie aber lebte. Sie atmete tief ein und aus, ließ ihre Blicke über die Versammelten gleiten und fühlte sich wohl, geborgen zwischen Freunden und mitten in der lebendigen Gegenwart. Eine kühle, große Ruhe senkte sich zugleich mit den letzten Rauchschleiern der Feuerwerkskörper über sie, und sie lehnte sich an Atlans Schulter.

„Der Kreis – hat er sich geschlossen, Atlan?“

Er wußte nicht mehr als sie.

„Es hat sich ganz bestimmt ein Kreis geschlossen. Ich weiß so vieles über die Vergangenheit, Scarron, aber über die Zukunft weiß ich nichts. Warten wir's ab.“

Über dem Zeltdach spaltete ein Keil aus Helligkeit und riß ihn bis zu den Sternen auf. Ein Raumschiff, dessen Ziel unbekannt war, hob mit markerschütterndem Dröhnen ab und verschwand schließlich. Der Nachhall tobte über die Stadt hinweg.

„Ja. Was immer geschieht, Atlan – wirst du mir so treu bleiben wie deiner großen Liebe Amou?“

Der Arkonide brauchte nicht zu überlegen. Er lächelte in ihren skeptischen Blick hinein und entgegnete leise:

„Weil ich mir selbst treu bin und bleibe, Scarron, werde ich auch dir – und auch den Freunden hier und anderswo – treu bleiben. Glaubst du dies einem uralten Arkoniden?“

Sie schien die Webknoten des Tischtuchs zu studieren, dann den Rest Obstbrand im Glas, dann ihre Finger, schließlich, halb verschwommen, die Gesichter und Oberkörper der Freunde. Dann hob sie den Kopf, blickte in Atlans rötliche Augen und nickte.

„Ich glaube einem Arkoniden, der vor wenigen Tagen festgestellt hat, daß er so vieles überlebt hat. Ja. Ich glaube dir, Atlan."

Er hob die Hand, schnippte mit den Fingern, und das Zelt verwandelte sich langsam wieder in eine Hülle, die die Außenwelt verdeckte. Kerzenflammen flackerten. Die Stewards räumten ab, und schließlich standen zwischen den Kerzen im Mittelpunkt des Tischs nur noch Flaschen und Gläser und einige dunkelrote Rosen der Dekoration.

Atlan stützte sein Kinn in die Handfläche und sagte:

„Ich denke, nein, ich bin sicher, ich war ehrlich in meinen Schilderungen. Und wenn ich in fünfzehnhunderteinundneunzig Jahren etwas vergessen haben sollte, dann geschah's nicht mit Absicht. Geh hinüber zum alten Ara und bitte ihn, noch zu bleiben."

Im selben Augenblick stand Ghoum-Ardebil auf und sagte:

„Ich bin alt, müde und satt. Ich muß gehen."

Die Freunde packten ihn und nötigten ihn zu bleiben. Es sei ein historischer Augenblick und eine unwiederholbare Nacht. Er zog die knochigen Schultern unter seinem Burnus in die Höhe, blickte den lächelnden Arkoniden an und setzte sich wieder.

„Ich bleibe", rief er. „Aber nur, wenn Atlan etwas aus den ‚verschwundenen Jahren' erzählt."

Der Arkonide grinste auf unnachahmliche Art.

„Darauf kannst du lange warten, mein Freund."

„Wie lange?"

„Niemand weiß es. Freiwillig erzähle ich nichts davon.“

„Sicher?“

„Ja“, sagte der Arkonide. „Irgendwann sind auch die größten Geheimnisse der Vergangenheit unwichtig; sie können von niemandem verstanden werden, weil es so unendlich lange her ist.“

Der Ara lächelte.

„Wenn du erzählst, ist es für mich, als sei es gestern.“

„Nicht für mich“, sagte Atlan. „Und deswegen wird alles, was ich von mir gebe, ein beredtes Schweigen sein.“

Sie wechselten über den Tisch einen langen, prüfenden Blick.

„Bist du sicher, Atlan?“

„Ja. Völlig“, sagte der Arkonide, und er hielt sich lange an dieses Versprechen.

E N D E

EIN PERRY RHODAN-TASCHENBUCH

HANS KNEIFEL

Die Pflanzenkaiserin

VERLAGSUNION ERICH PABEL-ARTHUR MOEWIG KG,
7550 RASTATT

PERRY RHODAN-Taschenbuch
erscheint monatlich in der Verlagsunion Erich Pabel-Arthur Moewig KG,
7550 Rastatt

– Originalausgabe –
Titelbild: Alfred Kelsner
Redaktion: Dr. Florian F. Marzin
Vertrieb: Verlagsunion Erich Pabel-Arthur Moewig KG, 7550 Rastatt
Druck und Bindung: Brodard & Taupin, La Flèche, Frankreich

Alleinvertrieb und Auslieferung in Österreich:
Pressegroßvertrieb Salzburg Gesellschaft m.b.H.,
Niederalm 300, A-5081 Anif
Einzelheft-Nachbestellungen richten Sie bitte an:
TRANSGALAXIS-Buchversand, Postfach 1127,
6382 Friedrichsdorf/Taunus
Lieferung erfolgt gegen Vorkasse (zuzügl. DM 3,50 Versandkosten,
Ausland DM 7,50) oder per Nachnahme (zuzüglich DM 6,– Versandkosten).
Abonnement-Bestellungen sind zu richten an:
Verlagsunion Erich Pabel-Arthur Moewig KG, 7550 Rastatt
Lieferung erfolgt zum Verkaufspreis plus ortsüblicher Zustellgebühr
Printed in France 1992
ISBN 3-8118-5203-5

WANN BEFREIT MICH DAS GROSSE FEUER VON DEN QUALEN? Die Hälfte aller Geschöpfe der Welt kann nur dank meiner Existenz überleben. Sie bevölkern meine Glieder, den Schatten und die Erde zwischen meinen Wurzeln.

Der Kontinent, auf dem ich mich seit Äonen ausbreite, speichert die Hälfte allen Wassers. Wachse ich weiter, droht unausweichlich die weltgroße Katastrophe. Gibt es Hilfe, Heilung, eine Veränderung meines Zustandes?

Einst kam das Leben aus dem Wasser; ich breitete mich auf leblosem Land aus, krallte mich an nacktem Fels fest, bis die ersten grünen Triebe der Sonne entgegenwuchsen. Unzählige Jahreszeiten später bedeckten meine Nachkommen das feste Land; ich bestand aus vielen Arten und lebte Äonen lang allein und ungestört zwischen Werden und Vergehen, Blüte und Vermodern – machtvolle Herrscherin über Myriaden unabhängiger Teile.

Aus den Wolken regnete die unsichtbare Krankheit, die mich mit den Wurzelwesen der Welt verband und zwang, zu wuchern und jeden Fleck auszufüllen. Ich, die kaiserliche Herrscherin, wurde zur Dienerin. Mich und die Geschöpfe in meinem Schatten machten sie zu Sklaven.

Ich warte. Ich kämpfe mit allen Zellen gegen die Wachstumsseuche. Widerstand gegen die Fremden ist ebenso sinnlos wie der Versuch, mein Wachstum selbst zu beschränken. Der nächste Blitzschlag, ein Feuer im Sturm, können mich und meine Schützlinge vernichten – noch ringe ich gegen die Große Katastrophe und gegen meinen Selbstmord: – denn meine Schutzbefohlenen sind Menschen, so erfuhr ich von Fremden aus Welten über den Wolken.

ICH WARTE: AUF HILFE UND RETTUNG; DAS GLOBALE VERHÄNGNIS WIRD JEDES LEBEWESEN TÖTEN.

ICH WARTE . . .

1.

PLANET LOST DIAMOND, 4. DEZEMBER 2399 STANDARDZEIT; 23.00 UHR. Leise summte die raumhohe Glassitplatte zur Seite. Kühle Nachtluft brachte Gerüche frisch gemähten Grases und einen Hauch von Seewasser und Tang in den runden Arbeitsraum, verbrauchte Luft zog zur Terrasse und ließ das Bild des Mondes zittern. Gelb und voll schwebte Flowers inmitten der Milchstraße. Uslan Grandonet hustete, rief mit der Tastatur einen Block zusätzlicher Informationen auf und ging quer über den weißen Teppich bis zur Brüstung. Er atmete tief ein und aus; die Sterne flimmerten und drehten sich vor seinen Augen. In den Kniegelenken stach pulsierender Schmerz. Der Planetare Administrator schleppte sich zum Schreibtisch, hielt sich an dessen Platte fest und zog sich bis zum Sessel. Die farbigen Kontaktfelder schienen zu tanzen, er konzentrierte sich keuchend auf das rote Quadrat und stieß die Finger darauf. Sekunden später stürzten drei ertrusische Leibwächter in den Raum. Grandonet röchelte:

„Schnell. Ruft den Arzt. Wenn es zu spät ist – verständigt meinen Freund!“

Der Alarm verwandelte die Zone um den Klippenturm in einen Alptraum aus zuckenden Lichtern, Sirenengeheul, hastenden Gestalten und startenden Gleitern. Grandonet schwankte vorwärts. Ehe sein Kopf die Tastatur berührte, fing ihn der riesige Ülm Kethian auf und trug den schlanken, weißhaarigen Mann hinüber zur Sitzlandschaft. Absätze klapperten auf der Wendeltreppe, als Charedh herunterkam, den grau gekleideten Ertruser anstarrte und zu Grandonet rannte.

„Uslan! Liebster . . . Was ist passiert? Dein Gesicht; Ich bin's, Charedh – du darfst nicht sterben . . .“

Türen flogen auf. Der diensthabende Arzt, hinter sich einen blinkenden Medorobot, rannte auf die Liege zu, schob die schwarzhaarige Frau zur Seite und beugte sich über Grandonet. Gelber Schaum stand auf den Lippen des Administrators, der schlanke Körper zitterte bis zu den Zehen. Die Maschine setzte ihre Sonden und Rezeptoren an, während der Arzt mit eiskalten und heißen Tüchern abwechselnd Hals, Brust und Gesicht abwischte. Ülm nahm Charedh an den Oberarmen, zog sie zwei Schritte zur Seite und flüsterte:

„Wir können nichts tun. Das ist Sache des Doktors. Der . . . Anfall kam ganz plötzlich, nicht wahr?"

„Wir waren am Nachmittag schwimmen. Uslan ist kerngesund. Ich habe gerade den Tee für ihn zubereitet."

Der Vocoder des Roboters unterbrach sie.

„Die Symptome deuten auf Vergiftung hin. Gegenmaßnahmen sind eingeleitet. Pulsfrequenz steigend."

Der Arzt versuchte, Grandonet festzuhalten. Er zuckte konvulsivisch, der Schaum färbte sich grünlich, und das stockende Murmeln wurde undeutlicher, aber lauter.

„Charedh. Wo bist du? Ich sehe dich nicht. Ruf Atlan an und sag ihm: sie haben mich vergiftet. Niemand war auf der Terrasse." Seine Lider öffneten und schlossen sich, jeder Muskel verkrampfte. Mit zitternden Fingern tastete er umher. Charedh legte ihre Finger in seine Hand, deren Haut zu glühen schien. „Die Spur . . . nach Lepso. Toyrotto. Gib auf dich acht, mein Liebstes . . ."

Ein Schrei schwoll an, wurde schriller und riß ab. Der Körper Grandonets krümmte sich zusammen und schleuderte die Robotarme, den Mediziner und Charedh zur Seite. Sie brach sich fast das Handgelenk, ehe sich der Griff der Finger löste. Aus dem Mund des Sterbenden drang ein dünner Hauch, als sei es Winter; der Atem roch nach Verwesung, Azeton und altem Schweiß. Als Grandonet starb, verschwand die Muskelstarre, und sein Gesicht schien jünger zu werden, und friedlicher. Der Medorobot hörte zu blinken auf, zog seine Instrumente zurück und sagte: „Exitus!"

Ülm Kethian deutete auf den Arzt und die anderen Wächter. „Verlaßt die Administration nicht. Ich verständige die Planetare Polizei; sperrt sämtliche Zugänge ab und kontrolliert die Gleiter. Unser Chef ist vergiftet worden. Ich will seinen Freund verständigen." Er machte eine Pause und musterte den riesigen, runden Raum; Hirn und Herz des Planeten Lost Diamond. „Ich bin sicher, er meint damit den Chef der USO."

„Atlan ist einer seiner besten Freunde", sagte Charedh, ohne den Blick zu heben. Sie nahm den Arm Grandonets hoch und legte ihn über die Brust des Toten. „Warum haben sie ihn umgebracht? Wer war so hinterhältig?"

„Wird sich herausstellen, First Lady", sagte Ülm. „Ich sage nur, was die Polizei und, falls Atlan sie einschaltet, die Leute von der USO sagen würden: nichts anrühren, keine Beweise vernichten. Charedh – gehen Sie wieder nach oben. Wir können hier nichts mehr tun. Ich bringe Sie zurück, ja?"

Charedh Grandonet senkte den Kopf. Ülm blickte auf die Uhr, sah dem Arzt nach und nickte Charedh zu. Schweigend gingen sie die Wendeltreppe hinauf in den Wohnbezirk. Die junge Frau, deren Haut eine Spur heller als das Rotbraun des Ertrusers glänzte, blieb vor dem Fenster stehen und starrte ihr Spiegelbild an. Ülm breitete die Arme aus und sagte:

„Sie sind hier sicher, Charedh. Ich kümmere mich um alles. Es kommt, das wissen wir, eine schlimme Zeit – Atlan wird tun, was er kann."

„Danke, Ülm." Sie drehte sich langsam um, mit maskenhaftem Gesicht. Sie hatte sich völlig in sich selbst zurückgezogen. Ihre Augen blickten durch ihn hindurch. Die zitternden Finger verrieten ihre Anspannung. Der Leibwächter ging hinunter und wollte sich vor das Terminal setzen. Rechtzeitig dachte er an seine Ausbildung und an die eigenen Befehle, benutzte die Rampe entlang der runden Turmmauer und setzte sich neben Rao Grimswod.

„Gift." Die Hyperfunkverbindung stand noch nicht. Die holografischen Monitoren zeigten die Eingangshalle mit den verschlossenen Türen und den Blick ins Polizeicenter. „Also ist der Mörder unter uns allen zu suchen, nicht wahr?"

Rao, die Pranken über der Tastatur, lächelte eisig.

„Unter allen, die in Uslans Nähe kommen konnten. Einschließlich Charedh und uns. Welches Gift? Vielleicht war das Zeug seit Monaten oder Jahren hier! Und wo war's versteckt?"

„Warum? Grandonet war beliebt wie kein anderer vor ihm. Er hat Diamond zu dem gemacht, was der Planet ist – ein Paradies."

„Und das hat jemandem nicht gefallen. Es ist, wenn du ein bißchen von Geschichte verstehst, das alte, böse Lied." Rao Grimswod hob grüßend die Hand, als auf dem Bildschirm eine Frau mit kurzem schwarzem Haar zu sehen war.

„Bevor ich durchschalte, brauchen wir hier eine nachprüfbare Identifizierung. Planet Lost Diamond?"

„Sonne Sigma Raphis", sagte Rao. „Vor elf Minuten wurde Administrator Uslan Grandonet nach Meinung des Arztes durch Gift ermordet. Die First Lady Charedh lebt. Die Administration wurde abgesperrt; wir warten auf die Polizei. Unser Chef konnte gerade noch sagen, daß die Spur nach Lepso führt. Zu Toyrotto? Wir sollen seinen Freund benachrichtigen. Lordadmiral Atlan. Wir wollen uns so korrekt wie möglich verhalten, also sagen Sie Ihrem Chef, was der Administrator noch zu sagen hatte." Er zögerte zwei Atemzüge lang. „Giftmord, Kollegin. Ich bin sicher, daß auf unserer Welt niemand imstande ist, den Mord aufzuklären."

„Warten Sie eine Sekunde . . ."

Das Bild wechselte. Die Ertruser sahen überrascht in Atlans Gesicht und grüßten. Der Arkonide war augenscheinlich eben aufgeweckt worden. Er raffte den Kragen des Bademantels am Hals zusammen und blinzelte. Seine Stimme war rauh.

„Ich habe zugehört. Uslan war mein Freund, Charedh und er wohnten vor der Heirat bei mir. In ein paar Stunden meldet sich ein Spezialist bei Ihnen." Atlan blickte nach rechts und hatte offensichtlich Informationen abgerufen. „Marnier Yrr, sehe ich, macht Urlaub auf Diamond. Ich schicke ihn in die Administration. Wahrscheinlich kümmere ich mich selbst um den Fall – und um die First Lady. Nichts anrühren, keine Winzigkeit verändern. Gibt es Schwierigkeiten, wenden Sie sich wieder an Miss Decaree Moonthorne, klar?"

„Klar, Sir." Die Ertruser grüßten. „Yrr soll sich an mich, also Kethian, Grimswod oder Ugsborg wenden. Wir warten."

Die Sekretärin des Lordadmirals spielte das Bild eines mittelgroßen, sehnigen Mannes mit kurzem, grauem Haar ein und trennte die Verbindung. Ülm lehnte sich zurück. Er rieb sein Gesicht mit beiden Händen, massierte die Schläfen und strich über die Sichellocke. Rao zapfte aus dem Automaten zwei Thaccom, rührte Cuzzlact hinein und deutete zur Decke. Leise sagte er, als die Becher auf dem Pult dampften:

„Wenn sich Atlan selbst um den Mord an unserem Chef kümmert, ist es alles andere als eine Sache des Planeten, Rao."

Sie starrten einander schweigend an und warteten lange. Die Schiebetür glitt zur Seite. Torr Exerts, der zwei Uniformierte und drei Polizisten in Zivil vor sich herschob, wies mit ausgetrecktem Arm auf einen Mann in Freizeitkleidung, der einen abgewetzten Handkoffer trug.

„Spezialist Marnier Yrr." Der Ertruser überragte die Männer um mehr als zwei Köpfe. „Wahrscheinlich sind wir alle in einigen Stunden nicht glücklicher, aber etwas klüger."

OUINTO-CENTER, VERWALTUNGSEBENE: Ich lehnte mich zurück. Meine Finger huschten, ohne daß ich nachdachte, über die Tasten. Mein Freund Uslan Vlare Grandonet, ehemaliger Spezialist der United Stars Organisation: ermordet. Seine Frau Charedh war allein. Ich vermochte mir ihren Schmerz vorzustellen, und wie alles im Licht der Sterne hatte auch dieser Mord – ich zweifelte keine Sekunde lang, daß es Mord war! – eine lange, komplizierte Geschichte. Der Logiksektor flüsterte eindringlich: *Die Verbrecherclique von Lepso steckt hinter allem. Staven ay Toyrotto, der Sklavenmeister, mag mächtig und skrupellos sein, aber er ist nur einer von vielen, der mit archaischen Methoden für finanziellen Nachschub sorgt. Denke an das akonische Energiekommando! Wie du weißt, hat Uslan seine Frau am Spielpool auf Lepso gewonnen. Eine von Tausenden Sklavinnen und Sklaven. Bis heute kennt die USO den Zuchtplaneten nicht, und wenn Toyrotto fürchtet, daß seine Gehirnwäsche nicht reicht, wird er die Zeugin Charedh – auch töten lassen.*

Ich schnippte mit den Fingern. In meinem Magen bildete sich ein harter, eisiger Klumpen. Spezialist Marnier Yrr war absolut zuverlässig. Die Dossiers der drei ertrusischen Leibwächter, von der Personalabteilung inzwischen zweimal überprüft, zeigten mir, daß mein Freund sehr zuverlässige Männer um sich geschart hatte. Grandonets Charakter war lauter wie Platin, seine Laufbahn kannte fast nur Höhepunkte, und Lost Diamond konnte sich keinen besseren Administrator wünschen. Ich ahnte, nein, ich wußte, daß der Mord der Anfang einer Katastrophe war, der scheinbar nebensächliche Beginn einer Entwicklung, die ebenso zum kosmischen Desaster führen konnte wie andere rücksichtslose Angriffe jener unidentifizierbaren Gangsterorganisation. Ich rief die Informationen über die Sklavin Charedh ab, Nummer W2391 in Toyrottos Katalog: vielleicht hatten wir trotz aller Sorgfalt etwas übersehen.

Charedh zitterte vor Angst und Anspannung, als sie ein Glas mit schwerem Rotwein füllte und am Rand der Dachterrasse stehenblieb. Ihr einziger Schutz, ihre große und einzige Liebe, Uslan, war tot. Sie war, das hatten Atlans Wissenschaftler festgestellt, einunddreißig Jahre alt; nach Maßstäben terranischer Physiologen. Sie erinnerte sich an weniger als zehn Jahre bewußten Lebens. Es waren die schönen, guten und – einzigen lebenswerten Jahre gewesen. Der erste Punkt ihrer Erinnerungen war Lepso. Zusammen mit anderen jungen Frauen und Männern war sie in den engen Zellen eines Raumschiffs, in ungewöhnlichen Räumen voller Lautsprecher und ebenso seltsamen Geräten, in Ateliers, Zimmern, an Schwimmbecken und in prunkvollen Sälen gewesen, prächtig gekleidet, parfümiert, mit Modeschmuck behängt. Aus ihrer Gruppe verschwand einer nach dem anderen. Spurlos. Sie hatte zugesehen, wie fette Männer um unglaublich hohe Summen gespielt hatten; zwischen den Widerlingen sah sie einen Spieler, der kühl spielte, meist gewann und hinter der massiven Fassade seiner Souveränität zunächst liebenswert lächelte. Später, als man ihm Charedh als Spielgewinn anbot, erschrak er, sprach lange mit ihr und gewann sie schließlich als Höchsteinsatz. Es dauerte länger als ein halbes Jahr, bis sie Uslan kannte und ihm vertraute; sie verliebten sich und gingen den Ehevertrag ein. Zwei Jahre später erfuhr sie, wer er wirklich war.

Sie spürte nicht, daß sie teuren, schweren Wein trank. Zwischen den Schulterblättern lief kalter Schweiß. Vor Charedhs Augen begannen der Mond und die Sterne einen lautlosen Reigen. Sie dachte an Lordadmiral Atlan, der kein Terraner war und sie beide besser verstand als jeder andere.

„Jetzt bin ich allein." Sie flüsterte und hob den Pokal. „First Lady! Ob Atlan mir helfen kann?"

Die Sterne und der volle, gelbe Mond beschrieben Spiralen in der nächtlichen Schwärze. Ihre Fingerspitzen wurden gefühllos. Von einem großen Glas Wein wurde sie nicht betrunken. Sie merkte, daß sie schwankte, und setzte sich zögernd auf den breiten Rand der Brüstung, lehnte sich an das gemeißelte Steingeländer. Trauer, Verzweiflung und völlige Orientierungslosigkeit hielten sie gefangen. Ihre Zukunft lag in absoluter Schwärze. Wieder dachte sie an Uslan und sein ausdrucksloses Gesicht. In ihrem Körper wühlten kurze, stechende Schmerzen. Sie leerte das Glas und stellte es auf den Stein. Der Horizont, angedeutet durchs Meer und die Lichter der Stadt, kippte nach rechts und wieder nach links.

„Mir ist übel", flüsterte sie. „Vorhin war doch noch der Arzt da . . . Ülm wird mir helfen."

Sie setzte einen Fuß vor den anderen und tappte schwankend über die Terrasse, dem milden Licht des Wohnraumes entgegen, auf die Liege und die Sessel zu. Der Schmerz ließ sie aufschreien. Die Mundhöhle trocknete aus, im Gaumen und auf der Zunge schien Feuer zu brennen. Ihr Atem ging fauchend und rasselnd. Ihre

Gedanken verloren sich in wirren Mustern; sie zwang sich, tief Luft zu holen und gellend zu schreien. Sie kippte nach links, zog die Knie bis ans Kinn und umfaßte die Schienbeine. Wie durch einen Nebel hörte sie die schweren Schritte eines Leibwächters auf der Treppe. Sie versuchte den Mund und die Augen zu schließen und spürte kochende Glut und eisige Kälte, einen rasenden Wirbel und die Sicherheit kommender, langer Ruhe. Rao Grimswods dunkles Gesicht verschmolz über ihr mit der Umgebung, und sie hörte sich flüstern:

„Mich haben sie auch vergiftet, Rao."

Fast lautlos glitt die Spitze des Stiftes über die Folie. Marnier hielt inne, überlegte und schrieb weiter. „Der achtzehnte Stern der Konstellation oberhalb der galaktischen Zentrumsebene. Sigma Raphis besitzt fünf Planeten, und die vierte Welt ‚Verlorener Diamant' mit dem schönen Mond Flowers ist reich an Natur- und Bodenschätzen, in akzeptabler Entfernung von Krisenregionen und dennoch ein Platz regen Handels. Hier auszuspannen, Urlaub zu machen, sich zu erholen, ist ein Vergnügen das durch nichts getrübt wird."

Er grinste und sah, daß die aufgesprühte Schicht über den Ecken des Arbeitstisches zu trocknen begann. Sein Blick glitt über die surrealistischen Bilder an den gerundeten Wänden. Als er die Titel las, zog er die Schultern hoch, als friere er: *Aufnallender Fischfang zwischen finalen Wolken; das pürnige Gedeck zur tiefen Nacht; trälliger Fjord, vertikal getunt.* Er grinste unbehaglich; der Tote, sagte er sich, hatte abseits seines gutbürgerlichen Lebens einen feinen, makabren Geschmack kultiviert. Gift, dachte der Spezialist, tötet listig und lautlos – die wirrste Phantasie versagt beim Versuch einer klaren Analyse. Er starrte halb ratlos die Schreibstiftspitze an, blätterte um und schrieb:

„Gifte, deren Anwendung den Urlaub eines USO-Mannes jäh beenden können, haben in den Jahren seit Rhodans Landung auf dem Mond eine keineswegs wundersame Vermehrung erfahren. Auf jedem neuentdeckten Planeten gibt es Substanzen, die (natürlich vorkommend oder kompliziert aufbereitet) die Entdecker umzubringen vermögen. Und wo eine Nische definiert wird, finden sich Substanzen, die sie besiedeln. Nicht nur Mund, Rachen, Lungen und Verdauungskanal, sondern jeder Quadratzentimeter der Epidermis ist eine weit offene Pforte für Gifte. Die Steigerung sind Zweikomponentengifte: jahrelang speichert sich ein Teil im Organismus, und wenn etliche Moleküle eines zweiten dazukommen, sind jähes Leiden und qualvoller Tod unausweichlich. Die perverse Steigerung sind Drei-, Vier- und Fünfkomponentengifte. Giftmischer sind höchstbezahlte Spezialisten, und ein solcher war hier zweifellos erkennbar am Werk."

Marnier Yrr hatte jeden einzelnen Gegenstand – etwa zweihundert – im Arbeitsraum Grandonets untersucht und seine schwierigen Tests gemacht; bisher erfolglos. In vier Stunden ging die Sonne auf. Er rechnete nicht mit einem schnellen Erfolg bei einem solch prominenten Opfer. Er bevorzugte, weil ehrliches Schreiben die Gedanken disziplinierte, die Einträge in sein Notizbuch, sonst hätte er die Tastatur von Uslan Grandonets Terminal benutzt. Er ließ den Stift fallen, sprang auf und näherte sich vorsichtig dem Terminal. Er sprühte die Tasten und Regler ein und war nunmehr sicher, daß er in diesem Raum nichts vergessen hatte. Das halbtransparente, einem Spinnennetz ähnelnde Gewebe verfärbte sich langsam.

„Im Fall Grandonet könnte, unbeabsichtigt vom Putzroboter, die Oberfläche der Tasten mit Komponente A imprägniert worden sein. Zwanzig Jahre lang hätte das Opfer an dem Terminal arbeiten können, ohne mehr zu spüren als leichten Hustenreiz. Ein Schluck aus einem Glas, einige tausend Moleküle der Komponente B, und der Tod ist unausweichlich. Aber es kann ebenso die Haarbürste sein, eine Zigarette, der Lippenstift der Ehefrau beim Kuß – der Phantasie sind keine Grenzen gesetzt."

Yrr stand auf und begann den vorläufig letzten Rundgang durch den Raum, vorbei an einigen Planetenkarten, zwei Dutzend unterschiedlich großer Monitoren, etlichen Einbauten und dem Üblichen: Sitze, Liegen,

Tische und Lampen. Er hatte nichts vergessen und blieb vor der Tastatur stehen. Er sah, daß sich die Folie über jeder Tasten-Kontaktfläche violett verfärbt hatte.

„Atlan wird fluchen“, murmelte er. „Das ist es.“

Noch ehe er nachdenken konnte, welche Komponente zu diesem Gift passen würde, hörte er den gurgelnden Schrei und sah, Sekunden später, zwei Ertruser auf der Wendeltreppe in den Wohnbezirk hinaufrennen.

Drei Tage später schrieb er: „Hier herrscht ein wildes Durcheinander, das meine Arbeit erschwert. Das Gift A (für den Mord am Administrator) war auf die Terminaltastatur aufgebracht. Gift B, das ihn tötete, befand sich im Sonnenschutzöl, mit dem ihn die First Lady einrieb. Neun Stunden nach dem Sonnenbad am Korallensandstrand Malfacco war er tot. Der Name des Duo-Giftes ist Sycarax; es wird auf Lepso – aber nicht nur dort – gehandelt. Es ist exorbitant teuer.“

Er zündete sich eine Zigarette an und blickte hinunter in die riesenhafte Bucht, deren wolkenweißer Strand, zwischen Felsen, schroffen Kaps, den Molen des Hafens und Uferwaldungen mit Brandung, kleinen Booten und Sonnenschirmen sich bis zu beiden Enden des Blickfeldes erstreckte. Die First Lady war eine der schönsten Frauen gewesen, die er je gesehen hatte. Selbst im Tod strahlte sie exotische Schönheit aus; das Bild ihres starren Gesichts riß tief in seinem Inneren Wunden der Erinnerung auf, die er seit drei Jahrzehnten vernarbt geglaubt hatte. Er zwang sich dazu, den Bericht für Atlan fertigzuschreiben:

„Es war nicht leicht, die Gifte zu identifizieren, denen die First Lady zum Opfer fiel. Die pathologische Abteilung der Universität Raphis Diamond stellte fest, daß Komponente A als Depotkapsel im Kreislauf Charedh Grandonets zirkulierte, und daß die zweite Komponente im Wein enthalten war, in die Flasche injiziert.

Das Originaletikett (Chateau le Sagittaire, Beauvallon, France, Terra, Appellation Coteaux du Cotes du Var, A.D. 2389) muß als Hinweis dienen. Die Flasche trägt die Nummer 363162, und der Vertriebsweg bei einem solch teuren Produkt kann von USO-Sommeliers unschwer zu verfolgen sein. An einem der Umschlagspunkte ist Giftkomponente B, geschmacksneutral, in den Wein eingebracht worden.“

Er überlegte lange, ob er etwas vergessen hatte oder eine Kleinigkeit hinzuzufügen war. Er fand nichts. Trotzdem blieb er noch im Turmbauwerk der Administration, bis er absolut sicher war. Ihm ging das schmale, wunderschöne Gesicht der jungen Toten nicht aus dem Sinn. Ob er seinen Urlaub abbrechen würde oder nicht, wußte er auch nicht; die Freude an weißen Stränden war ihm ziemlich verdorben. Er schloß seinen Koffer und wartete schließlich mißmutig im Gästehaus der Administration auf Lordadmiral Atlan, seinen Vorgesetzten.

AN BORD DER ARCA DREIZEHN: Wir rasten jetzt schon zum elftenmal um den Planeten, in geringer Höhe, und ich richtete meinen Blick auf die verschiedenen Monitoren der Panoramagalerie. Lost Diamond war ein Paradies, wie Terra und Hunderte anderer Welten. Ich legte die Hand auf Girard Kjeells Unterarm.

„In drei Jahren sind Neuwahlen. Bis dahin, Girard, übernehmen Sie kommissarisch den Job meines Freundes. Es ist eine schöne Welt, deren Verwaltung keine übertriebenen Schwierigkeiten machen dürfte. Brauchen Sie Hilfe – einfach einen Hyperfunkspruch absetzen.“

Girard, ein kleiner, schlanker Ertruser, Lehrgangsbester, jung und vielversprechend, strich das Ende der Sichellocke aus der Stirn. Er hob die muskelstarrenden Schultern.

„Sind Sie sicher, daß ich den Job richtig ausfüllen kann, Sir? Ich habe mich erkundigt. Grandonet setzte Maßstäbe.“

„Jeder Riese, selbst ein Mann von Ertrus“, sagte ich, „hat als größerer Zwerg angefangen. Wenn Sie diesen Job hinter sich haben, sind Sie reif für wirklich große Aufgaben in Krisengebieten.“

„Glücklicherweise landen wir erst nach allen Trauerfeierlichkeiten. Die Lage sollte sich beruhigt haben. Beide waren beliebt, integer und unbestechlich, nicht wahr?“

Ich senkte den Kopf.

„Ja. Deswegen riet ich Grandonet, sich zur Wahl zu stellen. Sie halten hier die Stellung. Und wir von Quinto-Center kümmern uns um Sklavenhandel und alles andere." Ich blickte in seine großen, dunklen Augen. „Man hat nicht nur den Administrator dieser Welt ermordet, sondern gezielt meinen Freund Uslan und seine junge Frau. Sie haben nichts zu befürchten."

Er bewies Mut und kluge Einschätzung der Lage, als er fragte:

„Und da sind Sie sicher, Sir?"

„Ich bin nicht völlig sicher." Ich winkte dem Kommandanten und deutete nach unten. Das Schiff ging in den Landeanflug über. „Aber nach allen Analysen ist es so. Das war gezielter Doppelmord, Girard. Ihre drei Freunde, die ehemaligen Leibwächter, werden Ihnen helfen, wo immer es nötig ist."

„Ich tue drei Jahre lang mein Bestes, Lordadmiral!"

„Niemand hat etwas anderes vermutet."

Das Schiff ging in eine Linkskurve und raste mit fauchenden Antigravabsorbern auf den Raumhafen zu. Uslan und Charedh waren begraben; was suchte ich eigentlich hier? Der Logiksektor flüsterte: *Eine Bestätigung dafür, Arkonide, daß deine Freunde Informationen hatten, die der neuentstehenden Verbrecher-GmbH – und anderen Gegnern der Welten deines Freundes – schaden könnten!*

Uslan Grandonets Yacht, ein umgebautes großes Fischerboot, kurvte um den Felsvorsprung und hielt auf den Mittelpunkt der Bucht zu. Die Schrauben gingen rückwärts, der Anker fiel. Ich ging in den Schatten der Persenning und wandte mich an Torr Exerts. Der Ertruser schaltete die Maschinen ab und nickte.

„Grandonets Lieblingsbucht. Hier haben sie geschwommen, sonnengebadet – und hier bekam er die zweite Giftdosis. Kann ich Ihnen helfen, Sir?"

„Wir sollten uns unterhalten", sagte ich und spürte die Kälte des Teebechers an den Fingerkuppen. „Die Daten und alles andere haben wir. Vielleicht führt mich ein

Gespräch auf eine brauchbare Spur. Hören Sie gut zu, Girard. Fragen Sie Torr und Ülm."

Die drei Ertruser, Spezialist Yrr und ich saßen in der Plicht des Bootes. Der Strand war menschenleer; Seewind raschelte und rauschte in den Kronen des Uferwaldes. Ich hob den Kopf und sagte:

„Jeder wußte, daß Grandonet seine zukünftige Frau in einem Spielcasino Lepsos gewonnen hat. Die halbe Galaxis erfuhr, daß sie zusammen waren und er hier zum Administrator gewählt wurde. Warum haben die Mörder jahrelang gewartet? Die USO brauchte Charedh nicht, um Informationen über Sklavenhandel einzuholen. Wurde Uslan erpreßt, reagierte nicht und wurde dafür bestraft? Torr! Ülm! Habt ihr etwas bemerkt?"

„Sir, darüber haben wir drei Tage lang gesprochen. Niemand in der ganzen verdammten Administration hat auch nur das geringste Anzeichen dafür entdecken können." Kethian rollte die Ärmel des weißen Hemdes hoch. „Der Chef hat sich, wie immer, um jede Kleinigkeit rund um Diamond gekümmert. Er hat nicht ein Glas mehr getrunken, hat gut geschlafen und, ebenso wie die First Lady, war er ausgeglichen und guter Laune. Stimmt's Torr?"

„Absolut richtig. Wenn es etwas gab, hat's keiner merken können."

Ich sah weißen Vögeln nach, die über dem Schiff kreisten. Marnier Yrr hob die Hand.

„Grandonet war Spezialist der USO. Er kannte natürlich unzählige haarsträubende Geschichten über viele zwielichtige Gestalten zwischen den Sternen. Der Doppelmord sieht für mich wie der Vollzug einer langen, kalt geplanten Rache aus."

„Oder wie die Furcht, Yrr, vor einer kurz bevorstehenden Enthüllung. Wie war es mit auffälligen Besuchern?"

Torr blickte in meine Augen und schüttelte den Kopf.

„Kein Besucher, den wir nicht genau gecheckt haben. Es wird immer rätselhafter." Der Ertruser dehnte einatmend den Brustkorb; die Hemdnähte knirschten. „Ich glaube nicht, Sir, daß Ihre Teams mehr herausfinden."

„Sollte uns nicht stören", brummte Ülm. „Jede Winzigkeit zählt. Was denkst du, Kollege Yrr?"

„Dasselbe." Der Spezialist rieb Öl auf seine Oberschenkel. „Kalt durchgeführte Rache. Vermutlich hatte Grandonet Informationen über Toyrotto oder andere Schurken. Vergeßt nicht, daß er Briefe schreiben, funken und hyperfunken konnte, ohne jede Einschränkung. Und mit Boten oder Informanten hätte er sich auch am Strand oder sonstwo treffen können."

Ich kippte den warm gewordenen Tee über Bord, sah einer Schule goldfarbener Fische zu und drehte mich herum.

„Wir haben einen Freund verloren, und der Planet einen hervorragenden Verwalter. Offensichtlich geht es bei dem Verbrechen nicht um Probleme Lost Diamonds. Die USO hat bisher fast jedes Problem gelöst. Ich mache es zur Chefsache."

Torr verbeugte sich, Marnier Yrr schlug die Faust in die offene Hand. Das Boot zerrte leicht an der Ankertrosse.

„Danke, Sir. Und Sie, Girard, können sich auf uns drei verlassen. Fragen Sie, was Sie wollen; wir zeigen Ihnen, wie sich Diamond am sichersten verwalten läßt."

„Ich werde eure Hilfe dringend brauchen, Torr."

Ich schloß die Augen und ließ die Strukturen einiger Fälle an mir vorbeiziehen, die von der United Stars Organisation mit viel Aufwand und Mühe gelöst worden waren. Vielleicht dauerte es lange, aber meine Quinto-Center-Mannschaft würde den Mörder Uslans und Charedhs finden. Daß Mord und Mörder zu den Teilen eines großen, verwirrenden Bildes gehörten, war jedem von uns klar. Marnier Yrr räusperte sich und sagte:

„Sie nehmen mich mit der ARCA mit? Zurück ins Center?"

„Selbstverständlich." Ein Segelboot schnitt vor dem Bug quer durch die Bucht und jagte auf die Brandung zu. „Und ich hoffe, daß unsere Jungs ein paar Computerspeicher voll interessanter Informationen gesammelt haben."

Ich sah in die Gesichter der Ertruser und des Spezialisten und las nichts anderes als den Ausdruck sehr großer Skepsis.

Das Team hatte sich in der Messe versammelt, dem größten Raum des Schiffes. Ich setzte mich auf die Tischkante und sagte sarkastisch:

„Wenn ich Ihre Mienen sehe, strahlend und vom Erfolg gezeichnet, kann ich mir ausrechnen, daß wir woanders weitersuchen müssen. Was haben wir herausgefunden?"

USO-Spezialist Walters, ein untersetzter Terraner, sagte schulterzuckend:

„Wenig, Sir. Nur eine lange Reihe winziger Andeutungen. Myler, fangen Sie an!"

Als Myler von seinem Notizblock abzulesen begann, unterbrach ihn das Summen der Antriebseinheiten und zwang ihn, lauter zu sprechen. Wir erfuhren, daß im Lauf der vergangenen zweieinhalb Jahre einzelne Besucher registriert worden waren, deren Namen und Spezifikationen in unseren Speichern schlummerten, daß ein Syndikat, Sitz Lepso, auf Lost Diamond Land hatte kaufen wollen und von Grandonet abschlägig beschieden worden war. Ich grinste kurz. Natürlich waren Namen, Nummern und Titel bekannt; reine Routineangelegenheit. Fünfzehn Spieler, Wirtschaftsbetrüger und ähnliche Kreaturen waren auf persönliche Anordnung Uslan Grandonets – zum Teil schon auf dem Raumhafen – festgenommen und ausgewiesen worden.

Einige akustische Signale zeigten, daß sich Luken und Schleusen schlossen und das Schiff in Startbereitschaft versetzt wurde. Ich wartete, bis Myler fertig war, und sagte:

„Ausgezeichnet. Viele kleine, recht farbige Mosaiksteine, Myler. Habt ihr noch mehr von der Sorte?"

„Eine bunte Mischung, Sir", sagte Rave Sounder. „Einen Teil haben wir schon in die Computer eingegeben. In Quinto-Center, meinen einige von uns, können wir vielleicht schon eine vage Struktur ausrechnen lassen."

„Höre ich gern." Ich nickte zufrieden. „Grandonet war konsequent. Er traute weder Personen noch Ideen, Vorschlägen oder geschäftlichen Anregungen, die aus der Richtung der Freihandelswelt kamen."

Das Raumschiff startete. Wir sahen auf dem Monitor, wie die Küstenlandschaft schrumpfte und kurz darauf unter den Wolken verschwand. Zwei Stunden lang hörten wir, was die Männer herausgefunden und zusammengetragen hatten. Keiner hatte erwartet, daß uns schon jetzt größere Zusammenhänge klar werden würden. Je mehr ich erfuhr, desto mehr steigerte sich meine Unruhe. Der Logiksektor kam zu einem Schluß, der mich erschreckte: *Suche nach ähnlichen Vorfällen, Arkonide. Es muß nicht die „Namenlose Gesellschaft“ sein, die zu einem vernichtenden Schlag auf das Solare Imperium ausholt!*

2.

Aus: Meeca Netreok ZAHLEN, ZENTURIEN, ZIELE und ZEUGNISSE
– aus der Arbeit des USO-Historischen Korps.
Sonderdruck, Pounder-City, Mars, 2391 Standardzeit.

„Am 1. Juli 2115 wurde die United Stars Organisation als neutrale Schutzmacht für die Völker der Galaktischen Allianz ins Leben gerufen und rasch zu einem schlagkräftigen Instrument der Sicherheit. Da Lordadmiral Atlan das frustrierende Amt des Imperators an den Nagel gehängt hatte, war es für jeden Kenner der Umstände nichts anderes als logisch, daß bald innerhalb der USO das Historische Korps ins Leben gerufen wurde. Mehr als zehn Jahrtausende persönlicher historischer Erfahrungen Atlans und die Begeisterung der Helfer und Spezialisten von Quinto-Center und 182 geheimen Stationen schufen ein riesiges Archiv und einzigartige Software, die selbständig aus Zahlen und Zeugnissen lebendige Geschlechtsinterpretation erstellte. Es ist ein offenes Geheimnis, daß sich Mitarbeiter aller Fachgebiete mit kindlicher Freizeit-Freude diesem Projekt widmen, und selbst Chef Atlan Gonozal steuert für den Holografieraum des Korps einige Exponate seines ‚Museumsraumes‘, der unterseeischen Schutzkuppel bei . . .“

QUINTO-CENTER, 1. JANUAR 2400, 10.45 Uhr STANDARDZEIT. Der japanische Garten und der dichte Efeubewuchs an den Felswänden meines Wohnbüros waren Teile der hydroponischen Anlage des riesigen, ausgehöhlten Mondes. Den Bauplan samt Wasserführung – selbstverständlich mit geräuschlosen Pumpen – hatte ich in den weitläufigen Archiven meiner Erinnerung gefunden. Kamakura Yamazaki, der dichtende und malende Samurai von Miracle hatte ihn einst in seinem Tokioter Garten gebaut, eine zweite, größere Version für Mondam Amoustrella Gramont verwirklicht, und hier erstreckte sich die verkleinerte Version, von mir mit weitaus weniger Meisterschaft realisiert. Ich riß mich vom Anblick und zahlreichen Erinnerungen los, drehte den schweren Sessel herum und hörte im selben Moment das Empfangssignal. Langsam, mit wenigen Störungen, baute sich das Bild meines Freundes auf dem Kommunikationsmonitor auf. Ich hob die Hand.

„Ich müßte lügen“, sagte ich, „wollte ich behaupten, daß ich nicht wüßte, daß am Goshunsee gerade Nacht ist. Aber in diesen unruhigen Zeiten dauert es lange, eine einwandfreie Hyperkomverbindung aufzubauen. Liegt an deinen barbarischen Schaltungen, Perry.“

„Schon gut.“ Er lächelte, sein Gähnen war ansteckend. „Willst du dich einladen? Oder braucht die USD wieder ein paar Millionen Solar?“

Unser Gespräch war so abhörsicher, wie es der gegenwärtige Stand der Nachrichtentechnik ermöglichte. Ich hob die Brauen.

„US-D? Ich brauche dringend NATHANS aktuelle Speicher.“

„United Stars Desorganisation“, sagte er und grinste. „Kein Geld? Sehr gut. Um was geht es? Immer, wenn du so herausfordernd mit dem Zellaktivator spielst, ist es ernster als sonst.“

Ich sah in Rhodans graublaue Augen und holte tief Luft.

„Ich überspiele anschließend an unser Gespräch ein paar Millionen Daten. Gib sie dem Mondgehirn als Denkmaterial. Erinnerst du dich an Uslan Grandonet von

Lost Diamond und seine schöne Frau, die Lepso-Sklavin? Beide durch Gift ermordet; ist alles in den Infos." Rhodan schloß die Augen und senkte den Kopf. „Wir haben sorgfältig gesucht und vieles gefunden. In Kürze: Ich ahne, ohne daß sich aus den Daten zwingend ergibt, daß eine furchtbare Sache vorbereitet wird. Wahrscheinlich nicht einmal von den abtrünnigen Planeten. Von dir brauche ich möglichst viele Schilderungen ähnlicher Vorfälle, die scheinbar in kein Schema passen."

„Kein größeres Problem. Wie lange bleibst du noch in deinem Versteck? Das Imperium braucht dich. Dringend."

„Ich habe alles für einen Besuch auf Lepso arrangiert. Deine Administration muß präzise vorarbeiten!" Ich machte abwehrende Bewegungen. „In einer Woche ungefähr. Du kannst mich dann mit der CREST ein paar Lichtjahre weit spazierenfliegen."

„Einverstanden", sagte Perry. „Wir genießen gerade eine Zeit relativer Ruhe. Ich fürchte, sie wird nicht lange dauern – aber du hast ja sämtliche Nachrichten. Mir fällt nur eine absonderliche Sache ein. Burton Artemid wurde mitsamt seinem Raumschiff entführt. Von einem arg geschundenen Rohstoffplaneten, den wir rekultivieren wollen."

„Artemid? Der Surfacearchitekt?" Ich beugte mich vor. „Ich brauche die Koordinaten dieses Planeten, Perry. Und natürlich alles, was NATHAN hat. Dann sehen wir weiter. Sage Mercant schöne Grüße und bitte seine SolAb um ähnlich geartete Informationen; wir arbeiten ja immer gut zusammen."

Im Hintergrund des Bildes erkannte ich im Halbdunkel Teile des Wohnraumes seiner Villa. Eigentlich hätte ich überrascht sein müssen, ihn in seinem Heim anzutreffen. Wieder gähnte er, und ich winkte kurz.

„Im Ernst: entschuldige die Störung. Gehe wieder schlafen. Den Rest wickelt unsere Technikabteilung ab. Danke für die Hilfe, Perry, und – auf bald."

„Auf bald", sagte er. „Und auf Terra. Dein Gesichtsausdruck erzählt Bände. Du scheinst ernsthaft besorgt zu sein. Ich tue, was ich kann; du weißt, wie tödlich Lepso sein kann?“

Er deutete einen Gruß an, nickte und trennte die Verbindung. Ich sprach kurz mit dem Wachhabenden der Nachrichtenabteilung und war sicher, innerhalb von zwölf Stunden über viel mehr Daten verfügen zu können. Der Monitor wurde tiefgrau. Die Teams von Quinto-Center arbeiteten an einer perfekten Maskierung für Lepso; selbst das kleine Kugelraumschiff aus unserem reichhaltigen, gut aussortierten Beutegut war fertig dekoriert.

LEPSO, 2. PLANET DER SONNE FIRING, 7. JANUAR, TERRANISCHE BOTSCHAFT: Zwischen wuchtigen Mauern und dem rechteckigen Turmbau der Ambaskiade, wie auf Lepso die Botschaft hieß, bremste der große, weiße Gleiter. Knirschend schlossen sich die Stahlgitter. Ein riesiger Frachtraumer startete vom Raumhafen und orgelte schräg über die Stadt Orbana hinweg. Keinen der fünfzehn Millionen Einwohner schien es zu stören. Strahlender Sonnenschein, abwechselnd mit schneeweißen Wolken, badete die Siedlung im späten Morgenlicht. Ich wartete, bis die zwei Diener, die fünf Begleiterinnen, der Zwerg und der Riese ausgestiegen waren, bevor ich selbst ging. Bis zu den schußsicheren Türen erstreckte sich ein blauer Teppich, in den silberne Sterne eingewebt waren. Der Logiksektor schien zu kichern: *prunkvoller als der Fünfzehnte Ludwig Frankreichs, Arkonide! Beschwerlich, wenn's alle Tage so wäre.*

„Danke.“ Ich nickte meinen Dienern zu und ließ zu, daß der Krakenpinguin an meinem Zopf zerrte. Auf Lepso hatten die Pflanzen Augen, und der Staatliche Wohlfahrtsdienst, die Geheimpolizei, wußte alles. Hoffentlich nur fast alles, dachte ich und hielt unsere Tarnung für vollkommen. Lamo Kariuki lächelte zurückhaltend, betrachtete mißtrauisch meine Eskorte und lud mit knappen Gesten zum Nähertreten ein.

„Willkommen, Alsar Quizzardo. Sie hatten einen guten Flug? Die Reservierung für Ihr Schiff, hörte ich, war zuverlässig. Der Botschaftsgleiter ist das letzte Modell.“

„Alles ganz nett." Ich schaute mich um und drückte ihm bewußt schlaff die Hand. „Ist das ‚Sternenpalais' tatsächlich eine akzeptable Absteige?" Einige Diener präsentierten in der Halle Champagner und Leckerbissen.

„Das beste Haus auf Lepso, Sir."

Perry Rhodan hatte die Terranische Botschaft, die Terranische Handelsdelegation und das Institut für Absatzförderung angewiesen, einem der wenigen Besitzer eines kolonisierbaren Planeten – mir, Alsar Quizzardo! – jeden Wunsch von den Augen abzulesen. Einige Konten der lepsotischen Staatsbank waren aufgefüllt, eine zuverlässige Legende entwickelt worden. Das halbrobotische, handgroße Wesen auf meiner Schulter speicherte Bilder, Gespräche und auf vielen Kanälen Funkgespräche. Ich nippte am Champagner und blinzelte.

„Wir werden wohl etliche dreizehn Tage hier weilen." Jede Geste zeigte Herablassung und dem Kenner mangelndes Selbstbewußtsein. Meine gewagt kostümierten Begleiterinnen, erfahrene USO-Spezialistinnen, scherzten mit Botschaftsangestellten. „Ist Rhodans Stellvertretung tatsächlich der Ansicht, hier gäbe es alles, was ich brauche, Sir?"

Mein Gegenüber, ebenso groß wie ich, beherrschte sich meisterlich, lächelte eisig und sagte halblaut:

„Mit einem Minimum an Mühe finden Sie auf Lepso alles, was Sie brauchen. Nicht beinahe alles; wirklich alles. Halten Sie die Brieftasche fest, Sir. Sie haben sicherlich an Bord den Katalog der Verhaltensregeln für Lepsos Society gelesen?"

„Ich lasse lesen." Ich hielt dem Krakenpinguin das Glas hin. Er trank, rülpste, stieß einen Triller aus und zog den Kopf ein. „Gewiß, gewiß; die Presse und das Fernsehen sind verständigt? Ich werde wohl passable Summen ausgeben."

„Sie werden sich vor ihnen nicht retten können, Sir."

„Tüchtig, mein Lieber." Ich klopfte ihm auf die Schulter und rief dröhnend: „Besauft euch nicht schon hier, ihr Guten! Auf uns wartet ein Frühstück im Hotel! Und abends haben wir Spaß im Casino oder so!"

„Ordnung, Sitten und Wohlverhalten gelten nur für die anderen." Der Zwerg kicherte und trat einem Sekretär auf die Zehen. „Gehen wir etwa zu Fuß zur Herberge?"

„Der Gleiter wartet." Das Botschaftspersonal dachte sich seinen Teil und war sichtlich froh, uns loszuwerden. „Die Piloten sind rund um die Uhr auf Abruf bereit, Sir."

„Hatte nichts anderes erwartet. Kommt!"

Wir stiegen in den Gleiter, die Maschine schwebte langsam vorwärts. Eine Allee uralter Bäume säumte die mäßig breite Straße zwischen der Botschaft Terras und dem Hotel nahe dem Stadtzentrum. Wir waren vorbereitet, trotzdem nahm uns die Zurschaustellung morbiden Reichtums und skurriler Bauwerke gefangen. Ungehemmter Stilwirrwarr, Kitsch und archaische Bauweisen mischten sich mit phantastischem Schmutz, Unordnung, hochmodernen Anlagen und gepflegten Gärten. Das Mittelalter hatte auf Lepso angefangen, als ich zusah, wie man im Land am Hapi, dem Nil, Lehmziegel aufeinanderschichtete. Hundeartige Tiere sprangen kläffend vor dem Gleiter, vor Reitern auf langbeinigen Pferdeartigen und summenden Reinigungshalbrobotern zur Seite. Passanten und Händler, Müßiggänger und Touristen quirlten zu Hunderten durcheinander; auf den ersten hundert Metern sahen wir nahezu alle Völker der Milchstraße. Das Sonnenlicht und die heitere Betriebsamkeit standen in krassem Gegensatz zur geschäftlichen Moral hinter den überwucherten Fassaden.

„Ich bin ein wenig beeindruckt." Mein Finger hinterließ einen fettigen Abdruck an der Glassitfläche. „Ich glaube, hier kriege ich ein schönes Sammelsurium für meinen Planeten zusammen. Ist's noch weit zur Herberge zum glücklichen Gast?"

Der uniformierte Gleiterpilot sagte, ohne sich umzudrehen:

„Je nach Verkehr, Sir. Im Zentrum wird's zu dieser Stunde ein wenig eng."

„Entzückend!" Ich lächelte und spielte mit meinem schwarzen Zopf. Einige Mitglieder des Lepso-Geheimdienstes in dunkelroten Uniformen bewegten sich offen durch die Menge. Auf jeden Rotgekleideten kamen vier oder fünf Wohlfahrtsdienstler, die im Geheimen für die Effizienz der Behörde sorgten. Selbst wir USO-Leute bewunderten sie widerwillig und merkten uns Aufschriften, Innungszeichen, phantastische Figurinen oder Masken, Fabeltiere und undeutbare Chiffren. Das Hotelmanagement verhielt sich, als hätten sie schon das Trinkgeld; wir waren ebenso einzigartige Gäste wie tausend andere. Die Gleitertüren summten auf, meine jungen Damen bekamen beachtlich stilsicher kombinierte Blumensträuße, die Herren, auch der epsalische Zwerg, ein Getränk, von den Terrassen der Zimmerfluchten im obersten Stockwerk genoß ich den Blick über Orbana, bevor ich den Krakenpinguin auf einer Sessellehne absetzte.

„Paß gut auf, Kleiner. Tausendein Auge beachten uns.“ Er schlug mit den Stummelflügeln und trillerte etwas von Vivaldi. „Schließlich können wir uns nicht alles merken.“

Ich fand mein Gepäck, sorgfältig in Fächern, antiken Pulten und Schränken verstaut, duschte mich, prüfte mein Aussehen im Spiegel: sonnengebräunt, dunkle Augen, schmale Augenbrauen und stark betonte Wangenknochen, seidiges, blauschwarzes Haar; ich fönte und flocht den Zopf, ehe ich den weißen, silberbestickten Safarianzug überstreifte und die Stiefel anzog. Daß jedes Teil unseres Gepäcks mit modernsten Methoden durchsucht worden war, setzten wir voraus. Als ich das eiskalte Bluetonic an die Lippen hob, meldete sich der Hotelempfang über den Monitor.

„Sir. Unser Saal der Sieben Monde ist bereit. Die Terranische Handelsdelegation schickt Ihnen einige Assistenten und Kunden, Makler, Anbieter, wie verlangt.“

„Danke. Zwanzig Minuten.“

Ich bestellte Decaree, Myriam und Bethina in den Mondsaal, sortierte meine Unterlagen und setzte das Spielzeug auf meine linke Schulter. Die fünf flachen Arme legten sich dicht an den Stoff. Ich straffte die Schultern, leerte das Glas und dachte an die vielen Probleme des Planeten Graymonde, vierte Welt der Sonne Escape. Im Verhandlungssaal erwartete mich das perfekte Arrangement: Sessel, Getränke, Arbeitsgeräte und meine drei „Gespielinnen". Ich begrüßte zwei Terraner, die bemerkenswert tüchtig wirkten, lächelte leutselig in die Runde und warf mich in den Sessel.

„Ich setze voraus, daß Sie wissen, um welche Anforderungen und, dementsprechend, Summen es geht. Es ist mir nach zähen Verhandlungen geglückt, meinen Lebenstraum wahrzumachen und einen Planeten zu kaufen. Von Lepso etwa ebenso weit wie von Terra entfernt, rund neuntausend Lichtjahre. Die galaktischen Geheimdienstler haben ihn ausgebeutet und nicht viel mehr als eine stinkende Gashülle hinterlassen, ein paar Wälder und, erstaunlich, saubere Ozeane. Ich will aus diesem Wrack eine schöne Welt machen; Quizzardos Paradies. Also brauche ich, grob gesagt, alles, was dazu gehört. Siedler, Handwerker und Material. Riesenmaschinen und Landschaftsgestalter, die man heutzutage wohl Surfacearchitekten nennt. Kurzum: das Übliche. Ich zahle, aber nicht jeden Preis. Ihre Delegation verdient an der Vermittlungsgebühr. Jeder, der mir eine Schiffsladung Sämlinge und Setzlinge verkauft und auch selbst einpflanzt, ist überaus willkommen und wird gut entlohnt."

„Und wir sind die ersten Luxussiedler auf Graymonde-Paradies." Decaree kicherte laut und schrill. „Ein unversehrtes Strändchen wird sich finden, nicht wahr, lieber Chef?"

„Ich führe Verhandlungen, keinen Kindergarten", sagte ich schroff. „Geht in die Lobby hinunter und bringt die ehrenwerten Kaufleute Lepsos herauf." Ich schnippte mit den Fingern. „Je länger wir hier trödeln, desto später kommen wir zu unserem Vergnügen."

Die Terraner studierten die Planetenkarten und die Holografien. Der Planet bot ein Bild des Jammers; der Artenreichtum war längst Legende. Die USO hatte ihn einem verbrecherischen Konsortium abgenommen, die ihn ruiniert hatte. Alsar Quizzardo würde also auch die Unterstützung dieser Organisation genießen. Ich staunte, wie schnell hier die Gerüchte waren und auch darüber, wie professionell Rhodans Behörden die richtigen Ansprechpartner besorgt hatten. Die Verhandlungen dauerten bis in den späten Nachmittag; ich erteilte

Aufträge, unterschrieb Verträge und Schecks, ließ zahllose Kopien verteilen, nannte Koordinaten und bestimmte Daten und Termine.

Eine Massenwanderung würde in den kommenden Monaten einsetzen; selbst Optimisten rechneten mit einem halben Jahrhundert für die sichtbaren Ergebnisse einer Rekultivierung. Ich bat Decaree, mein Aktenköfferchen zu schließen und stand auf. Mit seidenem Tüchlein tupfte ich imaginären Schweiß von der Stirn und machte fahrige Bewegungen.

„Vielen lieben Dank. Morgen mehr, meine Herren – ich darf Sie zu einem ausführlichen Abendessen in überaus charmanter Begleitung einladen? Kein Bestechungsversuch, sagen Sie das Ihrem Meister Rhodan, ja? Mir fällt ein, ich muß, völlig erschöpft, mich zurückziehen."

Ich ging in meine stille Suite und grinste kalt. Wir hatten den ersten Teil einer perfekten Schau hinter uns; auf Lepso schäumten bald sämtliche Suppen der Gerüchteküche über.

Für den Abend wählte ich eine schlichte, uniformartige Kleidung, die im krassen Gegensatz zum Prunk meiner Begleitung stand. Nach einem Abendessen unter freiem Himmel auf dem Hoteldach, an dem nur die beiden Terraner, Decaree und Vence Stalmaster teilnahmen, hob ich das zierliche Glas und sagte:

„Wissen Sie, meine Herren – ich bin nur ein Selfmademan von einem Hinterwäldlerplaneten. Was Arbeit heißt, weiß ich; vom Ballast aus Halbbildung, Mildtätigkeit und ähnlichem Kram ist wenig zu halten. Ich muß auch das Wunder planetarer Erneuerung nicht allein betreiben. Investoren sind im Rahmen des Verträglichen willkommen. Wenn meine Lohnabhängigen und ich hier ein wenig protzig auftreten – sehen Sie's einem Emporkömmling nach. Mit Graymonde mache ich Ernst, klar?"

„Wahrscheinlich wird Toyrotto an Sie herantreten, Sir." Joshua Varnon, der Handelsattaché, neigte sich über seinen Nachtisch, ein vibrierender purpurner Spitzkegel. „Er verkauft Sklaven. Bisher ist es noch niemandem geglückt, ihm Sklavenhandel nachzuweisen; auch solche Unwägbarkeiten wie Brutwelten, Zuchtsystematik oder Verkehrswege sind unbekannt." Er hob die Arme zu den Sternen. „Lepso! Ich glaube, hier fänden Sie auch potentielle Unsterblichkeit, Sir."

Ich lachte kräftig. „Dafür beginne ich mich in zehn Jahren ernsthaft zu interessieren. Aber ... ein paar tausend unproblematischer Neusiedler auf Graymonde? Bedenkenswerter Aspekt."

Ich nippte am köstlichen blauen Lepso-Mooswein: von den Namen und Informationsblöcken aus NATHAN, von USO und SolAb war heute etwa die Hälfte genannt worden – meine Geschäftspartner! Auch jetzt wurden wir belauscht. Flüchtig dachte ich an den Krakenpinguin, der sich zwischen den Gewächsen der Terrasse wohlfühlte, denn in der Dunkelheit konnten die siganesischen USO-Spezialisten risikolos die abgeschirmte Station verlassen und umherschwirren wie nektarsuchende Nachthummeln.

„Kommen Sie mit, Stalmaster", sagte ich. „Bringen Sie uns in das beste Unterhaltungs-Etablissement der Stadt."

Er schüttelte verwirrt den Kopf und löffelte die zitternde Delikatesse. Es gab eine kurze Diskussion, ob das „Labyrinth" oder das „Selbstmordcolosseum" besser geeignet wäre. Wir entschieden uns, dem Gleiterpiloten gegen Mitternacht den Rundbau als Ziel zu nennen.

Von Erdhügeln bedeckt und von Bäumen bewachsen, außerhalb der Stadt, in einem idyllischen Park, verbarg sich eine Art monströser Säulenabschnitt halb in Lepsos Kruste. Indirektes Licht modellierte Bäume, Wege, kleine Seen und viele kostbare Plastiken, exotisch und mitunter bezaubernd obszön, aus der Dunkelheit. Mindestens hundertfünfzig moderne und teure Gleiter waren geparkt, als wir in die reservierte Loge geführt wurden. Lärm unzähliger Gespräche, Musik und Gläserklirren erfüllte die Wandelgänge. Wir sahen Dienerinnen und Diener von Charadh Grandonets Hautfarbe, aber ebenso viele aus anderen Sternenvölkern und Rassen. Reichtum, Schönheit und Haut wurden bewußt zur Schau gestellt; jenes seidige heile Bronzebraun, Schuppen, netzwerkbedeckte bleiche Haut, Pelz und Fell, Leder, Reptilhaut und solche, die bei jeder Bewegung silberne Kristalle verstreute – alles. Ich blickte ins sandige Rund der Arena.

Akonen schlossen Wetten ab. Antis machten sich über breithüftige Frauen her, Barnither tranken Terranern zu, Ertruser lachten, Arkoniden druchstreiften zwinkernd das Durcheinander, Springersippen feuerten die Arenakämpfer an, Roboter bedienten, und für lange Augenblicke verlor ich mich in dem bizarren, lebensstrotzenden Wirbel. Jemand zupfte mich am Ärmel. Ich wandte mich um und sah in ein fremdes Gesicht.

„Herr! Ist Euer Name Alsar Quizzardo?“

Stalmaster nahm auf meinen Wink hin die Finger von der winzigen Waffe und versteckte sie wieder. Ein junger Terraner in Pagenuniform mit hungrigen Augen sah zu mir auf.

„Ja. Bin ich. Was gibt's?“

Der Ertruser in der Arena warf einen blutenden, zuckenden Hund nach einem Springer, der einem Schlangenwesen die Wirbelsäule zerschlug.

„Herr Mooncuno fragt, wie weit Euer Interesse geht.“

„Interesse woran?“

Lepsos Geschäftswelt sucht Kontakt, sagte der Logiksektor. *Achtung. Du befindest dich auf absolut fremdem Territorium!*

„An diesem und jenem und rascher Besiedlung Eurer Welt, Herr, soll ich sagen. Und an einer Wette, die, wenn Ihr verliert, Eure Bonität beweist.“

Ich bedeutete Decaree, dem Boten eine 100-Solar-Münze zu geben und sagte:

„Richte Herrn Mooncuno aus, daß ich grundsätzlich niemals wette. Meine Bonität steht außer Diskussion. An seinen Angeboten bin ich interessiert, wenn sie sich in Bezirken der Überschaubarkeit bewegen.“

Der junge Terraner, der völlig fassungslos den Botenlohn anstarrte, rannte davon. Die Kadaver wurden weggeräumt, eine glatte Fläche senkte sich, und wir sahen ein Ballett nahezu unbekleideter Ertruserinnen. Ich bestellte kräftige, unproblematische Spirituosen; die Darbietung behagte mir wenig. Minuten später war der

Knabe wieder an meiner Seite und führte mich in eine andere Loge, fast genau gegenüber. Ich mochte auch die Musik nicht sonderlich: sie war zu laut und wenig melodisch. Mooncuno, ein ausgezehrter Akone, öffnete das Prunkschott, verscheuchte die Boten, verbeugte sich tief und deutete auf einen uralten Springer mit weißem Bart, der an einem Tisch saß, in seinen Fingern ein VloVlay bewegte, ein nervenberuhigendes Steckspiel aus Kugel, Scheibe, Stäbchen und Pyramide.

„Der Ehrsame Dustar Cahen, Herr. Dies ist Planetenbesitzer Alsar Quizzardo, Sprößling eines arkonidisch-terranischen Geschlechts. Ich darf mich zurückziehen."

Ich machte neun Schritte durch dichten, aromatischen Nebel. Dustar Cahen hüstelte und schob den Stab durch die Pyramide. Ich blieb neben dem Tisch stehen und sagte halblaut:

„Puernige Fracht, lüskere Handelsspanne und ruhige Nacht, Sternmaster Cahen. Sie wollen mit mir reden?"

Er wirkte halbtot, weit von allem Lebenswerten entfernt; seltsam abgeklärt. Er hob eine Blume, die, wie ich wußte, nur in Springer-Walzenschiffen gedieh und wedelte Blütenstaub in die Richtung auf einen Sessel. Ich setzte mich bedächtig.

„Nehmt Platz, Sternmaster Quizzardo. Sie sind in der Stimmung, delikate Themen zu diskutieren? Sie brauchen Siedler und, möglicherweise, Investoren für Ihre geschundene Welt?"

Seine Stimme war ein pergamentenes Knistern. Seine Augen schienen alles zwischen den Rändern der Galaxis gesehen zu haben, die Zähne leuchteten förmlich. Er fügte die Scheibe an die Pyramide und versetzte sie in Drehung. Es erschienen die richtigen Farben: Blau, Weiß, Rot. Ich nickte. Der Nebel drang in meine Lungen und veränderte die Tonhöhe der Stimmen, machte das Sprechen aber leichter.

„Kaum ist das Wort gedacht, auf Lepso, hören viele schon, was morgen gesagt werden wird. Meine Antwort: ja in beiden Fällen. Warum diese wenig büroartige Umgebung, Sternmaster?"

„Meine Neigung, mich auf Raumhäfen oder in Büroräumen zu entleiben, ist groß. Ich betreibe die Geschäfte dreier mächtiger Männer, und so sitze ich hier und warte auf jemanden, mit dem das Handelswerk Vergnügen macht. Nebenbei: mein letztes Vergnügen. Geben Sie sich Mühe, Quizzardo, mich nicht zu enttäuschen."

Ich lächelte und wartete, bis ein klassisch einfaches Glas voller Mooswein vor mir stand, lächelte breiter, als ich gekostet hatte, und murmelte:

„Derselbe Jahrgang wie im Hotel. Nun, Sternmaster, ich gebe mir Mühe. Kleinliche Skrupel kenne ich nicht, dem Verbrechen gehe ich aus dem Weg, mein Anliegen ist klar und einfach. Auch ich kenne Gerüchte. Will Toyrotto wieder Sklaven verkaufen? Und will die ehrenwerte Firma Conditiosinequanon etwa Grund und Boden meiner Welt leasen, pachten oder kaufen? Ich bin durchaus gesprächsbereit, Cahen."

„An zwei Hektar Boden ist niemandem gelegen."

„An sieben Sklavinnen ist mir nichts gelegen."

„Wie wickelt sich Ihre Zahlung ab?"

„Überweisung oder Scheck der First Creditoy Galactionais, hier oder anderswo."

„Wer besiegelt die Verträge?"

„Jeder Notar, der standesrechtlich von Terra, Akon, Lepso und so weiter anerkannt ist. Klagemöglichkeit oder juristisch klare Einsprüche auf Nachbesserung muß ich mir vorbehalten."

„Gewiß. Verständlich." Wieder fauchte parfümierter Nebel aus verborgenen Düsen. Mein Glas beschlug sich. Ich hob die Hand. „Sie würden nicht anders handeln, Sternmaster."

„Schwerlich. Sie sind einverstanden, daß man Sie überprüft?"

Ich breitete die Arme aus und zeigte die Handflächen.

„Es gibt wenig zu verbergen."

„Wie lange gedenken Sie sich auf Lepso aufzuhalten?"

„Bis ich mich zurückziehen kann, in der ruhigen Gewißheit, alles für mein zukünftiges Paradies getan zu haben. Wo ich mich und den unvermeidlichen Troß einquartiere, weiß inzwischen halb Lepso. Wen vertreten Sie, Cahen?"

„Überaus Mächtige. Einflußreiche, ohne Skrupel, die nicht scheinen, was sie sind." Endlich hatte er die Kugel an der richtigen Stelle angesetzt, und zwischen seinen Fingern strahlte reines weißes Licht hervor. Sein Gesicht war wie eine urzeitliche Plastik, böse und weise. „Kaufleute, deren Gesetze von ihnen selbst geschrieben werden. Unkorrektheit bedeutet qualvollen Tod, Lepsos Gesetze gelten in den winzigsten Asteroiden. Andererseits: überaus korrekt, denn sie betrügen nicht. Ich lasse Sie, Sternmaster Quizzardo, sorgsam prüfen. Sie hören von mir, auf herkömmlichem Weg." Er kicherte fast tonlos. „Sie wetten, leider, niemals?"

„Schon gar nicht auf Lepso", sagte ich. „Verlöre ich gegen Sie, verlöre ich mein Gesicht. Tun wir uns derlei an?" Ich begann meine Spezialisten zu bewundern, die sich in diesen Kreis der Hölle hineinwagten, leerte das Glas und stand auf.

„Ich denke, ich werde arrangieren lassen, daß Sie einige Dinge sehen, die nicht jedermann kennt. Natürlich hängt die Befriedigung Ihrer Neugierde mit präzisen und unwiderruflichen Prüfungen zusammen. Brauchen Sie etwas? Besondere Wünsche? Ein erfahrenes Mädchen von Ertrus? Eine Gefährtin für Ihren Minderwüchsigen? Bewußtseinserweiternde Drinks oder ein Ausflug zu den Grotten der tätigen Niedertracht?"

Ich schüttelte den Kopf und verbeugte mich.

„Meine Ansprüche sind durchaus konventionell. Mir reichen meine liebenswerten Gespielinnen und, hin und wieder, ein Glas Wein. Wann schließt dieses . . . Colosseum?"

Er lächelte; das Rigor-Mortis-Grinsen eines Totenschädels.

„Nachdem die letzten Gäste gegangen sind. Wir hören voneinander, Sir Alsar Quizzardo."

„Ich zweifle nicht daran. Dank für Ihre Aufmerksamkeit."

Er verbeugte sich um drei Fingerbreit. Vor mir öffnete sich das Schott, nachdem ich den Nebel mit beiden Händen zerteilt hatte. Ich ging langsam und in tiefer Nachdenklichkeit zu meiner Loge zurück und blieb weiter zuversichtlich. *Du näherst dich dem inneren Zirkel der Handelsherren Lepsos,* flüsterte das Extrahirn. *Werde nicht leichtsinnig!*

Decaree, der Zwerg und der Riese hatten auf mich gewartet. In der Arena bekämpfte ein akonisches Zwillingspärchen zwei kleine Saurier, die in psychedelischen Farben und Mustern bemalt waren. Die Wetten, sagte Decaree, standen vier zu eins für die Saurier. Ich atmete die Reste des nakotischen Nebels aus und bestellte einen Krug heißen Thaccom.

„Lepso wird allen Berichten und Legenden gerecht." Ich sah im Halbdunkel der Loge Decarees Augen funkeln. „Alles, nein, vielleicht sogar viel mehr als das, was mein armer Planet sich erträumt – hier wird es angeboten. Es war ein guter Abend, über den ich stundenlang nachdenken werde."

„Das Gespräch verlief zufriedenstellend?"

„Es eröffnet kühne Perspektiven." Ich wartete, bis unsere Becher mit dem kaffeeähnlichen Getränk gefüllt waren. „Hier lerne ich noch dazu, und ich dachte, ich kenne schon alles."

In den übereinander gestaffelten Wandelgängen reihten sich Geschäfte, Dienstleistungsbetriebe für jedes Bedürfnis von mehr als einem Dutzend Völkern, Bars, Saunen oder Stundenhotels, Copyshops, Stempelschneider oder Gewürzverkäufer aneinander. Man konnte Briefe schreiben, eigene Melodien ausführen und vertonen lassen, jede Währung in jede andere wechseln oder gegen Eintritt Mißgeburten besichtigen. Mein Team war unterwegs, um sich umzusehen. Reisen bildet, dachte ich.

„Man kennt nie alles", sagte Decaree. „Und wenn dein Planet schön und bewohnbar ist, laden wir ganz viele nette Leute aus Lepso ein. Alle, die dir geholfen haben."

Ich erstarrte, nahm die Hand von ihrer Schulter und starrte sie entsetzt an. Ich dachte an einen Sklavenbrutplaneten, an meine toten Freunde und daran, daß Syndikate, die Land auf anderen Planeten kaufen wollten, sicherlich weder Parks noch Erholungslandschaften einrichten wollten. Aber was wollten sie wirklich? Ich wußte es nicht.

Die Darbietungen, Teil eines abwechslungsreichen Unterhaltungsprogramms, waren abstoßend. Ich wartete, bis meine Begleitung vollzählig zurückgekommen war, dann taumelten wir erleichtert aufatmend in die kühle Nachtluft hinaus und ließen uns ins Hotel zurückbringen.

Zu meiner Überraschung schlief ich ohne Alpträume, tief und lange.

Die Messe des Raumschiffes war abhörsicher. Wir schlossen die Schotts und aktivierten die schwingungsabsorbierenden Feldschirme. Ein Flügel des Krakenpinguins klappte auf, und die beiden Siganesen marschierten auf die Tischplatte hinaus.

„Die USO hat einen aufschlußreichen Tag hinter sich", sagte ich. „Alle Firmen und Gesellschaften, die auf Graymonde arbeiten werden, wagten sich aus der Dekkung heraus; wir können sie kontrollieren. Stoßen wir auf einschlägige Vergehen, werden unsere Dossiers dicker, die Listen der Übeltäter länger. Unter den Planetenarbeitern finden wir den Mörder meiner Freunde wahrscheinlich nicht, aber die Rettung Graymondes ist in die Wege geleitet. Die ersten Schiffe landen innerhalb dieses Monats. Befürchtungen, daß wir betrogen werden sollen?"

Keine Gegenmeldung. Ich berichtete von dem uralten Springer und dessen Angeboten. Wir verglichen die gespeicherten und verifizierten Namen von USO- und SolAb-bekannten Übeltätern und machten entsprechende Notizen. Nask Namor, der siganesische Spezialist, berichtete von seinem Ausflug und spielte die Bilder der Nachtsichtgeräte auf die Monitoren.

„Das ist, nach allem, was wir erfahren konnten, der Palast von ay Toyrotto. Eine einzigartige Liegenschaft."

Zwischen dem Hochland und einem Küstenstreifen von beträchtlicher Schönheit erstreckten sich Parks, Felder, Gewächshäuser und landwirtschaftliche Gebäude. Der mutmaßliche Sklavenhändler bewohnte Dutzende weißer, hocheleganter Bauwerke in maurischem Stil. Ihre Pflege, ebenso wie der private Raumhafen und die Gärten, kosteten horrende Summen. Verblüfft starrten wir auf die riesige Anlage, die mehr als tausend Menschen Wohnraum bieten konnte. Die Bildsequenz endete mit der Landung eines Raumschiffes, der privaten Version eines Leichten Kreuzers in auffallender Lackierung.

„Mehr konnte ich nicht filmen." Der Siganese kicherte und fügte einen Fluch hinzu. „Dann kamen falkenähnliche Bestien und hielten mich für einen Käfer. Ich bin schmählich abgehauen."

Er hielt sich die Ohren zu; unser Gelächter war schmerzhaft laut. Decaree raschelte mit ihren Aufzeichnungen.

„Wenn wir richtig analysiert haben, wohnt dort einer meiner nächsten Geschäftspartner", sagte ich. „Heute nachmittag stehen uns die Verhandlungen mit potentiellen Landkäufern bevor. Decaree und ich haben lange überlegt – wenn wir ihnen Siedlungsgebiete verkaufen, behalten wir die Kontrolle."

„Der alte Springer schickt seine Boten zu uns?" fragte Stalmaster. „Schade, daß Sie ihn nicht nach vermietbaren Giftmischern gefragt haben, Sir."

„Für einen Tag Aufenthalt haben wir ohnehin schon verdächtig viel Erfolg gehabt." Ich hob die Schultern und blickte in lauter entschlossene Gesichter. „Die Lepsoleute halten mich für einen gutmütigen Trottel, den sie leicht übers Ohr hauen können. Hast und Eile würden nur schaden."

Bethina hob die Hand und sagte:

„Von Hotelangestellten weiß ich, daß Toyrottos Lieferungen überall gern gesehen werden: arbeitswillige, gutaussehende Individuen, alle um die Zwanzig und, tatsächlich, gut ausgebildet. Und ziemlich teuer."

„Ich sehe seiner Bekanntschaft gespannt entgegen." Ich hob die Faust. „Wenn wir tausend Sklaven befragen, finden wir heraus, woher sie kommen."

Die Spezialisten murmelten zustimmend. Wir holten Atem und bereiteten uns auf die nächsten Schritte vor.

3.

Taschendiebe und Beutelschneider hätten an Decaree Moonthorne und mir an diesem Mittag wenig Freude gehabt. Wir trugen außer einer Handvoll Münzen und sorgfältig versteckten Scheinen nichts Wertvolles, als wir die ersten einer langen Reihe kleiner Geschäfte erreichten; mehr als fünfhundert schmale, hohe Häuser erstreckten sich entlang der Gasse, fast bis ins Stadtzentrum. Wir starrten durch die Scheiben der Auslagen und schlängelten uns zwischen Verkaufstischen hindurch, gemeinsam mit Hunderten von Stadtbewohnern. Aasvögel hockten auf geschnitzten Giebeln, Tauben gurrten, Ratten huschten umher oder flüchteten pfeifend vor kleinen Raubtieren.

„Sehenswert!" Decaree schüttelte den Kopf. „An Skurrilität nicht zu übertreffen, Terrania City kennt das alles nicht."

In einer Werkstatt, im grellen, eingespiegelten Sonnenlicht, wurde der Rücken eines Epsalers tätowiert. Ein Dutzend Passanten sahen zu, wie drei kleine Akonen auf einem wackligen Gerüst turnten und mit summenden, zuckenden Nadeln die Einzelheiten eines kosmischen Bildes fertigstellten: Sterne, verschiedenfarbene Sonnen, Planeten, Monde und kleine Raumschiffe am Ende ihrer Bahnen, die durch dünne silberne Linien gekennzeichnet waren. Decaree stieß mich an, als unter der Haut haarfeine Drähte gezogen und unter Strom gesetzt wurden. Abschnitte des Bildes fingen zu blinken und zu leuchten an.

Zwei Häuser vor einem grellfarbig geschmückten Toxishop lag ein blutender Körper auf einem großen Tisch, auf einem straff gespannten Laken. Auf hohen Sitzen belauerten Zuschauer die Arbeit eines öltriefenden Schamanen, der die Wunden mit farbigen Flüssigkeiten übergoß und zu waschen schien, mit wirbelnden Fingern Wundränder zusammennähte und plötzlich einhielt, einen Zuschauer beschimpfte und Geld entgegennahm, den Arm des Patienten mit bunten Binden umwickelte und giftgrünen Nebel in die Nase des stöhnenden Opfers blies. Im

Hintergrund rührte ein kahlgeschorenes Mädchen in einem Kupferkessel schwarzen Brei an. Als der Malträtierte zu schreien anfing, gingen wir weiter, ohne zu zahlen.

Ich drehte mich nicht um, aber es schien, daß uns ein Junge und zwei Ertruser betont unauffällig folgten, drei rotgekleidete Wohlfahrtsdienstler des Staates von Lepso begleiteten uns auf der anderen Straßenseite. Ich zog Decaree durch einen klappernden Vorhang aus Fäden und Steinkugeln ins geräumige Innere des Giftladens. Im Halbkreis hinter der gläsernen Theke standen, nach Farben geordnet, Hunderte zylindrischer Glasbehälter. Sie enthielten pulverisierte, körnige, kristallene, gehackte und fruchtgroße Substanzen. Ein weißgekleideter Ara, Stulpenhandschuhe bis zu den Ellbogen, verbeugte sich. Auf der überaus sauberen Glasplatte, unter der mehr als zwölf Dutzend weißer Labortierchen in durchsichtigen Käfigschachteln herumschnupperten und ihre rosa Schwänze ringelten, standen altertümliche Waagen, Anordnungen winziger Gewichte und eine Kleinmengen-Versiegelungsmechanik.

„Sie wünschen Beratung, edler Tourist? Oder bevorzugen Sie eine bestimmte Köstlichkeit meines ultimaten Sortiments? Jeder Farbton ein Leckerbissen; wollen wir die Sinfonie eines einmalig wirksamen Naschwerks komponieren?“

„Ich bin weniger auf Genuß als auf Beratung eingestellt“, sagte ich und erwiderte ein heiteres Lächeln. „Reine Neugierde, Meister der Mikrounzen. Ist Sycarax teuer und schwer anzuwenden? Ich hörte, daß Würdenträger gern damit von der Last beschwerlichen Alterns befreit werden?“

Der Ara grinste mißbilligend; offenbar hatte er auf weniger Diskussion und mehr Umsatz gehofft. Er schlenkerte mit den Knochenfingern. „Sycarax! Scherze für Heranwachsende. Zweikomponenten-Toxigen. Kein Fachmann, der auf sich hält, nimmt Sycarax. Eine billige Ware, der Herr.“ Er kicherte. „Für die Frau Gemahlin?“

„Weit gefehlt“, sagte ich und winkte ab. Die leiernde Stimme eines Vorlesers oder Märchenerzählers drang bis in den Laden. Er sprach von der Großherzigkeit mächtiger Herrscher und der List der Narren. „Noch sind wir nicht im Stand der Ehe. Zurück zur Ernsthaftigkeit, Meister; jeder, der seines mörderischen Erfolgs sicher sein will, nimmt Sycarax? Hält es lange frisch? Wirkt es auch in der Ökologie anderer, ferner Welten? Stellen Sie Probearrangements zusammen?"

„Was Sie wünschen. Nötigenfalls tötet Sycarax unter Wasser, der Herr. Eine Probe? Oder ein ansprechendes Toxi-Set?"

„Nicht von Sycarax. Mitunter will ich mich kläffender Caniden entledigen, ohne in Verdacht zu geraten. Wozu rät der Giftmeister?"

Während ich sprach, dachte ich an unsere Labors. Sie würden sich über ein Lexikon aktueller Gifte, Gebrauchsanweisungen und Warenproben freuen. Der Ara packte eines der Tierchen, setzte es in eine Glaskugel, holte sieben Behälter aus dem Regal und stellte eine Mischung an einem angefeuchteten Glasstäbchen zusammen, das er in die Kugel warf und den Verschluß daraufpreßte. Wir waren zurückgesprungen; er lächelte entschuldigend.

„Wirkt erst" – das rattengroße Tier sprang in die Luft, kreischte, überschlug sich und starb – „in Verbindung mit speziellen Körpersäften. Sie beide könnten es als Badeschaum verwenden."

Ich bestellte kopfschüttelnd ein großes Sortiment, enthaltend genaue Bezeichnungen und leicht verständliche Gebrauchsanweisungen, gab meinen Namen und das „Sternenpalais" als Liefer- und Zahladresse an. Der Märchenerzähler unterbrach sich und rief unwillig: „Sie sind bei Karko Abebe, dem Meistertoxer. Laß mich in Ruhe."

Wir taten, als hätten wir nichts gemerkt oder gehört, verließen das Fachgeschäft und schlenderten weiter, bis wir zum Stand eines Landwirts oder Gemüsezüchters kamen, der gurkenähnliche Gewächse halbwegs telepathisch dazu brachte, zuckend zu einer Schälmaschine zu kriechen und sich danach in den Trichter eines Gerätes zu zwängen, das sie zu gleichmäßigen Scheiben hobelte; diese pfiffen leise, wurden mit schillernden Salzen oder Gewürzen bestreut und abgepackt verkauft.

Ich duckte mich, als zwei weißgelbe Hummeln sich auf mich stürzten. Schwere Essensgerüche wehten durch die Gasse. Geschrei und Gelächter drangen aus Fenstern und schmalen Hauseingängen. Von rechts rief eine raschelnde Stimme:

„Hierher! Belästigt nicht die Touristen. Stecht die Steuereintreiber! Zurück zur Wabe, ihr summenden Bestien."

ZATLOV DER INSEKTENSPRECHER stand über einem schmalen Gelaß. Neugierig schoben wir unsere Köpfe durch ein Gitterschirmfeld. Exotische Musik und Mückenschwärme, die im Takt dazu tanzten, füllten den Raum. Die faustgroßen Hummeln furchten durch den Schwarm, hinterließen sekundenlang einen Kanal und schossen ins Einflugloch einer surrealistischen Wabe, die wie ein Stalaktit von der Decke wuchs. Honig und verwesende Pilze rochen. Wir bewunderten minutenlang die Kunstfiguren der metallisch schillernden Mücken und wollten weitergehen, als ein weißbärtiger Akone auf uns zustürzte, mit dem Taktstock fuchtelte und schrie:

„Sie bewundern meine Kunst! Zahlen! Sie Tanzpreller!"

„Entschuldigung."

Ich gab ihm eine Münze, steuerte auf ein Straßencafé zu und griff nach der Lehne eines Stuhles, als der junge Bote der vergangenen Nacht, hinter sich die beiden Springer mit überdimensionierten Sonnenbrillen, mich höflich ansprach.

„Herr Alsar Quizzardo – Sternmaster Dustar Cahen schickt Euch eine Botschaft. Er war wohltuend beeindruckt."

„Etwa von mir? Ein Geschäftsmann, nicht mehr."

Decaree setzte sich unter einen Sonnenschirm. Der Kellner wartete beflissen. Ich drehte mich halb herum und grinste.

„Nur wenige kennen den Titel für Ehrsame Kaufleute wie ihn. Der Chairmann der Gesellschaft CSQN – Conditiosinequanon – möchte sich mit Euch unterhalten. Heute nacht."

„Gern. Warum nicht? Nach den Verhandlungen mit seinen Sekretären, die in wenigen Stunden stattfinden."

„Man wird einen Gleiter schicken. Nur Ihr allein, Sternmaster. Ohne die Kunstfigur auf Eurer Schulter."

„Ich bin nicht eitel", sagte ich. „Neun Uhr. In der Halle des Hotels. Sage Sternmaster Cahen meine schönsten Grüße; ich danke für sein Vertrauen."

Der Bote verbeugte sich. Ich sah viermal mein Spiegelbild in den Brillengläsern über schaukelnden Zöpfen und Bärten. Ehe ich mich setzte und bestellte, sah ich dem seltsamen Dreigestirn nach. Sie entfernten sich ohne Eile, nur einmal trat ein Springer achtlos auf einen streunenden Aasfresser.

„Nun wissen's alle." Wir bestellten dünnes Grünbier. „Und meine geschliffenen Umgangsformen haben sogar einen raumfluguntauglichen Springer beeindruckt. Daher der Ausdruck ‚Sternmaster'. Schmeckt's?"

„Es stillt den Durst, Aslar." Sie nahm einen tiefen Schluck. „Ich glaube nicht, daß ich hier wohnen möchte."

„Nun, nicht überall drängen sich scheinbare Seltsamkeiten auf so engem Raum zusammen." Die Rotgekleideten beobachteten uns mit mäßiger Aufmerksamkeit. „Hier gelten Lepsos Gesetze, seine Sitten, uralte Bräuche, eingespielte Regeln. Eine Enklave, Freiland, ein eigener kleiner Kosmos. Die Fremden sind wir, Decaree. Würde Rhodan hier etwas zu ändern versuchen, hätte er die gesamte Galaxis augenblicklich gegen sich."

Sie runzelte die Stirn und verscheuchte Fliegen.

„Ich werde darüber nachdenken. Lassen wir uns ins Hotel zurückbringen? Mit einem dieser Gespanne?"

„Wir trinken in Ruhe aus, zahlen und gehen ohne Eile", sagte ich. Eine halbe Stunde später – ich hatte mit einer ähnlichen Art der Kontaktaufnahme rechnen müssen – setzten wir uns in den Flechtkorb zwischen zwei riesige Räder, unter ein Sonnensegel. Die Doppeldeichsel war hinter uns angebracht; auf einem dürren Darcan, der uns schob, saß der Besitzer jener Rikscha, die in klapperndem Galopp auf den Eingang des „Sternenpalais" zufegte. Passanten, Hindernisse und Unachtsame warnte der Reiter durch gellende Signale einer metallenen Lure. Die

Hufe kreischten auf Marmorpflaster, als das Gefährt vor dem uniformierten Robotportier des Hotels bremste.

Die schwarzgekleideten Sekretäre des Landkauf-Syndikats, bleichhäutige Antis, glichen einer Gruppe Leichenbegleiter. Sie saßen uns gegenüber am Konferenztisch des „Saales der Sieben Monde“, studierten scheinbar meine Unterlagen und wußten mehr, als sie zuzugeben gewillt waren. Ich legte meine Hände flach auf die spiegelnde Tischplatte und sagte halblaut:

„Das ist die Ruine eines Planeten, meine Herren. Könnte ich Ihnen eine gepflegte Kulturlandschaft anbieten, wäre mir auch wegen des Preises wohler.“

„Wir setzen voraus, daß Sie die Vorgeschichte dieses . . . Fundes kennenlernen wollen“, sagte Joshua Varnon, der terranische Handelsattaché. Spezialist Rave Sounder studierte die Planetenkarte Graymondes. Fast gleichzeitig nickten die Vertreter der Firma CSQN, der „unerläßlichen Bedingung“. Ich faltete die Hände und wählte meine Worte mit großer Sorgfalt.

„Es kann nicht sehr lange her sein, vielleicht zwei oder drei Jahre, da ließ die United Stars Organisation sich Graymonde als Entschädigung für ihre Auslagen von den Kolonialgerichten zusprechen. Die Medien berichteten nicht viel darüber; ein Diktator beutete den Planeten aus und verschuldete wirtschaftliche Not und Krankheiten der Siedler. Der ermordete Administrator Uslan Grandonet von Lost Diamond, mein guter Bekannter, wenn nicht Freund, arrangierte eine Unterhaltung mit dem Arkoniden Atlan; ich kaufte den Planeten, mit bestimmten Auflagen, was die Umgestaltung betrifft. Die USO wird mich kaum kontrollieren, vielleicht unterstützt sie mich in unmaßgeblichem Umfang. Das sollte Ihr Konsortium wissen, bevor Sie sich für Landkauf entscheiden.“

„Sehr aufschlußreich.“ Ich glaubte in den Gesichtern meiner Gegenüber einen Anflug Zufriedenheit zu erkennen. Meine Erklärung, eine Mischung zwischen beinharten Fakten und konstruierter Wahrheit, schien ihr Mißtrauen zu mindern; natürlich hatten sie alles über

Graymonde recherchiert, was zwischen den Sternen bekannt war. Einer hielt meinen Rechtstitel in die Höhe und meinte verbindlich: „Aber Sie sind der Eigentümer dieses Planeten und seiner beiden Monde. Wir verhandeln mit Ihnen. Weder die Solare Abwehr noch die USO werden Grund haben, unsere Aktivitäten zu überprüfen."

„Sollte mich freuen. Noch etwas." Ich grinste breit. „Ich habe Burton Artemid, den Surfacearchitekten, nicht entführt." Ich wartete drei Sekunden. „Obwohl ich mir kaum einen Besseren für Graymonde vorstellen kann."

Wieder nickten die vier synchron. Wir sprachen über den Preis. Auf den Monitoren wechselten Ansichten von Graymonde.

„Je mehr Ihre Firma an Eigenleistung einbringt, desto günstiger gestaltet sich der Preis pro Quadratkilometer", sagte Decaree. „In welcher Größenordnung dachten Sie einzusteigen?"

Graymondes zweihundert Inseln gruppierten sich um zwei Kontinente, die, seltsam zerrissen und reich an gigantischen Buchten und Landvorsprüngen, entlang des Äquators gelagert waren.

„Mengenrabatt?" fragte der Sekretär mit dem roten Stirnband. Ich nickte ihm freundlich zu.

„Hängt von Eigenleistung und eben der Menge ab."

„Von wieviel Land wollen Sie sich trennen?" die Frage kam vom Nachbarn, der ein gelbes Band trug. Sie fungierten wie programmierte Maschinen, mit nahezu identischen Stimmen.

„Eine Million Quadratkilometer?" Der Träger des blauen Stirnbandes begann zu rechnen.

„Warum nicht?"

„Auch mehr, Sir?" Ich lächelte dem Mann mit der grünen Kennzeichnung zu.

„Auch mehr. Wüste, erodierte Berge oder Karsthänge."

Ich war überrascht. Ich hatte mit Bestimmtheit angenommen, daß sich eine solche Organisation einen strategischen Leckerbissen heraussuchen und später durch Landkäufe oder brutalere Arten der Landnahme von dort aus vordringen und die Macht übernehmen würde. Sollte ich mich irren und etwa einer soliden und ehrlichen

Gesellschaft aufgesessen sein? Wieder spürte ich die Spitze lauernder Gefahren.

„Die Menge von sieben Millionen Quadratkilometern übersteigt nicht unsere Finanzkraft", sagten die vier gleichzeitig. Ich lehnte mich zurück; auch Stalmaster, Decaree und Varnon schienen verblüfft oder erschrocken zu sein.

„Das ist nicht gerade wenig", sagte ich. „Etwas kleiner als die terranische Insel Australien!"

„Oder ähnliche Liegenschaften. CSQN wäre an dieser zentralen Position zu günstigem Einstandspreis interessiert."

Auf der Karte war genau im Zentrum des Kontinents eine Fläche markiert, die jede Art Gelände enthielt: Mittelgebirge, Täler, Sümpfe und Meeresstrände. Ich schluckte ein zweites Mal und sah in die vier Paare kleiner, dunkler Augen.

„In Prozenten der Landfläche gerechnet wäre dies schon eine qualifizierte Minderheitenbeteiligung", sagte ich. „Ich bin als Mann schneller und weitreichender Entschlüsse bekannt. Geben Sie mir Bedenkzeit?"

„Bis zu Ihrem Abflug von Lepso."

„Zehn Tage genügen. Sollten Sie sich mit weniger als vier Millionen Quadratkilometern begnügen, können wir jederzeit abschließen. Ist das fair? Ich werde vorläufig nicht mit Ihrer Konkurrenz verhandeln."

„Eine zufriedenstellende Zwischenlösung, Sir Quizzardo."

Wir standen auf, verabschiedeten uns fast feierlich voneinander, und die CSQN-Sekretäre verließen den Saal der Sieben Monde mit abgehackten, fast gleichzeitig ausgeführten Bewegungen. Sie nahmen alle verfügbaren Bilder, Holos und Unterlagen mit. Ich sah Decaree und Stalmaster an und pfiff leise.

„Wir sind offensichtlich zum Erfolg verdammt. Was macht unseren Planeten so begehrenswert?"

„Die Möglichkeit, im Lauf vieler Jahre an einer ruhigen, gesteuerten Entwicklung teilzuhaben", sagte Handelsattaché Varnon, „weit entfernt von stellaren Krisenherden.

Ähnlich wie Lost Diamond. Das Konsortium ist bestens über Graymonde informiert, über jede Einzelheit."

„Alle Lepsoter, mit denen ich etwas Geschäftliches zu besprechen habe, wissen über den Verhandlungsgegenstand nahezu alles." Ich stand auf und schüttelte dem Vertreter der terranischen Handelsdelegation die Hand. „Danke! Das ist ein feines und leichtes Arbeiten. Ob meine Gewährsmänner auch so viel über Lepso herausfinden? Ich freue mich schon auf heut' nacht." Der Logiksektor flüsterte: *Von Tag zu Tag erfährst du mehr. Die Vorarbeit der Botschaft und der Delegation war gründlich; sie sind professionell.*

MOND: VITAL, PLANET: GRAYMONDE, SONNE: ESCAPE 3081 a: Spezialist Kip Chelimo genoß schweigend den Ausblick über das große, verwüstete Tal. Obwohl er nichts anderes sah als erodierte Hänge, Spuren der Waldbrände, Krater und nackten, zerrissenen Boden zwischen den Abraumtrichtern, faszinierte ihn das gewalttätige Bild. Kip schwenkte das Fernrohr herum, lauschte auf das Fauchen des kühlen Höhenwindes und sah den Aasvögeln zu. Er wartete seit fünf Tagen, seit dem Abflug Atlans nach Lepso, und richtete jetzt das Instrument auf die Sandebene, die einzige annähernd waagerechte Fläche in seinem Sichtbereich. Aus der Höhle kam leise Musik; es roch nach heißem Kaffee.

„Was ist die Steigerung von leer?" murmelte Kip und zuckte mit den Schultern. Hinter dem gegenüberliegenden Bergzug wuchsen zwischen Flächenblitzen tiefschwarze Gewitterwolken in den Himmel. „Öde, grauenhaft, Graymonde!"

Kip wartete geduldig auf das Gewitter und die Wasserströme, die letztes Erdreich von den Hängen spülten, sah das wuchernde Gras, das nicht auszurotten war, aber seltsame Farben zeigte, roch den Regen, der seit Jahren mit wenig Erfolg die Luft zu reinigen versuchte und fühlte, als er zu seinem Gleiter ging, eine bestimmte Leichtigkeit der Bewegungen. Graymondes Oberflächenschwerkraft betrug 0,92 Erdnorm. Als er, den Becher in den Fingern, ins Freie kam, unterbrach ein scharfes Summen die Musikwiedergabe.

„Endlich!“

Kip grinste, trank und huschte nach hinten. In einer lunaren Felsgruppe Vitals standen ein Container und eine Ortungsantenne. Sie richtete sich, ebenso wie ihr Gegenstück auf dem Mond Solid, auf den Planeten und den planetennahen Weltraum. Kips Blicke verfolgten den winzigen Impuls, der seitlich in den Ortungsbereich einschwebte und sich dem Planeten näherte. Der Pilot des Raumschiffes versuchte nicht ein einziges Manöver der Tarnung, sondern ging in mäßiger Geschwindigkeit in einen Pol-zu-Pol-Orbit. Kip sah dem Blinken des Lichtfeldes zu; der Vorgang wurde aufgezeichnet.

„Der Chef hat recht, wie so oft.“ Wieder grinste der Spezialist. „Also wissen sie auf Lepso schon, womit er handeln wird. Überaus pünktlich – sie sind sehr neugierig.“

Während er die Flugbahn des Schiffes verfolgte, diktierte er präzise Einzelheiten für seinen Bericht. Er brauchte keine Phantasie, um sich vorstellen zu können, daß jemand in diesem Schiff die Einzelheiten der Planetenoberfläche mit größter Gewissenhaftigkeit untersuchte. Sollte es ein Schiff des Landkaufkartells sein, befriedigte ein Fachmann seine Neugierde und setzte Kameras, Objektive und die gesamte Falschfarbentechnik ein, um den Wert Graymondes bestimmen zu können. Man war an großen Landkäufen interessiert, denn wegen ein paar Quadratkilometern würde sich der Einsatz eines Schiffes nicht lohnen. Kip räumte das Stativ und das Fernrohr ins Höhleninnere, als die Sonne sich zu färben begann. Ihr stechendes Weiß wechselte von schwefligem Gelb in düsteres Rot. Das Gestirn schien sich zu vergrößern und plattzudrücken und versank hinter dem Horizont einer endlos öden Savannenlandschaft.

Kips Instrumente registrierten dreißig Runden. Das fremde Schiff verließ den Orbit, nahm Kurs auf den galaktischen Norden und verschwand vom Ortungsschirm. Kip desaktivierte die Geräte, bereitete sich ruhig eine Mahlzeit zu und verstaute seine Ausrüstung in dem

Gleiter. Ohne Eile flog er zur Kaulquappe, die unter dem löchrigen Metalldach der Iridiumverladestation wartete, klinkte die Maschine im Laderaum fest und weckte die Piloten. Das kleine Kugelraumschiff startete und flog unter Beachtung schärfster Sicherheitsmaßnahmen zurück nach Quinto-Center.

Myriaden Blätter und Ästchen zittern, Übersättigung knirscht in Millionen Quadratkilometern Rinde. Blüten und Früchte finden auch in den höchsten Wipfeln kaum Platz. Die physikalische Grenze Senoclyptes ist erreicht! Mein Lebensraum ist bis zum letzten Wurzelhärchen ausgefüllt. Dumpfer Schmerz staut sich in meinen Zellen, nicht zum erstenmal, seit ich vor Äonen das Festland erobert habe. Ich, Senoclypte, bin an meine Grenzen gestoßen. Der Bau zahlloser Brücken, Stege weit ins Meer hinaus, Tausender von Gebäuden kann, obwohl er viel Holz verbraucht, die Masse meines Körpers nicht entscheidend verringern. Der ungeheure Schatten, den meine Teile werfen, mindert das Leben anderer Teile Senoclyptes. Noch ist der Kreislauf von Kohlendioxyd und Sauerstoff nicht aus dem Gleichgewicht geraten, und meine Wurzeln ruhen in feuchtem Untergrund. Die Grenze meiner Lebensmöglichkeit ist erreicht, die Geschöpfe, die in meinen labyrinthischen Ästen und Zweigen, in leeren Fruchthülsen und am Boden des Waldes leben, können meinem planetengroßen Organismus weder helfen noch schaden. Ich fange an, mich selbst zu erdrosseln. Gehe ich, Senoclypte, zugrunde, stirbt alles Leben auf den Kontinenten dieser Welt, und bald darauf auch in den Flüssen, Seen und Meeren. Der Zusammenbruch steht kurz bevor und wird rasend schnell vor sich gehen; ein einziges, heißes Feuer genügt . . .

Ein langes, drohendes Zittern durchlief den gigantischen Ast, setzte sich in die Zweige fort und versetzte die Schlafkapsel in kreiselnde Schwingungen. Noch bevor die Morgendämmerung über dem Tal GARST das nächtliche Schwarz verdrängte, wachte Asics M21019 (F) auf. Er berührte die Blüte, die an einer langen Ranke in die Kapsel hineinhing. Zwei gelbe Früchte begannen zu glimmen. Auf dunkelgrünen Moospolstern lag Cheina, die Gefährtin dieser Nacht, die Handfläche unter der Wange, die andere Hand unter dem Magen; sie war also schwanger geworden. Asics wunderte sich nicht lange über die Klarheit seiner Erkenntnis. Er fühlte, daß dieser Tag eine Entscheidung bringen würde; es war keiner der gewöhnlichen Tage. Cheina, neunzehn Blütenwechsel jung, schlank und schön, würde ein kluges Kind zur Welt bringen. Eine (D) und ein (F), deren gegenseitige Sympathie größer war als die Norm im Tal GARST, konnten nicht irren. Während er das weiße Tuch, in das sechs goldgelbe Streifen eingewebt waren, unter den Achseln verknotete, betrachtete er die schöne Schlafende ruhig, aber in steigender Verwunderung. Er sehnte das Sonnenlicht herbei – Klarheit, Wissen und Erkenntnis warteten auf ihn in den nächsten Stunden. Er hatte es nicht gehört, nicht gelesen, aber er fühlte es, wie er den Zeitpunkt des ersten Tages der Wissensaufnahme, der ersten leidenschaftlichen Nacht erfühlt hatte.

Asics griff in die raschelnden Blätter. Die Leuchtfrüchte hörten zu glimmen auf. Der lederartige Verschluß der Kapsel glitt auseinander wie Blütenblätter; mit einem Satz war Asics auf dem feuchten, kühlen Boden. Ameisen wichen seinen Schritten aus, als er zum Steg ging, wissend, daß er Cheina niemals wiedersehen würde.

Asics wusch sich gründlich, trank kaltes Wasser und betrachtete sich im Spiegel des Trinkbechers. Erste Sonnenstrahlen flirrten hinter dem unruhig zitternden Basiswald am Hang hervor. Der Himmel färbte sich hellgrau und rosa. Als Asics seine Augen, das Gesicht, die hellbronzene Haut von Hals und Schultern sah und die schlanken Finger, die er mitten in der Bewegung anhielt, zuckte er, keuchte und wankte, klammerte sich am steinernen Brunnenrand fest.

In seinem Inneren tobte ein lautloses Gewitter. Plötzlich kannte er seinen Namen, die Stationen seiner langen Ausbildung, einzelne Teile seiner Umgebung und deren Bedeutung. Es war wie ein Aufwachen aus Dummheit und Dumpfheit. Er hob den Kopf und sah sich um: Blätter, Büsche, Äste und Früchte.

„Besser, zu schweigen. Erst fragen, wenn eine Antwort gewiß ist."

Er flüsterte. Unter dem Straßenast, in feuchten Schatten, war er allein zwischen einigen hundert Schlafkapseln, die sich wie Kugeln an Fäden bewegten. Einige Sonnenstrahlen trafen die narbige Haut der Kapsel und ließ sie aufleuchten: hellgrün, rot, gelb und goldgefleckt. Die Trompetervögel fingen zögernd mit ihrem Morgengesang an. Asics war noch allein, pflückte eine reife Covare-Frucht und biß hinein, während die Helligkeit zunahm und die Kapsel stärker schaukelte.

Was tun? Wohin? Warum?

Er gab sich selbst die Antwort. Bevor er nicht wußte, was mit ihm geschah, sollte er besser so tun, als fange für ihn ein weiterer Tag in einer langen Reihe an. Er hörte im Süden, aus der Richtung des Watts, langgezogenen Donner und ging, nach kurzem Zögern, in diese Richtung. Asics wußte, daß die Sonne des ersten Tages in seinem neuen Leben aufging.

Er lächelte. Aus der dumpfen Ahnung würde schon bald lichte Klarheit werden. Er folgte dem Bohlensteg entlang des Baches. Im Tal GARST schien außer ihm noch kein anderer Zögling Senoclyptes wach zu sein. Insekten, Vögel, kleine Tiere und schwarze Baumkletterer mit nassem Fell summten und lärmten in Ästen und zwischen den Nestern. Der Donner verhallte. Die große Kugel aus Metall, die von den Sternen oder aus den Wolken fiel, war zwischen Brandung und Vegetationsrand zur Ruhe gekommen. Mit jedem weiteren Schritt verstärkte sich Asics' Gewißheit, daß ihn die riesige, grüne Flut auswarf wie das Meer einen toten Fisch.

Die nächste Brücke führte zu den Werkstätten und Schulen. Ein paar Kinder kicherten und rannten zum Wasser. Aus den Küchenkaminen stieg der Rauch der ersten Feuer. Am Rand des Tales, wo der Fluß sich in eine enge Schlucht zwängte, betrat Asics die lange Treppe, die im Zickzack ein paar tausend Stufen aufwärts führte, entlang am Netzwerk der Ranken über den Felsen. Nach einem Dutzend Stufen blieb er stehen, betrachtete die Bauwerke und deren Dächer, die mit feuchtem Moos gedeckt waren. Er würde sie niemals wiedersehen – so wie er niemals wieder Cheinas Haut berühren würde.

„Endgültig ...", murmelte er. Niemand hielt ihn auf; alle Zöglinge wußten, welche Regeln für jedermann im Tal galten. Der Umstand, daß er sich zielstrebig bewegte, bedeutete für jedermann, daß er einen Auftrag hatte. Langsam kletterte er höher. Jede zweite Stufe, die in helleres Licht führte, war symbolhaft eine höhere Ebene der Erkenntnis. Er erschrak über den Klang seiner Stimme. „Aber warum ausgerechnet ich?"

Jede Regel stammte von Senoclypte: Blütenduft, eßbare Nüsse und Honig, Früchte und Pilze übertrugen Anordnungen als lebensnotwendige Trägerstoffe, alte Lehrer unterrichteten die Mädchen und Jungen, Senoclyptes pflanzliche Systeme ernährten alle. Das knarrende, duftende Holz, auf dem Asics das Tal verließ, gehörte zu den abgestorbenen, abgestoßenen und entnommenen Teilen der Landpflanze. Im gleichen Maß, wie sie ihre vielen Zöglinge ernährte, verhinderten jene transportierten Spurenstoffe sowohl Selbständigkeit als auch Eigeninitiative: Eine große Menge junger Wesen lebte hier, die nur dienende Funktionen kannten. Er, Asics, gehörte nicht zu ihnen.

Ruhig setzte er einen Schritt vor den anderen und blieb erst wieder stehen, als er, zwischen windzerzausten Nadelgewächsen, den obersten Grat des Hügels erreicht hatte. Ein langer Blick galt dem grünen Tal GARST, in dem er einundzwanzig Blütenwechsel zugebracht und gelernt hatte.

ORBANA auf LEPSO, HOTEL STERNENPALAIS, 8. Januar, 19.00 UHR: Vor dem Eingang der Nische stand Ereng Taceino, der Ertruser, und in seiner Pranke verschwand das Bierglas völlig. Die Musik in der Hotelbar war laut, zweihundert Gäste redeten miteinander, Flaschen und Gläser klirrten – es war fast unmöglich, uns abzuhören. Erengs Blicke zuckten und huschten umher, heute trug er den Krakenpinguin, der nicht weniger neugierig den Kopf hin und herdrehte. Ich blickte von einem Gesicht meiner neuen Begleiter zum anderen und sagte gerade so laut, daß sie mich verstanden:

„Ich werde allein der Einladung folgen. Unterhaltet euch gut, bleibt im Hotel oder seht euch in der Stadt um. Aber seid vorsichtig."

„Keiner kann sicher sein, ob sich nicht jemand an Alsar Quizzardos Begleitern vergreift." Rave Sounder ließ die Eiswürfel klirren. „Allein schon deshalb, um herauszufinden, ob wir echte reiche Planetenverkäufer sind."

„Dann bleibt zusammen", knurrte Myler. „Lepsos Gesetze sind dehnbar. Hüten wir uns, selbst unabsichtlich dagegen zu verstoßen. Niemand schützt uns, keiner haut uns heraus!"

„Ich muß mit dem Aufsichtsratsvorsitzenden sprechen", sagte ich. „Macht weiter, Freunde. Ich bin, bis ich abgeholt werde, in meinen Zimmern. Viel Vergnügen. Und laßt die teure Gifteauswahl im versiegelten Container."

Ich leerte mein Glas und versuchte mich auf die kommenden Ereignisse vorzubereiten. Nicht einmal der Logiksektor meldete sich. Ich wußte nicht, wer mich erwartete – und was mich erwartete. Ich war Widerstände gewöhnt, und meine Erfolge auf Lepso überraschten mich selbst. Aber in diesem Stadium der Verhandlungen brachten nicht einmal Psychopathen ihre Geschäftspartner um.

Kurz vor einundzwanzig Uhr saß ich in der Hotelhalle und sah die dritten Lepso-Orbana-Abendnachrichten, während ich auf meine Gastgeber wartete. Die kommentierenden Bildberichte waren nicht eigentümlicher als manche unserer Erlebnisse. Der Terranerjunge mit dem hungrigen Blick und die beiden Springer in Galauniformen holten mich ab.

„Sternmaster Quizzardo!" Der Junge lächelte schüchtern. „Wir dürfen Sie zu Staven ay Toyrottos Palast bringen. Dort erwarten Sie die Teilnehmer einer exquisiten Abendgesellschaft. Der Chairmann ist Toyrottos Freund. Der Gleiter wartet, Sir."

„Nicht mehr lange. Gehen wir."

Die Maschine schwebte unter dem kühnen Vordach des

Hotels in die milde Nacht Lepsos. Das Verdeck war offen; nach einigen Minuten umschmeichelten uns Seeluft und das Aroma nachtaktiver Blüten. Meine rothaarige Begleitung schwieg. Ich sah, daß wir uns langsam im weiten Bogen dem riesigen Besitztum ay Toyrottos näherten. Parks und Gebäude, von einigen tausend indirekten Scheinwerfern in ein zauberhaftes Gegeneinander von Dunkelheit und Farben getaucht, schienen ihre Lage zueinander zu verändern, als wir in einer flachen Kurve abtauchten und vor dem Eingang auf einer Terrasse landeten. Eine schlanke Frau und zwei Männer kamen mir entgegen; als sie im hellen Licht standen, war ich sicher, weder je ihr Bild noch sie selbst gesehen zu haben

4.

„Lady Daphny Letabole", sagte der hagere, uralte Akone und lächelte kaum wahrnehmbar. „Das ist Boith, Sir Quizzardo, und ich bin, wie Sie richtig vermuteten, Staven ay Toyrotto."

„Ich danke für die Einladung", sagte ich und wechselte Händedrucke. „Sie haben, wenn ich es recht zuordne, ein Domizil von auserlesener Größe, Mister Toyrotto."

„Lange genug habe ich dafür gearbeitet." Die Frau hätte eine ältere Schwester Charedh Grandonets sein können. Sie trug eine handgroße, weiße Blüte im schwarzen Haar. Wir kamen in einen riesigen Wohnraum, der in mehreren Ebenen angelegt und stilvoll dekoriert war. Junge Dienerinnen brachten Tabletts voller Gläser und kleinem Naschwerk.

„Ich wollte schon immer einen leibhaftigen Planetenherrscher kennenlernen." Boith hob sein Glas. „Einen Mann, der anderen sogar Land und damit gewissen Einfluß auf sein Herrschaftsgebiet verkauft."

„Nur dann, wenn es nicht meinen Absichten widerspricht." Ich wählte einen mild alkoholischen Drink, der von einer kleineren weißen Blüte geschmückt war. Sie roch betäubend. „Aber das wird sich bestimmt im

Gespräch klären. Was haben Sie auf ‚meinem' Planeten vor?"

Boith und ich musterten einander eingehend. Er sah aus wie der Sproß einer akonisch-arkonidischen Mischehe, war etwa fünfzig Jahre alt und schlank. In seinen bernsteinfarbenen Augen unter schweren Lidern erkannte ich Selbstsicherheit, Machtstreben und Kühnheit. Er würde ein erbarmungsloser Gegner sein und war Erfolg gewöhnt; ich fühlte ersten Widerstand und die Ahnung kommender Gefahren.

„Ganz bestimmt würden wir mit hochkarätigem Tourismus anfangen. Wahrscheinlich Hochseefischerei. Daß wir bei der Renaturierung der Ödgebiete tatkräftig helfen, ist im eigenen Interesse klar. Ich plane langfristig; irgendwann wird es jagdbare Großtiere geben."

„Hört sich gut an, Boith", sagte ich. „Sie liefern auch die Infrastruktur?"

„Vom ersten Holzfäller bis zum Hotelmanager. Wenn es kein Baumaterial gibt, schaffen wir unser eigenes Holz und schnellwachsende Pflanzen mit Raumschiffen an."

„Hört sich noch besser an." Wir schlenderten langsam durch den Raum und bewunderten Holobilder in kostbaren Fassungen, Schnitzereien aus edlem Holz und archaische Steinplastiken. „Aber warum wollen Sie unbedingt eine so riesenhafte Fläche kaufen, ausgerechnet in einem stark verwüsteten Gebiet?"

„Eine Großwildjagd, die nach zwei Dutzend Kilometern zu Ende ist, kann ich nicht teuer verkaufen. Heute dringt man nicht mehr zu Fuß in einen Dschungel ein, Mister Quizzardo."

„Ein Gesichtspunkt, der mir nicht neu ist", sagte ich. „Von dieser Seite haben wir es allerdings noch nicht betrachtet. Dann macht Landkauf in großem Rahmen natürlich einen Sinn. Schade, daß der beste Landschaftsgestalter nicht verfügbar ist. Burton Artemid würde uns und Ihnen ein Paradies zeichnen und planen."

Boith hob die schmalen Brauen und zuckte mit den Schultern. Es war undenkbar, daß er nichts von Artemid wußte.

„Ich habe inzwischen natürlich jede Einzelheit Ihrer

Unterlagen durchgesehen. Kompliment! Sie sind der bestvorbereitete Anbieter, mit dem ich je verhandelt habe."

„Meine Ware mag gebraucht und reichlich abgenutzt sein." Ich lachte und lehnte mich gegen die Kante eines antiken Torflügels, dessen Bronzereliefs von einer transparenten Schicht versiegelt waren. Auf dieser Tischplatte lag ein Teil meiner Verkaufsunterlagen sauber gebündelt. „Aber mein Planet soll möglichst bald wieder grün und lebendig werden. Da lohnt sich, auch wegen der Investitionssummen, einiger Aufwand."

„Überdies brauchen Sie natürlich auch Karten und Pläne."

„So dringend wie Sie, Boith."

Wir tasteten einander mit scheinbar bedeutungslosem Wortgeplänkel ab. Lady Letabole und Toyrotto saßen auf einer Reptilledercouch und unterhielten sich leise. Die Musik war, obwohl überaus gedämpft, sehr eindringlich und exotisch. Ich kannte sie nicht. Auch die Dienerinnen erinnerten mich an Charedh; es wurde immer deutlicher, daß ay Toyrottos Sklaven und Sklavinnen zu einer einzigen Gruppe gehörten oder von einer Welt stammten, auf der nur dieser Menschentyp lebte. Diese Überlegung deckte sich auch mit sämtlichen USO-Recherchen. Allerdings: Das Personal in diesem Raum machte nicht den Eindruck, als würde es bei Ungehorsam gepeitscht oder gefoltert. Ich stellte mein leeres Glas zurück und lächelte der Dienerin zu. Sie erwiderte mein Lächeln schweigend und zurückhaltend, aber keineswegs devot.

„Ich sagte es schon Ihrer Sekretärsquadriga, Boith . . . nur ‚Boith'?"

„Nur Boith. Marotte von mir. Woanders heiße ich anders. Auf Lepso kennt man mich nur als Boith, und das soll so bleiben. Was sagten Sie den Vierlingen?"

„Daß ich kein üblicher Geschäftemacher bin. Ich will den Planeten kultivieren, und niemand soll dieses Konzept ändern. Ich will mich nicht, beispielsweise, mit Ihnen vor allen galaktischen Gerichten herumstreiten. Will auch keinen Ärger an Ort und Stelle, denn es gibt für Jahrzehnte Wichtigeres zu tun. Das sagte ich Ihrem Quartett."

„Spricht etwas dagegen, beispielsweise Pflanzen und Tiere zu importieren, die nicht zur Fauna und Flora Ihrer Welt Graymonde gehören?“

Ich schüttelte den Kopf.

„Die Fauna ist weitestgehend ausgerottet. Meeresgetier lebt wohl noch arten- und zahlreich. Bringen Sie ruhig Hirsche und Wölfe, Biber und Schmetterlinge mit – falls wir handelseinig werden und unterschreiben.“

„Sie kommen mir wirklich entgegen.“ Boith lächelte verständnisheischend. „Denn was sollten die Jäger später jagen?“

„Ich bin in diesem Punkt eigennützig. Wenn es dem Planeten und Ihnen auch nützt, gibt's keine Einwände.“

Handelte Boith korrekt, war dieses Vorhaben uneingeschränkt zu begrüßen. Wollte er Rauschgiftpflanzen anbauen und Tiere aussetzen, deren Häute, Felle oder Stoßzähne er verkaufte, waren wir gewarnt. Was konnte schiefgehen? Nichts, wenn die richtigen Leute gewissenhaft kontrollierten. Ich grinste und ließ mich von ihm zur riesigen Sitzgruppe führen. Wir kamen an einer dicken Glasplatte vorbei und warfen einen Blick in einen kreisrunden Innenhof, in dem sich die Gewächse eines fremdartigen Parks im Nachtwind bewegten. Ich blieb stehen. Mit großen Blütenaugen starrten mich die Pflanzen an. Wieder roch ich den betäubenden, leicht fauligen Blütenduft. Als wir weitergingen, schien uns das Gewächs zu beobachten.

„Ich glaube, wir haben die gleichen Überzeugungen und Einfälle, was Graymonde betrifft.“ Boith blieb neben einer Lampe stehen. Die Enden seines dunkelblauen Haares funkelten golden.

„Ich mache sicher nicht den Fehler, Sie zu unterschätzen, Boith“, sagte ich. „Ich habe – und das ist nicht leicht dahingesagt – sehr viel Zeit für Graymonde. Ich werde also nicht jeden Preis akzeptieren müssen.“

„Das wurde mir spätestens jetzt klar“, sagte er und grinste. „Wir warten auf die Gefährtin meines harmlosen Lebens.“

„Die wir auch noch nicht kennen.“ Lady Letabole deutete einladend auf die Sessel. „Dann ist Gelegenheit für einen kleinen, bescheidenen Imbiß. Ich hoffe, Sie haben Appetit mitgebracht, Sternmaster Alsar."

„Mein Appetit auf alles Schöne und Interessante ist grenzenlos", sagte ich. „Wollen Sie auch auf Graymonde siedeln?"

„Nur investieren." Sie winkte den Dienerinnen. „Meine Stärke liegt in der Ausbildung, Führung und Kontrolle von Boiths Personal."

„Graymonde sieht interessanten Zeiten und bezaubernden Gästen entgegen." Ich war sicher, ihr deutliches Interesse hervorgerufen zu haben; nicht nur als Planetenverkäufer. Unsere Gläser klingelten aneinander. „Auf stille, arbeitsreiche Tage im Morast des Tagebaues und in den Baumschulen."

Staven ay Toyrotto war sichtlich die wichtigste Gestalt des Trios. Groß und schlank wie ein alter Arkonide, vom Typus des Akonen, lederhäutig, faltig, mit listigen Luchsaugen und silbernen Altersflecken auf den Händen. Die Fingernägel waren überlang und vergoldet, die Ringe wertvoll wie Antimaterie. Er war haarlos und hatte auf dem Schädel eine Art Kappe, die wie angewachsene Reptilhaut aussah und zu leben schien. In der Höhe der Jochbeine trug er Edelsteinimplantate. Die winzigen Steinchen flirrten und flimmerten, als wären sie von innen beleuchtet; ich wäre mit solchem Schmuck schon verrückt geworden. Auch seine Zähne waren unbezahlbare Meisterwerke. Die Augen kannten alles Schöne und Grausame von zwölf Dutzend Welten; wenn er Ehrgeiz besaß, war er schon abstrakt und fast jenseitig. Er bewegte sich mit der Schnelligkeit eines Vierzigjährigen, und auch ihn würde ich mir als Gegner nur ungern heraussuchen. Wahrscheinlich wurden wir binnen kurzer Zeit zu erbitterten Feinden. Der Logiksektor sagte: *Du hast gleich drei Katastrophen in der galaktischen Geschichte an einem Abend getroffen, Arkonide!*

„Ich bin auf Lepso der Fremde", sagte ich. „Wie paßt der Gastgeber in das zukünftige Bild Graymondes? Ich weiß nicht, welche Art Geschäfte Sie betreiben; jeder schweigt sich aus. Aber ohne Grund hat Sternmaster Dustar Cahen uns wohl nicht zusammengebracht?"

„Ich betreibe heute nur noch wenige Geschäfte. Früher schlug ich mich um jeden Solar. Ich picke mir, mit Hilfe meiner lieben Freunde“ – Toyrotto grinste wie eine Hyäne – „einzelne Optionen heraus, an denen ich nur einmal, dafür aber gut verdiene. An der Entwicklung eines Teiles von Graymonde wäre ich beteiligt, würde also daran verdienen. Zufrieden mit der Erklärung?“

„Natürlich“, sagte ich. „Ich verfolge selbstverständlich auch meine Ziele, und zwar mit großer Nachdrücklichkeit.“

Ein kleinerer Gleiter landete auf der Terrasse. Der schweigsame Springer führte eine bildhübsche Arkonidin herein. Ich bemerkte ihren gelangweilten Gesichtsausdruck und den kostbaren Schmuck in ihrer Hochfrisur. Sie paßte zu Boith und in die luxuriöse Umgebung, kam mit schwingendem Gang näher und begrüßte uns. Ay Toyrotto bat zum Essen. Wir schwebten einen Antigravschacht abwärts, kamen in einen kurzen Felskorridor und nach einigen Schritten in eine große Tropfsteinhöhle. Über den kleinen Wellen schwebte eine weiße Plattform, auf der Tische und Stühle inmitten von Blumenarrangements standen. Die Zapfen, Kaskaden und Schleier glänzten über und unter Wasser im Licht versteckter Scheinwerfer. Der Strand war einige hundert Meter entfernt, aber hier zuckten bunte Fische über den weißen Grund.

„Ich bin tief beeindruckt“, sagte ich. Die weißen Blüten jener fremdartigen Pflanze, die schon im Wohnraum nicht gut gerochen hatte, sonderten hier ein ordinäres Aroma ab. Die Dienerinnen und alle Gäste schienen den Geruch zu lieben. Ich beherrschte mich und versuchte daraus eine wichtige Beobachtung abzuleiten, ohne daß es mir gelang. Das Essen war von ausgesuchter Qualität, die Arkonidin Tharna Ikabre erwies sich als charmante Gesprächspartnerin, und weit nach Mitternacht hatten wir annehmbare Preise und Vertragsbedingungen ausdiskutiert. Einer Unterzeichnung der Verträge stand nichts mehr im Weg.

Auf dem Weg zur Gleiterterrasse drückte Staven ay Toyrotto auf die Augäpfel eines Obsidian-Frauenkopfes in einer Wand. Große Glasplatten glitten zur Seite. Wir gingen einige Schritte auf die Büsche und Bäume zu. Ich sah, daß Moos, Gräser, Ranken, Büsche und die unglaublich knorrigen und gewundenen Stämme mitsamt einem pinienartigen Wipfeldach eine einzige Pflanze waren, ein vielverzweigter Organismus, der gleichzeitig Blüten, wachsende und reife Früchte, Nadeln und Blätter trug. Wieder hatte ich das Gefühl, als starrten uns die Blüten prüfend, fast aggressiv an.

„Mein grüner Liebling." Toyrottos Gesicht wurde weich und träumerisch. „Man muß nur achtgeben, daß sie nicht durchs Haus und darüber hinweg wuchert. Ich weiß gar nicht mehr, von woher ich den Setzling hatte. Senoclypte ist fast so alt wie ich."

„Und auf ihre Weise ebenso erfolgreich. Eine Überlebenskämpferin." Die Arkonidin lachte; Toyrotto schien das Thema nicht länger angenehm zu sein. „Wollen Sie nicht einen Ableger für Ihren zerschundenen Planeten, Quizzardo?"

Ich machte eine gleichgültige Geste. Kleine Vögel, die in kopfgroßen Kapseln an langen Fäden nisteten, blinzelten tschilpend ins Scheinwerferlicht.

„Mag sein. Wozu ist die Pflanze gut? Wie heißt sie? Von welcher Welt stammt sie?"

„Senoclypte kann vieles liefern: Beeren, getreideähnliche Körner, verschiedene Früchte und wohlriechendes Feuerholz." Toyrotto schaltete die Lichter aus. Bei seinen letzten Worten zitterten die Äste, und das Blattwerk raschelte. „Ihre Herkunft ist allerdings unbekannt."

Wir verabredeten Tag und Stunde der Unterschriften, den Termin der hochoffiziellen notariellen Beglaubigung, und die Springer brachten mich zurück zum „Sternenpalais".

Bis jetzt war unsere Tarnung vollkommen gewesen; meine Zuversicht wuchs. Exakte Planungen konnten erst wieder an Bord des Schiffes im All und in Quinto-Center durchgeführt werden. Ich lag ausgestreckt im Sessel, über mir der prächtige Sternenhimmel Lepsos. Die vier, die ich heute kennengelernt hatte, arbeiteten zusammen; ich rechnete weiterhin damit, daß wir unentwegt beobachtet wurden. Wenn Boith oder Toyrotto tatsächlich den

Surfacearchitekten entführt hatten, so eröffnete dies wilde Perspektiven: Es wäre ein paar Tage nach dem ersten Versuch der Terranischen Botschaft gewesen, die für den Verkäufer der Welt Graymonde geworben hatten. *Das nenne ich Tüchtigkeit und vorauseilende Planung,* sagte ich mir und mußte grinsen. Meine Gegner waren fast so gerissen wie meine USO Teams.

Toyrotto umgab sich mit solchen „Sklaven", die er in großer Anzahl verkaufte. Ich würde sie bald auch auf Graymonde sehen. Boith hatte vor, auf Graymonde Einfluß zu gewinnen. Welchen? Die schöne Lady Letabole würde die Logistik der Sklaveneinsätze steuern, und vielleicht fanden sich auch bald Setzlinge der Senoclypte in den aschebestäubten Waldebenen des Planeten. Meine Begleiter samt der Siganesen versuchten auch in dieser Nacht Informationen aufzuschnappen – hoffentlich kamen sie alle zurück, ohne dem Nachtleben Orbanas zum Opfer gefallen zu sein. Ich dachte an meinen toten Freund Grandonet und seine Frau, die er von Toyrotto im Spiel gewonnen hatte. Die Menge und Länge der Fäden wuchs, und die Konturen des Netzes wurden erkennbar. Ich trank, um schneller einschlafen zu können, etwas blauen Lepso-Wein und träumte von den sumpfigen Flußmündungen meines Planeten.

Drei Stunden weit lag das Tal GARST hinter Asics, als er die ersten Zeichen sah. Senoclyptes Zellen hatten sein Verschwinden registriert, und die Verfolgung begann mit untrüglichen Bewegungen der Blüten. Bisher hatten ihn, ebenso wie zahlreiche andere Wanderer, die Blüten und Knospen lediglich zur Kenntnis genommen, angesehen und sich wieder weggedreht, den Sonnenstrahlen entgegen. Nun lauerten sie auf ihn, versuchten ihn zu entdecken, ehe er in Sicht kam, starrten ihn an, zwischen aufgeregt raschelnden Blättern und Nadeln hervor wie kleine, blinkende Spiegel. Er zwang sich, weder schneller noch langsamer zu gehen; das Watt würde er frühestens um Mitternacht erreichen. Bisher hatte die Pflanze noch nicht versucht, ihn anzuhalten oder in eines der zahlreichen Gebäude aus Holz und Lehmziegeln zu dirigieren, an denen er vorbeigekommen war. Im Westen loderte ein Feuer. Grauer, weißer und schwarzer Rauch drang hinter den Hügeln in die Höhe und wurde vom Wind verwirbelt. Wahrscheinlich beschäftigte der Brand die Pflanze mehr als die Unregelmäßigkeit eines einzelnen Wanderers, der nicht auf diesen Weg, in diese Tabu-Richtung, gehörte.

„Ich verstehe! Eine fast unendlich große Zahl einzelner Zellen gibt Informationen weiter. Aber hat Senoclypte so etwas wie ein Hirn, einen Verstand?"

Er jedenfalls hatte nichts außer Sandalen und ein durchschwitztes Tuch aus gesponnenem Wollblütenflaum. Während der Einsamkeit der letzten Stunden hatte Asics deutlich erkannt, wodurch er sich von der Masse anderer Zöglinge unterschied: zunächst besaß er freien Willen, daraus abgeleitet die Vorstellung eines Zieles, und schließlich das Können, dieses Ziel auch zu erreichen. Er war auf dem Weg dorthin, und weitere zwei Stunden vergingen. Inzwischen ahnte er auch, daß dieser Unterschied nichts anderes war als ein Fehler, eine Panne, das Versagen einer einzigen Zelle im Schutz des riesenhaften Organismus. Er ging weiter, aber als er eine Frucht pflücken wollte, schnellte nicht nur dieser eine Ast in die Höhe und aus seiner Reichweite, sondern auch alle anderen Früchte in der Nähe seiner Hand. Er lachte; der Stiel einer reifen Beerenfrucht brach, er fing sie auf, biß hinein und fühlte den Saft über Kinn und Hals rinnen.

„Wenn Senoclypte möglich macht, daß mein Verstand aufwacht, muß sie auch zusehen, wie ich damit fertig werde." Asics murmelte einen Fluch und verließ die Straße. Ein schmaler Pfad wand sich den Hang abwärts; über dem Meer ballten sich weiße Wolken.

Auf der Straße bewegte sich ein langer Zug schwerbeladener Zöglinge. Sie trugen Truhen, Ballen, Container und Fässer aus der großen Metallkugel; Asics wußte inzwischen, daß es ein Transportmittel zu anderen Welten war. Er wich den Trägern aus und duckte sich unter den tiefhängenden Zweigen. Neben dem Pfad ringelten sich lange Dornenranken und hoben sich, griffen nach seinen Füßen. Er sprang im Zickzack zwischen Dornen und scharfen Gräsern hin und her, wich auf die Felsstufen eines Wasserlaufes aus und drehte den Kopf. Über ihm schüttelten sich ächzende Äste. Wenn er weiterhin in solch großer Schnelligkeit floh, würde er weit vor Mitternacht das Meer erreicht haben. Aber wahrscheinlich brach er vorher vor Erschöpfung zusammen.

Kleine, harte Nußfrüchte fielen aus großer Höhe herunter. Einzelne Zweige bogen sich hoch, schnellten zurück und schleuderten Früchte nach Asics. Er warf sich zur Seite, bückte sich und fühlte die Treffer auf den Schultern und dem Rücken. Er rannte auf dem feuchten Pfad weiter, sprang über mächtige, knorrige Wurzeln und duckte sich unter dem Hagel der kleinen Geschosse. Jetzt brauchte er sich nicht mehr zu fragen, ob Senoclypte seine Flucht bemerkt und mißbilligt hatte.

Senoclypte war überall. Die Kanten der Gräser versuchten ihn zu schneiden, die Dornen stellten sich auf, und die Absicht, ihn mit Nüssen und Aststücken zu verwunden – oder zum Rückweg zu zwingen –, wurde von Schritt zu Schritt deutlicher erkennbar. Die Wipfel raschelten, schüttelten sich wie im Sturm, scheuchten Vögel und kleine Tiere aus den Nestern und überschütteten Asics mit abgestorbener Rinde, Blättern und Nadeln. Er hoffte, daß der enge Pfad, der sich zwischen breiten Lianenvorhängen wand, möglichst bald aus dem Wald und auf freiere Fläche hinausführte; die Pflanze würde ihn auch dort sehen können; leichter und deutlicher.

„Nur im Wasser kann sie mich nicht mehr sehen!“

Ein abenteuerlicher Plan nahm nach einigen Dutzend Schritten deutlichere Gestalt an. Asics glaubte zu wissen, wie er den letzten Teil seiner Flucht zurücklegen konnte. Die Lianen rechts und links des Pfades zitterten, bildeten Schlingen und rissen sich von den Ästen los. Asics hatte noch immer den Vorteil, daß er schneller rannte, als die Pflanzenteile reagieren konnten. Hinter ihm pfiffen die Schlingpflanzen wie Seile durch die Luft und verknoteten sich gegenseitig.

„Ihr seid . . . du bist nicht schnell genug für mich“, keuchte er und sprang über das nächste Quellrinnsal. Er landete in einem Ameisenhaufen, überschlug sich und wagte durch einige Büsche zu stolpern, um die rasenden

Kerbtiere abzustreifen, die ihn bissen und überall auf die Haut ihre ätzenden Sekrete sprühten. „Aber vielleicht bist du viel zu groß für mich?"

Weiße und gelbgrüne Pilze, groß wie Kinderköpfe, bliesen ihre Sporen in seine Richtung, und einige Zeit war es, als liefe er durch Rauch oder dichten Nebel. Er fragte sich, ob Senoclypte seine Gedanken lesen konnte. Verfolgte sie ihn nur, weil er sich aus dem Tal GARST entfernt hatte, oder weil sie imstande war, seinen Versuch als „Flucht ohne Rückkehrabsicht" zu erkennen? Er wußte es nicht; müßige Überlegungen, die er rasch vergaß, als er weiterrannte, auf einen Fleck Helligkeit zu, der hoffentlich eine Lichtung ankündigte. Wieder setzte ein Bombardement aus Nüssen und Zapfen ein. An seinen nackten Oberarmen sah er Stiche und Schnitte und Abschürfungen. Er rutschte auf dem nassen Lehm aus und rollte sich über die Schulter ab, als er durch einen Busch in den Bereich grellen Sonnenlichts fiel.

Es war Mittag. Die Sonne strahlte fast senkrecht in die Lichtung hinein. Asics kam auf die Beine und rettete sich auf eine Sandfläche. Langsam drehte er sich einmal um sich selbst und beobachtete die Waldränder. Seine Furcht, daß ihn auch andere Zöglinge zu verfolgen begannen, schwand ein wenig, denn er konnte nur die Laute und Geräusche der aufgeregten Pflanzenteile hören, keine Schreie oder Rufe. Wieder richteten sich zahllose Blütenaugen auf ihn, Lianen schüttelten sich drohend, und die Baumwipfel befanden sich noch immer in höchster Unruhe. Über der Lichtung kreisten große Vögel und schrien. Er wischte den Schweiß mit dem nassen Stoff aus dem Gesicht und zwang sich dazu, ruhig durchzuatmen.

Er wußte nicht genau, wo er sich befand, und wie weit es noch zum Meer war. Aber es war ihm gelungen, die Richtung einzuhalten. Der warme Südwind trug den Geruch des Salzwassers bis hierher. Er schloß die Augen und hielt die offenen Hände hinter die Ohren. Von rechts hörte er ein Geräusch, das nicht zum Wald paßte. Nach einiger Zeit erkannte er das Knarren von hölzernen Rädern.

„Dort drüben. Eine Straße!"

Er folgte zweihundert Schritte weit, bis zum gegenüberliegenden Ende der Lichtung, einem Tierpfad, nahm einen Anlauf und stürzte sich wieder ins Halbdunkel des Waldes. Abermals griff jeder Pflanzenteil, der sich bewegen konnte, nach ihm oder bewarf ihn mit Rinde, Nüssen oder überreifen Früchten. Ein Mückenschwarm stürzte sich auf ihn, als er im Halbkreis auf die Straße zurannte und sich zwischen Büschen duckte, die ihn zu erdrosseln drohten. Vier Schritte vor ihm wirbelte Staub von der leeren Straße. Er grinste trotz der Schnitte und der juckenden Schicht aus Pilzsporen, Rindenstaub und Schweiß auf seiner Haut. Ohne zu zögern rannte er auf die Straße hinaus und mit schlappenden Sandalen nach Süden weiter, auf offenes Land zu. Die Waldränder wichen zurück; er schien auf der Straße wieder allein zu sein, nachdem die Laderäume des Schiffes geleert worden waren.

Aus Erzählungen – obwohl die Zöglinge nur wenig über solche Erlebnisse miteinander sprachen, die von der Norm langer Tage abwichen – hatte er erfahren, daß diese große Kugel solche Güter von fernen Welten brachte, die Senoclypte nicht liefern, oder die man aus ihrem Holz und den vielen unterschiedlichen Früchten und Zapfen nicht herstellen konnte. Jedesmal, nachdem eine solche Lieferung verteilt worden war, fehlten Zöglinge. Kinder, Erwachsene, meist junge Männer und Mädchen, die gerade den zwanzigsten Blütenwechsel hinter sich hatten, aber auch jüngere Bewohner des Tales. Jetzt wußte er plötzlich wohin sie verschwanden: das Sternen-Wolken-Schiff nahm sie mit. Wohin? Auf andere Welten. Dort konnten sie anwenden, was sie im Tal GARST und an anderen Stellen gelernt hatten.

Er lauschte wieder und hörte zu rennen auf. Am nächsten Brunnen wusch er sich ebenso gründlich wie das Tuch, wickelte es naß wieder um die Brust und wartete, bis sich das Wasser geklärt hatte. Er trank, sah nach dem Stand der Sonne und entdeckte weit voraus eine waagerechte, blaue Fläche. Das Meer! Viele Stunden fehlten bis Mitternacht! Die metallfarbene Kugel sah er hinter der Kulisse aus Felsen, Dünen und großen, aber vereinzelt stehenden Wäldchen nicht. Noch immer wütete im Westen der Waldbrand. Eine Rauchwolke bedeckte fast den gesamten nördlichen Horizont und füllte inzwischen wahrscheinlich das Tal aus. Als er weiterging, flog nur ab und zu eine kopfgroße Nuß zwischen den Stämmen hervor und zischte knapp neben ihm ins Gebüsch.

Zweieinhalb Stunden später warf sein Körper einen langen Schatten nach Osten. Hinter ihm blieben die breiten Streifen aus Strandhafer, windzerzausten Nadelbäumen und einige Haufen weißes Treibholz zurück. Er sah und hörte die Brandung und erinnerte sich, vom Wechsel der Gezeiten gelernt zu haben. Als er über den heißen, geriffelten Sand der Düne ging, tauchte weit rechts von ihm die Kugel hinter den Felsen auf; das Watt war von der Flut bis zum nächsten Treibgutwall bedeckt. Asics blieb stehen und starrte das Schiff wie eine Erscheinung aus wirren Träumen an.

„Das ist mein Ziel“, sagte er und setzte sich in den Sand. Einige Atemzüge später stand er unruhig wieder auf, watete ins Meer hinein und fühlte halb erleichtert den Schmerz des Salzwassers in den kleinen Wunden. Er ging weiter, bis das Wasser seine Schultern bedeckte, und konnte den Blick nicht von den Vorgängen zwischen den Metallbeinen der Kugel lösen.

Noch immer gingen Zöglinge zwischen dem Uferwald und dem Schiff hin und her und trugen schwere Lasten. Eckige Öffnungen in der Kugelwand waren auf, und in den Netzen sanken weitere Gepäckstücke in den Sand. Frauen und Männer, die sich am Ende einer Rampe bewegten, trugen Stiefel und farbige Kleidung und sahen ganz anders aus als die Zöglinge mit ihrem dunklen Haar und der hellbronzenen Haut. Wieder fügten sich Ahnungen und Gewißheiten, Erkenntnisse und Vermutungen in ein größeres Bild zusammen, das Asics zwar gefühlsmäßig zu verstehen glaubte, aber nicht völlig deuten konnte. Er machte im glühendheißen Sand zögernde Schritte und schüttelte den Kopf.

„Jetzt sehen sie mich bald“, murmelte er. „Ich muß auf die Nacht warten.“

Er zog sich zurück, verließ das Wasser und trocknete die

Haut in der Abendsonne. Einmal rannte er zur Straße, sammelte Nüsse auf und trank. Die großen Nüsse öffnete er zwischen den Dünen mit scharfkantigen Steinen und kaute das gelbe Mark aus dem Inneren der pechschwarzen Schale. Er wartete voller Ungeduld und sah der Sonne zu, die sich fast unmerklich zu färben begann und dem Horizont entgegensank. Die Zone unter dem Schiff wurde strahlend hell. Mächtige weiße Strahlenbündel kamen aus halbkugeligen Lichtquellen. Für ihn stand fest: bald würde die Kugel wieder aufsteigen und zu einer anderen Welt fliegen; dorthin, woher die Pakete und Kisten mit ihrem wertvollen Inhalt kamen. Dann, im letzten Sonnenlicht, sah er eine Gruppe Zöglinge im Sand neben der Rampe stehen.

Er wechselte die Deckung und glitt zwischen Dünen und dem Treibholz, das wie Knochenhaufen aussah, näher ans Schiff heran. Er sah zwei Kinder, etwa zwölf Blütenwechsel jung, drei junge Frauen und fünf Männer. Sie warteten geduldig und schienen zu essen, denn sie hielten würfelförmige Pakete in den Händen und führten kleine Brocken an die Lippen.

Als die letzten Teile der Ladung weggetragen wurden, näherten sich von Norden noch mehr Zöglinge. Er versuchte sie zu zählen und kam bis sechsunddreißig. Ohne Eile gingen einige von ihnen ins Schiff und kamen nicht wieder heraus.

„Auch ihr wißt nicht, wohin sie euch bringen“, flüsterte er und bemerkte, daß die Fremden Stäbe in den Boden rammten. Die Frauen und Männer des Schiffes zogen mit den Stäben einen weiten Kreis um das Schiff, während Asics das Meer beobachtete und sah, daß die Ebbe aufgehört hatte. In zwei Stunden kam die Flut und würde einige der Metallpflöcke erreichen. Er ging daran, den letzten Teil seiner Fluchtplanung in die Tat umzusetzen, und zerrte drei große Stücke Treibholz bis zum Rand des Wassers. Einmal sah er, wie ein Fremder an die Hüfte griff, einen Gegenstand packte und einen langen, dünnen Feuerstrahl auf einen Wattwolf abfeuerte, der ihm zu nahe gekommen war. Das Tier hinkte heulend in den Schlick zurück.

„Sie verwunden und töten mit Feuer", brummte Asics. „Das sind die ‚Waffen', von denen die Lehrer erzählt haben."

Die Zeit schlich dahin, das Wasser stieg mit heranrauschenden Gischtstreifen. Nachtjagende Meeresgeschöpfe gerieten an ein hochkant stehendes Band aus purpurnem Dunst, das sich zwischen den Pflöcken spannte. Kleine Blitze warfen die Tiere wieder in die Wellen zurück. Asics schob die Treibholzäste ineinander, hielt sich am dicksten Teil fest und schob seine Konstruktion auf das Schiff zu, einige hundert Schritte weit vom Strand entfernt. Zuerst hatte er geplant, sich mit der Nachtluft schwimmend dem Schiff zu nähern, in einem weiten Halbkreis vom Dünenversteck aus. Jetzt würde ihm das Holz auf andere Weise dienen müssen.

Die Sterne flammten auf, noch ehe das dunkle Rot des Sonnenunterganges verschwunden war. Asics schwamm, wenn er den Boden unter den Füßen verlor, und schob das Holz vor sich her. Die Wellen hatten längst seine Sandalen weggespült, sie bestanden ohnehin nur noch aus Löchern und Fäden. Langsam und fast lautlos kam das seltsame Treibgut von Süden her auf den hellen Kreis aus Licht zu. Asics nahm das Geschehen in kleinen Abschnitten wahr. Jedesmal, wenn ihn eine Welle hob, sah er mehr Einzelheiten. Die Zöglinge waren fast alle im Schiff. Nur fünf Wachen standen in einer Gruppe zusammen und sprachen miteinander. Das Schwemmholz näherte sich dem Zaun aus verdichtetem Nebel, und Asics gab dem Baumstamm einen Stoß, ehe er tauchte.

Einige Atemzüge später schob die auslaufende Brandungswelle das Holz gegen den Zaun. Blitze zuckten und prasselten, die Farbe des Streifens änderte sich, und kurz darauf gab es drei knallende Explosionen. Asics tauchte, ließ sich von der Welle mitziehen und spürte Sand unter den Handflächen, als er unter dem glühenden Band hindurchschwamm und hochkam, als das Holz zu brennen anfing. Die Wachen rannten auf die Lücke um Zaun zu, schrien aufgeregt und richteten ihre „Waffen" in die Dunkelheit. Das Holz begann an einigen Stellen zu rauchen, drehte sich, und Dampf zischte in die Höhe. Asics lief zum Ende der Rampe, schaute sich um und bemerkte, daß er von niemandem beobachtet wurde. Am oberen Ende des langen Steges wartete auch niemand auf den Eindringling. Mildes, gelbes Licht zeigte seltsame Einzelheiten, einige Lichter brannten und blinkten. Asics atmete tief ein und rannte auf nackten Sohlen über das schwarze, federnde Material, so weich wie Waldboden, aufwärts, ins Schiff hinein.

„Ich hab's geschafft", flüsterte er und suchte nach einem Versteck. Schrankähnliche Gegenstände aus Metall standen aus den Wänden des runden Raumes hervor. Aus großen, lichterfüllten Löchern in zwei nebeneinanderliegenden Röhren kamen aufgeregte Stimmen. Einige Worte konnte Asics verstehen; er sah sich wie gehetzt um und öffnete eine metallene Platte, deren Griffe ihn an Einrichtungen im Tal GARST erinnerten. Dahinter lag ein dunkler Raum. Er sprang hinein und zerrte die schwere Tür hinter sich zu.

„Wenn das Schiff einmal fliegt, werden sie mich nicht mehr zu Senoclypte zurückbringen." Durch den schmalen Spalt sah er, wie sich drei Mitglieder der Schiffsmannschaft, die Waffen in den Händen, aus der Öffnung der Röhre schwangen und die Rampe hinunterrannten. Er verbreiterte den Spalt, und als sich seine Augen ans Halbdunkel gewöhnt hatten, sah er sich von Fächern, grellfarbenen Gerätschaften, merkwürdigen dicken Kleidungsstücken mit halb gläsernen Kopfhelmen umgeben, von unzähligen schwach glimmenden Leuchtfeldern und Schaltern. Er setzte sich auf eine festgezurrte Kiste und merkte zum erstenmal, daß seine Finger zitterten. In den Knien breitete sich kalte Lähmung aus.

„Was soll ich jetzt tun, daß sie mich nicht sehen?" Warten, dachte er. Ein besseres Versteck suchen. Aufregung, Anstrengung und Erleichterung ließen ihn taumeln. Er hielt sich an Metallgriffen fest und lauschte auf Geräusche im Schiff. Zwei Männer sprachen über brennendes Treibholz und verschwanden im Loch der anderen Röhre. Dann näherten sich andere Wachen, blieben in seiner Nähe stehen, und einer sagte:

„Start im Morgengrauen. Wir werden gleich abgelöst."

5.

RAUMHAFEN KOUCHELLA, LEPSO, 16. JANUAR 2400. AN BORD DER MIZAR. Seit rund einem halben Jahr erreichten Informationen aus vielen Bezirken die Galaxis, mühsam zusammengetragen von meinen Mitarbeitern, der United Stars Organisation: bemerkenswert schwerwiegende Beobachtungen, die sich alle unter einem gefahrschwangeren Stichwort katalogisieren ließen. Eine riesige, weitverzweigte Organisation, ein noch namenloses Verbrechersyndikat, in dem sich Akonen, Aras, Springer und Arkoniden versammelten, wuchs lautlos und mächtig heran. Ich ahnte, daß sich Angehörige bekannter Sternvölker mit einer fremden Rasse oder mehreren zusammengeschlossen hatten, um den politischen Resten der Galaktischen Allianz und dem Solaren Imperium zu schaden. Mehr als 1110 Planeten in mehr als 1010 Sonnensystemen waren potentiell gefährdet. Ich hörte den Logiksektor wispern: *geh kein Risiko ein, solange das Schiff nicht weit genug von Lepso entfernt ist. Und wie war das mit den Landkäufern auf Lost Diamond, bei Uslan Grandonet?*

Ich schob Papierstapel, Kassetten, Memowürfel und Speicherkristalle auf der Tischplatte zur Seite, schwang den Sessel herum und legte die Füße auf den Tisch. Lautlos bauten sich Bilder auf den Holoschirmen auf. Aus dem Inneren des Schiffes – eine konfiszierte Einheit, völlig umgestaltet und auf den Luxusbedarf von Alsar Quizzardo zugeschnitten – kamen Geräusche, die mir den bevorstehenden Start signalisierten.

„Unruhige Tage und Nächte auf Lepso – vorbei!" sagte ich und versuchte zusammenzurechnen, was ich erlebt hatte. An die CSQN waren tatsächlich sieben Millionen Quadratkilometer verkauft worden. Mein Team hatte den Einsatz unversehrt überstanden; von Toyrotto, Boith und Lady Letabole schied ich als Freund. In Quinto-Center, dem Mond von 62 Kilometern Durchmesser, dessen Namen auf einen Vorschlag Reginald Bulls zurückging, würden wir alle Einzelheiten zusammenfügen und auswerten können.

Aus dem Lautsprecher, der meinen Aufenthaltsraum

mit der Kommandozentrale verband, kam die trockene Stimme des Piloten.

„Wir haben Startfreigabe. Zurück zu Ihrem Wohnsitz, Sir?“

„Selbstverständlich. Starten Sie, Myler.“

Natürlich war in unser schwach gesichertes Schiff eingebrochen worden. Auch in diesem Fall waren absolute Profis am Werk gewesen. Da nicht das winzigste Detail auf die USO hindeutete, hatten wir so getan, als hätten wir nichts gemerkt. Das Schiffchen startete und entfernte sich mit mäßiger Beschleunigung von Lepso.

„In einer Stunde treffen wir uns in der Messe, Freunde“, sagte ich über den Interkom. „Allgemeiner Gedankenaustausch. Ich denke, wir haben viel Material zusammengetragen. Jetzt können wir frei sprechen.“

Ebenso selbstverständlich, wie wir die Durchsuchung des Schiffes hingenommen hatten, waren meine Teams ausgeschwärmt und hatten auf jedem Deck nach Abhöranlagen gesucht. Das Schiff war sauber, unsere Unterhaltungen würden ebenso geheim bleiben wie unser Kurs, der natürlich Quinto-Center als letztes Ziel hatte. Ich drehte mich halb herum und musterte den Krakenpinguin. Die beiden Schleusen waren geöffnet, die Siganesen machten es sich auf der Schreibtischplatte bequem und beschäftigten sich damit, ihre Aufzeichnungen in die Computer einzuspielen.

„Ihr zwei habt euch hoffentlich überall herumgetrieben wie die legendären Hummeln“, sagte ich leise. „Beim Essen mit dem Sklavenhändler konnte ich euch nicht bemerken.“

Der Spezialist benutzte Mikrophon und Lautsprecher des Krakenpinguins.

„Wir waren in der Höhle, bei der Senoclypte und überall. Aber auch wir haben kein Geheimnis aufgedeckt. Es gibt unzählige Ton- und Bildaufzeichnungen, Sir.“

„Ausgezeichnet, Spezialist.“ Ich hob die Hand und drosselte die Lautstärke meiner Stimme. „Wir sind noch in den ersten Kapiteln der Geschichte. Mit jeder Woche wird deutlicher, daß Grandonets Tod und der verwüstete Planet

Graymonde nur Teile einer weit größeren Auseinandersetzung sind."

„Verstehe, Sir. Wir erkennen auch noch keine überzeugenden Zusammenhänge."

Während des Fluges programmierten wir die Speicher mit unseren Beobachtungen, Bildern, Aufzeichnungen von Gesprächen, Hinweisen und ersten Analysen. Unsere zusammengetragenen Informationen rundeten das Bild der Hauptpersonen ab, füllten die Dossiers und brachten erstaunliche Einzelheiten ans Tageslicht, aber wir hatten noch keinen einzigen Beweis. Kurz nachdem wir in Quinto-Center eingeschleust hatten, bestätigte sich unser Verdacht: auch auf Grandonets Planet Lost Diamond hatten Boith und sein CSQN-Kartell Land zu kaufen versucht.

Andere Aufgaben waren wichtiger, weil sie schneller erledigt werden mußten. Ich schickte Chelimo und Bethina als offizielle Vertreter – bestens getarnt und maskiert – nach Graymonde. Die Verlegung des USO-Ausbildungszentrums von Fossil nach USTRAC – United Stars Training Center – vor einundvierzig Jahren war ein kluger und notwendiger Schachzug gewesen; aber ich mußte organisatorische Veränderungen vornehmen, die mit der Umorganisation der USO zu tun hatten. Wir schützten vornehmlich das Solare Imperium, und dessen innen- und außenpolitische Schwierigkeiten schienen nicht abzunehmen. Die Verträge, die Graymondes Rekultivierung betrafen, wurden eingehalten und erfüllt. Unter Wahrung sorgfältiger Tarnung halfen auch einige der Spezialraumschiffe der USO jenem mutigen Alsar Quizzardo, indem sie Dünger, Samen, Setzlinge und Planiermaschinen auf Graymonde ablieferten. Der Zerfall der Galaktischen Allianz hatte längst stattgefunden, und aus ehemaligen Partnern waren Gegner geworden, die wir – unabhängig von der Solaren Abwehr und der Solaren Flotte – bekämpfen mußten.

Ich war auf dem Weg zu meinem Büro und blieb auf der strahlend hellen Kreuzung vieler Korridore stehen.

Unwillkürlich heftete sich mein Blick auf die tief eingegrabenen Glyphen der Felswand.

ATLAN, las ich, und das Zeichen für DANK...

Ich lächelte und erinnerte mich ohne die Schwierigkeiten, die solche Erinnerungsschübe aus sehr ferner Vergangenheit oft mit sich brachten:

Als ich auf der Galaktonautischen Akademie Iprasas ausgebildet worden war, lernte ich die Helagh-Lebewesen von Naphoora kennen, die mit diesem großen, stabilen Mond auswanderten, dem „Mond Naphooras"; tiefschlafend und an die Traummaschine angeschlossen. Ich entsann mich an Akhisar und daran, wie ich während meiner Flucht vor den Maahks die Spur des Mondes verloren hatte. Eine Reihe akustischer Signale weckte mich aus dem Halbtraum.

„Atlan! Dringendes Gespräch von Lost Diamond! Es geht um sieben Sklaven von Lepso und Grandonets letzte Aktivitäten."

„Ich komme!" Die Gegenwart hatte mich wieder eingeholt. Ich rannte zu meinem Büro und aktivierte die Lautsprecher. Auf dem Interkomschirm erkannte ich das Zeichen einer Hyperfunkverbindung und den Ertruser Girard Kjeell, den Administrator Lost Diamonds. Er wirkte aufgeregt und hob grüßend die Hand. Am Bildrand blinkten die Symbole für Kodierung der Sicherheitsstufe Drei/Rot.

„Sir! Eine wichtige Meldung. Offensichtlich hat Ihr Freund Grandonet eine wichtige Spur verfolgt und auf lange Sicht geplant. Folgendes ist passiert..."

Ich schaltete Monitor und Lautsprecher auf Dokumentation und hörte mir eine verblüffende Geschichte an:

Asics M21019 (F) wagte sich erst nach Stunden aus seinem Versteck hervor. Er fand eine Metalltreppe, die aufwärts führte, zu Magazinen, Schleusen und weiteren Eingängen anderer Vorratsräume. In der perfekten Ordnung des Sternenschiffes war es für ihn nicht schwer, zuzusehen, wie die Zöglinge neu eingekleidet wurden. Er suchte sich aus dem reichhaltigen Vorrat von Bordschuhen, Stiefeln, Kleidungsstücken und Ausrüstungsgegenständen passende Teile heraus, in denen er weiter durch die Ringkorridore schlich und die Besatzung belauerte.

Er lernte, einige Automaten zu bedienen – es gab Essen und Getränke, trockene Tücher, Seife und andere Kleinigkeiten.

Er schaltete sich in die Bordkommunikation ein und lernte, in einem Laderaum hinter leeren Containern versteckt, die Sprache der Schiffsmatrosen und deren völlig neue Terminologie zu verstehen. Er stahl Matratzen aus leeren Mannschaftskabinen, andere Kleinigkeiten, lernte Duschen zu bedienen und fand einen Mechanismus, der sein schulterlanges Haar so kurz schnitt, wie es die meisten Männer an Bord trugen. Im dunklen Winkel des Containerverstecks schlief er, ohne allzu häufig zu erschrecken. Die radikale Veränderung aller Geräusche ließ ihn erkennen, daß das Schiff eine andere Welt anflog und dort landen würde. Er merkte sich jede Winzigkeit, die er auf dem Interkomschirm erkannte.

Siebzehn Zöglinge verließen, halbwegs verändert, das Schiff. Den Namen der Welt erfuhr Asics nicht. Aber die Leute, die im Tal GARST aufgewachsen waren, hatten sich ebenfalls verändert und glichen nun mehr den Schiffsangehörigen. Jeder besaß ausreichend Kleidung und – offensichtlich aus langer Überlegung und großer Erfahrung zusammengestellt und in eine Tasche gepackt – jene Kleinigkeiten, die das Leben auf der fremden Welt erleichterten. Uniformierte kamen ins Schiff und kontrollierten die Zöglinge, die vom Fahrer eines schwebenden Gefährtes abgeholt wurden. Sie zeigten handgroße Dokumente mit vielen Zahlen und Buchstaben und einem kleinen Bild des Inhabers. Bald darauf startete das Schiff wieder, und Asics wagte sich aus seinem Versteck hervor.

In den Stunden, in denen die Beleuchtung gedrosselt war, pirschte er durchs Schiff. Er versuchte jede einzelne Tür zu öffnen und wurde glücklicherweise noch immer nicht bemerkt. Er hörte und verstand Namen, lauschte schweigend und lernte sie auswendig. Jede Winzigkeit untersuchte er, lernte deren Funktionen oder Sinn kennen, wich den Zöglingen ebenso aus wie den Wachen und stahl nur das, wovon er wußte, daß es niemand vermissen würde. Er verlor das Zeitgefühl und entdeckte es mühsam wieder, als er endlich die Ziffern von Uhren und Digitalanzeigen richtig deuten konnte.

„Ich bin wirklich in einer ganz anderen Welt“, flüsterte er, als er etliche Decks über der Polschleuse – auch diese Bezeichnung konnte er seit vielen Tagen richtig anwenden – in einen Raum eindrang, der voller Bildschirme war, die meisten größer und schärfer als der Interkom in seinen Verstecken. Er sah verschiedene Ansichten des Sternenhimmels, der sich drehte, kippte und veränderte; er sah kleine und große Kugeln, die nur teilweise im Bereich seitlicher Helligkeit lagen und seltsame Zeichnungen auf der Oberfläche, undeutlich unter Dampfschleiern, erkennen ließen. Verwirrt verließ er den „Astrogationsraum“ und erfuhr erst Tage später, daß es sich um andere Welten, deren Sonnen und Monde handelte. Wieder leitete die Besatzung eine Landung ein.

Einundzwanzig Zöglinge, diesmal in wallende, weiße Gewänder gekleidet, verließen das Schiff und wurden von Männern abgeholt, die in den Sätteln stinkender Reitechsen hockten. Ein Container mit unbekanntem Inhalt schwebte auf den Boden des Raumhafens, der nichts anderes als eine staubige Weide war.

„Noch zwei Landungen“, hörte Asics später. „Und ein schöner, langer Urlaub auf Lepso. Die EMPRESS hat die Pause ebenso nötig wie wir.“

„Wegen der sieben Sklaven müssen wir auf diesem Terra-Planeten landen! Unangenehm korrekte Leute. Ertruser!“

Es klang wie eine Verwünschung.

„Geschäft ist Geschäft, Raumfahrer!“

Asics merkte sich jedes Wort und entschied, daß er nach der nächsten Landung die EMPRESS verlassen würde. Während der Pause würde man ihn zweifellos finden und bestrafen; wahrscheinlich brachte man ihn zur Senoclypte zurück. Er achtete darauf, die „Sklaven“ genau zu beobachten und fand heraus, daß auch die beiden Kinder als nächstes aus dem Schiff gebracht würden. Er wählte spät nachts, wieder im Weltraum, den Bibliotheksspeicher an und las alles, was er unter dem Stichwort „Sklave“

fand; Sklavenarbeit, -halter, -händler, -markt; Sklaventum, Sklaverei, sklavischer Gehorsam, und einen Abriß über die Sklaverei Terras und der Galaxis seit Anfang der Sozialgeschichte.

Er begriff langsam, aber in Schritten furchtbarer Erkenntnis. Senoclyptes Welt war der Hortplanet, auf dem er und seinesgleichen Kinder zeugten, die aufwuchsen, geschult und schließlich an jeden verkauft wurden, der sie brauchte – wozu auch immer – und teuer dafür bezahlte.

Die Zöglinge/Sklaven bekamen in ihren Schiffszellen eine Schulung, die sie unter großen Hauben erduldeten, über ihre Köpfe gestülpt. Man gab ihnen unauffällige, braun-graue Kleidung. Asics stahl Hose, Hemd, Jacke und Cape und belauerte jeden Handgriff der Raumfahrer. Er beobachtete die vier jungen Frauen dieser vorletzten „Lieferung". Sie waren so schön wie Cheina und taten gehorsam, was die Raumfahrer befahlen. Als Asics eine Waffe fand, zögerte er lange, ehe er sie in den Gürtel schob. Vier Nächte lang las er alles, was ihn interessierte, in den Projektionen der Bibliothek, und als die Maschinen zu brummen anfingen, das Schiff zitterte und sich schüttelte, als das Brausen der Lufthülle schwach durch die Metallwände drang, verließ er sein Versteck. Er überwältigte einen männlichen Sklaven, nahm dessen Besitztümer an sich und blieb bis zum kurzen Ruck des Aufsetzens im Sklavenquartier versteckt.

Höfliche, riesenhafte Männer, Ertruser, kontrollierten die Ausweise, stellten ein paar Fragen und sahen zu, wie die sieben Sklaven in einem Gleiter davonschwebten. Die Maschine trug Ziffern und das Wappen einer wichtigen Dienststelle. Als sie auf das Gebäude aus Stahl, Stein und Glas zuschwebte, las Asics schweigend:

RAUMHAFEN DELTA CASTELLIS, LOST DIAMOND.

Er hob die Schultern und musterte die Gesichter seiner riesenhaften Begleiter. Ihre Haut war dunkler als die der Senoclypte-Zöglinge. Erst jetzt begriff er, daß er den Sklavenhändlern entkommen war. Er suchte die Blicke der anderen Sklaven: Gleichgültigkeit, Hoffnung und die

Ahnung einer seltsamen Zukunft kennzeichneten den Gesichtsausdruck der Männer und Frauen. Asics lehnte sich zurück und schwieg, bis der Gleiter vor einem Turmbau hoch auf einer Felsklippe bremste und niedersank.

Er war auf Lost Diamond gelandet. Aber was erwartete ihn auf diesem Planeten? Welche Form der Sklaverei?

Ich hatte schweigend angehört, was Kjeell berichtete. Er grinste kühl. „Also: die Administration bezahlte schnell und schaffte die sieben Sklaven in Sicherheit. Ich kann mir nur denken, daß zwei verschiedene Unterabteilungen für den Doppelmord und Grandonets ‚Sklavenbestellung' verantwortlich waren, Sir."

Ich nickte bedächtig und richtete den ausgestreckten Zeigefinger auf Kjeell.

„Ich kann mich darauf verlassen, daß die Sklaven gut behandelt werden. Sofort gebe ich Befehl, daß ein Schiff sie abholt und hierher bringt. Versuchen Sie, etwas von ihnen zu erfahren, ja? Möglicherweise kommen wir mit ihrer Hilfe an Toyrotto heran. Völlig richtig gehandelt, Kjeell!"

„Danke, Sir. Sie machen den Eindruck, als würden sie seit Tagen langsam aufwachen und begreifen, was sie waren und sind. Gilt nicht für Asics M zwozehnneunzehn F. Er hat berichtet, daß er zu früh aufgewacht ist. Ein interessanter, gut ausgebildeter Bursche, Sir, der sein Wissen aus dem Computer des Sklavenschiffes hat."

Ich streckte die Hand aus, um die Verbindung zu trennen.

„Decaree Moonthorne gibt Ihnen die wichtigen Daten und so weiter durch. In zwei Stunden ist das Schiff nach Lost Diamond unterwegs. Wir schicken Ihnen die neuesten Buchspulen und Musichips mit. Um unsere Gegner zu ärgern, sollten Sie eine Informationssperre verhängen. Motto: Die sieben Sklaven sind entweder nie angekommen, spurlos verschwunden oder von unbekannten Planetariern gekauft worden. Die Sklaven dürfen auf keinen Fall mit Ihnen und der Diamond-Administration in

Verbindung gebracht werden. Notfalls geben sich meine Leute als Sklavenhändler aus. Klar?"

„Vollkommen klar, Lordadmiral!"

„Viel Erfolg. Ende."

Noch bevor er sich bedanken konnte, schaltete ich das Gespräch zu Decaree und lehnte mich zurück. Ich grinste breit: das Bild der verwirrenden Situation wurde deutlicher und farbiger. Eine Panne der Organisation – und Toyrotto schickte sieben Sklaven an einen Toten, der gestorben war, weil er dem Geheimnis der Sklaven auf der Spur war. Den Einwurf des Extrasinns hatte ich erwartet: *Toyrotto und Boith werden bald von der Panne erfahren und alle Spuren zu verwischen versuchen, Atlan!*

„Alle Spuren können sie nicht verwischen", sagte ich und registrierte vergnügt, daß sich meine Stimmung verbesserte. Es dauerte nicht lange, die Position eines Schnellen Kreuzers herauszufinden, der in der Nähe von Lost Diamond, Sigma Raphis, operierte. Befehle gingen hinaus. Bis die Sklaven in Quinto-Center eintrafen, wohlversorgt und vielleicht schon in der Lage, sich zu erinnern, gab es genügend Zeit, in der ich mich von den Fortschritten auf Graymonde überzeugen konnte. Kip Chelimos und Bethinas Berichte klangen durchaus positiv.

PLANET GRAYMONDE, MÜNDUNGSDELTA DES QAT-RIVER: Es gab Aufträge, sagte sich Spezialist Chelimo, an denen man für lange Zeit eine Menge Spaß hatte – selbst auf Graymonde. Sein Wohncontainer, auf Stelzen zwischen Dünen und Sumpfrand aufgebaut, war nur ein Teil des Lagers aus Fertigbauten. Im Westen brummten riesige Maschinen mit Planierschaufeln, denen ebenso große Pflüge folgten. Vor der Hügelkette, mitten am größten und „schönsten" Strand dieser Breitengrade, lud ein Transportschiff der CSQN-Arge große Mengen geschälter, gleichlanger Baumstämme aus; einige Hektar Wald, schätzte Chelimo. Er nahm den gelben Schutzhelm ab, holte eine Dose alkoholfreies Bier aus dem Kühlschrank, riß sie auf und blickte zwischen Planungskarten und dem breiten Geländestreifen hin und her, der von

Sumpfrand, Brandung und Berghang abgegrenzt wurde. Der Boden war tief umgepflügt, gesäubert und gedüngt worden. Einige Millionen unterschiedlicher Setzlinge steckten schon in der Erde Graymondes.

Zufällig sah Chelimo, wie ein Saatschiff, weit im Westen, über die neue Savanne orgelte. Sämtliche Ruinen waren geschleift und, wenn möglich, zum Bau von Fundamenten benutzt, und etwa tausend Quadratkilometer verwüstetes Land waren planiert worden. In das weiche Erdreich schlugen jetzt, wie Meteoriten, nacheinander Zehntausende tropfenförmig eingefrorene Setzlinge ein, deren Eis um die Wurzelballen binnen Minuten schmolz. Trotzdem breiteten sich Dunst und Nebel im Landesinneren aus. Als Kip Chelimo den Kopf drehte, bemerkte er mitten im Sumpf einen Buckel aus schwarzem Schlamm, Treibholztrümmern und losgerissenen Pflanzen. Er ließ verblüfft die Dose sinken, beugte sich vor und murmelte:

„Das muß ein Unterseeboot sein! Oder ist das der letzte Saurier dieser Welt?“

Auch auf Graymonde waren die Saurier seit etlichen Dutzend Millionen Jahren ausgestorben. Aber an der Stelle, wo Flußwasser durch das Delta mäanderte, hob sich ein großer, dunkler Körper aus dem Schlick, der seit zwei Jahrhunderten planetare Giftstoffe filterte und speicherte. Kip setzte den Helm ruckartig auf, nahm hastig einen tiefen Schluck und riß den Feldstecher an die Augen. Das Ding, das ganz langsam mit der Strömung trieb, war dreimal so groß wie ein terranischer Elefant. Kip schüttelte den Kopf, steckte die Waffe ein und kletterte die Leiter hinunter. Sekunden später summten die Maschinen des Gleiters auf, und Kip stöhnte:

„Ich habe das Handbuch wirklich halb auswendig gelernt. Aber von einem solch riesigen Biest steht nichts drin.“

Das Lager und die Wohnbaracken waren, bis auf Küche und Magazin, menschenleer. Alle Teams arbeiteten weit vom Delta und dem Strand entfernt. Niemand außer Kip hatte das Tier gesehen. Er schwebte etwa einen halben Kilometer weit über Riedgräser, Sumpfpflanzen und pechschwarze Wasserlöcher, ohne das Tier aus den Augen zu lassen. Über narbige Haut, die wie uraltes Leder aussah, rannen Wasser und Schlammfladen. Rücken, Hals und Schwanz schienen einem Saurier zu gehören, aber Kip glaubte nicht daran. Er drosselte die Geschwindigkeit der Maschine und schlug einen Kreis um die unerwartete Erscheinung ein, die halb schwamm und halb zu waten schien, dem hellbraunen, aber sauberen Wasser des Mündungsdeltas entgegen. Zweimal tauchte das Tier wieder unter und spülte den Schlamm von der Haut, und als es am südlichen Rand des Deltas über feuchten Sand ging, konnte Kip seine Entdeckung zum erstenmal genau und in voller Größe sehen:

Sechs verhältnismäßig schlanke, lange Beine, die in trichterförmige Füße ausliefen, ein grobgeschuppter Reptilienkörper, der in einen Pferdehals auslief. Der Kopf, eine Mischung zwischen Reptil, Schildkröte und Delphin, mit sechs großen, überraschend intelligent wirkenden Augen, die quer über der Stirn halbkreisförmig in einem Band angeordnet waren, senkte und hob sich. Das Tier starrte Kip und den Gleiter an und stellte kleine, runde Ohren auf. Es öffnete den schnabelartigen Rachen, und eine lange, gespaltene Zunge ringelte sich heraus. Kip zog den Geschwindigkeitshebel und schwebte ruhig über dem fremden Wesen; er hatte den flüchtigen Eindruck, als wolle das Tier ihm etwas mitteilen. Der Körper richtete sich auf, die Vorderbeine hoben sich, und die langen Klauen schienen zu winken.

„Ich werd' verrückt“, sagte sich Kip leise. „Wenn das der Chef erfährt, dreht er durch. Das sind genau die Tiere, die Boiths Gäste jagen werden. Viel zu schade für die Touristen.“

Das Tier stieß einen langen, fast melodischen Schrei aus, stemmte die Klauen in den Sand und rannte unbeholfen erst entlang des Strandes, dann ins seichte Meerwasser, schließlich auf die Brandungswelle zu. Langsam folgte Kip. Als er die tiefen Eindrücke sah, erschrak er. Der Leviathan war überraschend schwer, blickte sich mindestens ein dutzendmal nach ihm um und schwamm mit der Schnelligkeit und Eleganz eines Delphins oder eines kleinen Orca-Wales nach Südosten, auf eine der Inseln zu. Nachdem das grünlich-schwarze Tier das dritte Mal getaucht war, wartete Kip fast eine halbe Stunde lang. Das Tier tauchte nicht mehr auf. Der Spezialist zuckte enttäuscht mit den Schultern und flog zum Stützpunkt zurück. Er war über sich selbst wütend, denn meist lag eine Kamera oder ein Recorder in Griffnähe.

„Das kann bedeuten“, murmelte er, als er wieder in der geräumigen, von Karten, Holophotos und Plänen übersäten Baubude stand, „daß wir auf Graymonde noch eine ganze Reihe massiver Überraschungen erwarten dürfen.“

Er sah auf die Uhr, sprach seine Beobachtungen ins Protokoll und wartete auf Bethina, die den Nachbarcontainer bewohnte. Spezialmaschinen, Schiffe und Arbeitsgruppen kämpften sich vom östlichen Rand der zentralen Landmasse auf breiter Front nach Westen, auf den Mittelpunkt des Kontinents zu. Dort kontrollierte Bethina, neben Kip vorläufig erste und einzige Vertretung von Alsar Quizzardo. Auch sie hatte keinen Grund zur Klage. Jeden Tag meldeten sich andere Teams bei ihr; mindestens zwei Raumschiffe suchten um Landungserlaubnis nach. Die Fristen der Verträge wurden in vollem Umfang erfüllt, und die Teamleiter sprachen davon, daß ein Transmitter installiert werden sollte.

Kip nahm den gelben Helm ab und ließ sich schwer in einen Faltsessel fallen. Seltsame Erlebnisse waren für einen USO-Spezialisten zwar nicht gerade alltäglich, aber auch keineswegs selten. Der Augenkontakt mit dem rätselhaften Sechsbeiner besaß für ihn eine besondere Bedeutung, und da er gewohnt war, seinen Überlegungen einiges Gewicht beizumessen, würde er sich damit beschäftigen. Mitten in seine Gedanken schrillte das Signal des Funkgerätes.

Er kippte einige Schalter und nahm das Mikrophon in die Finger. Ein Impuls blinkte auf dem Ortungsschirm.

„Planet Graymonde. Projektüberwachung, Büro Quizzardo“, sagte er. „Ich sehe, Sie sind im Peilstrahl-Landeanflug?“

„Richtig. Schiff JUGGLER mit Fertigbauteilen,

Maschinen, Saatgut, Werkzeug und eintausend Mann Personal. Erbitten Landeerlaubnis."

„Genehmigt. Landen Sie südlich der Befeuerung, am Strand. Zum Aufbau Ihrer Luxus-Quartiere kann ich Ihnen leider keine Hilfskräfte zur Verfügung stellen."

„Unwichtig. Wir sind ziemlich autark. Wir landen also auf . . ." Es folgte eine Breiten- und Längenangabe, die genau Kips Standort entsprach. Er sagte:

„Exakt. Landen Sie. Wir haben genug Platz."

„Danke, Bürochef Quizzardo."

Kip nickte und schaltete das Gerät aus.

„Jetzt wird's eng und gemütlich hier. Zeit, daß der Chef kommt." Er kannte nur einen Teil der Informationen um Graymonde; es war zu seiner eigenen Sicherheit, denn schließlich hatten sie viel zu verbergen. Tausend neue Helfer würden in den nächsten Tagen ausschwärmen und zu schuften anfangen. Sowohl die Maschinen, die Schiffe und die Arbeiter waren nur der berühmte Tropfen auf den glühenden Stein namens Graymonde. Er sah der Landung des Schiffes zu und gab es bald auf, Zelte und Wohncontainer zu zählen. Ein Großteil der Arbeiten ging nachts bei Tiefstrahlern weiter.

Immer wieder wurde ich an Charedh Grandonet erinnert, als ich zusah, wie die Sklaven sich während der Befragung verhielten. Die Kinder, ein Junge und ein Mädchen, spielten mit einigen Servorobotern in einem Magazin; ihr Geschrei klang in den Stollen des ausgehöhlten Mondes befremdlich. Ich sah auf die Monitoren und war nahe daran, selbst Fragen zu stellen. Asics M21019 (F) schien längst völlig „erwacht" zu sein, den vier jungen Frauen und Männern fiel es schwer, sich zurechtzufinden. Stalmaster, der mit Decaree die Ermittlungen leitete, seufzte und faßte unsere Erkenntnisse zusammen.

„Etwa zwanzig Jahre lang sind Sie auf einem unbekannten Planeten aufgewachsen und in allen möglichen Berufen geschult worden. Anziehungskraft wie gewohnt, also um Faktor Eins, eine gelbe Sonne, kein kalter Winter im Tal GARST. Sie bekamen Nummern und Namen zugeteilt und, je nach Fähigkeit, eine Kennziffer . . ."

„Zwischen (A) und (H).“ Asics nickte. Seine Selbstsicherheit schien seit dem Start von Lost Diamond nicht geringer geworden zu sein. „Und fast alles, wovon wir lebten, lieferte uns Senoclypte.“

Ich zuckte zusammen, stand auf und schlug die Hand gegen die Stirn. Der Logiksektor rief alarmiert: *Senoclypte! Eine weitere Verbindung. Paßt genau in deine Ermittlungen.*

Ich beugte mich über das Terminal, rief die Informationen von Lepso ab und schaltete sie auf die Monitoren am anderen Ende des Korridors. Ich trug noch immer die Maskierung Alsar Quizzardos, weil ich fest damit rechnete, auf Graymonde mit Boith zusammenzutreffen. Durch ein Seitenschott kam ich in den Aufenthaltsraum. Asics hielt die Hand einer jungen Frau und meinte zögernd:

„. . . dauerte der Flug der EMPRESS mindestens dreizehnmal vierundzwanzig Stunden. Habe ich recht, Bikilah? Die Zeiteinteilung habe ich erst spät entschlüsselt.“

Ich setzte mich zwischen die Sklaven, aktivierte den Monitor und zeigte auf die Bildfolgen. Als Boith und Toyrotto auftauchten, reagierte keiner der „Zöglinge“. Die grünschuppige Kappe auf Kopf und Nacken von Staven ay Toyrotto schien auf den Bildern der Siganesen zu leben; sie bewegte sich über den Ohren und unter dem Kragen. Eine zusätzliche Seltsamkeit. Ich wartete, bis die Aufnahmen der Siganesen den runden Innengarten des Toyrotto-Palastes und die Senoclypte zeigte.

„Seht genau hin“, sagte ich. „Ist das die Pflanze, die im Tal GARST wuchs?“

„Das ist nur eine winzige Teilmenge“, sagte Asics mit großer Sicherheit. Die Sklaven nickten; kein Zweifel. „Senoclypte ist auf der Welt, von der ich geflüchtet bin, groß wie ein Kontinent. Eine Großpflanze, vom Moos bis zum Baumriesen.“

„Offensichtlich ein Kollektivorganismus.“ Ich entsann mich ähnlicher Monsterpflanzen. „Kann es sein, daß eine Substanz Senoclyptes, die ihr durch Früchte, Pilze, Honig oder das Einatmen ätherischer Öle seit der Geburt aufnehmt, wie eine Psychodroge wirkt?“

„Psychodroge? Was ist das?“ sagte Tamui, der andere junge Mann. Stalmaster und ich erklärten es. Asics grinste breit.

„Wahrscheinlich auch im Fisch, den wir aßen. Das meiste Fleisch war nicht aus GARST. Es kam von anderen Welten. Was immer es ist, seit wir weg sind, wirkt es nicht mehr. Vielleicht haben sie's noch in der EMPRESS gegessen. Ich klaute der Mannschaft das Essen und die Getränke.“

„Das erklärt vieles.“ Ich berichtete, was mir Charedh Grandonet vor Jahren erzählt hatte. „Ihr seid durch diese Spurenstoffe und die Form der Erziehung konditioniert worden. Jeder, der euch etwas befiehlt, kann sicher sein, daß ihr folgt. Wenn der Körper endlich die Droge ausgeschieden hat, ist es zu spät. Dann habt ihr neue Sklavenherren und keine Gelegenheit, eigenen Willen zu zeigen.“

„Sie denken an die Arbeiter auf Graymonde, Sir“, sagte Stalmaster. Ich nickte grimmig.

„Auch an diese Sklaven Boiths. Und daran, daß er Senoclypte-Ableger auf meinem Planeten pflanzen wird. Heitere Aussichten, Decaree! Aber das hatten wir ja schon vermutet. Die Zöglinge sind natürlich untersucht worden? Und die Labors suchen nach dem Senoclypte-Faktor?“

„Selbstverständlich, Sir.“ Stalmaster schien fast beleidigt zu sein. „War unsere erste Maßnahme. Wenn es etwas herauszufinden gibt, finden sie's in den Labors.“

„Ich habe nichts anderes erwartet“, sagte ich. „Macht euch schon einmal Gedanken, wo wir unsere neuen Freunde unterbringen können. Als vollwertige Mitarbeiter, nicht als Sklaven.“

Decaree salutierte ironisch; ich konnte mich darauf verlassen, daß mehr als das Nötige getan wurde. Woran erinnerte mich der Kopfputz Toyrottos? Als ich in mein Büro zurückging, fiel es mir ein: an die Haut von Maahks, jenen sogenannten „Methanatmern“, die wir in der Schlacht von Trantagossa mühsam besiegt hatten. Ich hob ratlos die Schultern, schaltete eine Sternkarte auf den Monitor und betrachtete die Positionen von Sonnen und Planeten: Graymonde war in dieser Darstellung der zwölfte Planet in einer nahezu geraden Linie, die zwanzigtausend Lichtjahre vom galaktischen Zentrum aus der Ebene herauszeigte, in die Richtung des Andromedanebels und der vorgelagerten Kleingalaxis Andro-Alpha. Toyrottos Haube, ein Geschenk eines Grek-Wesens? Undenkbar! Ich betrachtete noch einmal konzentriert sämtliche Aufnahmen der Siganesen und fand – wieder einmal – keine Antwort auf die Fragen. Auch das Wühlen in meinen Erinnerungen, zwischen Chrysalgira, dem „Multiple"-Wesen auf Foppon, den machtgierigen Verganen und deren Dreißig-Planeten-Wall, den ich zusammen mit der einzigartigen Amoustrella ein zweitesmal entdeckt hatte, brachte keine Erklärungen. Als die blinkenden, farbkodierten und mit winzigen Legenden versehenen astronomischen Holobilder sich langsam weiterbewegten, zum Teil vor der Kulisse aus Dunkelwolken und dem weißen Glühen des galaktischen Kerns, verdichtete sich der Verdacht, daß sich ein schweigendes, verstecktes Heer aus der Vergangenheit rüstete, um die Gegenwart anzugreifen und zu terrorisieren. Ich desaktivierte die Bildschirme, lehnte mich zurück und starrte nachdenklich den Wasserfall des japanischen Gartens an. Wieder einmal wurde ich gezwungen, zu warten und noch mehr Informationen zu sammeln. Bekannte und unbekannte Bauern, Springer, Türme und Könige führten auf dem galaktischen Spielbrett einzelne Züge aus. Ich und die USO gehörten zu diesen manipulierten Figürchen.

Gerade als Decaree hereinkam, setzte ich einen weiteren Einfall in einen Befehl um und rief die Flugbereitschaft.

„Schickt ein getarntes Schiff in Richtung Lepso. Die EMPRESS, die vom Senoclypte-Planeten kam, wird dort überholt. Verfolgt das Schiff. Die Wahrscheinlichkeit, daß die EMPRESS wieder dieses Ziel ansteuert, ist groß. Verständigt die entsprechend ausgerüsteten Stützpunkte, wenn nötig. Ich erwarte nicht, daß es einfach sein wird – die EMPRESS ist ein Sklaventransporter. Unser neuer ‚Mitarbeiter' Asics ist vielleicht interessiert, mitzufliegen. Alles klar?"

„Geht in Ordnung, Sir."

„Das wollte ich gerade vorschlagen“, sagte Decaree. „Wann ist dein Flug nach Graymonde geplant?“

Ich sah meine Unterlagen durch und sagte:

„Ich treffe mich mit Boith etwa am fünfzehnten März. Wenn ich von Kip Chelimo und Bethina Skah keine Alarmmeldungen erhalte, bleibt's bei diesem Termin.“

Decaree setzte sich und programmierte zwei Becher Thaccom aus dem Automaten. Als das dampfende Getränk vor uns stand, sagte sie halblaut:

„Wenn Boith auf Graymonde seine Senoclypte-Schößlinge setzt, ist nach einiger Zeit damit zu rechnen, daß er seinen Teil deines Planeten als Brut- und Hortwald benutzt. Noch mehr Sklaven.“

„Damit müssen wir rechnen“, sagte ich. „Bis zu diesem Zeitpunkt unternehmen wir nichts und stellen uns dumm. Er hat schon mehr als tausend Sklaven dort abgesetzt. Wahrscheinlich plant er, sie als Urbevölkerung zu verwenden.“

„Diese erstaunliche Pflanze“, sagte Decaree. „Denkst du auch an jene uralte Quizfrage: Wenn eine schnellwachsende Pflanze neunundneunzig Tage braucht, um eine bestimmte Fläche halb zu füllen, genügt ein Tag, die Fläche ganz zu bedecken. Wenn die Senoclypte wirklich einen ganzen Kontinent besiedelt, erstickt sie am eigenen Wachstum. Das dürfte Senoclyptes existentielles Problem sein.“

„Und Boith verdient wahrhaft stellare Summen dadurch, daß er Senoclypte hilft. Keine Sorge – wir werden ihm das Handwerk legen.“ Ich versuchte meine Ungeduld zu unterdrücken. „Es wird nicht einfach sein, und es dauert seine Zeit. Alles geht weiter wie bisher.“

„Und in der Zwischenzeit treibt diese Bande von Sklavenhändlern und Entführern weiter ungehindert ihr Unwesen!“ Decaree zuckte hilflos mit den Schultern. „Niemand wäre auf sie aufmerksam geworden, wenn sie nicht deinen Freund und seine Frau ermordet hätten.“

„Richtig. Deshalb gebe ich die Regie der Verfolgung nicht aus der Hand“, sagte ich. „Die USO hat den längeren Atem.“

„Und die besseren Leute, die modernste Ausrüstung und hochklassige Motivation.“

Wir sahen einander schweigend in die Augen und warteten auf den nächsten Zwischenfall, der die Spur heißer machen und das unvermeidliche Ende näher bringen würde.

6.

CAMP QUIZZARDO DELTA, PLANET GRAYMONDE: 15. MÄRZ 2400, BERICHT BETHINA SKAH: „Einer der Kontrollpunkte, von denen die Fortschritte der Rekultivierung am besten zu beobachten und kontrollieren sind, ist Kips Höhle, hoch über dem Zentralen Tal. Inzwischen ist die Höhle wohnlich eingerichtet; es stehen sämtliche technischen Gerätschaften zur Verfügung ...“

Der Druck des Gummischutzes erzeugte unangenehmes Jucken. Bethina massierte die Haut um die Augen und zwinkerte. Heute war das Tal nicht mehr wiederzuerkennen. Auch die meisten Berghänge boten einen ungewohnten Eindruck: In zahllosen runden Vertiefungen wuchsen in humusangereicherter Erde eineinhalb Meter große Baumschößlinge. Bethina holte tief Luft und war sicher, daß sie besser roch als je zuvor. Jedenfalls roch sie gesünder. Hunderttausende kleiner Bäume, zwischen ihnen hellgrüne Gräser, bildeten unregelmäßige Muster auf der welligen, hügeligen Fläche des Tales, in dessen Mitte die Schlangenlinie des zukünftigen Flusses ausgebaggert war, etwa siebzig Kilometer lang. Mündung und Quellgebiet lagen außer Sicht. Ein Warngerät summte. Bethina drehte sich herum und schaltete das Funkgerät ein, sah das Signal auf dem Ortungsschirm und sagte:

„Hier Bethina. Willst du mich zum Essen einladen, Kip?“

„Erst wenn wir mit diesem Ortungsimpuls fertig sind. Sieh genau hin. Das ist kein anfliegender Transporter. Antwortet nicht auf meine Anrufe.“

„Ich sehe ihn deutlich.“

Die Ortungsprojektoren auf den Monden Vital und Solid

und beide Anlagen auf Graymonde arbeiteten zusammen und projizierten ein scharfes Echo auf den quadratmetergroßen Schirm. Das vorläufig letzte Transportschiff mit einer Ladung Bauholz und Schößlingen von drei Dutzend unterschiedlicher Baumarten war gestern gelandet. Es lag keine weitere Meldung vor. Jetzt steuerte ein kleines Schiff den Planeten an. Die Flugbahn deutete auf den Südosten ihres Standortes, auf Meer und Inseln jenseits von Kips Baulager. Mit hoher Geschwindigkeit tauchte der Fremde in die äußeren Schichten der Atmosphäre, verzögerte mit ebenso hohen Werten und schlug eine weite Kreisbahn ein, die ihn über das südöstliche Meer führte, unterhalb des Äquators.

„Kann es sein, daß uns der Chef überraschen will?" fragte Bethina. Kip lachte heiser und sagte:

„Kaum. Quizzardo landet mit Pomp und rotem Teppich bei uns. Schließlich haben wir den einzigen Raumhafen des Planeten. Ein fremdes Schiff. Ich nehme auf, was der Schirm zeigt."

„Gut so. Der Fremde scheint etwas oder jemanden zu suchen."

Das Raumschiff tauchte noch tiefer und glitt in etwa tausend Metern Höhe in einem enger gezogenen zweiten Kreis über Meer und Inseln. Die Geschwindigkeit nahm ab, als sich das Schiff einem Archipel näherte. Ein Gefühl der Unsicherheit bemächtigte sich der USO-Agentin. Der Fremde steuerte langsam und in einer Spirale wieder auf die Bucht zu, an deren Strand sich das Hauptlager ausdehnte.

„Ich versuche, das Schiff anzumessen", sagte Kip. „Höchst rätselhaft. Wie dieses monströse Tier aus dem Schlammdelta."

Während Bethina schweigend die Flugbahn studierte, zogen abendliche Gewitterwolken auf. Ein Antigravkran hob einen robotischen Riesenpflug vom Endpunkt der bearbeiteten Fläche hoch und transportierte ihn mit blinkenden Lichtern heulend ins Landesinnere, zum nächsten Bereich.

Das Schiff war nicht größer als eine Kaulquappe. Die Meßeinrichtungen arbeiteten klickend und knisternd.

Nach einer Weile, in der sich die Spirale weiter verkleinerte, schlugen aus einem Projektor spitzkegelförmig energiereiche Strahlenbündel, berührten Klippen, Strände und Wasser. Die Nacht hatte bereits begonnen, als über einer großen, namenlosen Insel der Mittelpunkt der Spirale erreicht war. Das Raumschiff hielt an. Energiereiche Strahlen zuckten schräg abwärts und schlugen ein. Die Einschlagstellen waren zu weit entfernt, aber Bethina sah die grellgrünen Strahlen bis zum Höhlenvorplatz. Mindestens fünfundzwanzigmal feuerte der Fremde ins Gestein der Insel und ins Meer. Zwanzig Minuten lang geschah nichts. Unvermittelt wurde der Strahlenkegel abgeschaltet, und das Schiff startete mit Höchstwerten senkrecht zurück zu den Sternen. Über dem Tal zuckte der erste Blitz. Bethina wartete, bis der Impuls aus der Reichweite der Ortung verschwand und sagte:

„Er hat, für mich eindeutig, etwas ganz bestimmtes gesucht und vielleicht auch getroffen, Kip. Vielleicht deinen komischen Sechsfüßler?"

„Lach nicht. Das ist durchaus nicht unwahrscheinlich."

„Sollte Quizzardo nicht erfahren, daß sich Unbefugte auf verbotenem Gelände herumtreiben und seinen Besitz zerstören? Übrigens – ich übernachte hier und kontrolliere morgen Planareal Zwei."

„Schade. Ja, in meinem nächsten Bericht, morgen früh, erfährt er von dem fremden Schiff und der Schießerei."

„Ich bin sehr beunruhigt. Hier regnet es gleich. Das Wetter spielt beim Wiederaufforsten mit. Ende für heute."

Blitze zuckten, langgezogener Donner rollte, und leichter, leiser Regen kam von Westen. In strahlendem Scheinwerferlicht näherte sich ein Frachtschiff und warf im Flußbett eine Ladung Kiesel, Sand und Felsbrocken ab, verteilt auf rund zwanzig Kilometer. Mit heulendem Antrieb raste es zurück nach Westen, mitten durchs Gewitter.

Nachdenklich blieb Bethina vor dem leeren Ortungsschirm stehen. Der Regen erreichte die Höhle. Sie zog Planen über die empfindlichen Teile der Geräte, schaltete die Lichter ein und erhitzte Fertiggerichte für ein schnelles Abendessen. Als sie im ersten Sonnenlicht das

Tal betrachtete, lächelte sie: Die Fläche aus hoffnungsfrohem Hellgrün war, so weit der Blick reichte, fast lückenlos. Es schien, als würde sich Graymonde tatsächlich erholen und zu einem sehenswerten Planeten zurückverwandeln.

LEPSO, STADT OLBIKILLA, GALAKTISCHER ZOO; EXOTENABTEILUNG: Die einundzwanzig epsalischen Raumkadetten aus der Stadt Rimdan gingen ohne Eile die spiralige Rampe zu den unterplanetarischen Habitaten hinunter; ihre Gestalten fielen unter den vielen anderen Gästen des Lebensparks kaum auf. Ihr Führer, ein asketisch schlanker Ara, drehte sich um. Er überragte sie um mehr als zwei Köpfe. Die hellblauen Uniformen der Jungen saßen an den muskelstarrenden Körpern, die fast so breit wie hoch waren, wie angegossen.

„Als angehende Raumfahrer wird es Ihnen, meine jungen Herren, geläufig sein" – er hustete asthmatisch – „daß die Angehörigen des Methan-Hydrogen-Sternenvolkes auf eine lange dokumentierte Geschichte zurückblikken. Sie sind Schwerkraft zwischen zweikommaneun und dreikommaeins Erdnorm gewohnt und entbehren des Luxus von Eigennamen; jeder heißt Grog, Entschuldigung, Grek mit angefügter Nummer. Sie atmen Wasserstoff, das in den Paralungen energiebildend reagiert. Aus verständlichen Gründen befinden sich unsere Exemplare – ein hochherziges Geschenk Staven ay Toyrottos, des Stellvertretenden Wirtschaftssenators der Schwesternstadt Orbana, hinter druckfesten, einseitig verspiegelten Panzerglassitscheiben. Das Display informiert Sie über andere, nicht weniger faszinierende Umstände des kosmisch-exotischen Lebens."

Die Kadetten betrachteten die beiden Maahks fast ehrfürchtig. Die Wesen, etwa zwei Meter und zwanzig Zentimeter groß, in den Schultern eineinhalb Meter breit und von einer grüngeschuppten Haut bedeckt, saßen an einem titanischen Tisch und schienen Handarbeiten zu verfertigen; man sah farbige Garne, Knüpfnadeln und Messer, die Zahnbein bearbeiteten, und im fahlen Licht des Habitats glänzte die Haut der Krakenarme silbern, changierte ins Farblos-Grüne und funkelte bisweilen hinunter zu den sechs Fingern.

„Erlaubt sich Lepso, zwei lebende Aliens auszustellen, oder sind es nur Roboter?“ fragte ein Kadett. Der Ara warf dem Umweltangepaßten einen tadelnden Blick zu. „Wo denken Sie hin, Kadett? Das sind persönliche Freunde Rat Toyrottos!“

Im Hintergrund des Raumes, der dem hallenartig großen Saal eines Wohnraumes nachgebildet war, lagen Stoffe oder Häute in einem Bad oder Gerbtank. Die Kadetten versuchten, den Text der Monitoren auswendig zu lernen, denn auch dieser Besuch war ein Teil ihres umfangreichen Ausbildungsprogramms. Ein Kadett fragte:

„Und dies wäre demnach der erste Vorposten der Exoten in unserer heimischen Galaxis, Sir?“

„Keinerlei Informationen verfügbar. Aber sie sollen mit Toyrotto verhandelt und sich für eine Zeitlang als Studienobjekte zur Verfügung gestellt haben. So mindern sie die Kosten ihres Aufenthaltes; der Aufwand, sie am lepsotischen Wohlleben zu erhalten, ist tatsächlich beträchtlich.“

Ein Roboter, der Imbiß, Fertiggerichte und Getränke verkaufte, schob sich hinter seinem gewaltigen Vorratsbehälter die Rampe hinunter. Die Gummiwalzen quietschten auf dem Belag. Er hielt vor der breitesten Sichtscheibe, zwischen den Kadetten, summend an und klappte die Platte vor seiner Brust hoch.

Schlitze, Öffnungen und blinkende Bedienungshinweise erschienen. Einige Epsal-Kadetten wichen zur Seite aus. Der Robot hob die Arme, richtete sie auf die Scheibe und sagte schrill und stockend:

„Die Direktion . . . bittet . . . zur Seite . . . zu treten.“

Er schien zu warten, bis sich zwischen ihm und der Scheibe eine Gasse gebildet hatte. Seine Fingerglieder kippten nach unten, aus den röhrenförmigen Hülsen zuckten heulende Energiestrahlen, zerschmetterten die Scheibe, und die Bedienungstafel der Brust verwandelte sich in eine Batterie Rohre, aus denen Projektile fauchten. Die Kadetten und der Ara sprangen nach rechts und links in Deckung. Flammen, Explosionen, Rauch und detonierendes Wasserstoffgas verwandelten diesen Teil der Anlage in ein stinkendes, erdrosselndes Inferno. Die Todesschreie hallten wie Donner durch den breiten Korridor. Teile der Einrichtung brannten mit violetten Flammen. Das klirrende Prasseln der Glassittrümmer hörte auf. Die Maschine detonierte in einer Serie von Explosionen, die am Kopfteil begannen und sich bis zu den Walzen fortsetzten; Münzen, brennende Geldscheine, Getränkeflaschen, Becher und schmorende Multigeschmacksriegel wirbelten mit langen Rauchfahnen nach allen Seiten. Tuben und Druckblätter zischten, ihren verdampfenden Inhalt ausstoßend, wie Geschosse durch die Luft. Automatische Feuerlöschanlagen sprühten zischend; in ihrem wäßrigen Schaum verwandelte sich der Fundus des Vorratsschrankes in eine mißfarbig schillernde Brühe, die schwappte. Alarmsirenen und puffende Explosionen aus dem Inneren des Habitats vermengten sich zu einem akustischen Inferno, und der Ara schrie mit sich überschlagender Stimme die Epsaler zusammen und flüchtete durch den nächstgelegenen Notausgang. Er hustete würgend einige Minuten lang und sagte in sachlichem Tonfall:

„Es besteht wohl kein Zweifel, daß es echte Lebewesen waren. Auf Roboter macht kein Roboter geglückte Mordanschläge.“

Die Rettungskommandos kämpften sich mit Atemschutzgeräten durch den Nebel, der beißend nach Ammoniak stank und jedes lebende Wesen aus der Anlage vertrieb. Hustend und mit tränenden, brennenden Augen enterten die Epsaler den Gleiter und schwebten zurück in ihre karge Unterkunft. Bis zu ihrem Abflug konnte der Staatliche Wohlfahrtsdienst Lepsos nicht klären, wer der Urheber dieses Attentats war; ein USO-Späher, der die Nachricht weitergab, glaubte gehört zu haben, daß es sich – dies behaupteten die Ara-Mediziner, von denen die Ergebnisse der kriminaltechnischen Sezierung bekanntgegeben wurden – um eine angeblich mutierte Art von Aliens gehandelt habe. Diese Meldung wurde weder dementiert noch bestätigt. Staven ay Toyrotto zeigte sich zutiefst betroffen und setzte zur Klärung der Vorkommnisse eine Belohnung in fünfstelliger Höhe aus.

PLANET GRAYMONDE, NAMENLOSE INSEL (NUMMER 347 DER KARTE): Kip Chelimo steuerte den schweren Gleiter in einer weiten Kurve auf den Strand zu und setzte behutsam fünfzig Schritt von dem Trichter auf. Der weiße Korallensand war zu einer rauhen Glasschicht gebacken; die Wälle aus Treibholz und Gezeitenmüll waren in beiden Richtungen auf einer Länge von hundert Metern zu Asche verbrannt. Bethina packte Kip am Arm und deutete auf eine Doppelreihe tiefer Spuren. Sie sahen fast wie zwei Furchen aus. Bethina fragte angespannt:

„Könnten das die Spuren von deinem schwarzgrünen Riesentier sein, Kip? In wilder Flucht? In Todesangst?“

Sie waren vom Hauptlager vier Stunden lang geflogen. Nun befanden sie sich unzweifelhaft an der Stelle, an der das fremde Schiff auf jemanden oder auf ein Etwas gefeuert hatte. In einigem Abstand, um keine Spuren zu verwischen, folgten sie den Eindrücken bis zu der Stelle, an der die Brandung sie verwischt hatte. Kip kratzte sich am Nacken und starrte Bethina aus bernsteinfarbenen Augen an.

„Auch mit abstruser Phantasie fällt mir keine andere Erklärung ein. In drei Tagen landet Atlan und bringt einen Haufen maskierter Kollegen mit Erfahrung und Gerätschaften mit. Weißt du, wonach das aussieht?“

Sie nickte und sah sich um. Die Insel war, zumindest optisch, ein Idyll, wenn man vom Gezeitenmüll absah.

„Nach dem erbitterten Versuch von jemandem, den wir Alpha nennen wollen, einen anderen, namens Beta, aufzuspüren und zu vernichten, gleichgültig, ob andere dabei zusehen oder nicht.“

„Zutreffend, liebste Kollegin“, sagte Kip und deutete über die Schulter. „Zuerst sehen wir uns das schmucke Eiland an, dann legen wir einen Badetag ein: Proviant habe ich eingepackt, und die Planetenveredler können auch ohne unsere Kontrolle einen Tag lang schuften. Wenn was wichtiges passiert, haben wir allerlei Funkgeräte an Bord.“

„Deine beste Idee seit Beginn der Schöpfung." Bethina hakte sich bei Kip ein. Die Insel war fast kreisrund, von einer ovalen Lagune mit kristallklarem Wasser umgeben. Im Zentrum umrahmten Sand, Palmen und Mangroven einen Kern aus verwittertem vulkanischem Material. Sie entdeckten fünf weitere Einschußkrater, als sie den Spuren folgten. Die Gewächse sahen aus wie ihre Entsprechungen auf Terra und anderen Planeten, gehörten aber wohl anderen Arten an. Im Zentrum gab es eine Lichtung, und hier filmte Kip eine Menge verwirrender Spuren. Die tiefen Eindrücke der sechs Füße führten hierher. Daneben hatten sich die Landeteller eines Raumfahrzeugs eingedrückt, wahrscheinlich einer schweren Space-Jet. Und zwischen beiden Spuren schienen – das bewiesen Sohleneindrücke von Raumfahrerstiefeln – einige Menschen eine Art Zelt oder Iglu aufgebaut zu haben, denn in eine unversehrte Sandfläche führten auch große, fast runde Eindrücke aus der Richtung der Space-Jet hinein. Kip knurrte:

„Konferenz. Umladevorgänge. Vielleicht ein transportables Bauwerk, in dem zwei Wesen sich für kurze Zeit aufhielten, die an verschiedene Atmosphären gewöhnt sind? Ich will Rhodan heißen, wenn es nicht so oder ganz ähnlich war."

Zwei Stunden lang untersuchten sie die Insel. Die Anzeichen, daß die brutale Ausbeutung den Planeten nicht völlig ruiniert hatte, waren hier besonders deutlich; ein Umstand, der sie optimistisch machte. Für sie erzählten die Spuren eine kleine, inhaltsschwere Geschichte: Kips Sumpfmonstrum war hierhergeschwommen, hatte gewartet, hatte sich mit den Insassen eines kleinen Raumschiffes getroffen, das vor der Suche und dem Beschuß eines rücksichtslosen Verfolgers gestartet war. Beim Versuch, sich wieder im Ozean zu verstekken, war das Riesentier beschossen worden.

Kip verstaute die Kamera in seinem Metallkoffer.

„Mehr finden wir nicht, Bethina. Zieh dich aus und um; ich bin am Strand. Ein herrliches Inselchen! Das Wasser ist fünfundzwanzig Grad Celsius warm und schön salzig!"

„Such einen schönen, kühlen Schatten", sagte sie und

hob den Kopf. Ein Transporter setzte zur Landung an und orgelte über die mäßig bewegten Wellen auf den Kontinent zu.

Das Kugelraumschiff Alsar Quizzardos nahm sich zwischen den Maschinen, Materialstapeln und Transportraumschiffen aus wie ein Pfau zwischen Betonblöcken. Am oberen Teil der Rampe blieb ich stehen, sah mich um und sagte zu Decaree:

„Es scheint, daß ich echten Gegenwert fürs Geld kriege. Es wird überall geschuftet. Sehr schön. Und hier ist das Empfangskomitee!"

Wir schüttelten Kip Chelimo und Bethina Skah die Hände.

„Boith ist noch nicht gelandet, Sir", sagte Bethina. „Wir denken, daß Sie trotzdem einige Tage lang Erfolgserlebnisse haben werden. Die Zone Alpha werden Sie nicht mehr wiedererkennen. Und dann die seltsamen Spuren und so weiter ..."

Ich deutete ins abhörsichere Schiff.

„Das Unangenehme zuerst. Die letzten Neuigkeiten: Burton Artemid, der Surfacearchitekt, ist noch immer verschwunden. Sein Büro schickt ihn, falls er in absehbarer Zeit auftaucht, hierher. Auf Lepso hat im Beisein einer Bestenklasse Epsaler ein manipulierter Robot Wasserstoff-Methan-Atmer getötet, die keine echten, sondern mutiert gewesen sein sollen. Der Ausdruck ‚Sabotage' fiel; niemand kann damit etwas anfangen. Gibt es hier auch Panikmeldungen?"

Mir war nicht entgangen, daß Kip und Bethina sich schweigend und überrascht angestarrt hatten. Die Polschleuse schloß sich wieder, und unser Team versammelte sich in meinem Aufenthaltsraum. Ich sah die Aufzeichnungen, die Kip vom fremden Raumschiff und von den Spuren auf der Korallensandinsel gemacht hatte. Als ich die Insel sah, schob sich eine starke, gefühlsbefrachtete Erinnerung in meine Überlegungen, älter als zweiundfünfzig Jahrzehnte. Vence Stalmaster, Decaree und Rave Sounder, gekleidet wie Dschungelkämpfer oder verwilderte Naturschützer, hörten schweigend zu und betrachteten immer wieder die Aufzeichnungen. Ich grinste breit und schenkte viel starken, wohlriechenden Alkohol in großen Gläsern aus.

„Graymonde als Schauplatz aufregender Ereignisse", sagte ich. „Die Lage beginnt sich dramatisch zuzuspitzen. Warum eleminiert man Toyrottos außergalaktischen Freunde, und wer hat ernsthaftes Interesse an ihrem Tod?" Ich hob das Glas. „Später! Zuerst setzen wir uns um, dann setzen wir uns mit Boith zusammen. Die riesige Menge Holz – von seinen Schiffen angeliefert?"

Kip nickte. Ich zeigte auf die holografischen Siganesen-Bilder Senoclyptes von Lepso.

„Der Versuch, Senoclyptes Leben zu erleichtern. Feines Bauholz, wie ich sehe. Ist die Jet schon ausgeschleust?"

„Bereit, Sir." Stalmaster winkte. „Macht ihr, Kollegen, die Führer? Gibt es viel zu sehen?"

„Ja. Ehrlich!" sagten Kip und Bethina gleichzeitig. „Lange Stege, schöne Hafenanlagen, viele geschmackvolle, unauffällige Bauwerke und riesige aufgeforstete, begrünte Flächen. Niemand hat versucht, Sie zu betrügen, Sir."

„Höre ich gern. Brechen wir auf."

Über dem Raumhafen war vor zwei Stunden die Sonne aufgegangen. Wir flogen die Küste auf und ab und in weiten Schleifen nach Westen. Wir verglichen die Karten mit den Ergebnissen und sahen, daß buchstäblich jede Einzelheit und Kleinigkeit der Leistungsverzeichnisse berücksichtigt worden war. Je weiter westwärts und ins Innere des Großkontinents wir kamen, desto mehr Maschinen, Schiffe und transportable Anlagen sahen wir; selbst die wenigen Brücken und Straßen waren metergenau angelegt. Ich zeigte mit der Spitze des Stiftes auf die Karte und sagte:

„Hier beginnt die östliche Grenze des CSQN-Geländes. Da werden sie sich besonders viel Mühe geben müssen, denn hier sieht es am schlimmsten aus."

„Eine gigantische Aufgabe."

Traktorstrahlen, Fesselfelder und Antigravs hoben Erdreich ab, planierten das Gelände in kubikkilometergroßen Mengen, verwandelten steinerne Fundamente in

Staub, schmolzen eiserne Konstruktionen und arbeiteten nach einem meisterlichen Plan zusammen. Mein Extrasinn sagte: *Erinnere dich an andere Beispiele von Planetenforming. Trägt diese Arbeit nicht Burton Artemids unverkennbare Handschrift?*

Ich zuckte mit den Schultern, weil ich meinen eigenen Analysen nicht traute. Durchaus möglich, sagte ich. Nahm ich an, daß Boith ein Schurke war, wuchs die Wahrscheinlichkeit, daß er den Surfacearchitekten wegen dieser sieben Millionen Quadratkilometer entführt hatte. Lebte Artemid noch? Oder war dies sein geistiges Vermächtnis? Ich schüttelte mich.

„Das ist vorläufig alles", sagte Kip. Ich riß mich aus trüben Gedanken, als die Jet wendete und zurück nach Osten fegte. „Ich finde, ein hervorragendes Ergebnis für die kurze Zeit, Sir."

„Zutreffend, Kip", sagte ich. „Und Sie meinen, ich könnte der liebsten Decaree und mir einen halben Tag Urlaub auf der einzigartigen Insel gönnen? Bis sich Boith anmeldet? Vence Stalmaster vertritt mich solange, nicht wahr?"

„Mit Vergnügen, Sir, wenn wir Sie nachher ablösen dürfen!"

„Geregelte Dienstzeit. In eure Freizeit greift der USO-Chef nicht ein." Ich lachte. „Morgen schwimmen wir in der Lagune, Decaree!"

Vielleicht sahen wir beim Baden das schwarze Riesentier Kip Chelimos. Hoffentlich trafen uns nicht die Energiestrahlen des unbekannten Verfolgers, der auf Lepso Maahks tötete und hier ... wen oder was? ... zu töten versuchte.

Das zischende, rauschende Donnern der Brandung am Riff, die gellenden Schreie der wenigen Seevögel, das raschelnde Knarren der palmenartigen Bäume, Treibholz, mehlfeiner Sand, Geruch nach Salz, Tang, faulendem Meeresgetier, Schuppen und Muschelschalen unter den nackten Fußsohlen – lange nicht gekannte Geräusche, Gerüche und Empfindungen. Ich watete langsam in die auslaufenden schäumenden Wellen und sah mich nach

Decaree um. Sie schob ihre Hand unter meinen Arm. Ich flüsterte:

„Wie am Strand von Yodoyas Inselchen. Nur daß hier zwei Monde zu sehen sind."

Solid und Vital standen rötlich und gelblichbleich zwischen den treibenden Sommerwolken. Sonne, Sake und Samurais wechselten einander in meiner Erinnerung ab. Ich spürte harten, schnellen Herzschlag und begann zu schwitzen. Der Zellaktivator schaukelte an meiner künstlich gebräunten Brust. Der Extrasinn meldete sich drängend und schrill: *Laß die Bilder nicht deutlicher werden, Arkonide! Du bezahlst es mit Qual und Übelkeit!*

Mein Blick glitt langsam über Decarees besorgtes Gesicht, den weißen Strand, den Palmenschatten und den Gleiter, der wie ein Boot hoch und trocken lag. Vor meinen Augen drehten sich die Bilder; Wirklichkeit der Gegenwart vermischte sich jäh mit den wichtigsten Bildern der Erinnerung. Ich keuchte. Meine Finger berührten die Narben über meinem Magen. Eine Krabbe knabberte an meinem Zeh, ohne daß ich es merkte. Ich wankte, und Schweiß tropfte in den Sand. Ich schüttelte den Kopf und nahm Decarees Hand.

„Schnell. In den Schatten", stieß ich hervor. „Ein Anfall. Die Erinnerung holt mich ein. Déjàvu oder so ähnlich. Zum Boot. Ich muß reden, sonst bringt es mich um!"

Sie verstand nicht, aber zerrte mich den sanft ansteigenden Strand hoch bis ins kühle Dunkel unter tiefhängenden Wedeln. Ich sah wie durch einen Nebel, wie Decaree aus dem Gleiter eine Thermobox holte und einen Becher füllte, als ich neben der Maschine in den Sand sackte und mich gegen das Metall lehnte. Meine zitternden Finger griffen nach dem Plastikbecher. Der Extrasinn schrie: *Zu spät! Du kannst nicht mehr zurück! Sprich! Sie wird dich nicht verraten!*

Begriffe, Bilder und Personen wirbelten in meinen Gedanken wild durcheinander. Ich trank einen tiefen Schluck und hielt, scheinbar, plötzlich eine Schale voll eiskaltem, ingwergewürztem Reiswein in den Fingern. Ich erzählte die vergangene Wirklichkeit, und Decaree mußte glauben, es wäre ein besonders logischer, farbiger und abwechslungsreicher Traum.

7.

„Als meine Space-Jet landete, wußte ich, daß es die richtige Insel war. Ich hatte lange zwischen den Archipelen der Südsee suchen müssen; die Besiedlung hatte, auch noch Anno Domini 2115, das Gesicht so mancher Insel verändert. Ich ging langsam und voll schwermütiger Gedanken einmal um Yodoyas Inselchen herum, stocherte im Treibholz und schüttelte den Kopf, als ich den angespülten Müll im Treibgut sah. Lange hatte ich überlegt, ob ich Freund Perry mitnehmen sollte, mich dann aber dagegen entschieden.

„Nein", murmelte ich im Selbstgespräch. „Ein abgedankter Imperator und ein überlasteter Großadministrator wären schlechte Partner für eine Reise in die Vergangenheit."

Ich visierte die Wurzeln der Palmen an, die wenigen Zacken des Korallenriffs und unterdrückte den Wunsch, mich auszuziehen und ins warme Wasser der Lagune zu springen. Nach einigen Erinnerungen und Messungen war ich sicher: Ich stand genau über dem Haus, das Rico vor zwölfmal zwölf Jahren endgültig in die Tiefe versenkt hatte. Ich holte aus der Jet Werkzeug und begann zu schaufeln. Seltsame Erregung überkam mich. Amoustrella, Petruschka, Lachender Schatten kannten dieses Idyll. Mir war, als entsänne ich mich jeder Muschelschale. Ich legte eine dicht nebeneinanderliegende Reihe Palmenstämme frei. Sie sahen aus, als wären sie erst vor wenigen Jahren gefällt und zersägt worden. Nicht gesägt, sagte ich mir; von Energiestrahlen zerschnitten. Ich rief die einzelnen Schritte der Einstiegsschaltungen aus dem Gedächtnis ab und dachte an die unzähligen herrlichen Tage und Nächte, in denen ich mich auf dem Eiland erholt hatte.

„O Rico", murmelte ich. „Robotischer Gefährte der Jahrtausende. Hoffentlich funktionieren deine Schaltungen noch!"

Ich war halb überzeugt, daß ich von perfekt versteckten Linsen beobachtet wurde. Dafür, daß Rico mich nicht für einen unbefugten Eindringling hielt, sorgten die Dauerimpulse des Zellschwingungsaktivators. Ich hakte eine Seilschlinge in ein Antigravelement und kippte die hölzerne Abdeckung. Darunter führten Stufen aus Korallengestein abwärts. Überall war Sand. Ich wühlte zwischen den Steinen, fand eine handgroße Figur, die wie eine polynesische Schnitzerei für Touristen aussah, und wischte feuchten Sand vom verwitterten Holz. Ich berührte verschiedene Stellen des Körpers in festgelegter Reihenfolge, wartete und sah zu, wie der Schacht um neunzig Grad kippte und eine Röhre großen Durchmessers freigab, in die ich hinunterstieg. Nach dem fünfzehnten Griff schloß sich der obere Teil wieder, Lichter flammten auf, Linsen richteten sich auf mich. Ich grinste und merkte, daß ich mich verkrampfte. Es kam mir wie eine Stunde vor, aber wenige Sekunden später hörte ich Rico/Borgasen/Riancors Stimme.

„Gebieter! Atlan! Fast ein dreiviertel Jahrhundert habe ich gewartet."

Erinnerungen brachen über mir wie eine Riesenwelle zusammen, während sich die verschiedenen Tarnschichten bis zum Sand der Insel lautlos rekonstruierten. Unter Optiken und Lautsprechern öffnete sich eine Klappe, ein Bildschirm zeigte mir den Roboter, dessen Linsen mich aus einem haarlosen Schädel musterten. Eine zweite, größere Kammer öffnete sich, während ich sagte:

„Rico. Aktiviere den Transmitter. Ich habe genug Zeit, um unseren Schlupfwinkel zu besuchen und die Ausstellungsstücke abzustauben. Gibt es noch Wein aus Beauvallon?"

„Sehr alten oder die beste Lage der letzten Jahre?"

Sein androgynes Gesicht verzog sich zur Travestie eines Grinsens. Ich begann mich zu freuen, als ich die Konsequenz dieser Antwort bedachte. Der Transmitter, als Gestell aus rostigem Schrott getarnt, begann zu glühen. Vor Bildschirm und Optiken schob sich eine Platte aus Korallengestein. Ich fragte: „War es langweilig seit zweitausendvierzig?"

„Wer sich allein langweilt, ist auch zu zweit nicht sehr unterhaltend.“

Das Signal blinkte. Ich passierte die Funktionsschenkel des Gerätes und trat aus dem Gegengerät. Rico stand vor mir, nicht mit dem Aussehen eines Metallskeletts, sondern mehr einer frühen terranischen Schaufensterpuppe ähnelnd. Er hob in einer vertrauten Geste die Hand und sagte:

„Willkommen. Hätte ich gewußt, daß du nach so langer Zeit kommst, wäre ich dir in gewohntem Aussehen entgegengetreten.“

Es war, als sei kaum Zeit vergangen seit unserer überhasteten Flucht von Miracle, einem der dreißig Planeten des Verganen-Walls. Ich schlug ihm auf die Schulter; er drehte sich um und gab mir einen Pokal. Ich erschnupperte die unverkennbare Blume der Südlage von Beauvallon.

„Danke, Rico. Unser Versteck, obwohl einige von ihm wissen, ist nicht von allzu Neugierigen entdeckt worden?“

„Nein, Atlan. Hätte ich nicht unter den Barbaren für ein wenig Aufregung gesorgt, wäre es wirklich einsam geblieben.“

Ich starrte ihn an und lachte, bis ich Wein verschüttete.

SOLSYSTEM, TERRA, KUPPELSTATION, am 2. APRIL 2115, STANDARDZEIT: Als ich zum letztenmal auf dem Meeresboden unter São Miguel aufgewacht war, nach der Flucht von Miracle, war ich, zu meiner Überraschung, mit Rico, dem stählernen Skelett, allein gewesen. Die anderen Versuchsmodelle, gestand mein „Milchbruder“, der ehemalige Sinnspruchsänger Borgasen von Port Peace, befanden sich auf Miracle. Heute schaltete er auf die Illusionswände der großen Kuppelräume Ansichten der Erde, und die vielen Nischen des Museums glühten und zeigten Hunderte von Erinnerungsstücken an damals. Ich nippte am Wein und sah, daß die Monitoren der Pulte in Betrieb waren. Überrascht und irritiert fragte ich:

„Du läßt heute noch Spionsonden herumfliegen?“

„Früher mehr als heute. Der Orbit hängt voller Satelliten und Raumfahrtmüll, Gebieter. Wie sollte ich sonst meine matten Positronen und Reflexe ausreichend beschäftigen?"

Ich nickte und setzte den Rundgang fort. Als Riancor sich – damals! – in unterschiedlichen, absolut lebensechten Masken bewegt hatte, fiel es mir leichter, ihn nicht als Maschine zu betrachten und mich entsprechend zu verhalten. Die Zeitalter der Götter und Rätselwesen auf Terra waren vorübergegangen; die Zeit war nicht mehr länger mystisch. Ich setzte mich in meinen Lieblingssessel und streckte die Beine aus.

„Von Miracle und . . . Amoustrella kamen keine Nachrichten mehr, seit ich an Perrys Seite durch das Universum hetzte?"

„Nein." Ricos Gesten wurden allmählich leichter, schwungvoller, so wie früher. „Nachdem die Bauteile und Elemente des großen Transmitters verschwanden, war es, als habe es Miracle nie gegeben. Unsere Silos haben sich zuvor entsprechend geleert, Atlan. Dein Schicksal konnte ich, zum größten Teil, durch die Nachrichten und TV-Berichte verfolgen. Abwechslungsreich wie immer, seit ich registriere, begreife und Schlüsse ziehen kann."

„Am ratlosesten sind jene, die nichts zu tun haben." Ich lachte. „Die Transmitteranlage von Yodoyas Insel wirkt sauber und häufig benutzt. Natürlich von dir!"

Rico schüttete einige Tropfen Wein in ein Glas und roch genießerisch daran. Wieder lächelte sein glattes, schmales Plastikgesicht; wieder schwemmten Erinnerungen, von denen jeder Winkel hier getränkt war, von allen Seiten auf mich zu.

„Ich habe sie oft benutzt nach zweitausendvierzig, in vielen Masken. Die Spionsonden konstruierte ich neu. Manche diskusförmigen Erscheinungen am terranischen Himmel zählen noch heute zu den vielen ungelösten Rätseln."

„Tatsächlich!" Auch die SolAb lebte also weiter mit „Fliegenden Untertassen" und ähnlichem Zauber. Ich begann zu lachen. „Hast du wenigstens jetzt den UFO-Unfug eingestellt?"

„Seit längerem. Ich hatte viel zu tun, dein Versteck und

dessen Einrichtungen zu kontrollieren, zu warten und zu reparieren. Nicht einmal arkonidische Technik hält ewig."

„Wem sagst du das."

Sich wahrheitsgemäß zu erinnern, schmerzte manchmal. Ich setzte meinen Rundgang fort und blickte plötzlich in die steinernen Gesichter, die wir so häufig in Miracles Ruinen gefunden und dokumentiert hatten. Rico fragte:

„Dir ist mittlerweile die genaue galaktische Position des Miracleringes bekannt?"

„Ich kenne sie nicht auswendig, aber sie ist in den arkonidischen Verzeichnissen. Wahrscheinlich auch an anderen Stellen. Wir hatten damals nicht genug Zeit, entsprechende Sterne zu finden, die uns als Bezugspunkte dienen konnten."

Eine Spur Trauer klang aus Ricos Vocoderstimme.

„Würde es dich nicht reizen, auf den dreißig Planeten nachzuforschen, was aus unseren vielen Freunden, deinem Enkel und aus Mondam Amoustrella Gramont geworden ist?"

Ich hielt ihm das Glas entgegen, er schenkte nach. Ich ließ mir Zeit mit der Antwort, dachte an die Goldene Göttin Ishtar und Ra, den Barbar, an meinen ersten Besuch des Dreißig-Planeten-Walls und an die gewaltige Zeitspanne, die seit Fartuloons Wirken und Farnathias Tod vergangen war.

„Doch. Es würde mich interessieren, den Miraclering zum drittenmal zu besuchen. Mit Raumschiffen und entsprechender Ausrüstung. Natürlich würdest du als ‚Nachkomme' Borgasens auch gern dabei sein. Da es dir gelungen ist, auch nach zweitausendvierzig die Menschen auf Terra zu täuschen, sehe ich kaum Schwierigkeiten. Ich denke darüber nach."

„Die technische Einrichtung der Kuppel kann meine Abwesenheit lange ertragen. Ich habe auch an der Steuerung aller Aggregate und Schaltungen gewissenhaft gearbeitet."

Die Vorstellung, daß Rico in unterschiedlichen Masken auf der Erde herumgeisterte und weiterhin die Geschichte dieses Planeten dokumentierte, wirkte plötzlich befremdlich. Aber ohne ihn hätte ich nicht überlebt, ohne sein selbständiges Handeln hätten manche Entwicklungen einen ganz anderen Verlauf genommen. Ich legte die Te-Ufy-Seekarte der Hatschepsut – erst die Ptolemaier nannten das Schreibmaterial aus Binsenmark Papyrus! – in die Nische zurück und wandte mich um.

„Deine Gegenwart befruchtet Phantasie und Entschlußkraft“, sagte ich grinsend. „Die Organisation, die ich aufbauen werde, beschäftigt sich mit der Sicherheit des Imperiums. Eine kleine Abteilung soll zum ‚Historischen Korps‘ ausgebildet werden; erfahrene Frauen und Männer. Ihnen werde ich die Aufgabe zuweisen, den Miraclering zu suchen und anzufliegen. Für beide Aktivitäten stelle ich mir deine uneingeschränkte Mitarbeit vor. Du solltest dich aber wieder in Borgasen, Riancor von Arcoluiz oder eine andere respektable Persönlichkeit zurückverwandeln.“ Je mehr ich darüber nachdachte, desto sinnvoller schien dieser Einfall. Er war sicher nicht schnell zu realisieren, denn die United Stars Organisation, die offiziell am 1. Juli dieses Jahres gegründet werden sollte, würde meine gesamte Kraft fordern.

„Ich bin begeistert, Fürst der Sterne“, sagte Rico. „Sei ganz gewiß, daß ich einen prächtigen Experimental-Historiker erfinden und darstellen werde. Wie findest du: Nair Orca Singh; Indisch, mit Turban, Bart und Dolch?“

„Langsam! Das wäre das Anagramm eines Anagramms!“ Ich mußte schon wieder lachen. Ich hatte ihm ein Stichwort geliefert, wußte ich sofort, dessen Bedeutung seine positronische Langeweile beenden und ihn zu phantastischen Schöpfungen und Handlungen antreiben würde. „Noch ist nichts entschieden. Ich denke, ich muß diesen Einfall auch mit Rhodan absprechen, der alles bezahlen muß!“

„Ein Raumschiff, eine Mannschaft, ich und eine Schar Subrobots; ein unschlagbares Team, die Kernzelle deines Historischen USO-Korps, Meister der Masken!“

„Ich werde gründlich und lange darüber nachdenken, Begleiter vieler Jahrtausende.“ Ich richtete meinen Blick auf die Schaltpulte und die Fronten einiger Hochleistungsspeicher. Sie versinnbildlichten die immense Menge gespeicherter und zueinander in Relation gebrachter

Fakten terranischer Geschichte: ein wahrhaft einzigartiger Fundus. Nicht einmal sämtliche Universitäten des Planeten verfügten über solche Informationsmengen. „Ich bin sicher, daß wir den Grundstock für das zukünftige Historische Korps hier abrufen können. Du solltest ein Programm entwickeln, das uns unproblematischen Zugriff ermöglicht, Nair Orca."

Ich hatte, tiefschlafend oder wach, die längste Zeit meines langen Lebens in dieser Anlage verbracht. Ich ging langsam in meinen Schlafraum und setzte mich an den Rand des Bettes. Ich hob das Glas und sagte:

„Ich bin müde und schlafe hier. Morgen, bevor ich gehe, erfährst du, was wir im nächsten Jahrhundert zusammen oder wenigstens gemeinsam tun und treiben werden."

„Ich warte, Gebieter."

Ich war nicht wirklich schlafbedürftig; ich wollte möglichst viel von der Atmosphäre dieser Umgebung in Gedanken mitnehmen. Ricos Subroboter bereiteten das Bett in einer langsamen Folge von illusionistischen Landschaften der Vorzeit, und ich schlief scheinbar zwischen den palmengesäumten Kanälen unter dem Sternenhimmel Babylas ein, in der Zeit des Herrschers Hammurabi. Am Morgen, nach einer Schale seifig schmeckenden, uralten Kaffees stellte Rico ein handgroßes Funkgerät vor mich hin.

„Bis auf die Kodierung leicht nachzubauen, Atlan." Er wandte sich den Schirmen und Pulten zu. „Die Reichweite ist beträchtlich. Jedes Signal sollte von außerhalb der Plutobahn bis zu den versteckten Antennen der São-Miguel-Gipfel reichen. Dann weiß ich, daß ein Vertrauter zu Yodoyas Insel kommt."

„Eines Tages wird die SolAb den Transmitterschock anmessen, und dann habe ich einiges zu erklären." Ich grinste und steckte das Rufgerät ein. „Es bleibt bei meinen Entschlüssen. Früher oder später macht sich das Historische Korps mit deiner Unterstützung auf die Suche nach dem Dreißigplanetenwall der Verganen, nach ‚unserem' phantastischen Miraclering."

Er begleitete mich schweigend in den Transmitterraum. Wir verabschiedeten uns voneinander, als wären wir alte

Freunde; Minuten später kletterte ich aus dem Schacht und blieb lange am Strand stehen. Weißgischtende Brandungswellen donnerten, die vertrauten Sterne funkelten über den Palmwedeln, ein startendes Raumschiff zog eine Sternschnuppenspur durch das Band der Milchstraße.

Es war Zeit, zum Goshunsee zurückzufliegen, nach Terrania City. Angefüllt mit zwiespältigen Erinnerungen kletterte ich in die Space-Jet und nahm schweigend für unbestimmt lange Zeit Abschied von Yodoyas Inselchen.

Decaree hielt einen Becher mit eiskaltem Tee an meine Lippen. Ich trank gierig, keuchte und zwinkerte ins grelle Sonnenlicht. In den Kniegelenken nistete dumpfe Schwäche.

„Danke." Über den Bäumen kreischte ein Wasservogel. „Nun weißt du, was der treue Hochleistungsroboter in langen Jahren trieb. Ich werde" – ich trank wieder – „bald mein Wort einlösen. Die USO hat genügend Schiffe und Mannschaften."

„Zuerst treffen wir die arrogante Daphny Letabole, mitsamt einem Schiff voller Sklaven, Liebster", sagte Decaree leise. „Sie werden ihren Yachthafen bauen, wie angekündigt."

„Ich weiß. Nicht heute. Wir genießen Ruhe, Wasser und Sonne. Und machen uns Gedanken darüber, was Toyrotto und Boith mit echten und falschen Maahks zu tun haben könnten."

Ich stemmte mich in die Höhe und nahm Decarees Hand. Wir wateten langsam ins Meerwasser. Ich grinste, bevor wir schwammen und untertauchten. In meiner Kabine würde ich Teile meiner komplizierten Maske rekonstruieren müssen.

Lady Daphny Letabole verstand ihr Geschäft. Aus dem grauen Transporter strömten lange Reihen Arbeiter mit Werkzeug. Maschinen und Bauteile rasselten und schwebten heran. Im Norden des Deltas, im ausgesuchten Gelände, luden Antigravschlepper mächtige Steinbrocken ab, eine Maschine rammte Doppelreihen stählerner Rohre in den Meeresboden. Nach Plan rissen Traktorfelder gewaltige Erdmassen aus dem Boden und schichteten sie um. Steinschichten wurden verglast und aufgeschäumt; auf unterschiedlichen Ebenen entstanden wuchtige Fundamente. Vence Stalmaster und ich landeten im Gleiter neben den Bürocontainern. Daphny Letabole trug einen phantastischen Hosenanzug mit Stiefeln, der hochmodische Ähnlichkeit mit einem Kampfanzug hatte. Wir begrüßten uns mit steifer Höflichkeit. Ich betrachtete Pläne und Modelle und fragte:

„Wenn ich es recht sehe, Lady, scheint Toyrottos Dienerschaft und das Heer der jungen Arbeiter von einem einzigen Planeten zu stammen. Die Planetarier ähneln, entschuldigen Sie, Ihnen selbst. Wo finden Sie diese Heerscharen?"

„Dort, wo gut bezahlt wird." Sie lächelte. „Fragen Sie Toyrotto. Ich habe sie auf Lepso an Bord genommen, einschließlich der Werkzeuge und Maschinen. Er heuert sie an beziehungsweise einer seiner Sekretäre." Sie drehte an der Bild-Feinabstimmung eines Monitors, der die Aufnahmen einer schwebenden Kameraplattform wiedergab. Sie log ungerührt: „Ich, nebenbei, gehöre nicht dazu. Gebürtige Lepsoterin."

„War nur eine Frage", sagte ich. „Wie lange werden Sie Gast meines vergammelten Planeten bleiben?"

Unsere Xenobiologen hatten Asics und dessen Gefährten untersucht und waren sicher, daß es sich um Produkte mehrfacher Kreuzungen handelte: Arkoniden, Terrageborene, Akonen und ein noch unbekanntes Volk hatten diesen Nachkommen ihre Gene und das Aussehen hinterlassen. Lady Letabole war ein besonders gutaussehender Beweis für unsere Feststellungen.

„Ein, zwei Monate, Sir Quizzardo. Bis die Anlagen fertig sind. Vielleicht bekomme ich von Boith einen Anschlußauftrag. Wie finden Sie das Modell?"

„Hervorragend. Der Plan stammt aus der Hand eines Meisters." Ich meinte es ehrlich. *Etwa von Burton Artemid?* wisperte der Logiksektor. Eine Vielzahl Bauwerke wurde mit Erde bedeckt und bepflanzt, würde also unsichtbar bleiben. Nur einige steinverkleidete Türme würden die Küste überragen und jedem Insassen herrliche Aussichten bieten. Mächtige Steinblöcke senkten sich in den Boden, in Sand und ins Meer und bildeten die Anfänge von zwei bogenförmigen Wellenbrechern. „In fünfzig Jahren wird sich viel Landschaft verwandelt haben. Ich hab's ausprobiert – das Meerwasser ist sauber."

„Auch wenn Schiffe, Boote und Yachten kommen, wird es sauber bleiben", versicherte Lady Letabole. „Bisher stehen die Schiffe in der Landschaft herum. Wo haben Sie den Raumhafen Ihrer Welt geplant, Sir Quizzardo?"

„Hier." Ich deutete auf den Rand der südlichen Wüstenebene. „Und an dieser Bucht die erste Stadt. Quizzardos Triumph. Teile der Straße, Brücken und Tunnels sind schon in Bau." Ich zog eine mehrfach gekrümmte Linie, die vom Delta aus nach Südwesten und zurück nach Osten führte. „Mehr Zivilisation haben wir vorläufig nicht geplant."

Stalmaster betrachtete schweigend und mit zusammengekniffenen Augen die technische Einrichtung des geräumigen Containers. Von draußen röhrte und krachte der Lärm schwerer Maschinen herein. Ich sagte mir, daß eine Befragung unter tausend Männern vielleicht brauchbare Informationen über den Sklavenplaneten erbringen würde und verbeugte mich vor der Lady.

„Für gesellschaftliches Leben ist gesorgt." Ich blickte in ihre großen, dunklen Augen. „Anruf genügt. In meinem Schiff finden Sie Musik, Essen und heitere Gespräche. Die Arbeit sollte auch ein wenig Spaß machen. Wenn ich Ihnen helfen kann – Sie wissen, wo Sie mich finden. Ich bin tagsüber bei den verschiedenen Rekultivierungszonen zu finden."

„Mit Vergnügen, Sir Quizzardo."

Wir kletterten die breiten Stufen zum Gleiterdeck hinunter, stiegen in die Maschine und schwebten über das Delta zum Baulager. Ich wandte mich an Stalmaster.

„Ist Ihnen etwas aufgefallen, Spezialist?"

„Einiges, Sir. Die Lady lügt. Sie ist, ebenso wie die Frau Ihres Freundes, auch von dieser Sklavenwelt. Ich habe mich ein wenig mit Artemids Plänen anderer Welten beschäftigt. Ich lasse mich vierteilen, wenn nicht er diese

Anlage gezeichnet hat! Sie ist ein guter Generalmanager; die Leute werden alle Termine einhalten. Ich bin sicher, daß ihre und meine Antipathie auf Gegenseitigkeit beruht." Er lachte kurz und humorlos. „Hoffentlich finden unsere Leute bald heraus, woher die Sklavenschiffe kommen und welche Welten sie angeflogen haben. Asics und seine Kollegen versuchen mit unseren Astronomen, anhand markanter Sterne die Position der Senoclypte-Welt zu ermitteln. Ihre größte Hoffnung sind zwei blinkende Sterne, zwei RR-Lyrae-Veränderliche. Man ist optimistisch, Sir."

„Und auf welchen Planeten sie zwischengelandet sind. Die Sklaven werden auf Lepso umverteilt. Sie, ich und alle anderen – wir mischen uns unter die braunhäutigen Sklaven und fragen sie aus. Vielleicht erfahren wir, trotz der Konditionierung durch Hypnoschulung, interessante Einzelheiten."

„Wird gemacht, Sir. Heute abend fangen wir an."

Wir landeten unterhalb Kip Chelimos Büro. Inzwischen wurde das Gebiet großräumig von fünf Sonden überwacht, die in großer Höhe kreisten und aus der Kommandozentrale meines Schiffes gesteuert wurde. Kip hatte eine Nachricht hinterlassen. Er befand sich am südlichen Rand des Kontinents und kontrollierte die Arbeiten. Ich ging über den langen Mittelsteg ins Schiff und beobachtete stundenlang die Schirme, ohne aufregende Einzelheiten zu sehen. Wieder wuchs meine Unruhe; alle Ermittlungen verliefen wie in dickem Nebel.

Türen und Türrahmen, Fenster und Fensterläden und Hunderte von dicken Säulen lagen ud standen in Stapeln am Rand des Materiallagers. Decaree und ich musterten schweigend die prächtigen Schnitzarbeiten, die herrlichen Maserungen des abgelagerten Holzes und den mattglänzenden Lack, der die Oberfläche veredelte und schützte. Decaree drehte den Kopf in die Richtung einer Gruppe schweigend schuftender Arbeiter.

„Es sind fünf Dutzend Leute gefragt worden, wahllos, an allen Ecken und Enden der Baustellen. Sie sind halbwegs hypnotisiert, haben aber jede Frage beantwortet, Liebster."

„Ich höre?" Ich ahnte, was sie geantwortet hatten.

„Sie kommen von einem armen Hinterwäldlerplaneten. Tamuoy, Sonne Casarca Delta. Den gibt's wirklich. Eine halbvergessene akonische Welt. Dort werden sie angeworben und mit zehn Prozent des wahrscheinlichen Arbeitslohnes prämiiert. Sagen sie, teilweise im gleichen Wortlaut. Man bringt sie nach Lepso, rüstet sie aus, behandelt sie gut und verschifft sie hierher. Wir haben ein Schiff gestartet, um die Aussagen nachzuprüfen. Halbwegs am anderen Ende der Galaxis."

„Also kein Hinweis auf die Senoclypte-Welt."

„Angeblich kennen sie diesen Begriff nicht. Sie fliegen nach Lepso zurück, sagen sie, kaufen mit dem Verdienst ein und sind daraufhin auf ihrer Welt reiche Leute."

„Diese Kostbarkeiten" – ich wies auf die herrlichen Bohlen – „kommen vom Planeten Senoclyptes. Sklaven haben Schnitzereien angefertigt, um Senoclyptes Biomasse zu verringern."

„Zweifellos. Aber wie können wir es beweisen?"

Mittlerweile beschäftigten sich mehrere Stützpunkte und zwölf Schiffe ausschließlich mit der Suche nach der Heimatwelt der Braunhäutigen. Nachdenklich beendeten wir den Rundgang durch das Lager und sahen zu, wie die Basisplatte des Transmitters montiert wurde. Ein Schiff lud eine nicht endenwollende Menge Container voller stattlicher Bäumchen aus; erste Bepflanzung der Hügel über Boiths großer Anlage.

Sechs Tage lang sahen wir zu wie Tagebaulöcher gefüllt und riesige Gebilde umgepflügt und neu modelliert wurden. Noch waren es nur wenige Prozent der Planetenoberfläche. Die Gesellschaften, die – wahrscheinlich – unabhängig von Boith und Toyrotto arbeiteten, erledigten ihre Aufgaben zügig und ohne Zwischenfälle. Meine Unruhe trieb mich dazu, einen Gleiter auszurüsten und ziellos zum südöstlichen Archipel zu fliegen. Kip verfolgte meinen Flug mit seiner Sonde.

Der Autopilot summte und klickte leise. Ich hob die Karte und verglich die halbplastischen Darstellungen der Photographie mit der Wirklichkeit des Archipels tief unter mir. Sonnenlicht übergoß mehr als zwölf Inseln in meinem Sichtbereich. Die meisten Inseln waren bewaldet; es hatte sich vor Jahrzehnten nicht gelohnt, dort zu schürfen und zu bohren. Der Summer und blinkende Leuchtfelder schreckten mich aus der Betrachtung auf. Aus dem abhörsicheren Funkgerät kam Kip Chelimos Stimme.

„Muß nichts bedeuten, Sir – ein Gleiter von Letaboles Schiff fliegt in geringer Höhe auf den Archipel zu. Noch hält er sich auf der Geraden zwischen den Inseln 301 und 98.“

„In meiner Reichweite, Kip“, sagte ich. „Vielleicht will Lady Letabole sonnenbaden?“

„Wohl kaum. Sie hat eben mit uns gesprochen.“

„Verstanden.“ Ich prüfte ruhig die Linien des Gradnetzes. „Ich sehe mir den Gleiter genauer an. Sagen Sie die Kursänderung durch. Ich fliege Achtundneunzig an.“

„Verstanden, Sir.“

Ich steuerte den Gleiter in einer weiten Kurve abwärts und versuchte, die Sonne im Rücken zu halten. Die andere Maschine wich nach Osten aus und wurde langsamer, während ich sie aus größerer Höhe verfolgte. Nach kurzer Suche und einigen Kurven steuerte der Fremde eine große, mondsichelförmige Insel an, die sich aus Sandstrand, einem felsigen Hügelkamm und dichtem Wald auf der windabgewandten Ostseite zusammensetzte. Ich beobachtete, wie der Gleiter dicht über die Brandung schwebte, über den Sand huschte und anhielt, sich drehte und rückwärts in eine Aushöhlung hineinsteuerte. Mein Gleiter hing in langsamem Flug vor der Sonne; ich wartete, bis aus der Höhle drei Personen zum Strand gingen. Dort blieben sie stehen, gerade noch im Schatten der Felsnadeln. Ich setzte das Teleskop ein. Zwei Männer stützten den dritten, und als ich sah, wer es war, griff ich alarmiert in die Steuerung und lenkte meinen Gleiter über Wellen und Baumwipfel auf einen Sandfleck zwischen graue und gelbe Felsen. Ich packte den Feldstecher, lief geduckt bis zur Kante der Hügelspitze, stützte die

Ellbogen auf und starrte durch die Linsen. Staven ay Toyrotto stand schwankend zwischen den schwer bewaffneten Begleitern. Ich erschrak über sein Aussehen: die Haut war fast grau, die implantierten Juwelen waren stumpf, die Kerben seines Gesichts schärfer und tiefer. Er hing gekrümmt zwischen den Schultern der Leibwächter. Als er den Kopf senkte, sah ich, daß seine geschuppte Kappe fehlte. Dicke, purpurne Adern durchzogen die feuerrote Haut; von der Stirn bis zu den Ohren und in den Nacken sah der Kopf wie eine offene Wunde aus. Toyrotto schien unter rasendem Schmerz zu leiden. Hatte man ihm die Kopfhaut abgezogen?

Ich hob die Augen. Nur dürrer Strandhafer raschelte im Wind. Unruhig warteten Toyrotto und seine Begleiter – auf wen? Wirre Gedanken schossen durch meinen Kopf. Ich zwang mich dazu, ruhig zu bleiben. Ich riskierte nichts, und ein bestimmter Verdacht wuchs. Ich schwitzte in der Mittagssonne, kroch zum Gleiter zurück und setzte den Hut auf, trank eiskalten Fruchtsaft und robbte wieder zur Felskante. Die Leibwächter hatten Toyrotto in den Schatten geschleift und gegen die dunkle Felswand gelehnt. Er zitterte im Schüttelfrost und sah aus wie ein Sterbender. Ein Leibwächter blickte zur Brandung hinaus, zuckte zusammen und zeigte nach rechts. Ich richtete den Feldstecher dorthin und fand meine Ahnung bestätigt.

„Mir wird einiges klar . . .“ Ich wischte Schweiß aus den Augenbrauen und sah aufgeregt zu, wie das riesige Ungetüm mit der schwarzgrün geschuppten Saurierhaut auf den Strand zuschwamm. Kips Beschreibung war absolut richtig gewesen: ein exotischer Kopf auf einem mittellangen Hals hob sich aus den Wellen, Tropfen funkelten auf der Lederhaut, der lange Echsenschwanz peitschte das Wasser, als der Riese sich durch die zusammenbrechende Brandungswelle rammte und die sechs Beine bewegte. Er hinterließ im Sand tiefe Eindrücke, kam auf den Strand heraus und walzte auf großen, flachen Sohlen auf den Felsen und die Wartenden zu. Der Logiksektor flüsterte: *Das kann kein Tier von Graymonde sein! Ein Roboter, verkleidet als Saurier?*

Das Riesending hielt an und spreizte die Beinpaare.

Unter der linken Schulter, drei Meter hinter dem Kopf, öffnete sich eine Luke und klappte nach unten. Minutenlang geschah nichts, abgesehen davon, daß ein Leibwächter sich aus dem Schatten löste und an der Vorderkante der Klappe stehenblieb, die Hand am Waffengriff. Die Sonne brannte unbarmherzig. Ein unförmiges Wesen schob sich seitwärts durch die Luke; ein riesiger Organismus im Raumanzug. Unter der transparenten Halbkugel des Helmes erkannte ich den typischen halbmondförmigen Wulst, der auf den Schultern des Maahkskörpers aufsaß. Sonnenstrahlen fingen sich in vier grünschillernden Augen mit Schlitzpupillen. Ich zuckte zusammen und glaubte nicht, was ich sah.

„Unzweifelhaft! Ein Maahk!“ flüsterte ich verwirrt. Der Fremde, an eine Schwerkraft um drei Gravos gewöhnt, bewegte sich mit normalen Schritten hinunter in den Sand und hielt einen runden, zylindrischen Transportbehälter in der Pranke, die neben dem Knie baumelte. Die kurzen Säulenbeine im dicken Raumanzug stapften durch den Sand, bis der Maahk vor Toyrotto stand und den Mann um mehr als einen dreiviertel Meter überragte. Meine Verwirrung steigerte sich, als der Maahk den Behälter öffnete, die Leibwächter weiße Handschuhe über die Finger zogen und ein weiches Stück Gewebe heraushoben. Sie drehten es herum; die Außenseite entsprach der schuppigen, blaßgrünen Maahkhaut. Bevor der Behälter wieder geschlossen wurde, breitete sich Nebel aus; das Gewebe schien tiefgekühlt worden zu sein. Fasziniert sah ich zu, wie die Haut auf Toyrottos Kopf gelegt und ringsherum festgedrückt wurde. Sie zuckte und bewegte sich, als lebe sie, und in Toyrotto ging binnen einer Minute eine deutliche Veränderung vor. Er richtete sich auf, atmete tief durch, seine Haut verlor die krankhafte Färbung. Der Maahk stellte den Behälter in den Sand, drehte sich um und stapfte zur Rampe, die sich hinter ihm langsam schloß.

Ich setzte den Feldstecher ab. Ein scharfes Summen übertönte den Wind. Ich rollte auf den Rücken, schirmte die Augen ab und blickte nach Osten, dann bewegte ich mich tiefgebückt zu meinem Gleiter zurück. Vorsichtig drehte ich den Abstellknopf des Funkgerätes.

„. . . rasend schnell. Kommt genau auf Ihre Insel zu, Sir. Die gleichen Impulse wie damals."

„Verstanden, Kip", sagte ich unterdrückt. „Das riesige Lebewesen ist hier gelandet. Eine Art Unterseeboot, in dem ein Maahk sitzt. Ich höre ein Raumschiff näherkommen."

Ich schaltete die Gleitermaschinen an, sprang hinaus und suchte zwischen den Wolken die blaue Fläche ab. Durch das Plätschern der Wellen hörte ich, wie der falsche Saurier wieder über den Strand walzte und sich auf die Brandung zuschob. Mitten aus einer Wolke jagte ein stumpfnasiges Raumschiff schräg abwärts, in gefährlich schnellem Flug. Als der erste Energiestrahl herunterzuckte, kniff ich die Augen zu, tastete mich zum Gleiter und schloß die Tür, während ich startete und zwischen röhrenden Glutbalken, detonierenden Felsen und den ersten Fontänen seitlich auswich.

Erst als ich fünfhundert Meter schräg über dem Wald schwebte, sah ich gleichzeitig das Raumschiff, den Strand und Toyrottos Gleiter. Das Raumschiff hatte seine hohe Eintauchgeschwindigkeit verringert und feuerte die Strahlen aus größerer Nähe und besser gezielt aus den Projektoren. Der Maahk in seinem schwimmenden Gefährt hatte die Brandungswelle erreicht und war noch nicht untergetaucht. Die Strahlen schlugen in die Wellen, mächtige Dampfwolken verhüllten die Wasserfontänen. Die Leibwächter zerrten Toyrotto in die Höhle hinein. Der Abstand zwischen dem Schiff und dem schwarzen Giganten war auf weniger als dreihundert Meter geschrumpft. Unaufhörlich schlugen die Energien ein, trafen den Kopf und den Schwanz des flüchtenden Tauchbootes und zerfetzten Verkleidung und Metall. Schäumend versank der Flüchtende, tauchte hinter Dampfwolken wieder auf und wurde dreimal getroffen.

Aus dem Dampf zuckten Stichflammen. Glühende und rauchende Metallfetzen wirbelten durch die Luft. Die Druckwelle ließ meinen Gleiter vibrieren, der Donner der

Detonationen machte mich halb taub. Ich verstand nicht, was Kip rief und brüllte:

„Das Raumschiff hat den Maahk und sein Boot vernichtet."

Die Dampfwolken erreichten das kleine Schiff. Ich erinnerte mich an Maahkschiffe; deren Beiboote hatten diese Form. Ich zählte noch sieben röhrende Energiestrahlen, die in die versinkende Trümmermenge hinunterpeitschten. Das Schiff schwebte vorwärts, stieg fast senkrecht und raste zwischen den Wolken außer Sicht. Ich wartete, bis das Klingeln in meinen Ohren nachließ, und sprach ins Mikrophon.

„Kip. Sagen Sie Decaree und Stalmaster, daß Toyrotto mit zwei Leibwächtern zu Letaboles Schiff zurückstartet; er bekam vom Maahk, soweit ich das richtig beobachten konnte, eine neue Schädelhaut. Eine solche Operation ist kein Verbrechen, also können wir nicht eingreifen. Halt – Augenblick."

Toyrottos Gleiter war gestartet und tauchte hinter Bäumen und Felsen auf, flog in einer engen Kurve vorwärts und auf mich zu. Noch ehe ich die Schirmfeldprojektoren aktivieren konnte, feuerten die Bordwaffen der kleinen Maschine. Ich schob die Geschwinigkeitsregler nach vorn, gleichzeitig baute sich das Schirmfeld auf, und die nächsten Feuerstöße schlugen in den Schutzschirm. Ich war sicher, daß mich weder Toyrotto noch seine Leibwächter erkannt hatten. Daß er mich angriff, war ein entscheidender Fehler; ich hatte ihn viel besonnener eingeschätzt. Mein Gleiter raste vorwärts, kippte nach rechts und verschwand hinter dem felsigen Bergkamm. Als ich am anderen Ende der Insel wieder über freiem Meer schwebte, sah ich, daß die andere Maschine die Geschwindigkeit steigerte und in Richtung auf das Delta und die Baulager davonraste. Ich folgte langsamer und warnte Kip Chelimo.

„Toyrotto wird, vielleicht auf Umwegen, in Letaboles Schiff zurückkehren. Laßt ihn durch, falls er keinen Zwischenfall provoziert. Wir warten weiterhin in unseren Masken, klar?"

„Klar, Sir. Ich habe ihn in der Ortung."

„Mich hoffentlich auch. Ich komme."

Obwohl ich das Pünktchen vor mir nicht mit Höchstgeschwindigkeit verfolgte, kreiste Toyrotto einmal jenseits des Deltas um das Schiff und schleuste ein. Die Ereignisse hatten einen Höchstgrad an Rätselhaftigkeit erreicht. Ich desaktivierte den Schutzschirm und parkte die zerschrammte Maschine neben den Landestützen des buntlackierten Schiffes. Eine Stunde danach trafen die Teammitglieder in der Messe zusammen. Ich hob die Hand und begann:

„Ein Maahk, der auf Graymonde lebt, macht mit Toyrotto Geschäfte. Dieser Kopfhautlappen muß ganz besondere Eigenschaften haben, sonst würde der Aufwand nicht lohnen. Beim zweiten Versuch gelingt es einem Maahk-Beiboot, den anderen Maahk zu töten und die Tauchmaschine zu vernichten. Zwei Maahks, angeblich keine echten Maahks, werden auf Lepso mitsamt ihrem Habitat in die Luft gesprengt. Auch von womöglich richtigen Maahks?" Ich berichtete, wie sich Toyrotto unter dem Einfluß der Maahkhaut verändert hatte. „Toyrotto will begreiflicherweise dabei nicht beobachtet werden und feuert auf einen Gleiter, der Quizzardo gehört. Was halten Sie davon?"

„Daß die Haut lebensverlängernde oder ähnliche Wirkung hat und nach einer Weile abstirbt." Decaree nickte grimmig. „Und daß die guten Maahks etwas gegen die Weitergabe der Haut haben und auch auf Lepso die bösen Maahks umbringen."

„Wodurch Toyrottos letzte Lebensjahre angefangen haben", sagte Stalmaster. „Sie sollten hinüberfliegen, Sir, und ihn begrüßen. Schließlich waren Sie Gast in seinem Palast."

Ich blickte auf die Digitalziffern des Chronometers.

„Noch nicht. In elf Minuten überspielt Quinto-Center über Relaiskette die letzten Informationen."

Jeder USO-Angehörige wußte, daß das Solare Imperium im Lauf der nächsten Jahre den ersten planmäßigen Vorstoß zum Andromedanebel durchführen würde. Daß unser Planet offensichtlich zum Schauplatz überraschender Vorfälle wurde, zeigte sich jetzt. Dennoch schien die

Position für Boith, Toyrotto und einige Maahk-Individuen von großer Bedeutung zu sein. Ich rührte in meinem Becher und mußte mir eingestehen, daß wir trotz riesigen Aufwandes noch immer keine verwertbaren Beweise hatten. Endlich meldete sich die letzte USO-Relaisstation. Die Spezialisten waren gründlich wie gewohnt. Wir lasen, hörten zu und sahen die Bilder; alles wurde aufgezeichnet.

„(Escape, Sigma Raphis, Lost Diamond): Girard Kjeell fand in Uslan Grandonets Privatunterlagen einen Liefervertrag mit Unterschrift und Siegel Boiths über die Lieferung von sieben Sklaven Typ (F). Dokument in Kopie im Bildteil."

„(Astronomische Abteilung): Nach Identifizierung der 2 Veränderlichen Sterne erfolgte Flug mit drei Schiffen zum Senoclypte-Planeten (Bigwood). Koordinaten im Bildteil. Asics identifierte den Planeten und das Tal GARST. Im Ortungsschutz der Sonnenkorona warteten wir auf den Start der EMPRESS. Ziel vermutlich Graymonde. Schiff wird verfolgt."

„Sehr gut", murmelte ich mit breitem Grinsen. „Dauert aber noch eine Weile, bis Sklaven und Holz hier eintreffen."

„(Q-Center): Über SolAb und Mercant wurde Solares Imperium verständigt. Sagte Unterstützung bei allen Aktivitäten außerhalb der Gerichtsbarkeit Lepsos zu. Informationen über Maahk-Geschichte wurden angefordert und werden vom Historischen Korps bearbeitet und weitergegeben."

Wie gut, daß es deine Erinnerungen an Maahk-Raumschlachten gibt, Arkonide, sagte der Extrasinn ironisch.

„(Lepso): Boith ist mit Arkonidin Tharna Ikabre vor drei Tagen von Lepso gestartet. Zuvor Masseneinkauf von Kleidung und Werkzeug, das ebenso für Graymonde wie auch Senoclypte-Welt geeignet ist. Ziele daher: jener Planet oder Graymonde. Über die Verantwortlichen für den Doppelmord auf Lost Diamond oder die Täter liegen keine Erkenntnisse vor. Ende der Nachrichtenübermittlung."

Decaree Moonthorne sagte zweifelnd:

„Toyrotto, Letabole und Boith, die EMPRESS. Alles trifft sich hier, Atlan. Es muß etwas geben, was wir bisher übersehen haben, das Graymonde so anziehend macht."

Kip überlegte.

„Zweifellos die Möglichkeit, Senoclypte-Sprößlinge einzusetzen und eine zweite Sklavenwelt zu gründen, ohne daß es jemand merkt. Bis jetzt haben wir nicht mehr als zweitausend ehemalige Zöglinge hier. Es könnten sich jetzt schon, trotz der planetaren Wüstenei, einige Millionen verstecken. Nicht einmal die gesamte USO würde sie alle finden, Sir."

„Stimmt", sagte ich nachdenklich. „Boith und die EMPRESS bringen noch Tausende und Abertausende, und wenn hier die Senoclypte richtig Wurzeln geschlagen hat, sind alle wieder unter Kontrolle der Pflanze, und alles fängt von vorn an."

„So ähnlich sieht der Plan Ihrer Geschäftspartner aus, Sir Quizzardo." Stalmasters Stimme drückte äußerste Mißbilligung aus. „Ich ahne, daß Boith auch den Surfacearchitekten hierherbringt, wenn Sie wieder weg sind. Wer wettet dagegen?"

Niemand meldete sich. Ich leerte meinen Becher.

„Irgendwie wäre es mir lieber, wenn sie beschlossen hätten, ihre Untaten auf Graymonde zu begehen. Hier ist nicht Lepso, auf Lepso wären sie immun. Es sieht so aus, als wären in einigen Tagen alle ihre Raumschiffe hier versammelt. Dann kann die USO zuschlagen."

Wir lösten die Versammlung auf. Ich beendete den Tag, indem ich in der gelbschwarz getigerten Space-Jet einen langen Inspektionsflug entlang der Grenzen der rekultivierten Gebiete unternahm. Decaree wies mich an vielen Stellen darauf hin, daß die Natur sich einzelne Nischen auch ohne unser Zutun zurückerobert hatte; dennoch vermißte ich einige Milliarden Vögel, Wild und den Anblick exotischer Blüten und Hochgewächse. Ich überlegte lange, ob ich Toyrotto einen Höflichkeitsbesuch machen sollte, entschied mich aber, noch zu warten. Erstens war er nicht offiziell eingetroffen, und zweitens brauchte er sicherlich noch einige Erholung unter der heilsamen Wirkung der Maahk-Haut.

8.

Links von uns rauschten die Wellen, rechts dünsteten die Sandstreifen aus, auf denen noch vor Tagen riesige Wälle Treibgut eingesammelt, vereist und in halbfingergroße Stücke zerbrochen und als Humusverbesserung verwendet worden waren. Nur ab und zu zog ein Schleier vor den Sternen vorbei. Unsere Schritte knirschten auf Sand und Muschelschalen. Meine Hand lag auf Decarees Schulter, und mit jedem weiteren Schritt nahm die Einsamkeit zu. Leise fragte sie:

„Wann wurde der erste sogenannte Zögling von der Senoclypte beeinflußt? Wer fand den Planeten? Seit wann sind das Tal GARST und andere Kontinentteile zu Brut- und Hortlandschaften geworden? Wie viele Zöglinge gibt es? Toyrotto ist sehr alt – hat er womöglich dafür gesorgt, daß die Frauen der Waldbevölkerung ständig neue Generationen in die Welt setzen? Rechne einmal und nimm an, er sei etwa hundertzehn Jahre alt!“

„Er könnte sechs Generationen ‚miterlebt‘ haben“, meinte ich leise und rechnete. „In sechs Generationen können aus dreißig Paaren mehr als neunzehnhundert Individuen werden.“

„Viel, viel mehr, wenn alle Frauen mehrmals gebären“, sagte Decaree. „Wir werden die Wahrheit vielleicht erfahren, wenn sich die Verbrecher weiterhin so dreist gebärden und unbeobachtet fühlen.“

„Ich bin sicher, daß unerkannt, aber erwartet, Senoclypte schon auf Graymonde wächst.“

„Zwischen anderen Gewächsen. Roboter können die Setzlinge herausreißen, auf einen Haufen schichten und auslöschen. Wir kennen die Gefahr, Liebster.“

Wir setzten uns auf einen Granitblock, der noch die Hitze des Tages ausströmte. Decaree lehnte sich schwer an meine Schulter und spielte mit einem handgroßen Schneckenhaus.

„Antis und Akonen, Decaree, und die Aras, wahrscheinlich auch andere Völker, spüren, daß der außenpolitische Druck nachläßt. Sie wittern sozusagen Morgenluft. Wahrscheinlich treten sie nicht sichtbar in Erscheinung, sondern unterstützen verbrecherische Organisationen. Das weiß natürlich auch Freund Perry. Noch hat dieses, nennen wir's Syndikat, keinen Namen. Unsere Agenten, Knotenpunkte eines riesigen Netzes, machen zahllose Beobachtungen. Tausend Gerüchte, kein Beweis. Es braut sich, und zwar galaxisweit, etwas zusammen. Es ist leicht, aus schönen, jungen Planetariern, die zum Dienen erzogen werden, selbstmörderische Attentäter zu machen. Deswegen werden wir auf der Senoclypte-Welt aufräumen, und zwar gründlich ..."

Das Funkgerät summte. Ich winkelte den Arm ab und sagte:

„Quizzardo hier. Wer stört die nächtliche Ruhe?"

„Eines Ihrer Schiffe, Sir. Die OZYMANDIAS. In etwa einer Stunde landet sie etwa dort, wo Sie sich gerade ergehen."

Decaree stieß mich an. Der Logiksektor wisperte: *Asics ist an Bord. Sie kommen vom Senoclypte-Planeten. Wahrscheinlich aufregende Neuigkeiten. Sie haben die EMPRESS eskortiert und überholt.*

„Wir kommen, Kip", sagte ich. „Ohne Eile. Ich erwarte die Herren Schiffsführer dann in meiner Kabine."

„Sehr wohl, Sir."

„Um dieses Thema vorläufig zu beenden. Schon jetzt führen viele Hinweise zur Freihandelswelt. Deswegen ist Lepso wichtig. Und deshalb habe ich dort diese Komödie gespielt."

„Ich habe verstanden." Wir schlenderten langsam zurück und warteten auf die Landung der OZYMANDIAS. Kurz vor Mitternacht orgelte das Schiff über den Stützpunkt hinweg und landete einen Steinwurf vom Strand entfernt.

Asics M21019 (F) in der hellen Uniform des Jungagenten, salutierte knapp, lächelte und erklärte selbstbewußt:

„Mein Name ist jetzt Asics Newlife. Einverstanden, Sir?"

„Ich hoffe, Sie machen das beste aus diesem symbolträchtigen Anhängsel. Sie kommen vom Senoclypte-Planeten?"

Ich saß hinter meinem Schreibtisch. Die Kabine füllte sich mit USO-Leuten. Rave Sounder drehte grinsend die Spitzen des Oberlippenbartes und sah Asics von der Seite an, als wolle er sagen: ich, dein unbarmherziger Ausbilder, bin ganz zufrieden mit dir, Junior! Asics Newlife schob eine Kassette in den Abspielschacht und sagte:

„Wir haben lange gebraucht, bis wir den richtigen Ausschnitt des Sternenhimmels bestimmen konnten. Ich weiß nicht, wie viele Schiffe gesucht haben. Aber dann kamen die ersten Koordinaten, und wir fanden den Planeten in nur vier Tagen. Die Mannschaft der OZYMANDIAS hat bis zum Umfallen geschuftet, Sir. Wir waren vor der EMPRESS dort und konnten alles in Ruhe untersuchen."

„Und wie geht es den anderen Sechs?" fragte Decaree halblaut. „Sie sind wohlauf?"

„Selbstverständlich." Sounder nickte. „Die Kinder, tierlieb, werden auf einer Farm ausgebildet. Tierarzt ist der Berufswunsch. Schule und alles andere – perfekt versorgt, Sir."

„Ich habe nichts anderes erwartet." Das Gerät summte, die Holobilder bauten sich auf. „Die vier sind noch in Q-Center und gewöhnen sich an Selbständigkeit und an unsere Zivilisation. Sie lesen begeistert, halbe Tage lang, Unmengen. Es ist wie Asics berichtet: ein Kontinent, ein Wald, eine Pflanze."

„Wie viele . . . Zöglinge leben dort?"

Sounder atmete hörbar ein und aus.

„Geschätzt, Sir, mehr als zwei Millionen. In wahrscheinlich bis zu fünfzig Hortstätten. Täler, Flußläufe, Waldbezirke. Die Sklavenhändler werden nicht annähernd mit dieser Menge fertig, die von Senoclypte gut ernährt wird. Sehen Sie sich die Bilder an!"

Wir drängten uns vor die Monitoren. Der Zusammenschnitt zeigte zunächst einige Landeplätze, verschiedene Küstenabschnitte des großen Kontinents und etliche Siedlungen. Sie bestanden hauptsächlich aus Holz, so wie die Brücken, Stege und Teile weniger Straßen. An zwei Stellen hatten Brände ovale, graue Zonen im Wald zurückgelassen, der sich buchstäblich über den gesamten

Kontinent gelegt hatte. Senoclyptes Planet war eine alte Welt; nur im Zentrum der Landmasse ragten wenige felsige Berggipfel schroff aus dem endlosen Grün. Undeutlich waren große und kleine Nadel- und Laubbäume zu unterscheiden; daß Lichtungen und Gebüsch zu der Kollektivpflanze gehörten, konnte niemand erkennen, auch nicht in der Falschfarben-Wiedergabe. Mächtige Holzlager erstreckten sich entlang der Straßen und bei den Landeplätzen.

Die Menschen, die sich zwischen den Bäumen bewegten, sahen erwartungsgemäß so aus wie Asics, die anderen Sklaven, Charedh Grandonet, Lady Letabole und Toyrottos Diener. Die Landeplätze der Raumschiffe befanden sich in allen Fällen zwischen Waldrändern und Wasser, am Ende vielfach gekrümmter Straßen. Asics Newlife sagte laut und hart:

„Bigwood, das Land, in dem ich aufgewachsen bin. Wenn ich wüßte, wohin zahllose Zöglinge gebracht und verkauft worden sind, hätte ich gute Ziele für meine Wut und meinen Haß."

„Wenn die USO wüßte, ob Toyrotto und Boith für alles verantwortlich sind, hätten wir Grund, sie festzunehmen, anzuklagen und zu verurteilen", sagte ich. „Die EMPRESS und Boiths Schiff, dessen Namen wir noch nicht kennen, sind mit großen Laderäumen voll Sklaven hierher unterwegs."

„Mit mehr als dreißigtausend, schätzt man. Kein Zweifel, Sir", sagte Rave Sounder und nickte. „Für andere Aktivitäten außer Sklavenhandel, etwa Trainingslager für Attentäter oder dergleichen, fanden wir nicht die geringsten Beweise."

„Gute Arbeit!" Ich blickte von einem Gesicht zum anderen und sah überall kalte Entschlossenheit. Halblaut befahl ich:

„Wir warten, bis alle Schiffe hier gelandet sind. Dann schlägt die USO zu. Wir, Quizzardo und Freunde, bleiben im Schutz unserer Masken. Nötigenfalls verhaftet die USO auch uns. Ich will Grandonets Mörder. Lebend und aussagefähig. Wie viele USO-Kreuzer sind hierher unterwegs?"

„Sieben Einheiten warten auf Einsatzbefehle, Sir", sagte Sounder. „Wie wollen Sie sicherstellen, daß Toyrotto den Planeten nicht verläßt?"

„Durch Startverbot." Ich nickte Kip Chelimo zu. „Die USO, Kip, hat Quizzardo Unterstützung zugesichert und plant kurzfristig eine Inspektion. Wir wissen nicht, wann die Experten landen, klar?"

Es mochte bedenklich sein, Pflanzen und Tiere aus fremden Ökosystemen auf Graymonde einzusetzen, aber uns blieb keine andere Wahl. Als Decaree, Asics und ich mit der Space-Jet über dem planetologischen Mittelpunkt des Kontinents schwebten, am Ende eines breiten kultivierten Bandes, das sich von Osten heranschlängelte, drängte sich mir wieder einmal die Überzeugung auf, Burton Artemid habe die Pläne entwickelt.

Auf einer Breite von fünfzig Kilometern gingen die gelblackierten Ungetüme unaufhaltsam vor. Kubikkilometer Gestein, Erdreich und Sand wurden vermischt und zu einer Kunstlandschaft aufgetürmt; aus dem Gemisch ragten nur nackte Felsen auf. Hügel und Ebenen, zwischen denen die Betten künftiger Wasserläufe schimmerten, erstreckten sich bis zum Horizont.

„In ein paar Jahren sieht die Landschaft aus, als wäre sie durch die Evolution Graymondes entstanden." Decaree deutete auf ein Springerschiff, das in geringer Höhe schwebte und die Laderäume leerte. Asics schob das schwere Fernglas zur Seite.

„Können wir landen, Sir? Dieser Hügel, neben dem Granitriff, ist neu bepflanzt. Ich kenne die Pflanzen von Bigwood."

„Senoclypte?" Ich kippte den Auslöser für das Landegestell. „Bist du sicher?"

„Ziemlich sicher."

Wir landeten im Windschutz der Felsen und kletterten zwischen Nadelgewächsen und Laubbaumsetzlingen unterschiedlicher Höhe herum, wichen Ranken aus und sahen winzige Pilzkolonien. Asics zog das Vibromesser aus dem Stiefelschacht und nahm von jeder charakteristischen Pflanze eine Probe. Der Lärm der Maschinen und Schiffstriebwerke, ein bedeutungsloses Brummen, mischte sich ins Fauchen des Windes. Ich lehnte am feuchten Fels, sah den treibenden Wolken zu und glaubte, ein seltsames Flüstern und Wispern zu hören, fast den Versuch einer telepathischen Botschaft. Ich schloß die Augen, konzentrierte mich, lauschte in mich hinein: eine wohlige Stimmung umfing mich, in der einzelne Stiche zu beweisen schienen, daß zusammenwirkende fremde Bewußtseinseinheiten auf Graymonde Fuß gefaßt hatten und sich geschützt, sicher und am Beginn eines langen, nährstoffreichen Lebens fühlten. Von den Senoclypte-Setzlingen strahlten Schwingungen in alle Richtungen. Ich öffnete die Augen. Asics und Decaree standen an der Einstiegsleiter.

Asics versiegelte die Proben in einem Plastikkubus.

„Wie stark werden die Tiere beeinflußt?" fragte ich. Asics zuckte mit den Schultern. Am südlichen Horizont fiel Regen auf den Rand der Savanne und die wiederaufgeforstete Zone. Bis sich Teiche und Seen gefüllt haben würden, verging wohl auch ein halbes Jahrhundert. „Wahrscheinlich macht die Aufregung der Pflanzen die Tiere nervös, aufgeregt und aggressiv."

„Da es kaum Tiere gibt – noch nicht –, werden sie uns kaum beißen und zerfleischen." Ich half Decaree die Leiter hinauf. „Jedenfalls haben wir deutlich gesehen, daß die unabhängigen Firmen ihr Arbeitssoll redlich übererfüllen."

„Zurück zum Schiff?"

„Ja. Es paßt mir nicht besonders, daß irgendwer Springer als Transporteure einsetzt. Auch wenn sie Grassamen, Bäumchen und Regenwürmer heranfliegen."

Ich startete die Jet, zog die Landebeine ein und steuerte nach einem ausführlichen Kontrollflug unseren Stützpunkt an. Beide Springerschiffe mit weit geöffneten Luken standen landeinwärts. Der Transmitter spuckte einen Schwebecontainer nach dem anderen aus; es herrschte rege Betriebsamkeit. Als ich am Fuß der Rampe stand und zur Polschleuse meines Schiffes blickte, befiel mich ein Gefühl kommenden Ärgers. Einige meiner Leute standen mit Dutzenden von rotbärtigen Sippenangehörigen vor deren zerbeulten Schiffen. Es stank nach Faulschlamm oder ähnlichem. Ich überlegte einige Sekunden lang und entschied mich, nicht zu den Springern hinüberzugehen. Kip und Sounder winkten, ich winkte zurück, und zwei Gestalten lösten sich aus der Gruppe. Ein Springer und, so sah es aus, ein auffallend hochgewachsener Ara. Während ich die Rampe hinaufging, sagte der Logiksektor: *Graymonde wird zum galaktischen Treffpunkt. Ist deine Maske etwa durchschaut worden? Ein Ara?*

Ich zuckte mit den Schultern, schwebte durch den Antigravschacht aufwärts und schloß das Schott meiner Kabine hinter mir. Ich forschte in meiner Erinnerung: den Maskennamen benutzte ich nachweislich zum erstenmal. Augen- und Haarfarbe, Gesichtsveränderung und Zopf boten sich als Hauptmerkmale an, die Dekoration des Schiffes und der Beiboote war auch zum erstenmal von meinen Technikern entworfen worden. Es war undenkbar, daß jemand hinter der Maskierung den Chef der USO zu erkennen vermochte. Ich kontrollierte mein Aussehen im Spiegel. Kein Grund zur Unruhe, sagte ich mir. Wahrscheinlich regte mich das Warten auf Boith und seine Arkonidin auf, und die Ungewißheit, ob die USO-Schiffe lange und gut genug versteckt blieben.

Eine Assoziationskette baute sich auf: Senoclypte, Aras, psychische Mutationen, künstlich erzeugte Seuchen und hochwirksame medizinische Präparate, dazu der uralte Toyrotto, der möglicherweise seine Lebensenergie durch Maahkhäute verbesserte – zu viele Zufälle. Ich sah die inzwischen eingegangenen Meldungen durch und wußte, daß der Fall dem entscheidenden Schlußpunkt entgegenschlich. Eine Stunde später meldete Kip Chelimo, daß Boith zwei Schiffe zur Landung angesagt hatte.

Ein Monitor flimmerte. Aus dem Lautsprecher meldete sich Yric Lamort, ein Maschinist.

„Sir Quizzardo." Die Anrede bewies, daß er mißtrauisch war. „Ein Springer und ein Ara, die Herren Doncarn und Egharc möchten Sie sprechen. Haben Sie Zeit?"

Bringe es hinter dich, Arkonide, sagte ich mir. Ich

starrte die Bilder der beiden an und glaubte zu wissen, daß ich den Ara schon einmal gesehen hatte; vor einem Dutzend Jahren oder weniger. Ich antwortete ruhig und leicht gelangweilt:

„Einige Minuten kann ich erübrigen, wenn es denn dringend ist. Ich warte in meiner Kabine."

Ich desaktivierte alle Geräte und Monitoren, deren Informationen nicht für fremde Augen und Ohren bestimmt waren, lehnte mich zurück und sah Decarees wachsame Blicke, als sie das Schott öffnete. Ich nickte ihr aufmunternd zu und wartete. Zuerst brachte sie den wuchtigen Springer, hinter ihm den Ara herein. Mein Erinnerungsvermögen arbeitete zäh wie Sirup; ich deutete auf die Sessel.

„Alsar Quizzardo. Was kann ich für Sie tun?"

„Asle Egharc. Ein Besuch, eine Höflichkeit unter weitgereisten Planeteneignern. Ich habe erfahren, daß Sie erhebliche Summen ausgeben, um Graymonde zu einem Paradies der Zukunft umzugestalten. Mein Geschäftsfreund, Patriarch Zurno, der mir liebenswürdigerweise eine Passage ermöglichte, sprach davon. Ich entsinne mich, vor Jahren Ihre Bekanntschaft gemacht zu haben, als Ihr Name noch Etzla Quasardo oder ähnlich war. Sicherlich haben Sie Interesse an unserem überaus reichhaltigen Angebot: spezielle Wachstumshormone für Ihre Schößlinge, oder eine Forschungsstation hier, für die wir gern mit biomedizinischen Erkenntnissen und Ausführungstechniken bezahlen . . ."

„Verbindlichen Dank!" Ich hob abwehrend die Hand. „Kein Interesse. Überdies hieß ich schon immer Quizzardo, und nicht einmal meine Sekretärinnen erinnern sich, Sie je gesehen oder Ihren Namen gehört zu haben, in welchem Zusammenhang auch immer. Wer hat Ihre DONCA und Ihre Sippe angeheuert, Patriarch Doncarn Zurno?"

„Boith und die CSQN-Gruppe. Sie zahlen gut, wir liefern pünktlich. Noch elf Flüge mit vollen Laderäumen." Der riesige Rotbart grinste breit und rieb seine Hände. Kopfschüttelnd antwortete der Ara:

„Es war auf Terra, Sir, in Terrania City. Der Großadministrator gab einen Empfang für eine Gruppe unserer Seren-Entwickler. Ich hatte die Ehre, mit Ihnen zu sprechen, bei einem Glas erfrischenden Mineralwassers. Sicher erinnern Sie sich."

Gib acht! Er hat dich erkannt! schrie lautlos der Extrasinn. Ich sah die Szene vor mir. Ara-Ärzte hatten ein Gegenmittel entwickelt, das tödliche Allergien einer Kolonistengemeinschaft heilte und verhinderte. Allerdings hatte ich unmaskiert neben Perry mit nicht weniger als hundert Gästen gesprochen. Der Ara grinste listig, ich hob die Schultern und meinte:

„Ich komme mit unzähligen Leuten zusammen, spreche auch bisweilen mit ihnen ... ich kann mich nicht erinnern. Zu Ihrem Angebot, Doktor Egharc! Dieser Planet wurde geschunden, seine Kruste mehrmals durchgewühlt. Man ließ Ruinen, Rost und seengroße Löcher zurück, fällte neunundneunzig von hundert Bäumen und tötete jedes Tier, das größer als eine Möwe war. Das äußerste, das ich bei der Rekultivierung gestatte, ist Naturdünger in den Pflanzballen. Wir haben das Problem, chemische Hinterlassenschaften abzubauen, und keinen Bedarf für Wachstumshilfen aller Art. Und da, wie oft versichert, die United Stars Organisation diese Welt kontrolliert, kann ich Ihnen gerechterweise auch keinen Stützpunkt anbieten. Tut mir leid."

Der Ara stand auf und sagte:

„Es war einen Versuch wert. Mister Boith versprach sich von Ihnen in diesem Zusammenhang größeres Entgegenkommen. Sie gestatten, daß ich auf ihn warte?"

„Selbstverständlich." Ich kam ebenfalls auf die Beine. „Sollte Sir ay Toyrotto inzwischen eingetroffen sein, verständigen Sie bitte auch ihn von meiner strikten Weigerung."

„Wir tun unser Bestes."

Wir verbeugten uns mit kühler Höflichkeit voreinander, das Schott öffnete sich, und Decaree brachte die Gäste bis zur Polschleuse. Ich rief in Chelimos provisorische Zentrale hinüber und erfuhr, daß Boiths Schiffe noch vor Einbruch der Nacht landen würden. Der Ara hatte keinen Beweis für seinen Verdacht; waren Toyrotto und seine Freunde mißtrauisch genug, ihm trotzdem zu glauben?

Asics Newlife, Vence Stalmaster und Rave Sounder sprangen aus dem Gleiter. Die Maschine sah aus, als sei sie einen Felsabhang hinuntergerollt, die Männer starrten vor Schmutz, ihre Kleidung und die Stiefel waren zerschlissen. Sie stolperten auf mich zu. In ihren Gesichtern stand Erschöpfung. Stalmaster lehnte sich schwer gegen den Bohlenstapel und sagte stockend:

„Sir. Das müssen Sie sehen. Zwischen Savanne und neuem Wald, im Süden! Die Bigwood-Leute dort haben halb durchgedreht. Wir haben eine Ruinenstadt entdeckt, weil's furchtbar geregnet hat, und plötzlich kam im knochentrockenen Flußlauf eine Flutwelle herunter und hat den Gleiter mitgerissen." Er holte tief Luft, schüttelte sich und sprach leiser weiter. „Wir duschen uns erst einmal, dann erstatten wir Bericht. Sollte alle interessieren, Sir."

„In fünfundvierzig Minuten, in meiner Kabine."

Sie wankten an mir vorbei ins Schiff. Ich sah lange hinüber zu den anderen Schiffen, den Raumwalzen der Springer und Boiths großen Kugelraumschiffen. War er so reich, daß ihm die Schiffe gehörten? Die Morgensonne färbte Schiffe, Türme und Container goldfarben, und lange Schatten lagen auf dem Strand und wuchsen an Dünenhängen aufwärts. Eigentlich hätten die Ruinen bekannt sein müssen, denn Graymonde war gründlich durchwühlt und kartographiert worden. Ich hörte aufmerksam zu, als das Team einigermaßen erholt berichtete.

Ein Sturm hatte vor einer handvoll Tagen eine dicke Sandschicht abgetragen, im Dreieck südlich des Äquators und zweihundert Kilometer vom Meer entfernt. Zwei Tage und Nächte lang hatten Regenfälle die Barriere der Berge gepeitscht, das Arbeitsgebiet in eine Schlammwüste verwandelt und vorübergehend Rinnsale, Bäche und Flüsse in den Boden gefräst. Stalmaster hatte einen trockenen Unterschlupf gesucht, den Gleiter am Fuß eines Hügels abgestellt und war mit Asics und Sounder auf eine Höhle zugegangen. Als die Männer erkannten, daß der Höhleneingang in Wirklichkeit das steinerne Portal eines Tempels oder einer Halle war, kam die Flutwelle durch das Flußtal und wirbelte den Gleiter mit sich. Zwei Kilometer weiter südlich warf sie ihn auf eine Sandbank, und dort war es Asics gelungen, hineinzuklettern und die Maschine zu starten.

Der Gang führte hundert Schritt tief in die Dünen hinein. Sie hatten zwölf Seitenkorridore gezählt und im Scheinwerferlicht Zeichnungen und Glyphen in den Quaderwänden gesehen. Kurz darauf landete ein Transporter, der einige tausend Tonnen Sand laden wollte, und beim Anblick der Bilder waren etwa siebzig Bigwood-Arbeiter in helle Aufregung geraten und hatten von geheimnisvollen Befehlen geredet. Sounder senkte den Kopf und murmelte:

„Vier Stunden Flug mit der Space-Jet. Ich glaube nicht, daß es geheimnisvolle Goldschätze oder ähnliches gibt. Die Dünen über den Ruinen sind etwa drei Quadratkilometer groß."

„Wir fliegen. Wer ist kräftig genug, mir den Kurs zu zeigen?"

„Ich." Asics hob den Arm. Ich zählte die Ausrüstung auf.

„In einer Stunde. Ihr zwei schlaft euch aus! Die Schiffe können später den Sand aufsaugen, dann sind die Ruinen schnell freigelegt. Ich rufe die Diensthabenden zusammen. Asics, geh in die Kombüse und sorge für ausreichend Essen und Getränke. Ich übernehme den Flug."

Sie grüßten und schwankten müde hinaus. Ich rief ein Achtmannteam zusammen, weckte Decaree und befahl den Robotern, die Jet zu beladen. Um sieben Uhr planetarer Zeit startete ich; nur meine Vertrauten wußten, wohin wir flogen. Mit der Sonne im Rücken landeten wir am nassen Rand des Flußbettes, am nördlichsten Punkt der Dünen. Das Wasser war versickert und verdunstet. Auf einer Länge von zweitausend Metern hatte die Flut den Sand weggerissen und die Sockel kantiger Bauwerke freigelegt. Mehr als zwei Dutzend Eingänge zwischen Säulen, Mauern und Stufen lagen im grellen Morgenlicht. Die Landeteller drückten sich mehr als einen halben Meter tief ein. Wir packten Scheinwerfer und Reserveenergiezellen und gingen langsam an gekippten Treppenstufen, zerbrochenen Basaltplatten entlang, spähten in nachtschwarze Tunnels und Gänge und sahen Fabelwesen, unentzifferbare, halb mannshohe Chiffren und winzige, schließschartenartige Löcher in Wänden aus Kalkstein und Sandstein.

„Das ist uralt“, sagte ich schließlich.

Sonnenlicht fiel fast waagrecht zwischen runden Säulen und kantigen Eingängen auf feuchten Sand. Wir gingen hinein, blieben nach ein paar Schritten stehen und warteten, bis sich die Augen an die veränderten Lichtverhältnisse gewöhnt hatten. Ich erwartete weder vergrabene Schätze noch technische Anlagen, die uns Auskunft über die Erbauer gaben, leuchtete die Wände und Decken ab und versuchte zu erkennen, welche Bedeutung die Reliefs hatten. An vielen Stellen hafteten noch Farbreste am Stein. Viele leere Nischen trugen Rostspuren, zwischen wuchtigen Steinplatten rieselte Sand von den Decken. Die längsten Säulen stützten in zwanzig Metern Höhe die kantigen Traversen. Das tempelartige Bauwerk, in dem Decaree und ich standen, war mehr als fünfzig Meter tief, und in den Nebenhallen lag der Sand meterhoch. Staunend und murmelnd folgten wir den Lichtkreisen der Scheinwerfer. Am Kopfende der Haupthalle führten dreißig wuchtige Stufen zu einer Plattform, auf der ein massiver, rechteckiger Quader, zehn Meter breit, auf gemeißelten Pranken stand.

„Ein Thron? Oder ein Altar? Was ist das, Atlan?“ fragte Decaree. Die Lichtkegel kletterten über Stufen, Quader und eine hochkant gestellte Platte. Lautstark unterhielten sich vor einem Nebeneingang zwei Teammitglieder. Die Steinmassen saugten die Echos auf. Quer über die weiße Steintafel zogen sich Reliefbänder, und in etwa zehn Metern Höhe war ein kreisförmiges Zeichen eingraviert.

Ich zuckte zusammen, als ich es erkannte. Der Extrasinn wisperte: *Das war hier nicht zu erwarten, Atlan.*

Graymonde ist also noch bedeutender, als du befürchtet hast!

Im Zentrum etwa handtellergroßer Kreise befand sich das vielzackige Symbol eines Sterns. Ich brauchte die Kugeln nicht erst nachzuzählen. Es waren dreißig. Erschüttert, fast erschrocken murmelte ich:

„Das ist ein Symbol, mit Sicherheit älter als zehn Jahrtausende. Das Zeichen des Miracleringes, des Schreckenswalles der Verganen. Erinnere dich – ich sprach mit dem Roboter darüber, während meines Anfalles auf der Insel."

Decaree nickte schweigend. Die Scheinwerferkegel zitterten. Wir stiegen einige Stufen hinauf, als ich merkte, daß sich wieder jemand vor dem Eingang bewegte. Ich drehte mich um, blinzelte und erkannte zuerst eine Gruppe Personen, dann funkelnde Reflexe auf Waffen und technischem Gerät und erst fast zu spät, daß es nicht meine Leute waren. Ich handelte reflexhaft, gleichzeitig mit der Warnung des Logiksektors. Ich flüsterte: „Scheinwerfer aus! Los! Komm mit!"

Ich zog Decaree mit mir, holte Atem und schrie, während wir im Sand rutschend die Stufen hinaufsprangen:

„Ein Überfall! Bringt euch in Sicherheit. Feuert zurück!"

Wir erreichten den mächtigen Sarkophag und rannten um dessen Kopfende. Ich hatte es instinkthaft vermutet: dahinter war ein Hohlraum. Ich ging voraus, ließ den Scheinwerfer aufblitzen und erkannte nach einem Dutzend Schritten einen schmalen Gang, der tiefer in die Dünenruinen hineinführte und bald darauf auf einen Querstollen traf. Wir rannten nach links, stolperten über Stufen aufwärts, und als ich schwer gegen die Wand fiel, gaben zwei Säulen nach, kippten ins Leere und ließen krachend, scharrend und rumpelnd eine schwere Platte in tiefen Aussparungen hinter uns senkrecht herunterdonnern. Wir waren eingeschlossen, und ätzender Staub wirbelte durch die Dunkelheit. Ich lehnte mich fluchend gegen die Mauer. Toyrottos und Boiths Männer hatten den Kampf eröffnet.

9.

Ich drosselte hustend die Leistung des Handscheinwerfers. Der Durchlaß im Quaderwerk war trocken und roch nach dem Staub von Jahrtausenden. In der jähen Stille glaubten wir, unseren Herzschlag zu hören. Keuchend fragte Decaree:

„Hätten wir ihnen nicht helfen sollen?"

Ich hatte mir die Frage soeben selbst gestellt, lauschte und antwortete, sobald ich das Ohr von der Wand gelöst hatte.

„Es waren zu viele. Ich habe Paralysatoren gehört; sie hatten nicht vor, jemanden zu töten. Auf unsere Weise helfen wir ihnen am meisten. Wir sind im Klerikerstollen."

„Wo?"

„Im Auftritts- und Fluchtgang der Priester. Hier erschienen sie unbemerkt vor den Gläubigen, und bei einer Flucht konnten sie noch das Wertvolle vom Altar an sich raffen. Falls es wirklich ein Tempel war. Und da die Herren Heiligtumspfleger auch irgendwo gewohnt haben, werden wir bald im Freien sein, denke ich."

Ich kroch über sandbedeckte Stufen weiter. Als Decarees Scheinwerfer wieder aufflammte, sahen wir, daß der Gang zwanzig Meter geradeaus weiterführte und scharf abknickte. Schweigend gingen und rutschten wir weiter und wirbelten mehr Staub auf. Eine Rampe führte in einem breiteren, niedrigen Gang aufwärts. Falls hier einst Skelette gelegen haben sollten, waren sie buchstäblich zu Staub zerfallen. Während wir uns durch das stauberfüllte Dunkel kämpften, sagte ich:

„Entweder haben sie mich erkannt, also Atlan und die USO angegriffen, oder sie wollen Quizzardos Besitz. Ich bin verblüfft, daß sie sich so früh aus der Deckung hervorwagen."

Fünfhundert oder sechshundert Schritte weit führte der Gang in vielen rechten Winkeln horizontal, meist über Stufen und kurze Rampen aufwärts. Unzählige Nischen, über denen breite Rußzungen bis zur Decke reichten, ließen uns erkennen, daß der Fluchtgang häufig benutzt worden war. Nach mehr als einer Stunde standen wir vor einem Durchgang, dessen Decke eingestürzt war und als Trümmerhaufen den Weg versperrte. Ich lehnte mich schwitzend gegen den Rahmen und überlegte laut.

„Das Universum ist voller Geheimnisse. Offensichtlich sind Vergangenheit, Gegenwart und Zukunft ein kaum entwirrbares Knäuel. Und wir stecken mittendrin."

Unsere Scheinwerferstrahlen versuchten die Dunkelheit des dahinterliegenden Raumes zu durchdringen und fuhren über Trümmer, Staub, Reliefs, Wendeltreppen und runde Mauern.

„Wahrscheinlich hast du recht." Decaree kletterte auf den Trümmerberg hinauf. „Warum kommst du gerade jetzt und hier zu dieser Einsicht?"

„Die Einsicht habe ich schon etliche Jahrtausende." Ich folgte ihr und glaubte zu wissen, daß wir uns in einem Rundturm befanden. „Ich spreche sie jetzt aus, weil ich das unverwechselbare Zeichen des Miracleringes ausgerechnet auf Graymonde gesehen habe. Und ich erkenne keine Zusammenhänge."

Die Stufen ragten an der Innenwand des Turms aus den Quadern. Dünne Säulen stützten steinerne Decken. Wir tasteten uns zwischen scharfkantigen Brocken und über nachrutschenden Sand mühsam aufwärts. Auch in diesem Turm gab es keine Relikte der Vergangenheit mehr; nur Stein und Sand. Die Wände waren voller eingeritzter und eingemeißelter Bilder, die jede Handbreit zwischen Nischen und Fensterschlitzen bedeckten. Gepreßter Sand, hart wie Stein, füllte die Fenster aus. Auf dem obersten Stockwerk führte eine Rampe quer durch den Raum zu einer großen, von Säulen gestützten Öffnung des Daches. Sand war seit endlos langer Zeit heruntergerieselt, naß geworden und wieder getrocknet; es bildete einen großen, trichterförmigen Korken, eine kleine Düne, über die Hälfte der Stufen bis zur Wand. Die Lichtkreise vereinigten sich wackelnd über unseren Köpfen. Ich gab Decaree den Scheinwerfer, zog die Waffe und veränderte die Einstellung des Hochenergieprojektors. Ich schätzte die Sandmassen ab und murmelte:

„Hoffentlich hören uns nicht die falschen Leute."

Der Überfall schien gelungen zu sein, denn nicht ein einzigesmal hatte jemand zu funken versucht. Ich feuerte kurz in den Sand zwischen Steinkante und verkrusteter Oberfläche. Die Explosion wirbelte Sand und Staub nach allen Seiten, die Quader schienen zu vibrieren. Eine Tonne Sand rutschte raschelnd über die Stufen der Wendeltreppe nach unten. Über uns schien eine Düne zu lasten. Ich wartete, bis wir besser sehen konnten, und feuerte ein zweitesmal. Jetzt schoß, wie ein Wasserfall, trockener Sand aus einem runden Loch und verschwand staubend in der finsteren Tiefe. Wir preßten die Ärmel vor Nase, Mund und Augen. Der trockene Sand riß Teile der alten Ablagerungen mit sich, und plötzlich erschien in der Decke ein runder Fleck Helligkeit, färbte den Sand und wurde größer. Wir blinzelten in der plötzlichen Lichtflut, husteten und warteten. Unaufhörlich rann Sand, bildete über den Steinplatten einen Trichter, dessen Wände in unausgesetzter Bewegung waren und stürzte sich ins Innere des Turms. Staubwolken brodelten in die Höhe und zogen langsam durch die Öffnung ab. Schließlich erstreckte sich über die Treppe bis zur Oberkante des Trichters eine schräge, golden glänzende Düne. Ich sah in Decarees schweißüberströmtes, staubverkrustetes Gesicht.

„Die Gefahr, daß wir in den Ruinen ersticken, ist vorbei. Ich bin sicher, daß sie draußen nach uns suchen."

„Schalt dein Gerät auf Empfang, sieh nach, und ich warte", sagte Decaree. „Natürlich suchen sie uns. Wahrscheinlich zuerst unten, in den Bauwerken."

„Einverstanden."

Ich sicherte die Waffe, wischte den Staub vom Gesicht und aktivierte das Funkmodul des Mehrzweckarmbandes. Ich nickte Decaree zu und krabbelte leise fluchend durch rutschenden Sand in die Richtung der Düne. Mit Händen und Füßen wühlte ich mich durch die nachstürzenden Massen und war endlich auf der Höhe der einstigen Turmplattform. Ich setzte mich auf die Steinkante und lauschte; nur warmer Wind strich über die Dünenhänge. Die Sonne stand auf halber Höhe, und hinter dem letzten Hang sah ich die Polrundung eines

Kugelschiffes. Ich richtete mich vorsichtig auf und sah mich um. Nördlich der Dünen ertönte ferner Lärm von Planiermaschinen. Über die Felsbarriere am Horizont schwebte eine Kette Antigravcontainer. Leise rief ich Decaree zu, was ich sah. Dann entschloß ich mich.

„Ich gehe nach Norden. Dort ist genug Deckung. Wir könnten auch die USO-Schiffe rufen, aber Boith könnte uns abhören und flüchten. Wenn nichts passiert, warte bis abends und folge meinen Spuren."

Sie nickte. „Ich höre nur zu. Wenn ich mich melde, bin ich in Gefahr, Atlan."

„Damit rechne ich nicht. Wahrscheinlich dauert es nicht lange. Das Gebiet ist nicht groß."

Ich hob die Hand und kletterte zum Dünenkamm aufwärts und auf der westlichen Seite, außer Sicht des Schiffes, über den Hang nach Norden. Die Oberfläche der riesigen, erstarrten Wellen war hart und windgeriffelt; ich kam gut vorwärts und bewegte mich rund eine Stunde lang in glühender Hitze zwischen Sandmassen auf den Rand der Dünenzone zu. Die Kämme wurden niedriger und verloren ihre scharfen Kanten. Einzelne Halme und verkrüppelte Palmengewächse durchbrachen die Sandfläche, bizarre Sandsteinformationen, die ebensolche Schatten warfen, tauchten zwischen dürren Büschen auf. Ich drehte mich um; meine Spur war nicht zu übersehen, aber an vielen Stellen wehte der Wind Sand in die Vertiefungen. Der Logiksektor flüsterte mit großer Eindringlichkeit: *Sie werden alle nach dir suchen und dich hetzen, Atlan, gleichgültig, welchen Namen du für sie trägst.*

Ich nickte grimmig und schlug schwitzend zwischen Felsnadeln, halb ausgehöhlten Knollen, erodierten Brükken und verschlungenen Spalten den Weg nach Osten ein, in die Richtung zum Schiff. In weitem Bogen, stets in guter Deckung, umrundete ich die Ruinenstadt unter den Dünen. Während ich vorwärtshastete und das Funktionslicht des Gerätes kontrollierte, fiel mir wieder einmal auf, wie wenig Insekten, Vögel und Kleintiere es im Gebüsch und im feuchten Schatten gab; meine Vorgänger hatten wahrlich gründliche Arbeit geleistet. Das Gelände senkte sich zum Bett des periodischen Flusses ab. Zwischen den Steinblöcken starrte ich hinüber zum Schiff; es war die SCHÖN UND REICH, im Dialekt Lepsos: „AZRAR + STOLOJAM“ Boiths, des Mannes ohne Nachnamen. Zwei Luken standen offen, ein Gleiter kreiste zwischen dem Schiff und der Grenze der Ruinenstadt. Langsam pirschte ich mich näher heran. Dornen rissen an den Stiefeln und Schultern, Hitze schmorte zwischen den Steinen. Drei Transportgleiter standen mit offenen Türen im Flußbett. Sie hatten Bigwood-Zöglinge herangeschafft, die mit Hacken und Spaten ausgerüstet waren und an Dutzenden Stellen Sand in die Saugschläuche schaufelten. Sämtliche Eingänge waren freigelegt worden. Befehle hallten aus den Außenlautsprechern. Ich erkannte am Schiffsrumpf weit ausgeklappte Parabolsender von Psychostrahlern und fluchte in mich hinein.

„Sie machen's gründlich“, murmelte ich und kroch bis zum äußersten Ende der Deckung. Zwischen mir, dem Schiff und den trockenen Mauern und Säulen breitete sich leeres, ebenes Gelände aus. Etwa dreihundert Männer suchten nach Decaree und mir. Von meinem Team war nichts zu sehen. Ich riskierte, Decaree zu rufen.

„Gib keine Antwort. Folge vorsichtig den Spuren. Ich warte in der Deckung.“

Der Gleiter flog langsam entlang der Sockel, Säulen und Eingänge. Ich klappte den Feldstecher aus und verfolgte den Flug, bis der Pilot umkehrte und wieder im Schatten des Schiffes landete. Der Logiksektor sagte: *Sie genießen die Jagd: Lady Letabole, Toyrotto, Boith, Tharna Ikabre und ihre Wächter!*

Mein Team war höchstwahrscheinlich im Schiff gefangen. Sogar während der Suche nach uns schufteten Boiths Arbeiter und füllten mit der Antigrav-Traktorstrahlanlage einen Riesencontainer nach dem anderen. In einem Monat würden sie, wenn sie so weitermachten, die Ruinen völlig freigelegt haben. Die Vergrößerungen der Feldlinsen zeigten eine weitere erstaunliche Tatsache. Die Verbrecher trugen teure, modische Jagdkleidung und ebensolche Bewaffnung. Sie genossen es wirklich. Ich kroch zehn Meter rückwärts zwischen überhängende

Felsen und stachelige Büsche und war halb entschlossen, die Dunkelheit abzuwarten.

Im Schutz von einem Dutzend Leibwächtern zogen sich Toyrotto und seine Freunde ins Schiff zurück. Mehrere Wachen blieben in der Polschleuse stehen. In unregelmäßigen Abständen rannten Arbeiter aus der Tiefe der Bauwerke und schleppten aufgeregt Fundstücke zum Schiff, redeten auf die Wachen ein und wurden wieder weggeschickt. Ich konnte nicht erkennen um welche Funde es sich handelte, aber sie wogen ziemlich schwer. Unerträglich langsam verging etwa eine Stunde. An die Arbeiter wurden Getränke verteilt. Die Wachen saßen in der kühlen Schleuse und tranken Bier. Ich verließ meine Deckung, triefend von Schweiß, und in sicherer Entfernung beobachtete ich das Ende der Dünen. Zehn Minuten später sah ich Decaree, die vom Hang der letzten Dünen zum Felsirrgarten rannte.

Kurze Zeit später setzte sie sich neben mich. Wir schalteten die Funkgeräte aus; ich erklärte ihr die Situation. Sie hob die Schultern und wischte Schweiß aus ihrem Gesicht.

„Wenn wir den eigenen Schiffen Eingreifbefehl geben?“

„Dann gibt es Kampf und Tote. Unser Team ist gefangen. Außerdem besteht die Gefahr, daß die SCHÖN UND REICH startet und flüchtet. Ich will die Verbrecher lebend und, natürlich, überführt und hilflos.“

Ich beobachtete weiterhin aufmerksam die Szenen rund ums Schiff. Ein Wächter lief zum Gleiter und steuerte ihn durch eine Luke ins Schiff. Kurz danach kam das Fluggerät mit offenem Verdeck und acht Insassen ins Sonnenlicht, flog einen Kreis ums Schiff und patrouillierte über den Arbeitern und Sandcontainern. Die Geschwindigkeit nahm zu, das Summen des Antriebs schlug an unsere Ohren, der Gleiter schwebte weit kurvend dicht über den Dünen nach Westen. Ich legte Decaree die Hand auf die Schulter.

„Gleich haben sie die Spuren. Die Jagd fängt an. Wir sollten versuchen, ins Schiff zu kommen und zum Lager zurückzufliegen. Es sind keine geübten Gegner! Du greifst nur in brenzligen Situationen ein.“

Sie huschte davon. Ich brauchte nicht nachzudenken und wußte genau, an welcher Stelle ich die größeren Vorteile hatte. Ich rannte im Zickzack tiefer in den steinernen Irrgarten hinein, zog langsam die Waffe und schaltete auf Punktfeuer. Unsichtbar für einen Angreifer aus der Luft hockte ich unter einer breiten Felsbrücke und wartete geduldig wie ein Jäger.

Der Gleiter schwebte in großer Geschwindigkeit von den Dünen heran. Der Pilot kauerte vor der Steuerung. Sieben Insassen hingen über der Bordwand, johlten, lachten und feuerten aus Handwaffen und Langwaffen gezielt und ungezielt schräg nach unten. Fünf oder sechs Energiestrahlen schlugen zufällig um mein Versteck herum ein. Ich stützte den Kolben der Waffe fest auf, zielte sorgfältig und feuerte, als der Gleiter in schrägem Winkel auf mein Versteck zuraste, in die Öffnungen der Antigravelemente.

Zwei, drei Detonationen fetzten weißglühende Metallfetzen durch die Luft. Der Gleiter bockte, wurde einen halben Meter in die Höhe geschleudert und sackte, ohne an Geschwindigkeit zu verlieren, schräg nach unten, auf das Zentrum der unberechenbar verstreuten Steinformationen zu. Dumpfer Explosionsknall hallte über die Landschaft. Die Maschine fiel rauchend und funkensprühend auf die Felsen zu und schlug hinter ihnen ein. Das Heck wurde in die Höhe gerissen, und eine endlos lange Sekunde sah ich Staven ay Toyrottos Körper, der aus dem Sitz geschleudert und in der Luft gedreht wurde, sich zweimal überschlug und mit ausgebreiteten Armen und Beinen auf eine flache Felsflanke prallte. Das Geräusch des Aufschlags ging im Krachen und den Explosionen unter. Waffen wirbelten wie Bumerangs umher und klirrten gegen den Stein.

Ich sprang auf und hetzte im Zickzack zwischen die Felsen auf die Absturzstelle zu. Im Laufen aktivierte ich das zweite Energiesystem der Waffe und schaltete den Paralysatorprojektor hinzu. Hinter den Felsen, zwischen Klirren und Krachen, ertönten Schreie und Befehle. Eine Frau kreischte und wimmerte. Schüsse peitschten durch die Felsspalten. Als ich eine Stelle erreichte, von der ich die Lichtung aus Sand, Felsbrocken und schwelenden Sträuchern einsehen konnte, rannte Tharna Ikabre heulend an mir vorbei. Ihr Haar hatte gebrannt, von ihrem Kopf, vom Kragen und den Schultern wehten graue Rauchschleier weg. Ihre Hände fuhren zitternd und voller Brandblasen über den rußigen Kopf, sie hastete stolpernd in wilder, panischer Flucht irgendwohin. Brust, Rücken und Hüften ihres weißen Wildlederanzugs waren blutüberströmt und zerfetzt. Halb unter dem vibrierenden Gleiter lag ein toter oder sterbender Leibwächter.

Ich bückte mich und packte den schweren, versilberten Zweihandstrahler. Er schien unversehrt zu sein. Als ich mich wieder aufrichtete, begegnete ich über eine Distanz von vierzig Metern dem Blick Boiths. Im gleichen Augenblick schob sich Decaree auf der gegenüberliegenden Seite der Lichtung aus der Deckung und feuerte einen Lähmstrahl in den Rücken eines Leibwächters, der Lady Letabole aus dem halb zertrümmerten Gleiter half, dessen Energieblöcke schwelten und Funken sprühten.

Boith riß die Waffe in die Höhe und feuerte wutentbrannt und schlecht gezielt in meine Richtung. Ich ließ mich fallen, rollte zur Seite und entging nur knapp einem Inferno aus Glut, Flammen, Steinsplittern und vergastem, brennendem Sandstein. Für wenige Augenblicke hatte ich freie Sicht auf die Zone unter dem Schiff. Aus der Polschleuse stürzten Bewaffnete und rannten in meine Richtung. Ich wechselte den Lauf und feuerte auf die Männer. Eine Barriere aus aufgewirbeltem Sand und grellen Glutblitzen entstand zweihundert Meter von mir entfernt.

Ich rannte weiter, schlug einen Bogen und turnte über kantige Felsen. Keuchend blieb ich auf einem der höchsten Punkte des Felsgewirrs stehen, sah unter mir einen Leibwächter, der sich mit erhobener Waffe langsam und suchend drehte. Ich zielte mit dem Lähmstrahler auf seinen Hals und feuerte. Im selben Moment kam Boith zwischen den Felsen hervor, schrie etwas Unverständliches und schwenkte die Langwaffe herum. Der erste Energiestrahl heulte an meiner linken Schulter vorbei, der zweite traf die Stelle, an der ich eben noch gestanden hatte. Ich sprang in den Sand und zwischen rußende Sträucher.

Irgend jemand schrie aufgeregt Befehle in ein Funkgerät. Ich schoß auf Boith und trieb ihn mit einer wohlgezielten Serie von glutenden Einschlägen zurück in den Schutz der Felsen. Decarees nächster Schuß traf Lady Letabole, die neben dem Gleiter kauerte und systematisch in jede Lücke zwischen den Felsen feuerte, die im Zielkreuz auftauchte. Lautlos sackte die Frau im dunkelblauen Jagdanzug zusammen und ließ die Waffe fallen. Ein weiterer flüchtiger Blick zeigte mir den Piloten, der stöhnend versuchte, aus dem Cockpit zu klettern. Offensichtlich waren ein Arm und ein Bein gebrochen. Sein Gesicht war blutüberströmt. An einer Felsfläche sah ich den Schatten von Boiths Oberkörper, feuerte auf diese Stelle und versuchte, ungesehen und schnell in die Nähe seines Verstecks zu kommen. Decaree winkte einem Wächter, und noch bevor er seine Waffe in die richtige Position bringen konnte, sackte er gelähmt und betäubt zusammen und riß sich die Schulter am Felsen blutig.

Boith, dessen schwarzer Lederanzug zerrissen und an einigen Stellen verschmort war, wandte mir den Rücken zu, als ich in dem dunklen Felsspalt auftauchte. Er suchte mich nicht mehr in der Nähe meiner letzten Position, sondern an jener Stelle, an der ich wahrscheinlich auftauchen würde. Ich zielte auf seinen Nacken und sagte halblaut:

„Ihr letzter Fehler, Boith . . .“

Er reagierte ungewöhnlich schnell, ließ sich fallen, schwang den Arm zurück und wollte auf mich schießen. Aber mein Lähmschuß traf ihn einen Sekundenbruchteil früher. Dicht neben meiner Schläfe zuckte der grellweiße Spurstrahl der Energiewaffe vorbei und verlor sich leise orgelnd in der Luft. Ich legte meine Waffe auf den Felsen, aktivierte das Armbandfunkgerät und schaltete die Geheimfrequenz ein.

„Ich rufe Kip Chelimo. Hier spricht Atlan. Kip! Einsatzbefehl für alle unsere Schiffe. Sie sollen den

Planeten anfliegen und jeden Start von Graymonde, gleichgültig von welcher Gesellschaft, verhindern. Sie holen sich aus der OZYMANDIAS genügend Leute und verhaften offiziell, im Namen der USO, den Ara und den Springer. Für die DONCA besteht selbstverständlich Startverbot. Wir kommen höchstwahrscheinlich mit der AZRAR UND STOLOJAM von den Ruinen zurück. Mein Team wurde gefangengenommen. Decaree und ich sind wohlauf. Sie erreichen uns auf dieser Frequenz. Es eilt, Kip, und es ist wichtig."

„Verstanden, Sir. Um mich herum fängt die Rennerei schon an. Verlassen Sie sich auf uns."

Ich rief Decaree, während ich wieder über die schrundigen Felsflanken aufwärts kletterte und auf die hastenden Gestalten feuerte, die im Zickzack über die Sandfläche sprangen.

„Ich höre, Liebster. Unverletzt?"

„Ja. Komm zum Gleiter. Wir haben noch die Männer vom Schiff vor uns. Ich kümmere mich um Toyrotto."

„Verstanden. Komme sofort."

Ich orientierte mich und lief zu der Felsplatte vor dem Gleiterbug, kletterte hinauf und drehte den regungslosen Körper vorsichtig herum. Toyrotto lebte noch und sah furchtbar aus. Ein Auge war zerstört, das andere blinzelte im Sonnenlicht. Ich stellte mich vor ihn, so daß Schatten auf seinen Kopf fiel. Sein Körper und der Felsen waren blutüberströmt. Seine Finger bewegten sich flatternd, ich kauerte mich nieder. Die Maahkhaut auf seinem Kopf bewegte sich, als würde es unter ihr kochen. Der grünliche Glanz war verschwunden. Sie sah abstoßend grau und schleimig aus.

„Wollen Sie mir noch etwas sagen, Toyrotto?"

Er keuchte, atmete gurgelnd, spuckte Blut und zuckte mit dem Handgelenk, aus dem Knochensplitter hervorstachen.

„Wir alle . . . haben Sie . . . unterschätzt." Er machte eine Pause. Die Kappe aus reptilartiger Haut löste sich in winzige Kristalle auf, die wie Staub über die Felsplatte rieselten. „Sie werden Senoclypte . . . nicht besiegen. Ich habe ... viel zu lange gelebt ... Fallen Sie in ein schwarzes ... Loch."

Er versuchte sich aufzurichten, wimmerte und keuchte, dann zuckte er und starb. Ich sah zu, wie sein Gesicht binnen weniger Sekunden uralt und mumienhaft wurde, grau und faltig wie Pergament, und die Haut schien sich von seinem Kopf losreißen und davonkriechen zu wollen, aber alles, was blieb, war ein feiner silberner Nebel, der sich im Sonnenglast auflöste. Ich bemerkte, daß Decaree neben dem Gleiter, zwischen den regungslosen Gestalten, auf mich wartete. Ich kletterte hinunter, und wir gingen auf die vorrückenden Wachen und Raumfahrer zu.

„Alles vorbei. Ich hab' unsere Flotte alarmiert", sagte ich. „Es wird in ein paar Tagen ein furchtbares Strafgericht geben."

„Verständlich. Sie haben uns keinen größeren Gefallen tun können, als sie anfingen, die Herrschaft über Graymonde an sich zu reißen. Was bedeutet, daß sie dich nicht als Atlan identifiziert haben."

„Jetzt wissen wir es genau", brummte ich und zog Decaree an mich. Wir kamen zwischen den letzten kleinen Felsen hervor, ich hob den Arm und schrie:

„Hört auf! Toyrotto und die anderen sind tot. Weitere Kämpfe sind sinnlos. In den nächsten Minuten landen zwanzig Schiffe der United Stars Organisation. Widerstand ist fast tödlich, Kooperation wird akzeptiert. Es ist vorbei, Leute."

Nacheinander und langsam standen sie auf, kamen aus der Deckung hervor und steckten die Waffen ein. Es waren, wie erwartet, ausnahmslos Zöglinge der Senoclypte. Schließlich zählten wir neunzehn verwirrte, ratlose Leute. Ich wies nach Norden, auf die dünnen Rauchfäden der Gleiter.

„Dort drüben liegen Sterbende, Tote und Bewußtlose. Holt sie, bringt sie ins Schiff, ins Lazarett. In einer Stunde fliege ich das Schiff zurück zum Stützpunkt. Ich bin bereit, einiges zu vergessen, was eure Mitschuld betrifft. Macht schnell, sonst verschmoren eure ehemaligen Befehlshaber. Holt euch ein paar Arbeiter und, meinetwegen, einen anderen Gleiter aus dem Schiff."

Decaree und ich blickten in hellbraune Gesichter. Die Leibwächter, drei Frauen und etwa fünfzehn Männer, waren sichtlich überfordert. Ich zeigte zum Schiff und sagte:

„Die Arbeiter stehen unter dem lautlosen Befehl bösartiger Strahlen aus den Projektoren dort oben. Sie sind bald keine willenlosen Sklaven mehr; ich schalte die Psychostrahler ab. Wenn sie begreifen, was ihnen passiert ist, werden sie euch in Fetzen zerreißen. Also: seht ein, daß sich alles geändert hat und bringt zum Schiff, was ihr dort findet. Los, schnell!"

Ich deutete zu den Felsen, nickte und sah zu, wie sie losrannten, verstört und gehorsam. Schweigend gingen wir bis zur Rampe und beobachteten die Arbeiter, die unablässig die Container füllten. Über dem Gelände lag eine seltsame Endzeitstimmung; die Schurken waren ausgeschaltet, und der Gegensatz zwischen den Fassaden uralter Bauwerke, den Maschinen und dem Kugelraumschiff konnte nicht größer und beeindruckender sein. Ich holte tief Luft und brummte:

„Wir sind noch lange nicht am Ende dieser Aktion. Zu viele Fäden hängen wedelnd umher und sind nicht verknüpft."

Wir gingen die Rampe hinauf und näherten uns den unbewachten Antigravröhren.

„Einige hundert USO-Leute werden dir einige Denkarbeit abnehmen können, Liebster. Du hast, was du wolltest – alle Schurken wurden auf deinem eigenen Grund und Boden gestellt, nachdem sie sich in aussichtslose Lagen gebracht haben."

Wir schwangen uns aus der Aufwärts-Röhre, kamen völlig ungehindert durch weit offene Schotts in die Zentrale und trafen dort auf den Kopiloten. Er hob die Schultern und hörte schweigend zu.

„United Stars Organisation", sagte ich halblaut. „Bringen Sie das Schiff in Startbereitschaft. Ich werde den Arbeitern sagen, daß sie ihre Ausrüstung zusammenpakken und sich damit ins Innere des Kontinents verziehen sollen. Wo sind meine Leute?"

„In der Krankenstation, an die Liegen gefesselt."

Ich sah auf die Uhr und murmelte:
„Und dort schlafen sie noch immer. Wo ist die Psychostrahleranlage?“
Der Mann, ebenso verwirrt wie alle anderen, mit denen wir bisher gesprochen hatten, deutete auf eine Nische des zentralen Kontrollraums. Ich nickte und zeigte mit dem Waffenlauf aufs Steuerpult.
„Wir starten in dreißig Minuten. Tun Sie, was nötig ist. Die Leibwächter bringen den Toten und den Rest Ihrer bisherigen Arbeitgeber ins Schiff. Wenn das erledigt ist, fliegen wir zurück zum Hauptlager. Ist das klar?“
„Völlig klar, Sir.“ Der Kopilot stotterte und beugte sich über Schalter, Regler und Hebel. Ich ging zum Terminal der Anlage, setzte Kopfhörer auf und bog das Mikro vor meine Lippen. Die Anlage war mir ebenso vertraut wie die Steuerpulte des Kreuzers, dem zivilen Nachbau einer Flotteneinheit. Ich programmierte eine Reihe Befehle. Die letzten Container sollten gefüllt werden, die Arbeiter mußten essen und trinken, und zusammen mit den Maschinen sollten sich noch vor Sonnenuntergang die Transportgleiter nach Norden, zur Kontinentmitte und zum bisherigen Arbeitsplatz zurückziehen. Jedwede Aktivität hier sollte heute abend beendet sein. Ich beobachtete die Bildschirme, als die Psychostrahler die geänderten Anordnungen abstrahlten. Nach kurzer Verwirrung schienen die Senoclypte-Sklaven zu begreifen und gehorchten meinen Befehlen. Ich starrte voller Widerwillen die Apparaturen an und unterdrückte den Impuls, mit der Hochenergiewaffe hineinzufeuern; es träfe wieder die Falschen, die Unschuldigen.
Das Gleiterwrack wurde von einer Antigravplattform abgeschleppt. Die Leibwächter transportierten die Toten und Bewußtlosen ins Schiffshospital und in einen Laderaum. Ich betätigte den Infrarot-Sammelschalter und löste die Gliederfesseln meiner Teamangehörigen. Das Sirenengeheul vertrieb die Arbeiter aus der Nähe des Schiffes; Luken schlossen sich, die Rampe schob sich zurück, die Polschleusentore rasteten ein. Als die Fläche unter dem Schiff leer war, startete ich und ließ mir vom Kopiloten assistieren. Weniger als eine Stunde später

landeten wir auf „unserem“ Teil des Lagers. Noch immer heulten USO-Kreuzer durch die Lufthülle und setzten in einem weiten Halkbkreis um beide Lager auf; es herrschte schwer beschreibbare Aufregung. Mediziner enterten das Schiff und kümmerten sich um die Bewußtlosen; irgendein Kommando begrub Staven ay Toyrotto und die toten Leibwächter. Tharna Ikabre, unter vielen weißen Binden wie eine Halbmumie, wurde in künstlichem Tiefschlaf gehalten.

Ich blieb an Bord, bis die letzten Kleinigkeiten geklärt waren, rechnete, gab eine lange Reihe von Befehlen und ließ eine Funkstrecke zu Perry Rhodan einrichten. Ich bat um die Übersendung eines Telepathen und zog mich zwei Stunden vor Anbruch der Nacht in meine Kabine zurück.

Vence Stalmaster und Decaree hielten meinen beschwörenden Blicken stand. Ich nickte Asics Newlife zu und sagte:

„Ich muß mich auf euch völlig verlassen können. Wenn ihr Spezialisten oder Laborarbeiter braucht, holt euch die Besten aus Quinto-Center oder jeden Verfügbaren aus den Stützpunkten. Fliegt zum Senoclypte-Planeten, nach Bigwood und untersucht alles. Findet die sogenannte Keimzelle der Pflanze, denkt an die verschwiegenen Künste der Aras, untersucht die Radioaktivität und alles andere. Ich komme mit diesem Schiff nach, wenn ich die Zusammenhänge kenne; noch sind Boith und Letabole bewußtlos. Arbeitet, nötigenfalls, einen Evakuierungsplan aus, für die Zöglinge der Pflanze. Auf Graymonde gehen alle Arbeiten wie gewohnt weiter. Unsere Maskierung ist aufgehoben – ab jetzt untersteht alles der USO. Denk an deine Leute, Asics! Ich ahne, daß jemand vor langer Zeit die Senoclypte auf Bigwood manipuliert hat. Wer, wann und wie . . . keine Ahnung. Aber wir finden's heraus. In weniger als einem Monat lande ich auf Bigwood, Decaree. Du hast bis dahin Generalvollmacht.“

Sie lächelte zuversichtlich und wartete, bis Vence aufgestanden war.

„Wir machen das Beste daraus, Atlan. Ist unter Toyrottos Habseligkeiten etwas gefunden worden, das auf die wahre Natur Senoclyptes hinweist? Oder auf die Maahk-Aktivitäten?“

Ich schüttelte den Kopf. Die Wertsachen und der einzigartig teure Schmuck, den er getragen hatte, lagen im Safe meines Schiffes. Lady Daphny Letabole, der Ara Asle Egharc und Boith befanden sich in engen Einzelzellen, ebenso wie die wichtigsten Frauen und Männer ihres Trosses. Der Transmitter war wieder in beiden Richtungen freigegeben.

„Nein. Nichts. Aber spätestens nach dem Psychoverhör werden wir es wissen. Ich verständige euch.“

Ich begleitete das kleine Team zum Schott, verabschiedete mich und schloß die schwere Metallplatte. Ich fühlte mich furchtbar müde und tröstete mich mit der Überlegung, daß etwa hundert Frauen und Männer zusammenarbeiteten, um die Anklage hieb- und stichfest zu machen. Letaboles und Boiths Raumschiffe wurden mit penibler Gründlichkeit durchsucht, und eine Stunde später hörte ich die Startfreigabe für die OZYMANDIAS. Zwei kleine Einheiten starteten kurz darauf und steuerten Quinto-Center an. Ich zermarterte mein Hirn auf der Suche nach etwas, das die USO und ich vergessen hatten, dachte an die Ruinen und das Zeichen des Miracleringes und versuchte, ergebnislos, Vergangenheit und Gegenwart zu verknüpfen.

10.

Ich sah schweigend von einem Monitor zum anderen. Sämtliche Arbeiten am Hafen und an den Gebäuden gingen mit gewohnter Schnelligkeit und Präzision weiter; USO-Leute hatten das Baubüro Lady Daphny Letaboles besetzt und kontrollierten Schiffe und Materialfluß, Arbeiter und die Logistik ihrer Versorgung. Im Inneren des Kontinents wurde weiter aufgeforstet, Gelände großräumig gesäubert, modelliert und, abseits der Straßen und Brückenbauwerke, sich selbst überlassen. Ich registrierte, als ich zu Boiths Schiff hinüberging, daß ein Container ausgepackt war, voll von bemerkenswerten

Kästen mit Zeichnungen darauf: Schmetterlinge, Fruchtfliegen, Bienen, Ameisen.

Die Frauen und Männer der USO-Abteilung hatten sämtliche Aufseher entwaffnet und versuchten, die Verantwortlichen von denjenigen zu unterscheiden, die Letabole, Ikabre und Boith gehorchen mußten, weil sie unter dem Einfluß der Senoclypte oder intensiver Hypnoschulung standen. Ich ging zum Antigravschacht und durch leere Korridore in Boiths Privatkabinen. Seit sechsunddreißig Stunden wurde er von Spezialisten, die sich ablösten, verhört. Ich sah mich flüchtig um; ich erwartete äußersten Luxus und wurde nicht enttäuscht. Boith saß in einem Sessel. Ein breites Gliedermetallband fesselte seine Handgelenke, das dunkelblaue Haar mit goldenen Spitzen war grau und stumpf. Ich lehnte mich gegen die Schreibtischkante, grüßte meine Spazialisten, sah die Menge der aufgenommenen Bänder und betrachtete Boith. In zerknittertem Hemd und ausgebeulter Hose, grau im Gesicht, die Augen vom Schlafmangel gerötet und geschwollen, das Haar wirr, versuchte er, sich aufzurichten.

„Ich habe wenig Lust“, sagte ich, „stundenlange Verhöre weiter fortzusetzen. Die Liste der Anklagepunkte ist lang.“ Ich wandte mich an meine Männer. „Weiß Mister Boith schon, wie wenig beneidenswert es seinen Freunden geht?“

„Nein, Sir. Wir haben keinerlei Informationen an die Gefangenen weitergegeben.“

Ich holte tief Atem und fixierte eine surrealistische Halbplastik, deren Oberfläche ein diskretes Raumparfüm absonderte.

„Daphny Letabole, wie Charedh Grandonet eine ehemalige Sklavin, Zögling aus dem Tal GARST des Senoclypte-Planeten wird ebenfalls verhört. Sie ist sozusagen wohlauf. Tharna Ikabres Brandwunden werden bestens versorgt. Kopf, Nacken, Schultern und Arme, besonders die Hände, sehen gräßlich aus; viele Transplantationen werden nötig sein. Auf Beseler, dem Strafplaneten, wird sie vielleicht ihre Schönheit wiederbekommen. Toyrotto ist begraben. Ihre Versuche, mich zu töten und Graymonde in Besitz zu nehmen, waren wenig erfolgreich."

„Ihre ... Maske war zu gut. Zu perfekt." Seine Stimme klang wie gemahlenes Glas. „Daß Sie der Arkonide waren ... wir glaubten dem Ara nicht."

„Abtrünnige Maahks, die von ihren Artgenossen verfolgt und schließlich getötet wurden, versorgten Staven ay Toyrotto mit lebensverlängernden und stärkenden Zellfolien, die immer wieder erneuert werden mußten. Graymonde war Treffpunktplanet, und deshalb Ihr geschäftliches Interesse hier. Richtig?"

„Ja. Er hat gewußt, daß er die unwiderruflich letzte Haut bekommen hat. In vier Jahren wäre er gestorben."

„Woher stammt sein sagenhafter Reichtum?"

„Er hat diesen Waldplaneten ausgebeutet. Sein Großvater handelte schon mit Sklaven von Senoclypte."

„Wer soll sein ... Geschäft weiterführen?"

„Daphny, seine Geliebte. Und ich. Es wurde ihm zu groß. Was passiert mit meinem Land hier, und mit dem Hafen?"

„Es gehört Ihnen. Aber Sie werden es wohl niemals verwalten. Bestimmen Sie einen Vertreter, der höchst penibel von den scharfen Fachleuten der USO kontrolliert wird. Schließlich haben Sie alles exakt bezahlt. Graymonde wird rekultiviert, wie besprochen." Ich wandte mich an meine Leute. „Macht die Hände los und gebt ihm etwas zu trinken."

Er starrte mich an.

„Die Entführung des Surfacearchitekten Burton Artemid geht auch auf Ihr Konto? Wo ist er?"

„Auf Senoclyptes Welt. Es geht ihm gut. Er war viermal lange auf Graymonde. Er wurde fürstlich bezahlt."

Sklavenhandel, Entführung, Mordversuch; die Urteile würden hart ausfallen.

„Warum wurden Grandonet, ehemaliger USO-Spezialist, und seine Frau ermordet? Wer ist dafür verantwortlich?"

„Habe ich schon alles Ihren Leuten gesagt. Ich war's nicht. Toyrotto. Grandonet wurde ihm zu gefährlich, wußte zuviel. Seine Frau hatte irgendwie die Konditionierung überwunden und ihm vom Brutplaneten erzählt. Ich wußte nichts von seiner Bestellung. Daß ein Mann, der auf die Konditionierung nicht ansprach, aus dem Tal GARST nach Lost Diamond flüchten konnte, wer hätte das für möglich gehalten."

„Ich. Haben wir die Namen der Mörder?"

Boith nickte, Spezialist Champro murmelte:

„Alles gespeichert, Sir. Er hat schließlich vorbildlich gestanden und Namen, Adressen und Vorfahren genannt."

„Seit wann werden Sklaven gehandelt?"

„Seit hundertsechsundneunzig Jahren."

„Wann kamen die Aras nach Bigwood, zur Senoclypte?"

„Toyrotto hat sie und ihre Substanzen vor . . . dreiundsechzig Jahren eingesetzt."

Meine Spezialisten staunten und begriffen. Vor knapp zwei Jahrhunderten wurden auf Bigwood Menschen eingefangen oder durch Versprechungen in die Sklavenschiffe gelockt und auf anderen Welten, meist aber auf Lepso verkauft. Erst seit mehr als sechs Jahrzehnten wanderten sie „freiwillig" aus, von der „Konditionierung" zum Dienen geprägt und in Schulen ausgebildet. Ich sagte:

„Ihr Strafmaß wird mitbestimmt durch die Anzahl der Namen Ihrer sogenannten ‚Kundenkartei'. Ich muß leider annehmen, daß Toyrotto die Maahk-Zellgewebe mit lebender Ware bezahlt hat. Kennen Sie Zahlen?"

„Hunderttausend, kaum weniger."

„Seit wann?"

„Etwa seit dreißig Jahren. Ich weiß nicht, wo seine Schiffe die Zöglinge ablieferten. Irgendwo am Rand der Galaxis oder noch weiter entfernt. Viele Springersippen sind dabei reich geworden."

„Die Einzelheiten sind gespeichert?"

„Selbstverständlich, Sir." Champro entspannte sich ein wenig. „Der Gefangene hat ein gutes Gedächtnis. Viele Namen und genaue Daten."

Ich sah, daß sämtliche Geräte mitliefen. Mizumo ließ den Computer die Daten, Koordinaten und Namen heraussuchen und speicherte sie unter den betreffenden Stichworten ab.

„Wissen Sie, woher die Zöglinge stammten? Schiffbrüchige?"

„Ja. Arkoniden, Akonen und ein drittes Volk, das niemand kennt, haben sich vermischt. Es ist mindestens ein Vierteljahrtausend her, wahrscheinlich dreihundertfünfzig Jahre. Wir haben Raumschiffüberreste gefunden. Im Tal GARST, im Zentrum."

Ich löste mich von der Tischkante, ging zum Schott und sah, daß der Gefangene am Ende war. Sein Oberkörper kippte im Sessel nach vorn und wurde immer wieder hochgerissen. Die Füße rutschten, verdreht, zur Seite weg.

„Ihre Transportmittel, die dem Sklavenhandel gedient haben, werden von der USO eingezogen. An Ihren Besitz auf Lepso kommen wir nicht heran. Es wird, was Bigwood betrifft, kein Zögling mehr verkauft. Graymonde wird von einer kleinen Anzahl ehemaliger Zöglinge besiedelt. Was mit Hafen und Bauten passiert, wenn sie fertig sind, entscheiden wir später. Vielleicht ein USO-Erholungscenter. Sinngemäß gilt das Gleiche für die Damen Letabole und Ikabre. Das war ein unschönes Ende unserer kurzen, vielversprechenden Geschäftsbeziehung."

Ich nickte ihm zu und sagte, zu meinen Männern gewandt:

„Macht Schluß; er wird nicht mehr viel sagen können. Wir vergleichen die Daten, und schließlich haben wir einfachen Zugriff auf unsere geständigen Gefangenen. Bis später."

Ich schloß das Schott hinter mir, betrachtete sinnend die Perlmutt-Gold-Email-Intarsien darauf und die vergoldeten Hebel und Schalter, hob die Schultern und war zufrieden darüber, daß wir den Springerpatriarchen und den Ara-Mediziner auch festgenommen hatten. Die Ergebnisse unserer Verhöre, unsere eigenen Feststellungen, fast alle Daten wurden gesammelt kodiert und an die SolAb und NATHAN gefunkt, auch die Namen der Springerschiffe und der rotbärtigen Patriarchen.

Patriarch Doncarn Zurnos Pranken umklammerten die Gitterstäbe der Zelle. Er stierte mich haßerfüllt, aber schweigend an. Als er zu fluchen anfing, hob ich die Hand und sagte halblaut:

„Mit Ihnen diskutiere ich nicht, Springer. Sie, Ihre Sippe und Ihre DONCA haben für alle Zeiten absolutes Lande- und Handelsverbot auf allen Imperiumswelten und auf allen Planeten, auf denen die United Stars Organisation auch nur ein wenig Einfluß hat. Die Springerschiffe, die Sklaven transportiert haben, werden in einem großen Teil der Galaxis ernsthafte Schwierigkeiten bekommen. Wir kennen jeden Namen. Sie sind frei. Gehen Sie, starten Sie sofort, und verlassen Sie Graymonde. Ihr famoser Gast bleibt in meiner persönlichen Obhut."

Ich tippte ein Signal in die Tastatur des Armbandgerätes. Die Zelle öffnete sich; ich zog langsam die kleine Waffe. Der Springer stapfte hinaus, ich folgte ihm langsamer.

Seine Flüche hallten in der Antigravröhre wie ferner Donner. Ich wartete den Start des Walzenraumers ab. Jetzt hatte ich endlich Zeit, mich dem – vorläufig – letzten Teil dieser Aktion zu widmen. Ich stellte ein Kommando zusammen, das mich auf dem Flug nach Bigwood begleiten sollte.

PLANET BIGWOOD, ÜBER DEM TAL GARST: 16. Mai 2400: Am Ende des Peilstrahles donnerten die Triebwerke meines Schiffes auf. Die Antigravelemente vibrierten unter Höchstbelastung, als sich das psychedelisch bemalte Raumschiff mit ausgefahrenen Landebeinen zwischen die beiden kleinen USO-Einheiten senkte. Ich verfolgte im Kopilotensitz die Phasen des Landeanfluges und hatte genügend Zeit, die Bilder auf den Schirmen der Panoramagalerie zu betrachten. Im Zentrum des großen Kontinents erstreckte sich eine große, kreisförmige Lichtung zwischen Wäldern voller uralter Bäume.

Das dunkelgrüne Gras, über das Sonnenlicht und Wolkenschatten huschten, sah aus, als hätten es Tiere abgeweidet. Im Mittelpunkt der Fläche wuchsen, wie eine

Halbkugel aus Pflanzen, bambusartige Gräser, Büsche in ansteigender Größe, kleinere Nadelbäume und schließlich Laubbaumriesen. Schwärme farbenprächtiger Vögel kreisten über den Wipfeln. Tamui Romine legte den Hauptschalter um und sagte:

„Zweifellos eine schöne Welt, Sir."

Meine Maske hatte sich aufgelöst. Ich trug wieder nackenlanges Haar, noch nicht völlig silberweiß, und auch die Augenfarbe war nicht die eines Arkoniden. Zwischen den beiden Raumschiffen waren Sonnensegel gespannt, unter denen ich Sitze und Tische sah. Vögel mit farbenfrohem Gefieder flatterten ohne Angst um die Polkalotten der Schiffe.

Romine regelte Servomaschinen ein und bediente Schieber, Knöpfe und Schalter. Er fragte über die Schulter:

„Wie lange bleiben wir, Sir?"

„Ein paar Tage, denke ich. Wir müssen den Architekten nach Hause fliegen und mit Senoclypte . . . ja, irgendwie verhandeln. Aber das wird der Telepath besser wissen als ich."

Ich wartete in der Polschleuse, bis die Rampe ausgefahren war. Einige Lukentore rumpelten auf. In seiner Zelle hockte Asle Egharc und ahnte möglicherweise, wohin wir ihn gebracht hatten. Seit den kurzen Verhören, die wenig Erkenntnisse erbracht hatten, schwieg er. Auch seine Bewacher waren nicht gesprächig. Die Aras waren bekannt für ihren angewandten Stoizismus, aber ich glaubte ihm die skeptische Gemessenheit nicht ganz. Ich ging über das kurze Gras hinüber zu den Sitzgruppen. Decaree kam mir entgegen und zog mich in den Schatten.

„Uns geht's gut", sagte sie. „Ab und zu besuchen uns Zöglinge und bringen uns Beeren, Früchte und Nüsse. Wir leben so gesund wie schon lange nicht mehr. Wir haben eine ganze Menge herausgefunden."

Ich hob den Arm und grüßte die USO-Mitglieder, setzte mich in einen Klappsessel und streckte die Beine aus. Kitai Ishibashi näherte sich bedächtig vom Mittelpunkt-Wald. Ich erkannte den großgewachsenen, hageren Japaner an seiner Haltung: Er schlurfte mit vorgebeugtem

Oberkörper und fuhr sich durch sein schwarzes Haar. Eine charakteristische Geste. Seine Suggestor-Fähigkeit wurde wahrscheinlich ebenso gebraucht wie seine telepathische Sonderbegabung.

„Wir waren das vorletzte USO-Schiff", sagte ich und griff nach dem Becher, „das von Graymonde startete. Auch Boiths Schiffe und die EMPRESS haben den Planeten verlassen. Dreißig unserer Leute kontrollieren gegenwärtig die Arbeiten. Es ist wieder ruhig in der Nachbarschaft von Quizzardos Paradies."

„Boith und die anderen?"

„In der Obhut der Imperiumsbehörden. Keiner der drei hat eine Chance, mit milden Strafen davonzukommen. Wir haben die Daten und können uns um andere Mitglieder dieser Bande kümmern. Das Toyrotto-Imperium ist zerschlagen. Niemand wird mehr Sklaven von Bigwood kaufen."

„Eine tröstliche Aussicht. Die Senoclypte von Bigwood ist ein Organismus, der auch auf uns wirkt. Ich erkläre es dir nachher; da ist Kitai."

Wir begrüßten uns. Ich schilderte Ishibashi unser Problem und schloß: „Der Ara muß uns sagen, wie die Pflanze manipuliert wurde. Und Sie sagen mir, ob es telepathische Beziehungen zwischen Ihnen und Senoclypte gibt, die verwertbar sind."

„Es wird am besten sein, Atlan, wenn Sie und ich heute abend zu den Sehr Alten Bäumen gehen, in die Mitte des Waldes. In der Ruhe ihrer Urzelle ist Senoclypte fähig zu einer Art Dialog. Bringen Sie mich in die Nähe des Aras."

„Ich werde den Ara in Ihre Nähe bringen." Ich grinste. „Morgen. Und in Senoclyptes Nähe."

„Ich würde mich gern vorbereiten. Ich bin sorgfältiges Arbeiten gewöhnt. Als Suggestor kann ich seinem Mitteilungsbedürfnis nachhelfen. Bringen Sie ihn zum Essen in die Messe."

„Einverstanden, Kitai. Die Aras bekamen von Toyrotto Sklaven für medizinische Experimente, Zöglinge von hier. Dafür veränderten sie etwas an den Pflanzen. Finden Sie's heraus!"

„Heute abend."

Es herrschte später Mittag. Ich fand Asics Newlife, und er berichtete mir stolz, daß es dem Architekten gutgehe. Auch in seinen Träumen erfuhr er von Senoclypte, daß ihr eigenes Wachstum sie würgte und zu erdrosseln drohte. Aber kein Traum zeigte Lösungsmöglichkeiten dieses Problems. Ich besuchte Burton Artemid in der Messe der OZYMANDIAS und tippte ihm auf die Schulter. Er sah von der Darstellung einer pseudoattischen Zone voller Zypressen und Pinien an weißen Stränden hoch. Ich sagte:

„Ich bin Alsar Quizzardo alias Atlan Gonozal. Sie gestalten gerade Graymonde, meinen Planeten. Herzlichen Dank."

Artemid sprang auf, schüttelte meine Hand und brach in ein lautes, langes Gelächter aus. Er hielt es für Zufall, daß unsere Schiffe gerade hier gelandet waren und seine geräumige Holzhütte am Außenrand der Grasfläche gefunden hatten. Er hatte die EMPRESS erwartet; seine Arbeit näherte sich dem Ende.

Am frühen Vormittag des nächsten Tages gingen wir auf dem schmalen Pfad, den unsere Leute ausgetreten hatten, zwischen raschelnden Bambusgräsern und zitternden Büschen auf die ersten Stämme des Waldnukleus' zu. Auch ich hatte geträumt, daß Senoclypte uns etwas erklären wollte. Zwischen Ishibashi und mir ging der Ara Egharc. Er befand sich zwar unter der Kontrolle des Suggestors, verhielt sich aber neugierig und entspannt. Wir hatten wissenschaftlich unanfechtbar ermittelt, daß Senoclypte aus vielen Pflanzengattungen zusammengesetzt war, also nicht wirklich einen Block bildete. Bigwood war kein Kollektivwesen. Aber sämtliche Individuen in der Hierarchie der Flora verbanden winzige Knöllchen im Bereich der Haarwurzeln. Empfindungen und Befehle wurden in geringer Geschwindigkeit übermittelt, und es schien viele selbständige Bezirke statt eines „Pflanzengehirns" zu geben. Leise sagte der Mutant zu mir:

„Natürlich habe ich meine telepathischen Fühler ausgestreckt. Seit Beginn der Evolution war Senoclypte nichts anderes als Teil der Natur, so wie wir sie verstehen. Vor vielen ‚Blütenwechseln‘ geschah etwas, das eine gewisse pflanzliche Intelligenz geschaffen und verstärkt hat, die Teile des Organismus zusammenfügte und Senoclypte zwang, die Verhaltensmuster anderer Wesen zu manipulieren.“

Ich deutete auf Asle Egharc. Ishibashi nickte. Wir passierten die Wurzeln und Stämme der kleineren Bäume und gingen dem Plätschern einer Quelle nach.

„Ich glaube“, sagte ich, „daß sich alles auf einer niedrigen Ebene abspielt. Die Träume waren reichlich diffus.“

„Das ist auch meine Erfahrung.“

Der Wald „raunte“: alle Teile waren in Bewegung begriffen. Blüten starrten uns an. Gräser neigten sich vor unseren Stiefeln zur Seite. Ein Kiespfad führte in Schlangenlinien tiefer ins Halbdunkel, das von Sonnenstrahlen zerteilt wurde. Wir blieben zurück und ließen den Ara einige Meter vorausgehen. Aufregung packte die großen Blüten; sie schlossen und öffneten sich langsam und vertrieben die nektarsaugenden Vogelwinzlinge; es begann modrig zu stinken. Ishibashi flüsterte:

„Nehmen Sie's nicht wörtlich, Sir: Sie fragt, ob der Ara an der Veränderung schuld ist. Ich habe zustimmend geantwortet. Der telepathische Druck wird stärker.“

Ein angestrengter Ausdruck erschien in seinem glatten Gesicht. Er schloß die Augen und blieb stehen. Es roch nach Moschus und Schleimpilzen. Der Ara bewegte sich wie in Trance.

„Senoclypte begreift sich als ‚Kaiserin‘.“ Der Mutant atmete schwer. „Sie herrscht über das Land.“ Langsam ging Asle weiter; wir folgten in einigem Abstand. Das Rauschen und Rascheln wurde eindringlicher. „Sie will nicht herrschen. Seit der Veränderung quält sie das eigene Wachstum.“

Ich nickte. Wir erreichten die Quelle, die zwischen einem wahren Gebirge ineinander und übereinander verschlungener Wurzeln sprudelte. Der Ara kletterte schweigend bis zum stärksten Stamm und lehnte sich dagegen. Lianen, Blüten, Orchideen, uralte Moospolster und Schwämme krallten sich in die schorfige Borke. In den Fugen der Rinde erschienen winzige Harztropfen. Ishibashi flüsterte:

„Jetzt geschieht etwas ... Besonderes."

Knarrend teilte sich ein Stück des Stammes, dessen Durchmesser mehr als zehn Meter betrug. Die Rinde faltete sich wie ein Vorhang nach den Seiten. Lianen und Ranken faßten nach Egharc und zogen ihn halb in den Baum hinein. Äste schüttelten sich, das Blattwerk raschelte, und die Lianen pendelten hin und her. In meinem Kopf breiteten sich scharfe Schmerzen aus, der Zellaktivator schien sich zu erwärmen; ich fühlte das Pulsieren. Ishibashi schwankte. Ich hielt ihn fest. Teile der Rinde schlossen sich um den Ara, zogen seine Arme und Beine auseinander, umgaben den Kopf wie ein Strahlenkranz. Er schien sich in eine Dryade zu verwandeln, in ein Baumwesen. Der Mutant ächzte. Ich verstand ihn nicht genau.

„Ich erfahre etwas von ... Zelldruck, Turgor, von Membranen. Sie denkt an Strafe. Mehr an Veränderung. Hilfe ... sie sucht im Körper von Asle nach ... Ich weiß es nicht."

Er schwankte und sackte zusammen. Gleichzeitig riß die Beeinflussung des Aras durch Kitai ab. Egharc schrie, winselte und stöhnte. Seine Finger zwischen Moosbüscheln bewegten sich zuckend. Er blieb etwa eine Stunde lang in dem knarrenden Sarg stehen, und etwas in seinem Gesicht veränderte sich. Ishibashi kam wieder zu sich und beobachtete die Szene ebenso fasziniert und hilflos wie ich. Langsam sagte der Extrasinn: *Senoclypte will den herrschenden Zustand ändern. Nur ein Ara kann rückgängig machen, was andere Aras verbrochen haben.*

Ich hörte über uns ein scharfes Summen. Drei große Insekten, Hummeln oder riesige Wespen, näherten sich dem Ara, umschwirrten ihn und hockten sich auf seine Handgelenke und mitten auf die Stirn. Ich sah lange, haarfeine Stacheln, die sich in die Haut bohrten. Als die Tiere die Stacheln zurückzogen, hingen grün glitzernde Tröpfchen daran. Knarrend und ächzend öffnete sich der Spalt in der Rinde. Asle Egharc bewegte sich wie ein alter

Roboter und kletterte zu uns herunter. Seine Augen waren riesengroß im eingefallenen Gesicht. Als er sprach, war es, als habe er seinen Charakter völlig verändert, sei weise geworden oder besäße ein neues System der Werte. Seine geflüsterten Worte waren überraschend klar:

„Wenn ich nicht binnen eines halben Blütenwechsels das Gegenmittel großräumig über Bigwood absprühen lasse, sterbe ich viele Jahre lang unter Schmerzen. Das war die Botschaft der Pflanze. Ich bin ebenso infiziert – wie sie."

„Werden Sie tun, was Senoclypte will?"

„Ja, natürlich. Sie will nur wie andere Wälder auf anderen Welten sein. Nur Pflanzen im Wechsel zwischen Wachstum und Welken. Darf ich die Hilfe Ihrer Organisation erhoffen?"

„Selbstverständlich. Sind die Ableger auf Graymonde auch von Ara-Präparaten infiziert?"

„Nein. Präparate und Kontraindikationen stehen bereit."

Der Nukleus des Planeten beruhigte sich. Nichts bewegte sich mehr. Totenstille breitete sich aus, in der die Insekten schrillen Lärm vollführten. Sie kreisten um Egharcs Kopf, als wir den Wald verließen und ins Sonnenlicht hinaustraten. Der Ara blieb stehen und breitete unschlüssig die Arme aus.

„Was soll ich tun?"

Ich wies auf die OZYMANDIAS und winkte Asics Newlife. Wir gingen auf den jungen Ex-Zögling zu.

„Das ist Ihre Kontaktperson. Rave Sounder führt das Schiff. Er bringt den entführten Architekten dorthin, wohin er will, und fliegt Sie zu einer Ara-Welt oder einem Stützpunkt. Die OZYMANDIAS kann auch das Präparat, möglicherweise in Wasser gelöst, über Bigwood aussprühen. Ich bin sicher, Sie sind mit der lächerlichsten Strafe von euch allen davongekommen. Aber Finger weg von Graymonde! Ich hetze Sie und Ihre Helfer durch die ganze Galaxis."

Der Ara senkte den Kopf. Er sagte stockend:

„Es ist mir nicht mehr möglich, anderen Wesen wissentlich zu schaden. Senoclyptes pflanzliche Säfte kursieren in meinem Kreislauf. Ich bin ein Teil von Bigwood geworden.“

Er nickte uns zu, schenkte Asics ein verlorenes Lächeln und ging aufs Schiff zu. Ishibashi und ich blickten uns schweigend und lange in die Augen. Er murmelte:

„In ein paar Jahren wird Senoclypte nicht mehr Menschen erziehen, prägen oder manipulieren. Aber was fangen Sie mit den vielen Zöglingen an, die hier leben?“

„Ich weiß es noch nicht. Wie ich Ihnen danke, weiß ich auch noch nicht; mir fällt schon etwas ein. Betrachten Sie bitte Ihren Einsatz auf Bigwood als beendet. Heute abend feiern wir ein stilles, bukolisches Fest unter den Schiffen.“ Ich grinste und zeigte auf die Sitzgruppen und Decaree, die sich im Bikini sonnte. „Letzte Besprechung. Die Zöglinge sollen selbst entscheiden, was sie wollen. Hierbleiben, auswandern, Holzhandel treiben und so weiter. Ich biete auf Graymonde Platz für hundertfünfzigtausend Leute mit entsprechenden Berufen. Aber das klärt sich alles erst in einigen Jahren.“

Ich setzte mich zu Decaree. Sie schob die Sonnenbrille auf die Nasenspitze und lächelte mich an. Ich streichelte ihren Arm.

„Zufrieden mit dem Ausgang dieser Mission, Arkonide?“

„Ich kann es erst in einigen Monaten sagen. Vorläufig haben wir keinen Grund, auf Graymonde, Bigwood oder Lost Diamond zu sein. Zurück nach Quinto-Center. Später nach Terra.“

Ich trank, schloß die Augen und lehnte mich zurück. Die Schurken waren tot oder unschädlich gemacht, ihre Organsiationen schwer angeschlagen, der Sklavenhandel mit Senoclypte-Individuen für alle Zeiten unmöglich, Graymonde wieder in Sicherheit – die USO hatte bewiesen, was sie konnte. Ich dachte wehmütig an Rico in der São-Miguel-Kuppel, das Historische Korps und das Miraclering-Zeichen in den Ruinen Graymondes. Alle Probleme, die eine schnelle Klärung erforderten, waren gelöst. Ruhig, in der Sicherheit der großen Organisation konnte ich, Punkt für Punkt, die weniger aufregenden Missionen planen, ausrüsten und starten. Ich begann mich auf die nähere Zukunft zu freuen. Zwischen den Raumschiffen jagten kreischende Vogelschwärme. Ich gähnte und wartete vergeblich auf einen sarkastischen Einwand des Extrasinns.

ENDE

Als PERRY RHODAN-Taschenbuch Band 356 erscheint:

Abstieg in die Tiefe

Es beginnt mit einem Alptraum – und endet im Grauen
Ein SF-Roman von ROBERT FELDHOFF

„Lisa schoß mit irrwitziger Geschwindigkeit durch die zwei Meter breiten Spalten. Es kam ihr vor, als habe sie jede Richtung mehrfach ausprobiert. Und trotzdem traf sie immer wieder auf die Schranke. In einer der Kurven ließ sie ihren Thermostrahler fallen. Die Waffe verglühte im blauen Leuchten. Konnte sie nirgendwo mehr hin? Ihr Herz klopfte wie wild, der Puls hämmerte schmerzhaft bis zum Hals hinauf. Der Dämon war erwacht. Von überall tauchten aus dem Boden die Krakenarme auf, schossen hoch, umfingen ihren Leib . . .“

Lisa Cunning leitet eine Abteilung in der ZORN-Körperschaft, dem größten privaten Forschungsunternehmen Terranias. Eines Tages findet sie heraus, daß in den Tiefen der Anlage sonderbare Dinge vorgehen. Der Fall gewinnt eine Dimension, mit der sie nie gerechnet hätte.

Ein Roman aus dem Jahr 1170 NGZ.

PERRY RHODAN-Taschenbuch Nr. 356 in Kürze im Buch- und Bahnhofsbuchhandel sowie im Zeitschriftenhandel erhältlich.